Eté 2018

Camping Coté est

Jules M Mich

D0596352

NEW YORK ODYSSÉE

Né en 1982, Kristopher Jansma vit et travaille à New York. *New York Odyssée* est son deuxième roman, après *La Robe des Léopards* (éditions Jacqueline Chambon, 2013).

KRISTOPHER JANSMA

New York Odyssée

ROMAN TRADUIT DE L'ANGLAIS (ÉTATS-UNIS) PAR SOPHIE TROFF

ÉDITIONS RUE FROMENTIN

Titre original :

WHY WE CAME TO THE CITY
Publié aux éditions Viking, 2016.

Pour Leah

I

Les prières sont filles du grand Zeus : boiteuses, le front ridé, levant à peine un humble regard, elles marchent avec inquiétude sur les pas de l'injure. L'injure est vigoureuse et prompte : aussi les devance-t-elle de beaucoup, et, parcourant toute la terre, elle outrage les hommes ; mais les prières viennent ensuite guérir les maux qu'elle a faits.

Homère, *L'Iliade*
(trad. Jean-Baptiste Dugas-Montbel)

Tout ce qui peut aller mal ira mal.

Première loi de Murphy

Prologue :
Pourquoi nous sommes
venus en ville

*Nous sommes venus en ville parce que nous vou-
lions une vie désordonnée, voir ce que nos échecs
avaient à nous apprendre, et ne satisfaire que nos
désirs les moins raisonnables, et non pas revenir à la
vie, en se rendant compte que nous n'avions jamais
été morts*[1].

*Nous voulions explorer les possibles, sucer la
moelle de la vie, crouler sous le travail jusqu'à notre
dernier souffle. Si nos patrons se montraient mes-
quins, nous porterions un toast à leur méchanceté
pure et entière à grand renfort de vodkas cranberry
et de verres de bourbon. Et si nos compagnons de
beuverie se révélaient sublimes, nous rentrerions à
l'aube, en titubant sur les rues pavées de la vieille
ville. Une douche chaude, une chemise propre, et on
survivrait jusqu'aux lumières du soir. Car le reste du
monde avait conclu, un peu vite à nos yeux, que le*

---

1. Ce passage est une variation sur *Walden ou la Vie dans les
bois* de H.D. Thoreau.

destin ultime des hommes était de rendre grâce à Dieu chaque vendredi, en priant que Netflix ne les abandonne jamais.

Nous vivions avec frénésie, comme des oiseaux-mouches ; même si les RH prétendaient que notre engagement était précieux, et nos retours appréciés, cette année encore il n'y aurait pas d'augmentation. Comme des moustiques, nous harcelions nos patrons, que nous ne connaissions même pas – incapables de se servir d'Internet, pour qui nous n'étions bons qu'à ouvrir des comptes Facebook pour espionner leurs enfants, synchroniser leur iPhone avec Outlook, ou expliquer la nature d'un tweet, et surtout son utilité. On voulait crier : À la retraite ! Dégagez le passage vous et vos gros pouces maladroits, vos trous de mémoire et votre nostalgie de l'année 76 ! Nous les détestions. Nous voulions qu'ils nous aiment. Nous voulions être eux sans jamais, jamais être comme eux.

Complexité, complexité, complexité ! Que nos vies soient alambiquées et sans point final ; que nos comptes soient dans le rouge et nos allocations réduites. Prenez nos cotisations et que la Sécurité sociale coule ! En faillite depuis le départ de chez nos parents, nous allions construire notre propre sécurité. La retraite appartenait à l'ancien monde auquel nous ne croyions plus. Au lieu de trois repas par jour, nous buvions du café le matin et nous faisions les poubelles des salles de réunion vides à l'heure du déjeuner. Le soir, nous avions nos habitudes. On commandait des nouilles thaïes caoutchouteuses, du poulet vindaloo trop épicé, et des boîtes à bento dans des restaurants kitsch et sombres à deux doigts de fermer boutique. Ceux qui étaient en fonds avançaient aux moins lotis, et on se promettait des cafés en guise de remboursement. On devait toujours à quelqu'un une place de ciné de l'été dernier ; personne n'oubliait rien. Complexité, complexité.

À Noël, on s'offrait des ficus dans des pots décorés à la va-vite, des écharpes qu'on venait tout juste d'apprendre à tricoter et des boutons de manchette achetés au comité d'entreprise. On suivait à la lettre les recettes des sites gastronomiques, mais nos soufflés dégonflaient, le brie au four brûlait et la glace au basilic devenait dure comme la pierre. On appelait nos mères pour avoir la recette de nos plats favoris, sans jamais les réussir. Nos familles nous manquaient ; nous étions tristes d'en être débarrassés.

Pourquoi ne pas vivre dans l'urgence et le gaspillage ? Être résolus à mourir de faim plutôt qu'être affamés, résolus à décrypter le code Wi-Fi du voisin, résolus à ne jamais brancher la clim ? On se jurait de tomber amoureux : un amour à en agripper les têtes de lit, à s'envoyer des textos désespérés, à sentir nos tripes se nouer. Dans le métro et au parc, sur les escaliers de secours et à la cafétéria, on tournait des pages, résolus à lire chaque livre jusqu'à la dernière ligne. Notre monnaie la plus précieuse se comptait en minutes. Si seulement nous pouvions fabriquer plus de temps, plus d'argent, plus de patience aussi ; mieux baiser, boire du vrai café, avoir des chaussures qui ne prenaient pas l'eau et des parapluies qui ne se retournaient pas à la première bourrasque. Nous étions résolus à faire des paris stupides. Nous étions résolus à être promus ou à foutre le feu à l'immeuble en partant. Nous étions résolus à perdre la raison.

Nous restions scotchés à l'actualité. Toutes les dix secondes, on rafraîchissait nos navigateurs en commentant les gros titres. On parcourait avec ennui des blogs d'amis d'amis d'amis qui avaient créé une ferme bio sur les bords du fleuve Wachito. Ils étaient là-bas, à faire macérer, mettre en conserve et brasser des choses avec la bénédiction de mère Nature. Et très vite, on finissait par se demander s'il n'était pas temps pour nous de quitter la ville. Partons ! Pour l'Uruguay, le Maroc ou le Connecticut ? Vers la Plaine, la Montagne ou la Baie ? On attendait le bon moment, mais au bout d'un mois ou d'un an, nos amis cultivateurs abandonnaient leur ferme et reprenaient des études de droit. On se sentait merveilleusement minables.

Recevoir du courrier nous manquait. On ne savait plus pourquoi on gardait les petites clés de la boîte aux lettres sur nos trousseaux surchargés. On se postait parfois des trucs du bureau. Il nous arrivait d'écrire de longues lettres au stylo, à de vieux amis, sans jamais les envoyer. On ne connaissait jamais leur nouvelle adresse. On ne connaissait l'adresse de personne, seulement un croisement de rues et la forme d'une porte. Sur quel bouton appuyer, et si la sonnette marchait encore. Le nombre d'étages à grimper, et de quel côté tourner sur le palier. Ceux qui n'avaient pas quitté la province – ou qui étaient partis dans d'autres villes – nous manquaient parfois. Il arrivait qu'on aille les voir, ou qu'ils viennent nous voir. Époque bénie où nous étions chez nous partout sans être chez *soi nulle part. Époque maudite, car inévitablement nous souhaitions tous partir ici ou là, sans jamais nous y résoudre – et tout le monde finissait par partir. Très vite, nous nous sommes retrouvés seuls.*

Bientôt, nous nous sommes mis à détester ces contractions perpétuelles de la vie. Dormir avec des inconnus, boire des cafés avec des gens qu'on connaissait sans doute, mais sans jamais savoir d'où. Vivre dans les cartons sans jamais avoir la place de les déballer. On baptisait les pigeons à nos fenêtres ; on s'inquiétait de leur maigreur soudaine. On entendait beugler dans les appartements du dessous et grincer les lits dans ceux du dessus. Partout, on voyait des gens avec des chiens, et on se demandait comment ils faisaient. Travaillaient-ils de chez eux ? Travaillaient-ils tout court ? Avaient-ils fait les bonnes écoles ? Étaient-ils pistonnés ? On ne connaissait personne. Nos parents étaient nos garants de papier. Ils nous appelaient de leur bureau dans des zones industrielles de banlieue, lointaines et incolores, et nous disaient – cauchemar – qu'on pouvait toujours rentrer à la maison.

Et puis venaient ces moments qui nous surprenaient en même temps que la nuit, dans nos bureaux assombris, manœuvrant comme des sous-marins perdus en mer, navigant à travers la noire stratosphère dans nos tours de béton. On s'appelait tous pour faire le point : une bonne nouvelle était tombée, un compliment avait été reçu, une faveur appréciée, autant de centimètres gagnés sur la vie. Ces soirs-là n'avaient pas de prix. Ces soirs-là, nous savions pourquoi nous étions venus en ville. Quitte à vivre vraiment, alors nous voulions ressentir ces fêlures dans la voix, ce tremblement de toutes les extrémités. Et si nos appartements étaient des cercueils, et nos bureaux des pierres tombales, et nos rêves du poison – si, tous, nous allions lentement vers la mort – au moins nous nous relevions ensemble de ces épreuves grandioses et terribles.

La vie par procuration

Irene Richmond s'affairait dans l'étroit vestibule, aidant les invités à retirer leurs manteaux saupoudrés de flocons. La neige n'avait cessé de tomber en abondance toute la journée, et elle voletait encore, légère, autour du balcon de l'hôtel. Des manteaux qui valaient plus que ce qu'elle gagnait en un mois et qui étaient eux-mêmes des œuvres d'art. Capuches doublées en fourrure de renard importée de Finlande. Pèlerine en satin matelassée au duvet d'oie, arborant pour motifs des cercles concentriques dans le pur style japonais à la mode. Gilet long en peau de lapin. Laine d'agneau de Mongolie. Irene avait des frissons rien qu'à les tenir, mais c'était toujours éphémère. À peine un invité l'avait-il avertie de faire attention à ne pas froisser le col ou chiffonner les ourlets qu'une autre personne faisait son entrée, dans une tenue encore plus chic.

Durant les rares moments de répit, elle vérifiait qu'elle n'avait pas reçu de messages de George et Sara. Rien. Et rien non plus de Jacob. Se contorsionnant devant le miroir du couloir, elle rajusta les pinces qui relevaient ses cheveux blonds. Elle aimait la manière dont son cou se détachait dans la lumière dorée de la porte. Comme une extension élégante de son épaule dénudée. Elle espérait que ce n'était pas trop. Abeba lui avait simplement dit de soigner son allure, mais Irene avait entendu en filigrane qu'elle ne devait pas dépasser en beauté les invités. Puis Juliette avait ajouté qu'il était important de paraître branchée, ce qui pour Irene signifiait jeune, ardente et bizarre. D'où : leggings bleu azur, robe-pull en crochet, collier de plumes de paon et fine ceinture tressée. Irene espérait que cela lui donnait l'image souhaitée : celle d'une professionnelle de l'art. À chaque métier son uniforme.

Elle vérifia son ombre à paupières, qui donnait à ses iris une nuance plus foncée, presque noire, au lieu de bleue. Elle gratta un petit bouton près de son œil gauche, là depuis un mois, mais qui était devenu douloureux récemment. On sonna à la porte et elle alla prendre le boléro imprimé girafe de la prochaine artiste ou héritière qui vacillait sur des talons aiguilles nuit noire.

La fête de Noël annuelle de la Galerie K au Waldorf Astoria était toujours un événement exceptionnel. Toute l'année, Irene et ses amis attendaient cette soirée avec impatience, le deuxième vendredi de décembre. Bien sûr ils sortaient souvent, et New York offrait son lot de glamour, mais rien n'était comparable à cette fête. Il y avait soixante-huit invités exclusifs et le célèbre chef Marc Harradura œuvrait aux fourneaux. D'authentiques stars de cinéma y assistaient. L'année dernière, ils avaient vu l'acteur de *The Office*, et l'année précédente, Cyndi Lauper ! C'était cet autre

New York : toujours présent, mais jamais visible. Une nuit par an, il leur appartenait aussi.

Même avec la première grosse tempête de l'hiver qui faisait rage et tous les vols annulés à JFK et LaGuardia (seul Newark tenait bon), ils faisaient presque salle comble. Toute la journée, Juliette et Abeba, les propriétaires de la galerie, avaient envoyé Irene d'un bout à l'autre de Manhattan. Elles l'avaient poussée dans une voiture recouverte de neige à Chelsea avec un squelette de babouin en fer forgé (une babiole à 300 000 dollars) dont la tête figée dans un hurlement dépassait dangereusement de la fenêtre dans la circulation. Chaussée d'une paire de bottes en caoutchouc trop grandes appartenant à Abeba, Irene avait pataugé dans le hall chic de l'hôtel sur Lexington Avenue, les membres endoloris par le poids d'une igname moisie encapsulée dans du polypropylène couleur bile verte (mise à prix à un demi-million).

Il y a cinq ans, quand Irene avait commencé à travailler à la galerie, le simple fait d'être à proximité d'œuvres d'art d'une telle valeur lui donnait des frissons. Mais à ce moment précis, elle était sur le point de demander au chauffeur de les déposer, elle et la photographie surdimensionnée des organes génitaux de Trisha Birch (un million, tirage mat), au pont George Washington pour qu'elle la balance dans l'Hudson. Ou peut-être qu'elle lui dirait de continuer. De rouler sans arrêt, de sortir de la ville. Avec l'argent que valait cette seule photo, Irene pourrait peindre jour et nuit pendant une vingtaine d'années. Ou créer sa propre galerie. Ou fonder une colonie d'artistes progressistes où de jeunes rêveurs pourraient travailler à leurs œuvres – et éviter ainsi les journées de dix-huit heures, les caprices continuels, le name-dropping, l'autosatisfaction, les sans talents et les tourmentés. Sauf qu'en dehors de New York avec une photographie de Trisha Birch, elle risquait plus de se faire arrêter pour attentat à la pudeur que pour vol. Alors peut-être à L.A., avait-elle pensé. Peut-être à Londres. Peut-être sur Mars ou Neptune.

Juliette et Abeba n'étaient pas de mauvaises patronnes, mais elles avaient le côté pointilleux des artistes sans posséder leur génie. Elles avaient un don pour sentir ce qui allait se vendre et elles pouvaient lancer une tendance comme personne. Mais plus la Galerie K s'imposait dans le paysage culturel de Chelsea, plus Juliette et Abeba avalaient des quantités écœurantes de Campari et parlaient de tout vendre et de mettre les voiles pour les Marquises, comme Gauguin. Irene avait appris que c'était la règle numéro un de la vie à New York : dès que tu arrivais ici, il fallait commencer à brandir la menace de partir. En théorie, elle mettait de l'argent de côté pour un voyage en France d'où elle espérait secrètement ne jamais revenir. Mais elle avait l'impression que les mêmes 350 $ ne cessaient d'entrer et de sortir de son compte épargne. Pendant ce temps, le voyage était devenu plus cher, le taux de change avait empiré et la galerie lui prenait de plus en plus de temps.

Pourtant c'était un moyen de gagner sa vie, et pas l'un des pires. Même quand elle avait dû examiner des crottes de yorkshire nain pour choisir lesquelles seraient enfilées avec des diamants sur un collier pour l'exposition de Bryant Park. Ou cataloguer dix-sept ans de rognures d'ongles de pied de Percy Bryson. Elle avait une mutuelle et gagnait assez pour louer un studio exigu sur la 4e Rue, où elle pouvait peindre la nuit sans déranger de colocataire. Et puis, elle ne se privait pas de tout. Sans voyage en France, son salaire lui permettait de s'acheter une ou deux robes vintage, des places de cinéma, des barres chocolatées et des smoothies au thé vert.

Dring ! Enfin ils étaient là : George Murphy et Sara Sherman.

George arborait un large sourire et un costume noir à rayures. Neuf ?

Oui. Sara le lui avait acheté la semaine dernière aux ventes privées de Noël chez Macy's pour ses entretiens de postdoc. Irene l'embrassa sur la joue, puis elle inspecta ses cheveux cuivrés comme une pièce de un cent ; ils avaient besoin d'être coupés. Chaque fois, Irene ne pouvait pas s'empêcher de les lui ébouriffer légèrement, ça portait chance.

— On est enfin arrivés ! clama George.

Ses yeux couleur pervenche scrutèrent la pièce par-dessus l'épaule d'Irene avant de revenir sur elle. Quand il s'adressait à quelqu'un, ils ne déviaient pas d'un pouce. Ses mots favoris étaient « Est-ce que tu connais… », et après les avoir prononcés, il avait une façon bien à lui de baisser la voix pour raconter un truc fantastique sur telle ou telle galaxie lointaine qu'il étudiait à l'observatoire de North Shore, comme si Andromède B était un restaurant où l'on pourrait dîner un soir. On aurait dit qu'il aspirait à se rendre utile à tous. En moins de deux, il pouvait vous expliquer : le mécanisme d'un ascenseur, le phénomène scientifique de la tempête de grêle, ou la décharge électrique entre vos doigts et l'ourlet de votre robe. Un bon fils catholique de Columbus, qui avait été élevé dans les règles ; George Murphy était attentif dans une ville où chacun souffrait d'un déficit d'attention, ce qui rendait sa compagnie précieuse.

— Personne n'arrive jamais à l'heure dans ces soirées, dit Irene. Donnez-moi vos manteaux.

Mais George était déjà en train d'accrocher le sien.

Sara se glissa près d'Irene pour l'embrasser.

— Un accident grave sur la L.I.E.[1], expliqua-t-elle.

Irene lui dit qu'elle était magnifique, ce à quoi Sara répondit qu'elle était cinglée ; elle était venue directement de la gym et elle devait *puer*, ce qui bien sûr n'était pas le cas. Sa robe longue violette était discrètement pailletée. Cheveux noir de jais et mâchoire fine, Sara donnait toujours à Irene l'envie de sortir ses fusains et d'esquisser des lignes sombres et élégantes. Bien qu'elle n'appartienne pas techniquement à la galaxie des artistes invités, dans moins d'une heure, la moitié des convives seraient persuadés que Sara était l'organisatrice de la soirée. Elle se glisserait d'une conversation à l'autre, en attirant les gens dans son sillage jusqu'à ce qu'elle connaisse tout le monde et que tout le monde se connaisse. « Est-ce que tu connais… » étaient aussi les mots préférés de Sara, suivis non d'un fait, mais d'un nom. Elle connaissait toujours une personne de votre entourage : une fille du bal de promo, une monitrice du camp d'été

_____

1. Long Island Expressway.

de la YMCA, le serveur du café que vous fréquentiez, un homme que vous aviez rencontré dans un bar de Chiang Mai, le garçon qui vous tenait la main lors d'une sortie en CE2 au Muséum d'histoire naturelle. Certains n'oublient jamais un visage ; Sara n'oubliait jamais une connexion.

George jouait avec sa fine cravate en maille devant le miroir de l'entrée.

— Un carambolage entre six voitures. Je fais ce trajet tous les jours depuis cinq ans et je n'ai jamais vu un accident aussi horrible.

Irene observait George, transformé par l'encadrement doré du miroir en *Portrait d'un homme à la cravate de travers*. Elle aurait aimé pouvoir décrocher le Claude Lozarette du mur du fond, fondre les pigments de la toile et les utiliser pour peindre George à même la surface du miroir – pourquoi pas ? –, mais le moment était passé. Il avait remis sa cravate droite et s'était éloigné de la glace.

— Désolé. J'ai dû me changer dans des toilettes d'un Starbucks qui sentaient l'oryctérope mort et…

Sara l'interrompit.

— Oh, en parlant de ça… Tiens, c'est pour toi.

Elle sortit un sachet en papier taché de gras du fond de son sac à main.

Irene ouvrit le sachet, révélant un cupcake vanille écrasé. Des vermicelles arc-en-ciel formaient une spirale chaotique, clignant comme des étoiles.

— Ils nous ont obligés à acheter quelque chose. Tu le crois ?

Non, Irene ne le croyait pas. Primo, Sara était une piètre menteuse, et deuzio, tout le monde savait que

Starbucks était le seul endroit où on pouvait utiliser les toilettes sans consommer. Ça aurait même pu être la règle numéro 2 de la vie new-yorkaise.

George fit un clin d'œil à Irene, qui aidait Sara à enlever son manteau.

— Quelqu'un avait peur que tu ne manges pas aujourd'hui, murmura-t-il.

Sara fit semblant de protester, mais Irene l'embrassa sur la joue.

— Tu as mangé ? demanda Sara, et sans attendre la réponse, elle tendit un doigt pour tapoter le bouton sous l'œil d'Irene.

Cette dernière détourna brusquement la tête.

— J'ai mangé du raisin.

Elle regrettait déjà d'avoir parlé à Sara du scanner de la semaine dernière, qui avait dû l'inquiéter encore plus. Bientôt, elle allait lui demander comment s'était passée la visite de suivi d'hier.

— Jacob est arrivé ? demanda George, essayant maladroitement d'enlever le manteau de Sara pour le suspendre.

Irene le lui prit des mains d'un coup sec.

— Pas encore. Il est toujours en retard.

— Nous aussi, nous sommes en retard.

— Il arrive toujours après nous.

Alors qu'elle retournait à la porte pour la fermer, Irene vit quelqu'un approcher – un jeune homme asiatique qui regardait les murs en hésitant. En deux secondes, elle comprit qu'il n'était pas d'ici. Elle se rappelait vaguement l'avoir vu quelque part. Il portait une écharpe, un costume gris Armani et tenait, dans une main, une bouteille de Bollinger. Qui peut bien apporter du champagne à une réception avec traiteur ? se demanda Irene en essayant de se rappeler pour quelle galerie il travaillait. Elle ne fut pas vraiment surprise de voir Sara le prendre dans ses bras.

— William Cho ! Qu'est-ce que tu fais ici ? Irene, tu connais William ? Il était en Histoire de l'art II avec McClellan. Tu as suivi ce cours.

Irene serra sa main gantée et humide. Il était très mince, avec des pommettes qu'elle n'aurait pas oubliées s'il les avait eues à l'époque de la fac. Les gens ne se font pas refaire les pommettes, songea-t-elle. Pas plus que des yeux couleur charbon comme les siens. Elle aimait la ligne féminine de sa lèvre supérieure ; il la mordillait nerveusement quand il la regardait. Habituellement, elle n'était pas attirée par les timides, mais il avait un je-ne-sais-quoi qui la faisait rougir.

Sara se retourna.

— George, tu connais William.

Ils se serrèrent poliment la main.

— Bien sûr ! William Cho, c'est ça ? On s'est rencontrés à une fête au journal avec Lisa Schmidt. Sara a repris le poste de rédactrice en chef après que Lisa est partie à Madagascar avec ce type avec le Rhodes… chérie, comment il s'appelait déjà ?

Sara le savait (Henry Fordham Jr.). Elle savait aussi que le nom de jeune fille de Lisa était *Schlick*, mais à l'expression de William, Irene devinait qu'il ne connaissait ni l'une ni l'autre.

— Tiens bon ! dit George. Avant qu'on se fasse tous happer, je vais aller nous chercher quelque chose au bar.

Bien entendu, Irene devait rester là pour accueillir les derniers invités. Sara dit que n'importe quel cocktail à base de St-Germain serait parfait. À ce moment seulement, William tendit la bouteille de champagne qu'il serrait contre lui comme un ballon de rugby.

George la saisit d'une main reconnaissante.

— Merde. C'est du bon, William.

— Je l'ai volée, déclara brusquement William.

— Genre, tu l'as raflée ? demanda George. Ne me dis pas que tu as raflé ça.

Sara rit.

— Raflée ? Tu es qui, un gangster des années 30 ?

George lui fit un clin d'œil tandis que William s'expliquait.

— Oui. Enfin, non. Je n'ai pas dévalisé une épicerie. Mais elle traînait sous le portemanteau du bureau de mon patron depuis Noël dernier.

En retournant la bouteille, George avisa une étiquette-cadeau sous le culot.

— *Pour Lenny. De la part de la famille Berg-Geldorf !* Eh bien, merci les Berg-Geldorf ! Je vais voir si le serveur peut la mettre dans la glace.

Il donna à William une tape dans le dos. Et alors qu'Irene et Sara reportaient leur attention sur William, il se glissa dans la salle de réception avec toute l'apparence d'un homme heureux.

Cependant, George se sentait anormalement nerveux. Il avait la tête ailleurs. D'habitude, la fête de Noël de la galerie lui offrait un prétexte en or pour bien s'habiller et se sentir vraiment new-yorkais. Mais cette année, il n'était pas d'humeur. Il regardait autour de lui, souriait à tout le monde et à personne en particulier, avec la sensation désagréable qu'on devinait son origine du Midwest, que ces artistes pouvaient voir les champs de maïs fatigués dans son teint. Pourtant, il n'avait pas grandi dans une *ferme*. Fairfield Beach était à quinze kilomètres de Columbus. Ses parents étaient membres du Club nautique. Mais ce soir, il ne se sentait pas vraiment nautique. Il comptait sur les premiers verres pour calmer ses nerfs. L'accident avait eu lieu sur la voie opposée, mais tout le monde avait regardé avec curiosité comme si sa vie en dépendait. Comme s'ils n'avaient jamais vu d'accident avant.

Ooooh regarde les gyrophares ! C'est super !

Il leva les yeux. Le barman le fixait.

— Vous auriez un seau à glace pour refroidir ça ?

L'homme aux cheveux grisonnants fronça les sourcils.

— Ce n'est pas une boîte de nuit. Je ne sers pas de bouteille.

Le pauvre type avait l'air crevé. George sourit et sortit un billet de vingt dollars de son portefeuille – sa seule richesse – et le glissa dans le pot à pourboire. Résultat mitigé. Le barman prit la bouteille et la flanqua dans un saladier à punch vide, qu'il remplit rageusement de glaçons. Il lui en voulait d'insinuer qu'on pouvait le soudoyer, même si c'était le cas.

George tripotait le bouton de son veston neuf. Ouvert, les pans s'évasaient comme une cape quand il marchait trop vite. Fermé, il lui donnait un air coincé, presque autant que ce type, William. George ne se souvenait pas de l'avoir vu à la fac, pas une seule fois. Il était calme, poli et habillé avec élégance ; bref,

Jacob allait le détester. Le simple fait de comprendre que Jacob allait le détester le fit transpirer à grosses gouttes. Où était Jacob, d'ailleurs ? Comment faisait-il pour arriver toujours, toujours le dernier ? Comment il savait ? Pourquoi il ne se pointait pas, histoire d'être exécrable avec William, ce qui contrarierait les filles, puis George interviendrait pour calmer le jeu et ils pourraient tous rentrer chez eux ?

Quand le barman eut fini de transvaser les pelletées de glaçons d'un air amer, George commanda sur la carte rococo une boisson intitulée Mort dans le désert. Elle avait un goût écœurant de réglisse. Il songea à demander autre chose – open bar et la totale –, mais il ne voulait pas avouer sa faiblesse. Il descendit le verre d'un trait et fit semblant d'être captivé par une peinture d'un homme dévorant ses propres entrailles, accrochée non loin. S'il y avait une véritable artiste ici, c'était Irene. Au fil des ans, il avait vu les choses les plus extravagantes et sublimes naître sous ses doigts. Elle maîtrisait avec aisance et naturel l'épaisseur d'une ligne, la nuance des teintes, ou la palette infinie du clair-obscur. En se baladant dans les musées de la ville, George avait souvent cru apercevoir l'une de ses toiles du coin de l'œil.

— Un aut' ? grommela le barman.

— Mort dans le désert, dit George. C'est un nom plutôt dur.

— C't'un poème. Tous les cocktails ont des noms de poèmes. Il désigna le logo de l'entreprise sur les serviettes : *Services du Cercle des poètes disparus.*

— Sympa, dit George. Donc pas de poètes vivants ? Impossible d'avoir un Billy Collins dans un grand verre ?

— « La Terre vaine » est pas mal du tout, suggéra le barman. Y a de l'infusion de bourbon dedans.

George se retrouva aussitôt avec un breuvage gris ciel qui ne sentait ni l'infusion ni le bourbon. En fait, cela n'avait aucun goût, ce qui lui allait bien tant que cela lui embrumait le cerveau. Puis il choisit une Reine des fées pour Sara, avec de la liqueur St-Germain et des myrtilles, et il reprit son examen de la salle. Enfin, il mit le doigt sur ce qui clochait. L'an dernier, plus de gens portaient des tenues de soirée. Beaucoup plus. En fait, il ne voyait personne d'autre que lui et William en costume. Le costume était-il subitement passé de mode ? Il y avait un nombre impressionnant de moustaches de pirate autour de lui. Deux, non, trois types arboraient de gros favoris bien fournis. À quoi cela servait-il de se différencier tous de la même manière ? Pas étonnant que leur art débile soit si débile – tranchant, mais inoffensif. Des paires de ciseaux à bout rond dans des cadres dorés.

Il se retourna et il planta ses yeux dans ceux de Sara. Elle bavardait avec William près des portes du balcon. Elle lança à George un sourire furtif qui le fracassa comme on brise une vitre. Est-ce que quelqu'un, ici, était capable de peindre ça : le sentiment qu'on ressent quand on a passé une nuit de merde et que la femme qu'on s'apprête à demander en mariage nous sourit en passant. George posa la main droite sur sa poitrine et tapota la poche gauche de son veston. Elle portait l'empreinte d'un petit écrin contenant une bague en diamant ayant appartenu à la mère de la mère de son père. Il la donnerait à Sara ce soir.

— Tout le monde dit que Gaussman va être le prochain Rosenquist, chanta la voix tendre et douce d'Irene dans son dos.

Elle parlait à une femme immense en faisant des gestes en direction d'un tableau interminable représentant des logos de sites Internet aux couleurs vives. George l'aimait bien – au moins il était coloré.

— J'ai horreur de Rosenquist, dit la géante.

Irene fit une grimace dans le dos de la femme en disant :

— De toute évidence. Mais c'est pourquoi…

À cet instant, ils entendirent tous les deux un grand rire familier. C'était Jacob, enfin, qui parlait à une vieille dame avec une étole de renard.

— Est-ce que vous l'avez dépecé vous-même ? Les finitions sont incroyables.

— George ! chuchota Irene en passant près de lui. C'est la conservatrice du Morrison !

Il ne savait pas ce que c'était, mais il s'en fichait. Il était l'extincteur officiel des incendies allumés par Jacob. Le cocktail de Sara à la main, il se fraya un chemin dans la foule.

Quand il arriva, Jacob était en train d'examiner la fourrure de la femme :

— On voit à peine où les chiens l'ont mordu.

— Où étais-tu, Jake ? demanda George, en regardant d'un air désolé la conservatrice âgée, qui en profita pour s'enfuir dans une autre salle.

Après avoir reniflé le verre de Sara, Jacob s'en octroya une gorgée.

— Ah, Georgie Porgie, sacré bandit[1]! Quelle journée dans cet asile de fous ! dit Jacob en faisant claquer sa langue. J'ai dû plaquer au sol un gamin qui m'avait pris pour un foutu ninja.

Jacob Blaumann travaillait comme aide-soignant à Anchorage House, institut privé de réadaptation dans le comté de Westchester. Il entretenait une barbe courte, sombre et étudiée qui, s'il la rasait, repousserait le temps d'une page de pub. Évidemment, Jacob ne regardait pas la télé, et il n'en avait pas. La vraie raison de cette barbe, George le savait, était qu'un garçon que Jacob désirait comme un fou, quand ils étaient en seconde, lui avait fait remarquer avec désinvolture que ça le faisait paraître « moins rondouillard ». De même, Jacob portait tous les jours sa veste marron en tweed achetée chez Goodwill depuis qu'Irene lui avait dit qu'elle lui faisait des épaules plus larges. Ces choses-là rentraient directement dans son crâne. Elles étaient vraies, mais et alors ? C'était son assurance, plus que toute autre chose, George en avait été témoin, qui faisait merveille sur les hommes de tous poils dans les bars, les gares, les rayons d'alimentation surgelée, et les cabines de lecture à la bibliothèque.

À une époque, Jacob composait des poèmes. Aujourd'hui, il se contentait d'être poète. Il s'était spécialisé dans l'épopée, difficile à vendre à l'ère des SMS. « Au moins mes poèmes ne tiennent pas sur une feuille de papier-toilette », se plaisait-il à dire. Désormais, il s'occupait d'une horde de malades

---

1. *Georgie Porgie, pudding and pie*, extrait d'une comptine populaire.

mentaux qui, à l'occasion, avaient besoin d'être maîtrisés, piquousés et camisolés de force. Un job qu'il avait trouvé sur craigslist[1], croyez-le ou non, et qui semblait taillé sur mesure pour sa force physique et mentale.

— George, dit-il en passant un bras autour des épaules de son vieux pote, je voudrais aller chasser le renard un de ces quatre. Qu'en dis-tu ?

— Oh, au moins une fois avant de mourir, soupira George avec mélancolie.

— Organisons ça le long de Madison Avenue. Prenons quelques chiens de chasse. Oreilles basses. Odorat affûté. Toi et moi les suivrons à cheval, naturellement. L'un de nous jouera du cor.

— Tu sais, j'ai claironné dans l'orchestre philharmonique de Columbus.

Jacob plaça une main en mégaphone devant sa bouche.

— TOOUUUDOUUU ! TOOUUUDOOUUU !

La plupart des gens présents dans la salle les regardaient. George ne se lassait pas de l'irrévérence de son ancien camarade de chambre, d'autant qu'il avait souvent lui-même du mal à être grossier. Avec Jacob, c'était tout le contraire : quand il lui arrivait d'avoir un élan de politesse (et Sara était persuadée qu'il en avait), celui-ci était vite englouti par ses vociférations. George aimait à penser qu'ils se complétaient, chacun vivant à travers l'autre selon les événements.

— Bande de badauds ! Qu'est-ce que vous regardez comme ça ? lança Jacob, toujours aussi fort.

---

1. Équivalent américain du site leboncoin.fr.

George sourit.

— En parlant de ça, je suis resté coincé dans l'embouteillage provoqué par le carambolage de six véhicules tout à l'heure sur le…

— Attends. Où est le bar, dans cette turne ?

— Là-bas. Il va te plaire. Les cocktails portent des noms de poèmes.

Jacob s'illumina comme une ampoule de mille watts.

— Qui pourrait ne pas aimer cette ville ?

Irene leur lança un regard désapprobateur à travers la pièce, puis elle frotta nonchalamment son œil gauche avec le dos de sa main droite pour séduire un nouveau donateur. Sentant que George la regardait, elle lui tira la langue et écarquilla les yeux en direction de l'inclusion d'igname dans du plastique vert qui trônait de son côté du bar.

George se frotta l'estomac et fit semblant d'avoir faim. Elle désigna l'igname moisie, et il se gratta le menton pensivement. Il mima qu'il sortait un chéquier et écrivait beaucoup, beaucoup de zéros.

— Putain ! beugla Jacob. Merde, ils ont un cocktail qui s'appelle La Terre vaine[1]! *Wasteland !* Bien que ce soit en deux mots : Waste, espace, Land. Voilà le véritable titre. Personne ne l'écrit correctement. Même s'il est très surfait, il n'arrive pas à la cheville du *Pont*. Hart Crane ? Oh, il y a un poème, les gars, dont vous devez me faire un cocktail. *Avec des notes de l'East River…*

Il aurait pu continuer, mais il s'interrompit brutalement.

_____

1. Poème de T.S. Eliot.

— Hé, pourquoi ce gamin coréen me dit quelque chose ?

George commanda deux cocktails Terre vaine, et cinq flûtes du champagne de William. Tout le monde était là, maintenant. Les choses sérieuses pouvaient commencer.

William Cho ne cessait de s'émerveiller. Il était dans le penthouse d'un des hôtels les plus luxueux de Manhattan, au milieu d'une cohorte d'artistes et de mécènes. Des accents étranges bourdonnaient à ses oreilles. Une Iranienne passa devant lui avec des plumes de hibou tressées dans ses cheveux. La neige tourbillonnait sur le balcon et au-delà, un rideau de flocons dévalait la centaine d'étages jusqu'à la rue. Un Somalien près de la fenêtre parlait à grand renfort de gestes, sa montre en platine scintillant sous un spot. Des diamants cerclaient le cou d'une jeune fille blanche, qui ne devait pas avoir plus de vingt ans, dans la file d'attente des toilettes. Elle et un Brésilien du même âge étudiaient une sculpture en verre ondulé qui évoquait à William un raz-de-marée figé par le gel. Et il était là, au milieu du beau monde, se sentant étrangement riche d'y être associé – surtout parce qu'il parlait avec Sara Sherman, qui lui répondait.

William n'en revenait pas que Sara se souvienne de lui. À l'époque d'Ithaca, ces quatre-là traînaient ensemble en permanence. Alors que les autres bandes du lycée connaissaient des secousses sismiques et des rapprochements fortuits, ils ne s'étaient jamais séparés. « Les Murphy », comme on les appelait. William vénérait particulièrement Irene, la beauté aux yeux de biche qui arrivait en retard aux cours d'Histoire de l'art II. Une rumeur tenace circulait sur le campus, comme quoi elle n'était pas une étudiante, mais une fille du coin qui s'était fait élire trésorière de la Ballroom Dance Society et avait plusieurs œuvres exposées à la Galerie des médias numériques – le tout sans payer un centime de frais de scolarité. William n'avait pas de mal à imaginer pourquoi les portes s'ouvraient devant elle. Elle fréquentait la bibliothèque, assistait aux cours et passait la nuit dans les dortoirs, apparaissant toujours là où on l'attendait le moins, comme un fantôme hantant l'école ; elle y était chez elle. William ne lui avait jamais parlé, ni à elle ni à ses amis, une seule fois en quatre ans.

Maintenant, ils se trouvaient tous à la même fête. Cela ne pouvait pas être une coïncidence.

William avait vécu à Murray Hill et travaillé chez Joyce, Bennett et Salzmann, un cabinet d'investissements en centre-ville avec son lot d'associés fortunés et de clients richissimes. Il y avait passé trois années pénibles. Avant même que Lehman Brothers et Merrill Lynch ne fassent souffler un vent de panique, William avait eu peur de se faire virer. Comme au lycée, le monde réel n'était qu'un jeu de relations. Quand les patrons avaient envoyé les premières lettres de licenciement vers l'imprimante, ils avaient commencé par les employés dont ils n'avaient rien à faire – ou dont ils ne se souvenaient pas. William savait qu'il était transparent. Chez JB&S. Partout. Il avait toujours fait l'impasse sur la fête de fin d'année, le week-end de séminaire dans la maison de Bennett à East Hampton et même le tour de l'île sur le yacht de Salzmann pour célébrer la fusion réussie de Fontainebleau, en grande partie grâce aux analyses de William. Il avait passé ces soirées comme toutes les autres : chez lui, dans son appartement, à regarder des vieux films. Ce qu'il aurait d'ailleurs fait ce soir, s'il n'avait pas croisé Irene deux semaines plus tôt à la galerie.

Mr Joyce avait envoyé William à Manhattan chercher une monstrueuse fresque murale de poulets désossés que sa femme avait commandée à un artiste, Xeer Sool, apparemment très en vogue. Et elle était là ! Irene Richmond ! Dans un bleu de travail taché de graisse, plus belle que jamais, en train d'essayer d'aider un sculpteur autrichien en rogne à visser les pales d'un ventilateur de plafond à un angle exact de trente-neuf degrés. Elle n'avait pas levé les yeux vers lui, mais William savait qu'elle ne l'aurait de toute façon pas reconnu. À l'école, il se fondait dans le papier peint. Et si le papier peint était beige, il devenait invisible. Peu importe. Il ne pouvait pas se la sortir de la tête. Il avait même rêvé d'elle, en noir et blanc, comme si elle jouait dans l'un de ces classiques dont il ne se lassait pas.

La semaine suivante, il avait vu l'invitation à la fête de Noël de la galerie K dans le courrier de Mr Joyce. Il savait que Mme Joyce serait à Vail avec son mari et qu'ils ne pourraient pas y aller. Alors, il l'avait subtilisée, comme la bouteille de champagne. Le Dow Jones était en chute libre. Ils allaient probablement le licencier de toute façon. Pourtant, il avait passé toute la semaine à tergiverser avant de décider de s'y rendre en émissaire de Mme Joyce – essentiellement dans l'espoir d'apercevoir de nouveau Irene. Il n'avait pas imaginé une seule seconde qu'il lui parlerait, et encore moins qu'elle serait à six mètres de lui, en train de lui sourire.

De son côté, Irene était surtout heureuse que Sara ait quelqu'un de gentil à qui parler, car elle devait faire du relationnel pour la galerie et elle ne pouvait pas compter sur George et Jacob, inséparables. Elle savait qu'il y avait de bonnes chances que Sara adopte William. Sara était du genre à ramasser les chiens errants – stigmate de son passé. Irene avait remarqué que William n'arrêtait pas de regarder dans sa direction. Il l'observait, puis il détournait rapidement les yeux, un peu comme si elle était le soleil et qu'il risquait d'endommager sa rétine s'il la fixait trop longtemps. Elle attendit qu'il la regarde de nouveau et elle leva sa flûte de champagne vers lui.

William détourna le regard si vite qu'il crut s'être froissé un ligament. Ou un truc dans le cou. Qu'allait-elle penser de lui, à le voir la fixer ainsi ? Oh. Sauf que maintenant, elle articulait un « merci » silencieux. Mais pour quoi ? Ah. Pour le champagne. Tout allait bien, alors.

Sara lui expliquait que George était devenu astronome, son rêve d'enfant. Ou plutôt chercheur. Enfin, assistant de recherche. Mais dans un observatoire renommé et il était en bonne voie d'obtenir le statut professoral une fois sa thèse terminée. Elle faisait des signes si insistants à George et Jacob qu'ils finirent par venir.

— Jacob était en lettres classiques lui aussi. Vous avez dû suivre certains cours ensemble ! insista Sara.

Ce département faisait la taille d'un timbre-poste. Il n'y avait que quatre professeurs : Douglas, Jones, Khan et oh ! cet alcoolique. Wilfrey !

— Comment as-tu pu mémoriser l'année 2003 de la fac de lettres ? demanda Jacob.

Sara tapota sa tempe droite.

— J'ai une mémoire d'éléphant.

Jacob regarda William.

— Eh bien, la mienne est trouée comme du gruyère. Je te jure que je ne me souviens pas de toi. Ne te vexe pas.

Sara savait qu'il mentait. Jacob se souvenait très bien de lui, et c'était sacrément vexant qu'il prétende le contraire. Pourquoi agissait-il ainsi ? Jacob pouvait être un sale con quand il voulait – c'est-à-dire tout le temps. Au fil des ans, elle avait essayé de faire entrer de nouveaux amis dans leur groupe, mais aucun n'avait survécu à Jacob.

Cette fois, ce serait différent. William rougissait chaque fois qu'il apercevait Irene. Ils étaient faits pour être ensemble. Ça changerait des bras cassés qui avaient fait un passage éclair dans le lit d'Irene ces derniers temps. Sara repassa mentalement en revue le palmarès 2008 : Connie la divorcée amère, Sasha l'ancien patineur artistique « légèrement » accro à la coke, le « cow-boy » Lennie qui s'était révélé être membre d'une secte et Anne, la chef du Lower East Side qui avait un fond de méchanceté plus désagréable que le temps d'attente dans son restaurant. Mais là, il y avait quelque chose de doux dans la posture d'Irene quand elle se tournait vers William.

— J'aurais aimé rester en lettres classiques, avoua William. Je me suis retrouvé à Yale pour mon MBA.

— À t'entendre, on dirait que tu t'es vautré et que tu es tombé dedans, railla Jacob.

Sara lui donna une chiquenaude sur l'oreille.

— Laisse tomber. Jacob déteste ceux qui sont allés à Yale.

— Pourquoi ? A-t-il été – pardon, êtes-vous allés à Harvard ?

— Non, répondit Sara d'un ton ironique, Yale l'a refusé et son ego ne s'en est jamais remis. On aurait pu croire que Harold Bloom en personne était passé par là et avait étranglé son chiot.

Désormais, Jacob les ignorait ostensiblement tous les deux. George et lui parlaient tout bas de choses et d'autres, mais pas aussi bas qu'ils le pensaient. William resta seul, faisant semblant de regarder tomber la neige par la fenêtre, en essayant de ne pas avoir l'air d'espionner la conversation des garçons – même s'ils se trouvaient juste à côté de lui, et ne prenaient plus la peine de parler doucement maintenant que Sara s'était éloignée.

— Ici, dit Jacob, devant tout le monde ? Tu es le pire mec que je connaisse.

— C'est notre anniversaire, expliqua George avec une joie qui semblait feinte.

— C'est d'une nullité absolue de continuer à fêter tous ces anniversaires. Huit ans depuis votre première galoche ! Huit mois depuis vos premières vacances ensemble ! Cinq ans et six mois depuis votre première pénétration ! Vous êtes encore au collège ou quoi ? C'est dégoûtant.

— Tu peux te taire ?

Jacob haussa les épaules.

— On ne le saura peut-être jamais.

— Elle voudrait que je le fasse ici, insista George, avec nos plus proches amis.

Jacob ricana.

— Qu'est-ce que tu vas faire si elle dit non ?

— Elle ne va pas dire non.

— Ah, j'oubliais que tu peux prédire l'avenir. Tu devrais te pencher sur mon portefeuille d'actions de temps en temps.

— Tu n'as pas de portefeuille d'actions. C'est tout juste si tu as un canapé.

— J'ai encore la moitié de mes étrennes de bar-mitsvah dans des actions Nintendo, et n'insulte pas le clic-clac bleu. On a acheté ce canapé ensemble, tu te souviens ? Et j'ai tiré plus de coups dedans que…

William décida que ce n'était pas le bon moment pour proposer à Jacob d'étudier son portefeuille d'actions, ni de lui dire que le sien performait mieux que prévu malgré la baisse du Dow Jones d'environ cinq mille points depuis octobre. En fait, il espérait parler poésie avec Jacob – William avait fait sa thèse sur *L'Iliade* –, mais le type lui manifestant zéro intérêt, il préféra prendre le large. Il s'approcha d'un serveur portant un plateau de boulettes de viande de canard marinées dans une sauce Bulgogi. Après en avoir pris et mangé une, il se dit que le cure-dents qui lui restait entre les doigts lui fournissait l'excuse parfaite pour se rendre à la cuisine, où Irene et Sara discutaient à voix basse. Elles ne le virent pas jeter le cure-dents ni chercher une serviette pour s'essuyer les doigts.

— Alors, qu'est-ce qu'elle a dit à la visite de contrôle ?

— Je ne sais pas ! Elle a fait des contrôles.

Irene se resservit du champagne de la bouteille de William, qu'elle avait récupérée auprès du barman et dissimulée derrière un gigantesque casse-noix doté d'organes génitaux impudiques.

Sara tendit sa flûte pour qu'elle la remplisse.

— J'espère qu'elle a fait plus que prendre des clichés cette fois.

— Ils… je ne sais pas… je crois qu'elle a planté une aiguille à l'intérieur.

— Eh bien, elle l'a fait ou pas ?

— Elle a gratté ou un truc comme ça. Je n'ai pas regardé.

— Chérie, tu es désespérante.

Irene, l'air accablé, posa sa tête contre l'épaule de Sara. Sara lui promit que tout allait bien se passer.

William aurait aimé savoir de quoi elles parlaient, mais, avant qu'il puisse en entendre plus, il repéra Jacob qui se frayait un chemin à travers la foule pour rejoindre les filles, George dans son sillage.

Jacob était en plein délire.

— Je m'oppose à cette institution ! Putain, ça me met hors de moi qu'ils veuillent le légaliser pour nous. Ne pas être obligé de se marier était le seul avantage qu'on avait sur vous autres. Ça et le passe-droit gratuit pour se faire réformer de l'armée… Je te jure, bientôt ils vont découvrir comment me foutre en cloque.

Sara lança un regard interrogateur à George, qui haussa les épaules.

William pensa que le moment n'était pas pire qu'un autre pour tirer sa révérence. Il mit la main sur l'épaule de Sara et déclara, feignant un bâillement : « Je dois y aller. » Il prit une carte de visite dans sa poche, mais, avant de finir son geste, sa main fut arrêtée par quelque chose – par une autre main, divinement lisse et douce.

— Ne sois pas ridicule ! dit Irene. Tu as à peine eu le temps de me parler.

William sentit tout son corps étranglé par l'émotion.

— Salut, parvint-il à articuler.

— Hé, Sara, je peux te par… ? coupa George.

Mais Sara était occupée.

— Jacob, tu savais que William a fait sa thèse sur *L'Iliade* ?

William hocha la tête.

— J'ai travaillé avec le professeur Douglas. Sur le paradoxe de la fatalité et de la divinité… Enfin sur l'idée que, dans une certaine mesure, les dieux tout-puissants de l'Olympe étaient limités par les trois Parques, qu'elles formaient une sorte de jury indépendant…

— Oui, bien sûr, l'interrompit Jacob. Quelle est la traduction que tu préfères ?

— Celle de Lattimore.

Jacob toussota.

— Lattimore ? Arrête ! Fagles ou même Lombardo ont fait bien mieux. Mince, je n'arrive pas à croire qu'ils t'ont accepté à Yale avec *Lattimore*.

Irène prit un air malicieux :

— Hé, ne critique pas mon copain Lattimore. En plus, j'ai entendu dire que Fagles et Lambada étaient des charlatans. Drogués à la benzédrine, traduisant au beau milieu de la nuit. Un cortège de cœurs brisés derrière eux.

— Oh, tais-toi, dit Jacob en lui enfonçant un doigt dans les côtes.

— Hé, bouda Irene, on est ici depuis combien de temps ? Quid d'un salut en bonne et due forme ?

Jacob fit une révérence.

— Majesté.

William sentit ses joues s'empourprer. Jamais il n'avait vu de gens passer si rapidement, comme en ricochant, de l'abjection à la gentillesse. C'était sans doute un exercice qu'ils pratiquaient depuis des années.

Il tenta un retour en terrain familier.

— Eh bien, Fagles rend le texte très sympa, mais...

— Sympa ? Sympa ? C'est d'Homère qu'on parle, pas d'une carte postale ! *Sympa ?* Mon Dieu !

Alors que Jacob se lançait dans sa tirade coutumière sur la façon dont la société use et abuse de certains adjectifs jusqu'à les vider de leur sens, George s'excusa pour aller aux toilettes. Personne ne le vit partir. Il y avait un peu d'attente, aussi il expédia un autre Terre vaine fadasse en faisant la queue. L'alcool absorbait comme un buvard l'environnement festif, mais il avait aussi l'effet malheureux d'accroître son malaise. Un coup d'eau fraîche sur le visage, et ça devrait aller mieux, pensa-t-il. Il atteignit enfin la salle de bains, où régnait un calme relatif, et il respira trois fois à fond.

La salle de bains était en marbre blanc avec de vastes voûtes dans le style grec. C'était la seule pièce de la suite épargnée par l'art contemporain, et tandis qu'il se lavait les mains et aspergeait son visage d'eau froide, il se surprit à apprécier la décoration apaisante de l'hôtel – des falaises blanches surplombant la mer Égée, un plateau circulaire en bronze recouvert de faux vert-de-gris, la statue d'un chérubin au-dessus de la baignoire.

Enfin seul, il laissa tomber le masque et il se regarda dans le miroir. Ses cheveux étaient en bataille, et sa veste de costume le serrait aux épaules. Il n'avait pas l'habitude de se sentir stressé et complexé. Il allait parfaitement bien jusqu'à ce stupide accident – mais il ne voulait pas y penser alors que c'était son grand soir. Délicatement, il sortit la bague de fiançailles de sa poche et l'exposa à la lumière, sur le meuble du lavabo. Il n'avait jamais compris avant. Pourquoi des diamants ? s'était-il toujours demandé. Ça avait un côté arbitraire. Mais maintenant qu'il regardait la bague en essayant de se visualiser en train de la passer au doigt de Sara, toute autre pierre lui semblait indigne, éphémère. Ce qu'il avait dit à Jacob était vrai. Il ne pouvait pas imaginer un scénario dans lequel Sara dirait non. C'était une conclusion logique, depuis tout ce temps, qu'il ait seulement à cœur, aujourd'hui, de rendre justice à leur décennie passée ensemble.

Il donna une pichenette dans la bague. Serait-elle à sa taille ? Il avait mesuré son doigt avec un bout de ficelle pendant qu'elle dormait. Mais s'il l'avait mal fait ? La bague semblait trop petite. Nouvelle pichenette. La bonde du lavabo était grande ouverte, et un long frisson parcourut sa colonne vertébrale. *Ne la fais pas tomber dans le lavabo. Ne la pousse plus. Prends-la tout doucement...* Mince ! Il forma une pince avec ses doigts et les plaça juste au-dessus de la bague. Même en faisant attention, elle glissa légèrement. Il crut que son crâne allait exploser. Son crâne ou son cœur. Mais il la tenait, il la soulevait et il ne la lâcherait pas.

Cependant, dans sa tête, un diablotin pervers lui faisait imaginer le pire : ses doigts moites se desserraient ; il essayait de l'agripper plus fermement, mais elle glissait. Puis il l'entendait – le tintement terrifiant de l'anneau contre la porcelaine. Il regardait le lavabo juste à temps pour la voir tinter de nouveau. Il plongeait la main pour l'attraper, mais il la frôlait seulement. Elle rebondissait autour de sa main maladroite comme un moustique étincelant, puis elle disparaissait. Disparue. Dans le siphon. Perdue à tout jamais.

Il emprisonna la bague au creux de son poing. Il sentit le diamant lui piquer la paume. Il voulut prier pour trouver une sorte de réconfort, mais quelqu'un secouait la poignée de la porte. Mince, il ne pouvait pas attendre ici que ce soit fini et se réveiller demain en meilleure forme. Il rangea avec soin la bague dans l'écrin et l'écrin dans sa poche. Il se sentait sur le point de vomir, mais la poignée de porte s'agita de nouveau. Des gens attendaient.

L'ambiance de la fête frémit encore quelque temps, mais sans jamais vraiment parvenir à ébullition. Quatre ou cinq personnes tentèrent une caricature de danse traditionnelle sur la musique tchèque qui sortait d'un iPod, et cela provoqua des rires, mais personne ne dansa par la suite. Un invité faillit se cogner contre le pare-chocs Chevrolet, un autre s'évanouit dans la chambre attenante, puis quelqu'un dit que le buffet était presque vide, et un autre que les barmen ne servaient que jusqu'à deux heures, alors pourquoi ne pas sauter dans un taxi pour aller dans ce nouveau club sur Allen Street ? Sur ce, la suite se vida de la moitié des invités.

Irene s'en rendit compte. Les gens semblaient plus disposés à enfiler leur manteau sans aide après avoir bu quelques verres. Puis Abeba sortit en tenant le bras d'un acheteur pour le siège de Goldman Sachs. Une minute plus tard, Juliette fourra une enveloppe dans les mains d'Irene et lui courut après. Aucune des deux ne revint. Puis, d'un coup, la fête était finie. Irene reçut un SMS d'Abeba disant : *vais za Jersey merki pur ton aide*. Irene donna aux traiteurs les chèques et pourboires se trouvant dans l'enveloppe de Juliette, les barmen laissèrent gentiment derrière eux quelques bouteilles à demi pleines, et bientôt, il n'y eut plus personne d'autre qu'eux.

Ce n'était jamais arrivé les années précédentes, quand ils avaient assisté à la fête de la galerie, et ils étaient excités comme des gamins autorisés à rester debout après que les adultes étaient partis se coucher.

— Je m'en vais souiller quelques-unes de ces prétendues œuvres d'art, rugit Jacob.

— Tu ne peux pas les souiller, cria Sara. Elles sont déjà répugnantes.

— Je vais me taper l'igname moisie ! annonça Jacob.

Mais sa cloche en plastique verdâtre se révélant impénétrable, il se consola en mimant une fellation sur le babouin en fer forgé.

— À quoi ressemblent tes œuvres ? demanda William à Irene, nerveusement.

Elle éclata de rire.

— Rien qui ressemble à cela, réussit-elle à articuler entre deux rires.

— Sus au balcon ! cria Jacob en brandissant une bouteille fraîche de champagne dans un poing et en poussant la porte-fenêtre de l'autre. Un vent glacial s'engouffra dans la suite, et des flocons de neige virevoltèrent autour de leurs têtes avant de fondre une fois dans la pièce.

— La direction de l'hôtel ne veut pas qu'on aille sur le balcon ! hurla Irene.

— Alors ils auraient dû verrouiller la fenêtre !

— Vous vous rendez compte qu'il neige. Genre, avalanche, déclara George, tout en suivant Jacob dehors.

Les sommets sombres des gratte-ciel voisins ondulaient comme d'immenses arbres au vent, et il lui fallut un moment pour comprendre que c'était lui qui penchait, et non eux.

William enleva sa veste pour l'offrir à Irene tandis qu'ils sortaient sur le balcon. Elle la prit avec gratitude et se tint à son bras pour éviter de tomber avec ses talons hauts.

— Un gentleman, s'exclama Sara en tirant la langue à George.

Il avait enlevé sa veste d'un côté avant de se souvenir de ce qu'il y avait dans sa poche. Puis il s'était emmêlé les pinceaux et n'arrivait plus à la renfiler.

— Je suis coincé ! dit-il en riant.

— Houlà !

Sara se moquait toujours de lui quand il avait trop bu, comme un enfant qui aurait mangé trop de barbe à papa à la fête foraine.

— Il-y-a-un-jacuzzi, articula Jacob, en fixant émerveillé un recoin éloigné de la terrasse comme s'il venait de repérer le suaire de Turin. Il y a un jacuzzi !

— L'eau va être glaciale ! cria Sara.

Jacob dérapa et glissa en courant vers l'énorme baignoire en plastique recouverte d'une housse de protection. Il posa les mains sur le revêtement, et ses yeux se révulsèrent.

— C'est chaud, hurla-t-il. C'est chaud !

— Et tu crois que quelqu'un a pris son maillot de bain ! cria George.

— Comme si vous ne m'aviez pas déjà vu à poil une bonne dizaine de fois, rétorqua Jacob en arrachant son pull avant de déboutonner sa braguette.

— William ne t'a jamais vu à poil ! Jacob Blaumann, tu remets tes fringues tout de suite, hurla Irene.

Mais c'était trop tard – George était déjà en train de l'aider à tirer la housse sur le côté. Les deux faisaient la paire quand une occasion pareille se présentait.

Irene s'inquiéta de ce que Juliette et Abeba pourraient finalement décider de repasser, ou qu'un invité revienne pour chercher un sac à main ou un téléphone – mais elle était si fatiguée de s'inquiéter. S'inquiéter pour son travail ou son rendez-vous chez le médecin. Elle commença à dénouer la ceinture de sa robe. L'air froid était un délice sur ses muscles endoloris, et ses pieds ne demandaient qu'à être libérés des chaussures.

— Irene !

Le cri de Sara était perçant.

— Allez, maman, dit Irene, en rendant sa veste à William. William ! Je suis désolée – en général, on est moins déchaînés.

Ses joues étaient brûlantes malgré la température négative.

— Je crois que je vais y aller.

— À plusss ! cria Jacob, alors que tout le monde pouvait voir ses fesses descendre dans l'eau.

— William, ne pars pas ! glapit Sara. Je serais *tellement* embêtée que tu partes.

Ça l'embêterait vraiment ? S'ils se revoyaient dans vingt ans, est-ce qu'elle s'en souviendrait ? *Tu sais, la soirée dans le jacuzzi au Waldorf quand on était tous bourrés et que tu es parti ?* William gagea qu'elle s'en souviendrait, lui aussi, et puis il était fatigué de se remémorer toutes ces fois où il était parti avant que les choses ne deviennent intéressantes. En plus, Irene avait enfin enlevé sa robe. Il voulait regarder, mais il n'osait pas. Alors il leva les yeux vers les lumières rouges clignotantes en haut de l'immeuble. Il y a des années, son père lui avait dit qu'elles étaient là pour empêcher les avions de percuter les gratte-ciel.

À moitié déshabillé, George se précipita à l'intérieur pour ranger sa veste en sécurité sur un canapé. Il entendit Jacob hurler :

— Voilà, *ça*, c'est vivre !

— Va chercher des peignoirs ! hurla Sara. Ou des serviettes ou n'importe quoi d'autre.

George trouva deux peignoirs en tissu-éponge dans un placard et il ramassa les serviettes de la salle de bains. Quand il revint sur le balcon, il constata que ses trois amis – plus William – barbotaient dans le bain bouillonnant. Les sous-vêtements des filles étaient devenus transparents, mais elles gardaient leurs épaules dans l'eau. William avait les yeux rivés sur la stratosphère.

— Allez viens, gros trouillard ! On ne va pas regarder, beugla Jacob.

George enleva sa chemise sous les huées et les cris des filles, et quand il baissa son pantalon, Jacob sifflotait un vieil air de strip-tease : « Da da da DA… Da da da DA… »

— Pas de petits billets ! plaisanta George. Uniquement des cinq et des dix ou je remballe le matos.

Il fit claquer l'élastique de son boxer bleu Superman, arrachant des glapissements à Sara et Irene, puis il monta dans le jacuzzi et plongea la tête sous l'eau au pop du bouchon de champagne qui sautait.

Après avoir émergé et avalé une longue rasade au goulot, George se tourna vers William.

— Après cette nuit, soit on sera les meilleurs amis du monde, soit tu ne nous adresseras plus jamais la parole.

— Ma nuit avec les Murphy, plaisanta William.

— Oh, mon Dieu ! Vous vous souvenez ? On nous appelait comme ça ! s'écria Sara.

Finalement, George se mit à lui parler des gens qu'ils avaient connus ensemble au lycée, et de ceux qui étaient allés à Yale. C'était comme s'ils avaient toujours été amis.

Yale. En dépit des apparences, Jacob commençait, lentement, à bouillir. William s'imaginait sans doute qu'ils faisaient ce genre de choses tous les week-ends, mais pour tous les quatre c'était une grande première. Et il aurait dû arborer un sourire triomphant – après tout, c'était exactement le genre de choses dans lequel il essayait toujours de les entraîner. Il était le trublion attitré du groupe. Leur joueur de flûte de Pan, leur dieu du vin, leur indispensable esprit anarchique. Il était celui qui, les premières années, avait voulu leur faire prendre des champignons et évacuer les tensions évidentes entre eux dans une sorte d'orgie. Ils avaient ri, mais lui était tout à fait sérieux. Il désirait George, George désirait Irene et Irene était amoureuse de Sara et de George aussi, probablement, alors pourquoi pas ? Tout le monde avait été amoureux de tout le monde – sauf de lui.

Et maintenant qu'ils étaient là, dans un jacuzzi au dernier étage d'un des hôtels les plus luxueux de Manhattan, il se sentait de moins en moins comme un enfant laissé seul à la maison sans les adultes et de plus en plus comme s'ils étaient eux-mêmes des adultes. Toute cette sublime tension sexuelle s'était émoussée. Ils étaient assis, aussi platoniquement que des frères et sœurs prenant leur bain ensemble.

Et maintenant, George allait faire sa demande en mariage ? Évidemment, Jacob savait que ça arriverait un jour. Cela faisait des années qu'elle couvait – la fin de tout ça. Fini le champagne à trois heures du matin dans un bain bouillonnant ou les délires sur la chasse au renard. C'était la fin des années qu'ils avaient passées à explorer cette ville comme des étrangers en terre inconnue. Bientôt, ils se contenteraient d'être là. Bientôt, la moitié d'entre eux seraient mariés

– irrémédiablement monogames. Pourquoi s'infliger une telle punition ? Bientôt, ils rejoindraient les rangs des couples boiteux et asexués, et lui se retrouverait seul avec Irene.

George essayait en vain de les captiver avec un nouveau récit de l'accident auquel il avait assisté. Irene racontait sa journée à William, et aux autres – son épopée en voiture avec les œuvres d'art. Et William disait qu'il aimait vraiment certaines d'entre elles – et qu'il avait pris une option art à Yale intitulée « L'Art après Warhol ».

Jacob fut pris d'un fou rire incontrôlable.

— De l'art ? a-t-il éructé, crié, postillonné. Cette merde n'est pas de l'art. Voilà ce qui arrive quand les gens qui détestent l'art essaient d'en faire.

Irene acquiesça.

William s'enhardit.

— Mais quelle est la signification de l'art à une époque où tout est commercial – quand les cocktails que nous avons bus toute la soirée portent des noms de poèmes et de poètes, juste pour faire du fric.

Jacob renifla.

— *La Terre vaine* reste *La Terre vaine*, putain, peu importe qui fait l'erreur de nommer un cocktail comme ça. On s'en fout. En deux mots comme en un, tu n'affaiblis pas le texte avec ça.

— Exactement ! s'écria Sara.

William se leva.

— Eh bien, l'igname moisie dans une boîte suscite en nous une interrogation : qu'est-ce que l'art, au fond ? On ne peut pas vraiment répondre à cette question.

— Bien sûr qu'on peut. Je vais y répondre tout de suite, dit Jacob.

— Mais…, commença Irene.

— Non ! Pas de mais ! hurla-t-il, et pour illustrer son propos, il sortit son magnifique derrière blanc de l'eau[1]. C'est toujours, mais, mais, mais, mais, mais.

Il y eut des cris et des protestations quand Jacob replongea dans la piscine.

— L'art véritable ne souffre aucun artifice. *La Ronde de nuit* ne te saute pas aux yeux en criant « Hé ! Je suis juste une croûte de peinture ! ». Non. Elle te fait oublier jusqu'à sa nature même de tableau. Elle te fait trembler devant elle. Si quelqu'un tremble devant l'igname en boîte, c'est parce qu'il est secoué de rire. Ou qu'il dégueule.

Plus personne ne cherchait à contredire Jacob, mais il était lancé et ne pouvait plus s'arrêter.

— L'art te fait ressentir des choses que personne ne t'a jamais appris à ressentir, parce que tu ressens ce qu'un inconnu a ressenti quand il, ou encore mieux *elle*, l'a créé. Tu le vis par procuration. Il te fait aimer de l'intérieur du cœur d'un autre et haïr avec le fiel des tripes d'un autre. Il est la seule chose sur cette planète qui puisse nous faire quitter la petitesse pathétique de notre état de poussière et non seulement nous projeter, mais nous faire devenir quelqu'un d'autre. Il faut qu'il soit métaphorique, sinon il n'est qu'un putain d'écran de télé.

Jacob se leva, triomphant, s'exposant aux yeux de tous. La neige tournoyait autour de sa tête quand

_____

1. Jeu de mots entre *but* (mais) et *butt* (derrière).

il porta la main à sa bouche et cria : « TOOOUUU DOOOUUU ! TOOOUUU DOOOUUUU ! » Il salua George, sortit du jacuzzi, entra dans la suite et effondra sur le canapé.

— William, dit Irene, viens m'aider à l'envelopper d'une serviette pour qu'il ne meure pas d'une pneumonie.

William détourna le regard jusqu'à ce qu'Irene eut passé un peignoir, puis il escalada le bord du jacuzzi pour la rejoindre. Ils entrèrent ensemble dans la chambre. Ni George ni Sara ne les revirent avant le lendemain.

Enfin seul avec Sara, George se déplaça dans le jacuzzi pour s'asseoir à côté d'elle et la prendre dans ses bras. Elle posa la tête contre son épaule ferme, et ils restèrent assis en silence. Le ciel au-dessus d'eux était gris-rose et sans étoiles, comme toujours en ville. Ils voyaient au-delà de Lexington les fenêtres des bureaux. On entendait au loin des klaxons de taxi, des alarmes de voiture et le grondement du M102 qui descendait de Harlem à l'East Village. C'étaient les bruits de leur ville merveilleuse, qui ne dormait jamais.

Les grincements et gémissements familiers de leur maison.

George espérait paraître calme, alors qu'il se maudissait de ne pas avoir pris la bague avec lui. Il ne savait pas trop où il aurait pu la cacher, mais le moment semblait opportun. Comment rentrer dans la suite puis ressortir sur le balcon ? Dire qu'il allait aux toilettes ? Cela briserait la magie du moment.

Il se sentait parfaitement en accord avec lui-même, comme si pour une fois ses êtres intérieur et extérieur ne faisaient qu'un – et pourtant il était coincé. Se lever détruirait l'instant. Comme ils restaient assis, le silence s'éternisa et il commença à craindre que cela ne devienne pesant. Il chercha quelque chose à dire – mais ses pensées le ramenaient à l'accident qu'il avait vu en arrivant à Long Island. Il ne voulait pas y penser, mais il était là. Un pincement pervers tordit ses lèvres. Il avait quelque chose à dire, et la seule chose dont il voulait parler, là encore, menaçait de tout gâcher.

— J'ai vu un mort aujourd'hui.

Mon Dieu, le soulagement de le dire à voix haute.

Sara poussa un cri et se libéra de ses bras pour le regarder dans les yeux.

— Au boulot ?

George fit non de la tête.

— Non. Sur la L.I.E. L'accident dont je t'ai parlé. Un type est mort.

Il l'avait presque loupé. Il était coincé dans l'embouteillage en train de penser à Sara et à ce qu'il lui dirait ce soir à la fête. Il regardait tomber les premiers flocons de neige et vérifiait toutes les deux minutes la présence de la bague dans sa poche. Puis il était enfin parvenu au bout du goulot d'étranglement. Après être resté assis tout ce temps dans la voiture en fulminant contre les curieux, il voulait accélérer. Il n'allait pas regarder. Il voulait se prouver qu'il était au-dessus de ce voyeurisme malsain.

Mais ensuite il avait tourné la tête. Au début, il n'avait vu qu'une Isuzu verte avec un énorme trou dans le pare-brise. Il avait été frappé par sa taille, puis avait remarqué qu'il n'y avait personne dans la voiture. Évidemment, avait-il pensé, ils l'ont sorti de là, depuis le temps. Il doit être dans l'ambulance, en train de remplir les formulaires d'assurance. Et puis George s'était dit : et si… ? Et s'il avait traversé le pare-brise, la tête la première, l'impact initial l'aurait sûrement assommé, sinon tué sur le coup ? Et s'il avait brisé le pare-brise et avait été éjecté dans les airs (George visualisait la scène au ralenti, comme dans un mauvais feuilleton), alors il serait écrasé sur la chaussée et…

Et là, George l'avait vu. Le corps. Non la pâle version télé de son imagination, mais la réalité, devant lui, sur la chaussée. À l'endroit exact où le calculateur froid de son cerveau l'avait intuitivement situé en prenant en compte le poids d'un adulte, la résistance d'un pare-brise et la vitesse passant de 100 kilomètres à l'heure à zéro en un rien de temps. Il avait été propulsé dans les airs alors que la gravité, cette constante de malade, l'avait ramené vers le sol. À cet endroit précis. L'homme était là, et plus là du tout à la fois.

Dieu merci, quelqu'un avait tourné son visage vers le sol ; le corps était recroquevillé, la tête penchée comme s'il priait.

Tout cela s'était passé en trois ou quatre secondes. Bientôt les klaxons impatients des autres conducteurs avaient ramené George à la réalité, et il avait accéléré. Mais en ce bref instant, il avait ressenti le choc de cet homme contre le pare-brise comme s'il était à sa place. Il avait senti ses genoux heurter le goudron – son propre visage retomber, lourdement.

Il avait essayé d'exorciser cette sensation toute la soirée, mais ce n'était que maintenant qu'il en avait parlé à Sara qu'il se sentait mieux. Il caressa doucement son cou. C'est alors qu'il se rendit compte qu'elle avait la tête baissée. De longues boucles de cheveux noirs tombaient autour de son visage.

George s'aperçut qu'elle pleurait.

— Qu'est-ce qu'il y a ?

— Rien.

— C'est à cause de l'accident ?

Sara fit non de la tête. Il commença à paniquer.

— Est-ce que Jacob t'a dit quelque chose ?

— Irene est retournée chez le médecin, sanglota-t-elle.

— Chut..., c'est rien. Elle est jeune. Elle est quasi végétalienne. En gros, elle est Wonder Woman. Ne t'inquiète pas.

Mais Sara s'inquiétait ; George le savait. En fait, il aimait qu'elle s'inquiète, car il devait être fort pour deux. C'est ce qu'il y a de mieux dans l'amour, pensa-t-il. Mieux que le sexe, ou ne pas se réveiller seul ou cuisiner sans avoir à diviser par deux tous les ingrédients. Sara le rendait plus courageux et George la rendait plus sereine. Indirectement. C'était cela le pouvoir de l'amour. C'était à cela qu'il aurait aimé avoir pensé, avant.

Il la poussa légèrement du nez jusqu'à ce que Sara se tourne vers lui et ferme les yeux pour l'embrasser. Il neigeait vraiment maintenant. Dans un demi-sommeil, ils regardaient les flocons virevolter vers la rue et danser dans la vapeur qui montait au-dessus de l'église Saint-Barthélemy et de tout Midtown. La neige tombait sur le Village et le Bronx, le vent soufflait sur les rives sombres du fleuve et balayait Long Island. Un tapis épais s'amassait sur les rampes d'acier, les terre-pleins en béton, et les artères qui irriguaient la ville et au-delà à des kilomètres à la ronde.

George savait que le moment était venu. Avec ou sans bague, c'était le bon moment, l'instant de paix qu'il attendait et qu'il ne retrouverait pas. Il aimait cette femme et il savait qu'il ne cesserait jamais de l'aimer – un peu, beaucoup, passionnément, à la folie. Il voyait battre le cœur de Sara. D'une certaine manière, elle avait toujours su ce qu'il s'apprêtait à lui dire.

Cinq sur un million

1

Mardi, George Murphy découvrit en arrivant au bureau que son étoile était au bord de l'effondrement. Au sens propre, comme au figuré – 237 Lyrae V, cœur protostellaire de la nébuleuse de la Lyre que George avait passé les quatre dernières années à étudier, connaissait un effondrement gravitationnel très inattendu. Du moins d'après la note d'Allen Ling, son voisin de box au département d'astrophysique de l'université de Brookhaven, qu'il avait trouvée sur son bureau. Il avait griffonné *Elle va exploser !* en haut d'un tableau dont les lignes et les colonnes – au grand dam de George – faisaient apparaître des variations de température et de densité qui pouvaient caractériser le début d'un effondrement.

— C'est un bonheur de travailler avec toi, dit George sans le regarder.

Allen, qui discutait à bâtons rompus en espagnol au téléphone avec quelqu'un de l'Agence spatiale européenne, fit une pause le temps de brandir un doigt d'honneur et de se retourner vers son écran, où il était en train de foirer sa partie de Snood.

Soudain, le bureau parut se dissoudre à la vitesse de la lumière. Durant ses deux heures de trajet sur la L.I.E. verglacée, George avait réfléchi avec soin à la manière dont il allait annoncer à ses collègues qu'il avait enfin demandé Sara en mariage. Le paternel Dr Cokonis demandait depuis trop longtemps quand il allait enfin « faire d'elle une femme respectable » ou, comme le formulait Allen, « mettre un peu de bling dans cette merde ». Mais maintenant, ça allait être la principale activité de la journée – mince, sinon du mois. Les recherches doctorales et désormais post-doctorales de George étaient centrées sur ce qu'on appelait les cœurs protostellaires, en gros d'énormes nuages de gaz moléculaire qui parfois s'effondraient pour se concentrer en jeunes protoétoiles. Allen avait prédit ce destin à 237 Lyrae V toute l'année, en dépit des modèles construits avec amour par George, qui suggéraient le contraire.

Secrètement, George s'imaginait comme un Darwin de l'astronomie, un créateur d'algorithmes qui pour-raient hypothétiquement être utilisés pour dessiner plus précisément le paysage stellaire des prochains millénaires. Les premiers résultats l'avaient conduit à identifier des dizaines de cœurs sur le point de devenir des étoiles – mais à son grand désespoir, cela n'était encore jamais arrivé. Ses calculs avaient également révélé plusieurs cœurs stellaires stabilisés, comme 237 Lyrae V, dans la nébuleuse de la Lyre, qui avaient une probabilité statistique très faible d'atteindre la phase T Tauri, avec des corps planétaires en orbite, des ceintures d'astéroïdes et tout le reste. Son projet entier était fondé sur ces hypothèses, or, si Allen avait raison, son erreur était sur le point d'être démontrée à l'échelle cosmique.

Il fallut une demi-heure à George pour confirmer les données d'Allen, et une heure pour relancer les calculs sur l'ordinateur, qui cracha encore plus de chiffres, qui devaient ensuite être vérifiés. Aucun d'entre eux ne semblait encourageant. George ne voulait tout simplement pas que ce soit vrai, et au bout d'une nouvelle heure, il ne pouvait penser à rien d'autre qu'appeler Sara. En composant son numéro, il anticipait le soulagement qu'il ressentirait à s'épancher de ces résultats dévastateurs – mais alors que son téléphone sonnait, il hésita. L'idée qu'Allen entende son désespoir ne le réjouissait pas particulièrement et il ne voyait pas comment il pourrait gâcher la journée de Sara sans conséquences fâcheuses. Elle était si excitée de raconter à tout le monde au *Journal*[1] sa demande en mariage.

— Salut, toi !

— Salut, ma belle, dit George, avec une tendresse et une gaieté qu'il était à mille lieues de ressentir.

Il entendait dans le fond le brouhaha du Bistro 19, l'un des lieux de prédilection de leur bande. Sara avait quitté le bureau plus tôt pour déjeuner avec Irene et lui changer les idées, car le médecin pouvait appeler à tout moment avec les résultats de la biopsie. D'après Irene, il avait dit qu'ils en sauraient plus « en fin de

---

1. En français dans le texte.

semaine prochaine », ce qui laissait présager à George qu'ils n'auraient pas de nouvelles avant jeudi ou vendredi. Ou sinon, il aurait précisé, *on vous appellera immédiatement*. Mais il savait qu'il était important pour Sara, même si Irene s'en fichait, d'être le genre d'amie qui insiste pour déjeuner avec vous quand le docteur ne va probablement pas vous appeler.

George se racla la gorge.

— Il s'est passé quelque chose durant le week-end. Je vais devoir rester tard ce soir pour résoudre le problème.

Il entendit la déception dans sa voix.

— Mais Irene nous a pris des billets ce soir pour *La Mort d'Eurydice*.

— Ah, oui. Eh bien, le problème est qu'un des cœurs protostellaires les plus importants de ma recherche connaît des changements assez surprenants.

— Chéri, ton étoile sera encore en train de changer demain. Ce n'est pas comme si tu pouvais l'empêcher d'évoluer.

George voulait protester, mais en même temps elle avait raison : si le cœur protostellaire était réellement effondré, cela signifiait qu'il s'était effondré il y a plus de deux mille ans, car toutes les données qu'ils recueillaient actuellement avaient voyagé à la vitesse de la lumière dans l'espace pendant deux millénaires. Donc tout ce qui se passait était d'une manière ou d'une autre déjà fini, bel et bien fini,… mais ça ne changeait rien au fait que ses recherches, ici et maintenant, pouvaient se résumer à un gaspillage irrécupérable de temps. Quatre années de sa vie – un battement de paupières dans l'existence de 237 Lyrae V, mais beaucoup de temps pour lui, surtout au début de sa carrière…

Sara rompit le long silence.

— Bien, je vais voir si William peut prendre ton billet alors.

— Ne sois pas fâchée.

— Je ne suis pas fâchée.

— Bien. Et essaie de savoir ce qu'il a fait avec Irene vendredi.

— Je ne peux pas lui demander ça, dit-elle avant de faire une pause. Mais je pourrais lui demander à *elle*, si jamais elle finit par se pointer.

— Voilà ! Tu es journaliste. Investigue !

— Je suis *rédactrice en chef*. Je publie les reportages des *autres*. Si on peut appeler ça comme ça.

— Je plaisante. Tout le monde est excité par notre grande nouvelle, mentit-il en baissant la voix pour qu'Allen ne puisse pas l'entendre.

Exclamation de joie.

— Ici aussi ! J'ai déjà commencé la liste des invités. Tu devrais demander l'adresse perso des gens du département que tu souhaites inviter.

— Je vais inviter tout le monde sauf Allen, déclara George en haussant la voix, ce qui lui valut un nouveau doigt d'honneur de son collègue.

— Bonne chance avec ton étoile. Il y a un genre d'after après. Retrouve-nous là-bas, d'accord ?

Il soupira longuement.

— Tu m'envoies l'adresse par texto ?

— C'est à Greenpoint.

Long soupir. Greenpoint, *le retour*.

— Je t'aime.

— Je t'aime aussi.

Il raccrocha. Il ne savait pas quoi faire ensuite. Il ferma les yeux. Comment cela pouvait-il arriver ? Il devait se raisonner ; Allen était incapable de provoquer l'effondrement d'un énorme nuage de gaz moléculaire cent fois plus grand que le système solaire. Mais ça ne l'empêchait pas d'en vouloir à son collègue, qui grimpait les échelons dans le département avec une rigueur machiavélique en sapant subtilement les recherches des autres.

George était tombé amoureux, il y a treize ans, de l'idée du nombre infini d'objets qui restaient à découvrir dans l'univers, des théories à imaginer en faisant des rapprochements audacieux. Les Allen du monde, cependant, semblaient de plus en plus nombreux à chaque étape… des chercheurs qui n'observaient pas l'univers en réfléchissant, mais qui passaient leur temps à assister à des conférences et à lire des résumés, en quête d'une recherche défectueuse à sabrer ou de découvertes supposées à réfuter. George savait, en théorie, que le monde – l'univers – avait besoin de ces Allen sceptiques pour vérifier les idées des rêveurs, mais il aurait préféré qu'ils n'y prennent pas autant de plaisir.

George appela Jacob, qui en général lui exprimait son soutien dans ces moments-là, mais son ami ne répondit pas. Quand il était à l'asile, il pouvait rarement décrocher.

— Baoum – George entendit Allen hurler – BOUM !

— Tu es en CE2 ou quoi ? lança George sans se retourner.

— J'aimerais bien. D'accord. Bon, je viens d'avoir les gars à Madrid. Ils nous allouent un peu de temps sur le télescope Messier ce soir pour obtenir les dernières données.

— Nous ? Tu n'as pas le Phoenix-13 tout l'après-midi ?

— Allons, ce télescope de merde ne peut pas nous fournir les indications dont on a besoin.

— Je répète : qui est ce *nous* ?

— Toi et moi, G-Man ! s'exclama Allen. Et je vais te dire, tout ça est hyper-excitant !

— C'est une catastrophe, Allen. George pointa du doigt l'étagère pleine de classeurs noirs à trois anneaux, tous identiques à l'exception de la couleur passée du plastique, en allant vers la gauche, des plus anciens qui dataient de ses premières années de recherche. Quatre ans de boulot. 237 Lyrae V était censée être *stable*.

— Voilà ce qui rend les choses si intéressantes, G-Man. Elle devait être l'un des cœurs les plus stables de la nébuleuse de la Lyre, non ? Du moins, d'après ce que tu as découvert jusqu'ici, il faudrait une putain de supernova pour que 237 s'effondre. Seulement, il n'y en a pas. Alors la question qu'on doit se poser, dans les termes de nos illustres ancêtres scientifiques, est : c'est quoi ce bordel ?

— Allen…

— Ce que je veux dire, George, c'est qu'il n'est pas trop tard pour apporter ta contribution à l'article que je vais écrire.

— Que *tu* vas écrire ?

— D'accord, d'accord – que nous allons écrire. On va assister à l'effondrement en temps réel, G-Man. C'est un truc de ouf ! On parle d'une « cible de choix » qui se représente rarement deux fois. On parle de toi et moi qui allons avoir un créneau horaire sur ce putain de Hubble, dit Allen, en se levant brusquement. Écoute, je dois déjeuner avec Cokonis. Je vais lui en toucher deux mots. Réfléchis bien. Si c'est ce que je crois, il ne te reste pas beaucoup de temps pour remplir tes demandes de subventions.

Il sautillait presque en s'éloignant du box.

— Eh, au fait, je vais me marier…, dit George dans le vide.

Il y eut un long silence, puis il entendit le cliquetis régulier des claviers et le grincement des chaises des autres postes de travail disposés le long de l'allée. Le clic des téléphones qu'on repose sur leur support, le grésillement des néons, le frottement des semelles de caoutchouc sur la moquette.

Allen avait raison. George le savait. Il s'était trompé sur toute la ligne sur les causes de cet événement, mais cela mis à part, l'effondrement de 237 Lyrae V pouvait effectivement être énorme pour eux. Ne devrait-il pas s'en réjouir ?

George fit rouler sa chaise vers l'ordinateur d'Allen, qui avait laissé ouverte l'interface du télescope Phoenix-13. Après avoir mis en pause le flux de données qu'Allen téléchargeait, les doigts de George saisirent une série de coordonnées complexes sans qu'il en eut conscience. Ascension droite : 18 h 53 m 35.079 s. Déclinaison : + 33° 01' 45.03. Il attendit un long moment que le télescope, situé à quatre mille kilomètres de là en Arizona, ajuste son mécanisme optique sur une tout autre zone de l'univers. Que le simple fait de frapper sur un clavier ait une action à une telle échelle épatait encore George certains jours et le distrayait brièvement des tâches rébarbatives de son job – en deux heures, il avait reçu ce matin dix e-mails de Cokonis sur la rédaction d'une nouvelle série de dossiers pour des subventions, sur la publication de son prochain article, sur la présentation pour une conférence à Wichita.

Les images commencèrent à apparaître à l'écran. La nébuleuse de la Lyre, alias M57, alias NGC 6720. Une nébuleuse planétaire située dans la constellation de la Lyre, un grand anneau de feu pourpre entourant un iris bleu-vert comme l'eau de l'océan. Sur l'écran pourri de l'ordinateur, George ne pouvait pas distinguer beaucoup de détails, mais il savait qu'elle brillait comme une braise dans le rayonnement infrarouge du télescope… et qu'elle était, à sa manière, une braise, le fragment d'une étoile qui avait épuisé l'hydrogène du noyau et des couches extérieures et était devenue une géante rouge. Il zooma au maximum et il repéra son petit noyau à l'intérieur de la nébuleuse. Juste cent mille ans. Pratiquement un nourrisson à l'échelle cosmique, n'émettant pas de lumière, seulement de la chaleur et du gaz, mais il savait qu'il était là.

Il avait vu pour la première fois la nébuleuse de la Lyre en cours de physique appliquée. Mr Pix l'avait affichée sur un transparent en couleur, en expliquant que « de temps en temps, une étoile géante rouge poussiéreuse devient une nébuleuse, comme la M57, ici, qui contient un nombre inconnu de nébulosités, et ainsi, une étoile mourante devient une sorte de terreau fertile pour les nouvelles ».

George avait été sidéré. Jusque-là, ils avaient été tellement obnubilés par la mort thermique, l'entropie et les trous noirs qu'il n'avait jamais pris le temps de réfléchir au fait que l'univers générait constamment de nouvelles étoiles. Or, contredisant toutes les données, il semblait aujourd'hui que 237 allait devenir l'une d'elles. Mais, comme lui avait dit Sara, son sort était scellé. Ce qui allait arriver avait déjà eu lieu. La faible lueur qu'il apercevait n'existait plus depuis deux millénaires. Tout était déjà fini et remontait à l'époque de Babylone et de Platon, quand les premiers astronomes avaient tourné leur lentille vers la mer noire au-dessus d'eux et avaient osé regarder de plus près ces âmes à l'éclat pâle. Son petit point n'était qu'un parmi 400 milliards, mais George n'en avait cure. Il était à lui, et il lui murmura à l'oreille, là dans son box, « ne me claque pas entre les doigts ».

2

Sara regrettait que George l'ait demandée en mariage à trois heures du matin alors qu'elle ne pouvait pas appeler les gens qu'elle connaissait. Elle pensait à cela en attendant qu'Irene arrive pour le déjeuner – déjà vingt-cinq minutes de retard. Peut-être qu'il y avait du nouveau et qu'elle avait décidé de partir. Irene était le genre d'artiste à disparaître. Il pouvait s'écouler des jours ou des semaines sans qu'elle donne signe de vie, soit parce qu'elle travaillait sur une nouvelle œuvre, soit pour des raisons personnelles. Son goût du secret pouvait devenir exaspérant. Pour éloigner le serveur impatient qui lui tournait autour, elle fit semblant d'être au téléphone pendant qu'elle se repassait le film des événements du week-end.

Pendant les deux minutes qui avaient suivi la demande de George, elle n'avait rien dit d'autre que « oh, mon Dieu » jusqu'à ce que George lui fasse remarquer que, techniquement, elle n'avait pas encore dit oui. Alors elle avait dit oui pendant les deux minutes suivantes. Mais une fois ces quatre minutes écoulées, elle n'avait plus qu'une idée en tête : faire irruption dans la chambre où Irene et William avaient disparu, ou appeler ses parents à Gloucester, ou sa sœur à Vancouver, ou encore Sue, sa meilleure amie du primaire, sans oublier ses grands-parents à Sacramento et Austin… mais il était plus de minuit là-bas comme partout ailleurs.

— Appelons ta cousine Peg à Londres ! s'était écriée Sara, en sautant hors du jacuzzi, prenant à peine le temps de s'entourer d'une serviette avant de partir à la recherche d'un téléphone.

— Il n'est que huit heures du mat' là-bas.

— Appelle-la, appelle-la, appelllllllle-la ! avait-elle glapi joyeusement.

Pendant que George cherchait son téléphone, elle avait continué à pousser des petits cris stridents.

— Je n'ai pas son numéro, avait dit George après avoir fait défiler la liste de ses contacts.

Sara avait pris le téléphone et s'était mise à parcourir les contacts, à la recherche de quelqu'un à appeler.

— Tu ne fais jamais le ménage là-dedans ? Tu as encore ton numéro de résident de la première année universitaire. (Puis elle avait frappé dans ses mains.) Jacob ! Annonçons-le à Jacob !

Elle était entrée dans la suite avant que George ait pu la rattraper. Jacob se trouvait là, avec les coussins du canapé pour seul vêtement.

— Réveille-le ! avait insisté Sara. C'est ton ami.

— Tu le connais pratiquement depuis aussi longtemps que moi.

— Mais tu l'as rencontré en premier. Alors techniquement, c'est ton ami.

George avait réfléchi.

— Est-ce que ça veut dire que c'est moi qui vais l'annoncer à Irene ?

— Ne sois pas ridicule. Irene est une fille. C'est complètement différent.

— Complètement différent aux yeux de qui ?

— De la bienséance, avait-elle affirmé. Donc aux yeux de *quoi*, non de qui.

George regarda d'un air dubitatif leur ami qui ronflait, entièrement nu, et lui tapota l'épaule à contre-cœur. Sara avait dû lui filer un coup de main – Jacob, semblant ignorer tout de la bienséance, avait grogné et s'était retourné, exposant à leurs yeux ses fesses blafardes. Elle avait soupiré et giflé d'une main leste l'arrière de son crâne. Lorsqu'il avait ouvert un œil chassieux, elle l'avait regardé fixement et lui avait déclaré que George avait quelque chose à lui dire.

La pupille injectée de sang avait alors pivoté dans son orbite vers George, qui avait bégayé :

— Nous sommes… euh… fiancés !

Il y avait eu un court silence, et puis, dans un grognement venu des profondeurs du coussin, Jacob avait dit :

— Fiancés à qui, exactement ?

— On va se marier, abruti ! avait crié joyeusement Sara, en bondissant sur le canapé à côté de lui.

Jacob avait marmonné, fermé les yeux et dit :

— Est-ce que ça signifie que Sara va enfin arrêter de faire sa bégueule puritaine et emménager chez toi ?

— Ça m'en a tout l'air…, avait dit George.

— *Chez George ?* l'avait interrompu Sara.

Ils s'étaient tus, persuadés que l'autre plaisantait.

— Qui emménage chez lequel ? avait demandé George.

— Chez *qui*, l'avaient corrigé Jacob et Sara d'une même voix.

Cette histoire n'était toujours pas réglée. Et Jacob n'avait pas été le seul à poser la question. Ses parents lui avaient posé la question aussitôt, tout comme ceux de George. Comment George pouvait-il imaginer qu'elle emménage dans *son* studio. Il était même trop petit pour une personne. Certes, il était sur Riverside, dans un bel immeuble d'avant-guerre, à un jet de pierre du parc et près de Zabar[1]. Et bien sûr, le loyer était incroyablement bas, raison pour laquelle George était resté dans cette cellule de prison, avec sa pauvre petite fenêtre pas assez large pour installer la climatisation.

_____
1. Célèbre deli new-yorkais.

Personne ne la croyait quand elle le disait, mais sa douche se trouvait dans la cuisine ! Les toilettes, elles, étaient dans une autre pièce de la taille d'un cagibi, sans lavabo. Mais le pire, et de loin, était que son lit se repliait dans le mur. Oui. George Murphy le bien nommé, son futur mari, dormait dans un lit mural, le fameux *Murphy bed*[1] des Américains !

L'appartement de Sara, de l'autre côté de Manhattan sur York Avenue, était d'un niveau nettement supérieur. Son architecture tout en longueur, style chemin de fer, n'était pas vraiment adaptée à la vie en colocation avec Karen, une ancienne collègue dont le petit ami, Troy, venait désormais tous les soirs et presque tous les week-ends. Mais il serait parfait pour elle et George, si elle arrivait à convaincre Karen qu'il était temps qu'elle déménage à Westchester, où Troy et elle travaillaient.

Le serveur tournait autour de Sara comme un requin, tentant de l'inciter à lâcher la table. Il était nouveau et il ne savait pas que c'était sa cantine. Il n'arrêtait pas de lui demander si elle ne préférait pas attendre au bar l'arrivée de son amie. Sara, qui pensait à *La Mort d'Eurydice,* fit semblant de répondre à un appel professionnel important quand il s'approcha de la table. Des amis artistes d'Irene qui participaient au spectacle leur avaient donné les billets. Mais maintenant, Irene prétendait qu'elle était trop occupée, George ne pouvait pas se libérer, et Jacob avait dit carrément qu'il était libre mais qu'il n'avait pas envie. Goujat. Bon, William avait déjà répondu qu'il serait

---

1. Marque américaine de lit mural.

ravi de venir et Sara était impatiente de le voir. Elle espérait qu'il pourrait insuffler un minimum de civilité dans la bande.

Quand Sara sortit de sa rêverie, le serveur faisait de nouveau du surplace devant sa table.

Elle toussota et commanda un autre café, bien que les deux premiers l'aient déjà rendue nerveuse. C'était étrange d'être seule dans cet endroit. Depuis qu'ils étaient arrivés à New York, ils avaient l'habitude de se retrouver ici pour les brunchs, les pauses déjeuner et les discussions informelles de fin de soirée. Ils étaient venus là la semaine dernière, même si en fait – non, ils n'étaient pas tous présents. Jacob n'avait pas pu se libérer. Et cela avait fait des étincelles, comme toujours quand l'un d'eux manquait à l'appel. Chaque fois qu'ils étaient tous ensemble – les pique-niques à Battery Park, les visites d'une énième expo de costumes de l'époque édouardienne au Met, un dîner exploratoire dans un nouveau restaurant –, personne ne disait un mot de travers. Et si quelqu'un le faisait (généralement Jacob), c'était vu comme une remarque bienveillante… En revanche, quand l'un d'eux n'était pas là, il ou elle faisait immanquablement l'objet de spéculations, critiques et suspicions. Un peu comme si son absence trouait le tissu qui les soudait ensemble, et que les autres ne pouvaient s'empêcher de tirer sur le fil pour détricoter les mailles autour du trou, comme pour dire : *Il nous manque quelque chose. Comment est-ce arrivé ?*

La semaine dernière, ils étaient ici, au Bistro 19, sans Jacob, car il avait prévu de sortir avec un nouveau mec. *Est-ce qu'il ne fréquente pas son boss en secret ?*

Irene voulait savoir, même si l'arrangement de Jacob avec son patron avait été clair depuis le début et qu'ils étaient tous au courant. Puis George avait commencé à surnommer le nouveau mec « Siddhârta », parce que Jacob avait mentionné qu'il menait une vie quasi monastique, non pour des raisons religieuses mais simplement parce que c'était un genre de névrosé du désordre et – tenez-vous bien, le pire était à venir. Ils s'étaient rencontrés dans un café où Jacob l'avait vu terminer sa lecture des *Cendres d'Angela*, se lever, essuyer sa table, nettoyer sa tasse, puis *jeter le livre à la poubelle*.

Irene n'arrivait pas à y croire. Ce que George voulait savoir, c'était si Jacob avait déjà vu où vivait le Siddhârta en question, et si son appartement était réellement impeccable. Sara n'avait pu s'empêcher de demander si Siddhârta avait vu l'appartement de *Jacob*, et Irene et George étaient devenus fous. Aucun d'entre eux, pas une seule fois en six ans, n'avait vu l'appartement de Jacob. Il se trouvait quelque part au nord dans East Harlem, et d'après ce qu'ils savaient, il n'y dormait jamais. Soit il dormait chez le petit ami du moment ou un ex, soit il restait à Stamford avec son patron puis il prenait le train comme si tout ceci était parfaitement normal. Mais c'était bizarre. D'abord, il ne voulait dire à aucun d'entre eux où il habitait. Selon Sara, il avait voulu jouer les durs en s'installant dans ce quartier plutôt violent, et cru qu'il pourrait y faire son trou, pour se rendre compte, comme elle le lui avait répété une bonne centaine de fois, qu'il ne s'y sentait pas en sécurité. Mais bien sûr, il refusait de l'admettre et continuait de renouveler son bail pour ne pas reconnaître qu'il avait eu tort. Elle vérifia de nouveau son téléphone. Toujours pas de message d'Irene. Elle envoya un texto à Jacob pour voir s'il avait eu de ses nouvelles. Elle envoya un point d'interrogation à Irene. Elle envoya un smiley à George et se dit que, bien sûr, elle emménagerait avec lui sur-le-champ – même dans un appartement avec les toilettes dans un placard. Elle aurait vécu avec lui dans un carton de réfrigérateur, dans une boîte à chaussures, un tipi, un igloo ou une cabane faite de coussins de canapé. Que les sceptiques doutent. Que l'avenir soit incertain. Dans une ville de huit millions d'âmes, ils seraient toujours deux, ensemble, du début à la fin. Et puis, alors qu'elle allait se lever pour retourner au bureau, Irene avait fait irruption à bout de souffle dans le restaurant, les mains en l'air pour s'excuser,

3

Jacob était au lit, un poème en boule fourré dans la bouche. Un bouchon de papier, rêche. Le picotement toxique de l'encre sur la langue. Il essaya de l'extraire avec deux doigts, alors que sa gorge, dans une sorte de sordide réflexe nauséeux inversé, tentait de se contracter et d'avaler le poème en entier. Au moment où ses doigts harponnèrent un morceau pulpeux, il sentit son œsophage gonfler et tenter d'ingérer le tout comme la baleine de Jonas. Dans un haut-le-cœur, il tira sur un bord du papier, mais celui-ci se déchira, ne laissant qu'un petit bout coincé entre ses doigts. Son cauchemar s'acheva sur un halètement rauque, l'ingurgitation du poème – *encore ! Toutes les nuits, putain !* – et ses yeux troubles qui fixaient le petit fragment de papier qu'il avait réussi à arracher. Dessus, la première ligne, dans une écriture quasiment illisible.

Et puis il se réveilla et le cauchemar s'évanouit, tout comme le poème de son rêve.

Il lui fallut un moment pour s'assurer qu'il n'était pas réellement en train d'étouffer. Il sentait encore la boule dans sa gorge. Quand il reprit son souffle, il essaya de se rappeler où il était. *L'appartement de Pete*, pensa-t-il quand il vit Pete endormi sur sa droite. *Il travaille de chez lui les mardis et vendredis. Ce qui veut dire que je suis à Morningside Heights. Encore.*

En bougeant doucement pour ne pas le réveiller, Jacob trouva son pantalon sur le sol, à côté de l'exemplaire du *Breakfast chez Tiffany* que Pete n'avait *toujours* pas terminé. Il faisait quoi, une centaine de pages ? Il se leva et se faufila dans la salle de bains avec le jean, la chemise Oxford et la veste marron en tweed qu'il portait la veille. Il regarda la lumière blanche du début d'après-midi par la fenêtre, et se souvint qu'il avait une garde de nuit à Anchorage House.

Il ferma les yeux pour tenter de visualiser les mots de son rêve. Ils étaient là, quelque part ; il pouvait entendre leurs pas feutrés dans un coin de son cerveau. Instinctivement, il saisit son téléphone et écrivit au Dr Boujedra : *Oliver, pas dans mon assiette. Impossible pour ce soir.* C'était un message qu'il envoyait au moins une fois par semaine. L'un des avantages de la relation avec son patron était qu'il pouvait généralement faire l'école buissonnière quand il sentait l'inspiration monter – ou même les jours où il ne pouvait tout simplement pas supporter l'idée de passer huit heures en présence d'adolescents hallucinés, en état de manque et suicidaires.

De retour dans la chambre de Pete, Jacob ramassa le Capote. C'était le seul livre dans l'appartement – et quasiment le seul objet. Pete avait pour tout bien une casserole, une poêle, une assiette, une tasse, une fourchette, une lampe kitsch faite de conques, le matelas sur lequel il dormait, un lot de chemises – bleu ciel, avec des nuages cotonneux –, une serviette jaune et une boîte en carton qui contenait ses trois tenues. Une habillée, une pour traîner, et une qu'il portait quand il lavait les deux autres. Le réfrigérateur et la cuisinière étaient là uniquement parce qu'ils se trouvaient déjà sur place, et il ne les utilisait jamais. Son appartement était spacieux pour un studio de Manhattan ; Pete gagnait bien sa vie en travaillant pour Eco-Finance Apps ou iPod Banking ou un truc du même genre. Pour autant que Jacob sache, il ne pratiquait aucune religion et ne s'astreignait à aucune ascèse.

T'es vraiment un mec zarbi, pensa Jacob en embrassant la joue de Pete endormi en guise d'au revoir. Puis il s'esquiva par la porte blanche qui se referma derrière lui avec un clic.

Jacob descendit Broadway dans le froid et se hâta de rejoindre la ziggourat d'acier gelé de la station sur la 125e Rue, juste au moment où le métro aérien de la ligne 1 arrivait à quai en grinçant. À peine le temps d'admirer la vue et il grimpa à bord juste avant que les portes se referment. Le quartier de Morningside Heights se déployait devant lui, et il essayait d'appréhender toute l'immensité de l'île de Manhattan, les tonnes d'acier sous ses pieds. Il voulait sentir ce vaste dédale labyrinthique vibrer dans ses mollets et ses avant-bras.

Il avait le premier vers – *il l'avait* – d'un poème épique. Ou du moins, il mordillait au petit hameçon étincelant qui se balançait à l'extrémité de sa moelle épinière. Jacob remonta sa ligne et la lança de nouveau dans les profondeurs blafardes de la ville : l'âme d'un millier de poètes qui l'avaient précédé ; les zones de pêche de deux mille autres qui s'étaient levés plus tôt, avaient lu plus, travaillé plus dur, respiré plus fort. Cependant, ne pouvait-il pas prendre dans ses filets un peu de Langston ? Attraper un Allen ou un Frank ? Il osait à peine rêver de pêcher du Walt ou du Hart[1] – ces deux esturgeons d'argent glissants, chacun long de dix-huit pieds et pesant, ensemble, une tonne de rimes et strophes. Protégeant leurs œufs salés, cet humble caviar. Walt, le Mathusalem monstrueux, avec ses moustaches préhistoriques frayant dans les eaux profondes. Et Hart, le Léviathan agile, aux nageoires d'acier qui le propulsaient dans les courants supérieurs. Jacob cligna deux fois des yeux au moment où le sol de l'autre côté de la vitre s'éleva de chaque côté, et qu'il se retrouva soudain sous terre.

Bien que la ligne 1 soit plutôt calme en début d'après-midi, Jacob changea à la 96ᵉ Rue pour prendre

---

1. Langston Hugues, Allen Ginsberg, Frank O'Hara, Walt Whitman, Hart Crane : poètes américains.

la ligne express 2, dans l'espoir d'arriver plus rapidement au sud de la 14ᵉ Rue, dans le café où il avait besoin d'aller pour écrire son poème. C'était le seul endroit où il avait suffisamment de place pour respirer librement et dompter l'inspiration. La difficulté, comme toujours, était de réussir à conserver cette idée mutine dans son filet élimé jusqu'à ce qu'il puisse s'asseoir.

Les pensées de Jacob dérivèrent vers le cours de biologie du lycée où, avec trente-six kilos de moins et une pilosité réduite, il avait vu un article dans le *National Geographic* montrant un homme d'une tribu africaine extraire un ver parasite mortel de l'une de ses jambes. Il souriait à l'objectif de ses dents d'un blanc aveuglant en exposant sa jambe. La peau d'onyx était poudrée d'une poussière blanchâtre, à l'exception d'un cercle de la taille d'une pièce de vingt-cinq cents qui avait été nettoyée. D'une plaie minuscule et suintante émergeait le ver clandestin, épais comme un spaghetti et, d'après l'article, de plus d'*un mètre vingt de long*, enroulé sous la peau de l'homme, dans sa chair. Le seul moyen de l'extraire consistait à embobiner l'extrémité qui dépassait autour d'une brindille. Puis, à la vitesse d'un quart de tour par jour, le ver pouvait être dévidé lentement hors de la plaie. Si on allait plus vite, le parasite alerté détacherait son corps du morceau captif et tout serait à refaire. Entre chaque quart de tour, la brindille et son passager clandestin devaient rester arrimés à la jambe de l'homme pour qu'il puisse continuer à courir, chasser et vivre.

Écœuré, le petit Jacob de quatorze ans avait été incapable de détacher son esprit de cette image et, pire, de cette idée. Dix ans plus tard, elle le hantait encore, presque quotidiennement. De fait, il écrivait ses poèmes de façon analogue : une extraction délicate, d'un quart de tour à chaque fois, où le moindre à-coup exigeait de tout recommencer de zéro. Cela n'avait pas toujours été ainsi, pensait Jacob en sortant de la rame de métro. Il hâta le pas en traversant le long couloir blanc entre la 1-2-3 et la jonction L vers Brooklyn. Au lycée, il écrivait comme il respirait. Sur le dos des serviettes. Dans les marges des manuels scolaires. Sur les bords des bureaux. Sur les murs des cabinets. Sur les tableaux noirs des classes vides. Il écrivait si facilement que cela le dérangeait à peine d'abandonner ainsi ses petits quatrains et sonnets. Il imaginait qu'ils seraient découverts un jour par une version plus jeune de lui-même, qui y puiserait l'inspiration pour poursuivre la tradition de guérilla poétique à l'école primaire Moïse Maïmonide.

À l'université, il écrivait uniquement après quatre heures du matin, heure qu'il connaissait intimement. Il devait attendre que tout le monde soit endormi, que l'effervescence soit retombée. Quand ses amis s'étaient écroulés dans les canapés, les caniveaux ou sur les ressorts du lit d'un autre, Jacob grimpait dans l'arbre robuste le plus proche. Peu importait son degré d'ivresse et la hauteur qu'il parvenait à atteindre. Il aimait le contact de l'écorce contre ses paumes, la caresse du feuillage sur ses joues mal rasées. Il aimait imaginer que c'était sa façon de puiser dans son être primitif – un paléoJacob qui chassait encore à la lance et qui frottait des silex pour faire du feu. Mais la vraie raison était qu'il s'était aperçu que la peur de tomber suffisait à le maintenir en état d'éveil. Plus d'une fois, ses amis l'avaient trouvé au réveil, ronflant, enlacé aux racines d'un vieux chêne de North Quad[1]. Après une descente périlleuse, il perdait généralement connaissance, mais avec un poème bien au chaud dans sa poche en tweed.

Dans cette ville sans arbres auxquels grimper, il avait pris l'habitude de se lever tôt et d'écrire sur les échelles de secours de ses amants. Et c'était ainsi, sur l'autre rive de la nuit, après quatre heures du matin, qu'il avait écrit sa grande épopée, *Dans l'œil de la tempête de merde,* et c'était là que tous les ennuis avaient commencé. Vraiment.

Avec le recul, Jacob avait du mal à croire qu'il s'était lancé dans une telle entreprise. Mille neuf cent trente-deux vers (en hommage à l'année où La Vraie Littérature était morte avec Hart Crane, qui s'était jeté du pont d'un paquebot dans le golfe du Mexique) répartis en trente-trois sections (une pour chacune des années que Walt Whitman avait consacrées à l'écriture de *Feuilles d'herbe*). *Mon Dieu*, pensa Jacob, *quel petit trou du cul prétentieux tu étais*. Peu importe ; il lui manquait désormais la confiance qui avait permis cela. Il lui manquait la folie qui l'avait aveuglé au point de ne payer aucune facture, de ne pas s'alimenter et de ne pas dormir tant qu'il n'aurait pas terminé. Deux semaines de sa vie au terme desquelles il avait cru ne jamais vraiment pouvoir s'en remettre.

Le poème était venu après le suicide de son oncle Miles, un homme de Saint-Louis qui, à quarante-cinq ans, était capable de réparer n'importe quel engin

1. Cité universitaire dans le Michigan.

motorisé ou mécanique. Il avait emmené Jacob à la pêche pour la première fois, quand il était enfant, sur la rivière Missouri. Il était aussi le premier homosexuel que Jacob avait connu. Pour la famille Blaumann, Miles était simplement un célibataire endurci et heureux. Seul Jacob, à huit ans, avait découvert la vérité en voyant son oncle étreindre une silhouette masculine derrière un hangar à bateaux. C'était leur secret, et Jacob l'avait gardé, même après que Miles eut avalé le contenu d'une armoire à pharmacie à l'arrière de sa Dodge Dart garée près de la rivière.

Son poème, *Dans l'œil de la tempête de merde*, était consacré à l'autre grande idole de son enfance, le seul superhéros en qui il avait toujours cru : Michael Jordan. Dans l'épopée, il mourait pendu au filet du panneau de basket dans une cour d'école de Brooklyn. Le poème plongeait dans la vie perturbée de l'athlète iconique, faisait des circonvolutions autour de la légende, mais sans jamais atterrir. Le personnage principal, en réalité, n'était pas du tout l'illustre numéro vingt-trois. Le « coup de génie » de Jacob (selon ses éditeurs de Roebling Press) était que le poème commençait juste *après* que les paparazzis et la police avaient déserté la cour de récréation en emportant le corps.

Ils avaient, dans leur affolement inconsidéré, laissé là l'énorme tas de, eh bien, de *merde*, que le numéro vingt-trois avait largué sous le panier quand il s'était pendu. Un gardien anonyme avait été dépêché un dimanche matin pour enlever les excréments. La plupart des trente-trois sections de l'épopée et les 1 932 vers détaillaient la vie de ce moins que rien, dans ses diverses tentatives pour nettoyer le goudron de la matière fécale de la célébrité. Il avait fini par utiliser un tuyau d'arrosage pour la pousser méthodiquement à grandes eaux vers la canalisation au bord de la cour, où la merde se mettait à s'élever en spirale, mue par la force de Coriolis, pour former un véritable ouragan fécal, image centrale du poème.

Le jury du prix Mariani avait particulièrement aimé le « maniement habile des allusions à la culture populaire » (par crainte d'être poursuivi pour diffamation, Jacob ne nommait jamais Jordan autrement que par le « Numéro Vingt-trois ») et sa « vision lucide du discours racial moderne » (Jacob n'avait jamais compris ce que ça voulait dire exactement). Parmi les autres louanges adressées au poème, on disait qu'il était « éhontément obscène » et que Jacob était « un poète de l'homme comme il n'y en a pas eu depuis Bukowski » – comparaison malencontreuse qui lui soulevait le cœur. Quatre ans plus tard, ces éloges étaient tressés ensemble dans les brins d'une corde qu'il avait sanglée autour de son cou.

La lecture de *Tempête de merde* le rendait malade maintenant. Il avait été habité par la colère ces deux semaines où il avait déversé ses tripes. À l'époque, il pensait le poème sincère, empli d'une rage à l'état brut. Un miroir braqué sur la souffrance du monde. Mais avec le temps, il s'était rendu compte que, sous les références perfides et la vulgarité couillue, son poème parlait d'une seule et même voix monotone, identique au bourdonnement strident qui avait résonné dans sa tête toute la semaine suivant le suicide de son oncle Miles. On n'y entendait qu'un seul son : *je vous emmerde et je vous emmerde et je vous emmerde et je vous emmerde et je vous emmerde et je vous emmerde.* Et rien d'autre.

Jacob essaya d'évacuer ces pensées de son esprit alors que les gens affluaient dans le métro à Union Square. La rame était bondée, et la houle des corps qui tanguaient vers Brooklyn provoqua quelque chose en lui. Il avait chaud, il était nauséeux et il frissonnait. Il sentit le ver parasite menacer de se rompre, mais il se dit qu'en gardant ses yeux plissés, il tiendrait bon. Il était tout près. Encore deux petits arrêts, et il serait libre. Il pourrait dévider ses vers lentement hors de lui.

« Mesdames et messieurs », chevrota une voix derrière lui.

Pas maintenant, supplia Jacob, les yeux toujours fermés. Mais il sentait une odeur de crasse et un souffle chaud contre son oreille.

« Mesdames et messieurs, je m'excuse de vous déranger, a poursuivi la voix. J'ai besoin d'un peu d'argent afin de pouvoir manger. Je suis sincèrement désolé de vous déranger, mais j'ai vraiment très faim. »

Ce n'était pas l'habituel marmonnement sans émotion que Jacob et la plupart des New-Yorkais s'étaient entraînés à ignorer. Ce n'était pas la litanie qu'il avait entendue des millions de fois sur le trottoir, au coin des rues ou dans les rames de métro. Cet homme semblait vraiment mal. Cet homme semblait déjà mort.

« Mesdames et messieurs, j'ai besoin de votre aide. Je ne sais pas ce que je vais faire. Je le jure devant Dieu, j'ai vraiment la trouille, messieurs dames. Je ne sais pas du tout ce que je vais faire. »

Curieusement, Jacob percevait la douleur insupportable dans le ton de l'homme. Il ne disait pas « je ne
sais pas ce que je vais faire pour survivre », mais « je
ne sais pas ce que je vais faire ensuite ». Ce n'était
pas le désespoir de vivre ; c'était la panique face aux
seules options qui lui restaient. Il ne s'agissait pas des
supplications d'un homme qui essayait de tenir un jour
de plus. Il s'agissait des derniers mots chevrotants
d'un homme qui allait se diriger vers le pont le plus
proche s'il ne trouvait pas un dollar. Mais le portefeuille de Jacob était vide. Il n'avait même pas vingt-
cinq cents. Il avait claqué son dernier billet de dix
dans une bouteille de picrate, que Pete et lui avaient
à peine touchée, et que Pete avait vidée dans l'évier la
nuit dernière avant de la balancer dans le vide-ordures.
Jacob grimaça. S'il avait eu sur lui un billet de cent
dollars et rien d'autre, il le lui aurait donné juste pour
le faire taire.

« S'il vous plaît, implorait l'homme, je jure que je
ne sais pas ce que je vais faire. »

Les portes s'ouvrirent à la Troisième Avenue et
Jacob descendit sur le quai – ce n'était pas son arrêt,
mais il s'en fichait. Il aurait traversé l'État à pied
pour échapper à ça. Alors qu'il marchait sur le quai, il
entendit les portes se refermer derrière lui, et momentanément saisi par une pulsion perverse, il se retourna
pour jeter un regard à l'homme. Sa peau sombre était
poudrée d'une étrange crasse laiteuse. Jacob le regarda
dans les yeux. Le ver se cassa net. Le métro quitta la
station, plantant Jacob là. La boule dans sa gorge avait
plongé dans les profondeurs de ses entrailles, et il était
certain qu'elle ne remonterait jamais.

4

Elle avait reçu l'appel après le déjeuner, heureusement, car Irene savait qu'elle n'aurait pas pu empêcher Sara de l'accompagner au rendez-vous si elle avait été au courant. La galerie était fermée deux semaines pour les vacances de fin d'année, aussi Irene avait erré dans le Village et s'était perdue aux jonctions de Bleecker Street et Christopher Street avec les Sixième et Septième Avenues, en faisant ses courses de Noël. Elle avait trouvé de jolies bottes en cuir pour Sara, mais elle n'allait certainement pas lui dire qu'elle les avait achetées chez Pleasure Chest. Dans sa friperie vintage favorite, Mel's Seconhand Shop, elle avait déniché pour George un thermos avec le visage d'Einstein déclarant que la réalité n'est qu'une illusion, afin qu'il ait du café chaud en allant à l'observatoire. Elle avait pensé à William en voyant une écharpe comme celle de Bob Dylan sur la pochette de *Blonde on Blonde,* et qu'elle imaginait bien sur lui, du moins si elle le revoyait un jour.

Au déjeuner, Sara avait été intarissable au sujet de William et du destin. Retomber sur lui après toutes ces années était bien la preuve que le destin existait. Irene déclara qu'elle préférait rester maîtresse de son sort, mais en son for intérieur elle se réjouissait que, dans ce cas précis, le hasard, par l'intermédiaire de Sara, lui ferait certainement recroiser sa route rapidement. Elle avait donc acheté l'écharpe et l'avait fait emballer dans un papier-cadeau. Le cœur battant plus fort, elle était allée au fond de la boutique où se trouvaient les livres anciens et elle avait trouvé un ouvrage illustré de contes italiens pour Jacob. Ils s'étaient rencontrés dans un cours d'italien où ils étaient assis côte à côte et où il avait lamentablement échoué.

C'était tout de suite après, alors qu'elle flânait dans une animalerie, que la femme du cabinet du Dr Atoosa Zarrani au Mount Sinai Hospital avait appelé pour dire que les résultats étaient arrivés et que le docteur pouvait la recevoir dans l'après-midi pour lui expliquer.

— À moins que vous ne soyez occupée ? Vous êtes au zoo ? Par ce froid ?

— Oh, non, avait répondu Irene. Je suis dans une animalerie. Je songeais à acheter un oiseau.

La femme avait ri.

— Les oiseaux peuvent donner beaucoup de travail. J'ai deux cacatoès à huppe jaune à la maison.

— C'est une bonne espèce ?

— Je ne la conseillerais pas à une novice.

— C'est seulement parce que j'ai cette magnifique cage à oiseaux, avait confié Irene. Elle était là quand j'ai emménagé dans l'appartement. Le précédent locataire a dû l'abandonner en partant. Bref, je m'en sers pour mettre mes bijoux et d'autres affaires, mais il m'arrive de me dire, je ne sais pas, que je pourrais prendre un animal de compagnie.

— Eh bien, réfléchissez-y. Et si vous avez besoin de temps, je peux vous proposer un rendez-vous pour demain.

Irene l'avait pris pour un bon signe. Si quelque chose n'allait pas, la femme aurait sûrement reçu l'ordre de la convoquer immédiatement. Et puis, elle ne lui dirait pas d'acheter un oiseau si elle pensait qu'elle allait mourir. Cela serait irresponsable. Donc, pas d'inquiétude à avoir.

Et voilà comment Irene s'était retrouvée, quelques heures plus tard, assise dans une petite pièce aux murs nus du Mount Sinai Hospital, avec une table boulonnée au sol. Ses sacs étaient à ses pieds, et elle essayait de stabiliser contre le mur celui orné de la silhouette violette d'une dominatrice faisant claquer son fouet. Pour tuer le temps, elle feuilletait le livre de contes italiens et pensait le cœur léger à l'espèce d'oiseau qu'elle pourrait acheter. Jusqu'à ce qu'elle lève la tête et voie une grande femme iranienne en blouse blanche entrer dans la pièce.

— Richmond ? Irene ?

Elle lui serra la main, puis s'assit et parcourut le dossier qu'elle avait apporté. Irene reconnut la signature irrégulière et illisible du Dr Von Hatter, du laboratoire d'analyses médicales de Park Avenue où elle était allée faire la biopsie. Elle remarqua aussi l'instruction claire au-dessous : Dr Atoosa Zarrani. *Ne pas tarder.*

— Vous êtes venue seule ? demanda le docteur en regardant autour comme si quelqu'un se cachait quelque part.

Irene balaya la pièce du regard, comme si elle ne se souvenait pas, puis elle haussa les épaules. Pourquoi n'allait-elle pas directement au fait ? Elle se sentit mal. Cela ne pouvait pas être bon signe.

— En principe, les gens viennent accompagnés d'un ami ou d'un parent.

Irene hocha la tête, comme si elle notait la remarque pour la prochaine fois. Elle cherchait dans les yeux sombres du docteur des indices de ce qu'elle savait et qu'Irene ignorait.

Le Dr Zarrani sourit.

— Ce matin, une femme est venue avec son concierge – un petit homme très courtois, un Hongrois, avec des épaulettes rouges et un chapeau.

Irene sourit, presque soulagée, quand le Dr Zarrani s'éclaircit la gorge.

— Mademoiselle Richmond, vous avez un cancer.

Irene baissa les yeux en silence. Elle tendit la main et rajusta sa manche de chemise. Sa première pensée cohérente fut qu'elle n'allait sans doute pas prendre un oiseau, au fond.

Puis elle finit par dire :

— Merde.

Le Dr Zarrani poursuivit d'une voix calme et monocorde.

— La biopsie a révélé que la tumeur sous votre œil est un ostéosarcome malin, la forme la plus fréquente du cancer des os. Les tumeurs dans le bras sont plus courantes, mais elles peuvent également être présentes dans les jambes et le crâne. Nous allons devoir faire un examen plus approfondi pour être sûr qu'il s'agit de la seule tumeur, mais elle est petite, et nous sommes optimistes sur le fait qu'elle ne soit pas encore métastasée. Bien entendu, il faudra faire d'autres examens pour s'en assurer. Probablement un scanner et une scintigraphie osseuse, ainsi qu'une IRM de la tête et du cou.

Irene avait la tête qui tournait.

— Ça vient d'où ? demanda-t-elle. (Puis elle leva les yeux au ciel et elle ajouta :) Oh, pardon. C'est une question plutôt idiote, n'est-ce pas ?

Le Dr Zarrani secoua la tête, une mèche brune tombée devant ses yeux, qu'elle balaya d'un geste.

— Pas du tout. Certains cancers n'ont pas de causes connues, et celui-ci fait partie de ceux dont on ne sait pas précisément ce qui les provoque. Il y a eu beaucoup d'études. Nous ne savons pas s'il a une composante génétique. Les causes environnementales sont possibles. Nous avons cherché dans la fluoration de l'eau, les facteurs alimentaires, les colorants, les conservateurs, l'excès de viande rouge, l'exposition aux rayonnements, les pesticides, le bisphénol dans les plastiques, les édulcorants artificiels, certains types de virus, les fils à haute tension, l'usage de téléphones cellulaires…

— Et rien ?

— Rien de probant.

Irene détourna son regard vers le mur blanc. Elle voulait monter dedans comme dans un train et disparaître.

— Le taux de survie à long terme pour l'ostéosarcome est assez élevé. Soixante-huit pour cent.

— Soixante-huit pour cent, ça ne me paraît pas très élevé.

— Soixante-huit pour cent, ce n'est pas si mal. Et, d'une certaine façon, vous avez de la chance. Parce que vous êtes très jeune.

Irene prit une profonde inspiration et regarda le sol. Lui non plus n'offrait pas d'échappatoire.

— Ouais, dans ce cas précis, je ne vois pas très bien la frontière entre chance et malchance.

Le Dr Zarrani esquissa un petit sourire.

— Soixante-huit pour cent est une moyenne générale, tous cas confondus. Y compris pour de très jeunes enfants, dont le système immunitaire est loin d'être assez costaud pour supporter le traitement. L'ostéosarcome touche souvent les enfants, d'ailleurs. Là encore, nous ne savons pas pourquoi. Et puis il y a les personnes âgées, qui n'ont en général pas la force de le surmonter. Mais parce que vous êtes jeune et en bonne santé, si on prend le problème à bras-le-corps et qu'on agit rapidement, cela augmente considérablement vos chances.

Les épaules d'Irene semblèrent soudain s'alléger d'un poids dont elle n'avait pas eu conscience, même si le nœud dans son estomac s'était resserré. Elle se pencha en avant, comme si elle participait à une réunion du conseil d'administration – bras fléchis aux coudes, doigts joints.

— Alors, qu'est-ce qu'on fait ?

— Une équipe de spécialistes va examiner votre cas.

— Oh, mais je vous veux *vous*, dit Irene avec un sourire charmeur.

Était-elle vraiment en train de flirter avec cette femme qui lui racontait qu'elle était peut-être en train de mourir ? Pourtant habituée à la confusion, Irene était pour le coup complètement perdue.

Le Dr Zarrani faillit dire quelque chose, puis poursuivit :

— Je dirigerai votre équipe médicale, mais vous allez avoir besoin d'un chirurgien esthétique, d'un chimiothérapeute, d'un radiothérapeute…

— Des rayons ? dit Irene en touchant son œil.

— Ils aident à tuer la tumeur. Bien que ce soit délicat ici, car les radiations vont sans doute affecter de façon permanente la vision de cet œil, la tumeur étant si proche.

Irene fixait la table le regard vide, se préparant à des larmes qui ne venaient pas.

— Non, impossible. Je suis peintre. Ou plutôt sculptrice ces derniers temps. Peu importe. Le fait est que j'ai besoin de mes deux yeux.

— Je comprends, dit doucement le Dr Zarrani. Bon, comme je vous l'ai dit, un spécialiste de l'œil va s'occuper de vous.

— C'est non négociable, déclara Irene, même si elle devinait dans le regard du Dr Zarrani que cette discussion n'était pas une négociation. Oh, putain, soupira-t-elle en s'étirant, les yeux tournés vers le plafond blanc. Quelles sont les chances ?

— Eh bien, comme je vous l'ai dit plus tôt, autour de soixante-huit pour cent en général…

— Non, pardon, la coupa Irene. Je veux dire quelles sont les chances que je… Merde, pourquoi moi ? Est-ce que c'est du genre super rare ? Combien de gens ont ça ?

Le Dr Zarrani hocha la tête.

— C'est extrêmement rare, surtout chez une personne de votre âge. Je vous l'ai dit, on le voit le plus souvent chez des patients très jeunes ou bien des gens âgés. Ce… eh bien, ce n'est pas le genre de choses que l'on rencontre fréquemment chez des personnes de vingt ans en bonne santé.

Irene se mit à rire.

— Alors j'ai de la chance, c'est ça ?

— Vous pouvez le voir ainsi.

— Non, vraiment pas. J'imagine que ma mère dirait que je suis exceptionnelle, une chance sur un million…

Le Dr Zarrani sourit.

— Sur l'ensemble de la population, l'ostéosarcome affecte environ cinq personnes sur un million.

— Vous le savez comme ça ?

— Je suis très bonne dans mon métier. Et c'est pour cela que j'ai confiance dans le fait que nous allons surmonter cette épreuve.

Irene opina en scrutant de nouveau les murs nus.

— Vous savez, vous devriez vraiment accrocher des tableaux aux murs de cette pièce. Partout ailleurs dans cet hôpital, on voit des choses banales, des posters des *Nymphéas* ou autres. Vous voyez ? Des trucs qui se fondent dans le décor. Quand on a vraiment *besoin* de se raccrocher à un peu de beauté – par exemple quand on vous assène que vous avez trente-deux pour cent de chances de mourir –, alors regarder une lithographie de Monet peut réconforter.

— Vous pourriez peut-être nous peindre ou nous sculpter une œuvre ? suggéra le Dr Zarrani.

Irene sourit.

— Si vous pouvez me guérir sans détruire mes yeux, je peindrai pour tout l'hôpital.

Le Dr Zarrani tendit sa main, par-dessus le dossier ouvert, au travers de la table, et Irene la serra.

— Nous allons commencer dans une semaine. Ça peut prendre quelques heures. Venez accompagnée, la prochaine fois.

— Je ne suis pas proche de ma famille, se justifia Irene. En fait, je suis partie de chez mes parents à seize ans, et je ne leur ai pas parlé depuis. Mais ne vous inquiétez pas. Je peux gérer ça toute seule.

Le Dr Zarrani secoua la tête lentement, et Irene ne put échapper à son regard désapprobateur.

— Je suis désolée, madame Richmond, mais j'ai vu des commandos de marine qui ne pouvaient pas gérer ça tout seuls. Vous allez avoir besoin de soutien. Il faudra vous entourer de personnes pour vous accompagner à vos traitements puis vous ramener chez vous. Vous allez vous sentir malade tout le temps. Il faudra que quelqu'un vous fasse manger parce que vous ne voudrez plus manger. Vous allez avoir besoin de faire des démarches, de remplir des formulaires d'assurance maladie et d'avoir du linge propre. Vous avez vu ces films sur Lifetime avec des petits enfants adorables et de jolies femmes toujours courageuses et stoïques. Il leur arrive de vomir, de perdre leurs cheveux, de maigrir… mais ce n'est rien. Ce n'est que le début. Écoutez-moi. Vous allez devoir mener une guerre contre votre propre corps. Il n'y a pas d'autre image pour le décrire.

Irene sentait chaque fibre de son corps, malade ou saine, se tordre de peur. Que savait-elle de la guerre ? Métaphoriquement ou autre.

Elle opina et le docteur sembla satisfait.

— Si vous n'avez pas d'amis sur qui vous appuyer en de telles circonstances, nous pouvons arranger…

Irene la stoppa immédiatement.

— Non, ce n'est pas ça. C'est… vous savez, mes amis sont géniaux…

Sara sacrifierait probablement ses deux yeux pour sauver un seul des siens. Jacob et George la conduiraient à ses séances de chimio et la ramène-raient chez elle sur leur dos si elle le leur demandait.

Le Dr Zarrani semblait avoir déjà compris.

— Madame Richmond, vous ne pourrez pas les épargner, je suis désolée.

Et c'est à ce moment seulement qu'Irene craqua et se mit à pleurer.

Embarrassée, elle baissa les yeux vers ses genoux, le livre de contes toujours ouvert à la page qu'elle regardait quand le docteur était entré. Il y avait une belle illustration argentée d'un énorme nuage au-dessus d'une mer grise étale. Pendant une seconde, elle oublia où elle était et ce qu'elle venait d'apprendre. Dans le conte de fées, le vent du nord parlait à un poisson étincelant qui manquait de courage.

« *La speranza è l'ultima a morire* », disait le vent du nord. Contrairement à Jacob, elle n'avait pas échoué à l'examen d'italien. Elle était même l'une des meilleures élèves du cours, d'après leur professeur, Mme Marzocco, même si elle n'en avait tiré aucun mérite, dans ce cours comme ailleurs.

Le vent disait au poisson que l'espoir était la dernière chose à mourir.

5

Pour la deuxième fois en quatre jours, William se retrouvait dans une soirée où il ne connaissait pratiquement personne. D'abord dans une suite du Waldorf, et maintenant dans un appartement en sous-sol de Greenpoint plein à craquer d'acteurs. Le plafond se trouvait à cinq centimètres de sa tête, et il n'était pas le seul à marcher courbé. Après le spectacle, et avant que William ne puisse réagir, Sara l'avait poussé dans une rame de la ligne 7, puis dans la G. Revenir dans ce quartier mettait immanquablement William mal à l'aise. Il avait grandi ici, à Flushing. C'était comme revenir sur la terre ferme après plusieurs mois de mer. Les constructions étaient trop basses, les rues trop calmes. Des allées et des clôtures ! Ils avaient suivi les membres sympathiques de la troupe, dépassé les restaurants polonais, la fabrique de crayons et l'étrange château d'eau comme ceux qu'on voit au Kansas en bordure d'autoroute – jusqu'à un appartement en sous-sol avec une minuscule porte pour Hobbits. Un par un, les acteurs s'étaient entassés à l'intérieur et ils étaient maintenant assis en cercle à même le sol, à boire du vin blanc tiède dans des gobelets en plastique, se levant régulièrement pour aller fumer de l'herbe nauséabonde dans la ruelle.

— Je me suis mis récemment à réécouter toute ma collection de hip-hop, dit l'un d'eux à William. Grandmaster Flash sur vinyle, ça n'a absolument rien à voir.

L'inconnu portait une veste en velours côtelé et buvait de la bière dans un verre à cognac. William le soupçonnait de l'avoir apporté de chez lui. Tous les autres se contentaient de gobelets en plastique, d'une qualité laissant à désirer. Il empestait l'herbe et n'arrêtait pas de s'humecter les lèvres, comme si sa bière était de la sciure.

— Désolé, répondit William poliment, je ne crois pas qu'on se connaisse.

Le type écarquilla ses yeux rougis.

— Je t'ai pris pour quelqu'un d'autre, dit-il avant de faire demi-tour et de filer à l'autre bout de la pièce.

William n'eut même pas eu le temps de lui dire qu'il avait eu, jadis, un album studio de Run-DMC.

George et l'antipathique Jacob ne parlaient à personne eux non plus, mais au moins ils étaient ensemble. Assis près de la bibliothèque du propriétaire des lieux, ils avaient l'air épuisés et discutaient comme s'ils avaient été séparés durant des semaines par des batailles sanglantes. Ils échangeaient des propos sur les intrigues au bureau, l'angoisse de la page blanche, la recherche universitaire et les sans-abri, tout en contemplant avec une grimace les canettes de PBR[1] chaude entre leurs mains. Régulièrement, l'un d'eux prenait un livre sur l'étagère, époussetait sa couverture et l'échangeait contre un autre, rangé sur une autre planche. Sans fournir la moindre explication. William tentait de s'immiscer, mais ils étaient trop absorbés par leur discussion sur les poèmes et les planètes pour lui accorder la moindre attention. Il aurait pu partir et ils ne l'auraient même pas remarqué, mais il espérait encore la venue d'Irene.

Ils avaient couché ensemble il y a trois jours, après la fête avec Sara et ses amis. C'était inhabituel pour William. Pas seulement de coucher avec quelqu'un qu'il avait rencontré quelques heures plus tôt, mais

_____

1. Pabst Blue Ribbon, bière lager iconique du mouvement Hipster.

de coucher avec une fille comme Irene. Il avait su, au milieu même de l'acte sexuel, qu'il ne s'en remettrait jamais. Et cela s'était plutôt bien passé – du moins était-ce ce qu'il avait ressenti sur le moment. Mais au matin, il avait eu l'impression que c'était une erreur, ou plutôt que l'erreur, c'était lui. Pourtant, aucun des deux n'était saoul. Ils savaient tous les deux ce qu'ils faisaient. Mais ils ne s'étaient pas compris au lit, comme une partie de téléphone arabe.

Le lendemain matin, tout le monde ne parlait que des fiançailles de Sara, et Irene avait filé après le petit déjeuner sans l'embrasser, ni lui donner son numéro. William imaginait qu'il était censé se comporter maintenant comme s'il ne s'était rien passé. Comme s'il ne se souvenait pas de chaque microseconde de la soirée, comme s'il ne se repassait pas en boucle les bobines du film 35 mm dans sa tête. Il avait un peu honte de l'avoir regardé cet après-midi lors d'une réunion avec les associés et au cours d'un appel téléphonique dimanche avec le bureau de Londres, et en rentrant chez lui au milieu des milliers de piétons sur le trottoir. Mais ils ne pouvaient pas le voir, s'était-il rassuré, même s'il était projeté sur un écran de la hauteur de l'Empire State Building et de la largeur de Battery Park. Ce film ne se déroulait que dans sa tête, et dans la tête d'une autre personne. La femme fantôme.

Il fut malheureux tout le week-end et il craignait de décrocher aux appels de Sara.

Il plongea les lèvres dans son verre de vin tiède en souhaitant que ce soit le gobelet en plastique rouge qui l'engloutisse et non l'inverse. Il balaya la pièce des yeux et se demanda si quelqu'un remarquerait sa disparition soudaine. Il avait l'impression d'être encore au théâtre. Il était là, dans le public, presque comme si quelques heures plus tôt, le rideau était tombé, les comédiens avaient salué, les applaudissements s'étaient élevés, puis que tous les gens de l'orchestre et de la mezzanine étaient rentrés chez eux… mais que pour les acteurs, le spectacle avait continué.

— Comment était la pièce, au fait ? demanda George.

William mit un moment à comprendre qu'il s'adressait à lui.

— Bien, mentit William, pensant qu'il serait impoli de dire autre chose dans un lieu aussi confiné, rempli par tous ceux qui avaient créé la pièce.

Ils avaient dû fournir un gros travail pour la monter à partir de rien ; cela n'était-il pas louable en soi ?

George et Jacob le dévisageaient, attendant visiblement qu'il développe. Mais William était incapable de trouver la moindre chose positive à dire. Il fit mine de réfléchir d'un air inspiré, en fixant le plafond, où pendouillait l'ampoule nue du lustre. Mais quand il baissa les yeux, les deux garçons attendaient toujours qu'il parle. Et William, exaspéré par la fête, par les heures à attendre qu'Irene l'appelle, par le vin immonde, finit par craquer.

— C'était vraiment, vraiment nul. Vraiment. Trop nul, avoua-t-il dans un murmure.

George et Jacob eurent l'air à la fois ravis et peu surpris. Alors que William décrivait en détail la nullité de la pièce, en s'obligeant à parler tout bas, il se rendit vite compte que c'était une précaution inutile. Les acteurs parlaient tous si fort qu'ils ne l'auraient pas entendu avec un mégaphone à la main.

— Tous les dialogues étaient en distiques. Je ne sais pas *pourquoi*. Ni pourquoi il y avait une danse country. Et le mec qui jouait Hadès hurlait toutes ses répliques. Et puis Eurydice ne savait pas chanter, alors je ne sais pas pourquoi ils lui ont confié le rôle principal…

George et Jacob tournèrent la tête vers la fille en question, l'hôtesse de la soirée, à la maigreur maladive et avec des seins si gros que chaque mouvement semblait menacer son équilibre.

— Va savoir, commenta ironiquement Jacob.

— On pourrait compter ses côtes à travers sa parka, renchérit George.

William décrivit le temps fort de la pièce : quand l'acteur jouant Orphée avait glissé et percuté Cerbère, envoyant valdinguer dans la salle ses trois têtes en papier mâché.

George enchaîna sur son étoile, qui s'effondrait à deux mille années-lumière de lui, mais ils furent distraits par l'actrice décharnée qui retournait des minibagels dans son four miniature. George alla voir s'ils étaient cuits, puis Jacob lui parla, *à lui* – à William ! – du sans-abri qu'il avait vu dans le métro plus tôt et du fait qu'il se sentait idiot, maintenant, de s'être mis dans un tel état. William avait vaguement conscience des vibrations d'un téléphone sur la chaise d'à côté. Il baissa les yeux et il vit le visage souriant d'Irene affiché sur l'écran du mobile.

— Oh, tu réponds ? lança Jacob. C'est celui de George. Irene a encore dû se perdre en sortant du métro.

William prit le téléphone, réticent à décrocher, car s'il le faisait, le visage souriant s'évanouirait de l'écran. Et il faudrait qu'il trouve quelque chose à dire à cette fille, qui avait couché avec lui la semaine dernière et s'était réveillée à ses côtés en parfaite étrangère.

Il effleura le bouton vert pour répondre.

— Oui ? Ici le téléphone de George Murphy. William Cho à l'appareil.

Silence à l'autre bout. Puis, des parasites. Puis « William ? »

— Irene ? Tu m'entends ?

Encore des parasites. Puis un bruit étrange qu'il ne put identifier. « William ? » répéta-t-elle. Jacob devait avoir raison. Elle avait l'air perdue – terrorisée.

— Allô ? Irene ? dit-il plus fort. Les acteurs parlaient tellement *fort*. Et les tuyaux d'eau chaude cliquetaient au-dessus de leur tête. Comment la fille maigre arrivait-elle à dormir ici ?

Jacob lui montra la porte du doigt.

— Tu n'auras jamais de réseau dans la ruelle. Va plus loin.

William se précipita vers la petite porte pour Hobbits et se retrouva sur le trottoir silencieux.

— … William ?… Est-ce que… là ?

William se mit à courir, il dépassa les poubelles, alignées en rangs pour le ramassage matinal, et les liasses de journaux ficelés ensemble, prêtes pour le recyclage. Il se faufila entre les voitures, soigneusement garées à leur place. Il avait une envie désespérée d'entendre Irene. Il luttait contre son désir de lui dire des choses *folles* : qu'elle lui avait manqué tout le week-end, qu'il n'avait pas lavé la chemise qu'il portait ce soir-là car elle sentait encore son parfum. Il voulait lui dire qu'il l'aimait, même s'il l'avait seulement connue pendant huit heures, dont cinq où il avait été endormi.

Il traversa en courant la rue sombre sans même regarder – si un camion était passé, il ne l'aurait sans doute vu que dix secondes après l'impact.

Il parvint enfin à trouver du réseau. Il identifia les bruits étranges à l'autre bout du fil. Des sanglots-fleuves, sans retenue, plus douloureux que dans les chansons de music-hall.

— Irene, tu es où ? Qu'est-ce qui ne va pas ?

Il courut jusqu'à l'angle de la rue pour tenter de localiser dans quel coin précis de la ville tentaculaire il se trouvait. Il aurait voulu qu'elle disparaisse. Il aurait voulu que chaque quartier, chaque bloc d'immeubles, chaque rue s'évanouisse.

— William, je… William, je suis dans un café en face du Mount Sinai.

William courait toujours. Il regarda autour de lui comme si l'hôpital avait une chance de se trouver à proximité. Puis il se souvint qu'il était à Brooklyn et que le Mount Sinai était dans l'East Side, à Manhattan.

— Tu vas bien ? Tu as eu un accident ? Ne quitte pas, je vais chercher un taxi…

Les pleurs s'arrêtèrent, et il l'entendit s'éclaircir la gorge.

— William, j'ai un cancer. J'ai un osteosa… j'ai déjà oublié le nom. Un cancer des os. La grosseur sous mon œil. Seulement cinq personnes sur un million l'ont.

Il savait qu'il devait faire demi-tour, retourner à la fête et informer ses amis. Voilà probablement ce qu'elle attendait. Après tout, ils la connaissaient depuis des années. Lui la connaissait à peine.

— Tout va bien se passer ! s'exclama-t-il dans le téléphone.

Ce n'était même pas le sien. Il savait qu'il devait retourner à la fête et le dire à George. Mais il continuait à courir au milieu de la rue. Tant qu'il entendait Irene au bout du fil, il se disait qu'elle allait bien. Il passa en trombe devant le château d'eau, la fabrique de crayons, les restaurants polonais. Il courut jusqu'à une jetée en bois sombre au bord de l'eau. L'East River, noire comme le Styx, déferlait à ses pieds.

— Ne le dis à personne, hoqueta-t-elle.

Il se rendit compte qu'elle pleurait toujours au bout du fil.

— Je ne sais même pas pourquoi j'ai appelé. Ne dis rien à Sara, ni George, ni Jacob, ni personne, d'accord ?

— Promis, promis.

Il lui fallut quelques secondes pour se rendre compte qu'elle s'était mise à rire, doucement.

— Qu'est-ce qu'il y a de si drôle ? souffla-t-il, haletant.

— Rien. Ça n'a pas d'importance.

Il ne comprenait pas. Il essayait de reprendre son souffle, mais chaque inspiration le brûlait comme de l'acide de batterie, chaque expiration expulsait des nuages cumulus de ses lèvres.

— Tu es où ? demanda Irene, d'une voix plus assurée.

Il scruta la crête sombre des gratte-ciel. Des centaines de milliers de mètres de verre et d'acier dressés vers la nuit noire comme une grande nécropole, et elle était là, quelque part.

— William ? C'est idiot. Je vais rentrer chez moi.

— Non, j'ai du mal à t'entendre, dit-il en tournant le dos à la berge pour repartir en courant vers la fête. Ne raccroche pas.

Il entendait de nouveau la respiration d'Irene dans son oreille. Il jeta un regard par-dessus son épaule vers la rivière et la ville majestueuse en arrière-plan. Le téléphone collé à l'oreille, il parcourut en courant encore trois blocs et demi avant de se rendre compte que la communication avait été coupée.

Des yeux de poisson
et pas d'oreilles

Dans un premier temps, le cancer semblait se résumer à une masse de papiers à remplir. Irene tentait de garder son calme face aux secrétaires d'âge canonique du Mount Sinai Hospital qui regardaient d'un air contrarié ses formulaires et hésitaient toujours avant de lui en tendre de nouveaux. Elle se demandait si elles avaient organisé un concours d'Affreux Pulls de Noël ou si les Santa Claus en mailles coulées avaient été brodés par leur chat. Elle s'efforçait de ne pas devenir désagréable. Après tout, ces gens essayaient de l'aider.

Son dossier au logo d'un laboratoire pharmaceutique dans les mains, Irene tentait de marcher la tête haute sans s'accrocher aux guirlandes de Noël des sapins en plastique, ni se cogner aux bonshommes de neige lumineux pendus aux branches ornées de fils électriques. Noël s'étalait au Mount Sinai Hospital avec une joie féroce. Partout où se portait son regard, Irene voyait des couronnes, des chapelets de guirlandes et des décorations clinquantes. Dans tous les ascenseurs, on avait suspendu des chaussettes de Noël.

Des trains électriques tournaient en boucle sur des planches tapissées de neige cotonneuse. Des cadeaux joliment emballés, avec des nœuds gigantesques, étaient soigneusement empilés dans les angles des couloirs. Irene avait accidentellement heurté du pied l'un d'eux, faisant s'écrouler tout l'édifice de boîtes vides. La décoration lui avait d'abord semblé risible, puis déprimante, mais à présent, après avoir passé toute une matinée à remplir des formulaires, elle s'était ravisée. Qui était-elle pour critiquer cet artifice destiné à apporter un peu de joie aux gens qui passaient les fêtes de Noël cloués à l'hôpital ? Après tout, elle allait bientôt être des leurs.

Vers midi, Irene fut transférée au sixième étage : Cancers de la tête et du cou. Même si cela semblait justifié dans son cas, elle trouva la petite pancarte au-dessus de la salle d'attente fâcheusement absurde. *J'ai un cancer de la tête*, se dit-elle intérieurement. *Cancer de la tête. Ça ne m'a pas l'air bon. Je vais m'inscrire sur la liste d'attente pour une greffe de la tête. Apportez-moi la tête d'une gentille institutrice d'Ann Arbor et qu'on en finisse.*

La grâce, avait toujours cru Irene, était une lame à double tranchant qu'elle portait en permanence à sa hanche. Rester imperturbable face à tout ce qui vous perturbe apaisait à la fois votre esprit et celui de votre entourage. Aussi voulait-elle apparaître comme un brave lieutenant qui garde la tête froide et dirige le personnel soignant stressé, en train de taper sur des claviers et de fixer les dates et les lieux de ses deux premières séances de chimiothérapie. Ce stratagème fonctionna jusqu'à ce qu'elle surprenne son reflet dans les lunettes de l'une des vieilles dames derrière le guichet. Elle fut désarçonnée par ses traits tendus et défaits : ils trahissaient exactement ce qu'elle ressentait.

La grosse tête aux cheveux grisonnants de la femme dodelinait de gauche à droite, et elle faisait claquer sa langue derrière des lèvres rose fuchsia. « Oh là là ! (expression dont ils semblaient tous raffoler en décrochant leur téléphone), j'appelle quelqu'un pour voir ce qu'on peut faire. »

Le problème était dans les points d'interrogation. Irene n'en manquait pas. Allergies médicamenteuses : ? Nom du médecin traitant : ? Liste des précédents séjours à l'hôpital, par ordre chronologique et motif : *1. Ablation des amygdales, 1992 ou 1991 ? 2. Chute et tête qui heurte une statue de dalmatien en laiton. J'avais 5 ou 6 ans ? Pas de commotion cérébrale. 3. Maux de ventre terribles, qui se sont révélés être causés par une intolérance au lactose, qui a disparu soudainement. Je ne sais plus quand.* Vaccinations et immunisations : *Probablement les vaccins standards pour les enfants ? Rien après 1998.* Antécédents médicaux du père : *calvitie, couperose, myopie, ???* Antécédents médicaux de la mère : *???*

« J'ai un cancer des os primitif. » Elle essayait de s'habituer à sentir ces mots couler sur sa langue, et à pointer la petite grosseur sous son orbite gauche. « J'ai un ostéosarcome malin. » Il n'était pas visible, jusqu'à ce qu'on le remarque.

La journée passa avec une lenteur insoutenable. Quand la nuit tomba, Irene avait visité pratiquement tous les étages de l'hôpital, sans échapper une seule fois au spectacle des flocons scintillants.

Le lendemain matin, elle fut finalement autorisée à commencer sa première session de chimio de deux jours. Irene traversa la rue sombre et éclata en sanglots au fond de la salle d'un MetroStop Bakery, recroquevillée sur son bol de soupe de maïs bouillante. Aucun des serveurs ne parut trouver cela bizarre. Elle regarda les traces de mascara qui avaient dégouliné sur le bord de la nappe en papier. Elle s'était attendue à pire. Elle n'avait même pas vu une seule aiguille, scalpel ou intraveineuse ! Trembler devant des instruments médiévaux paraissait légitime ; être abattue par des photocopies de mauvaise qualité ne l'était pas. À huit heures de matin, elle devait se présenter au douzième étage pour la chimiothérapie, où elle resterait plusieurs heures, une perfusion piquée dans une veine du bras.

Irene attendit que les traces de mascara sur la nappe sèchent. Puis elle déchira soigneusement le périmètre de papier autour et fourra le morceau dans son sac. Elle ne savait pas encore comment, ni si elle allait s'en servir pour se lancer, une nuit d'insomnie, dans une nouvelle œuvre d'art dans son appartement.

Alors que ses doigts étaient plongés dans son sac, ils saisirent son téléphone. Elle le leur avait pourtant interdit. *Tout le monde est parti en vacances*, leur rappela-t-elle. Ce qui ne les empêcha pas de parcourir la liste des contacts. Sara était chez les parents de George dans l'Ohio pour Noël. Jacob était à Tampa, « le pays de la décrépitude » comme il l'appelait, avec sa mère et son père pour les derniers jours de Hanoukka. Elle n'avait pas voulu gâcher leurs vacances, aussi n'avait-elle informé aucun d'eux de son diagnostic.

William Cho était la seule personne au courant. Irene étudia sa photo. Son téléphone l'avait téléchargée tout seul, elle ignorait comment. En costume sombre et cravate noire, William affichait un air surpris sur un fond bleu. Elle aurait aimé savoir comment changer de photo ; cet homme perplexe n'avait rien du garçon délicat et curieux avec qui elle avait passé la nuit il y a quelques jours. Plus elle regardait ce non-William, plus elle avait envie de revoir l'original. Elle lui avait acheté cette écharpe Dylan, mais elle était toujours chez elle. Ils ne s'étaient pas parlé depuis le soir où elle était assise dans ce même café, juste après son diagnostic.

Il était probablement resté en ville ; ses parents vivaient dans le Queens. Elle tapotait régulièrement la touche étoile pour empêcher l'écran de s'éteindre et la photo de disparaître.

867 Video était désert et, aux regards du propriétaire, William eut la nette impression qu'il était la seule raison pour laquelle le magasin n'avait pas fermé plus tôt. Peut-être était-ce aussi grâce à William que le magasin n'avait pas encore fait faillite, car la tendance parmi ses collègues était de se faire livrer des DVD – non, des Blu-ray maintenant – à domicile, ou encore mieux de les regarder en streaming sur la télé. « Comment tu trouves le temps d'aller dans un vidéo-club ? » lui demandaient-ils quand ils voyaient sur son

bureau les boîtes des films loués, en attente d'être rendus. « Ils n'ont pas tous fermé ? »

Mais du temps, William en avait à revendre, même à quelques jours de Noël. Surtout maintenant que son bureau avait fermé pour les fêtes. Il aimait les vidéoclubs, car il ne savait jamais ce qu'il voulait. Il touchait toutes les boîtes jusqu'à ce que ses doigts en choisissent une, généralement sans sa permission. Il était justement dans cette situation quand son téléphone sonna.

Le propriétaire, Arturo, dont l'œil gauche était inerte et divergent, interpella William alors qu'il reposait *Soupçons* d'Alfred Hitchcock pour répondre à l'appel.

— Je l'ai eu pour quarante-neuf cents ! Pas une rayure sur le disque ! Les mômes incultes qui tiennent le Blockbuster sur la 78e Rue ne savaient même pas qui était Cary Grant. Je leur ai dit : « C'est un dieu américain, bande de crétins ! Cet homme vaut cent fois mieux que votre Vin au Diesel, votre Channing Tata et votre Catrina Gomez ! »

S'attendant à un appel de sa mère, William répondit en coréen sans regarder l'écran.

— *Annyeonghaseyo, eomeoni.*

— William, c'est toi ?

Au son de la voix d'Irene, il vacilla et se rattrapa au rayonnage des films classiques.

— William, poursuivit-elle gaiement. Désolée de te déranger. J'imagine que tu es occupé, mais j'aurais bien aimé te demander un service.

— Non, répondit-il un peu vite. Je veux dire, tu ne me déranges pas. Comment vas-tu ?

— Je vais bien. Rien de nouveau. Mais c'est mon immeuble. Au beau milieu de la nuit, le gardien s'est pointé pour nous demander d'évacuer les lieux à cause d'une histoire d'infestation. Des mouches sordides ou des cafards pointus ou un truc du genre. Heureusement, ce ne sont pas des punaises de lit. Bref, je suis partie en courant – quelle idiote – sans prendre d'affaires, et j'ai peur d'y retourner. Sara, George et Jacob ont quitté la ville et j'ai besoin d'un endroit où dormir, si ce n'est pas trop te demander. Un canapé me suffira, je ne suis pas difficile. Je ne veux pas que tu penses que j'ai eu la mauvaise idée…

Mauvaise idée ? faillit demander William. Quelle idée était mauvaise, exactement ? L'idée qu'ils recouchent ensemble ? Ou l'idée tout aussi tenace qu'ils n'étaient finalement que deux êtres parmi tant d'autres à penser qu'ils n'auraient jamais dû coucher ensemble la première fois. Il préféra se taire, ne se faisant pas confiance.

— Je sais que les choses ont été… eh bien, je ne sais pas ce qu'elles ont été. Désolée de jacasser comme ça. Je sais que c'est… et mince.

— Non, lâcha William.

Immédiatement, il regretta de ne pas l'avoir laissée continuer ; il désirait plus que tout l'entendre jacasser, encore et encore. Mais maintenant, elle s'était tue et attendait visiblement qu'il dise quelque chose. Paniqué, il fixa Cary Grant sur la jaquette du DVD *Soupçons*. *Chaque fois qu'ils s'embrassent*, déclarait l'accroche, *plane le frisson de l'amour… La menace du meurtre !* Les sourcils baissés de Cary Grant témoignaient d'une sensualité qu'il aurait aimé posséder.

— Bon, dit-il, essayant de prendre la voix suave de Grant. Je vais prévenir le concierge de ton arrivée.

— William, tu es le meilleur, souffla-t-elle.

— Je t'en prie, rougit-il en prenant le DVD.

Irene soupira de soulagement et raccrocha.

William lui envoya son adresse par SMS puis il fonça vers Arturo, le DVD en main, dans l'espoir qu'en se dépêchant il aurait le temps d'étudier une scène ou deux avant qu'Irene sonne à la porte.

— L'un des meilleurs Hitchcock, déclara Arturo, contemplant avec adoration Joan Fontaine dans sa robe rouge décolletée. Sauf la fin, que RKO lui a fait changer…

Mais William l'entendait à peine. Il paya et sortit du magasin en se disant qu'il allait acheter une bouteille du Bollinger Blanc qu'elle avait aimé la dernière fois – ou un bouquet de roses qu'il pourrait jeter dans un vase, sauf qu'il ne pensait pas avoir de vase – et surtout, ce n'était pas ce que Cary Grant aurait fait, il en était à peu près certain. Cary Grant ne serait pas si prétentieux. Elle avait dit qu'elle ne voulait pas qu'il pense qu'elle avait eu une mauvaise idée. Cela signifiait probablement qu'il devait la jouer cool. Cool comme Cary Grant.

William quitta le vidéoclub en ayant l'impression d'avoir une mâchoire de granit. Cela dura les deux tiers du trajet, jusqu'à ce qu'il glisse sur une plaque de verglas et s'affale entre les branches d'un sapin de Noël exposé à la vente sur le trottoir.

Irene se rendit directement chez William. Elle avait songé passer chez elle chercher l'écharpe, mais elle ne voulait pas perdre de temps et risquer de le faire attendre. William lui ouvrit la porte en déclarant qu'il était en train de regarder un vieux film, puis il lui demanda comment elle se sentait. Elle le coupa net ; elle ne voulait pas parler de ça. Alors elle s'exclama qu'elle *adorait* les vieux films et elle insista pour qu'ils regardent la fin ensemble. Elle était désolée de l'avoir dérangé alors qu'il s'était montré si généreux. Mais après avoir passé une heure assise sur le canapé à regarder Grant et Fontaine flirter, Irene avait du mal à rester concentrée.

L'appartement de William la déprimait. Plus le temps s'écoulait, plus Irene avait l'impression de regarder un film à l'intérieur d'un plateau de cinéma. Non seulement la pièce était décorée dans des coordonnées tristes à pleurer de bordeaux, bleu pétrole et cuir acajou, mais elle était remplie de petites touches de déco façon appartement-témoin. Un gigantesque compas d'architecte en bronze ornait le mur au-dessus d'un buffet, entouré de photos en noir et blanc sous cadre : une abside de cathédrale médiévale, un atrium romain, le pignon d'une maison de bord de mer. Elle était certaine qu'il ne s'agissait pas de photos de vacances, mais plutôt de ces photographies « d'art » en noir et blanc vendues chez IKEA, douze au prix de dix. Elle le remerciait en silence de n'avoir pas une seule décoration de Noël, mais elle aurait préféré un sapin à l'absurde panier rempli de branchages soigneusement arrangés trônant dans un angle de la pièce. Il était comme ces objets qu'on voit dans les magazines, mais jamais chez les vraies gens. Peu à peu, elle fut convaincue qu'elle était assise dans le salon totalement factice d'un être tout aussi factice.

Irene se leva pour aller aux toilettes, et William mit le film en pause. En parcourant le couloir, elle chercha des indices témoignant de sa personnalité, des photos d'amis ou des souvenirs kitsch, mais elle ne trouva rien. La famille de William était coréenne, et pourtant elle n'apercevait pas la moindre œuvre d'art d'influence asiatique. Elle savait qu'il avait étudié les lettres classiques à l'université, mais le seul objet grec présent consistait en une petite urne, remplie non de cendres, mais d'un pot-pourri dont toute senteur avait disparu. Quel célibataire qui se respecte achèterait un pot-pourri ? Dans la salle de bains, Irene trouva un miroir entouré d'un cadre à la peinture savamment écaillée et un distributeur de savon liquide orné de minuscules carreaux de mosaïque irréguliers, comme si un artisan d'il y a mille ans les avait soigneusement collés sur un distributeur de gel désinfectant de chez Crate & Barrel. En revenant au salon, elle vérifia les tranches des livres sur l'étagère pour s'assurer qu'elles avaient des marques de pliure. Elle fut soulagée de constater enfin que William n'était pas tout à fait Gatsby.

Le fait qu'il parle comme un personnage de film n'aidait pas non plus.

— Puis-je te servir un autre verre de vin ? lui demanda-t-il quand elle revint au salon.

Une fois le verre rempli, il leva les yeux comme si une pensée lui traversait soudain l'esprit et il dit :

— Passe-moi la télécommande située à portée de ta main. Le volume est un peu faible, ne trouves-tu pas ?

— Tu sens la résine de pin, dit Irene en lui passant la télécommande.

— Ah, oui ? J'ai eu une altercation avec un vendeur de sapins dans la rue. Un brave homme, même s'il s'est mis à beugler quand j'ai pris le large.

— Tu prends l'accent anglais ? s'étonna-t-elle.

Sa question sembla le surprendre et ses joues rougirent de la façon dont elle se souvenait.

— Pas intentionnellement, non. Je suppose que je dois prendre ça comme un compliment ?

— À ton avis…, soupira Irene.

William n'entendit pas ; il avait monté le son.

À la fin du film, Irene se sentait fatiguée, mais elle était trop mal à l'aise pour dormir ici. Elle ne voulait pas rester dans ce salon factice. Et encore moins se coucher avec ce faux William.

— Je crois que je ferais mieux d'y aller, finit-elle par dire.

William avait l'air triste.

— Ah ? Bon. Si tu préfères. Je vais t'appeler un taxi.

— Il y a des taxis partout, William. Des taxis, des trottoirs et des trains. Mince, je donnerais n'importe quoi pour être dans un train en ce moment.

— Désolé que tu n'aies pas aimé le film, dit-il sèchement.

— Le *film* était très bien.

— Tu es fâchée, se désola-t-il les sourcils froncés, en esquissant une moue.

— Pas du tout.

Irene se leva pour partir. Elle ne savait pas exactement ce qu'il faudrait faire pour l'amadouer et le détendre, mais elle savait avec certitude qu'elle disposait de soixante-huit pour cent de temps en moins qu'il y a quelques semaines. Quelle idée ridicule d'être venue ici.

— Où vas-tu ? demanda-t-il alors qu'elle remettait ses bottes.

— Écoute, William…

— Non, t'inquiète, j'ai compris que tu partais. Seulement, tu as dit que tu ne pouvais pas dormir chez toi ce soir, et je sais par Sara qu'ils sont tous partis en vacances. Je m'inquiétais de… eh bien, as-tu un autre endroit où aller ?

Irene jeta son manteau sur ses épaules avec colère.

— Tu n'as pas besoin de t'occuper de moi, d'accord ? J'ai beaucoup d'endroits où aller.

C'était toujours la même histoire. Les mecs – surtout les gentils, comme William – essayaient systématiquement de la persuader qu'elle avait besoin qu'on s'occupe d'elle. Il n'y avait que les nuls et les salauds qui la laissaient se débrouiller toute seule. Elle essayait de se rappeler que William ne connaissait pas son passé. Il ne soupçonnait pas tous les endroits immondes où elle avait dormi, bien pires qu'un appartement pulvérisé d'insecticide – ce qui n'était même pas le cas du sien. Il ne savait rien d'elle.

Son bras gauche était coincé dans sa manche. Elle ne pouvait plus plier le bras après tout le sang qu'ils lui avaient pompé cet après-midi, ce qui la rendait encore plus folle.

— J'ai des amis partout ! Sans rire. Je peux marcher jusqu'à la gare de Penn Station, monter dans n'importe quel train, et tout ira bien pour moi.

William restait debout, à hocher la tête en se balançant légèrement sur ses talons. Irene avait son manteau sur le dos, la main sur la poignée de la porte. Allait-il vraiment continuer à regarder le sol sans rien dire ?

— Alors, quoi ?

Il leva les yeux vers elle.

— Alors quoi, quoi ?

— Tu *fais* quoi ?

Il arrêta de se balancer.

— Pardon. Je réfléchissais. Excuse-moi.

— À quoi ?

— Au film. La fin du film, soupira-t-il. À l'origine, Hitchcock voulait que Fontaine écrive une lettre à sa mère en lui avouant qu'elle sait que Grant est un assassin, mais qu'elle l'aime tellement qu'elle va mourir pour lui. Puis elle boit le poison, et le film se serait terminé sur l'image de Grant qui poste la lettre. Mais le studio a estimé que le meurtrier devait être puni – alors ils ont obligé Hitchcock à changer la fin pour que Grant tente de se suicider.

Irene n'arrivait pas à croire qu'il parlait encore du film – de cinéma. Peu importe.

— C'est complètement absurde.

— Oui, je suis d'accord. Quelqu'un d'aussi sûr de lui, avec un tel sang-froid, n'envisagerait jamais le suicide…

— Non, cela n'est pas absurde, l'interrompit Irene. C'est un salaud arrogant. Et se tuer ainsi serait la preuve ultime de son arrogance.

William rougit de nouveau.

— Ce que je veux dire, c'est qu'il est absurde de penser qu'il pourrait réellement la tuer.

La rougeur se propagea plus largement ; Irene se rapprochait de lui et du canapé.

— Dans cette première scène, juste après mon arrivée, quand ils marchent ensemble dehors, tout est si romantique, puis il l'appelle Ouistiti et elle se met en colère. Aucun assassin digne de ce nom n'appellerait une femme Ouistiti comme il le fait. Hitchcock devait le savoir.

Soudain, le Mount Sinai semblait à des milliers de kilomètres. Irene plongea son regard dans ses yeux sombres.

— Alors je crois que tu devrais vite me donner un surnom pour que je sois sûre que tu n'es pas un assassin.

— Impossible ! Tu es, eh bien, euh… trop belle pour avoir un sobriquet.

Elle recula de quelques pas. Elle détestait ce mot. *Belle*. Il ne voulait rien dire ; il était trop peu fiable. Et si on l'énucléait ? Si ses cheveux tombaient par poignées ? Si ses muscles faciaux perdaient leur tonicité ? Dirait-il encore qu'elle était belle ?

Mais William n'avait pas fini.

— Maintenant, si tu me forçais à en trouver un, je dirais que ton visage est un peu…

— Un peu quoi ? l'encouragea Irene. Vas-y, je peux tout entendre.

— Eh bien, ce sont tes oreilles, en fait. Elles sont vraiment minuscules. On dirait presque qu'elles cherchent à rentrer dans ton crâne.

— C'est faux ! s'écria-t-elle en cherchant un miroir des yeux.

— C'est vrai. En gros, tu n'as pas d'oreilles.

— Pas d'oreilles ? glapit-elle en étudiant son reflet dans le miroir au cadre sobre noir, mais ce n'était pas ses oreilles qu'elle fixait.

C'était lui, dans son dos, qui souriait timidement. Elle se retourna, il la prit dans ses bras et ils s'effondrèrent ensemble sur le canapé.

— Ne t'inquiète pas, dit-il en dégageant ses cheveux comme pour les étudier de plus près. C'est très seyant, Sans Oreilles.

— Retire ça tout de suite !

Doucement, il poussa ses cheveux en arrière et embrassa l'une de ses prétendues oreilles inexistantes.

— Elles sont là ! s'esclaffa-t-il.

— Tu es là, dit-elle. Enfin.

Irene dormait, profondément allongée sur William, sur le canapé en cuir acajou, et il n'osait pas bouger, de peur de la réveiller. Elle lui avait raconté sa journée à l'hôpital et mentionné le premier traitement qui devait commencer dans quelques heures à peine. Juste avant qu'elle s'assoupisse, il avait fait l'erreur de lui demander pourquoi elle n'avait pas de famille chez qui passer les fêtes ou qui pourrait, accessoirement, l'accompagner à l'hôpital. *Je suis partie de la maison à seize ans*, lui avait-elle expliqué. *Je ne vais pas t'énumérer toutes les raisons pour lesquelles j'ai dû partir. Je ne me suis jamais sentie chez moi. Les gens naissent parfois dans la mauvaise famille. Tout comme il arrive aux âmes de se retrouver dans le mauvais corps. J'ai une âme très ancienne. Je pense que mon corps abrite une âme de cent quatre-vingt-quinze ans.*

William ne pouvait pas dire si elle plaisantait, mais dans la pénombre, il l'imaginait au-dessus de lui, toute ridée, avec des os fragiles d'oiseau et des cheveux gris comme le clair de lune.

Pas comme toi, avait-elle continué. *Ton âme est très jeune. C'est une âme d'enfant. Ne te vexe pas – c'est juste ce que je ressens –, tu n'as aucune raison de te vexer. Ton corps est celui d'un homme. Mais à l'intérieur, tu es un petit garçon. La façon dont tu as enlevé mes vêtements, par exemple. D'un air impressionné. Lentement. C'est ce que j'aime le plus chez toi. Ton âme est si enfantine qu'elle en est presque efféminée.*

Il n'avait pas particulièrement bien réagi à ce commentaire, et il le regrettait maintenant, allongé là, à se rejouer la scène en la regardant rêver.

Et alors ? avait-elle rétorqué, *j'aime les âmes de fille. Et les corps de fille aussi, pour être tout à fait honnête. En fait, tu devrais être flatté car je n'ai pas couché avec beaucoup d'hommes. J'ai eu bien plus de filles que de garçons.*

William n'avait pas caché sa surprise là non plus, et il était tellement troublé qu'il n'avait pas déplacé son genou à temps pour masquer sa réaction inévitable, lorsqu'il imaginait Irene avec une autre femme. *Tu vois ?* s'était-elle moquée. *Un vrai gamin !*

Plus tard, il l'avait questionnée de nouveau sur sa famille. Il voulait savoir pourquoi elle les avait quittés, mais elle avait fait semblant de dormir ou alors elle s'était réellement assoupie.

Je les ai quittés parce qu'ils n'étaient pas ma famille, avait-elle marmonné. *Je pensais qu'Alis-ahh était ma famille, mais elle disait que je l'abandonnais toujours.* Ce furent les derniers mots à sortir de sa bouche avant qu'elle s'endorme.

William n'était pas sûr d'avoir bien compris. Quel genre de nom était « Alis-ahh » ? Avait-elle dit *Alissa* ou *Alicia* ? Avait-il mal entendu ?

Alors il s'était assis, éveillé et résolu à ne pas bouger, jusqu'à ce que le soleil se lève sur le Queens.

Irene se réveilla à sept heures, vaguement consciente de n'avoir qu'une heure pour se rendre à l'hôpital effectuer son premier jour de traitement. Elle avait fait l'un des rêves les plus étranges de sa vie – le Dr Zarrani avait dit qu'il était fréquent que les patients atteints d'un cancer fassent des rêves bizarres, comme un trip sous LSD. Des hallucinations qui ne cessaient pas immédiatement au réveil. Le docteur avait parlé de « rêves de guérison », mais sans expliquer précisément en quoi ils étaient guérisseurs. Irene n'avait pas le temps de réfléchir à ça, de toute façon. Elle courait dans tous les sens dans l'appartement. Quand William lui demanda pourquoi, elle répondit qu'elle se préparait pour sa première perfusion.

— Remets ce que tu portais hier.

— C'est… Ne sois pas ridicule, William.

Elle songea à s'excuser pour ses propos d'hier sur son côté efféminé, mais elle se dit que ça lui ferait trop plaisir, et en plus, en ouvrant sa penderie (en bois faussement patiné), elle découvrit que son placard était rempli de vêtements qu'elle pourrait aisément porter. Un jean qui ne devait plus aller à William depuis le lycée était légèrement déchiré aux genoux, mais il était seyant sur elle, avec un revers au bas des jambes et une cravate jaune en guise de ceinture. Elle repéra une chemise rose et roula les manches jusqu'aux coudes, puis elle la cintra dans le dos avec un élastique, et la rentra dans le jean.

— Si je ne te connaissais pas, je penserais qu'une fille vit chez toi, plaisanta-t-elle en détachant le cordon argenté d'un store pour s'en faire un collier.

— On va à l'hôpital, Sans Oreilles. Qu'est-ce que ça peut faire, ce que tu portes ? grogna William.

Elle remarqua les cernes sous ses yeux.

— C'est mon premier jour, je dois faire bonne impression ! Tu as du maquillage ?

— Pourquoi j'en aurais ? Allez, on y va ! Tu es très belle !

— Arrête avec ce mot, je te l'ai déjà dit ! râla-t-elle. Allons, tu n'as vraiment rien ? Même pas un tube d'anticernes pour les jours où le teint est brouillé ? Ou un rouge à lèvres oublié par une petite amie ?

Elle le dévisageait avec curiosité, tout en décrochant un panama blanc sur son portemanteau.

— Je sais que tu as eu des copines. Ne me dis pas que tu as acheté ça pour toi.

— C'est un cadeau de ma mère, dit-il en le lui posant sur la tête.

Irene enleva le chapeau et l'étudia.

— Il est super. J'aimerais bien rencontrer cette femme.

— Si tu te dépêches et que tu arrives à l'heure à ton rendez-vous, tu pourras la rencontrer ce soir.

Elle écarquilla les yeux. Elle ne s'attendait pas à accepter sa proposition, mais soudain elle eut très envie de faire la connaissance de Mme Cho – si quelqu'un pouvait l'aider à découvrir qui était le vrai William derrière ce décor de pacotille, ce serait elle.

— Elle organise un dîner de famille pour le réveillon de Noël, poursuivit-il. Tu vas adorer. C'est mon propre cercle de l'Enfer.

Irene applaudit avec enthousiasme.

— Si tu continues à traîner, reprit William d'une voix ferme, et que tu rates ton rendez-vous, alors on n'arrivera jamais à l'heure pour…, mais Irene était déjà devant la porte.

Ils arrivèrent à l'hôpital juste à temps. Irene appréciait mieux les décorations de Noël avec William à ses côtés, qui les regardait d'un air atterré. Elle dut remplir de nouveaux formulaires, puis ils rencontrèrent le Dr Zarrani, qui leur fit visiter la salle de chimiothérapie comme un appartement qu'ils seraient susceptibles d'acheter.

— Pas de lutins ni de rennes ici ! ironisa Irene.

— L'aménagement a été conçu sur le concept du jardin zen japonais, dit-elle. Vous entrerez par ici le matin et vous passerez devant la sculpture de la cascade pour vous présenter à la réception.

La salle était éclairée par de grands lampions en cuivre, et il y avait en bordure de l'espace d'attente un vrai bac à sable rempli de cailloux et de râteaux de plage, que deux enfants s'amusaient à ravager. Les tables, jonchées de magazines et de revues, étaient en pierre polie, et des bonsaïs soigneusement taillés délimitaient la zone d'attente pour la rendre plus zen.

— Je sais que ça semble idiot, mais des études ont montré une amélioration du taux de guérison des patients, affirma le Dr Zarrani, le dos droit.

— Vous voulez dire grâce à la magie ancestrale shinto ou autre ? lança William.

La docteur les reconduisit dans la salle de chimio.

— Simplement parce que cela détend le patient et l'aide à supporter la pénibilité du traitement.

— L'esthétique est importante, William, déclara sèchement Irene. Raison pour laquelle je voulais être bien habillée.

— Vous êtes très jolie, la complimenta le Dr Zarrani, tandis que William levait les mains pour s'excuser. Maintenant, installez-vous sur un siège à côté de cette sorte de pagode bleue. Les infirmières vont vous mettre sous doxorubicine et cisplatine. La perfusion dure plusieurs heures, aussi j'espère que vous avez apporté un bon livre.

Irene jeta un regard méfiant aux *Vogue* et *Cosmopolitan*. Elle avait lu les mêmes hier en salle d'attente.

— Je peux faire un saut dans une librairie et te trouver quelque chose, proposa William.

— Eh bien…, dit Irene d'un air malicieux en sortant un livre volumineux de son sac. Je l'ai pris sur tes étagères ce matin. J'espère que tu ne m'en veux pas.

Il eut l'air surpris à la vue de son exemplaire de *L'Iliade*, dans la traduction de Lattimore tant critiquée par Jacob. Il était sûrement gribouillé de notes et surlignages datant de l'université, mais il haussa les épaules, sans se douter, Irene l'aurait juré, que les notes et surlignages étaient précisément ce qui l'intéressait le plus.

— Puis-je rester ici avec elle ? demanda William au médecin.

— Pendant huit heures ? Ne sois pas ridicule. Va acheter un cadeau de Noël pour ta mère. Et dors un peu. Je sais que tu es resté éveillé toute la nuit.

William souhaitait au moins attendre qu'ils commencent, mais Irene ne voulut rien entendre.

— Si tu ne pars pas, je m'en vais.

Alors William partit.

Le Dr Zarrani vint lui installer elle-même la perfusion.

— La doxorubicine distord la forme de l'hélice, ce qui empêche sa réplication, et la cisplatine lie le double brin d'ADN à lui-même, ce qui déclenche en quelque sorte un ordre d'autodestruction des cellules.

Irene sentit sa nervosité retomber, entre les mains rassurantes du médecin, qui frottaient le pli de son coude avec une boule de coton imbibée d'un antiseptique ocre. Irene avait cru qu'on lui injecterait le traitement dans le visage, non dans le bras.

— Comment les médicaments savent-ils qu'il faut remonter du bras jusqu'à mon œil ?

— Malheureusement, ils ne savent pas, expliqua le Dr Zarrani. En principe, on opère d'abord, mais pour ne pas endommager votre œil, on va commencer par la chimio, en espérant qu'elle réduira un peu la tumeur. Les médicaments entrent dans le sang et circulent partout. Ils touchent la tumeur, mais le reste aussi.

Irene se redressa sur son siège, le dos droit. Pas de frappe chirurgicale donc, mais la politique de la terre brûlée. Elle se souvint de son rêve. Elle avait rampé, pendant des heures et des heures, dans un désert aride. Finalement, elle avait trouvé une immense feuille noire et s'était réfugiée sous son ombre. Mais une fois qu'elle avait été à l'abri, une chose étrange s'était produite. Elle s'était mise à baver, involontairement. De grands filets de salive s'écoulaient de sa bouche de manière incontrôlable, et elle avait eu l'impression de s'assécher alors qu'elle se tordait, tentant d'arrêter l'effusion. Ce n'est que lorsqu'elle avait cru être totalement desséchée comme une momie égyptienne qu'elle avait réalisé que les fils qu'elle avait bavés n'étaient pas de la salive, mais de la soie. En se tortillant au sol, elle avait par inadvertance, ou peut-être instinctivement, tissé la soie en un grand utérus irisé, dont les parois luisaient de rosée fraîche. Elle allait se blottir à l'intérieur et dormir pendant mille ans quand elle s'était réveillée, affalée sur William.

— Cela va piquer un peu, prévint le médecin.

Elle sentit un pincement terrible, puis un corps étranger envahir son bras. Il allait rester là pendant des heures, et elle continuerait à le sentir en elle, longtemps après.

William avait déjà trouvé des cadeaux pour toute sa famille, sauf pour sa mère. Aussi, il s'arrêta à l'Armée du Salut, à quelques rues de l'hôpital, où il dénicha un vase rose, énorme et hideux, décoré de fleurs de chrysanthème dorées, vendu cinq dollars. Le cadeau en lui-même était moins important que son prix. Sa mère rapportait tous les cadeaux achetés dans un magasin, en lui reprochant d'avoir dépensé autant d'argent. Elle affirmait toujours avoir vu *exactement le même article*, dix fois moins cher, dans un vide-grenier quelques semaines plus tôt.

Quand il était enfant, il avait repéré un jour un magnifique kimono en soie dans la boutique du musée Guggenheim, lors de la visite scolaire d'une exposition sur l'art oriental. Il avait vendu toute sa collection de bandes dessinées *Aqualad* à Mi-cha Yu pour l'acheter. Le matin de Noël était arrivé et sa mère avait ouvert son cadeau. « Qu'est-ce que c'est ? » avait-elle demandé, alors il avait répondu « un kimono » et elle lui avait lancé un regard méprisant. « Les kimonos sont japonais. Nous sommes *coréens*. » Elle l'avait traîné jusqu'à l'Upper East Side pour le rapporter, mais, comme l'exposition sur l'art oriental était finie, remplacée par Monet, ils n'acceptaient plus les retours de kimonos. Furieuse, sa mère l'avait remisé dans le placard de la chambre d'amis, où il pendait encore.

William descendit la Troisième Avenue avec le vase sous le bras pendant des blocs et des blocs, en pataugeant dans la neige qui n'avait pas été déblayée à de nombreux endroits. Frigorifié, il avançait sans destination précise en tête, ses pieds semblant savoir où ils le menaient. Les rideaux des boutiques étaient baissés et les rues désertes. Ce n'est pas souvent, songea-t-il, qu'on a la ville pour soi.

Au moment où il comprit où ses pieds le menaient, il était plus proche de la 4e Rue que de l'hôpital, où il savait qu'il devait retourner, donc faire demi-tour. Quelque chose dans la façon dont elle avait pris son *Iliade* sur l'étagère l'avait frappé, comme si, en fait, elle lui appartenait. Sans réfléchir, il avait subtilisé les clés d'Irene dans son sac pendant que le médecin lui expliquait la chimiothérapie. Il avait pensé qu'il pourrait lui faire une surprise – braver les pulvérisations d'insecticide, entrer chez elle et fourrer quelques vêtements dans un sac pour le dîner de ce soir. Elle ne pouvait décemment pas réveillonner dans le vieux jean de William avec un cordon de store en guise de collier. En descendant l'Avenue A jusqu'à son immeuble, il pensait lui faire plaisir.

Mais en arrivant devant le bâtiment, il comprit qu'il se faisait des illusions. Irene n'apprécierait sûrement pas ce qu'il s'apprêtait à faire, mais trop de questions le taraudaient. D'où venait-elle, pourquoi s'était-elle enfuie de chez ses parents ? Il avait du mal à évacuer l'idée qu'elle avait pu être maltraitée, ou pire – même si elle lui avait affirmé le contraire. Qui était « Alis-ahh » ? Avait-il saisi le nom correct ? Était-elle l'une de ces filles avec qui elle prétendait avoir couché ?

L'immeuble d'Irene était un bâtiment en grès rouge décrépit, bordé d'une rangée de poubelles débordantes enchaînées devant l'entrée. Des planches, tapissées d'affiches de concert délavées, aveuglaient les fenêtres

128

du rez-de-chaussée. Il ouvrit la porte et grimpa trois étages dans un escalier biscornu ; plus il montait, plus la rampe branlait. N'avait-elle pas dit que tout l'immeuble était désinfecté par fumigation ? Il n'y avait pas de pancarte à l'entrée et il entendait des gens parler derrière les portes des appartements. Il monta jusqu'au cinquième étage et se retrouva devant sa porte, où il s'attendait à voir une affiche du ministère de la Santé ou un ruban jaune sur la poignée, mais il n'y avait rien d'anormal. Le vase bon marché toujours fiché sous son bras gauche, il tourna lentement la clé dans la serrure et pénétra dans l'appartement d'Irene.

Balayant la pièce des yeux, William vit des draps jetés au hasard et des vêtements de sport en tas sur le sol ou accrochés à la porte de la salle de bains. L'appartement était crasseux, de l'évier débordant de vaisselle au plafond à la peinture écaillée. Il enjamba un journal déchiré et plusieurs boîtes en carton remplies d'objets provenant du marché aux puces : des billes rutilantes, des poignées rouillées, un magma de câbles, de vieux caractères mobiles d'imprimerie, plusieurs bracelets-montres fantaisie, des serre-livres en forme de personnages de BD, des dizaines de poupées Barbie dans leur emballage d'origine, des cadres vides, des trophées de football pour les enfants, et une profusion de fleurs en soie. À quoi tout ce bazar pouvait-il bien servir ? Il dirigea son regard vers le fond de la pièce.

L'espace devant la fenêtre était relativement épargné par le désordre. C'était visiblement l'endroit où elle travaillait. Des carnets de croquis ouverts jonchaient la table basse, les pages couvertes de lignes irrégulières à l'encre bleue. Contre les murs à la peinture écaillée, une douzaine de tableaux de paysages urbains et ruraux étaient soigneusement empilés par ordre de taille. Des terres arides et des prairies. Des ponts voûtés et sombres, et des marécages au crépuscule. Un désert d'Albuquerque et un plateau verglacé d'Alaska. Contre le mur opposé se trouvaient plusieurs assemblages inachevés faits de bric et de broc. Des billes, peintes comme des globes oculaires, étaient enfoncées dans du mastic, des numéros et des morceaux de plans de ville étaient reliés par des fils de laine effilochés, au-dessus d'une toile de fond composée d'un collage de papillons immobiles et de gigantesques papillons Sphinx tête de mort. Le tout assemblé sur une planche épaisse en contreplaqué. L'ensemble faisait penser à un panneau d'affichage en liège qui aurait appartenu à un tueur en série particulièrement esthète.

Il posa les yeux sur plusieurs robes jonchant le sol, mais il ne pouvait dire s'il y en avait une seule de propre. Il nota sa taille sur l'une des étiquettes, dans l'idée de lui acheter une robe, évitant ainsi de lui avouer qu'il était entré en douce chez elle. Ne fallait-il pas débarrasser ses affaires lors d'une opération de désinsectisation ? N'y aurait-il pas une odeur bizarre quelques heures après ? Plus il réfléchissait, plus il était sûr qu'il n'y avait jamais eu d'invasion d'insectes. Alors pourquoi lui avait-elle menti ? Si elle voulait juste venir chez lui, elle n'avait pas besoin d'inventer cette histoire. Elle aurait dû le savoir.

À ce moment, il repéra un paquet-cadeau entouré d'un ruban blanc, avec une carte portant l'inscription :

Pour William. Il le prit et le secoua doucement, mais il ne produisit aucun bruit. Qu'est-ce que ça pouvait être ? Aurait-il dû lui acheter un cadeau ? Il avait envie d'ouvrir le paquet, mais elle aurait su qu'il était entré chez elle, aussi il le reposa où il l'avait trouvé.

Ses yeux tombèrent sur une cage à oiseaux en laiton près de la fenêtre, remplie de boîtes à bijoux. Il s'approcha de la cage avec précaution et se mit à en chercher l'ouverture. Intrigué, il posa la main sur les barreaux, mais ils étaient si serrés qu'il ne pouvait y passer un doigt. « Comment ces fichues boîtes sont-elles rentrées à l'intérieur ? » demanda-t-il à la pièce vide.

Alors qu'il allait s'éloigner, il aperçut un petit carnet à la reliure en cuir souple noir, coincé entre deux boîtes à bijoux. Il essaya de l'attraper, mais il avait beau le pencher et le tourner, il ne passait pas entre les barreaux de la cage. En sueur malgré le froid régnant dans l'appartement, il se hissa sur la pointe des pieds pour tenter de lire son contenu. En regardant obliquement, il réussit à voir ce qui semblait être – oui, des noms et des adresses ! Un répertoire ! Peut-être qu'à l'intérieur, il y avait le nom d'une Alissa, Alicia ou Alis-ahh.

D'où est-ce que tu viens ? murmura-t-il en essayant de tourner les pages à travers les barreaux. *Qui es-tu ?* Puis le carnet lui échappa et une demi-douzaine de photographies en noir et blanc s'en échappèrent et se répandirent au fond de la cage. Parmi elles, quelques talons de billets de train usagés. William tâtonna pour les rassembler. Des photos de bébé ? Des photos d'école ? Une ado aux dents proéminentes, sans oreilles, qui ne s'était pas encore enfuie de chez elle ? William devait tendre le cou de façon inconfortable pour les voir, mais en calant son pied contre le rebord de la fenêtre, il réussit à se hisser de quelques centimètres et à avoir une vue plongeante sur... le corps dénudé d'Irene.

De surprise, il lâcha les photos qui virevoltèrent, pour certaines à l'extérieur de la cage, perdant irrémédiablement leur ordre d'origine. Extrayant ses doigts de la cage, il se pencha pour ramasser les photographies. Le corps d'Irene était éthéré et clair contre les draps sombres, les poses semi-naturelles et non pornographiques. Sur une photo, ses seins étaient exposés mais flous, la mise au point faite sur ses lèvres et le bout de son nez. Ses yeux fiers se perdaient dans la contemplation de la cendre frémissante au bout d'une cigarette. Sur une autre, elle était allongée de profil sur une rivière de draps noirs qui semblait l'emporter. Sur une troisième photo, Irene se tenait dos à l'objectif, les yeux fixés sur une fenêtre, comme si elle allait s'échapper. William voyait la main du photographe, visiblement une femme, en bas du cadre, tentant de la retenir. Il retourna la photo et lut une écriture manuscrite – pas celle d'Irene :

Tu es toujours sur le point de me quitter[1].
– Alisanne

Alisanne ! Voilà le nom qu'elle avait prononcé en s'endormant. Il prit son téléphone et entra le prénom dans Google. Le navigateur rama jusqu'à ce qu'il capte une seconde barre de signal en s'approchant de la fenêtre, et fit apparaître le résultat.

---

1. En français dans le texte.

« Tu es toujours sur le point de me quitter », prononça-t-il à voix haute, pour personne.

William en avait assez appris. Il rassembla les photos aussi soigneusement que possible, les glissa dans les dernières pages du carnet noir et coinça le tout entre deux boîtes à bijoux. *C'est trop*, se dit-il en sortant de l'appartement. « C'est trop », répéta-t-il. *C'est trop.* Il referma la porte à clé, descendit péniblement l'escalier à moitié effondré et se traîna dehors sur le trottoir enneigé de la 4ᵉ Rue Est.

Il marcha jusqu'à la 53ᵉ Rue avant de se raviser. À la 78ᵉ, il vit une robe rouge à col montant dans une vitrine. Il l'acheta et la fit emballer dans du papier-cadeau.

Irene ne se souvenait pas d'avoir été plus heureuse qu'en cet instant où elle marchait dans les rues de la banlieue de Flushing, le bras de William autour de son bras récemment perfusé, en route pour la maison de Mr et Mme Cho. William était nerveux, sans doute parce qu'ils étaient en retard, pensait-elle. Elle se fichait même qu'il lui ait demandé cinq fois « comment tu te sens ? » et six fois « tu vas bien ? » depuis qu'ils avaient quitté l'hôpital. Car elle lui répondait la vérité : elle se sentait *merveilleusement* bien. Pendant les huit heures où elle avait été clouée dans le fauteuil de chimiothérapie, elle avait esquissé cinq croquis préliminaires pour de nouvelles sculptures, lu six chapitres de *L'Iliade* (avec les annotations touchantes de William) et – cerise sur le gâteau ! – elle avait découvert une certaine page 12 du catalogue automne 2007 de Pottery Barn[1].

— *J'accuse !* s'était-elle écriée lorsqu'il était venu la chercher en fin d'après-midi.

Elle avait placé le catalogue ouvert devant son visage inquiet.

— Comment tu te sens ? avait-il demandé sans y prêter attention.

— Je me sens, avait-elle dit en respirant à fond, dans une forme incroyable.

L'air troublé, William avait regardé le catalogue.

— Je ne comprends pas.

— C'est ton appartement, William ! On dirait que tu as pris ton téléphone, appelé le numéro 800 et dit : je voudrais la page 12, s'il vous plaît.

Il avait de nouveau les joues en feu.

— Pas exactement, je…

— William ! s'était-elle exclamée en empoignant ses cheveux à deux mains.

Les autres patients les observaient, ravis d'assister à un drame réel après des heures d'émissions débiles.

— William, tu es une personne ! Tu as, à l'intérieur de toi, une personnalité. Une personnalité qui peut – non, qui doit – se refléter dans les objets qui l'entourent !

Elle avait brandi l'exemplaire de *L'Iliade* comme une hache de guerre.

— Écoute ça, monsieur Cho ! « Si les dieux connaissent réellement notre destin et continuent cependant à s'en mêler et à livrer leurs batailles en

_____

1. Marque de décoration américaine.

nous, alors notre choix du chemin à prendre parmi tous les possibles doit être sous-tendu par une finalité. L'homme doit avoir le libre arbitre, sinon pourquoi les dieux se dérangeraient-ils ? »

— Et alors ? avait-il dit. Ce ne sont que des notes. Elles ne veulent rien dire.

— Elles disent, avait rétorqué Irene enthousiaste, que tu n'es pas une page 12, William Cho !

Ce cri victorieux résonnait encore à ses oreilles tandis qu'elle marchait au bras de William sur le trottoir verglacé, vêtue de la robe rouge flambant neuve qu'il lui avait offerte en cadeau de Noël. Il s'était débrouillé non seulement pour choisir une robe qu'elle aurait pu s'acheter elle-même, mais aussi pour prendre la bonne taille. Elle se demandait s'il avait jeté un coup d'œil furtif à l'étiquette de ses vêtements hier soir avant de la déshabiller, en prévision de cette charmante surprise. Et tandis qu'il se débattait avec la pile de cadeaux coincée sous son bras et la briefait rapidement sur ses parents, elle avait le sentiment qu'il était son chevalier noir – qu'elle parviendrait à le révéler à lui-même et au monde, comme elle était elle-même parvenue, un jour, à sortir de sa coquille.

— Mon père est un taiseux. Alors, ne t'offense pas s'il reste silencieux. Et ma mère est… bizarre. Elle travaille pour la communauté, elle est une sorte de guérisseuse, je suppose. Pas comme un médecin. C'est un truc de famille – en Corée, sa mère était une *mudang*… une chamane qui guérit les malades. Bref, elle est cinglée. Enfin, j'en sais rien. Elle prétend communiquer avec les esprits et les dieux, et les gens la paient pour, disons, être leur messagère…

— William, le coupa-t-elle. On a tous des cinglés dans sa famille. Détends-toi.

— Oui, mais tout le monde n'a pas une mère qui parle avec les morts, je préférais te prévenir. En fait, il y a autre chose, murmura-t-il en se tenant gauchement à quelques centimètres d'elle. Mes parents ne vont pas aimer s'ils pensent qu'on sort ensemble. Parce que tu n'es pas coréenne. Pas parce qu'on sort ensemble. Mais on doit s'assurer qu'ils ne pensent pas qu'on est ensemble.

Irene savait qu'elle aurait dû être contrariée par ses propos, mais elle n'y arrivait pas. Elle le regarda malicieusement.

— Tu sais bien que notre relation est purement sexuelle.

De nouveau, William vira au rouge. Elle le traîna sur les marches de sa propre maison et sonna à la porte. Peu après, ils furent accueillis par une grande femme qui les avait observés derrière la porte-moustiquaire.

— Entrez vite ! Vous allez être pris dans la tempête.

— Mais il fait beau ! dit William tandis qu'elle le débarrassait de ses cadeaux et les pressait d'entrer.

Irene leva les yeux en direction du ciel, miroir de la douceur et de la teinte rosée des lumières fanées de la ville. Aucun nuage noir en vue.

À l'intérieur, ils ôtèrent leurs manteaux et les posèrent sur une vieille machine à laver au-dessus d'une montagne de linge. Irene serra la main, ornée de grosses bagues, de Mme Cho. Quand elle se retourna pour s'adresser à son fils en coréen, Irene fut séduite par sa chevelure parsemée de minuscules épingles argentées qui scintillaient comme des saumons en train de remonter le courant.

— Maman, je te présente Irene, dit William.

Mme Cho la regarda.

— Nous sommes contents que vous soyez venue. Ça nous fait toujours plaisir de voir que William a des amis.

Il rougit.

— J'adore vos cheveux, dit Irene à Mme Cho.

Elle rosit, une teinte au-dessous de son fils, et prit les mains d'Irene dans les siennes, puis les serra. Elle semblait sur le point de dire quelque chose quand elle recula, les yeux brillants de curiosité et d'inquiétude.

— Vous ne vous sentez pas bien ? demanda-t-elle.

Irene esquissa un sourire.

— Je ne me suis jamais sentie aussi bien, ma-dame Cho. Sincèrement.

Mais Mme Cho restait immobile, lèvres pincées, scrutant Irene comme si elle était une mince fissure dans le mur qui menaçait de s'élargir. William siffla quelques mots en coréen, qu'elle ignora ; il insista et elle lui répondit sur un ton sec sans quitter Irene des yeux. Quelque chose dans sa voix lui donnait l'impression d'être de retour à l'hôpital, allongée dans la chambre d'écho de l'IRM. Elle fut prise d'un bref étourdissement, comme si les dalles sous leurs pieds avaient tremblé, puis la sensation disparut.

Mme Cho tendit une main baguée comme si elle s'apprêtait à tapoter l'épaule d'Irene, mais son pouce dévia, atterrissant directement sous son œil gauche. Irene leva la main instinctivement pour repousser celle de Mme Cho. Elle fit maladroitement semblant d'essuyer un cil sur sa joue, tandis que William aboyait en coréen contre sa mère, qui finit par reculer.

— J'espère que nous n'avons pas manqué le dîner. Ça sent vraiment très bon.

La lueur dans les yeux de Mme Cho mettait Irene mal à l'aise.

— Nous allions passer à table ! dit-elle en les conduisant avec une politesse exquise dans la pièce voisine.

Irene tenta de se calmer en s'extasiant dans le salon familial sur un grand portrait du jeune William et de son frère, portant un costume de cérémonie, mais plus elle avançait dans la maison, moins elle parvenait à respirer normalement. En suivant les épingles étincelantes piquées dans la chevelure de Mme Cho, Irene avait l'étrange sensation de descendre, comme si la pièce était en pente douce et qu'ils devaient s'appuyer au mur pour rester verticaux.

Ils s'arrêtèrent devant une porte à double battant, derrière laquelle Irene aperçut une grande bibliothèque croulant sous les livres, et un sapin de Noël dans un coin, entouré de cadeaux. Mme Cho entra déposer les cadeaux de William, tandis qu'ils parlaient plus aimablement dans leur langue chantante. Irene ferma les yeux quelques instants en essayant d'identifier les effluves étranges et épicés qui provenaient de la salle à manger, tout en humant le sapin. Mais elle n'arrivait qu'à discerner une odeur de sciure sèche.

Ils rejoignirent la salle à manger où se trouvaient les membres de la famille Cho. Irene fut rapidement présentée à Mr Cho (qui lui adressa un marmonnement aimable, sans dire un mot) et au frère aîné de William, Charles, assis à côté de sa femme Kyung-Soon et de leurs filles Charlotte et Emily. Les fillettes se mirent à babiller quand Irene s'assit à côté d'elles. Emily semblait incapable de la regarder sans reposer immédiatement ses yeux sur son coloriage, alors que Charlotte n'arrivait pas à détourner son regard d'elle. Irene serra la main de tout le monde, et la conversation s'anima joyeusement sous la houlette de William et de son frère.

Des plats de fête, étranges et colorés, étaient disposés sur la table. Irene s'était déjà fait livrer de la nourriture coréenne – du kimchi, du bibimbap et des gâteaux de riz –, mais elle n'avait jamais vu aucun de ces plats-là. Des morceaux dorés et croustillants de porc grillé, des concombres farcis d'une chair pourpre, et une assiette de calmars spongieux saupoudrés de graines de sésame. Au centre de la table trônait un énorme vivaneau aux écailles rouges brunies par la cuisson à feu doux, mais dans le prolongement du corps, sa tête, bouche ouverte, fixait Irene d'un œil vitreux qui la mettait mal à l'aise.

D'habitude, Irene adorait goûter la cuisine étrangère, et tous les plats dégageaient un fumet mystérieusement délicieux, mais là, elle ressentait un malaise grandissant qui lui soulevait l'estomac. Avant qu'elle ait pu réussir à parler à quiconque, Mr Cho tourna le cou et s'adressa à un tableau du Christ sur la croix, accroché au mur derrière sa chaise. Irene ne comprenait pas trop ce qui se passait jusqu'à ce qu'elle voie tout le monde baisser la tête et sente la main timide de la petite Emily saisir le bout de ses doigts. Mr Cho se

139

mit à prier d'une voix rauque. Irene ferma les yeux et essaya de remercier le ciel – pour la nourriture, pour la compagnie, même pour la robe, mais ses pensées avaient du mal à venir. Prier la mettait dans une situation inconfortable. Elle avait toujours l'impression, après coup, d'avoir menti.

Quand Mr Cho eut fini, ils se remirent à bavarder en coréen. Irene pouvait à peine identifier le ton et encore moins le sens. Cela l'étourdit un peu au début – puis de plus en plus. Quelques minutes auparavant, elle n'avait jamais été aussi heureuse ; elle essaya de revenir mentalement sur ses pas vers cet état, mais elle n'arrivait pas à en retrouver le chemin. Le pli de son coude, à l'endroit de l'intraveineuse, la picotait. Il restait encore des traces noires du sparadrap qui l'avait maintenue en place. Elle effleura les résidus d'adhésif. La tumeur sous son œil était douloureuse, et elle se demanda si la cisplatine et la doxorubicine se liaient déjà aux fibres le plus ténues et les plus intimes de son être. Le fluide se diffusait sûrement en elle, partout, de la racine de ses cheveux à la plante de ses pieds. Les infirmières l'avaient avertie qu'elle risquait de souffrir de vertiges, de nausées et de sautes d'humeur. Elle s'efforça d'avoir l'air ravie tandis qu'on la présentait enfin à Charles et Kyung-Soon.

— Charles est mon grand frère, et évidemment il est médecin, raison pour laquelle c'est le fils préféré de mes parents, déclara William.

— C'est vrai, dit Mme Cho en haussant les épaules d'un air moqueur.

Charles balaya cette remarque d'un revers de la main.

— William est le fils qui a fait Yale.

— Tu es allé à la fac de médecine ! couina Kyung-Soon, en passant à Irene un bol de soupe magenta où flottaient des palourdes, des crevettes et du tofu découpé en forme de petits poissons.

— À Rochester, le taquina Charles. Irene, si tu veux voir un jour un poisson hors de l'eau, cherche un Coréen à Rochester !

Elle remua sa soupe par politesse, en regardant le poisson tourbillonner dans la mer de lave.

— J'ai vécu quelque temps pas loin de Rochester, en fait. Dans une ferme à l'extérieur de New Hope.

— New Hope ! Seigneur, qu'est-ce que tu faisais là-bas ?

Il y eut une rapide volée de coréen quand Mme Cho, déduisit Irene, réprimanda son fils aîné pour avoir cité le nom du Christ à mauvais escient. Mr Cho ne dit rien, mais il fit un geste théâtral en direction du tableau de Jésus. Charles leva les mains pour se protéger de la salve de mots étranges qui fusaient vers lui comme des balles à blanc.

— Fichtre, corrigea-t-il de lui-même d'une voix de fausset, que faisais-tu dans une ferme près de New Hope ?

— De l'agriculture, sourit Irene, malgré le halo faible mais aveuglant qui se formait autour du lustre au-dessus de la table.

— William nous a dit que tu es une sorte d'artiste ? siffla Kyung-Soon.

— Irene est une touche-à-tout, expliqua William.

— Une vraie touche-à-tout, confirma-t-elle, avant d'être prise au milieu d'un échange de tirs en coréen.

Irene n'aurait pas su dire ce qu'ils se racontaient, mais les vannes entre frères étaient les mêmes dans toutes les langues. Bouche ouverte, Mme Cho agitait sa fourchette en direction de ses fils pour leur demander de se comporter correctement.

— Qu'est-ce qui se passe ? chuchota Irene à Emily, qui griffonnait avec ses crayons.

— Papa dit que tu es la petite amie d'oncle William, lui confia Charlotte à voix basse.

— Houlà ! dit Irene en mettant la main devant sa bouche, les yeux rieurs.

Emily rigola, mais toujours sans regarder Irene. Dans son livre de coloriage, il y avait un père Noël bleu avec un chapeau doré. Les autres membres de la famille discutaient toujours âprement, tandis qu'Irene essayait de rester aussi calme que possible. Dehors, le vent s'intensifiait et les fillettes regardaient avec joie la neige qui s'était remise à tomber. Quelques flocons au début, puis de grands rideaux blancs.

— Est-ce que tu as été sage ? Qu'est-ce que tu as commandé au père Noël ?

Sans se faire prier, Charlotte énuméra la longue liste des cadeaux qu'elle avait demandés à Santa Haraboji en échange de son comportement irréprochable : plusieurs poupées de marque et de style très spécifiques, du vernis à ongles comme sa mère, une bicyclette de grande, des skis, un éléphant (de quelle taille, elle ne le précisait pas), et une robe comme celle de sa copine de classe Jill. La liste n'en finissait pas et Irene faisait semblant d'être intéressée, tout en mangeant sa soupe et en observant Emily s'appliquer sur son coloriage. La fillette fredonnait tout bas un air à ses crayons de couleur en les piochant dans la boîte pour dessiner des lilas et des fantômes au milieu d'une Bethléem endormie et enneigée.

« Je peux ? » demanda Irene doucement, saisissant un crayon rouge dans la boîte. Emily la dévisagea de ses grands yeux pénétrants comme ceux de sa grand-mère. Puis elle autorisa Irene à colorier une petite grange en bordure de la ville. Ce n'est que lorsqu'elle leva les yeux et vit William l'observer qu'elle fut de nouveau prise de vertige.

— Tu vas bien ? articula-t-il en silence, pas très discrètement.

Elle le rassura d'un signe de la main, alors qu'elle sentait la pièce tanguer de plusieurs degrés vers la droite puis vers la gauche.

— Une joue ! s'écria soudain Charles avec impatience.

Irene jeta un coup d'œil juste à temps pour voir Mr Cho taillader la tête énorme du vivaneau et en offrir les morceaux à ses fils.

— La joue est le meilleur morceau ! Irene devrait en avoir une ; elle est notre invitée ! protesta William.

— Elle est ta petite amie, donne-lui la tienne.

Ils recommencèrent à se chamailler en coréen, et Irene accepta poliment le morceau délicat de joue que Mr Cho posait dans son assiette.

C'est alors qu'elle se rendit compte que Mme Cho était penchée sur les restes du poisson et passait lentement son doigt bagué sur les arêtes, en chantonnant quelque chose.

— Qu'est-ce qu'elle fait ? demanda-t-elle perplexe à Emily.

— C'est une sorcière, chuchota Emily, les premiers mots qu'elle prononçait du dîner.

Irene allait lui faire remarquer qu'il n'était pas gentil de parler ainsi de sa grand-mère, quand Mme Cho fit courir la pointe de son couteau sur les écailles roses de la tête du poisson et, dans un soupir bruyant, plongea son doigt dans la petite fente derrière le globe oculaire et l'éjecta de sa cavité.

Irene perdit l'équilibre, un court instant, mais cela suffit.

Elle sentit son estomac se soulever, comme un navire ballotté par une tempête de bile. L'œil rose et vitreux du poisson roula quelques centimètres comme une bille en mouvement, laissant une traînée translucide derrière lui. Irene essaya de verrouiller sa bouche. Elle sentait une lave chaude remonter de son estomac jusqu'à son œsophage en bravant la gravité. Elle saisit sa serviette et la pressa devant ses lèvres tandis que sa gorge se contractait.

— Dégueuuuu ! glapit Charlotte.

Irene réussit à se retenir de vomir sur la table en expulsant une partie dans sa serviette et en refoulant le reste prestement. William invectivait sa mère, qui continuait de psalmodier en s'attaquant à l'autre œil. Charles et Kyung-Soon grondaient sur Charlotte. Même Mr Cho aboyait quelque chose, apparemment en rapport avec le Christ compatissant au-dessus de sa tête. Irene sentit la petite main d'Emily lui étreindre le poignet, non par peur mais en signe de réconfort. Elle la regardait comme si Irene était sa poupée et qu'elle voulait aller la mettre en sécurité dans une autre pièce. Mais Irene n'arrivait pas détacher ses yeux du poisson, ni du couteau de Mme Cho qui farfouillait au bord de l'autre œil rose. La pointe du couteau glissa de nouveau dans l'interstice entre le globe oculaire et le crâne du poisson, et dans un bruit spongieux le deuxième œil sauta. Tout le monde se tut.

Calmement, Mme Cho ramassa les deux globes oculaires sur la nappe et les posa dans une soucoupe en porcelaine blanche. Elle regarda Irene et lui tendit poliment l'assiette. Irene inspira à fond pour se redonner une contenance, tout en contemplant les deux occupants gélatineux de la soucoupe.

— Mange-les, lui conseilla-t-elle gentiment. (Puis, comme si elle était agacée qu'Irene ne comprenne pas, elle ajouta :) Ils vont guérir ton œil.

Irene cacha le petit bouton sous son œil et regarda William avec horreur.

William, resté sans voix, se contenta de faire signe à sa mère de reposer l'assiette.

— Beurk. Vraiment DEG ! s'exclama Charlotte. C'est le truc le plus dégoûtant que j'aie jamais vu.

— On les considère comme un mets délicat, dit Charles pour détendre l'atmosphère.

Irene savait qu'elle était invitée chez des gens, mais il n'y avait plus de courtoisie qui tienne. D'ailleurs, pourquoi perdait-elle tant de temps et d'énergie à essayer d'être polie ? Elle était épuisée. Elle sentait des éclaboussures humides sur sa robe rouge, là où les gouttes de vomi avaient traversé la serviette. Elle allait devoir faire tout le trajet jusque chez elle dans une tenue maculée. Qu'avait-elle fait pour mériter cela ? Pour mériter ce traitement ? Qu'avait-elle fait, même, pour mériter cette maladie ? Alors pourquoi était-elle désolée ? Elle devrait être seule dans son appartement, sans sapin, sans cheminée, sans cadeaux et sans famille. Elle était gorgée de poison. Elle aurait voulu être mise en quarantaine, envoyée en Sibérie, abandonnée sur la banquise. Elle était restée trop longtemps en ville. Elle avait oublié qu'il fallait continuer de courir et maintenant la Mort l'avait rattrapée. Maintenant Elle la dévisageait, du rebord d'une soucoupe en porcelaine, à travers ces deux yeux vitreux.

Irene tendit la main et prit les yeux de poisson dans l'assiette. Elle les lova au creux de sa paume ouverte comme une paire de dés. Puis elle les goba et mordit dans leur gaine gélifiée. Une substance visqueuse, au goût poissonneux, gicla sur le fond de sa langue. Charlotte poussa un cri strident, et William la regarda d'un air horrifié. Pendant quelques instants, Irene crut qu'elle allait de nouveau vomir, mais une lueur dans les yeux de Mme Cho pacifia son estomac. Elle sentit une petite main, celle d'Emily, lui tapoter le ventre au travers de sa robe. C'est bien, c'est bien, semblait-elle lui dire. Tu te sens mieux, hein ?

La tempête qui faisait rage à l'extérieur empêchait quiconque de sortir de la maison, aussi William installa-t-il Irene sur le canapé-lit du bureau. Ils attendirent que les fillettes placent un bol de nouilles aux haricots noirs devant la cheminée pour Santa Haraboji puis, quand elles partirent se coucher, Charles aida William à allumer un feu. William s'excusa pour la cinq centième fois. Irene agissait de nouveau normalement, elle prétendait que tout allait « bien ! très bien ! », mais William n'était pas dupe. Il lisait la panique dans ses yeux, même après que sa mère lui eut apporté des vêtements propres pour qu'elle se change.

— J'aurais aimé que tu puisses dormir en bas avec moi ce soir, dit Irene en faisant la moue.

Mais William sentit qu'elle mentait. Il y avait quelque chose de faux en elle qu'il avait du mal à identifier. C'était dans la manière dont sonnait sa voix quand elle lui parlait. Comme Joan Fontaine dans le film.

— On va devoir partir pour l'hôpital demain matin avant que les filles se lèvent pour ouvrir les cadeaux. Mais j'ai quelque chose pour toi, dit William en tirant de la pile des vêtements que sa mère avait apportés un rectangle de soie plié. Joyeux Noël.

— Oh, William, protesta-t-elle, en le touchant. Elle déplia le rectangle, faisant apparaître un magnifique kimono de soie, brodé de papillons, de saules pleureurs et de rivières sinueuses.

— Il est...

— Il n'est pas récent, s'excusa-t-il, mais je te promets qu'il n'a jamais été porté.

Irene se mit à pleurer, William ne savait pas pourquoi. Il s'approcha pour la consoler, mais elle recula

comme si elle était contagieuse et risquait de le conta-
miner.

— J'ai honte. Je t'ai acheté un truc, mais je l'ai
laissé chez moi.

Irene enfila l'ample kimono par-dessus le pyjama
duveteux que Mme Cho lui avait prêté. William fut
saisi par sa beauté. Il avait les larmes aux yeux.

— Je suis désolée, dit-elle en l'embrassant sur le
front du bout des lèvres, comme si elle avait peur de
laisser une marque.

— De quoi ? demanda William.

Et bien qu'elle lui ait menti à plusieurs reprises,
bien qu'elle ait refusé, maintes fois, de lui dire les
vérités qu'il voulait entendre, il ajouta :

— Tu n'as rien fait de mal.

— Donne-moi un peu de temps et tu verras ce dont
je suis capable, dit-elle sur le ton léger de la plaisanterie.

Il la laissa tranquille et monta se coucher dans
son ancienne chambre. Au matin, elle était partie.
Seul signe d'elle, un peu d'eau sur le sol près de la
porte, là où la neige s'était engouffrée quand elle était
sortie.

William prit le métro jusqu'à son appartement,
mais la porte de l'immeuble était fermée et personne
ne répondit. Il entra derrière quelqu'un, il monta
les escaliers et il colla son oreille contre la porte
d'Irene. Elle était glaciale, et aucun bruit ne provenait de l'intérieur. Il appela l'hôpital. L'infirmière
de garde lui répondit qu'Irene n'était pas venue au
rendez-vous. Le Dr Zarrani le rappela, inquiète,
pour informer William que si Irene ne prenait pas la

seconde dose du traitement, il faudrait tout recommencer de zéro. Elle lui demanda s'il avait une idée d'où elle se trouvait. Avait-elle quelqu'un d'autre chez qui elle aurait pu aller ? William répondit qu'il ne savait pas, puis il ajouta qu'il ne savait pas grand-chose à son sujet. Il ne savait pas d'où elle venait. Était-elle partie chez Sara, dans le Nord ? Puis il repensa à la photo et à son inscription. Il sauta dans un taxi et demanda au chauffeur de le conduire à Penn Station.

La gare était déserte en ce matin de Noël. Le silence planait sur les quais comme un brouillard. La plupart des boutiques et restaurants étaient fermés, grilles baissées et solidement cadenassées. De lourdes guirlandes pendaient tristement des arcades, comme si elles savaient qu'elles seraient décrochées le lendemain et jetées. William aperçut Irene sur un banc, vêtue de sa robe rouge tachée. Elle était assise sous le grand panneau d'affichage des horaires des trains, en train de lire *L'Iliade*.

Elle leva les yeux vers lui quand elle le vit approcher.

— Tu ne peux pas me laisser tranquille ?

— Le Dr Zarrani dit que tu dois aller à l'hôpital avant midi ou il faudra tout recommencer.

Irene secoua la tête en fermant le livre épais d'un bruit sec.

— Je vais l'appeler.

— Pour lui dire quoi, exactement ?

— Que je pars pour un mois, peut-être plus. Je suis désolée, William, on sait tous les deux que ça n'aurait pas marché entre nous. Je ne peux pas t'expliquer. Je suis comme ça. Je suis…

William consulta son téléphone et il lui lut les mots qu'il avait notés la veille.

— *Tu es toujours sur le point de me quitter*.

Irene fronça les sourcils quand William s'assit à côté d'elle sur le banc. Il savait qu'il avait mal prononcé la phrase en français.

— Je suis allé à ton appartement pour t'apporter une robe hier. Il n'y avait pas d'insectes. Et j'ai vu le cadeau que tu m'as acheté…

— C'est une écharpe, murmura-t-elle.

— … et j'ai vu les photos érotiques dans la cage à oiseaux. J'ai vu ce que cette fille t'a écrit.

Irene ne semblait pas contrariée ni atteinte dans son intimité. Elle avait simplement l'air épuisée.

— Tu vois ? Ce n'est pas à cause de toi, William.

— Je n'ai jamais pensé que c'était à cause de moi, à vrai dire.

Elle le regarda.

— Ah, non ?

— Non, dit-il, puis il l'embrassa sur le front et il tapota son livre comme pour lui dire adieu. Je sais que je ne compte pas pour toi, Sans Oreilles.

Il n'avait pas eu l'intention d'être cruel, seulement sincère. Il n'y avait rien d'elle qui lui appartint. Le peu qu'il savait d'elle, il l'avait volé.

Irene regarda William s'en aller, puis, pendant de longues minutes, elle contempla les trains partir, les uns après les autres. Il y en avait un pour San Francisco, mais elle ne voulait pas aller là-bas, pas vraiment. Elle ne voulait pas non plus aller à Boston, Saint-Louis, Raleigh ou Chicago. Elle s'était déjà rendue dans ces villes auparavant, et il y avait d'autres William dans chacune d'elles. Irene continua de lire les histoires d'Ajax, Hector et Priam. Des guerriers laçant leur armure pour la bataille le temps d'un refrain, simplement pour périr avant de tomber dans l'oubli. Tous pour une « belle » femme dont aucun d'eux ne se souciait réellement. Irene se tournait et se retournait. Les hommes mouraient tous, encore et encore. Des trains arrivaient, des trains partaient.

Elle feuilleta les pages pour retrouver celle où William avait écrit son commentaire. Y avait-il un Dieu ou des dieux qui connaissaient son destin ? Elle leva les yeux vers le grand panneau d'affichage. Bakersfield. Albuquerque. Pittsburgh. Burlington. Deux douzaines de voies ferrées, terminus la mort. Vingt-quatre endroits où mourir. *L'homme doit avoir le libre arbitre*, avait écrit William, *sinon pourquoi les dieux se dérangeraient-ils ?*

Elle se redressa sur le banc et ferma le livre. Elle posa une main sur sa hanche, un léger goût de poisson au fond de la bouche. Elle se leva et marcha le long des voies vers le souterrain menant au métro. Direction l'hôpital. Elle s'excusa auprès du Dr Zarrani, prétendant qu'il y avait eu un accident sur la ligne 5 et qu'elle était restée coincée dans un tunnel pendant une heure. Le médecin dit qu'elle allait devoir faire des ajustements, mais qu'elles n'avaient pas perdu trop de temps. Avant que les infirmières lui branchent la perfusion, Irene passa le kimono. Ses manches larges tombaient délicatement sur le coude où entrait l'intraveineuse, et elle ressentit un sentiment de liberté incroyable tandis qu'elle dessinait à n'en plus finir des yeux de poisson et rien d'autre. Des yeux froids et morts, avec des pupilles noires qui la fixaient.

Après la séance, Irene rentra chez elle en métro. Elle avait tellement chaud qu'elle dut ouvrir son manteau, dévoilant le kimono. Les gens la dévisageaient, mais elle s'en fichait. On était à New York, et il y avait des gens plus bizarres qu'elle dans les rames voisines. Cette pensée la réconfortait.

Elle était arrivée dans le lieu où elle se sentait chez elle. Une fois à l'abri dans son appartement, elle alluma le radiateur. Un fil pendait de la manche du kimono, qui l'avait chatouillée toute la journée. Elle tira dessus, et la soie se détricota dans sa main, sans se casser. Elle tira sur le fil pendant plusieurs minutes, jusqu'à ce qu'il n'y ait plus de poignet, puis seulement la moitié de la manche, puis plus de manche du tout. Elle laissa le fil tomber à ses pieds.

William appela. Elle ne répondit pas. Sara appela. Elle ne répondit pas.

Dans une semaine, Sara serait de retour en ville et elle lui raconterait tout, mais pas maintenant. Elle continua de tirer jusqu'à ce que le col, le devant, l'ourlet et l'autre manche soient entièrement éfaufilés. Le fil de soie s'empilait maintenant jusqu'à sa taille nue. Elle défit les rivières, les arbres et la carpe qui nageait en rond. Finalement, elle tira sur la dernière maille.

Elle se sentait en sécurité et au chaud, blottie dans le nid de soie. Elle n'avait presque rien mangé depuis les yeux de poisson, mais elle n'avait pas faim. Elle ferma les yeux et elle ramena la soie autour d'elle. Elle ne voulait rien faire d'autre que se reposer dans ce grand cocon, pendant des jours et des semaines, et puis en sortir – sans poison, ni tumeur, ni nausée. *Avec des ailes*, songea-t-elle au moment où le sommeil la cueillait enfin.

Un mois de mars au subjonctif

Sara avait perdu la notion du temps. Irene lui avait appris le résultat de la biopsie à son retour du réveillon du Nouvel An, et on était déjà en mars. Ce qu'il s'était passé durant les semaines écoulées était un mystère digne d'être étudié par des homologues de George au laboratoire de physique théorique. Sara soupçonnait que quelque chose était arrivé au tissu temporel lui-même. On était toujours en mars. Elle n'avait pas besoin de regarder l'aube grise par la fenêtre étroite de l'appartement de George pour sentir qu'il était là, sombre et irascible.

Elle était réveillée tous les matins par le bruit que faisait son futur mari quand il essayait de s'extraire du lit mural sans la déranger. Elle rêvait qu'il se refermait comme une dionée attrape-mouche, la piégeant à l'intérieur. Les yeux clos aux neuf dixièmes, elle respirait fort pour que George croie qu'elle dormait encore tandis qu'il se déplaçait dans l'appartement minuscule, des toilettes-dans-le-placard à la douche-dans-la-cuisine. Le café coulait derrière les bruits de la salle de bains. Elle observait subrepticement George quand il sortait de la douche, dégoulinant d'eau, et déambulait dans la pièce une serviette nouée autour de la taille, tentant simultanément de verser du café dans une tasse, de consulter la météo sur son téléphone, et (un jour sur deux) d'arroser les plantes. Il y avait, toujours, la limite couperet de sept heures du matin, car c'était l'heure où le stationnement devenait payant, et sa panique grandissait proportionnellement au mouvement de l'aiguille des minutes. George avait déjà contesté quatre PV de stationnement, et il avait écopé d'un excès de vitesse sur la L.I.E., d'un autre sur Riverside Drive, et d'un troisième dont il ne lui avait pas encore parlé, mais qu'elle avait vu, caché sous un carnet, et qui semblait être dû à une conduite en sens interdit dans une rue de Tribeca.

Allongée dans le lit, elle imaginait à quel point la vie serait plus simple si seulement les autres voulaient bien l'écouter. Si seulement sa colocataire, Karen, avait entendu raison et quitté leur appartement plus grand sans se cacher derrière le nom mentionné officiellement sur le bail. Si seulement Irene n'attendait pas systématiquement la dernière minute pour envoyer un texto disant qu'elle avait besoin de quelqu'un pour l'emmener à l'hôpital ou venir la chercher. Si seulement Jacob lisait le livre qu'elle lui avait offert pour Hanoukka. Si seulement Irene voulait bien se décider à informer Jacob de son cancer au lieu d'attendre « le bon moment », qui visiblement n'existait pas. Si seulement George et elle arrivaient à trouver l'endroit idéal, glamour et intime, pour organiser leur mariage et qu'elle puisse enfin envoyer les invitations qu'elle avait déjà achetées et libellées aux adresses des invités. Si seulement William voulait bien se réinscrire sur Facebook, parce que même si elle était furieuse contre lui d'avoir laissé Irene seule à la gare, elle était persuadée qu'ils feraient un beau couple une fois qu'elle irait mieux.

Sara sursauta quand George, douché et habillé, l'embrassa sur la joue pour lui dire au revoir.

— Salut. Je te revois quand ? lui murmura-t-il à l'oreille.

Elle ouvrit les yeux. Il était presque sept heures. Comment était-ce possible ?

— Irene me retrouve pour visiter un appartement à Morningside Heights pendant la pause déjeuner, puis j'essayerai de faire un saut à Battery Park dans la soirée pour visiter une salle pour le mariage. Et j'ai encore la rubrique « Les destinations tendance du printemps » à écrire. Sheldon a démissionné la semaine dernière, alors elle me retombe sur le nez.

— Tu rédiges déjà les six articles que Megan a laissés en plan en démissionnant.

Sara était trop fatiguée pour en discuter.

— Alors j'irai probablement les écrire au café jusqu'à la fermeture.

George hocha la tête.

— Allen nous a trouvé un créneau sur le satellite Gerber ce soir, et il veut qu'on revoie la présentation pour la conférence du mois prochain. Et je dois dégager dix minutes dans cet emploi du temps pour parler au type de Cornell. Un chercheur prend une année sabbatique et il se pourrait qu'il ne revienne pas. Ils ne savent pas quand ils sauront.

— Tu veux déménager à Ithaca ?

— Je ne veux pas déménager. Je veux juste un poste.

— D'accord. Alors, on va vivre dans ce placard pour le restant de nos jours.

— J'aime ce placard. En matière de placard, il est plutôt bien.

Sara sourcilla.

— Ah oui ? Pourquoi ça ?

— Eh bien, j'ai vérifié un peu partout, et jusqu'à preuve du contraire, c'est le seul placard en ville avec toi à l'intérieur.

Elle ne put s'empêcher de rire à la pensée de George faisant irruption dans un appartement, ouvrant les placards, et repartant en s'excusant.

— Enfuis-toi avec moi, lança soudain Sara.

George rit.

— Tu veux te sauver ?

— Je veux aller en France.

— Ah, rien que ça ?

— Allons, je suis sérieuse. On en parle depuis toujours ! Toi, moi, Irene, Jacob. En troisième, on avait trouvé ces bérets à l'Armée du Salut, et on s'était promis qu'on irait un jour. Tu te souviens ? On regardait tous les films de Godard.

George gémit à l'évocation de ce souvenir pénible.

— Cela fait déjà un tiers de notre vie qu'on repousse ce projet. Je pense qu'on devrait vraiment envisager d'y aller pendant qu'on a encore le… pendant qu'on peut encore le faire tous ensemble.

George consulta sa montre nerveusement.

— Oui, d'accord, mais seulement si tu as quelques milliers de dollars planqués je ne sais où.

Le fait est qu'elle les avait. Et il le savait parfaitement, même si elle aimait qu'il l'oublie. Avant que son grand-père, C. F. Sherman, ne perde complètement la tête, ses comptables avaient ouvert divers comptes pour elle et ses sœurs. Des fonds fiduciaires, essentiellement, qu'elles n'appelaient jamais ainsi car cela donnait aux gens une idée fausse : snobinarde et fille à papa. Étudiante, elle avait travaillé à temps partiel chaque semestre sans exception et fait des stages tous les étés pour payer ses livres et sa nourriture, mais le fait qu'elle ne soit pas obligée d'en passer par là provoquait parfois des frictions. Quand Jacob, par exemple, paniquait à l'idée de ses prêts ou quand Irene squattait son canapé et pillait son garde-manger parce que son dernier flirt l'avait fichue dehors.

Sara trouvait plus simple de faire comme si cet argent n'existait pas et de vivre comme tout le monde sur son salaire. Sa mère n'arrêtait pas de lui dire de prendre un courtier, d'engager un organisateur de mariage, une femme de ménage, d'aller chez le tailleur. Mais Sara refusait de payer autrui pour des tâches qu'elle pouvait effectuer elle-même. Si tout le monde était capable de le faire, alors elle aussi. Deux fois mieux, même. En attendant, elle imaginait toujours leur avenir avec optimisme, quand le travail acharné de chacun aurait payé, que George serait titularisé quelque part, que Jacob obtiendrait une bourse Fullbright, qu'Irene vendrait ses œuvres des milliers de dollars et qu'ils pourraient enfin voyager tous ensemble, marqués à la culotte par leurs futurs enfants.

— Dépêche-toi, tu vas avoir une contravention, sourit Sara en caressant la joue de George.

— Au revoir et à jamais, alors, maugréa-t-il.

— À jamais, répéta-t-elle avec un autre baiser rapide avant qu'il se précipite dehors.

Quand il claqua la porte derrière lui, Sara sortit des draps avec prudence, rangea le lit dans le mur, se coiffa, se lava les dents et enfila les vêtements qu'elle avait soigneusement pliés la veille au soir.

Sara avait appris qu'Irene avait un cancer à l'arrière d'un taxi, prise en sandwich entre la portière et un cocon de taille humaine en soie irisée. Elle s'était rendue dans la 4e Rue pour aider Irene à extraire sa dernière création de son salon pour la transporter à la galerie K, où elle avait l'intention de la planquer au fond de la réserve jusqu'à ce qu'elle trouve quoi faire de ce fichu truc. Elles roulaient vers la 6e Avenue quand Sara avait observé que l'œuvre était d'une taille inhabituelle pour Irene. Cette dernière avait soupiré.

— Je sais. Elle est immense, et elle devrait faire partie d'une installation.

Sara l'avait complimentée sur le cocon, réellement stupéfiant. La façon dont la soie chatoyait dans la lumière glauque de janvier donnait par moments l'impression que sa texture était humide.

— Dis-moi, qu'est-ce qui t'est arrivé ? avait demandé Sara.

— Comment ça ?

— Qu'est-ce que tu as vécu pour pondre une telle œuvre ?

Sara comprenait maintenant qu'Irene avait dû être à deux doigts de lui raconter l'histoire du kimono de Mme Cho, mais cela impliquait d'expliquer pourquoi elle avait passé le réveillon de Noël chez les Cho, donc

160

de révéler qu'elle avait craqué et appelé William de la MetroStop Bakery près de l'hôpital. Et elle ne pouvait pas lui dire cela sans justifier en premier lieu sa visite à l'hôpital. Irene avait remonté la longue chaîne de causalité pour atterrir au point de départ :

— Eh bien, le résultat de la biopsie était positif.

Sara avait ignoré le raisonnement *non sequitur* et avait pris Irene dans ses bras pour la serrer fort. Elle s'était préparée à cette issue depuis le mois de décembre.

— Tout va bien se passer. On va vaincre cette saleté, sans problème.

Elle avait sorti son téléphone de son sac à main pour passer en revue ses contacts utiles.

— Luther m'a dit qu'il connaît quelqu'un au Sloan Kettering[1] et un autre au Montefiore. On devrait prendre rendez-vous immédiatement pour avoir un deuxième avis. Et puis le chroniqueur médical du journal, le Dr Sammy, nous informera sur les traitements possibles.

Mais Irene avait paru agacée.

— En fait, j'ai commencé la chimio il y a quelques semaines. Au Mount Sinai.

— Il y a quelques *semaines* ?

— C'était seulement quelques heures pendant trois jours. Là, j'ai une petite pause avant la prochaine salve. Ce n'était pas si terrible. Je me sens plutôt bien, et ils sont très optimistes. Je ne voulais pas gâcher vos vacances. Ce n'est rien.

— *Rien ?* Irene, c'est sérieux.

---

1. Centre de cancérologie de New York.

— Tu crois que je ne le sais pas ?

— Qui d'autre est au courant ? Est-ce que Jacob le sait ?

— Non, avait soupiré Irene. William est le seul à savoir.

— Mais tu le connais à peine !

— Il était là, et je crois que j'ai flippé, avait dit Irene d'un ton neutre. Peu importe. Il m'a plus ou moins laissée en plan à Penn Station. Il attend probablement que je l'appelle, mais…

— Tu lui as dit que tu avais un cancer et il a… quoi ?

Il lui avait fallu une bonne vingtaine de minutes pour se mettre à niveau et raconter toute l'histoire, le temps que le taxi les dépose et que Sara aide Irene à trimballer le cocon jusqu'à la réserve. Même si tout semblait bien se passer en fin de compte, Sara ne cessait de ruminer. Elles s'étaient toujours tout confié l'une à l'autre. Pourquoi Irene ne le lui avait-elle pas dit immédiatement ? Ça la tuait de savoir que, quand tout serait fini et qu'Irene serait guérie, ce non-dit continuerait de planer entre elles.

Sara voulait à tout prix s'occuper d'Irene : l'accompagner aux rendez-vous médicaux, lui faire une vraie soupe de poulet, s'asseoir à côté d'elle sur le canapé, regarder *¡Vámonos, Muchachos!* et attendre qu'Irene soit endormie pour enlever les cheveux des coussins. Mais Irene lui refusait tout cela. Elle insistait pour faire comme si rien n'était différent d'avant, pour vivre comme tout le monde.

Aussi Sara avait-elle fini par trouver absurde de continuer à se lever le matin pour arriver au *New*

York Journal à l'heure et passer une grande partie de la journée derrière un poste de travail grisâtre aux cloisons recouvertes de Post-it alignés et de coupures de presse punaisées. Alors que son amie avait un cancer. Un *cancer*. « Excuse-moi ? » avait-elle envie de dire à son calendrier effaçable à sec. « Tu es vraiment sérieux, là ? » Il était rempli en permanence d'une écriture précise aux lettres d'un centimètre de haut : rendez-vous en rouge, échéances en vert, comités de rédaction en bleu, obligations sociales en violet, congés en jaune et programme des stagiaires en marron.

Même si Irene était catégorique – elle voulait continuer à être traitée par le Dr Zarrani au Mount Sinai –, Sara alla tout de même voir son patron, Luther Halles, le directeur de la rédaction, pour discuter de la situation. Il lui donna plusieurs numéros – et lui dit qu'elle pouvait bien entendu appeler de sa part.

— Tu pourrais faire un article là-dessus, suggéra-t-il en faisant rouler son stylo Montblanc entre ses doigts.

Pendant une seconde, elle se demanda s'il fallait qu'elle lui commande de l'encre ou non.

— Ou même un sujet en plusieurs parties, tu vois ? Les personnes jeunes et vulnérables atteintes d'un cancer. Ça fera une histoire fascinante.

— Je ne suis pas sûre que mon amie accepte, bredouilla Sara.

Luther se leva et se mit à faire les cent pas de son étrange façon de marcher, comme dirigé par sa tête qui fouettait l'air, en tendant le cou comme s'il traînait derrière lui son petit corps récalcitrant.

— Dis-lui que c'est important. Son récit peut être utile à d'autres.

Elle doutait que cela soit sur la liste des priorités d'Irene.

— Hé ! Est-ce qu'elle a une assurance maladie ?

Sara hocha la tête. Juliette et Abeba continuaient de la salarier.

— Elle travaille dans une galerie à Chelsea.

Luther grimaça ; cela ferait une meilleure histoire si elle n'avait pas d'assurance, supposa Sara, avec tous les gros titres sur ces cohortes de jeunes endettés pour leurs études, contraints de trouver des boulots à mi-temps pour quitter le sous-sol de la maison familiale. Il n'y avait pas de place pour eux dans la société et sa horde de jeunes diplômés sur le carreau qui attendaient la fin de la crise financière. Aujourd'hui, leurs supérieurs ne pouvaient plus partir à la retraite ni être promus, et elle et ses semblables restaient coincés dans le purgatoire des assistants. Mais c'était toujours mieux que de retourner chez ses parents.

— Il y a autre chose ; je vais avoir besoin de prendre trois semaines de congé, ajouta Sara aussi sérieusement que possible. (Elle savait qu'il savait qu'elle avait des congés à prendre et qu'il redoutait qu'elle les utilise.) Une fois qu'elle se sentira mieux, je vais l'emmener en France.

Luther ne répondit pas et n'eut pas besoin de le faire, son regard suggérant que cette conversation n'avait pas eu lieu. Il lui accorderait plus facilement de renommer le journal *The Daily Sara* qu'un congé de plusieurs semaines. Elle était la rédactrice en chef officieuse. Quand quelqu'un démissionnait ou était viré (ce qui

164

arrivait une semaine sur deux), on lui refilait généralement les articles laissés en plan à finir. Par ailleurs, elle représentait le journal dans une Initiative pour un journalisme à l'école et siégeait au comité de pilotage de la nouvelle interface Web. Quand Luther voyageait, il n'avait confiance qu'en Sara pour réserver ses hôtels, dîners, voitures et vols et pour trouver des gens pour reprendre ses tickets inutilisés pour les Knicks s'il y avait un match. Elle parlait à Mme Sigrid Halles (une ex-dauphine de Miss Norvège) au moins trois fois par jour et notait les événements importants de la vie de leurs enfants, Laetitia et Laurence.

Il semblait avoir conscience que cela représentait beaucoup de travail pour une seule personne, car il lui avait accordé une augmentation de 5 % l'été dernier quand elle s'était plainte, ainsi que le titre de responsable du programme de mentorat, ce qui signifiait qu'elle pouvait utiliser deux stagiaires. Mais leur confier des tâches était plus chronophage que faire les choses par elle-même, car ils étaient aussi incompétents l'un que l'autre. Ils n'avaient que six ans de moins qu'elle, mais ils étaient nuls. Et Dieu sait les erreurs qu'ils pourraient faire si elle s'absentait trois semaines.

Luther se rassit et poussa une pile de dossiers vers elle, qu'il avait finalement signés avec un retard d'une semaine.

— Pourquoi n'iriez-vous pas plutôt dans ma maison au bord de la mer ? Shelter Island est magnifique à cette période de l'année. Vraiment splendide.

— En mars ?

— Oh, tout à fait. Trop tôt pour se baigner, mais il y a d'excellents vignobles, et vous auriez la ville pour vous. C'est complètement authentique, je t'assure. Tellement reposant. J'y vais parfois le week-end, juste pour réfléchir. Être dans la nature. Communier avec les vagues déferlantes et l'immense ciel bleu. Vois avec Sigrid. Nous la prêtons à ses neveux jusqu'à début avril, mais vous pourrez ensuite l'avoir pour quelques jours. C'est l'idéal. Un long week-end à Long Island ! Offert par la maison.

Elle le remercia avec suffisamment de gratitude feinte pour qu'il soit satisfait et lui promit d'y réfléchir, mais l'idée de séjourner dans la maison de son patron – même une résidence secondaire – la mettait mal à l'aise.

À l'heure du déjeuner, Sara alla visiter l'appartement de Morningside Heights. Depuis qu'ils étaient arrivés en ville il y a six ans, les loyers avaient grimpé beaucoup plus rapidement que leurs maigres augmentations. Elle se réjouit intérieurement de l'effondrement spectaculaire du marché de l'immobilier (tout en sachant que c'était terrible), car les loyers n'avaient pas augmenté pour la première fois en six ans. Mais ils ne baissaient pas non plus. De temps en temps, George et elle trouvaient des appartements qui semblaient à leur portée, mais l'offre disparaissait avant qu'ils aient fini de remplir le dossier de location. De toute façon, ils commençaient déjà à se demander si c'était une bonne idée.

George ne pouvant pas revenir de l'observatoire pendant sa pause déjeuner, Irene rejoignait parfois Sara dans la semaine pour visiter des appartements. Le plus souvent, elle se rendait ou sortait d'un rendez-vous au Mount Sinai, mais elle ne disait jamais rien de plus que « ça s'est bien passé » ou « ils ne savent pas encore si ça marche » quand Sara l'interrogeait. On ne saurait rien avant avril, lorsque les dernières séances de chimiothérapie seraient finies et qu'elle aurait passé de nouveaux examens. Ce jour-là, elles se retrouvèrent sur les marches de la cathédrale Saint-Jean-le-Théologien et s'embrassèrent. Sara remarqua le tressaillement d'Irene quand elle la toucha légèrement à travers son manteau à pois rouges. Elle était pâle, évidemment, mais comme tout le monde ; cela faisait des semaines qu'il n'y avait pas eu de soleil.

— As-tu parlé à Jacob ? demanda Sara, tandis qu'elles passaient devant le jardin des sculptures au coin de la 110ᵉ Rue et d'Amsterdam Avenue.

— Je l'ai vu hier. Il m'a rebattu les oreilles pendant une heure avec son abruti de patron. Ils ont établi cette règle, apparemment, de ne pas se parler au travail, sauf que Jacob fait toujours un signe de la main à Oliver quand il passe devant son bureau parce que tout le monde le salue ainsi et qu'il serait suspect que Jacob ne le fasse pas. Or Jacob prétend qu'il préfère tout simplement ne jamais dire bonjour à personne, pas même à Oliver…

Ça ne répondait pas à la question de Sara, mais un autobus à impériale passa en vrombissant, le deuxième étage bondé de retraités européens vêtus de ponchos imperméables pour le cas où le couvercle gris du ciel tournerait à la pluie. Les touristes mitraillèrent la cathédrale quand le bus ralentit au feu rouge, puis le feu passa au vert et ils s'ébranlèrent en direction de l'université Columbia et de l'Apollo Theater plus au nord.

— C'est cet immeuble ! s'écria Irene.

Collée sur la porte, une pancarte écrite à la main indiquait *jour de visite*, et la porte elle-même était bloquée en position ouverte par des coupons promotionnels. Sara fronça le nez – le hall d'entrée était mal éclairé, les boîtes aux lettres couvertes de graffitis indélébiles et l'escalier semblait avoir été dessiné par M. C. Escher. Arrivées au premier étage, elles frappèrent à la porte et attendirent. Quelques instants plus tard, un homme d'âge mûr portant du mascara, du fard à joues et une perruque choucroute blonde ouvrit. Il était vêtu d'une robe de chambre en soie bleue Ralph Lauren attachée suffisamment lâche pour que son sexe biologique ne fasse pas débat.

— Oh !

Sara faillit faire tomber Irene dans l'escalier branlant.

— Oui ? demanda-t-il comme si rien n'était bizarre, les dévisageant avec impatience.

— Nous sommes venues visiter l'appartement, réussit à articuler Sara, ses yeux ricochant de la perruque à la robe de chambre ouverte, pour se poser sur l'encadrement de la porte.

— Entrez. Vous savez qu'il n'y a qu'une chambre, hein ?

Sara se pinça les lèvres pour ne pas glousser bêtement quand Irene glissa un bras autour de sa taille.

— Oh, nous dormons dans le même lit.

L'homme éclata d'un gros rire qui trahissait encore plus sa masculinité que la poudre sur sa pomme d'Adam.

— Nous reviendrons une autre fois, s'excusa Sara, essayant de se dégager en douceur du bras d'Irene.

— Allons, dit Irene en levant la main pour écarter une mèche noire qui tombait sur le front de Sara, je suis sûre que Mme…

— Daphné.

— Je suis sûre que Mme Daphné n'a pas toute la journée pour nous faire visiter.

Mais Irene prit tout son temps pour fouiner dans les placards et la cuisine, jubilant de voir que Sara ne la quittait pas d'une semelle.

— Oh, ta mère détesterait ce papier peint. Il est parfait ! s'exclama Irene en passant la main sur le revêtement de velours au motif floral du salon.

— Tout est d'origine, expliqua Mme Daphné. Du moins depuis les années 60.

— Vous avez vécu ici si longtemps ? demanda Sara.

— Oh, chérie ! Vous me faites prendre un sacré coup de vieux !

Irene traîna Sara dans la chambre, où une vieille armoire aux portes béantes révélait une garde-robe somptueuse. Le regard de Sara s'attarda sur une coiffeuse avec miroir, qui débordait de produits de maquillage coûteux. Mme Daphné s'engouffra dans la chambre à leur suite et s'affala sur le lit surbaissé qui ondulait anormalement sous son poids.

— Un lit à eau ! s'esclaffa Irene. Sara, viens l'essayer.

Sara étouffa un rire en voyant Irene rebondir sur un coin du matelas. Puis son cœur se serra. Comment Irene pouvait-elle avoir un cancer et faire l'imbécile comme ça ? Elle était là, à se vautrer dans le lit à eau en bougeant les sourcils de manière suggestive à l'intention de Sara.

Mme Daphné tapa dans ses mains.

— Pour trois cents de plus, je laisse le lit. Ne vous inquiétez pas, il est increvable !

Cette proposition réussit à faire craquer Irene. Elle se mit à rire de manière incontrôlable, ce qui provoqua le fou rire de Sara. Elles se précipitèrent dehors en s'excusant, manquant de trébucher dans l'escalier. Les filles n'arrêtèrent de courir qu'une fois arrivées, hors d'haleine, au parc. L'espace d'un instant, on aurait dit que rien n'avait changé.

— Je pourrais te tuer ! hurla Sara à Irene qui prenait appui sur un muret de pierre pour se calmer. Il… était à deux doigts de nous mettre dans son lit !

Irene riait si fort qu'elle en pleurait presque. Puis elle se pencha au-dessus du muret et vomit un magma qui avait la texture et l'odeur du pamplemousse qu'elle avait ingurgité au petit déjeuner. Sara courut chercher des serviettes dans un camion kebab à proximité. Quand elle revint, Irene se nettoyait avec une poignée de neige qu'elle avait raclée du mur. Elles reprirent leur souffle.

Finalement, Irene se releva et passa un bras autour de Sara.

— Ça valait vraiment le coup, déclara-t-elle.

Parfois, Sara appelait George sans même s'en rendre compte ; des après-midis comme celui-ci, quand elle se baladait sur Times Square en regagnant le bureau après un déjeuner tardif. Elle se retrouvait avec son téléphone à l'oreille, qui sonnait dans le vide. Et quand George décrochait, elle ne savait pas quoi dire.

— Quoi de neuf, bouton d'or ? glapit sa voix joviale à l'autre bout du fil.

Derrière lui, Allen jouait à un jeu vidéo bruyant ; il explosait des aliens au lance-roquettes. « Tu peux baisser le son ? » entendit-elle George demander.

— On emmène Irene en France. Je l'ai décidé.

George rit.

— Tu as décidé de cambrioler une banque, parce que…

— Non. Je vais payer le voyage. J'appellerai ma mère après le travail pour lui dire de retirer la somme du compte de mon grand-père.

C'était ainsi qu'elle l'appelait pour George, et même pour elle, bien que cet argent ne soit plus vraiment à son grand-père depuis qu'elle avait quinze ans, époque où il avait commencé à décliner sérieusement. Il avait peu à peu perdu la capacité de former des phrases cohérentes, de marcher, de lever une cuillère jusqu'à sa bouche. La mère de Sara avait aménagé l'abri de jardin pour lui et son infirmière. La nuit, elle l'entendait parfois hurler. Ses parents et ses sœurs n'en parlaient jamais, ni à l'époque ni maintenant. Puis un jour, Sara avait trouvé un mot sur le frigo en rentrant de l'école, disant qu'ils se rendraient tous ensemble à son enterrement samedi. Elle avait tenté de raconter tout cela à George, mais il n'avait pas vraiment compris. Comment aurait-il pu ? Et maintenant, elle était la seule à savoir intimement ce qui se passait quand le corps humain commençait à craquer aux coutures. À savoir qu'il n'y avait pas de temps à perdre. Que la maladie se foutait de l'argent, de la justice et des projets d'avenir.

— Tu crois qu'Irene acceptera ? souffla George dans le téléphone.

— Il y a quand même pire qu'offrir un voyage à Paris à quelqu'un.

Il rit.

— Hé, a-t-on déjà pensé à la New York Public Library pour le mariage ?

— Ils sont overbookés.

Sara faisait les cent pas sous l'enseigne bleue du théâtre Ed Sullivan à deux pas de son bureau.

— Jusqu'à quand ?

— La fin des temps.

— Et Disney World ? proposa George.

— Ne me dis ça que si tu es sérieux.

— Je plaisante.

— On ne plaisante pas avec une jeune fille en lui disant qu'elle va se marier dans le château de Cendrillon, monsieur.

— C'était une blague ! Une blague ! cria George.

— Tu peux choisir le personnage de ton choix pour officier.

George réfléchit une seconde.

— Alors je veux Quasimodo.

— Vraiment.

— Hé, à côté de Quasimodo, j'aurai l'air *beau* !

— Tu es toujours beau, minauda Sara, se penchant vers l'appareil comme si elle pouvait lui envoyer un baiser dans le microphone. L'odeur de pizza de chez Angelo's remplissait ses narines, tandis qu'un balayeur s'affairait à proximité, ramassant les talons de billets déchirés et les bouts de salade renversés par les touristes ; les spectacles ne commenceraient pas avant quelques heures, mais les trottoirs grouillaient déjà de groupes scolaires, de communautés paroissiales et de retraités arrivés en autocar depuis le New Jersey. Ils se cramponnaient les uns aux autres, l'air accablé, terrifiés à l'idée de s'éloigner trop loin dans une direction ou une autre. Ils vérifiaient sans cesse leurs montres et téléphones. *Combien de temps reste-t-il jusqu'au dîner ? Ne soyons pas en retard. Combien de temps va-t-on faire la queue ? Elle fait quelle longueur ? Mieux vaut rester ici, à proximité du panneau American Eagle.*

— Je dois te laisser, dit George. Cokonis appelle sur l'autre ligne.

— À jamais, répondit-elle.

De retour au bureau, elle tua une heure à googliser « causes ostéosarcome ». Elle ne trouva rien, même après avoir été jusqu'à la trente-huitième page de résultats. Elle était étonnée de voir qu'il y avait autant de manières de dire : *inconnu*. N'a pas de cause tangible. On en sait peu sur l'étiologie. Les causes ne sont pas connues. Les scientifiques n'ont pas identifié les causes exactes. La cause n'est pas encore établie. Il n'y a pas de causes connues ou apparentes. Une fois, elle trouva : « Bien que les causes soient encore mal connues, les médecins pensent que son type de cancer a commencé par une erreur dans l'ADN des cellules du corps. » Elle crut tenir une piste jusqu'à ce qu'elle cherche « erreur dans l'ADN » et tombe de nouveau sur *inconnu*. Les causes ne sont pas connues. Etc., etc.

Elle se leva pour se faire un café à la machine dans la cuisine. Tandis que la cafetière glougloutait et crachotait, elle prit un sachet jaune tournesol de sucre zéro calorie et le tapota d'un doigt pour tasser les cristaux à l'intérieur. Elle s'imaginait, dans trente ans, ouvrir un journal et lire le gros titre : la cause du cancer enfin déterminée de façon probante. Et chacun d'y aller de son « mince, c'était la *riboflavine* depuis le début ? Comment avons-nous pu rater *ça* ? » Elle déchira le sachet de saccharine, versa la poudre dans son café et jeta l'emballage. Puis elle retourna à son bureau, où l'attendait l'une des stagiaires pour lui avouer qu'elle avait cassé la photocopieuse en oubliant de retirer une agrafe d'un mémo de trois pages. Ceux-là étaient les vainqueurs, ceux à qui on avait donné leur chance alors que d'autres jeunes de leur âge restaient à la maison. Ceux-là étaient les fils et les filles de gens trop importants pour qu'on les vire. Gérer l'histoire du photocopieur lui prendrait ce qui restait de l'heure, tout comme elle avait perdu l'après-midi d'hier à cause de l'autre stagiaire qui avait oublié que le P venait avant le Q et qu'il avait fallu refaire tout le travail d'une heure d'archivage.

Qu'était une heure de perdue après tout ? Un après-midi de perdu ? Sara voulait bien perdre tout le temps qu'il faudrait pour passer au travers de ce mois terrible.

À sept heures, Sara se changea et passa la robe bustier couleur écume de mer confectionnée sur mesure pour un mariage l'été dernier où elle avait été demoiselle d'honneur. Elle devait retrouver Jacob en centreville. Ils avaient prévu de valider comme lieu de mariage possible un restaurant chic de fruits de mer à Battery Park. Les organisateurs n'avaient pas pu lui obtenir une table le week-end, mais ils avaient réussi à ce que les membres du mariage Marcuso-Gerber l'autorisent à venir voir le lieu en action ce soir-là. En temps normal, Sara aurait prévenu Jacob qu'ils ne faisaient qu'entrer et sortir sans embêter personne, mais étant donné le poids oppressant de ce mois de mars sur ses épaules, elle espérait bien qu'il allait l'entraîner sur la piste de danse, ou même se bagarrer avec les cousins Marcuso, ou au moins carotter une part de pièce montée dans laquelle noyer ses soucis.

En descendant Broadway, elle repassa devant la queue à l'extérieur du théâtre Ed Sullivan, puis devant Angelo's et ses odeurs. Elle sortit son téléphone de son sac à main pour appeler sa mère, et découvrit qu'elle avait un appel manqué de « Maison ». Elle avait beau essayer d'imprimer dans la tête de ses parents et de ses sœurs qu'entre huit heures et dix-huit heures, elle « travaillait », autrement dit était « au bureau », et ne pouvait donc prendre aucun appel personnel, ils l'appelaient systématiquement dans ce créneau horaire et semblaient contrariés et surpris qu'elle les ignore. Ce que reflétait à la perfection le ton de sa mère sur la messagerie vocale.

« Sara, ma chérie, on a *vraiment* besoin de connaître la date du mariage. Nous sommes censés passer trois semaines en Irlande au mois de juin de l'année prochaine et nous devons prendre nos billets maintenant, mais on ne peut pas le faire tant qu'on ne sait pas si on devra être à New York. Tu peux toujours te marier à Boston, d'ailleurs. Est-ce que tu vas réserver des chambres ? Les hôtels à New York sont si chers qu'on voudrait réserver tout de suite, surtout si tu penses te marier en septembre, parce que c'est la rentrée universitaire et... »

Sara appuya sur le bouton supprimer, si fort qu'elle crut sentir l'écran se craqueler, bien que George ne cesse de lui dire que c'était impossible. Comment pourrait-elle s'occuper de l'organisation du mariage ? Elle n'en avait pas l'énergie. Pourtant, il suffisait simplement de trouver un endroit capable d'accueillir deux cents amis et membres de la famille, un orchestre de cinq musiciens, un pasteur unitarien, quatre tables chauffe-plats, et une pièce montée à trois étages nappée de crème vanille – et, étonnamment, aucun lieu ne convenait.

George et elle avaient écumé toutes les possibilités. Le toit-terrasse de l'hôtel NoHo, puis une ancienne forge, The Smithy, transformée en une salle d'allure médiévale. L'élégant Russian Dance Hall, le Club 99 poisseux et sordide et les jardins botaniques du Bronx. George avait opposé son veto à Guillermo sur l'Eau à Hoboken (« je ne me marierai *pas* dans le New Jersey ») et à une immense salle de bal dans l'un des anciens bâtiments de l'Exposition universelle à Flushing (« Vraiment ? Ta mère va te laisser te marier dans le Queens ? »). Ils avaient brièvement évoqué l'idée de se marier dans le Tenement Museum de Lower East Side, musée de l'Immigration, et de faire quelque chose à la Dickens. Ils s'étaient renseignés sur les conditions d'admission dans l'ordre de la Rose-Croix, car Sara aimait la Grande Loge, mais elle n'était accessible qu'aux francs-maçons initiés. En un seul week-end, ils avaient visité le restaurant Loeb Boathouse, ancien hangar à bateaux dans Central Park, une église convertie en collectif d'artistes, la Morgan Library et le South Asian Institute de NYU. Si on ajoutait à cela la recherche d'un appartement, elle était submergée par la multitude des futurs possibles, qui semblaient tous aussi lointains et hors de portée que le mois d'avril.

En attendant le bus de Jacob, Sara sillonna la pointe sud de l'île de Manhattan. Même couverte d'un manteau chaud, elle grelottait. Elle arpenta Bowling Green et remonta jusqu'à l'entrée du Brooklyn-Battery Tunnel. Elle sentait l'épaisseur du maquillage sur son visage, la torsion de ses cheveux serrés dans un chignon. Elle aurait aimé pouvoir arrêter de tendre le cou toutes les dix secondes pour guetter Jacob et de consulter ses messages, pour profiter simplement du moment. Respirer l'odeur entêtante du pain français qui émanait toujours de la boulangerie fermée Au Bon Pain en haut du bloc et emmagasiner la verdure résistante de la pelouse devant elle. Garder en mémoire les petites pointes hérissées de la chair de poule sur ses bras et la sensation de leur contact sous ses paumes. Mémoriser l'ombre angulaire formée par la passerelle en hauteur, qui était fermée et sombre, et sa cage d'escalier barrée d'une chaîne. Garder le cliquetis des chaînes agitées par le passage en coup de vent d'une berline de luxe noire. *C'est trop calme par ici*, pensa Sara. Elle sentait la fraîcheur humide particulière à l'Hudson à un bloc de là, mais elle ne voyait pas le fleuve. Les bâtiments étaient trop récents, même si c'était la partie la plus ancienne de la ville.

Enfin, elle vit Jacob descendre la rue, vêtu d'un chapeau haut de forme et d'une queue-de-pie qu'il avait loués Dieu sait où. Il avait mis des souliers vernis et tenait une petite canne aux pointes blanches.

Il avait l'air d'un Fred Astaire grassouillet.

— Oh mon Dieu, tu es sublime ! s'écria-t-elle.

— Je sais ! Dis donc, toi aussi !

Il la serra contre lui et sentit qu'elle grelottait.

— Pourquoi tu ne m'as pas attendu à l'intérieur ?

Elle leva les bras comme pour signifier qu'elle ne savait pas, mais Jacob crut qu'elle lui indiquait l'autre côté de la rue, pointant la clôture élevée qui délimitait le chantier de construction et les grues de cent pieds qui le surplombaient comme des sentinelles.

— Oh, je sais. T'y crois ? Huit ans après, ce n'est toujours qu'un foutu trou dans le sol !

Sara ne comprenait pas ce qu'il voulait dire, jusqu'à ce qu'elle comprenne qu'elle était restée pendant vingt minutes – tentant de vivre dans l'instant, et d'être attentive et observatrice – en face de Ground Zero sans avoir la moindre idée qu'elle se trouvait là. De honte, elle s'affala contre l'épaule de Jacob. Elle n'avait pas réellement connu New York avant l'effondrement des tours – juste un voyage scolaire au Muséum d'histoire naturelle et une virée en famille pour voir *Cats*. Cela s'était passé la troisième semaine de la classe de première, deux années de progrès soutenus englouties soudain sous vingt-quatre heures de cendre grise et d'hébétude. Ses parents appelant pour signaler que le père d'Untel allait bien ou que le père d'Unetelle était porté disparu, les pompiers larmoyants, et des hommes en costume révoltés sur CNN, et puis le choc, et puis la peur, et ensuite des jeunes hommes durs et solennels en tenue de camouflage sur FOX. Et pendant des années, on eut le sentiment que le progrès ne pourrait se mesurer qu'à l'aune de la reconstruction de ce monde vaste et magnifique, et puis à l'acceptation, progressive, du fait qu'il ne serait jamais reconstruit – que lui aussi resterait un trou dans le paysage.

Ils s'éloignèrent du chantier, arrivèrent à une rambarde et contemplèrent l'Hudson. Un mince croissant de lune argentée flottait au-dessus de Jersey City, et Sara plissa les yeux pour essayer de déchiffrer l'heure sur l'horloge Colgate rougeoyante comme une braise au pied d'un immense gratte-ciel.

— Qu'est-ce qui se passe en ce moment ? demanda Jacob. Chaque fois que je te vois ou que je vois Irene, j'ai l'impression que vous avez vos règles en alternance. Au moins, laissez-nous respirer, George et moi.

Sara marqua une pause, prête à tout raconter à Jacob et à se débrouiller avec Irene ensuite.

— Je suis enlisée dans un état subjonctif, finit-elle par dire.

— Un quoi ?

— Allons, tu es poète. Le subjonctif. Indiquant que tout est possible et incertain. Hypothétique. Je traverse un mois subjonctif, c'est tout.

— Un mois de mars subjonctif, valida Jacob.

Sara baissa les yeux. En bas, sous ses talons de huit centimètres, s'étendait le béton froid et blanc de Manhattan. Tout près d'eux, de l'autre côté de la balustrade, tourbillonnaient les eaux noires du fleuve. Ici c'était la ville, là ce n'était plus la ville. Même si elle était constamment en mouvement, la ville possédait, à chaque instant, une frontière. Un commencement et une fin. Elle était précisément délimitée. Et à l'intérieur de la ville se trouvait *un* appartement pour elle et George. Et *un* endroit où ils allaient échanger leurs vœux, découper un gâteau et danser sur une reprise de Bon Jovi. Et Irene le dirait à Jacob à *un* moment, tout comme il y avait eu effectivement *un* moment où une erreur, s'était produite dans l'ADN d'Irene, et en ce moment même, soit la chimiothérapie réparait cette erreur, soit le cancer progressait. Le temps le dirait, aussi sûrement qu'il finirait par passer. On ne pouvait pas rester en mars pour toujours.

— Viens, dit Jacob, allons taper l'incruste dans ce mariage. Cela me donnera l'occasion de t'expliquer pourquoi tu ne veux pas réellement te marier.

Sara laissa échapper un petit rire, bien qu'elle sache qu'il ne plaisantait pas tout à fait.

— Premièrement, tu ne peux pas passer la corde au cou d'un mec comme George. Il a un appétit insatiable. Il a l'âme d'une légende du rock'n'roll sous son apparence ringarde. Il est comme... tu sais comme qui il est ? À l'intérieur, il est comme Meat Loaf[1]. C'est ça, il y a une bête en sueur de cent quatre-vingts kilos enfermée là-dedans qui ferait n'importe quoi par amour.

---

1. Chanteur américain très populaire, célèbre pour ses excès.

Sara riait si fort qu'elle pouvait à peine respirer.

— Merci, dit-elle en posant un baiser sur la joue de Jacob.

— Roulons-nous une pelle ! Je suis amoureux de toi. Ne te marie pas avec un autre homme.

— Désolée, tu as laissé passer ta chance, soupira Sara.

— Est-ce que je pourrais au moins dormir dans ton grenier quand tu auras une vie ennuyeuse avec un milliard d'enfants ? Prévoyez quand même une petite piaule pour moi au-dessus du garage.

— Nan. Je ne veux pas que tu entres et sortes à toute heure de la nuit, en te pointant au petit déjeuner avec tes conquêtes. Que penseraient mon milliard d'enfants ?

Ils continuèrent ainsi pendant des heures. Au mariage, ils s'enivrèrent de cocktails au champagne jusqu'à ce que le frère de la mariée les escorte vers la sortie, un gominé du nom de Mikey qui essaya d'obtenir le numéro de Sara alors même que Jacob s'évertuait à lui donner des coups de pied dans les tibias. Et Jacob promit, il *promit*, qu'il viendrait à Long Island passer un grand week-end dans la maison de Luther en avril. Cette seule idée remplit Sara de joie tandis qu'elle rentrait à la maison, où elle se glissa dans le lit à côté de George, profondément endormi.

Shelter Island

George aimait résoudre les problèmes. Extraire la racine carrée de x par la méthode babylonienne. Débloquer le bourrage papier de l'imprimante du secrétariat. Déterminer le nombre d'étoiles semblables au Soleil dans les amas brillants de galaxies à partir de leur courbe de luminosité. Calculer l'itinéraire le plus rapide entre sa place de stationnement sur Riverside entre la 72e et la 73e Rue et la ceinture de Grand Central, secteur à partir duquel Jacob avait consenti à être (selon ses termes) « kidnappé », et au sud vers la 4e Rue Est pour Irene. Puis remonter vers le Queens-Midtown Tunnel et la Long Island Expressway, dans la circulation matinale d'un samedi, avec une courte déviation due à un accident près de Hauppage, et ensuite tout droit jusqu'à la sortie 70 menant à la Sunrise Highway. Puis la Route 51 et le North Fork, où ils embarqueraient sur le ferry pour Shelter Island où le patron de Sara, Luther, emmenait sa famille en été, mais qui, le temps d'un week-end, serait leur domaine réservé.

Il fallait réussir à profiter des bonnes choses quand on en avait l'occasion. Les bons vins, les vieux amis, les maisons en bord de mer gratuites. Ce serait comme

183

au bon vieux temps, à l'époque de la résidence universitaire. Ils resteraient debout toute la nuit à parler, jouer aux mimes et au gin-rami, compter les étoiles sur le toit-terrasse.

George avait un léger mal de crâne, séquelle probable du whisky pris à une heure du matin pour célébrer l'e-mail qu'il avait reçu d'un membre du conseil de l'American Astronomical Society en Belgique les invitant Allen et lui à faire une conférence en juin à Pasadena sur leurs découvertes dans la nébuleuse de la Lyre. Les gens en parlaient. Les scientifics du moins. Avec Allen, ils collectaient chaque jour des téraoctets de nouvelles données sur l'effondrement de 237 Lyrae.

Il porta son thermos Einstein à ses lèvres et avala une longue gorgée de café, encore chaud. C'était un soulagement de quitter enfin la ville. Laisser les derniers mois derrière eux. Sara avait été debout la moitié de la nuit, à faire, défaire et refaire les valises, et maintenant elle dormait sur le siège passager. Dans le rétroviseur, il voyait Irene envoyer des messages sur son téléphone et Jacob somnoler. George était heureux qu'ils puissent enfin commencer à se concentrer sur leur week-end. Jacob avait réservé des dégustations dans des vignobles recommandés par Oliver et Sara avait recherché les meilleurs restaurants de fruits de mer du coin. Et surtout, l'état d'Irene était en constante amélioration depuis sa quatrième chimio fin mars. Le Dr Zarrani avait eu l'air de dire que tout se passait bien quand George était allé la chercher après sa dernière séance.

— Vous pourriez observer une diminution de la tumeur sous son œil, mais ne l'interprétez pas trop vite, avait mis en garde le médecin. Parfois, la réduction est due à la perte de liquide, ce qui n'est pas nécessairement le signe de la mort des cellules cancéreuses. Appelez-moi immédiatement si elle sent un renflement sous les aisselles ou une douleur dans la mâchoire. Ils pourraient indiquer une propagation au système lymphatique.

Comment diable la mâchoire d'Irene pouvait-elle être connectée à ses aisselles ? George regrettait de ne pas avoir été plus attentif en cours de biologie.

— Bien entendu, Irene, signalez-nous tout changement, avait souligné le Dr Zarrani. Vous pouvez appeler le secrétariat n'importe quand. On se voit la semaine prochaine pour un nouveau scanner. Comme ça, nous saurons où nous en sommes.

Irene et lui avaient fêté cela par une pinte de Cherry Garcia sur le trottoir, suivie de deux pintes de Guinness et d'une tournée de Big Buck Hunter au bar McIntosh au coin de la rue. De retour chez lui ce soir-là, George avait attendu que Sara soit endormie et il s'était relevé pour prier. Cela ne lui était pas arrivé depuis le lycée. Pour qu'Irene redevienne bientôt elle-même, et que, par extension, Sara soit de nouveau elle-même afin qu'il puisse redevenir lui-même. Cela faisait longtemps qu'il n'avait pas prié, et il n'était pas à l'aise, mais peut-être que ses mots avaient été entendus, parce qu'ils étaient là, tous ensemble comme prévu, dans une voiture qui quittait Long Island et roulait vers l'océan et l'horizon.

La maison de Luther ne serait pas disponible avant une bonne heure, car un service de nettoyage venait faire le ménage après le départ des neveux de Sigrid pour la Norvège ce matin-là. George décida donc que leur premier arrêt serait pour The Blue Anchor, où ils donnèrent le coup d'envoi du week-end avec des huîtres et des Bloody Mary au jus de tomate frais, provenant d'anciennes variétés cultivées dans la serre du jardin. Ils s'assirent le long du bar face à la baie et au soleil levant. Ils étaient quasiment les seuls clients.

— On n'est pas bien, là ? dit George en levant sa coquille d'huître jusqu'à ce que tous fassent de même. À la nôtre !

Sara se fendit d'un sourire forcé en aspirant la créature visqueuse et saumâtre dans sa coquille. Visiblement, quelque chose la dérangeait. Jacob rota en reposant sa coquille vide.

— Délicieux. Bon, l'un de vous pourrait-il me dire ce qu'on fout ici ? En avril ?

Sara faillit s'étrangler.

— Pardon. C'est le raifort.

Elle s'efforça de ne pas regarder Irene, qui avait *promis* de tout dire à Jacob pendant le week-end. George n'y croyait pas une seconde.

— On a vraiment besoin d'une raison ? demanda Irene.

— Vois-le comme un Spring Break[1], renchérit George.

---

1. Congé accordé traditionnellement aux étudiants des facultés américaines au début du printemps, et qui donne lieu à de grandes fêtes alcoolisées.

— Oui, bien sûr, ironisa Jacob. C'est fou toutes ces fois où on est partis en vacances de printemps. Vous vous souvenez de Cancún ? Quand j'ai fait un body shot avec Mark McGrath ? Non ? *Moi non plus.*

George savait que Jacob allait tirer sur la corde jusqu'à ce qu'elle casse. Mieux valait tenter une diversion.

— Ne regarde pas, mais je pense que l'écailler te mate.

Ils tournèrent tous la tête discrètement – sauf Jacob, qui se leva à demi et tendit le cou pour jeter un œil. Effectivement, le barbu baraqué regardait dans leur direction, mais ils étaient les seuls clients. Il avait des tentacules géants tatoués tout autour de ses bras musclés, émergeant des rayures blanches de son tablier et disparaissant sous ses gants à huîtres qui ne cessaient de bouger, tandis qu'il enfonçait machinalement une lame de couteau entre les coquilles fermées.

— Depuis le temps, je pensais que vous connaissiez mieux mon type d'homme, grogna Jacob d'un ton dédaigneux.

— Il respire la santé, fit remarquer George.

— Il est *mignon*, corrigea Irene. Et il te regarde.

Elle pivota sur son tabouret, et la lumière du matin ricocha sur ses pommettes de telle sorte que George voyait nettement la grosseur rougeâtre sous son œil. Était-ce son imagination ou Jacob la regardait lui aussi ? Sara la voyait en tout cas, c'était sûr.

— Je vais aller lui parler, déclara George.

Il pratiquait régulièrement ce sport avec Jacob, qui ne voulait jamais qu'il joue les entremetteurs.

Sous les encouragements d'Irene et les protestations de Jacob, George glissa de son tabouret et traversa la salle avec assurance. Il avait résolu avec succès le problème de la mauvaise humeur ; maintenant, il espérait enclencher la phase deux et leur faire vivre un moment inoubliable qu'ils pourraient se raconter maintes fois ce week-end et toute leur vie. Ils venaient juste d'entamer la seconde tournée de Bloody Mary, et il se sentait en pleine forme après les heures de route. Le second verre délayait toujours ses soucis dans la vibration agréable de la luette et le picotement des narines. Recouvrait tout d'une brume légère. Amplifiait le timbre du rire joyeux d'Irene quand George aborda l'écailler en souriant.

— Pardon de vous déranger, mais d'où viennent ces huîtres ? Elles sont excellentes.

— On les élève juste ici, à côté du ferry de Shelter Island. Peuvent pas être plus fraîches.

Il en prit une pour la montrer à George. Elle faisait la taille de sa paume ouverte, sombre et rocailleuse, et elle vivait encore quand l'homme glissa son couteau dans l'interstice étroit et le tourna d'un geste ferme, écartant les deux parties du coquillage. Puis il nettoya les petites saletés sur la chair et plaça la coquille nacrée sur un plateau d'argent tapissé de glace pilée.

George désigna Jacob du doigt.

— Mon ami se demandait… on vient de passer devant des vignobles en venant. Mais on ne veut pas se faire refiler les trucs pour touristes ? Que buvez-*vous* par ici ?

Il leva les yeux un instant pour regarder Jacob et son couteau ripa pour la première fois, percutant son gant. Une petite tache de sang rouge apparut sur le gant, au milieu des marques sèches et plus foncées des précédents dérapages. Il replongea la lame dans la coquille et d'un geste rapide, il envoya l'huître en l'air. En un éclair, son autre main tendit un verre vide pour la rattraper au vol. Il répéta la manœuvre, puis il versa un shot de vodka sur chacune. Ensuite, il mit une cuillère de sauce cocktail et pressa un citron au-dessus des verres.

— Pour moi ? demanda George

— Tu m'as demandé ce qu'on buvait par ici. En plus, ton copain a l'air du genre jaloux.

George fit un clin d'œil et tapa le bord de son verre contre celui de l'écailler. Il n'avait pas tort : à peine avaient-ils avalé leur shot à l'huître que Jacob l'interpellait de l'autre bout de la salle.

— Quand ton nouveau meilleur ami et toi aurez fini là-bas, tu pourras balancer une nouvelle tournée ?

L'écailler regarda Jacob tout en ouvrant une nouvelle huître.

— Dis à ton pote d'ouvrir la bouche.

— Ce n'est jamais un problème pour lui, ironisa George. Hé ! Jacob, ouvre la bouche !

Jacob pivota sur le tabouret et ouvrit la bouche.

Sans le quitter des yeux, l'homme coupa le pied du bivalve grisâtre et plaça la pointe de son couteau dessous. D'un geste fluide, il lança l'huître, lui imprimant cette fois une longue trajectoire en arc, à quatre mètres au-dessus du sol. Jacob n'eut qu'à se pencher légèrement en arrière, assez pour qu'Irene pousse un petit cri, juste avant l'instant spectaculaire où il rattrapa le projectile dans sa bouche et le goba.

Les filles applaudirent tandis que Jacob se levait et se dirigeait vers l'écailler en souriant.

— Toi, tu me plais, dit-il.

Comme Jacob prenait tout son temps pour obtenir le numéro de téléphone de l'écailler, Irene sortit faire un tour sur les quais en déclarant qu'elle allait ramasser des coquillages et des plumes de mouette, destinés sans doute à se retrouver dans un tableau un jour ou l'autre. George la vit déambuler avec son téléphone, sourcils froncés, essayant de capter un signal. Mais il ne s'en inquiéta pas, tant que tout le monde était heureux.

Sara le tira à l'écart comme ils approchaient de la voiture.

— Est-ce que tu as vu Irene prendre son Neulasta ce matin ?

George ne l'avait pas vue le faire, mais il dit :

— Je suis sûr qu'elle l'a pris. Elle va bien.

— J'aurais dû le lui rappeler avant de partir.

— Je suis sûr qu'elle n'a pas oublié.

— J'ai un mauvais pressentiment. On ne sait même pas où est l'hôpital le plus proche.

— Tout va bien se passer. Le Dr Zarrani a même dit qu'un voyage lui ferait du bien.

— Elle a aussi dit qu'Irene aurait dû se faire enlever la tumeur.

— Non, elle a dit qu'elle pensait que ce serait *mieux* par rapport au protocole, mais que ce n'était sans doute pas nécessaire, et comme cela risquait de lui faire perdre la vision de cet œil, il était préférable de ne rien faire avant de savoir si la chimio marchait.

— Je sais. Mais je m'inquiète.

— Ça va aller. Le scanner va montrer qu'il n'y a plus rien.

— Ne *dis* pas ça !

— Quoi ? Tu penses que je vais porter la poisse ? La grosseur sous son œil a quasiment disparu.

— Mais tu m'as dit qu'elle a dit que cela ne voulait rien dire ! J'aimerais bien que tu prennes cela au sérieux.

— Je le fais, soupira George.

Il tenta de poser la main sur son épaule pour la rapprocher de lui, mais elle resta fermement plantée à bonne distance, sourcils froncés.

— Tu étais vraiment obligé de boire autant tout à l'heure ?

— Je pensais qu'on était censés s'amuser, merde !

Elle croisa les bras, ce qui était toujours mauvais signe.

— Tout ce que tu as mangé aujourd'hui, ce sont des huîtres, et tu as bu deux Bloody Mary plus un shot au bar. Peut-être que tu devrais laisser quelqu'un d'autre conduire ?

— Je me sens bien, affirma-t-il en essayant d'avoir l'air nonchalant. Ne t'inquiète pas autant, d'accord ?

— Je dis juste que Jacob est beaucoup plus lourd que toi. L'alcool fait effet moins rapidement sur son organisme.

— Il a la tolérance d'une bonne sœur. Il ne boit presque jamais, sauf quand on est tous les quatre.

Il se rendit compte trop tard qu'il n'arrangeait pas son cas en rappelant à Sara que, contrairement à Jacob, il buvait au minimum deux verres tous les soirs, qu'ils soient dehors ensemble ou qu'il soit seul chez lui. Il allait se rattraper en essayant d'expliquer ce qu'il avait voulu dire quand il entendit les pas de Jacob et d'Irene sur les graviers.

— À qui est-ce qu'elle envoie sans arrêt des SMS ? demanda George. On est tous ici.

— Aucune idée, dit Sara.

— Il y a un problème ? les interpella Jacob.

— Y a pas de problème, dit George d'une voix forte, en déverrouillant la voiture. Allons-y.

Ils n'eurent que quelques mètres à faire pour rejoindre le ferry de Shelter Island. George monta la voiture sur la proue du magnifique bateau de service à la carène couverte de bernacles, qui faisait la navette toute la journée sur les eaux grises, convoyant des Mercedes et des Lexus. Tandis qu'ils avançaient sur l'eau, George jeta un coup d'œil à l'endroit d'où provenaient leurs huîtres, regrettant maintenant qu'elles pataugent de manière aussi désagréable dans son estomac. Heureusement, la traversée était de courte durée, et ils n'avaient que cinq cents mètres à faire pour monter sur la colline et arriver à la maison de Luther.

Du bout de l'allée, ils pouvaient voir qu'elle était immense. Trois étages, ornés d'impressionnants bardeaux en bois gris, avec des moulures blanches. Elle possédait deux garages et une piscine en forme de haricot sur un côté. Ce n'est qu'en arrivant plus près qu'ils s'aperçurent que la piscine était recouverte d'une couche épaisse d'algues vertes. Des parcelles entières de jardin étaient roussies par endroits, envahies à d'autres de mauvaises herbes, jonchées d'un bout à l'autre de canettes défoncées de Michelob Ultra bleu et argent, et des cadavres ébréchés de deux packs de vingt-quatre bouteilles de Dos Equis. Les cartons qui les avaient contenues se trouvaient aussi dans le jardin, ainsi qu'une centaine de gobelets Solo rouge, quelques rasoirs BIC usagés, des flacons à moitié vides de shampoing et d'après-shampoing Herbal Essences, plusieurs bidons renversés de diluant pour peinture et une brouette remplie de ce qui semblait être une collection de magazines *Redbook* défraîchis datant du siècle dernier. Un hamac crasseux pendait mollement d'un crochet planté dans un arbre chenu ; le poteau qui soutenait autrefois son autre extrémité, pour une raison obscure, chauffait au soleil sur le toit du garage.

— Il y a eu un ouragan ou une catastrophe dont on n'aurait pas entendu parler ? s'enquit Irene.

Jacob siffla.

— Waouh, il n'y avait plus de place à Abou Ghraib ?

Sara avait les deux mains sur ses joues, la mâchoire décrochée. « Les neveux » était tout ce qu'elle parvenait à articuler. « Les neveux. Les neveux. »

George remonta prudemment l'allée, ouvrant la voie parsemée de tessons de bouteille et de mégots de cigarette jusqu'à la porte, qui était entrouverte. Inutile d'espérer que l'intérieur ait été épargné. En effet. Partout où son regard se posait, il voyait toujours plus de bouteilles vides, plus de plantes mortes dont les pots avaient été recyclés en cendrier, plus de boîtes de pizza graisseuses, plus de cuillères et de fourchettes en plastique fondu. Chaque centimètre du comptoir de cuisine était encombré de bouteilles d'alcool. Des grosses, des grandes, des vertes, des brunes. Des bouteilles de deux litres de vodka avec des bouchons à vis en plastique. Des litres de bouteilles de soda pour les cocktails. Des seaux remplis d'eau sale, vestiges probables de glaçons. Une table à cartes pliante gisait en trois morceaux sur le sol, striée de poudre blanche croûteuse. Les chaises étaient renversées, les ampoules brisées dans leur douille, les emballages de nourriture chinoise éventrés. Soit le personnel de ménage n'était jamais venu, soit ils étaient venus et avaient fait demi-tour illico.

— C'est comme si Hunter S. Thompson, le marquis de Sade et Amy Winehouse avaient squatté ici pendant un mois !

Jacob semblait presque admiratif.

Irene tendit la main vers une pile de draps et en délogea un soutien-gorge à paillettes argenté, avec des bonnets si grands qu'elle aurait pu s'asseoir dedans.

— Eh ben, on dirait que les neveux se sont fait des amies en ville…

Jacob se fraya un chemin pour regarder de plus près, écrasant le bord d'un chapeau de paille au passage.

— Espérons qu'il n'y a pas aussi un string là-dedans.

Sara était hors d'elle.

— Luther va croire que c'est nous qui avons fait ça. Mais c'est quoi ce bazar ? On va devoir nettoyer toute cette saleté.

Jacob balança une boîte ouverte de SpaghettiOs à travers la pièce.

— Que diriez-vous de foutre le feu et de lui dire que sa maison a été frappée par la foudre ?

Sara regarda de nouveau autour d'elle.

— Pourquoi faut-il que *tout* tourne toujours au désastre ?

Un désastre. Jacob leur expliqua l'étymologie de ce mot : du grec ancien : *dis*, signifiant mauvais et *astro*, pour étoile. Mauvaise étoile. Comme dans le bon vieux temps où un fléau pouvait être attribué aux réalignements continuels et prévisibles du cosmos. Ils tombèrent vite d'accord pour commencer par une dégustation de vin et s'occuper du capharnaüm plus tard. En moins de deux, ils étaient de retour sur le ferry. Sara tentait de dissimuler son air furieux derrière des lunettes de soleil rondes rétro. Jacob était penché à la fenêtre comme un fidèle chien de chasse, les oreilles presque frétillantes. Irene donnait des petits coups dans le dos de son siège en triant les coquillages qu'elle avait ramassés. George cherchait une station de radio qui plaise à tout le monde, mission impossible, car Jacob détestait tout. Ils finirent par opter pour une station de country que personne n'aimait, juste pour le punir.

Au moins, leur excursion commençait bien. Ils commencèrent par une dégustation au domaine

Raphael Vineyards, puis ils partagèrent une bouteille de Merlot First Label sur la terrasse, pendant que Jacob discutait saut en parachute avec le serveur, récoltant dans la foulée un autre numéro de téléphone. Ensuite, ce fut Bedell Cellars, où Sara eut la présence d'esprit de mentionner qu'elle et George cherchaient un lieu de mariage, ce qui leur valut une ristourne de vingt dollars sur une bouteille de blanc de blancs. Ils poussèrent jusqu'à Shinn Estates, puis ils firent une dernière étape, à Paumanok, ce qui les conduisit au milieu de l'après-midi. Ils étaient épuisés et ils avaient oublié tout ce qu'ils avaient goûté, ne gardant le souvenir que de la quantité. George s'enfonçait dans une chaleur feutrée, avec le sentiment que tout allait bien dans le monde, à l'exception de Jacob qui ne cessait de le ramener vers les rives de l'insatisfaction. À un moment donné, ils convinrent que déjeuner serait une bonne idée. Ils achetèrent du fromage, du pain et de la charcuterie et s'installèrent pour pique-niquer dans l'étendue verdoyante en surplomb du vignoble.

Sara avait choisi des fromages pour chacun d'eux dans une vieille vitrine en verre. En les tendant à George, elle expliqua son raisonnement.

— Tu as droit à un brie triple crème. Pour moi, un alpin… au goût de noisette, mais ferme.

Pour Jacob, elle avait choisi le fromage à la description la plus prétentieuse : un romano couleur cérumen, à la « texture sèche et granitée » avec une « pointe de salinité couvrant ses nuances caramélisées ». Et pour finir, un bleu d'Auvergne pour Irene – tonique et velouté, zébré de moisissures d'une éblouissante beauté.

George regrettait presque que tous ces fromages soient dévorés en quelques minutes, mais rien ne rendait Sara plus heureuse que de voir ses amis allongés sur l'immense couverture de pique-nique en tissu écossais de sa mère – il savait qu'elle l'avait mise dans la valise en visualisant ce tableau. Elle sortit un appareil et elle photographia d'abord les fromages, puis chacun d'eux, et enfin les vignobles aux alentours. C'était parfait.

Sauf Jacob, naturellement, qui n'arrêtait pas de déblatérer.

— Regarde-moi toutes ces saloperies qu'ils laissent traîner ici. Comme s'ils avaient besoin de rendre cet endroit plus *authentique* ? Comme si… oh, eh bien, de nos jours, nous utilisons des machines géantes pour labourer nos champs et presser nos raisins, et nos bouteilles sont fabriquées pour dix cents l'unité dans une usine à Mexico, et nos bouchons sont en plastique imitation liège… mais on a su rester proches de nos racines, foutu bordel de merde !

George regarda Sara. Elle avait l'air de nouveau contrariée. Il sentit la chaleur envahir ses tempes, les premières brumes de l'alcool annonçant l'ivresse réelle, et il lança à Jacob un regard lui intimant l'ordre de se taire. George se pencha vers Sara. Il avait envie de l'embrasser langoureusement pour occulter le verbiage incessant de leur ami, mais elle se dégagea.

— Voilà l'engin ! Vernissé, évidemment, pour préserver cette couche de rouille pour des siècles et des siècles ! Dans cent ans, je me demande sur quoi les gens s'extasieront en disant que c'est tellement authentique et démodé. Oh, regarde ce petit téléphone si mignon ! Regarde cette drôle de voiture hybride ! Les gens devaient vraiment être des travailleurs au cœur pur à l'époque !

— Merde, mais t'as vraiment besoin d'être si méprisant ? gronda George, plus méchamment qu'il n'en avait eu l'intention.

Jacob lui rendit coup pour coup.

— Pourquoi faut-il que tu sois si rabat-joie ?

George allait répliquer quand Sara saisit sa main.

— Allez, viens, on va faire un tour.

— Il pense que parce qu'il a eu un prix de poésie, il sait tout mieux que les autres.

— Je *sais* mieux que les autres, rugit Jacob. La plupart des gens n'arrivent pas faire des calculs mentaux, alors encore moins écrire un poème.

En temps normal, George se serait écrasé. Impossible de pousser Jacob à s'excuser. C'était sa nature, point barre. Mais George avait mal au crâne et il savait que plus rien ne le séparait de l'inévitable soirée à déblayer la maison d'un autre.

— Tu sais, tu ne recevras pas de médaille sur ton lit de mort pour avoir eu raison le plus souvent. Tu te retrouveras seul parce que tous ceux qui t'ont aimé un jour n'auront pas supporté ton étalage de supériorité.

Son ami leva les mains en signe de reddition. George ne se souvenait pas d'une seule fois où Jacob avait reculé. Irene se leva et elle sortit son téléphone de sa poche, une fois de plus, déambulant en tendant l'appareil vers un hypothétique signal fantôme. George s'était enfin décidé à lui demander à qui elle envoyait des SMS quand Sara, son fromage terminé, prit les clés dans la veste de George et se dirigea vers la portière côté conducteur sans dire un mot. Elle appuya deux fois, fortement, sur le klaxon pour leur donner le signal du départ.

Lenz Winery était leur dernier arrêt, un domaine plutôt charmant à première vue – de larges rangées de vignes brunes contraintes de pousser droit, et une bâtisse avec d'immenses portes en chêne ouvertes en signe d'invitation. Il y avait à l'intérieur une demi-douzaine d'autres visiteurs, qui tournaient autour d'un grand comptoir au fond de la pièce et s'en éloignaient à l'occasion pour goûter les chutneys, moutardes et vinaigres disposés le long des murs. George commanda cinq dégustations pour le groupe, et bientôt un homme à barbe blanche levait une bouteille et versait à chacun une gorgée d'un nectar de la couleur du coucher de soleil. Irene et lui aspirèrent chacun une petite gorgée qu'ils firent tourner dans leur bouche.

— Il est censé avoir un goût de gingembre et d'abricot, lut Sara.

— C'est ridicule, dit Jacob en sifflant son verre d'un trait.

— C'est écrit ici, dit Irene en indiquant la carte dans la main de Sara.

— Ils inventent ces conneries pour faire connaisseurs, renâcla Jacob. Le vin, c'est toujours du vin.

— Eh bien, il n'a pas le goût des chardonnays que j'ai pu boire jusqu'ici, dit Sara en se penchant sur le comptoir pour attirer l'attention de l'homme. Je vais lui demander comment ils le font.

— Oh, comme s'il allait te dire la vérité, railla Jacob avant de s'éloigner pour admirer des salamis pendus à un présentoir à proximité.

— Celui-ci est merveilleux, déclara Irene en lisant la carte. Il a un « goût de pâturin avec des notes de chèvrefeuille et de hominy » ? Bon. Je ne sais pas ce que c'est, mais j'aime bien.

George avala une gorgée, il était plutôt d'accord. Il allait leur proposer d'en acheter une bouteille quand il remarqua Sara qui poussait discrètement le crachoir en argent vers lui.

— Il est tellement bon ! soupira Irene.

— Prenons-en une bouteille, proposa George en buvant une autre gorgée qu'il avala ostensiblement.

— Ce n'est que le deuxième vin qu'on goûte ! intervint Sara. Testons les autres et ensuite on verra lequel on préfère.

— Mais Irene aime celui-ci, protesta George.

— Ouais, j'aime celui-ci, acquiesça Irene.

— Mais imagine que tu préfères le suivant.

Sara avait enfin réussi à attirer l'attention de l'homme derrière le comptoir.

— Pourquoi celui-ci a-t-il un goût si différent ? D'habitude, je n'aime pas le chardonnay.

— C'est parce que vous êtes habituée au chardonnay californien, répondit-il avec un petit sourire en coin. Il fait beaucoup plus frais ici, aussi je peux récolter le raisin sur une période de deux ou trois semaines. Chaque variété a le temps de se développer et on peut les mélanger pour créer un vin bien plus complexe. La Californie est plus chaude ; ils n'ont pas le temps de laisser le fruit mûrir par étapes. Leur produit est plus simple, dominé par une seule note, alors qu'ici, on arrive à réaliser un vin tout en complexité et en sophistication.

— Comme un vrai New-Yorkais ! plaisanta George tandis que Jacob traînait derrière lui.

L'homme derrière le comptoir s'inclina pour passer sous une poutre basse en allant chercher une bouteille pour George.

— Vous plaisantez. Je comprends, mais il y a du vrai là-dedans. Les gens font partie du vin. Le vin fait partie des gens.

— C'est le cycle de la vie…, commença à fredonner Jacob avant qu'Irene lui écrase les orteils.

— Nous appelons ça le *terroir*, poursuivit l'homme.

— C'est un joli mot, dit Sara.

— C'est ainsi que nous parlons du sol dans lequel il pousse. De la météo. Par ici, nous sommes entourés sur trois côtés par la mer, et cela joue sur les vignes. Nous avons moins de soleil qu'en Californie, mais nous bénéficions d'une plus grande variété de climats tout au long de l'année. Et nous faisons partie du terroir, nous aussi, si vous avez suivi ce que j'ai dit. Supposons qu'une année je marche dans la terre de Nouvelle-Zélande, et que j'aie encore sous mes semelles la boue de Rhénanie de l'année précédente, eh bien, les deux participeront à la récolte de l'année suivante. Nous avons eu une grande fanfare ici l'été dernier, pour un mariage ; ses vibrations ont été portées par le vent et sont entrées dans le sol et les vignes. Cette musique se retrouve dans les raisins maintenant. Tout est relié et tout a un impact durable, peu importe la brièveté de son passage ici.

George sentit la main de Sara se resserrer autour de la sienne au moment où l'homme terminait son discours. Même Jacob resta silencieux quand ils trinquèrent ensemble. Il ne dit rien jusqu'à la fin, puis il s'approcha de l'homme et lui demanda quatre bouteilles du chardonnay fait à partir de « pâturin, de balivernes et d'ailes de fée. »

Le soleil descendait à l'horizon, et il n'y avait plus moyen de retarder l'échéance. Pour la troisième fois de la journée, ils montèrent à bord du ferry de Shelter Island et traversèrent les flots.

Personne ne parla quand ils descendirent de la voiture et s'avancèrent face au champ de bataille, qui semblait encore plus monstrueux dans la lumière déclinante du jour.

Sara dénicha des seaux et des balais dans un placard de l'entrée et elle envoya George et Jacob à la cave pour voir s'ils pouvaient trouver des sacs-poubelle. Ils descendirent ensemble l'escalier branlant, sans rien dire, en se dirigeant dans l'obscurité avec l'écran du téléphone de George tout en tâtonnant sur les murs en parpaing en quête d'un interrupteur.

— Il y a un bidule avec une chaînette à tirer ici, je crois, dit Jacob quelque part derrière lui.

George s'approcha, le rectangle blanc de lumière à la main.

— Excuse-moi pour tout à l'heure, dit-il. Je crois que j'avais un peu trop bu.

202

Jacob grogna ce que George interpréta comme un accusé de réception, sinon l'acceptation, de ses excuses. George se rendait compte qu'il avait franchi un stade, mais il n'y avait aucune raison que les autres s'en fassent pour lui. Il avait toujours supposé que c'était parce qu'aucun d'entre eux n'avait jamais vu de vrai alcoolique avant. George en avait connu plein. Des types à l'alcool mauvais, chez lui dans l'Ohio, au bar que possédait son grand-père et où il passait plusieurs heures par jour après l'école. Ces hommes informes. Durs, mais incapables, avachis sur leur siège. Rien à voir avec lui.

— Ce n'est pas grave, ajouta-t-il. Ce n'est pas comme si j'étais ivre en permanence. C'est seulement que ça me rend plus heureux quand je suis déjà heureux, tu comprends ?

Sa déclaration flotta dans l'obscurité de la cave pendant quelques secondes. Dans un déclic récalcitrant, la chaînette dans la main de Jacob céda et la lumière s'alluma. Ils se trouvaient devant un assemblage d'étagères, où les cols colorés d'une armée de bouteille pointaient à l'extérieur de leurs compartiments sur mesure. Il devait y en avoir des centaines. Il était difficile de voir jusqu'où allait l'installation. Un duvet de poussière recouvrait le tout. Les cris de joie de Jacob se répercutaient contre les voûtes en pierre du plafond élevé, tandis qu'il sortait les bouteilles de leur logement deux par deux.

— 1991 Cabernet Franc. 1961 Grand Cru. 1984 Bordeaux… 1944 Cuvée… Putain, cette bouteille est plus vieille que mon père !

George prit une grande inspiration avant de caresser la courbe lisse du verre. Il imaginait tout ce qui avait infiltré l'air, le sol et les vignes. 1944. En pleine guerre mondiale, un viticulteur avait récolté ses raisins, scié les troncs de ses chênes, séché et roussi le bois, puis il avait fixé les lattes ensemble par un cerclage métallique. Dehors, tout n'était qu'horreur et terreur, mais dans cette bouteille, il avait caché un nectar fait d'une sueur sacrée. Quelqu'un l'avait bouchée et couchée avec une prière, sachant qu'il ne la boirait jamais. Elle était pour les fils et les petits-fils. Elle attendait un avenir, elle attendait quelqu'un. George aurait aimé être celui qu'elle avait attendu. À contrecœur, il rangea la bouteille à sa place.

Quand il tourna la tête, Jacob lui tomba dessus.

— Bon, ça suffit maintenant. Est-ce que tu vas me dire oui ou merde ce qui ne va pas avec Irene ?

George se figea.

— De quoi tu parles ?

— Elle a envoyé des SMS à son ex, la psychopathe, Alisanne. J'ai regardé dans son téléphone.

— Sérieux ?

— Ouais, des conneries comme quoi elles doivent parler et qu'il n'y a pas de temps à perdre.

— Merde, jura George.

— Elle ne lui répond pas, encore heureux, mais il se passe clairement quelque chose. Ces derniers mois, vous avez été tous les trois sur une autre planète. Alors c'est quoi ? C'est William ?

— Non, non. Je ne peux pas… je ne suis pas censé dire quoi que ce soit.

— Assez de drame. C'est trop. Même pour elle. Ce n'est pas comme si elle était *en train de mourir*.

George crut que son cœur s'était arrêté, et son expression dut le trahir. Jacob le fixa pendant une minute, puis son visage se relâcha d'un coup. Sans un mot, il pivota et se précipita dans l'escalier.

George le suivit et il le rattrapa juste au moment où Jacob arrivait en haut des marches et désignait les filles, qui raclaient de l'œuf séché sur la cuisinière.

— Putain, pourquoi vous ne m'avez rien dit ? cria Jacob.

Pendant un moment, le monde se figea. Puis Irene jeta son éponge par terre et elle sortit par la porte-fenêtre coulissante qui menait sur la terrasse. Elle s'enfuit dans l'herbe sablonneuse et hérissée qui s'étendait jusqu'à la baie brumeuse.

Jacob lui courut après – ses jambes courtes et trapues trébuchant à chaque pas sur le terrain accidenté.

George allait le suivre quand Sara attrapa son poignet.

— Laisse-les tous les deux.

— Je te jure que je n'ai rien dit, dit George penaud.

— Peu importe.

Sara avait l'air soulagée, et soudain George comprit qu'il avait – *eurêka !* – résolu le problème. La vérité avait enfin éclaté, et Irene allait peut-être lui en vouloir. Mais elle lui pardonnerait, comme toujours.

Ils nettoyèrent en silence pendant quelques minutes. Puis ils longèrent le sentier et ils trouvèrent Jacob qui étreignait Irene en contrebas d'une dune herbeuse qui s'étendait, longue et vaine, à perte de vue. Les vagues s'écrasaient contre des rochers noirs en libérant de fines gouttelettes d'écume qui dansaient dans le vent quelques instants avant de retomber dans la mer.

— Ce n'est pas juste, entendit-il Jacob chuchoter en arrivant à leur hauteur.

— Rien n'est juste ou injuste, déclara Irene doucement.

— Pourquoi tu ne me l'as pas dit ?

— Je ne voulais pas que ça te mette de mauvaise humeur.

— Je ne suis jamais de *mauvaise humeur*.

George regardait les vagues battre le rivage, chaque gifle d'eau salée détachant une nouvelle molécule de roche. Dans cent ans, le littoral serait un peu plus près. Il y a cent ans, il était un peu plus loin. Cent ans avant cela, il était plus loin encore. Dans des centaines d'années, il serait tellement grignoté par les flots que la maison s'effondrerait. Deux cent cinquante millions d'années auparavant, les continents avaient fusionné. Dans deux cent cinquante millions d'années, ils se fracasseraient peut-être de nouveau.

George et Sara s'assirent à côté de leurs amis. Irene lui sourit et il inspira à fond. Parfois, cela valait le coup de porter le chapeau. Ils auraient la paix et pourraient enfin profiter de leur week-end. Ils nettoieraient encore quelques heures jusqu'à ce que la maison soit comme neuve. Ils feraient des plaisanteries sur les combinaisons Hazmat[1], trouveraient d'autres sous-vêtements grande taille, Irene fouillerait dans les ordures à la

---

1. Combinaison de protection contre les matières dangereuses (*HAZardous MATerials*).

recherche de bric-à-brac susceptible de finir dans une sculpture avec ses coquillages, Jacob appellerait le Billy Budd du restau d'huîtres et ils discuteraient, tard dans la nuit, comme ils l'avaient toujours fait.

— Si je ne m'en sors pas…, dit Irene lentement.

Sara la coupa immédiatement.

— Ne dis pas ça.

— Sérieusement, Irene. Tu as l'air d'aller *beaucoup* mieux…, commença George, mais il s'interrompit en la voyant secouer la tête.

Irene remonta lentement la manche gauche de sa chemise pour révéler une autre grosseur. Elle avait la taille d'une balle de golf. L'estomac de George se retourna.

Il ne savait pas quoi dire. Sara s'exclama :

— Est-ce que tu l'avais avant qu'on parte ? Irene, je te jure devant ce *putain de Dieu*…

George savait que Sara avait raison. Irene l'avait avant. Elle l'avait même probablement déjà le jour du rendez-vous avec le Dr Zarrani. Elle l'avait cachée pour ne pas gâcher leur séjour. Il avait envie de se jeter dans l'océan et de frapper dans les vagues jusqu'à ce qu'elles se taisent. Il leva les yeux vers le ciel gris. Quelle raison, quelle putain de raison pouvait justifier cela ? De quel vaste plan cela faisait-il partie ? Et s'il y *avait* Quelque Chose là-haut qui était au courant de tout cela, eh bien, qu'Il aille se faire foutre, que Ses plans aillent se faire foutre, que ce qui était écrit aille se faire foutre.

— Je veux seulement dire que si je ne m'en sors pas, répéta Irene, le ciel ferait mieux de ressembler à ça. C'est absolument… mythique.

George aurait aimé croire en Dieu, mais là, il n'y arrivait pas. Sara était livide.

— Je n'aimerais pas y rester seule. Moi toute seule là-haut, continua Irene. Mais j'imagine que George et toi me retrouverez le moment venu.

Elle passa un bras autour de Sara, qui se blottit contre elle, la tête sur son épaule – du bon côté. Irene embrassa le front de Sara et tendit une main à George.

— Jacob, j'en sais rien. J'imagine qu'on se rendra visite.

Il rit.

— Les Juifs ne croient pas à l'enfer. Et nous ne sommes pas non plus très emballés par le paradis.

— Heureusement que tu es un mauvais Juif alors, sourit Irene.

Ils restèrent assis un moment, en silence.

George faisait courir ses doigts dans l'herbe de la dune. Soudain, il eut un nouveau déclic.

— Et puis merde, lâcha-t-il brusquement. Je reviens tout de suite.

Il retourna à la maison en trébuchant dans le sable. Une fois à l'intérieur, il entra dans la cuisine bordélique, passa devant la table jonchée de bouteilles d'alcool collantes à moitié vides, puis il ouvrit la porte de la cave. Descendant les marches branlantes trois par trois, il parvint en bas et localisa sans mal la bouteille poussiéreuse que Jacob avait repérée plus tôt. Il effleura la date du bout du doigt. 1944. Le verre était froid contre sa paume quand il remonta l'escalier pour rejoindre ses amis sur la plage.

— Qu'est-ce que c'est ? demanda immédiatement Sara. C'est à Luther ?

— Oui, répondit George. Ou au père de Luther. Ou au père de son père.

— Et on la vole ? dit Irene.

— Non, sourit George. Ce sont les neveux norvégiens qui l'ont volée.

Jacob éclata d'un rire profond et fier, puis il sortit un couteau suisse et entreprit de la déboucher. Le bouchon sortit en plusieurs morceaux. Sara ne protesta pas quand Jacob huma longuement la bouteille.

— Voilà, *ça*, c'est du terroir, soupira-t-il.

George leva la bouteille vers ses lèvres humides et la bascula. Il n'avait jamais goûté quelque chose d'aussi incroyable. Le bouquet s'arrondit dans sa bouche, stimulant en alternance ses papilles gustatives. Cela n'avait pas de sens, mais il avait l'impression de pouvoir *entendre* son goût. Il avait l'arôme d'un requiem qu'il avait entendu petit garçon dans la basilique du Sacré-Cœur de l'université Notre-Dame. Un prêtre que son père avait connu à l'université était mort, et ils avaient roulé pendant cinq heures jusqu'à South Bend pour assister à l'office. Mon Dieu, ça jouait encore. Quelques notes au début, qui s'amplifiaient lentement, crescendo, vers un offertoire, puis la communion – une seule saveur à la fois, presque jusqu'à saturation. Le repli, ensuite, était bienvenu et doux. Et là, en toute fin, une sensation nouvelle – un arrière-goût destiné à s'ancrer profondément dans sa mémoire. Il se retrouvait assis dans la basilique, la musique du requiem dans les oreilles, et la certitude que l'ami de son père avait été un homme bon et se trouvait dans un monde meilleur désormais. Au plafond étaient suspendus des anges aux ailes déployées, têtes auréolées de cercles d'or parfaits. Certains flottaient sur des nuages en pleine lumière, d'autres faisaient du surplace, en apesanteur, dans la nuit noire. La même obscurité que la mer au-delà d'eux, la même noirceur que les nuages au-dessus d'eux.

Ils firent circuler la bouteille jusqu'à ce qu'elle soit vide. Après un long moment, ils marchèrent vers la voiture. Irene avait accepté d'appeler la ligne d'urgence du Dr Zarrani sur le chemin du retour. Elles avaient fixé un rendez-vous au plus tôt pour examiner la nouvelle tumeur. Quant à la maison, ils l'avaient laissée en l'état, moins une bouteille de vin très cher et très vide, que Jacob avait nichée sous son aisselle en s'asseyant dans la voiture.

Sara s'était retournée une dernière fois avant de partir.

— Nous ne sommes jamais venus, avait-elle déclaré.

George roulait lentement, à la tombée du jour, sur l'autoroute qui les ramenait en ville. Les filles chuchotèrent un moment, Jacob regardait par la fenêtre. Bientôt, chacun s'endormit, les visages semblaient paisibles. George conduisait. Il pensa que tout ce qu'il éprouvait à ce moment-là, eux ne le vivaient pas. La tristesse les attendait à la fin de leurs rêves. Elle patienterait encore quelques heures, tout comme sa propre tristesse semblait planer juste au-delà de la magnifique rémanence du vin. De grands motifs lumineux défilaient sur le pare-brise, semblables à des comètes rouges et blanches. Il n'était pas inquiet, et il ne savait pas pourquoi. Il était tellement plus facile pour lui, quand il était dans cet état, de croire qu'il existait une bonne raison de ne pas être inquiet. Et une autre raison souterraine ; celle-là, il n'avait pas besoin de la connaître.

Jacob dans la Terre vaine

Ils étaient rentrés à New York et, en trois jours, Shelter Island semblait aussi lointaine à Jacob que la Terre de Feu. Un matin, dans le train pour Anchorage House, il ferma les yeux et tenta de convoquer une vision de cette langue de sable tendue vers l'océan, mais il ne parvenait à voir que les inscriptions en langue étrangère dans les tunnels au sud de la gare de Wakefield. Il essayait de se souvenir du parfum sombre de la mer, mais son odeur avait déjà été remplacée dans sa mémoire par le vomi qu'il avait dû essuyer sur le visage d'un patient psychotique de dix-neuf ans, Thomas, qui se prenait pour un sous-marin. « HMS Sybil, descente du périscope ! Plongez ! Plongez ! » avait glapi le gosse avant de larguer son déjeuner sur le poste de télé de la salle commune. « Tu as oublié de fermer l'écoutille », lui avait fait remarquer Jacob tandis qu'il l'entraînait bras dessus, bras dessous dans le couloir vers l'infirmerie. Il essayait de se souvenir de la sensation du sable sous ses pieds et du goût des huîtres. « Il fait sombre en bas », avait chuchoté Thomas, jusqu'à ce que le silence finisse par envelopper le HMS Sybil.

Une chaleur sèche avait salué leur retour. Dès la première semaine de mai, la température frôlait les vingt-neuf degrés en fin d'après-midi. Pourtant, Jacob s'obstinait à mettre sa veste en tweed pour partir le matin à Anchorage House, et rentrer le soir chez Irene. « C'est un tissu qui respire », lui avait-il dit en arrivant à sa porte, trempé de sueur. Il avait passé plusieurs soirées à l'aider à faire la navette entre son appartement et la galerie pour y remiser certains de ses anciens tableaux, et essayer de libérer de l'espace dans le salon en triant la tonne de bizarreries merdiques qu'elle avait amassée. « Garde ce sac de bulbes de tulipes, mais jette le chapeau de la fête de la bière – non, garde la plume, en fait. Est-ce que tu penses que tu pourrais me récupérer les patins de cette luge jouet ? Je sais qu'il y a un tournevis quelque part. »

Cela ne dérangeait pas Jacob. Il voulait se rendre utile et il n'était pas doué pour parler aux médecins. Il n'arrêtait pas de provoquer des crises d'hystérie chez Irene à des moments inopportuns. Une fois, il avait fallu qu'elle repasse une IRM tellement il l'avait fait rire. Irene avait usé de son charme pour convaincre le technicien de lui imprimer malgré tout l'image floue, et elle l'avait donnée à Jacob pour le remercier.

Son autre contribution majeure consistait à essayer de décrisper George, mais chaque fois que Jacob le faisait venir, silencieux et angoissé, George paraissait extrêmement surpris qu'on puisse s'inquiéter pour *lui*. Il fixait les colonnes du *New Yorker* que Jacob avait poussé devant lui dans la salle d'attente et quelques minutes plus tard, il semblait complètement perdu. « Est-ce que… quoi ? Pardon, quel article ? Attends, il faut que j'aille aux toilettes. » Jacob n'avait jamais vu ça : le mec devait aller pisser pratiquement toutes les demi-heures. Il voulait que les médecins soumettent George aux tests du Syndrome du Teckel Nerveux (celui-là même qui avait atteint Irene si gravement qu'elle avait dû repasser son IRM). George prétendait que l'éclairage au néon lui filait des maux de tête, mais Jacob n'était pas dupe. Lors des deux dernières visites, Sara s'était énervée et lui avait demandé d'emmener George dans un bar où il cesserait enfin de stresser tout le monde.

La date de l'opération d'Irene tomba aussi brutalement qu'un orage d'été. Sara remua ciel et terre pour s'assurer qu'ils auraient la permission d'attendre en salle de réveil, où le règlement n'autorisait que la famille. Jacob salua ses efforts, mais il déclina poliment. L'idée de rester assis pendant dix heures dans une chambre stérile un samedi, à regarder des rediffusions de *¡Vámonos, Muchachos!* sur le portable de Sara dans l'attente de nouvelles était grosso modo ce qu'il pouvait imaginer de pire. Irene lui dit qu'elle comprenait et, à la place, il posa une journée la veille de l'opération et il approvisionna son appartement en compresses de gaze Rite Aid, soupes Chicken & Stars, milk-shakes Assure, purée en sachet et une caisse de bouteilles de soda au gingembre en cas de nausées.

Ce soir-là, après le dîner, Irene se blottit au creux de son bras pendant qu'il lui lisait ses poèmes préférés en prenant son meilleur accent anglais, ce qui la faisait toujours rire. Il regardait ses cils effleurer la grosseur sous son œil. Dans quelques heures, la tumeur reposerait sur un plateau en acier inoxydable, et sous l'œil d'Irene ne resterait que la trace d'un abcès crevé. Il lut une grande partie de la nuit et il prit le train pour aller travailler le lendemain matin, tandis qu'Irene partait à l'hôpital retrouver Sara, George et le scalpel.

Après sa longue garde, Jacob tenta de se changer les idées en allant dîner avec Oliver au Szechuan Garden à Stamford. Oliver ne chercherait pas à savoir ce qui se passait avec Irene. Il avait ce don rare parmi les thérapeutes de faire parler ses patients de la pluie et du beau temps et de la hausse du prix du timbre. Et tout à coup, ils se fendaient en deux comme une noix, dévoilant leurs secrets les plus intimes. Jacob soupçonnait qu'Oliver l'aimait pour cela, parce qu'en ne gardant jamais ses pensées pour lui, il refusait obstinément de se craqueler.

Oliver lui parlait de son enfance en Inde.

— Quand j'étais enfant, mon père et moi avions l'habitude de faire de longues balades dans les forêts de banians, où nous jouions à reconnaître le plus grand nombre d'arbres possible.

Même si Oliver racontait à la plupart des gens qu'il venait d'avoir quarante ans, il approchait de la cinquantaine. Il ne les faisait pas, seule chose qui importait à Jacob. Un front haut encore bien garni de cheveux noirs hérissés, avec sourcils assortis. Parler de son père avait toujours pour effet de le faire sourire bêtement, ce qui lui donnait un air adorable et le faisait paraître encore plus jeune. Son père, né en Algérie, avait emmené sa famille à Kolkata quand Oliver était petit, pour intégrer le personnel d'un grand hôpital de la région. Oliver y avait vécu quelques années avant d'être envoyé en pensionnat en Angleterre, mais il évoquait souvent ces jours heureux avec une inlassable sensiblerie qui agaçait Jacob au point de finir par ignorer les sourires accompagnant ses récits.

Il marqua une pause, puis déclara :

— Mon père me payait un dollar pour lui masser les pieds après le travail. Il souffrait terriblement de la voûte plantaire, mais il était trop borné pour s'acheter des chaussures adaptées. Il avait des cors et des durillons de la taille d'une pièce de monnaie. Je ne sais pas comment il arrivait à les supporter toute la journée, assis derrière un bureau à vendre des assurances vie complémentaires. Il me demandait de les gratter à la pierre ponce.

Jacob aimait voir le haussement rapide du sourcil droit d'Oliver quand il recevait une information surprenante comme celle-là. On aurait dit qu'il la pesait dans une vieille balance mécanique.

— Vous deviez être très proches, à cette époque.

— À peu près aussi proches qu'un roi et son bouffon. Chaque jour, à deux doigts des applaudissements ou de la décapitation.

Oliver se frotta le menton.

— Et pourquoi la reine ne lui massait-elle pas les pieds ?

— La reine en faisait déjà *plus* qu'assez, répondit Jacob un peu trop spontanément.

— Tu as toujours voulu devenir poète ? demanda Oliver, en changeant rapidement de tactique, surprenant Jacob par sa question.

Cela marchait ainsi : on marque un point et on dévie le cours de la discussion.

— Non.

Oliver avait maintenant deux options ; la première consistait à insister « eh bien, alors quoi ? » mais il opta pour la deuxième, un long silence tendu. Un *Stille Nacht* au cœur de la guerre de tranchées de leur conversation. Jacob serait foutu s'il lâchait prise, comme un patient sur son divan, et répondait à la question. Jacob n'avait jamais confié à *personne* ce qu'il voulait faire plus tard quand il était enfant. L'intuition d'Oliver l'avait mené au bon endroit.

Ce n'était pas un rêve de môme classique comme devenir pompier, catcheur professionnel ou pilote d'hélicoptère. Non, il était bien plus bizarre que ça. Il y a longtemps, il avait juré qu'il ne le dirait jamais, et il avait tenu parole. Ni à sa mère ni, dans toutes ses nuits d'ivresse, à Sara ou à Irene. Même George ne connaissait pas son secret, alors qu'il connaissait son code de carte bleue (3825, qui se tapait FUCK sur le clavier), le premier clip musical sur lequel il avait pris son pied (*Love in an Elevator* d'Aerosmith sur MTV tard dans la nuit chez ses grands-parents à Daytona Beach), et le nom de chaque mec avec qui Jacob avait couché – du moins ceux dont il avait su le nom. Jacob tirait une grande fierté de son absence totale de complexes, dans tous les domaines, mais ce secret, il avait juré qu'il ne le révélerait jamais. Il l'avait juré devant Dieu. Et même s'il ne croyait plus en Dieu, la seule idée d'en parler suffisait à lui donner des sueurs froides.

Jacob remplaça le thé par un *grand* verre de vin rouge et bien qu'il picorât encore dans son assiette, il tendit le bras pour attraper la carte coincée entre les bouteilles de sauce soja et il se mit à compter les plats. Quinze entrées. Dix-neuf spécialités maison. Huit plats de légumes, dont une « clevette dynastie » qu'il soupçonnait ne pas être un légume, faute de frappe ou non. Quatre chow mein, neuf plats de régime et douze variétés de dim sum. Cinq sortes d'omelettes foo young et six riz frits. Quatre nouilles lo mein, cinq mei fun et quatre accompagnements différents. Sept plats marqués « notre enterée la plus popolaire », distincts sur le menu du « top 10 des meilleures ventes !! ». Douze variétés de soupes et vingt-trois plateaux d'assortiments spéciaux.

— On peut manger ici cent trente-quatre plats différents, annonça Jacob à Oliver, qui terminait sa formule bœuf et coquilles Saint-Jacques, la spécialité numéro deux.

— Cela semble beaucoup, répondit Oliver en essuyant un reste de sauce brune sur ses lèvres.

— C'est beaucoup. Mais cela reste un nombre *fini* de plats. Et pourtant, tu manges ici tous les soirs. Et ce n'est pas une hyperbole. Je veux dire, je n'exagère pas…

— Oui, Jacob. Je suis allé à Oxford et je sais ce qu'est une hyperbole. Et je sais…

Jacob savait qu'il savait. Ils avaient dîné au Szechuan Garden un nombre incalculable de fois et ils avaient eu cette même dispute presque autant de fois.

— Tu manges ici tous les soirs. Il y a des centaines d'autres restaurants à Stamford dans lesquels tu ne manges jamais. Pas plus que tu ne vas manger à Manhattan, qui n'est qu'à trente minutes en train…

— Si tu me laissais un jour venir à ton appartement…

— … et où il y a littéralement des milliers de restaurants. Et Brooklyn et le Queens qui sont, à l'heure où nous parlons, dans la pleine renaissance culinaire de l'aube du XXIe siècle. Où les chefs étoilés Michelin font cuire du foie gras sur les ailes en aluminium des voitures des clients ! Non. Tu préfères prendre tous tes repas au même endroit.

— Tu fais vraiment des fixations, par moments, dit Oliver de son ton professionnel, en appuyant les bouts de ses doigts les uns contre les autres comme il le faisait toujours, de sorte que ses mains formaient une petite cage sur son cœur. La constance est une qualité au même titre que la variété. En plus, j'aime bien cet endroit, ces gens. J'ai l'impression d'être en famille ici. Et ce restaurant n'est qu'à quelques mètres de mon appartement. Mais comme tu sais déjà tout cela, je dois en conclure que ce n'est pas cela qui te dérange vraiment. N'est-ce pas ?

— Et tu crois que c'est quoi, alors ? rétorqua Jacob.

Il mourait d'envie qu'Oliver évoque Irene. Qu'il sorte une formule idiote comme « elle va s'en sortir, tu sais », ou « elle a de la chance, elle est si jeune », ou « je suis sûr que ton amitié compte beaucoup pour elle ».

Mais à la place, Oliver répondit :

— Je pense que tu te sens coupable du rapport asymétrique qui caractérise désormais notre engagement l'un envers l'autre.

Quelle façon passive-agressive-merdique de dire les choses, songea Jacob. Se sentant défié, il éclipsa la dimension *passive* de sa propre réponse.

— Tu veux parler du fait que tu restes traîner chez toi à écouter Beethoven et à regarder Animal Planet pendant que je me tape d'autres mecs ?

Ses mots provoquèrent un mince afflux de sang avant qu'Oliver ne retrouve son calme exaspérant.

— Je suis un être monogame, déclara posément Oliver. Tu le sais parfaitement.

C'était vrai. Durant toutes ses années de pensionnat, Oliver s'était morfondu pour le même camarade de classe soi-disant hétéro, sauf le samedi matin, où ce dernier venait batifoler chez Oliver.

Adoptant le même comportement confus, Oliver avait épousé une fille à l'âge de vingt ans, qu'il n'avait pas trompée une seule fois durant leurs trois années de mariage.

— Et je sais que ce n'est pas ton cas, ce qui ne me gêne absolument pas. Tu es jeune…

— Je ne te parle pas de ça. Est-ce que tu m'as écouté ? Ce n'est pas mon propos !

— Alors quel est ton propos ?

Jacob se dit qu'il aurait pu lui arracher les cheveux un par un.

— Mon propos est que tu es un professionnel de la santé mentale ! hurla-t-il, si fort qu'il fit sursauter un couple à proximité, détournant leur attention de l'écran de leur téléphone.

Il imaginait les poissons dans l'aquarium se précipiter derrière les (faux) rochers rouges. Oliver ne haussa pas la voix d'un décibel.

— Et ?

— Le propriétaire de ce restau t'a offert une pince à cravate pour ton anniversaire !

— Mais c'est toi qui choisis de commander le Dragon & Phoenix chaque fois que tu viens.

— En fait, je prends le *Dargon* & Phoenix chaque fois, pour être précis.

Oliver se frotta les sourcils.

— Ce que je veux dire, c'est que je ne commande jamais deux fois la même chose.

— Mais bien sûr que si ! Il y a trois cent soixante-cinq jours par an et cent quarante-six plats sur la carte, ce qui signifie que tu dois nécessairement manger la même chose au moins deux fois et demie dans l'année.

— Et il ne t'arrive jamais de manger la même chose deux fois et demie par an ? Tu as probablement pris au moins vingt ou trente fois le « Dargon & Phoenix » ici, avec moi.

— Oui, mais j'ai aussi mangé un Guaco-Taco chez San Lupe et une Spanakópita au Olympic Flame Diner et un poulet à la king au Bistro 19 ! Rien que cette semaine, j'ai mangé trois sortes différentes de yaourt glacé !

Oliver sourit comme il le faisait toujours quand il était sur le point de gagner.

— Mais c'est ce que tu prends *toujours* dans ces endroits.

— Et alors ?

Jacob sentait le point lui filer entre les doigts.

— Et alors, pourquoi est-ce mal que je commande des plats différents dans le même restaurant tous les soirs, et *bien* que tu commandes toujours le même plat dans différents endroits ?

Jacob ouvrit la bouche, mais aucune repartie ne fusa. Pourquoi devrait-il avoir tort ? Ce matin, dans le train, Jacob avait lu un article dans le *New Yorker* sur une région montagneuse de Chine à peu près de la taille de la France ; ses versants étaient de la poussière et ses habitants souffraient de malnutrition, quand ils ne mouraient pas de faim. Quel genre de Dieu créait les hommes tous égaux, puis se disait *et puis merde* quand il s'agissait des endroits sur terre ? Qu'est-ce que la vieille dame qui passait la serpillière dans l'arrière-salle pensait en voyant qu'il avait laissé un tiers de son « Dargon & Phoenix » dans son assiette ?

Le regard qu'elle lui jetait était du même tonneau que celui que les vieilles biques de la cantine à l'école primaire Moïse Maïmonide lui avaient lancé le jour où il n'avait mangé que son biscuit Hydrox et ignoré le reste du repas. Et comment les rabbins l'expliquaient-ils ? *Parce que nous sommes les élus, bien-aimés de Dieu*, avait été le discours jusqu'au cours élémentaire deuxième année. Puis ils avaient commencé à ajouter *Parce que nous avons été esclaves pendant des siècles, puis nous avons erré dans le désert pendant quarante ans, et ensuite nous avons vécu sur des terres hostiles pendant plusieurs siècles encore. En permanence des étrangers, en permanence des boucs émissaires. Tués dans des Croisades et des Holocaustes que tout le monde a oubliés.* Leurs ancêtres s'étant fait baiser pendant des siècles et des siècles, il semblait logique à la famille Blaumann de faire désormais partie des riches privilégiés. Et régulièrement, quelqu'un prétendait qu'il ne faudrait sans doute pas longtemps avant qu'on trouve le moyen de tout leur reprendre.

Cette interprétation avait régné jusqu'à ce qu'il fasse sa bar-mitsvah et commence à avoir une expérience pratique de la comptabilité et de l'économie, époque où le raisonnement avait pris une tonalité non religieuse : *Parce que tu participes à une écono-mie libérale prospère, dans laquelle le travail de tes parents est estimé à un certain montant par la main invisible du marché, et parce que bientôt tu prendras leur place dans ce vaste système, et par l'épargne, les investissements et en évitant la tentation du crédit, toi aussi tu mériteras des privilèges et des avantages qui ne sont pas dus à d'autres.*

— *Hazan et hakol*, marmonna Jacob.

— Rabbin ? demanda Oliver. C'est ce que tu vou-lais devenir étant enfant ?

Jacob fit non de la tête. Il était tenté de lui dire – c'était simplement une absurdité et une superstition idiote. Oui, il avait juré. Et alors ? Allait-il être fou-droyé au beau milieu du Szechuan Garden ? Il ouvrit la bouche juste pour *le dire*, enfin, mais au même moment, son téléphone vibra dans sa poche. Il le sortit et il vit la photo d'Irene s'afficher.

— Allô ? dit-il, presque avant de décrocher.

— C'est Sara, répondit la voix à l'autre bout, une sirène d'ambulance résonnant quelque part au loin. Irene va bien. J'ai pris son téléphone parce que je n'arrive pas à capter ici.

— Est-ce qu'elle a bien supporté l'opération ? demanda Jacob à voix basse.

— Nous devrions le savoir dans quelques heures, dit Sara, et Jacob sentait qu'elle était au bout du rou-leau. Mais George devient fou ici. Il a besoin d'aller faire un tour et je dois finir des articles pour vendredi.

— Tu veux que je l'emmène au parc ? Que je le fasse jouer sur le parcours pour chiens ?

Jacob sourit, juste pour faire sourire Oliver.

Sara émit un sifflement court et aigu.

— Je me fiche de ce que tu fais avec lui, mais s'il reste ici une minute de plus, je vais demander aux infirmières de le coller sous sédatif.

— Dis-lui de me retrouver au Bistro dans une heure, dit Jacob alors qu'Oliver demandait l'addition.

Ils retournèrent à l'appartement. Se réconcilièrent. Oliver insista pour qu'il prenne un parapluie et il appela un taxi pour le conduire à la gare.

Du Hell Gate Bridge, Jacob voyait sa ville, illuminée et irréelle, comme toujours. Le sommet de l'Empire State Building était du même bleu électrique que les blocs désodorisants pour urinoir. Il était à moitié caché par les gros nuages au-dessus, la fumée épaisse, la suie noire, mais il réfléchissait tout ce qui se trouvait plus bas. Les réverbères de Broadway, les écrans lumineux de Times Square, les appliques IKEA à 4,99 $ dans les studios des jeunes diplômés, les bouts rouges des cigarettes aux fenêtres des immeubles de Frederick Douglass Houses. Le faisceau des phares blancs circulant sur Triborough Bridge en direction de la ville, et la traînée fantomatique d'un feu de stop tentant de faire demi-tour dans le trafic.

À Grand Central, Jacob brandit le parapluie d'Oliver devant lui comme un bouclier, marchant à grandes enjambées en poussant la foule dans les escaliers et dans la gare, puis sur les trottoirs, sous la douche blanche des lampadaires. Plus loin, il passa devant des hordes de gens blafards à Bryant Park et au

Rockefeller Center. Il essayait de visualiser ce qui arrivait à Irene. Il l'organisait dans sa tête comme un poème, des mots, des images et des procédures. Terrible, au sens premier du mot : qui inspire de la terreur au point de rendre humble. Ce qu'ils savaient désormais, ce qu'ils pourraient faire.

À moins de cinquante blocs de là, dans une chambre stérile, Irene, vêtue d'une tunique blanche évasée, était allongée comme une reine endormie, les médecins s'affairant autour d'elle comme d'humbles serviteurs. Sara lui avait relayé les propos du Dr Zarrani : un tube délivrerait de l'oxygène pur au moyen d'un masque, maintenu par une sangle élastique. Des pinces seraient fixées à ses doigts et des ventouses beiges collées à son sternum pour mesurer le rythme des battements de son cœur, la pression de son sang. Plus bas, un réseau tentaculaire d'électrodes ramperait sur son thorax et ses poignets, transmettant des impulsions à l'électrocardiogramme – l'ECG – pendant qu'un oxymètre de pouls et un capnographe mesureraient le taux d'oxygène et de dioxyde de carbone dans son sang. La première tumeur serait extraite par une excision périorbitaire, l'invasion de son globe oculaire étant, dans l'idéal, exclue. Sinon, ils devraient lui enlever l'œil lui-même, mais les médecins avaient dit qu'il n'y avait pratiquement aucun risque que cela se produise. Ensuite, pendant qu'un chirurgien commencerait une reconstruction ophtalmique, d'autres se déplaceraient vers le bras gauche, pour extraire la seconde tumeur – ainsi qu'une partie importante du cubitus pour faire en sorte que le cancer soit entièrement jugulé. L'os prélevé serait remplacé par une greffe de la crête iliaque, cette dernière étant le bord supérieur de « l'aile iliaque » (Jacob aimait l'image délicate et angélique) le long de la paroi ventro-latérale du bassin.

La vraie bonne nouvelle d'après Sara – qui assurait le rôle d'interprète entre les médecins d'Irene et le reste de la bande – était que la biopsie préliminaire du ganglion lymphatique était revenue négative, et que les docteurs pensaient qu'il y avait une chance bien supérieure que la radiothérapie postopératoire et le second cycle de chimiothérapie aient un effet durable sur le cancer, maintenant qu'ils le savaient – là encore, c'était loin d'être l'idéal – métastasé. Le cancer d'Irene avait progressé de la phase un à la phase deux, ce qui signifiait que la tumeur initiale avait envoyé des factions à la conquête de nouveaux territoires. Il était descendu vers les flancs de la montagne et la vallée de son coude. Mais il n'avait pas encore conquis les ports. Les ganglions lymphatiques, qui sillonnaient son corps, restaient insoumis. Si seulement il pouvait l'écrire, d'une façon ou d'une autre. Si seulement ils étaient des mots sur le papier, et non pas des maux dans le corps d'Irene.

Au Bistro 19, Jacob trouva George là où il s'y attendait, sur le tabouret en laiton poli au fond à droite, appuyé lourdement contre le zinc en marbre gris. Il avait ouvert ses deux derniers boutons et roulé jusqu'au coude ses manches bleu ciel. Ses cheveux portaient la trace du passage nerveux de ses doigts, bien que ses mains soient maintenant jointes en prière autour d'un verre de whisky. Jacob songea qu'il ressemblait à un prêtre en train de dire deux mots à son employeur céleste. Ou alors il se contentait de fixer la lumière lie-de-vin filtrant du vieux lustre Tiffany qui pendait élégamment au-dessus du bar, orné de grappes de raisins en verre plombé et de chérubins ailés.

George aimait cette horreur. Elle lui évoquait le New York d'antan – l'argent européen, Cole Porter, le grand style. « J'en aurai un dans mon bureau un jour », avait-il promis, admiratif, alors que le troisième ou le quatrième whisky l'avait atteint de plein fouet. Dans un coin de son esprit, Jacob avait enregistré d'acheter à George une lampe du même genre, un jour, quand il en arriverait une cargaison.

Jacob décida de garder sa veste, mais il rangea l'immense parapluie dans le portemanteau près de la porte. George n'avait pas remarqué son arrivée, tant il était absorbé par le lustre.

— Bénissez-moi, père Murphy, soupira Jacob en jetant son poids sur le tabouret, car j'ai péché.

George regarda sa montre.

— Très bien, mais pour gagner du temps, ne me confiez que les péchés que vous n'avez pas commis.

— Je n'ai rien contre les idoles, déclara Jacob après réflexion. Je n'ai jamais tué personne. Et disons que je ne convoite pas exactement la *femme* de mon prochain.

George fit claquer sa langue.

— Taratata ! « Ni son serviteur, ni sa servante, ni son bœuf, ni son ân… »

— Oh, d'accord, tu lis les petits caractères…

— Je t'ai déjà vu tourner autour de certains bœufs, c'est tout.

George descendit son whisky et fit signe qu'il en voulait un autre à Flo, la grand-mère française qui tenait le bar, aux cheveux teints dans un roux flamboyant qu'ils n'avaient jamais eu dans leur jeunesse. Elle remplit son verre de J&B à ras bord, avant de préparer à Jacob son habituel Dry Martini avec deux oignons.

— Je peux chanter tous les livres de l'Ancien Testament sur l'air de *Dix petits Indiens*.

— S'il te plaît, abstiens-toi, supplia Jacob alors que George faisait mine de tenir un micro imaginaire devant sa bouche. J'ai eu ma dose de flash-back de l'école hébraïque pour ce soir, merci.

— Rhooo. Le Dr Oliver a-t-il de nouveau essayé de t'allonger sur son divan ? plaisanta George. Métaphoriquement, bien sûr. Pas littéralement. Enfin littéralement c'est bien aussi, mais… Oh ! Hé, devine qui est ici ? Regarde dans le coin là-bas.

Jacob se retourna nonchalamment sur son siège et il scruta l'obscurité au fond du restaurant, où il reconnut la silhouette longiligne de William Cho. Il portait un costume gris bien taillé avec une cravate noire en laine. Il venait visiblement de se faire couper les cheveux, peut-être à la demande de la fille assise en face de lui et qui partageait son assiette de mahi-mahi. Elle avait l'air plus jeune que lui, coréenne également, avec des cheveux souples noirs qui tombaient sur ses épaules nues. Ses grands yeux noirs fixaient amoureusement William. Lui regardait ailleurs.

— C'est William, non ? dit George.

Jacob vit William pivoter légèrement sur sa chaise. Il les aperçut au bar et se raidit, avant de leur tourner le dos, le visage orienté vers son amie.

George avait l'air contrarié.

— C'est assez couillu de sa part d'amener une nana ici. Il sait que c'est l'un des endroits préférés d'Irene – bref, il sait que c'est notre repaire.

Jacob acquiesça d'un « mouaif ». C'était couillu de sa part. Anormalement couillu. Il observait William, qui faisait semblant d'écouter son amie tout en jetant des regards, pas si furtifs, vers leurs reflets dans le miroir sur le mur du fond.

George tournicota plusieurs fois sur son tabouret, manquant presque de glisser.

— Alors. Tu disais. À propos d'Oliver ? Il a encore essayé de te passer à la question ?

— Qu'est-ce que tu voulais devenir quand tu étais petit ? soupira Jacob, mais George crut qu'il lui posait la question, non qu'il répondait à la sienne.

— Le gagnant du concours du plus gros mangeur de hot-dogs Nathan's. Et toi, tu voulais devenir quoi ?

— Charpentier, mentit Jacob.

— Quoi, tu voulais construire des maisons ?

— Non. Je voulais être Karen Carpenter[1].

George fit une vanne inaudible sur les pantalons patte d'ef. Jacob secoua la tête.

— Il faut vraiment que je rompe avec Oliver.

— Ne jamais sortir avec le gars qui signe ton chèque de paie. Je l'ai toujours dit.

---

1. Jeu de mots intraduisible : *Carpenter* en anglais signifie charpentier.

— Tu vas épouser la femme avec qui tu fais compte commun, lui rappela Jacob, au moment où Flo poussait enfin son Martini vers lui. (Il tira l'épée miniature qui transperçait les oignons et les laissa couler au fond du verre conique.) Un homme doit avoir des secrets, continua Jacob. Comment vas-tu payer toutes tes maîtresses si tu n'as pas d'argent à toi ?

George marmonna un instant, comme s'il envisageait cette éventualité.

— Il n'y a rien de plus terrifiant pour moi que l'idée d'avoir une maîtresse, finit-il par déclarer. J'ai déjà du mal à suivre Sara. Tu as déjà regardé l'émission sur ce mormon avec toutes ses épouses ? Il a trois femmes et il passe son temps à essayer d'éviter qu'elles s'écharpent entre elles. Non merci.

— Tu ne les épouses pas toutes ! C'est ça l'idée – ne t'ai-je donc rien appris ?

— Tu m'as appris à faire du chili con carne.

Jacob avala une gorgée avant de se lancer dans une longue diatribe sur le concept archaïque du mariage, qui était à l'origine un moyen de transmettre la propriété, un moyen d'organiser les échanges de chèvres et de chameaux. Au XXIᵉ siècle, les femmes devraient justement combattre ces vieux schémas de pensée, cet impérialisme du cœur et des organes génitaux.

Il ne se sentait pas encore ivre. Il regrettait d'avoir pris un café dans le train. Mais quel autre moyen existait-il de rester éveillé jusqu'au passage du contrôleur ?

Puis George parla de Sara, de l'organisation du mariage et de Dieu sait quoi. Jacob fixait son verre de Martini. Les deux petits oignons lui renvoyaient son regard. Il était épuisé, et son estomac était un grand océan non pacifique d'alcool et de caféine. Ses os étaient douloureux au point qu'il pouvait les sentir, indépendamment de sa chair, lui donnant l'impression d'être un squelette dans le costume de Jacob. Mince. Il ne voulait pas être Jacob-le-casse-couilles. Pas ce soir. Il voulait être Jacob le boute-en-train. Jacob le bouffon ! Il était fatigué d'être lui-même. Est-ce que cela arrivait à d'autres ? Comment faisaient-ils, vu que la plupart des gens semblaient être mortellement ennuyeux ?

De quoi parlaient William et sa copine ? *De quoi parlaient tous ces abrutis, en fait ?* Du temps sec ? De son job barbant ? De son rêve à elle de travailler un jour dans la mode ?

George se pencha un peu trop en arrière et il faillit tomber.

— Je reviens. Je vais arroser le mur. Surveille notre ami. Je veux pouvoir faire à Irene un compte rendu complet du rencard torride de Mr Cho quand elle se réveillera.

Jacob soupira et il profita du départ de George pour vérifier s'il avait un message de Sara. Mais il n'en avait pas. Il vit que William et son amie faisaient semblant de se chamailler pour payer l'addition. *Oh, mon Dieu, qui va gagner ?* se demanda Jacob. Il leva les yeux au ciel quand elle consentit à le laisser payer. *Et toi, William, que voulais-tu devenir quand tu étais enfant ?* Un connard lâche, suffisant et sans âme ? Un hypocrite qui étudie la littérature avant d'entrer dans la finance ? Un mec qui couche avec la plus belle fille de Manhattan puis qui la largue à la seconde où elle a besoin d'aide ? Jacob avait bien envie de se pointer là-bas et de lui allonger une droite, qu'il s'écroule tête la première dans l'assiette remplie d'arêtes. Mais il resta assis à tracer des signes sur le marbre du bar. Il écrivait des caractères anciens sur la buée de son verre : ינא אל דחוים. Une fois, Jacob avait été forcé de le copier cinq cents fois dans un cahier.

Que voulais-tu devenir quand tu étais enfant ?

C'était le jour où il avait su qu'il ne pourrait jamais devenir *ça*.

Deux dames recomptaient leur addition en fouraillant dans leur porte-monnaie pour sortir le compte *exact*. Le père de Jacob faisait pareil après chaque repas, comme si un sou perdu ici ou là pouvait expliquer la différence entre la misère et la survie. Jamais de pourboire – pas même quand ils étaient allés à la Gramercy Tavern. Jacob avait trempé sa manche de veste dans la moutarde, et le serveur l'avait gentiment nettoyée à l'eau gazeuse. Même là, son père avait laissé le compte exact, jusqu'au foutu dernier cent, et il était parti sans un mot. Parfois, la mère de Jacob prétendait qu'elle avait oublié son parapluie ou son stylo, et se précipitait à l'intérieur pour glisser quelques dollars sur la table – quelques dollars du maigre pécule que son mari lui allouait chaque semaine pour payer les commissions et le ménage… non pas parce qu'il ne pouvait pas lui donner plus, beaucoup plus, mais parce qu'il ne lui faisait pas confiance avec l'argent.

— Tu veux autre chose ? demanda Flo.

— L'addition, répondit Jacob.

Il ne se sentait pas ivre du tout, mais il avait l'impression que George avait son compte. Il leva la tête et constata que William et son amie étaient partis. Quand l'addition arriva, il faillit la renvoyer. Comment pouvait-il n'y avoir que trois verres à payer ? À voir les yeux tombants et le regard vitreux de George, Jacob aurait juré qu'il s'était au moins envoyé trois verres avant son arrivée. Une fois la note réglée, Jacob se leva du tabouret et se rendit aux toilettes pour hommes voir ce qu'il était advenu de son ami. La porte marquée *Homme* était verrouillée de l'intérieur.

— Tu es tombé dans le trou ? cria Jacob.

— Non, non, répondit George. Excuse-moi. Juste une minute. J'envoie un texto à Sara.

Jacob trouva qu'il semblait plus saoul que quand il l'avait quitté.

— C'est dégueulasse, George. C'est comme ça qu'on attrape des parasites.

Il entendait George se déplacer maladroitement, en traînant les pieds. Jacob soupira.

— J'ai payé nos verres. Je vais prendre l'air.

Jacob sortit sur le trottoir. Quelques instants plus tard, il se rendit compte qu'il avait oublié le parapluie d'Oliver à l'intérieur et, contre tous ses principes, il envoya un texto à George pour le prier de le récupérer au portemanteau avant de sortir. Des rafales s'engouffraient entre les immeubles sombres. Il régnait un calme étrange dans la rue transversale. En fait, Jacob ne voyait pas âme qui vive dans toute la rue, dans un sens comme dans l'autre. Combien de

234

fois cela arrivait-il à Manhattan, songea-t-il, surtout à cette heure ?

Il y avait des travaux sur les deux voies de la 15e Rue, aussi la circulation était-elle déviée vers les rues adjacentes. Aucune équipe de chantier ne travaillait aussi tard, mais la route était néanmoins barrée par de gros barils aux bandes réfléchissantes orange et blanches. Quelque part, plusieurs jeunes femmes péroraient, mais seul l'écho de leurs voix parvenait aux oreilles de Jacob. Le vent soufflait de l'ouest, en charriant des canettes de soda vides et des emballages de sandwich Subway. Un foulard mâchouillé. Une boîte en carton aplatie. Des nuées de mégots de cigarettes. Il les regardait se disperser sur le bitume défoncé, emportés en direction de l'avenue. Au loin, près de l'ancien immeuble Lehman Brothers, il vit deux hommes en manteau sombre, mallette à la main, sortir d'une porte-tambour d'un blanc lumineux. En verre, évidemment. Elles étaient toutes en verre de nos jours, les portes, les immeubles aussi. Transparent mais teinté. Fragile mais infranchissable. Une des leçons de la crise de 1929 ; les fenêtres ne devaient plus s'ouvrir. Personne n'avait envie de voir un courtier passer en chute libre devant sa fenêtre du trentième étage. Jacob se souvint du temps où Irene lui apprenait à poser les mains contre les parois des gratte-ciel en verre. Ils vibraient, vivants. Ils les construisent pour qu'ils soient légèrement flexibles, avait-elle expliqué, afin qu'ils puissent pencher dans un sens ou dans un autre par vent violent.

Dans son dos, Jacob sentit une bouffée d'air chaud. Il se retourna, s'attendant à voir enfin George, mais il se retrouva face à William Cho.

— Tu étais encore à l'intérieur ? demanda Jacob.

William hocha la tête prudemment.

— Ouais. Je suis tombé sur George dans les toilettes. Ou plutôt il m'est rentré dedans. Puis il s'est enfermé.

— Il est bourré, déclara froidement Jacob. Tu as largué notre amie quand elle est tombée malade.

Il s'attendait à ce que William balance une excuse bidon, mais il ne chercha pas à se dédouaner.

— Comme ça, elle a fini par te le dire...

Jacob grimaça. Il détestait avoir été le dernier à savoir, et encore plus que William l'ait su en premier.

— Et je suppose que toi aussi tu me détestes, maintenant ? demanda William.

Jacob toussota.

— Eh bien, ce n'est pas tout à fait exact. Je te détestais déjà avant.

William donna un coup de pied nerveux dans le mur.

— Comment va-t-elle ?

Jacob n'avait pas envie de lui dire quoi que ce soit.

— Où est passée ta petite copine ?

— Je l'ai mise dans un taxi, répondit-il en pointant un pouce vers l'avenue.

— Il me semble qu'elle aurait été heureuse que tu l'emmènes chez toi.

— C'est la fille d'une femme qui fréquente la congrégation de ma mère, expliqua William. Je lui ai dit que je n'étais pas intéressé, mais elle s'en fout. « Sung-Lee a été à Harvard pour étudier l'histoire de l'art ! Et maintenant elle travaille pour un grand groupe pharmaceutique. » « Tant mieux pour elle », j'ai répondu. Puis ma mère a ajouté : « Mais le père de Sung-Lee possède quatre centres de thalasso dans le comté de Passaic. » Finalement, il était plus facile d'accepter le rendez-vous que d'expliquer à ma mère que je suis amoureux d'une fille blanche, sans famille, qui est en train de mourir d'un cancer et qui ne me rappelle pas.

Jacob n'avait pas envie de rire, mais il n'arriva pas à s'en empêcher. Puis la porte du Bistro 19 s'ouvrit en grinçant et recracha un George ivre mort, les bras enroulés étroitement autour d'une douzaine de parapluies. Il regarda d'un air surpris William, puis Jacob, puis les parapluies dans ses bras. Il y en avait à motif floral, des petits beiges, des verts et au milieu le parapluie noir d'Oliver, de chez Harrods.

George ne semblait pas vraiment comprendre comment ils avaient atterri entre ses bras.

— Lequel est le tien ? demanda-t-il.

Jacob éclata de rire, et il rit jusqu'à en pleurer. William, ne sachant pas quoi faire d'autre, rit aussi, et George rit si fort qu'il laissa tomber tous les parapluies sur le trottoir. Les deux garçons se précipitèrent pour l'aider à les ramasser, puis il leur parut judicieux de s'enfuir avant que quelqu'un ne s'aperçoive du forfait de George.

Soudain, ils se sentaient jeunes, et avant de s'en rendre compte, ils se retrouvèrent dans un taxi, des parapluies enfoncés dans toutes les poches, les bruits des klaxons et des moteurs les emportant vers le sud-est.

Le chauffeur les déposa en bas d'Union Square, assailli par l'habituelle foule nocturne des skateurs et des spectateurs. Des brunettes en manteau de laine sortaient de Whole Foods, les bras chargés de sacs réutilisables. Des couples de yuppies se dirigeaient vers le Craftbar et les bars à karaoké. Des gamins qui essayaient d'avoir l'air virils sirotaient du Jamba Juice devant le Best Buy. Un vieil homme s'attardait devant les vitrines d'un grand magasin d'antiquité, fasciné par un fauteuil Louis XV à 8 000 $ – Jacob n'aurait pas su dire s'il était milliardaire ou clochard.

— Voilà ce que je propose, dit William. On va se prendre une bonne cuite. Et je vais raconter à mes patrons que vous êtes à la recherche d'un conseil juridique pour vos investissements. Ils paieront la note. Dis-moi, George, est-ce que tu cherches de nouvelles façons d'investir ton argent ?

— Plus que jamais ! applaudit-il. Tu sais, j'ai une collection de bouchons de bouteille chez moi, dans l'Ohio, mais je n'aime pas l'idée que la totalité de mes actifs dépende du marché à terme des boissons.

William sourit.

— Et si je te disais que tu pourrais transformer ces bouchons de bouteille en compte retraite exonéré de tout impôt ? Allons en discuter autour d'un verre.

— Allons ! glapit George comme si Willy Wonka venait de l'inviter dans sa chocolaterie.

Jacob leva les mains en direction de la pleine lune.

— Tu vois, avec ce comportement responsable, il est difficile de comprendre comment vous, des as de

238

la finance, avez pu réussir à flinguer l'économie américaine.

— Des ordures de la finance, déclara William.
J'espère qu'on finira tous à la soupe populaire.

George avait déjà une jambe dans l'épicerie. Il réap-
parut quelques minutes plus tard avec trois canettes de
Red Bull, dont Jacob assimilait le goût à une émulsion
de dentifrice et d'huile de moteur, mais qui donnait un
coup de fouet suffisant pour avoir l'impression d'être
de nouveau des élèves de troisième. *Cette merde va
tous nous filer le cancer*, faillit-il dire, mais il se rendit compte que même dans d'autres circonstances, cela
n'aurait pas été drôle.

Ils commencèrent par un endroit grec tranquille,
nommé Smyrna, plus ou moins parce qu'il était le
restaurant visible le plus proche disposant d'un bar
près de l'entrée. L'AmEx de William leur offrit bientôt une tournée de cocktails à base de Metaxa et de
cognac, avec une assiette de jeunes poulpes à partager.
Jacob s'ennuyait ferme tandis que William et George
étaient réellement plongés dans une grande discussion
sur l'impôt sur les plus-values, les comptes épargne
retraite et une histoire de paiement des lentilles de
contact de Sara déductible des impôts. Assommant.
Jacob engloutit la mixture au cognac, s'enfonçant de
plus en plus dans le brouillard épais qui flottait dans
sa tête. Oliver, Irene, le rabbin Kantrowitz, l'odeur des
pieds criblés d'œils-de-perdrix de son père – tout ce
qu'il avait tenté d'oublier revenait en force.

Le barman, un jeune hipster dans une veste de
paysan portant une barbiche et une moustache qui
rebiquait, leur offrit une tournée de shots d'ouzo. Ils

les descendirent en même temps, en criant *Opa !* au décompte amusé du barman. Jacob sentit les yeux du garçon s'attarder sur lui. Aussi, quand il s'excusa pour aller aux toilettes, de la taille d'un cagibi, une ou deux minutes plus tard, il ne fut pas totalement surpris de voir le môme le suivre.

— Tes amis ne vont pas te manquer ? demanda-t-il d'un air espiègle.

L'ampoule suspendue au plafond diffusait une lumière faible contre le papier peint violet, mais elle projetait de belles ombres sur son visage.

— Ces deux-là ? répondit Jacob. Ce ne sont pas mes amis. L'Asiatique est en réalité un moine Shaolin. Ne te laisse pas abuser par son costume.

— Et l'autre ? pouffa le barman en fermant les yeux, se baissant assez près pour effleurer de sa moustache l'arête du nez de Jacob.

— C'est mon confesseur, murmura Jacob en inspirant à fond pour remplir ses narines de son eau de Cologne… des notes lui rappelant vaguement la confiture de groseilles, qui balayèrent au loin les miasmes des toilettes et le souvenir d'odeurs bien pires : les pieds de son père, le dégueulis de Thomas.

— Je suppute que tu es juif, dit-il en ouvrant un œil, comme pour vérifier.

— Je suis rabbin, en fait. Nous entrons dans les bars pour trouver des phrases-chocs.

Le barman pressa ses lèvres contre les siennes. Le brouillard épais commença à se dissiper quand Jacob leva les yeux au plafond et cambra le dos. Quelque chose vrombit dans ses tripes comme un moteur à quatre temps, palpitant, en attente.

— Je m'appelle Jeff, murmura le barman.

— Ravi de te rencontrer, Jeff.

— C'est le moment où tu me dis ton nom, souffla-t-il.

— Je… je…, essaya Jacob.

Il essaya de dire son nom, ou peut-être qu'il le fit ; peu importe, il était déjà loin. Les yeux fermés, il sentit l'emballement de son cœur et laissa son écho se mêler à sa propre respiration et lui emplir les oreilles. Il sentit les mains de Jeff descendre sur sa poitrine et plus bas. Quand les sensations remontèrent le long de sa colonne vertébrale, il tenta de les intercepter à la base de son crâne pour se convaincre qu'elles n'étaient pas déclenchées par les mains et les lèvres d'un parfait inconnu, mais par celles d'un autre.

Apparut à la place le souvenir oublié depuis longtemps d'un garçon nommé Isaac. Le premier baiser de Jacob, pendant un cours de natation à l'école. Jacob était déjà passablement mal à l'aise avec cette image involontaire, quand elle se transforma dans son cerveau en George. Se sentant suffisamment répugnant, il fixa finalement son attention sur la seule personne à laquelle il pouvait penser dans sa situation : Oliver. *Quelle horreur*, songea-t-il, *de tromper ton petit ami et puis d'imaginer que tu es avec lui*. Un frémissement le parcourut, dû pour moitié aux caresses de Jeff, et pour moitié à l'emploi du terme *petit ami*. Et ce n'était pas le tromper, n'est-ce pas, étant donné qu'ils avaient discuté ouvertement de leur arrangement quelques heures plus tôt ?

Jacob se mit à imaginer ce qui se serait passé si Sara n'avait pas téléphoné. Si George avait su se tenir au lieu de péter les plombs. Il ne serait pas ici, dans les toilettes violettes d'un restaurant grec avec le barman hipster Jeff, mais à la maison. Enfin, chez Oliver… où il se sentait désormais plus chez lui que dans son propre appartement. Ils seraient lovés sur le canapé en cuir craquelé, entourés du parfum léger de la lessive qu'Oliver étendait soigneusement aux rebords des fenêtres pour qu'elle sèche dans la journée. Oliver n'avait pas confiance dans les sèche-linge et préférait laver le linge à la main, comme quand il était étudiant. Sur le mur, l'agrandissement d'une couverture d'un vieux magazine français : un homme portant un haut-de-forme, enfoncé sur sa tête avec élégance. Jacob essayait d'entendre la musique dans le bureau d'Oliver. Il avait dû mettre un disque habituel. La *Huitième Symphonie*… juste assez fort pour couvrir le son d'une émission spéciale d'Animal Planet sur le scolyte de l'orme qui a introduit la graphiose, dite maladie hollandaise de l'orme, en Amérique du Nord. Pas la faute du coléoptère en réalité, mais du champignon qu'il véhicule. Jacob avait aimé le nom du champignon – *Ophiostoma ulmi. Ophiostoma ulmi. Ophiostoma…*

Cela arriva rapidement. Jacob chancela et ressentit un grand sentiment d'abandon. Jeff écarta la tête sur le côté et Jacob eut froid. *La petite mort*, se disait Jacob chaque fois. *La petite mort*. Quelle meilleure façon de le décrire ?

Quand il revint au bar, George et William étaient passés du compte d'épargne retraite à Irene, remarquant à peine son absence. Sans attendre, Jacob demanda leur note à l'autre barman – Jeff était invisible – et la fit passer à William, qui la signa et

242

empocha le reçu sans un mot, tandis que George lui racontait en détail le week-end à Shelter Island et la découverte de la deuxième tumeur d'Irene. Il s'interrompit le temps d'offrir un grand parapluie beige à un homme aux cheveux en bataille à côté de lui. Avant qu'ils soient revenus sur la 12e Rue, il avait exposé le déroulement de l'opération chirurgicale et William avait viré au vert livide. Ils marchèrent d'un pas tranquille sur le trottoir, passèrent devant l'hôtel The Strand et descendirent la 4e Avenue à la recherche d'un bar appelé Queen Elizabeth, dont William avait entendu parler.

Ne le trouvant pas, ils entrèrent dans un restaurant brésilien, surtout parce que George avait de nouveau envie de soulager sa vessie. Le temps qu'il revienne, Jacob et William avaient bu deux caïpirinhas chacun et bavardaient tranquillement.

Puis, en échange d'un parapluie rouge vif, le serveur leur indiqua où trouver le Queen Elizabeth ; derrière une porte sans indication, à l'arrière d'un restaurant indien du nom de Shantih. Ils prirent plusieurs cocktails, qui semblaient tous à base d'une émulsion de blanc d'œuf. Jacob ne se souvenait pas de beaucoup plus. Un bar avec des retransmissions sportives. Quelques Néo-Zélandais. George distribuant des parapluies comme des cotillons. Ils avaient appelé Sara à un moment donné pour avoir des nouvelles. Pas de nouvelles. Est-ce que George va bien ? avait-elle demandé. Tout dépendait de ce qu'elle entendait par

bien. Ne sois pas si gentille. Je ne peux pas faire autrement. Donc elle dormirait sur un siège d'hôpital pendant qu'ils écumeraient les bars de la ville ? Il avait
proposé d'envoyer George la retrouver, elle avait rac-
croché.

Jacob se rappelait la sensation de ses pieds collant
au trottoir comme s'il marchait sur du goudron chaud,
et à d'autres moments celle de dériver sur une barge
sans amarres au milieu de Greenwich Village. Et il se
souvenait d'avoir pensé qu'il n'avait jamais été aussi
heureux de sa vie. Il avait oublié depuis longtemps les
raisons de son différend avec William, ainsi que ses
inquiétudes au sujet de George. Il avait évacué le nom
d'Oliver de son esprit et croyait qu'il n'avait pas de
père sur cette terre. Qui était Irene, où elle était, ce
qu'on avait pu lui injecter ou lui enlever au bistouri
– autant de questions qu'il avait oublié de se poser. Ce
Jacob-là s'était désintégré.

Dans son dernier souvenir, vague, il se tenait sur le
trottoir et regardait avec perplexité la rue inondée. Il
se rappelait George demandant « hé, depuis quand y
a-t-il une rivière ici ? » et de la sensation de ses chaussettes trempées. Les voitures passaient en projetant de
grandes gerbes d'eau noire.

« Une conduite d'eau a éclaté sur Sullivan ! » dit
quelqu'un, que Jacob pensa être William. George
avait ouvert son dernier parapluie, immense et jaune,
et il tentait de monter dedans pour voguer jusque chez
lui. Jacob recula brusquement ; il ne voyait plus que
le sommet des gratte-ciel et la nuit sans étoiles. La
dernière chose dont il se souvenait de cette nuit fut la
sensation du bras étonnamment puissant de William

autour de son épaule. Jacob était déjà à moitié en train de rêver que George descendait le courant en ramant dans le parapluie jaune. Les choses qu'il pensait ou voyait ne se reliaient pas entre elles, et tout se noyait dans les sirènes et les gyrophares des camions de pompiers.

Le garçon vivait dans une partie « pas très juive » de Westchester. Du moins, c'était ce que disait sa mère quand son père n'était pas là, ce qui, Dieu merci, arrivait assez souvent. Ainsi allaient les choses. Son père vendait des assurances vie complémentaires et, en général, il fallait mieux l'éviter. Sa mère faisait tout pour lui et, d'après ce que savait l'enfant, son père n'avait jamais rien fait pour elle. Elle était même devenue juive pour lui, sujet qui revenait fréquemment, et raison pour laquelle le petit garçon était juif, mais son père semblait s'en moquer totalement. Le petit garçon faisait le maximum pour faire plaisir à sa mère, dans l'espoir de compenser. Elle lui disait à quel point elle l'aimait au moins une fois par jour et parfois plus.

Tous les matins, sa mère conduisait trente-cinq minutes sur la 684 pour l'emmener à Moïse Maïmonide, l'école où son père avait décidé qu'il irait. Il était en cours élémentaire deuxième année. Il avait demandé s'il pourrait aller à école juste en bas de leur rue, et sa mère avait répondu non ; elle était réservée aux catholiques. Il ne savait pas qui ils étaient, alors elle lui avait expliqué qu'un catholique est une sorte de chrétien, quelqu'un qui croit en Jésus, qui vécut il y a très longtemps et que les chrétiens considèrent comme le Messie. Cette dernière partie figurait dans la Torah, qu'il apprenait à l'école. Un homme qui viendrait pour faire monter tous les pécheurs de la terre au ciel. Quoi qu'il en soit, les chrétiens croyaient qu'il s'agissait de Jésus, qui reviendrait plus tard, mais d'autres personnes, comme eux-mêmes, les Juifs n'étaient pas d'accord et pensaient que le Messie n'était pas encore venu. Le petit garçon avait demandé pourquoi il était important qu'il soit venu et reparti ou pas encore venu, et sa mère avait répondu que c'était une bonne question.

Quand il avait posé la question à son professeur, cependant, il avait été envoyé dans le bureau du rabbin Kantrowitz. Mais le rabbin Kantrowitz avait convenu que c'était une excellente question, puis il avait sorti un gros livre poussiéreux appelé le Talmud et il avait montré au garçon ce qu'un autre rabbin d'une époque lointaine, Maïmonide, dont le nom figurait aujourd'hui sur la façade de son école, avait décrit de ce que serait le monde à l'arrivée du Messie.

« À cette époque, il n'y aura plus ni famine ni guerre, ni jalousie ni rivalité, car les bienfaits seront distribués en abondance, et les délices trouvés comme la poussière. Le monde entier ne s'occupera que de la seule connaissance de YWH. C'est pourquoi les Juifs seront tous de grands Sages, connaissant les choses cachées, comprenant l'intention de leur Créateur comme ce que peut en saisir l'Homme, ainsi qu'il est dit, *car la terre sera remplie de la connaissance de YWH comme l'eau recouvre les Océans.* »

Cela avait bien plu au garçonnet. Il avait demandé si le rabbin Kantrowitz était le Messie, et le rabbin avait répondu non, que le Messie serait une personne très, très spéciale. L'enfant allait demander *Pourrais-je être le Messie ?* quand il avait été chassé du bureau.

Plus il y pensait, plus il était convaincu que le Messie pouvait être lui. Il était le meilleur élève de sa classe en maths, lecture et histoire. Il connaissait toutes les statistiques des Chicago Bulls par cœur. Il avait gagné le prix de la meilleure rédaction sur le sujet : à quoi ressemblera le monde en 2010 (des cités sous la mer, reliées par des tunnels). Il se montrait patient avec les autres garçons, en dépit de leur stupidité dès qu'il s'agissait de soustraire des grands nombres, fourrer les doigts dans leur nez, épeler *poivre* ou citer la capitale de la France. Il y avait d'autres choses aussi. L'enfant avait un jour, quand il était seul, fait léviter une cuillère par la pensée. Il n'avait pas réussi à le refaire ensuite, en présence de sa mère, bien qu'elle ait affirmé l'avoir vue vibrer. Il pouvait parfois faire apparaître ses chansons préférées à la radio juste en pensant à elles. Peu à peu, l'évidence s'imposait à lui. Il attendait avec impatience le jour où il allait résoudre tous les problèmes de l'humanité.

Mais il lui était pénible de savoir qu'il était le Messie et de ne pouvoir le dire à personne. Le seul garçon à qui il pouvait, en toute confiance pensait-il, révéler son identité secrète était Isaac Schechter, qui était assis au premier rang dans tous les cours et trouvait presque toujours les bonnes réponses, sauf pour les longues divisions. L'enfant avait pendant un temps voulu être ami avec Isaac, mais son père ne l'avait pas autorisé à l'inviter à la maison après l'école parce qu'il disait qu'Isaac était une « chochotte ». À l'école, Isaac avait un cours d'orthophonie à l'heure du déjeuner, aussi il ne pouvait pas s'asseoir à côté de lui, et il avait déjà Zeke comme partenaire de labo. Finalement, durant une séance de natation en cours de gym, ses prières avaient été exaucées (évidemment), et le garçon et Isaac s'étaient rapprochés. C'était l'œuvre de Dieu.

Pendant trois semaines merveilleuses, en cours de natation, Isaac et lui tenaient le même poste dans les matchs de water-polo. Ils se changeaient dans le même coin du vestiaire. Ils comparaient toujours leurs doigts fripés comme des pruneaux en sortant de l'eau. Quand Isaac avait froid, ses lèvres viraient au bleu. Isaac n'était pas gêné de partager sa serviette quand ils se faisaient éclabousser au bord de la piscine. Discrètement, le garçon mouillait sa serviette exprès, pour qu'ils puissent partager la même. Il ne savait pas vraiment pourquoi. Il savait juste qu'il aimait savoir que la serviette avait touché la peau d'Isaac juste avant de toucher la sienne.

Le dernier jour du cours de natation, le garçon avait adressé à Isaac un signal spécial qu'ils avaient inventé, signifiant de plonger quand le professeur ne regardait pas. Sous l'eau, le son voyageait mieux que dans l'air, et plus important, les gens en surface ne pouvaient pas vous entendre.

« IL FAUT QUE JE TE DISE UN SECRET ! » avait crié le garçon.

Isaac avait montré du doigt la surface. Les deux garçons étaient remontés et avaient pris une grande respiration. Puis le garçon avait posé les mains sur les épaules d'Isaac, et l'avait poussé sous l'eau. Autour d'eux, il n'y avait qu'un grand silence bleu. Comme au ciel, avait pensé le garçon. Quand Dieu avait recouvert le monde d'océans. L'eau tiède l'enveloppait comme une couverture. Ses cheveux s'élevaient légèrement au-dessus de son cuir chevelu. Au loin, les jambes de l'autre garçon s'agitaient en créant des tourbillons de bulles blanches. Les cheveux d'Isaac flottaient comme une auréole autour de sa tête.

Ils se tenaient par les bras pour s'empêcher de remonter. Les yeux noirs d'Isaac le cherchaient, puis le garçon avait vu ses lèvres bleues s'ouvrir pour libérer une grosse bulle brillante. Puis ils s'étaient embrassés.

Le garçon n'était pas certain de qui avait embrassé l'autre en premier, mais il ne voulait pas que cela s'arrête. Il avait le vertige et l'eau autour de lui s'est mise à briller d'une lumière blanche intense, il avait l'impression d'entendre la voix de Dieu tout autour de lui, appelant son nom...

Puis, en un instant, tout était fini. Mme Cogen, la prof de gym, les avait tirés à la surface. Elle était très en colère. Elle l'avait emmené directement au bureau du rabbin Kantrowitz, sans attendre qu'il se sèche ou se change. Il était resté assis dehors, humide et grelottant, dans le peignoir d'un vieux chantre, jusqu'à ce qu'elle ait fini de raconter au rabbin ce qui s'était passé.

Quand le rabbin Kantrowitz avait fait entrer le garçon dans son bureau, il lui avait demandé pourquoi diable il avait essayé de noyer le pauvre Isaac. Le garçon ignorait, et il l'avait compris bien plus tard, que ni le rabbin ni Mme Cogen ne savaient qu'ils s'étaient embrassés. Il avait expliqué qu'il avait seulement essayé de dire quelque chose d'important à Isaac. Un secret. Le rabbin avait exigé de le connaître, aussi le garçon avait tenté de lui dire qu'il n'était pas comme les autres enfants. Qu'il était spécial. Il avait envie de crier : *Je suis le Messie ! J'ai été envoyé pour unir les tribus d'Israël ! Je suis celui qui lutte avec l'ange. Je suis celui qui régnera avec Dieu.* Mais ces paroles lui avaient semblé idiotes au moment où il s'apprêtait à les prononcer à voix haute.

Le rabbin avait emmené le garçon dans une classe vide et lui avait tendu un cahier neuf. Il avait soigneusement écrit une phrase en hébreu en haut de la première page.

ינא אל דחוים

Le rabbin avait dit que cela signifiait « je ne suis pas spécial » et que le garçon devrait l'écrire sur chaque ligne de chaque page jusqu'à ce que le cahier soit rempli.

Cela lui avait pris le reste de l'après-midi, bien après l'heure où les autres élèves avaient été renvoyés chez eux. Il avait terriblement mal aux mains. Il avait cru que sa mère le sauverait de cette punition, mais elle n'était pas venue. Quand il avait enfin terminé, son père était venu le chercher. Il n'avait pas dit un seul mot au garçon. Quand il avait levé les yeux vers son père, il avait remarqué qu'il lui ressemblait énormément – un peu rond, les mêmes cheveux hirsutes, les mêmes mains larges.

Il avait pensé aux lèvres bleues d'Isaac. Ses mains le lançaient encore, mais c'était son cœur qui lui faisait le plus mal. *Je ne suis pas spécial,* martelait-il. *Je ne suis pas spécial. Je ne suis pas spécial.*

Les mots restaient coincés dans sa gorge comme une feuille de papier roulée en boule. Ils étaient comme la première ligne d'un long, très long poème qu'il faudrait sans doute toute une vie pour écrire.

Jacob fut réveillé par les ronflements de George. Il en vint très lentement à la conclusion que George et lui étaient allongés côte à côte sur le canapé-lit bleu qu'ils avaient acheté à l'IKEA de Toronto au cours de leur première année d'université, quand ils résidaient dans une rue pavillonnaire à l'extérieur du campus.

Toutefois, se souvint lentement Jacob, ils n'étaient plus à l'université, et ils ne vivaient plus sur East Street à Ithaca. Le canapé-lit bleu meublait désormais *son* appartement, donc il était lui *aussi* dans son appartement, ce qui signifiait que *George* était également dans son appartement. La situation était déjà assez fâcheuse quand il se rendit compte, le cerveau toujours au ralenti, aux bruits de vaisselle dans l'évier que quelqu'un d'autre se trouvait là. Le troisième homme. William Cho.

Le premier instinct de Jacob fut de se lever du lit en éructant un chapelet de jurons tonitruants puis de botter les fesses de William jusqu'au Queens. Mais son corps n'était pas en état de tonitruer. Sa gorge était sèche comme la vallée de la Mort et formuler des insultes mettait à la torture son cerveau en bouillie.

Il se souvint que William était resté jusqu'au bout de la nuit, son visage en sueur dans les gyrophares rouges des camions de pompiers. William l'avait soutenu, en portant George à bout de bras de l'autre côté. Jacob entendait encore l'écho dans ses oreilles : l'eau, rugissant derrière les bâtiments.

— Café, couina Jacob, les cordes vocales à vif. (Il essaya de nouveau, élevant la voix au-dessus du vacarme de l'évier.) CAFÉ !

— Chut, dit William.

Jacob trouva superbement irritant qu'il prononce le mot au lieu de se contenter d'un chuintement, puis il se dit qu'il n'y avait pas grand-chose qu'il ne trouverait pas superbement irritant dans son état actuel.

William lui apporta un verre d'eau.

— Ce n'est pas du café, croassa Jacob.

— Le café te déshydraterait encore plus. Tu aurais dû boire de l'eau hier soir quand j'essayais de t'en donner.

Lentement, Jacob se revit à l'arrière d'un taxi, tentant de rafraîchir sa joue en sueur contre la vitre froide du côté passager.

— Tu étais dans le taxi hier soir ? demanda-t-il, en se levant à deux à l'heure.

Il progressa avec prudence sur le plancher couvert d'obstacles traîtres pour rejoindre William près de l'évier.

— Toi, moi et George. Que tu vas finir par réveiller, d'ailleurs, si tu continues à gueuler comme ça. Cet appart a un écho d'enfer… Je n'ai jamais vu un plafond aussi haut. Tu as plus de volume en hauteur que de surface au sol. Il fait quoi, genre dix par douze par trente ?

— Vingt-huit et demi, corrigea Jacob, et, bien qu'il sache que c'était une très mauvaise idée, il allongea quand même le cou pour contempler les épaisses poutres de chêne massif au plafond.

Ce mouvement l'étourdit au point qu'il dut s'asseoir sur le sol et appuyer sa tête contre le frigo. La porte en plastique était merveilleusement fraîche et lisse. Il ferma les yeux et songea qu'il pourrait se rendormir, mais un bébé se mit à pleurer, si près qu'il pouvait entendre sa mère crier « s'il te plaît, *pour l'amour du ciel, arrête !* »

— Il y a beaucoup de monde là-bas, observa William en pointant du doigt les fenêtres à barreaux, situées à mi-hauteur des murs – trop haut pour regarder dehors, mais ils pouvaient voir les ombres des gens voguer comme des fantômes dans la pièce.

Ils pouvaient entendre des bribes de mots et des voix étouffées, semblables à une autre langue, confuse. Leurs ombres défilaient sur les murs, et quelque part au-dessus d'eux, Jacob et William entendaient le carillon insistant des cloches. On était dimanche.

— Tu vis dans le sous-sol d'une église, déclara William.

— Bien vu, mon cher Watson, répondit Jacob, les yeux mi-clos.

— Quand nous sommes arrivés la nuit dernière, j'ai pensé que nous devions être au mauvais endroit. Mais alors ta clé a ouvert la porte latérale. Je n'arrivais pas à y croire. C'est légal au moins ?

Jacob grogna et remua les lèvres en pure perte. Cela aurait exigé bien trop d'efforts d'expliquer qu'il le sous-louait officieusement au prêtre, le frère d'un jeune Grec orthodoxe avec qui il avait couché (par intermittence) à l'université et qui l'avait appâté avec les clés quand Jacob avait annoncé qu'il avait l'intention d'emménager à New York après la remise des diplômes. Ce qui ressemblait au début à la Divine Providence (et lui avait évité les semaines de petites annonces Internet et d'agences miteuses que George, Sara et Irene avaient dû affronter le premier été) était rapidement devenu son enfer. L'endroit ressemblait à l'un de ces cachots dans lesquels on jetait les gens sous l'Inquisition espagnole. Par moments, Jacob avait l'impression d'être un enfant tombé dans un puits, aussi il avait décidé de le décorer.

Enfin, *décorer* était un bien grand mot. Jacob se mordillait la lèvre en contemplant le dépotoir qui composait son mobilier. Le canapé-lit bleu, une étagère chancelante, et un bureau fait de cartons de lait et d'une vieille porte qu'il avait trouvée dans la ruelle. C'étaient les seuls meubles qu'il possédait. Les murs étaient nus, à l'exception de quelques brouillons de poèmes qu'il avait agrafés, à la hâte et de travers, sur les surfaces planes autour du bureau. Sur l'étagère, il y avait une photo encadrée de lui en smoking posant avec George, Sara et Irene lors de la remise de son prix pour *Dans l'œil de la tempête de merde*. L'impression de l'IRM saccadée qu'Irene lui avait donnée était fixée au frigo par un magnet du Szechuan Garden.

L'appartement était étouffant l'été et glacial l'hiver. Chacun des bruits qu'il faisait résonnait, le rendant sensible à ses moindres mouvements. Il faisait le rêve récurrent d'être piégé au fond d'une gigantesque piscine vide, et constatait en se réveillant que, dans un sens, il l'était. Cependant, le loyer était si abordable et l'endroit si atypique qu'il ne pouvait pas se résoudre à partir. Alors il avait institué deux règles : passer autant de nuits que possible dans le lit d'autrui et ne jamais laisser George et les autres voir cet endroit – sachant très bien qu'ils l'obligeraient à reconnaître qu'il avait fait une terrible erreur d'habiter là.

Jacob ressentit un pincement bizarre à l'estomac, rien à voir avec les conséquences de la beuverie de la veille, où il avait ingurgité la moitié du contenu de l'étagère à liqueurs du bar.

— Il faut qu'on sorte George d'ici.

— Pourquoi ne pas le laisser cuver tranquillement ?

— George n'est jamais venu ici. *Personne* n'est jamais venu ici.

Voulant retourner précipitamment au canapé, il donna un coup de hanche dans l'étagère, qui vacilla dangereusement.

William coupa l'eau et secoua ses mains pour les sécher.

— Tu as baissé ton pantalon devant moi la nuit où on s'est rencontrés, mais personne n'a le droit d'entrer chez toi ?

Jacob avait beau être stressé, il ne pouvait pas démentir.

— D'ailleurs, comment as-tu su où j'habitais ?

— L'adresse figure sur ton ancienne carte de Blockbuster. Bien que je remarque que tu ne sembles pas avoir de télé.

— Elle a fait une rencontre malencontreuse avec une télécommande pendant les Oscars 2004.

— Pas fan du *Seigneur des anneaux : Le Retour du roi* ?

— Je penchais pour *Pur-Sang, la légende de Seabiscuit*. Dis-moi, pourquoi tu ne nous as pas emmenés chez toi ?

William rougit légèrement et il loucha sur le mur adjacent, dont le plâtre était salement fissuré.

— Vous vous seriez moqués de moi, finit-il par avouer.

— Ta page douze ? ricana joyeusement Jacob.

William faillit lâcher la tasse qu'il essuyait.

— Elle te l'a dit ?

— Non, elle l'a dit à Sara. Qui l'a dit à George, qui me l'a dit.

Une lumière, semblable à un néon, se mit à flasher sur le visage de William, et pour la première fois, Jacob fut vraiment effrayé par ce qui allait se passer. Avant que William ne puisse réagir, la pièce entière résonna d'un bruit de tonnerre provenant de l'extérieur – le vacarme d'un camion-poubelle heurtant le trottoir, puis le bruit métallique des éboueurs ouvrant les lourds couvercles en fer des conteneurs, conçus pour en interdire l'accès aux rats. Jacob avait applaudi quand on les avait installés, il y a deux ans, et qu'il n'avait plus à enjamber la vermine pour atteindre la porte. Mais comme toute chose, ils avaient leur inconvénient. Les couvercles métalliques faisaient un boucan à réveiller un mort ou, à défaut, un astronome avec une sévère gueule de bois.

George sursauta, cherchant autour de lui l'origine du bruit.

— Où...

Jacob vit son plus vieil ami faire la même erreur que lui et lever les yeux trop vite. Il pouvait pratiquement voir le sang refluer dans son crâne. George roula sur le flanc et enfouit son visage dans l'obscurité apaisante et protectrice des coussins du canapé.

— Putain, on est où ? réussit-il à dire, dardant un regard accusateur au-dessus des coussins.

Jacob soupira, confronté à la perspective humiliante d'une capitulation. *Je ne suis pas spécial,* songea-t-il. Il aimait juste qu'ils aient toujours pensé qu'il était spécial. Même s'il avait su, des années avant eux, que c'était faux.

— Dans l'appartement de mon frère, lança William. Un ami de notre père dirige cette église, et il loue à Charles la salle sous l'autel.

Tandis que George tentait une nouvelle fois de lever les yeux vers le plafond, William marcha avec nonchalance vers l'étagère et coucha la photo de la remise du prix, face contre la planche, hors de vue.

Jacob se taisait, ne sachant pas quoi dire.

— Je croyais que ton frère était médecin, dit George. Avec des gosses et tout ça.

— Laisse-moi deviner : Irene l'a dit à Sara, qui te l'a dit, et tu l'as dit à Jacob. Ouais, eh bien, il travaille à l'hôpital presbytérien de Columbia, alors il vient pioncer ici entre deux gardes.

Jacob n'en revenait pas – George semblait gober l'histoire.

— Hé ! Jacob et moi avions acheté le même canapé, à une époque.

Avec un sourire idiot, George se leva du lit, s'étira comme un chat au pelage sable, et il exhala un long soupir. « Bon, je vais aller vomir », annonça-t-il en marchant lentement vers la salle de bains en chaussettes, maillot de corps et boxer bleu avec des sandwichs imprimés dessus.

Ils entendirent, en provenance de la salle de bains, l'abattant des toilettes que George releva d'un coup sec cogner contre la chasse d'eau, suivi par le bruit d'un estomac qui se vidait.

— Tu n'étais pas obligé de faire ça, dit Jacob à William, qui était retourné finir la vaisselle. Vraiment. Tu n'étais pas obligé de faire tout ça. Tu aurais pu nous laisser au Village.

— Sans doute, acquiesça William, ravi comme s'il avait une bonne raison de l'être. Mais alors, tu ne me serais pas redevable, et je ne pourrais pas te demander de m'emmener voir Irene.

William lui passa une chope de bière mousseuse.

Jacob la porta directement à ses lèvres.

— Et dire que je croyais que tu faisais tout cela par pure bonté.

— Merde, Jacob. Je ne suis pas le Messie…

Jacob se figea, et faillit lâcher sa chope.

— Comment… est-ce que j'ai, euh, dit quelque chose hier soir ?

William sourit d'un air énigmatique.

— Tu étais passablement ivre. Mais je doute qu'un tribunal le retienne contre toi.

Jacob sentit sa fureur monter, mais quand il ouvrit la bouche pour la libérer, c'est un soupir de soulagement qui en sortit. L'entendre prononcer à voix haute n'était pas si terrible que cela. Et qui pourrait croire qu'il s'était confié à William si jamais il le répétait ?

— Il est vrai, concéda Jacob, que tu es allé à Yale.

Une vibration étouffée monta d'une pile de vêtements près du canapé. Jacob fouilla dans le pantalon froissé de George et il crut, pendant une seconde, avoir trouvé le téléphone dans la poche arrière. Mais l'objet qu'il saisit n'était pas un téléphone, mais une fine flasque en argent gravée d'une inscription : *Équipe Coriolanus 1967 Ligue des Champions*. Jacob se rappelait vaguement, en première année, quand George l'avait ramassée à l'Armée du Salut. La flasque n'était pas tout à fait vide.

Jacob dévissa le bouchon et inhala une bouffée de J&B – le whisky préféré de George. Avec un pincement au cœur, il comprit enfin pourquoi George n'avait cessé de se précipiter aux toilettes à l'hôpital et au Bistro 19. Il hésitait entre lui démonter la tête ou le serrer dans ses bras.

Quelles que soient les ambitions que Jacob avait nourries enfant – entendre la voix de Dieu, lutter avec les anges, unifier les tribus –, il savait qu'il était devenu trop égoïste, trop frustré, trop grincheux. Après l'histoire d'Isaac, il avait su avec certitude que Jacob Blaumann n'était pas le Messie. Il n'avait jamais été aussi miséricordieux que ce qu'il avait imaginé. Il ne connaissait personne d'aussi bon. Personne ne pouvait l'être.

Et puis, le premier jour de sa première année de fac, il était entré dans une petite chambre meublée de lits superposés et il avait serré la main de George Murphy, qui depuis dix ans s'était révélé la personne la plus gentille et la plus généreuse que Jacob ait jamais connue. Et parce qu'il rouspétait autant, il avait besoin de George pour incarner les bons côtés auxquels il avait renoncé à croire il y a longtemps. Mais voilà que son sauveur se terrait dans les toilettes pour lamper du whisky dans l'espoir de devenir insensible à l'injustice du monde.

— Je crois que c'est ton père qui appelle, dit William en tendant à Jacob son téléphone.

Jacob faillit éclater de rire – pourquoi son père appellerait-il ? Il contempla la photo d'Oliver sur le téléphone et étouffa les vibrations dans sa paume jusqu'à ce que l'écran s'assombrisse.

— Je le rappellerai plus tard, mentit-il.

William semblait sur le point de dire quelque chose, quand ils entendirent de nouveau un téléphone bourdonner. Pas celui de Jacob, mais une vibration à l'intérieur de la chaussure de George, près du pied de William. Sur l'écran s'affichait le beau visage d'Irene, encadré de noir. Jacob lui fit signe de décrocher.

William appuya sur le gros bouton vert de l'écran et le porta à son oreille.

— Sara ? C'est William Cho. George est dans la salle de bains. Qu'est-ce qu'il y a ? Il est arrivé quelque chose ?

Jacob sentit des centaines de voix se bousculer dans sa tête ; ses vaisseaux sanguins, ses neurones, ses ongles de pied, ses cils hurlaient dans toutes les langues à la fois. Il entendit le bruit de la chasse d'eau des toilettes tandis que William tentait de calmer Sara à l'autre bout du fil.

— Chuuuut, disait-il. Chuuuut. Chuuuut.

Les déceptions

JUILLET

William comptait ses déceptions sur les doigts des deux mains. Il y avait, un, la température de trente-six degrés qui les cuisait à travers la vitre du bus, qui, deux, avançait à une allure d'escargot dans la circulation de Staten Island. Trois. Il se trouvait là, un jour de la semaine en plein après-midi, parce que, quatre, il avait fini par être viré de chez Joyce, Bennett et Salzmann. Au début, il était presque content que ce soit fini, mais, cinq, aucune autre firme n'embauchait. Six, son loyer engloutissait si rapidement ses indemnités et ses économies qu'il devrait retourner chez ses parents d'ici peu. Il était indisposé par une odeur incongrue de lait caillé, sept, émanant de la femme assise devant lui. Aussi, la vibration périodique de l'alarme de son téléphone dans sa poche droite de pantalon, qu'il ne pouvait atteindre pour la désactiver, huit, lui rappelait qu'Irene et lui étaient en retard d'une demi-heure, neuf, à leur rendez-vous avec un dénommé Skeevo, dix, à qui elle achetait de l'herbe depuis peu (ça l'aidait pour les nausées et son humeur générale), mais qui avait appelé aujourd'hui pour une autre chose qu'il voulait absolument qu'elle voie, au fin fond de Staten Island, près de la station de traitement des déchets solides de Fresh Kills.

Et pourtant, malgré ses deux poignées de déceptions, William surprit un reflet de lui, souriant comme un idiot, les cinq doigts du reflet de sa main gauche tenant les doigts du reflet de la main d'Irene, et les cinq doigts du reflet de sa main droite jouant tendrement avec le reflet de sa chevelure.

William se sentait plus conscient, en présence d'Irene. Conscient de la légère odeur de brûlé qui émanait de ses cheveux, une conséquence de la radiothérapie. Il s'y était habitué au bout d'un mois. Combien de semaines de traitement lui restait-il ? Une ? Deux ? Le temps filait ridiculement vite. À l'inverse des sept derniers mois, où il s'était plongé dans le travail (pour ce que ça lui avait rapporté) et avait réorienté ses amours vers le Club des Filles Coréennes des Amies de sa Mère. Mais maintenant, William était assis à côté d'Irene, conscient des pulsations de sa gorge contre son épaule alors qu'elle s'émerveillait à la vue d'un bébé dans la rangée adjacente, qui mâchouillait joyeusement la jambe d'une Barbie, nue à l'exception d'un gant noir.

Son téléphone vibra de nouveau ; il était coincé contre la cuisse d'Irene. Elle détourna les yeux du bébé, tendit le cou vers lui et chuchota : « C'est encore ta mère qui appelle, ou tu es content de me voir ? »

Elle avait l'air assez ridicule à essayer de lui faire les yeux doux alors que le gauche était recouvert d'un cache-œil en feutre noir. Elle l'avait brodé d'une tête de mort en strass, en déclarant que c'était une allusion ironique à Damien Hirst. William avait dit que ce motif lui donnait l'air d'un pirate plus que le cache-œil lui-même. C'est là toute l'ironie, avait répondu Irene. William n'avait pas compris, ou il s'en fichait.

Il se fichait de pas mal de choses bien plus importantes encore. Il se fichait d'être au chômage. Il se fichait d'avoir oublié d'effectuer son règlement de carte de crédit de juin et de payer cent dollars de frais pour la première fois de sa vie. En fait, ça le réjouissait presque. En temps normal, il aurait traîné la culpabilité de ces cent dollars comme un boulet toute l'année, au point d'en avoir mal au ventre. Il aurait remarqué en mettant ses chaussettes ce matin qu'elles étaient non seulement d'un bleu différent, mais aussi d'une épaisseur différente, de sorte que son pied droit transpirait et lui faisait mal, mais pas le gauche. Il aurait été bouleversé qu'Irene soit encore malade – plus encore peut-être qu'avant. Cela le préoccupait, bien sûr. Mais ces préoccupations, comme toutes les autres, s'envolaient quand elle lui tenait la main comme maintenant.

Quand il était seul, les circuits de son cerveau véhiculant ce genre d'angoisses supplantaient tous les autres, et il n'arrivait pas à dormir. Mais quand Irene était là, même les déceptions dues au fait que sa lourde opération ne s'était pas bien passée semblaient s'évanouir.

Le lendemain de leur tournée épique des bars, Jacob, fidèle à sa parole, avait emmené William à l'hôpital. Pendant que Sara s'occupait de George, qui était en compote, William s'était glissé derrière le rideau de mauvaise qualité qui entourait le lit de réveil d'Irene. Il était angoissé à l'idée de lui dire : qu'il était désolé de l'avoir abandonnée dans la gare ; qu'il s'était réveillé tous les matins depuis ce jour en pensant à elle avant même de se rappeler sur quelle planète il vivait ; qu'il avait essayé de l'appeler des dizaines des fois ; qu'il avait fait des donations généreuses sur Internet à la Société américaine du cancer ; qu'il avait couru un 5 kilomètres pour lever des fonds, mais qu'il s'était révélé en moins bonne forme que prévu et qu'il avait boitillé les trois derniers kilomètres, une cheville foulée. Mais à la seconde où il l'avait vue allongée sur ce lit, ces inquiétudes avaient commencé à s'évaporer de son cerveau.

Elle paraissait presque concave, la zone autour de l'œil gauche emmaillotée dans d'épais bandages, l'œil droit braqué sur la TV d'angle fixée en hauteur. Mais l'œil droit avait pivoté vers lui. Sa paupière s'était relevée d'un coup sec comme un store bon marché. Elle avait pris sa main, l'avait tiré vers elle, et avait refermé ses lèvres sur les siennes. Une alarme s'était déclenchée ; elle avait arraché la pince du moniteur de pouls et tiré brutalement sur sa perfusion. Une infirmière dominicaine courtaude s'était précipitée vers Irene et l'avait menacée d'user de moyens de contention. William avait dû faire deux fois le tour des urgences. Quand ils avaient laissé sortir Irene, ils étaient allés directement chez lui – en fait non, ils avaient fait un arrêt à l'appartement d'Irene pour prendre quelques affaires et l'écharpe qu'elle lui avait achetée pour Noël, restée dans son paquet-cadeau sur la table. Puis ils étaient allés chez William, où elle avait dormi toutes les nuits depuis.

En une semaine, elle avait vendu son lit sur craigs-list et s'était débarrassée de tous ses biens inutiles, afin de maximiser l'espace de travail dans son appartement de la 4e Rue Est. Elle allait travailler là-bas tous les jours, mais elle refusait de montrer à William ou à quiconque ses réalisations en cours. Elle n'en parlait même jamais – mais elle arrivait toujours chez William démangée par l'envie d'y retourner, évoquant vaguement qu'elle travaillait sur quelque chose de plus grand, quelque chose qu'elle et Skeevo semblaient faire ensemble.

Irene, silencieuse, avait l'air ailleurs tandis qu'elle et William suivaient les passagers qui descendaient du bus pour en prendre un autre, le S62.

Elle baissa les yeux.

— Tu n'es pas obligé de me tenir la main, soupira-t-elle, mais elle ne la retira pas.

— J'aime bien te tenir la main. *I wanna hold your ha-a-a-a-and…*, chantonna William.

Elle poussa un petit cri et elle essaya de lui couvrir la bouche avec l'autre main, mais il s'obstina.

« *Oh, please… say to me-e-e-e. You'll let me be your man…* »

Il dut finalement arrêter quand, sur une note tenue, Irene réussit à fourrer ses doigts dans sa bouche, l'empêchant ainsi de former des mots.

« OKKK TLOU A GWAGWÉ. »

Irene le lâcha et lui lança un regard difficile à décoder sans voir ses sourcils. Le deuxième bus avait l'odeur vivifiante du café de chez Dunkin' Donuts.

Une fois assise, Irene se tourna vers William pour se justifier.

— Je vois encore de l'autre œil. Je ne vais pas errer au milieu des voitures.

— Je sais, je ne te tenais pas la main pour ça.

Son œil allait bien. Les chirurgiens avaient enlevé la tumeur sans endommager les nerfs. Il était encore gonflé, cependant, et avec les fils noirs épais, il donnait à Irene un air effrayant. D'où le cache-œil, qui restait malgré tout un peu moins inquiétant.

Après avoir extrait la première tumeur, les médecins avaient prévu de s'occuper de celle du coude, quand l'un d'eux avait remarqué un renflement sous son aisselle. Pensant qu'il pouvait s'agir d'une réaction à l'anesthésie, ils lui avaient fait passer un nouveau scanner qui avait révélé une masse suspecte sur un de ses ganglions lymphatiques. À peine quelques jours plus tôt, ils avaient réalisé toute une batterie d'examens et de PET scans qui étaient revenus négatifs, mais là il y avait visiblement quelque chose. Ils s'étaient arrêtés avant de commencer l'intervention chirurgicale sur son bras.

Maintenant, elle avait un « ganglion lymphatique compromis ». C'était, comme l'avait exprimé le Dr Zarrani, « une grosse déception ». Le cancer était sorti des rails osseux et était passé dans les ganglions, d'où il pouvait voyager, porté par le fluide, vers les organes distants. Cela signifiait que le premier cycle de chimiothérapie avait eu très peu d'effet, sinon aucun, et qu'ils devaient désormais « passer à la vitesse supérieure ». Autrement dit, ajouter ifosfamide et étoposide aux poisons qu'ils injectaient quotidiennement dans ses veines en salle de chimiothérapie. Mais William ne pensait pas à cela en ce moment. Il pensait au parfum de noix de coco de sa crème pour les mains et au soulagement d'Irene quand elle avait appris qu'elle n'aurait pas le bras plâtré tout l'été – et pourrait ainsi travailler sur ses sculptures.

Le bus S62 s'arrêta en couinant le long du Staten Island Mall. William suivit Irene vers la sortie puis sur le parking du centre commercial. Alors que les autres passagers se dirigeaient vers les enseignes de douze mètres de haut de JCPenney et du Loews Cinemas, Irene entraîna William dans la direction opposée, traversant un parking après l'autre – chacun un peu moins rempli que le précédent – jusqu'à ce qu'ils se trouvent à cinq cents mètres environ du centre commercial. Irene enjambait d'un pas de danse les fissures dans la chaussée comme si elle marchait sur une fine pellicule de glace. Il y avait un autre mystère qui tracassait William. Où était sa famille dans tout cela ? Il se concentra sur le reflet miroitant de ses jambes quand elle sautait.

Au loin, William repéra une camionnette rouge garée près d'une clôture grillagée. Une petite remorque U-Haul à deux roues à la carrosserie orange était attelée à l'arrière. Un homme, que William devinait être Skeevo, fouillait dans les décombres insolites entassés à l'intérieur.

Il était grand et portait une chemise en flanelle tachée de graisse boutonnée au col et aux poignets. Son pantalon était déchiré, laissant apparaître des rotules du même teint basané moka que son cou et ses mains. Malgré la chaleur de juillet, il portait un bonnet de laine tricoté main, à moitié décousu.

Irene lâcha la main de William. La déception apparut tandis qu'elle s'éloignait, et elle grandit régulièrement, à l'image des intérêts d'une dette. Il accéléra le pas, tentant de réduire la distance entre eux. À chaque foulée, il sentait la charge émotionnelle se stabiliser. Au moment où il revint à sa hauteur, il était hors d'haleine, mais de nouveau heureux. Il serra la main de Skeevo comme s'ils se connaissaient depuis longtemps. William ne sourcilla même pas quand sa poigne virile lui fit l'effet d'une portière se claquant sur sa main.

— Qu'est-ce que tu m'as apporté ? demanda Irene en faisant le tour de la remorque et en commençant à trier la ferraille.

Les débris tranchants s'entrechoquaient dans un bruit métallique.

Tout en gardant un œil sur elle, William se présenta à Skeevo.

— Tu travailles à la décharge ? demanda-t-il.

— Si on veut. Ce n'est plus vraiment une décharge.

— La décharge de Staten Island n'est plus une décharge ?

Skeevo regarda derrière le grillage, au-delà de l'autoroute embouteillée, en direction des immenses collines verdoyantes.

— La décharge de Fresh Kills est fermée depuis, quoi, dix ans. Elle était censée être temporaire à l'origine – tu le crois, ça ? Depuis 1947… Et puis, une chose en amenant une autre, c'est rapidement devenu la plus grande décharge du monde.

Irene avait entièrement disparu dans la remorque, et William avait le sentiment terrifiant de l'avoir perdue.

Puis elle émergea avec un ski sous le bras, l'examina un moment à la lumière du jour, et le lança sur l'asphalte avant de replonger dans les entrailles de l'U-Haul.

Skeevo continuait de deviser sur la non-décharge.

— Quand ils ont fini par la fermer, elle dépassait en hauteur cette foutue statue de la Liberté. Dans les années soixante, quand les astronautes partaient en mission orbitale, les deux seules constructions de la main de l'homme qu'ils pouvaient apercevoir de l'espace étaient la Grande Muraille de Chine et *ça*.

— C'est affligeant, dit William, bien qu'il ne se sentît pas du tout affligé parce que Irene était en train d'extirper une moitié de poussette d'enfant hors de la remorque d'un air perplexe. Elle la posa sur une pile d'un côté, ce que William interpréta comme une preuve d'intérêt.

— Et, euh, que va devenir la décharge maintenant ? Ils l'ont vraiment fermée ?

— Ils la transforment en un immense parc, déclara fièrement Skeevo. Il fera trois fois la superficie de Central Park.

William siffla.

— Et *Skeevo*… c'est un prénom… polonais ?

Il sortit son portefeuille et colla sa carte d'identité sous le nez de William.

— Skeevington Monkeylips McBalzać le Troisième, dit-il. Je l'ai changé quand je suis parti de chez moi. C'était une idée de Reeny, en fait. Je pense que tout le monde devrait avoir le droit de choisir son propre nom, pas toi ?

William chercha nerveusement « Reeny » des yeux, mais elle avait disparu au fond de la remorque. Comment exactement avait-elle connu ce malade mental en puissance ? Et que voulait-il dire en prétendant que l'idée venait d'elle ? Était-il possible qu'Irene Richmond ne soit *pas* son vrai nom ?

À ce moment-là, Irene se mit à pousser des cris aigus à l'arrière de l'U-Haul. William se précipita, imaginant un effondrement d'objets tranchants et de verre brisé. Au lieu de cela, il trouva Irene à cheval sur un grand fragment de poutre métallique en forme de I – faisant courir sauvagement ses mains sur ses arêtes et ses entailles. Le I avait dû souffrir, songea William, car il ressemblait désormais à un « T ». Le bord inférieur avait presque entièrement fondu. Il se demanda quelle en était la cause.

— Je savais qu'elle te plairait, sourit Skeevo.

— Aidez-moi à la sortir à la lumière ! s'écria Irene.

Il fallut qu'ils s'y mettent à trois, poussant la poutre de toutes leurs forces, pour l'approcher le plus près possible du hayon ouvert de l'U-Haul. William estima qu'elle pesait près de deux cents kilos. Il renifla ses mains après les avoir retirées de l'engin et grimaça à l'odeur âcre et chimique de brûlé. Irene piaffait comme si elle avait découvert le trésor de la Sierra Madre. Que voyait-elle dans ce truc ? Elle était si heureuse – il ne l'avait pas vue comme cela depuis leur baiser à l'hôpital, pas même quand ils étaient au lit ensemble. Elle était comme une enfant submergée par une joie bien plus grande qu'elle.

William ferma les yeux quelques instants. Il avait passé sa vie à s'interdire de boire et de fumer des cigarettes ou de l'herbe de peur de la dépendance et, maintenant, il était accro à une drogue qui n'existait qu'en quantité infinitésimale. Il rouvrit les yeux, il regarda Irene et tous ses doutes s'évanouirent.

— On l'a trouvée dans le secteur nord-ouest de l'ancienne décharge. Ils font des réaménagements de terrain pour essayer de niveler la hauteur des déchets. Un des bulldozers a accroché ce machin. Ils m'ont laissé le prendre avant que quelqu'un ne comprenne ce que c'est.

— C'est quoi ? demanda William.

— Le gars que je connais là-bas m'a mis sur le coup. Elle vient de l'une des tours jumelles, chuchota Skeevo. Certains des débris qu'ils ont dégagés du site ont atterri à la décharge avant qu'ils ne la ferment de nouveau.

William fit un petit bond en arrière, tandis qu'Irene collait son nez sur la poutre pour mieux l'examiner. Puis, sans prévenir, elle souleva son cache-œil, exposant une masse de chair rougie et tuméfiée. Dans l'appartement, elle le gardait en permanence, même pour dormir. Elle ne l'enlevait que dans la salle de bains pour nettoyer le maillage noir des points de suture. Ils encerclaient son orbite comme des voies ferrées miniatures.

— Merde, dit Skeevo, une fêlure dans la voix, en détournant le regard.

Mais cela ne dérangeait pas William. Il était trop occupé à regarder son iris d'un bleu lumineux bouger derrière la paupière, légèrement gonflée. Il l'observa tandis qu'elle étudiait les angles et les rebords de la poutre, faisant courir ses mains sur toute sa longueur.

— Est-ce qu'on peut la rapporter en ville ? demanda-t-elle doucement.

Skeevo accepta de les ramener en camionnette. Irene se serra entre lui et William sur le siège avant, pour les guider jusqu'à la Galerie K, où elle aurait accès au matériel de soudure d'Abeba. Tandis qu'ils quittaient le parking et remontaient Staten Island, Skeevo et Irene évoquèrent le passé en fumant un joint. Il ne posa pas de questions sur son œil. En revanche, il voulut savoir comment elle et William s'étaient connus, et William aima le récit qu'elle fit de leur rencontre à la fête de Noël. La façon dont elle caressa sa pommette en décrivant la première fois qu'elle l'avait vu. Peut-être était-ce juste l'effet de la fumée du joint, mais il eut l'impression que cela remontait à un siècle.

William regardait pensivement par la fenêtre tandis que Skeevo leur racontait sa vie, qui à l'entendre était fabuleuse. Il s'était marié, il avait un enfant. Irene et lui se plaignirent de la circulation, du réchauffement climatique et du capitalisme tandis qu'ils roulaient sur le majestueux Verrazano-Narrows Bridge en acier gris. Skeevo plongea la main dans sa poche pour prendre son téléphone et il lança une vidéo à l'intention d'Irene. On y voyait sa femme – une belle jeune fille chinoise – assise sur un siège d'avion, tenant un petit garçon avec une énorme tête. Sa tête était si grosse que la femme avait passé ses deux mains derrière comme pour la soutenir. Skeevington Monkeylips McBalzac le Quatrième.

— Skeevs ! Il est adorable ! William, tu ressemblais à ça quand tu étais bébé ?

— Ce bébé est chinois, répondit William. Je suis coréen.

— Techniquement, il est à moitié chinois, précisa Skeevo.

Irene secoua la tête et, même sans voir sa deuxième paupière s'affaisser, William savait qu'elle était triste.

— Les bébés sont trop jeunes pour être quoi que ce soit, dit-elle. Tu peux être une chose ou une autre seulement quand tu es assez grand pour savoir ce que tu es et ce que tu n'es pas.

William voulut protester, mais elle blottit sa tête au creux de son épaule. Il sentit qu'elle retenait ses larmes. Heureusement, Skeevo était trop occupé à se faufiler dans la circulation pour remarquer la larme qui coulait de son cache-œil. William l'essuya. Puis il vit celle qui s'échappait de son œil valide et il passa la main dessus.

La stérilité, lui avait dit le Dr Zarrani, était l'un des effets secondaires probables de la chimio. Ainsi que l'ototoxicité (sensibilité aux sons aigus), la neuropathie (engourdissement des doigts), les lésions cardiaques et, comble de l'ironie, une plus grande prédisposition à de futurs cancers. Ces éventualités inquiétaient peu Irene, à part la perspective de ne pas pouvoir avoir d'enfant.

— Qu'est-ce que tu penses de l'adoption, William ? demanda-t-elle. J'ai toujours voulu adopter un bébé. Dans le fond, je me suis toujours sentie adoptée, tu sais.

— Je suis pour, répondit William. (La vidéo se termina sur le fils de Skeevo mâchouillant allègrement les cheveux de sa mère.) Cela ferait vraiment sortir ma mère de ses gonds.

Irene soupira.

— Elle est tellement gentille. Tu devrais être plus sympa avec elle.

William se tourna et regarda par la fenêtre le boulevard décati de Brooklyn qu'ils descendaient. Il avala
une bouffée d'air frais. Ce n'était pas facile, mais il
avait besoin de redevenir normal pour un temps.
Comme lorsque par exemple, tard dans la nuit, il restait allongé à côté d'elle, incapable de dormir. Dans
l'obscurité, les yeux fermés, il comptait ses déceptions
sur une centaine de doigts imaginaires. Notamment
celles dont il était la cause. Avoir gagné plus d'argent
qu'il ne le méritait, avoir orchestré des fusions
d'entreprises à l'éthique douteuse, être un mauvais fils
– toutes ces choses dont le ciel, pensait-il, pouvait le
punir en rendant si malade la femme qu'il aimait.

Il savait qu'il était égocentrique de croire que cela
pouvait en partie être sa faute, mais cela avait plus
de sens que d'essayer d'imaginer que c'était sa faute
à elle. Elle n'avait fait que rendre l'ordinaire moins
ordinaire. Blotti contre elle, dans le lit à la maison ou
ici, sur le siège de la camionnette, avec ses cheveux à
l'odeur de roussi et ses bras si fins, avec sa peau rougie et son œil mutilé, il ne voulait surtout pas penser à
ce qu'elle avait pu faire pour mériter cela.

Août

Les marches du Metropolitan Museum of Art brûlaient les fesses de Jacob à travers son pantalon. Les
yeux rivés sur la Cinquième Avenue, il attendait Irene. Il

était arrivé tôt et était énervé, parce qu'il ne savait pas de combien de minutes il était en avance. Il avait renoncé à porter une montre et quand l'écran de son téléphone s'était cassé, il avait refusé d'en racheter un, car techniquement, il pouvait encore l'utiliser pour appeler – pour autant qu'il se souvienne du numéro à composer. Les SMS, en revanche, étaient une cause perdue.

Toute la matinée, il avait voulu appeler Irene pour confirmer, mais le seul numéro qu'il connaissait par cœur était celui de George, et George s'était lassé qu'il l'appelle toutes les dix minutes pour lui demander le numéro d'Untel ou d'Unetelle. Peu importe. Jacob savait qu'Irene aurait insisté de toute façon. S'il avait annulé, elle serait venue seule, juste pour prouver qu'elle en était capable.

Ils avaient pour tradition de bien s'habiller et d'aller dans un musée le deuxième dimanche du mois. Ils n'y avaient dérogé qu'une seule fois, lors d'un ouragan – mais bon sang, elle était censée se ménager, pas traîner dehors par trente-huit degrés ni passer toute la semaine à la galerie à apprendre la soudure à l'arc. Comment pouvait-elle manier un chalumeau alors qu'elle avait du mal à soulever son sac à main ? Elle allait finir par brûler vive.

L'admiration qu'il éprouvait en juillet pour sa détermination et son énergie n'était plus, en août, qu'un lointain mirage. Maintenant, il souhaitait seulement qu'elle lève le pied. La chimio de juillet avait paraît-il été bien plus dure que la précédente – *paraît-il*, bien entendu, car Jacob n'avait pas été informé du premier traitement –, mais les autres lui en avaient décrit les grandes lignes : elle se sentait nauséeuse pendant les séances de chimio, mais elle n'était pas totalement HS. Et puis, juste au moment où le désagrément des visites à l'hôpital avait pris fin et qu'elle commençait à rêver de retrouver une vie normale, les effets secondaires cumulés des traitements de chimio et de radiothérapie l'avaient frappée de plein fouet. Elle était transparente la moitié du temps, comme si, au lieu de lui injecter des produits, ils avaient siphonné sa substance.

Jacob regarda par-dessus l'épaule d'un type assis sur les marches plus bas et il vit sur son téléphone qu'il était 12 h 19, ce qui signifiait qu'Irene était légèrement en retard – ils étaient convenus de se retrouver à 12 h 15. L'homme lisait un article sur le site Gawker au sujet d'un jeune acteur, que Jacob reconnaissait sans pouvoir mettre un nom sur son visage, qui avait tenté de se suicider, mais s'était raté. L'homme n'arrêtait pas de lever les yeux au ciel en poussant des gémissements sonores et dramatiques comme pour s'assurer que tous les gens à proximité comprenaient qu'il était *choqué*.

Au bas de l'escalier, trois rangées étaient occupées par des élèves de primaire assis en rang d'oignons, surveillés mollement par leurs instituteurs, qui scrutaient l'avenue pour repérer l'arrivée du bus scolaire. Les écoliers se dissipèrent quand un quatuor a capella se mit à chanter dans la rue des vieux standards du style *I Got a Gal in Kalamazoo* et *You Make Me Feel So Young*. Les enseignants voulurent riposter. « Chantons notre chanson, les enfants. Allez ! » Jacob s'appuya dos aux marches, curieux de voir s'ils allaient entonner *Frère Jacques* ou *Le Fermier dans son pré*. Mais non, ce qui s'éleva dans une clameur de voix aiguës n'avait rien d'une comptine pour enfants. « Baby, baby, baby, oh ! » chantaient les gamins. « Baby, baby, baby, oh... » Jacob constata avec horreur que les instituteurs encourageaient cette atrocité en filmant avec leur smartphone. Ce serait sûrement sur YouTube avant l'arrivée de leur bus. Jacob ne pensait pas qu'un jour les chansons de Barney le petit dinosaure violet lui manqueraient à ce point.

Il avait mal partout à force de rester assis sur les marches et il sentait la sueur collante sur sa peau. Les gens piétinaient sans gêne à quelques centimètres de lui alors qu'il y avait plein de place ailleurs. Il n'arrêtait pas de s'éponger le front et il savait qu'il était en train de virer au rouge. Puis, au moment où il pensa qu'il allait imploser s'il ne crachait pas son venin, au coin de la rue, devant le vendeur de hot-dogs, il vit Irene qui arrivait enfin. Elle portait une longue robe blanche flottante, et ses cheveux étaient tirés dans un chignon gracieux dissimulant à quel point ils étaient clairsemés en raison des traitements. Elle était maquillée, ce qui était fréquent depuis qu'elle avait retiré le cache-œil. Elle avait trouvé comment masquer ses cicatrices par du fond de teint et de l'ombre à paupières. Elle avait mis un soupçon de blush. Ses joues, comme le reste ces jours-ci, étaient incolores.

— Tu as l'air en forme, dit-il d'un ton sinistre.

— Pourquoi tu ne m'as pas attendue à l'intérieur ? Tu es en nage.

Ils gravirent les marches et franchirent la porte-tambour, accédant au Grand Hall bondé du MET. Irene pencha la tête en arrière pour admirer le plafond voûté, et Jacob la vit chanceler. Il s'avança pour la rattraper, mais elle se redressa sans un mot. Ils s'insérèrent dans la file.

— Une entrée étudiant, dit Jacob, montrant rapidement sa carte étudiant périmée.

— Vous devez vous procurer une vignette prouvant que vous êtes toujours inscrit, déclara le vieux caissier.

Jacob feignit de ne pas comprendre.

— Une vignette ? Comment ça ?

En temps normal, l'affrontement aurait duré plusieurs rounds, mais Irene l'interrompit avant qu'il puisse dégénérer.

— Vingt-cinq dollars, ce n'est qu'une suggestion[1]. Tu n'as qu'à dire que tu veux payer douze dollars.

— Ils vont penser que je suis radin !

— Tu *es* radin.

Le vieil homme se lança dans son laïus habituel :

— Monsieur, chaque dollar que vous donnez va directement à la collection du musée, qui est sans équivalent dans tout le pays en termes de variété et d'excellence…

— Où sont les dinosaures ? demanda Jacob en regardant autour de lui, tandis qu'il poussait un billet de dix et deux pièces d'un dollar sur le guichet.

— Monsieur, ils sont au Muséum d'Histoire naturelle de l'autre côté de…

— Ma chérie, pleurnicha-t-il, je croyais que tu avais dit qu'on allait voir les dinosaures. On n'a quand même pas fait tout le trajet depuis Tacoma pour voir des tableaux ?

---

1. Aux États-Unis, certains musées sont gratuits, chacun est invité à donner selon ses moyens.

— Tais-toi, le moucha Irene en prenant les deux badges bleu clair que lui tendait l'homme. Elle referma la main autour du poignet de Jacob et coinça le badge dans sa boutonnière.

— *Ferme-la*[1], articula-t-elle, en se dirigeant vers l'aile égyptienne.

Jacob leva un chapeau imaginaire.

— Je pourrais être de Tacoma, dit-il, surtout pour lui-même, en lui emboîtant le pas.

En général, Irene aimait commencer par les momies dans la section des antiquités du Proche-Orient, mais cette fois-ci, elle leur tourna le dos et elle se dirigea vers le mur opposé où étaient exposés les rouleaux de papyrus du Livre des Morts.

— Est-ce que tu peux déchiffrer ça ? demanda-t-elle à Jacob en montrant du doigt les hiéroglyphes.

Il avait étudié le moyen égyptien pendant deux semestres à l'université, car il avait fait latin et grec au lycée et il avait besoin de six unités de valeur « langue morte » pour le cursus lettres classiques. Il avait presque tout oublié, mais Irene aimait ses improvisations.

— Avec plaisir. C'est le script du pilote d'une série policière de l'ancienne Égypte appelée… voyons voir… oui. *Les Experts : Akhetaton.*

Irene ne sourit pas ; elle fit courir ses doigts sur le texte en anglais sur la vitrine comme une aveugle lisant du braille.

— Un sortilège pour conserver la chaleur dans le corps des défunts jusqu'à la résurrection. Qui doit être récité au-dessus de la statuette d'une vache céleste.

---

1. En français dans le texte.

Jacob gratta une barbe imaginaire.

— On n'a jamais de statuette de vache céleste sous la main quand on en a besoin. C'est tout le problème.

Le panneau suivant décrivait l'Au-delà.

— Chacune des sept portes du domaine d'Osiris est surveillée par un serviteur, un garde et un annonceur.

— Oui, évidemment. Le droit du travail précise bien que tu ne peux pas servir, garder et annoncer sans trois contrats distincts.

Toujours pas de sourire.

— Les Égyptiens croyaient que les morts vivaient dans un Champ des Offrandes, où ils étaient emmenés soit par bateau, soit à bord de la barque solaire de Râ.

— Barque solaire ?

— Il y a écrit *barque solaire*.

— Comme un missile sol-air ou comme le soleil ?

— C'est pas précisé. Et il y a un sortilège pour – ah ! intéressant – pour transformer quelqu'un en une hirondelle capable de voyager librement entre le monde réel et l'Au-delà.

— Ouais, mais alors tu es juste une pauvre hirondelle, soupira Jacob. Beurk ! Il est dit que le gardien de la troisième porte est le « Mangeur de ses propres excréments. » J'espère au moins que ce type bénéficiait d'un détartrage gratuit.

C'était l'une de ses meilleures performances, mais Irene glissa en silence vers la salle suivante. Elle se faufila facilement au travers d'un groupe de touristes asiatiques tandis que Jacob dut faire un détour à gauche, à droite, et encore à gauche en prenant garde à ne pas projeter deux hassidim contre le *Taureau agenouillé tenant un récipient à bec* vieux de cinq mille ans.

Il rejoignit Irene dans l'immense verrière abritant le temple d'Isis de Dendour.

— Tu fais la course ? demanda-t-il en franchissant le fossé.

— Je cherche quelque chose. Désolée, je n'ai pas besoin du Jacob one-man show en version intégrale aujourd'hui.

Elle devenait ainsi quand elle était absorbée par la réalisation d'une nouvelle œuvre dans son atelier. Il aimait ça, et il la comprenait : ce sentiment lui manquait. À part lui, Irene était la seule personne de son entourage à avoir des élans créatifs. Habituellement, elle était avide de connaître ses impressions mais, depuis des mois, elle ne lui parlait plus de ses créations en cours. Il la retrouva penchée sur le pied d'une arche où un soldat du XIXe siècle avait gravé son nom : LEONARDO 1820 PS GORDE o.

— Tu cherches un graffiti antique ?

— Je cherche quelque chose… (elle soupira, puis recommença jusqu'au dernier souffle d'air) de décevant.

Ouvrant les bras avec une suffisance héroï-comique, Jacob se planta devant elle.

— Regarde-moi ! *Portrait d'une profonde déception.* Juif américain d'origine. Circa 2009. Huile sur peau. Chair sur os. Tweed sur viande.

L'ignorant, elle pénétra dans l'antichambre fraîche au centre du temple. Deux jeunes enfants se chamaillaient pour une poignée de cartes à jouer illustrées de hiéroglyphes, qu'ils essayaient d'associer aux signes gravés sur les murs.

— Attention ! Ne vous prenez pas les pieds dans les câbles ! les mit en garde Irene, les enfants essayant de passer en même temps par-dessus et par-dessous. La petite fille tapa du pied sur le sol carrelé et regarda Jacob, en pointant un doigt accusateur vers son frère.

— Il prend toutes les cartes !

— Où sont vos parents ? demanda Jacob.

— Tiens, dit Irene en ramassant par terre une carte que le petit garçon avait laissée tomber. Jacob, tu sais ce qu'elle signifie ?

La fillette examina d'un air boudeur la drôle de croix dorée.

— C'est une croix ankh, expliqua Jacob.

— Hi-han ! cria la gamine.

— Ankh, répéta Jacob. Sans hi, et avec un k.

— Ankh ! réussit-elle à prononcer. Son frère s'approcha, curieux de comprendre ce qui se passait.

— C'est un symbole de vie éternelle.

— C'est quoi un symbole ? demanda le garçonnet.

— C'est comme un grand disque en cuivre.

— Quooooooi ? s'énerva le petit.

— Allez retrouver vos parents, ordonna Jacob en se mettant sur le côté pour laisser filer les deux enfants. Ne lâche pas cette carte et tu auras la vie éternelle !

Ils déguerpirent vers la salle principale en frôlant ses jambes, et quand Jacob regarda derrière lui, Irene souriait. Deux larmes roulaient sur ses joues. Des visiteurs voulurent entrer dans le temple, mais Jacob tendit le bras et se décala pour bloquer la porte. « Désolé. Soirée privée. »

Irene se tourna vers un autre graffiti inscrit sur le mur : A L Corry RN 1817. Elle passa la main sur les lettres gravées, d'où s'échappa un peu de poussière.

— Qu'est-ce qui t'arrive, Irene ? dit-il, en faisant un pas vers elle.

— Tu vas être un super papa, renifla-t-elle. Je veux être là pour voir ça.

Ne sois pas ridicule, voulait dire Jacob. *Dans dix ans, nous serons assis dans le salon de mauvais goût de George et Sara, quelque part, avec leurs rase-moquettes et les tiens, tous à quatre pattes ou à crapahuter le long des murs moches, et nous évoquerons cette année, nous raconterons aux plus grands que Tante Irene a eu un cancer autrefois, et ils ne voudront pas nous croire.* Voilà ce qu'il voulait lui dire.

Au lieu de cela, il dit :

— Beurk. Tu sais, les relations sexuelles visant à la procréation sont contre ma religion.

— Essaie d'être sérieux pendant une minute, s'il te plaît.

Jacob resta silencieux, bouche ouverte. Puis il dit :

— Si tu veux être déçue, allons voir les Warhol.

Ils sortirent du temple d'Isis, firent l'impasse sur l'aile américaine, et jouèrent des coudes dans les salles médiévales et grecques pour atteindre les galeries d'art contemporain au deuxième étage. Tout en marchant, Jacob essayait de lui raconter le film qu'il était allé voir avec Oliver la semaine précédente.

— Quel film ?

— Un truc débile. Le titre est une chanson d'Elvis.

Ses yeux s'illuminèrent.

— *Can't Help Falling in Love ?* Avec Stone Culligan ? Tu sais qu'il a essayé de se suicider hier ?

— Qui ça ?

— Stone Culligan ! Tous les journaux en ont parlé. Ça a pété entre lui et sa copine top-modèle, Branca, et il a percuté un pont avec son jet-ski. Ils disent que sa colonne vertébrale est touchée et qu'il a de la chance d'être encore en vie !

— De la chance d'être… tu as sacrément raison, il a de la chance d'être en vie. Il a le visage de *David* et il vaut des millions de dollars. Tout ça sans une once de talent, mais le talent est la dernière chose qui compte sur cette foutue planète de philistins.

— Parle moins fort, d'accord ? Tu effraies les gens.

Mais Jacob ne se souciait guère du troupeau de Floridiennes en pâmoison devant un tableau de Monet dont une reproduction ornait probablement leur salle de bains aux teintes pastel.

— Comment ose-t-il ? Comment ose-t-il ? Putain, comment ose-t-il essayer de se tuer alors que des gens sont légitimement en train de…

Irene leva un sourcil.

— Mourir ?

Jacob se gratta furieusement le bras.

— Ce n'est pas ce que j'allais dire.

— Si, c'est ça, siffla-t-elle. Si, c'est ça, Jacob, et tu sais quoi ? C'est… c'est la pire chose que tu m'aies jamais dite.

— Ce n'est pas ce que j'allais dire, insista-t-il tout en sachant qu'il mentait. D'accord, c'est ce que j'allais dire, mais il n'y avait pas de sous-entendu.

Elle croisa les bras, ses yeux devinrent noirs.

— Tu n'es pas en train de mourir, Irene. Je ne pense pas ça. Vraiment, je…

— Laisse tomber, dit-elle sèchement.

— Si tu voulais bien…

— J'ai dit LAISSE TOMBER !

Elle était si furieuse que Jacob resta à bonne distance derrière elle tandis qu'ils poursuivaient leur visite du musée. Si difficile que cela soit pour lui, il garda le silence jusqu'à l'aile de l'art contemporain.

Ils arrivèrent aux Warhol. En un jour meilleur, ils seraient restés assis par terre pendant des heures à s'engueuler au sujet du Pop Art, de l'Anti-Art, de l'Anti-Anti-Art et *putain, ne pourrait-on pas juste faire de l'ART-ART ?* – mais là, Irene ne réagit même pas quand Jacob déclara qu'il ne voyait pas l'imposant autoportrait au motif camouflage de Warhol.

— Il est passé où ? Il ne devrait pas y avoir un tableau ici ?

Elle était fascinée par une gigantesque toile au fond de la galerie : *La Bohême est au bord de la mer* d'Anselm Kiefer. Sur six mètres de long et deux mètres de haut, elle représentait un vaste champ de coquelicots roses et orange traversé au centre par un chemin creusé d'ornières. C'était un de leurs tableaux préférés, mais pour une tout autre raison, il résonnait aujourd'hui de manière étrangement familière.

— On dirait Shelter Island, déclara Irene tranquillement.

Immédiatement, une douleur sourde se nicha dans la gorge de Jacob, et il savait pourquoi. Il n'avait pas pensé au tableau pendant qu'ils étaient là-bas, mais maintenant il voyait qu'il lui évoquait le rivage où elle lui avait avoué qu'elle était malade. Où ils avaient bu la bouteille de vin. Dans ses tripes, il savait que c'était la dernière fois qu'il avait été heureux – dans ce paysage, juste après qu'elle le lui avait appris, mais avant qu'il n'y croie vraiment.

— J'ai besoin de m'asseoir une seconde, gémit Irene.

Jacob balaya la salle des yeux, il n'y avait pas de sièges. Il ne pouvait pas supporter de la voir s'affaler au sol dans sa belle robe blanche – le genre de robe dans laquelle elle aurait pu se marier, du moins sur une plage. Il chercha un gardien des yeux.

— Attends. Peut-être que quelqu'un peut t'apporter un fauteuil roulant ou un truc comme ça ?

— Laisse-moi juste reprendre mon souffle, dit-elle à terre, en contemplant son reflet dans le sol.

— Irene, insista-t-il. Pour l'amour du ciel, tu as l'air du fantôme d'un fantôme. Tu ne peux pas…

Elle s'arracha du sol sans un mot. Pour la première fois, il regrettait qu'elle ne porte plus son cache-œil. Elle avait un regard de Gorgone, pétrifiant, insoutenable. Il resta planté comme un piquet tandis qu'elle s'éloignait d'un pas raide. Dans le sol de marbre blanc, il vit un sale con le regarder tristement. Quel connard prétentieux il était. Comment avait-il pu croire un jour qu'il sauverait n'importe qui de quoi que ce soit ? Il se retourna pour contempler l'immense autoportrait, sachant qu'il n'était qu'un Warhol au fond de lui.

Il se précipita pour tenter de la rattraper et traversa une salle sombre remplie de carrés de Josef Albers, éclairée uniquement par les ignobles tubes fluorescents de Robert Irwin sur le mur du fond, mais elle avait disparu. Il s'attendait à la trouver assise sur les escaliers menant aux galeries d'art moderne, mais elle n'y était pas non plus. Ni près des Klee, ni des Miró, ni – merde – parmi les O'Keeffe (pour qui elle nourrissait encore une admiration amoureuse de collégienne). Il cracha, jura, fit demi-tour et revint sur ses pas, persuadé qu'il l'avait ratée ; dans son état d'épuisement, elle ne pouvait pas aller bien loin. Et pourtant, elle n'était nulle part.

Il traversa au pas de course les Arts d'Afrique, d'Océanie et des Amériques en regardant derrière chaque totem éthiopien, pirogue philippine, linceul esquimau. Il crut l'apercevoir en train d'étudier une statuette korwar ancestrale, et un peu plus loin, penchée au-dessus d'un masque funéraire péruvien, mais non. Était-elle aux toilettes ? Se cachait-elle parmi le Mobilier européen ? Jacob savait que toutes ces armoires décoratives l'ennuyaient à pleurer, mais si elle voulait se débarrasser de lui, c'était le meilleur endroit où aller. Il la chercha partout, parmi les cercueils dorés à l'or et les statues funéraires en marbre.

Il ne s'était jamais rendu compte auparavant à quel point la *mort* était présente dans les musées. Des tableaux de peintres morts. Des sculptures de gens morts pour toujours et à jamais. Des vases ornementaux, des fauteuils et des miroirs fabriqués par un type mort qui les avait vendus un jour à quelqu'un, qui lui-même avait disparu et les avait légués à un autre type qui était mort et ainsi de suite jusqu'à ce que le grand musée immortel mette la main sur ces *restes*. Et chaque aile, chaque banc, chaque vitrine portait le nom d'un mort. Collection du défunt Robert Lehman.

Aile du défunt Sackler. Auditorium de la défunte Grace Rainey Rogers. Bibliothèque du défunt Thomas J. Watson. Oh, allons manger un morceau au défunt Petrie Court Café avant de visiter le Centre pour l'éducation de la défunte Ruth et du défunt Harold Uris. C'était un mausolée plus qu'un musée.

Il entra dans la Branch Bank et ses kilomètres de mobilier américain sans intérêt, puis il rebroussa chemin direction les vitraux Tiffany avant de redescendre aux Armes et Armures. Des murs et des murs d'instruments de mort – épées, haches, arbalètes et arquebuses. Il ne la voyait pas dans la salle des vases grecs à figures rouges du ve siècle ni dans celle des têtes de lance en bronze de l'époque de la guerre de Troie. Il se hasarda dans l'aile médiévale. Il n'y avait plus rien d'autre à faire que de parcourir de nouveau les salles où il était déjà allé, au cas où elle serait revenue sur ses pas. Après avoir été partout ailleurs, il retourna aux Warhol, passa devant *La Bohême est au bord de la mer,* et là, en bas des escaliers qu'il avait empruntés en premier, se trouvait Irene.

Assise sur une marche, elle contemplait la salle. Avait-elle été là tout le temps ? Était-il passé à côté d'elle sans la voir ? Elle regardait deux peintures de Klee. Sur celle de gauche, un monde imaginaire à dominante violet et rose – des petites maisons alignées avec de grosses portes et fenêtres. *Jardin d'agrément oriental.* À côté, *Ville dévastée.* Une monstruosité marron comme couverte de suie, des ombres déchiquetées par la mort.

— La vache, dit-il en s'asseyant à côté d'elle. Je t'ai cherchée partout.

À travers le rideau des cheveux dénoués d'Irene, il vit qu'elle avait les yeux dans le vague. Ils semblaient voir à travers lui. Sa peau était devenue si blanche et exsangue qu'elle ne se fondait plus dans son maquillage. Elle ressemblait à quelqu'un portant un masque d'Irene fabriqué dans une usine de contrefaçon.

— Merde. Il faut que tu te lèves. Viens, marche avec moi, d'accord ? Tu peux ?

Le bras autour d'elle, Jacob réussit à la remettre sur ses pieds et à progresser lentement dans les allées bondées des expositions d'art moderne et l'atrium des marbres grecs. Pas à pas, il la guida vers le hall d'entrée et la sortie, en espérant que tout le monde les prendrait pour deux amoureux enlacés, incapables de se décoller d'un pouce. Il voulait désespérément, pour elle, qu'elle sorte du musée sur ses deux pieds, avec sa dignité intacte.

— C'était bien, souffla-t-elle quand ils parvinrent à la porte-tambour. J'ai passé un très bon moment.

— Tu délires. Tu as passé un moment horrible. J'ai tout gâché. Mais ça ne fait rien.

Jacob sourit en passant devant les gardes de la sécurité, s'efforçant de paraître décontracté. Ils sortirent dans la chaleur accablante. La foule piétinait devant eux, les poussait par-derrière. La circulation roulait au pas sur la Cinquième Avenue. Tout ce qu'il fallait, c'était qu'Irene parvienne en bas des marches, et qu'il puisse la mettre dans un taxi.

— Il fait chaud, dit-elle, surprise.

— Attends. Je vais te porter.

— Jamais de la vie, murmura-t-elle, mais il n'écouta pas.

Il passa son bras libre derrière ses genoux moites et il la souleva. Elle était plus légère qu'un cartable d'écolier. Il sentait ses os à travers sa peau et sa robe blanche, qu'il prenait garde à ne pas remonter, tandis qu'il visait la file des taxis jaunes. Une marche à la fois, d'un pas lent et régulier, il descendit l'escalier en portant Irene dans ses bras.

— Hé ! cria quelqu'un. Ces jeunes tourtereaux viennent de se marier !

Jacob n'avait pas la force de répliquer, encore moins de se lancer dans des explications.

— Regardez, il la porte jusqu'à la voiture ! hurla quelqu'un d'autre.

De quelques personnes au début, l'engouement gagna la foule. À chaque marche, de plus en plus de gens se retournaient et brandissaient un téléphone pour prendre une photo des jeunes mariés. Le quatuor a capella se tourna vers eux, puis changea subtilement de registre pour entonner une vieille chanson d'Elvis.

« *Wise men say…* », chantaient les quatre hommes en parfaite harmonie. « *Only fools rush in…* »

Jacob regarda sa prétendue jeune mariée, cheveux blonds flottant sur son visage, les yeux dardés vers lui : apeurés, épuisés, résignés, indignés, confus. Elle jeta la tête en arrière et se mit à rire.

En bas, sur le trottoir, la foule s'écarta et applaudit sur leur passage. Irene se redressa et embrassa la joue piquante et collante de sueur de Jacob. Un taxi s'arrêta le long du trottoir, et le chauffeur se précipita pour venir leur ouvrir la porte.

Jacob déposa une Irene radieuse sur le cuir frais de la banquette, dans l'air délicieusement conditionné. Elle posa ses mains jointes sur sa poitrine en sueur.

— On va où, les amoureux ? demanda le chauffeur.

— Mount Sinai Hospital, et le plus vite possible, répondit Jacob.

SEPTEMBRE

Sara déboula dans la pharmacie Duane Reade, son sac *New York Journal* vide ballant contre son côté droit, ses ballerines usées crissant sur le linoléum gris bon marché, un coupon promotionnel Internet plié dans sa main gauche. *Bonneterie, épilation, incontinence. Cartes de vœux, pacotilles à la gomme, choix unique de fournitures scolaires. Sacs de bonbons de toutes tailles super en avance pour Halloween.* Ses chaussures, tels des missiles jumeaux, la guidèrent vers l'allée où elle venait un jour sur deux, après avoir administré à Irene, à seize heures, sa dose de Prednicen-M de l'après-midi. Cela l'assommait pendant une heure, ce qui offrait à Sara une mince fenêtre pour faire les courses dont elle doutait que William, George ou Jacob puissent s'acquitter convenablement.

Couches pour adultes, Orthopédie, Compléments alimentaires. En arrivant dans l'allée deux, elle constata immédiatement que le magasin n'avait pas été réapprovisionné en milk-shake Assure hypercalorique, le supplément nutritionnel qu'Irene devait prendre. Le Dr Zarrani avait déclaré que si elle ne reprenait pas de poids, elle devrait être de nouveau hospitalisée. Il avait été suffisamment difficile de la faire sortir la première fois. Après que Jacob l'avait littéralement portée aux urgences, le personnel médical l'avait traitée pour déshydratation et malnutrition comme une imbécile lambda qui aurait oublié de boire de l'eau en pleine canicule.

« Tu ne leur as pas dit qu'elle était soignée ici ? » avait demandé Sara à Jacob en arrivant sur les lieux. Quand elle avait enfin pu attraper une infirmière, elle lui avait dit : « Votre système informatique n'indique pas qu'elle a un cancer ? » L'infirmière avait consulté ses dossiers. « Qui ? *Elle ?* »

Il avait ensuite fallu deux heures pour que le service oncologie fasse parvenir son dossier médical. Personne n'arrivait à mettre la main sur les documents indiquant que Sara devait être traitée comme un membre de la famille et avait le droit de savoir ce qui se passait. Ce qui ne l'empêchait pas de demander à Irene d'appeler son père deux fois par jour. Puis encore trois heures d'attente, avant que le Dr Zarrani réussisse à la faire transférer au douzième étage Est – pas du côté du paisible jardin zen où se déroulaient les séances de chimio, mais dans l'autre aile du bâtiment où se trouvaient des lits pour les patients nécessitant d'être admis. *Admis.* C'était une blague.

Irene continuait à prétendre qu'il n'y avait rien de grave.

— Relax, Sara. Jacob a réagi de façon excessive. Il m'arrive d'oublier de manger, c'est tout.

Une infirmière diplômée vint leur dire que les médecins (invisibles, apparemment) voulaient effectuer une nouvelle batterie d'examens. Une infirmière en chef écouta d'un air grave Sara faire part de ses inquiétudes, pendant au moins trois minutes, avant de disparaître. Ils ne virent personne d'autre que des infirmières durant toute la nuit. Sara resta, ne serait-ce que pour s'assurer qu'Irene n'allait pas se lever et filer en douce. Finalement, vers sept heures du matin, cinq médecins débarquèrent comme un seul homme alors que Sara était à moitié dans les vapes. Ils parlaient à voix basse du résultat des examens, du niveau de potassium et suggéraient d'appeler des spécialistes en Géorgie.

— Quand verra-t-elle le Dr Zarrani ? demanda-t-elle.

— Il sera là à dix heures, répondit l'un d'eux, puis ils s'envolèrent avant que Sara ait le temps de mentionner que le Dr Zarrani était une femme.

Il fallut cinq heures de plus pour remplir la paperasse autorisant Irene à sortir, à la condition qu'elle s'abstienne de faire de longues marches, de porter des charges lourdes et qu'elle mange trois repas complets par jour.

Irene avait perdu presque trois kilos depuis la dernière séance de chimio, il y a deux semaines, alors qu'elle avait déjà énormément maigri. Elle mesurait 1,77 mètre pour 48,5 kilos. Sara espérait que cette fois, elle avait eu suffisamment peur pour ne pas risquer de s'effondrer dans la rue une nouvelle fois. Sara avait confié à William, quand il l'avait ramenée chez lui, le soin de la faire manger régulièrement, même si la chimio la rendait nauséeuse et qu'aucun aliment ne lui semblait avoir de goût.

Bon, ces erreurs, Sara ne les referait pas.

Irene avait tenu ses engagements une semaine, ni plus ni moins. Elle promettait à William de rester à l'appartement pendant qu'il allait passer ses entretiens, de se reposer, regarder des films et manger des plats à emporter. Mais au lieu de cela, elle traînait en pyjama jusqu'à ce qu'il parte, puis elle enfilait un T-shirt et un jean et filait à la galerie. Elle travaillait à ses sculptures jusqu'à trente minutes avant l'heure prévue du retour de William, cavalait à l'appartement, remettait son pyjama et faisait réchauffer au micro-ondes la même barquette au trois quarts vide de porc mu shu qu'elle repêchait dans la poubelle tous les matins. Que croyait-elle qu'il allait se passer ?

Un jour, Irene s'effondra à la galerie. Dix minutes s'écoulèrent avant qu'Abeba ne se rende compte qu'elle n'était pas en train de méditer. « En boule sur le sol ? » hurla Sara, en arrivant de nouveau en catastrophe aux urgences. « Dites-moi au moins que cette fois quelqu'un s'est rendu compte qu'elle suit un traitement ici. »

Infirmière différente, même réaction. « Un cancer ? Cette jeune femme ? »

Irene avait perdu deux kilos de plus. Sara n'arrivait pas à se rappeler l'époque où elle-même ne pesait que quarante-cinq kilos – au collège ? L'examen du Dr Zarrani révéla que la bouche et la gorge d'Irene étaient truffées d'aphtes douloureux – un effet secondaire fréquent de la chimio et sans doute la raison pour laquelle elle ne mangeait pas. Le fait qu'Irene n'ait pas mentionné qu'elle avait du mal à avaler dépassait l'entendement de Sara. Une bonne centaine de fois par jour, Sara lui demandait comment elle se sentait, et chaque fois, elle répondait « très bien ! » Pourquoi fallait-il qu'elle rende les choses si difficiles pour tout le monde ?

C'est trop, s'était dit Sara. Ils avaient besoin de renfort. Au minimum d'un autre adulte *responsable* en plus d'elle. Irene affirmait qu'elle essayait de joindre son père, sans succès. Où diable était-il ? En Mongolie ? Comme s'ils n'avaient pas de téléphone là-bas. Mais bien entendu, quand Irene s'assoupissait et que Sara en profitait pour vérifier sa liste d'appels, il n'y avait aucun appel sortant vers la Mongolie ou ailleurs.

Sara s'était donc retrouvée une fois de plus la seule adulte responsable quand le Dr Zarrani avait insisté pour insérer une « sonde de gastrostomie endoscopique percutanée » dans l'estomac d'Irene – seule façon de s'assurer qu'elle recevrait les nutriments essentiels. Quatre jours d'hôpital pour l'opération et la récupération, durant lesquels Sara avait appris à arrimer une poche IV remplie de milk-shake Assure afin qu'il s'écoule lentement dans la sonde de GEP et dans l'estomac d'Irene. Que pouvait-elle faire d'autre ? Les garçons étaient trop dilettantes pour s'en occuper, et elle ne pouvait pas faire confiance à Irene.

Le lendemain, Sara avait débarqué chez William, une valise dans chaque main. « Tu peux aller vivre avec George si tu veux, lui avait-elle dit. Moi, je m'installe ici. » William n'avait sagement pas protesté, et en quelques minutes, il lui avait gonflé un matelas pneumatique dans le coin salle à manger. Sara avait trois semaines de congés à prendre. Elle promit à Luther de

297

corriger cinq articles par jour de chez elle et de prendre les renvois d'appel quand la nouvelle stagiaire serait à l'extérieur ou en réunion. Elle annula ses rendez-vous avec les traiteurs, orchestres et fleuristes. George et elle n'avaient pas encore choisi de lieu, encore moins fixé une date. La recherche d'appartement était au point mort. Mais ça n'avait plus aucune importance maintenant. Elle resterait jusqu'à Noël s'il le fallait, quitte à ce qu'Irene la déteste, et elle remplirait des poches IV de milk-shake Assure, produit qu'elle était précisément venue acheter à la pharmacie Duane Reade.

Elle parcourut les étagères à la recherche du Double Boost, qui était fréquemment en rupture de stock, car le Double délivrait deux fois plus de vitamines et de minéraux que le Normal. Pourquoi du reste fabriquait-on encore du Normal ? Qui préférerait en ingurgiter un au lieu de deux ?

Les résultats des derniers scanners étaient arrivés durant le second séjour à l'hôpital. Les tumeurs ne diminuaient pas. Elles ne grossissaient pas non plus, mais le feraient bientôt, maintenant que la chimio et les rayons étaient terminés. Et les médecins ne pouvaient pas continuer à intensifier les traitements à l'infini. Le moment était venu de tenter une méthode expérimentale, des essais cliniques par exemple. Sara essayait de ne pas penser aux chances de succès estimées.

Vingt-deux pour cent.

Seize pour cent.

Neuf virgule deux pour cent.

Irene était comme une enfant. Elle trouvait n'importe quel prétexte pour retarder la prise de ses médicaments – faisant semblant de dormir ou d'être occupée dans la salle de bains. Disant « je les prendrai dans quelques minutes », minutes qui se transformaient rapidement en une heure, voire deux, même quand le protocole exigeait d'être suivi avec rigueur, comme en témoignait le planning Excel avec un code couleur précis que Sara avait scotché dans toutes les pièces de l'appartement.

Le Prednicen-M devait être pris quatre fois par jour avec un Assure. Irene devait appliquer une crème hydrocortisone 1 % trois fois par jour sur les irritations causées par ses injections de denosumab. En fait, *Sara* devait appliquer la crème, car il y avait des endroits au milieu du dos qu'Irene avait du mal à atteindre. Tous les matins, trente minutes avant son premier repas, Irene avalait un cachet de Fosimax avec de l'eau, après quoi elle devait rester debout pendant trente minutes pour prévenir les brûlures d'estomac. Pour les aphtes, Irene faisait un bain de bouche au lait de magnésie et Benadryl liquide cinq fois par jour, et le mélange devait être préparé juste avant. Quatre fois par jour, elle prenait de l'amphotéricine B pour le muguet.

Du Zofran en cas de nausée, du Vicoprofen en cas de douleur.

Comme Irene avait du mal à avaler, Sara cassait les pilules en quatre et broyait les morceaux avec un pilon et un mortier, comme un apothicaire. Au bout d'une semaine, sa paume était couverte de callosités rouge foncé, de sorte que George s'était rendu chez Sur la Table et avait acheté un moulin à épices électrique qui fonctionnait bien mieux.

Les milk-shakes devaient être transvasés dans les poches IV, qui pouvaient être suspendues à la lampe sur pied près du canapé, aux poignées du placard dans la cuisine, à la colonne de douche dans la salle de bains et à la patère dans la chambre. Jacob avait fixé des crochets adhésifs Command 3M derrière toutes les chaises sur lesquelles Irene était susceptible de s'asseoir. L'hôpital ne leur avait fourni que deux poches IV, à nettoyer après chaque utilisation, sans quoi le résidu crayeux obstruait l'embout.

William était là la plupart du temps mais, déception, il s'était révélé désespérément inutile. George et Jacob venaient presque tous les jours pour aider quelques heures, ce qui donnait à Sara un peu de temps pour travailler sur ses articles, dormir, se promener angoissée dans le parc de Madison Square – mais il y avait des choses que les garçons ne pouvaient décemment pas faire : la production d'urine d'Irene devait être mesurée, car le Dr Zarrani voulait s'assurer qu'elle retenait suffisamment de fluides. Cela impliquait qu'Irene place un appareil de mesure en plastique sur le siège des toilettes (qu'elle oubliait si Sara ne le lui rappelait pas), fasse pipi dedans, et crie le résultat à Sara qui le notait scrupuleusement au millilitre près. Ils avaient des alertes programmées sur leur téléphone. Ils avaient une liste plastifiée, à garder dans leur portefeuille, avec les numéros de téléphone de l'hôpital à appeler au cas où ils auraient une question. Et pourtant, ils sentaient qu'ils étaient en train de perdre la bataille.

Le pauvre George était de garde quand Irene s'était mise à avoir des crampes terribles et il n'avait fait qu'empirer les choses en tentant de lui venir en aide sans réveiller Sara. Elle avait apprécié sa délicatesse, mais moins qu'Irene endure trois heures d'agonie, pendant que George suivait bon an mal an des instructions sur Internet pour lui procurer un massage de la zone lombaire, censé soulager ses crampes. Une fois Sara réveillée, il ne lui avait fallu que dix minutes pour appeler trois personnes différentes, qui avaient conclu qu'en raison de son régime alimentaire exclusivement liquide, Irene devait boire du thé au séné deux fois par jour pour aller à la selle normalement. Encore une chose à consigner que les garçons passaient à la trappe, pas plus qu'ils ne s'acquittaient du nettoyage aux antibiotiques de la zone autour de la sonde de GEP ni ne géraient les incidents comme la fois où le bouchon de la sonde avait sauté pendant le sommeil d'Irene et le contenu de son estomac s'était répandu sur le canapé.

— Pourquoi est-ce qu'elle ne se bat pas ? s'était plainte Sara au Dr Zarrani.

— Elle est sans doute très déprimée, avait-elle répondu, mais je suis sûre qu'elle veut aller mieux.

Sara n'était pas convaincue. Irene semblait plus en colère que dépressive.

— Putain, c'est tellement déprimant ! pestait Irene au moins une fois par jour, comme si tout était la faute de Sara.

Ne plus avoir le temps d'aller à l'atelier la mettait en rogne. Elle dessinait au lit ou sur le canapé pendant qu'ils regardaient les sempiternelles rediffusions de *¡Vámonos, Muchachos!*, mais la plupart du temps elle s'endormait après avoir esquissé quelques traits. Puis elle se réveillait d'une humeur de chien, comme si on venait injustement de la priver d'un temps précieux.

— Putain, mais c'est de la torture ! hurlait-elle en balançant ses crayons dans la pièce.

« OK, laisse-moi contacter l'ONU », avait envie de lui répondre Sara. Elle en profiterait pour déposer une réclamation en vertu des Conventions de Genève. Elle en ferait aussi une pour elle-même. Parce que c'était aussi une torture pour Sara de voir sa meilleure amie dans cet état. Une torture de ne plus dormir, de ne pas aller au bureau, de ne plus passer ses nuits dans le même lit que George et de manger exclusivement des plats à emporter. Sa vie sociale, hormis se plaindre aux garçons et hurler sur ses stagiaires au téléphone, se limitait à ses brèves visites à la pharmacie Duane Reade.

Depuis peu, elle avait commencé à s'y attarder, simplement pour s'offrir un maigre répit.

Sara examina l'emballage du pack de six bouteilles individuelles d'Assure. Il était illustré par la photo d'une belle femme mûre, pleine de vie, prête à aller faire la fiesta toute la nuit au bal de la maison de retraite, à danser le Buffalo Shuffle avec un beau vétéran de la guerre du Viêtnam à moitié aveugle, disposant d'une réserve de Viagra sur sa table de nuit, au milieu des médicaments pour la cataracte. Sara écarta les packs les uns après les autres à la recherche du Double Boost, en murmurant pour elle-même, *Tant mieux pour toi, Mamie. Va danser. Jeune d'esprit. L'âge d'or du jazz. Mais si tu pouvais juste laisser un Double Boost pour mon amie, qui a un corps et un esprit jeunes, encore carrément dans l'âge Normal, ce serait sympa.*

Un unique client attendait au comptoir, un vieux monsieur, vêtu d'une combinaison moulante ridicule en élasthanne vert, appuyé sur un vélo. Magnanime, il fit signe à Sara de passer devant lui à la caisse – la pharmacienne se trouvait quelque part dans la réserve.

— Elle prépare ma commande, expliqua-t-il comme Sara le remerciait.

Elle posa son sac chargé sur le comptoir et regarda sa montre. Parfait. Elle serait rentrée pour quatre heures et demie.

— N'êtes-vous pas un peu jeune pour ces choses ? s'enquit l'homme en indiquant du doigt les produits Assure.

Sara baissa les yeux vers Mamie Âge d'Or, puis elle les releva vers lui. On aurait dit qu'il sortait tout droit d'une publicité pour Assure : *Amis du troisième âge, roulez jeunesse !*

— Ils sont pour ma mamie, mentit Sara. Elle ne savait pas très bien pourquoi elle avait ressenti le besoin de mentir – elle n'appelait même pas sa grand-mère mamie, et celle-ci vivait à Marblehead, à trois cents kilomètres d'ici. Ne me demandez pas pourquoi, mais elle adore ces machins.

L'homme fit une charmante grimace.

— Il y a un café près d'ici qui fait des milk-shakes à l'herbe de blé. Je suis complètement accro. J'y vais trois fois par jour. Pour boire de *l'herbe*, nom d'un chien !

Sara rit, car ses dents avaient une légère teinte ver-dâtre et son haleine sentait vaguement la pelouse fraî-chement tondue.

— Vous venez chercher une prescription ? lui demanda la pharmacienne, une Polynésienne au visage rond avec des yeux noirs, immobiles et implacables.

Son badge indiquait : BETTIE.

Bettie, pensa Sara tristement.

— Bettie ! dit-elle joyeusement. Pouvez-vous m'encaisser ?

Le visage de Bettie resta impassible, comme le jeudi précédent, et le jeudi encore avant.

— Si vous ne venez pas chercher une ordonnance, alors vous devez régler vos achats à l'avant du magasin.

Sara prit une voix douce, tout en maudissant en silence toutes les Bettie de la terre.

— Il y a la queue en ce moment, et ma… ma mamie en a vraiment besoin tout de suite.

Elle n'hésitait pas à abattre la carte du cancer quand il le fallait – après tout, c'était le cancer qui l'avait mise dans cette situation. Mais elle ne voulait pas que le gentil monsieur avec son vélo sache qu'elle avait menti.

— Docteur Von Hatter ? Votre total s'élève à trente-quatre dollars cinquante avec la carte de réduction Big Apple.

Mais l'homme à la bicyclette ne fit pas le moindre mouvement pour prendre le sachet des mains de Bettie.

— Pourquoi ne pas servir cette belle jeune femme en premier ? Il n'y a personne derrière nous.

Sara sourit avec gratitude, mais Bettie, imperturbable, fixait le médecin.

— Trente-quatre dollars cinquante.

— Charles m'encaisse toujours ici, insista Sara.

— Charles ne travaille pas le jeudi.

— Oui, mais… écoutez, je viens retirer des médicaments sous ordonnance ici deux fois par semaine pour Irene Richmond. Ça ne vous dit rien ? Prednicen-M ? Zofran ? Vicoprofen ? La crème hydrocortisone 1 % ?

Betty tendit une main vers elle.

— Si vous avez une autorisation pour prendre les prescriptions de Richmond à sa place, je peux vérifier pour voir si elle a besoin d'un renouvellement.

Sara savait que les médicaments d'Irene n'étaient pas censés être renouvelés avant dimanche.

— C'est ridicule, s'entêta le vieux monsieur. Il n'y a personne d'autre que moi dans la file d'attente. Zofran et Prednicen ? Pourquoi vous n'aidez pas cette jeune femme afin qu'elle puisse aller s'occuper de sa mamie ?

Bettie secoua la tête.

— Il n'y a pas de traitement de faveur ; elle n'est pas spéciale. Elle doit régler ses achats à la caisse, comme tout le monde.

Alors que le cycliste s'évertuait à raisonner la pharmacienne, ces mots s'enfoncèrent dans les côtes de Sara comme des épines. Car elle était spéciale, et l'avait toujours cru. Elle était plus ponctuelle et mieux préparée. Plus motivée, poussée par des causes plus pures. Plus gentille et plus fidèle. Recyclant tout, ne jetant jamais. Toujours polie, jamais hypocrite. Grosse travailleuse, laissant des pourboires généreux, et pardonnant à tour de bras.

Et pourtant, elle avait beau se dépasser et redoubler d'efforts, elle ne pourrait pas sauver Irene. Parce que personne n'était à l'abri d'une tragédie. Peu importe que Sara s'évertue à vivre en respectant les règles et les gens, la mort ne respectait rien en retour. Elle, Irene, ils étaient *tous* susceptibles de s'effondrer, quels que soient leur degré de préparation, leur ponctualité et leur droiture. Aucun d'eux n'était spécial.

Le docteur à la bicyclette était maintenant franchement énervé. Lui qui avait semblé si gentil bouillonnait de rage. Même s'il n'était qu'une personne en colère de plus dans cette foutue ville claustrophobe.

Comme elle. Elle était en colère en permanence maintenant. Contre le Dr Zarrani, qui avait paru maîtriser la situation au début mais qui était devenue difficile à joindre et semblait démunie face à l'échec des traitements classiques. Contre Luther, coupable d'avoir laissé l'un des plus grands journaux de la ville colporter un ramassis de conneries, et contre tous ceux qui préféraient s'abreuver de ces conneries au lieu de s'intéresser aux vraies informations. Contre elle-même, pour réécrire lesdites conneries comme s'il était important que les phrases soient bien tournées. Contre Jacob, pour son refus d'avoir une vie stable et ses continuels alibis pour ne pas composer la grande œuvre poétique dont elle le savait capable, si seulement il voulait bien laisser percer une lueur de joie dans sa vision du monde. Et même contre Irene, pour son attitude totalement inacceptable, irrationnelle, irrespectueuse, absurde, je-m'en-foutiste à l'égard d'absolument tout dans la vie, sans parler de la mort…

Et ce fut là, au fond d'une pharmacie Duane Reade, alors qu'un septuagénaire en tenue élasthanne enguirlandait une pharmacienne à face de crêpe, que Sara comprit pour la première fois qu'Irene allait mourir.

Elle n'allait pas mieux, quel que soit le nombre de cachets que Sara pilait, quelle que soit la rigueur avec laquelle elle suivait le planning et ses codes couleur, quel que soit l'ordre dans lequel elle rangeait les cellules de la feuille Excel. Le résultat final était toujours le même : Irene était en train de mourir – *rapidement* – et Sara, en en prenant conscience, eut l'impression de voir s'afficher la dernière ligne en bas de l'addition. Le montant, à régler en totalité, pour toutes les déceptions listées plus haut.

— Ça ne fait rien, dit Sara en ramassant son sac sur le comptoir. (Le docteur cycliste fit mine de vouloir la convaincre de se défendre contre cet abus de pouvoir, mais le sourire infiniment calme de Sara le désarma.) Vraiment, ça n'a aucune importance.

Car je ne suis pas spéciale, pensa-t-elle en tournant le dos à Bettie, qui demandait une fois de plus au docteur le ticket modérateur de 34,50 $ dû sur sa prescription. Sara repassa devant le rayon *Maquillage, Shampoing format voyage, Jouets* en se dirigeant vers l'avant du magasin, avec l'intention de faire ce qu'on lui avait dit : attendre son tour dans la file comme n'importe qui. Mais au lieu de cela, ses pieds la guidèrent vers la sortie. Elle glissa le coupon Internet dans le sac fourre-tout et chaussa ses lunettes de soleil. Un type qui réapprovisionnait le rayon des dentifrices, sortant consciencieusement les tubes d'un carton pour les poser sur les étagères, s'interrompit. Avait-il compris ce qu'elle s'apprêtait à faire ? Elle lui sourit et – trop facile – il lui rendit son sourire et se décala pour la laisser passer.

Elle marcha droit vers la porte, sans s'arrêter quand l'alarme discrète se déclencha. Le caissier débordé, qui devait gérer la longue file d'attente, ne daigna pas lever les yeux, pas plus que le magasinier. Son cœur battait la chamade ; elle était prise d'un merveilleux vertige. Le trottoir était là, sous ses pieds, et elle se sentait de nouveau elle-même. Au coin de la rue, elle dut s'arrêter le temps que le signal piéton passe au vert. De toute sa vie, elle n'avait jamais volé plus qu'un tube de Labello. La sangle du sac lui cisaillait les doigts, et pourtant il lui semblait léger comme une plume.

Il ne lui restait que trois blocs à parcourir jusqu'à l'appartement de William, quand quelque chose attira son regard : un bus M5 roulant en direction du centre-ville vers South Street/Whitehall Station. Avant de comprendre ce qu'ils faisaient, ses pieds formèrent un angle par rapport à leur trajectoire initiale et la portèrent jusqu'aux portes du bus qui se refermèrent derrière elle en sifflant. Elle enleva ses lunettes de soleil pour ne pas paraître impolie en souriant au conducteur. Elle posa le sac par terre et en sortit son porte-monnaie tandis que le bus s'engageait dans la circulation en pointillé de la Cinquième Avenue.

— Oh ! s'exclama-t-elle en ouvrant le mauvais soufflet du porte-monnaie. Oh non ! Ma carte est tombée !

Puis elle regarda le chauffeur ; il lui fallut à peine un battement de cils pour la rassurer. Il lui tendit une petite brochure du panneau latéral.

— Tenez. Ce n'est pas grave, mademoiselle. Si c'est une carte mensuelle, appelez ce numéro et ils vous en enverront une nouvelle.

— Merci beaucoup.

Une sensation douillette s'installa au fond de sa gorge. Le chauffeur avait été heureux d'aider une demoiselle en détresse, et elle avait été contente de lui donner ce plaisir, et contente aussi de ne pas payer de ticket.

Elle s'assit et regarda la ville qui défilait à travers son reflet dans la vitre. Des fenêtres s'élançant vers la stratosphère. Des tunnels sous la chaussée, des métros se croisant à une vitesse vertigineuse. Et partout ailleurs, des gens qui marchaient dans tous les sens, désiraient toutes sortes de choses, qui tous vivaient et mouraient par on ne sait quel mystère. Sara ferma les yeux, laissant la ville au-dehors. Son téléphone vibra dans sa poche, mais elle ne répondit pas. C'était soit Irene, soit George qui se demandait où elle était. *Je ne sais pas,* pensa Sara.

Tu reviens quand. *Je ne sais pas.* Où sont les médicaments. Comment on mesure l'urine et comment on nettoie les saletés dans la sonde. *Je ne sais pas.* Le téléphone cessa de vibrer. Sara ne consulta pas le message. Lâcher prise sur la dernière chose qu'elle croyait sous son contrôle était un bonheur absolu. Comprendre qu'elle n'en avait jamais eu le contrôle. Que personne ne contrôlait jamais rien.

Sara effectua tout le trajet jusqu'à Whitehall Station. Puis le bus fit demi-tour, comme pour la ramener.

OCTOBRE

George fixait sa tasse de *latte* crémeux. Il avait pris une résolution : au moment où il l'aurait finie, sa vie changerait. Avant ce café chez Starbucks, il était encore George Murphy, joyeux buveur, manquant de volonté par moments, sur l'alcool évidemment, mais également sur beaucoup d'autres choses : se rendormir après la sonnerie du réveil, manger au drive du McDonald's quand il était pressé (et même quand il ne l'était pas), claquer son argent en futilités (il lança un regard coupable au volumineux sac Barnes & Noble sur le siège voisin), et écouter la même musique rock qu'au lycée, même s'il savait qu'elle le rendait agressif. Oui, avant cette tasse de café, il était un homme bourré de mauvaises habitudes indécrottables. Eh oui, lui, comme le reste de la bande, avait commencé à perdre la raison avec les événements récents.

Mais *après* cette tasse, un tout nouveau George émergerait. Un George semblable aux clients productifs et sains du café de cette librairie ! Un George qui écoutait des chansons paisibles, acoustiques et mélodiques comme celle qui passait en ce moment, *Not Worth Fighting* d'Envoy. Elle serait la bande-son du nouveau George, ponctuel, en pleine forme et responsable sur le plan financier.

Et plus important encore, un George *sobre*. Il ne boirait plus. Ces jours-ci, l'alcool ne lui procurait plus qu'un ersatz du bonheur aérien qu'il ressentait avant. Le plus souvent, il le plombait encore plus. Il embrumait et ralentissait son esprit. Il avait du mal à l'admettre, ne serait-ce qu'en son for intérieur, mais il lui avait coûté un poste potentiel à Harvard. Il avait eu une chance incroyable qu'ils l'appellent, mais plusieurs semaines s'étaient écoulées depuis. Qui cherchait-il à tromper ? Il était si fébrile avant l'entretien qu'il était entré dans un bar pour calmer ses nerfs, pensant que voir du monde l'aiderait à surmonter son stress. Il avait bu une seule bière. Plein d'assurance, il était entré dans la salle où les docteurs McManus et Schwartz, du département de physique, l'attendaient pour l'entretien. Puis, paralysé par la certitude que ces messieurs pouvaient sentir la mousse dans son haleine, George s'était retrouvé presque incapable de répondre à leurs questions les plus simples sur l'effondrement de 237 Lyrae V.

Plus jamais ça. Ça, c'était l'ancien George Murphy. Il reverrait toute sa vie *ce* moment comme un tournant – enfin, disons, un tournant qui l'avait ensuite conduit à *ce* tournant décisif, à *cette* tasse de café, après quoi rien ne serait plus jamais pareil.

Parce que maintenant, il avait une raison pour changer du tout au tout. Et ce ne serait pas en foutant en l'air sa santé et son avenir qu'il y parviendrait. Voilà pourquoi il s'était retrouvé entre le marteau et l'enclume. Dieu merci, tout allait bien avec Sara.

« Merci », dit-il à voix haute.

Personne dans le café ne tourna la tête vers le type qui parlait tout seul. Ils étaient tous occupés à pianoter sur leur ordinateur, des écouteurs vissés dans les trompes d'Eustache. George n'entendait pas de verre tinter, pas de tonneau à pression glouglouter, seulement l'éructation épisodique du bulldozer mousseur à lait et le marteau-piqueur broyeur de la machine à frappucino. Sinon, un silence inquiétant régnait dans le café. Quand tu fais une prière sur un tabouret de bar, tu sais qu'un type va lever son verre et le taper contre le tien en disant « amen ». Politesse d'ivrognes.

La mère de George avait toujours cru que les prières devaient être dites à voix haute pour mériter l'attention divine. Petit garçon, il récitait sa prière du soir « *Maintenant je m'allonge pour dormir* » d'une voix normale comme s'il s'adressait à une personne dans son lit. Il avait gardé cette habitude à l'université. Jacob prenait sa douche le soir, ainsi George avait-il pu continuer à prier à voix haute sans que personne le sache. Un soir, Jacob était revenu à l'improviste pour un rasoir oublié et il avait failli le surprendre. « Tu parles tout seul, Georgie ? Tu sais que certains y verraient un mauvais signe, mais je t'encourage vivement à *coopérer* avec tes voix mentales. Il est important de les écouter. Tu devrais faire exactement ce qu'elles te disent. »

Quel bâtard ! Mais la vache, qu'est-ce qu'il l'aimait. Personne ne le faisait autant rire. Lui et Irene étaient comme le frère et la sœur qu'il n'avait jamais eus. Et maintenant, Dieu emmenait Irene loin de lui, loin de chacun d'entre eux, et George détestait Sa volonté éternelle pour ça.

Mais il devait le faire. Il devait Lui donner ce qu'Il voulait. En fin de compte, Jacob n'était pas la raison pour laquelle George avait arrêté de prier. Pas plus qu'il n'avait été convaincu par les « maléfiques professeurs communistes libéraux athées » contre lesquels grand-père Earl l'avait mis en garde. Non, quand les professeurs parlaient du cosmos infiniment grand et de lui infiniment petit, cela n'avait fait que confirmer à George son insignifiance aux yeux des forces qu'il ne pourrait jamais espérer contrôler ou comprendre. Darwin comme Nietzsche avaient échoué à tuer son Dieu.

Et puis, lors d'un TD sur Einstein et la relativité, George avait eu une véritable révélation : pour chaque phénomène observable, il y avait un million de phénomènes non observables. Toutes ces choses que ses sens considéraient comme vraies et qui n'étaient en fait que des illusions : la trajectoire rectiligne de la flèche du temps, l'existence de trois dimensions seulement, la solidité des roches et la fluidité de l'eau. Tout phénomène simple, rationnel était finalement inexpliqué par quelque chose d'extrêmement problématique et complexe. Il n'avait aucun problème à croire que Dieu et le paradis puissent exister au milieu de l'immensité que ses brillants professeurs ne pouvaient pas définir avec des formules et des hypothèses. George croyait aux miracles, au hasard, aux voies mystérieuses. Mais il croyait aussi qu'il avait beau essayer d'être un homme bon à bien des égards, Dieu n'aurait aucune miséricorde pour quelqu'un qui s'était mis à boire du J&B tous les soirs quand son camarade de chambre prenait sa douche, au lieu de prier le Seigneur de veiller sur son âme.

Le moment était venu de faire un nouveau pari. Tout reposait désormais sur *ses* épaules. Irene avait besoin de lui et George était parfaitement sobre depuis trois jours. Pas très longtemps, mais c'était un début. Il frappa sa paume contre la petite table de café. Puis il récita un rapide *Je vous salue Marie*, réussissant à flanquer la trouille à un couple de vieux Chinois assis à la table voisine. Il expédia son café et écrasa le gobelet en carton dans sa main. Il ramassa le sac contenant ses achats, si lourd que le plastique lui coupait la main tandis qu'il traversait la rue, au milieu des klaxons et du vacarme de la circulation, pour rejoindre Queens Boulevard. À l'instant où il poserait le pied sur le trottoir d'en face, il serait un homme nouveau.

De l'autre côté de la rue, Irene et Mme Cho discutaient paisiblement sur les marches à l'extérieur de Super-Wellness Spa & Nails !, tenu par une tante de William. George s'approcha en leur faisant un signe, espérant qu'elles n'avaient pas attendu trop longtemps. Les révélations spirituelles étaient importantes, mais Irene ne pouvait pas risquer d'attraper la grippe. Fin septembre, un front d'air froid impitoyable venu du Canada avait provoqué une razzia sur les couvertures chauffantes et incité tout le monde à ressortir les pulls en laine des placards. Tous les gens que George croisait semblaient couver quelque chose, et Sara leur pulvérisait du gel désinfectant sur les mains toutes les cinq secondes afin qu'Irene n'attrape pas une pneumonie.

Irene, au moins, semblait se réjouir de devoir superposer plusieurs couches de vêtements, car d'une part les pulls larges étaient très tendance cet automne – du moins c'était ce qu'elle avait dit à George quand il l'avait emmenée à la boutique Anthropologie après son rendez-vous le samedi précédent – et d'autre part ils masquaient parfaitement la petite bosse de la sonde de GEP scotchée sur son ventre. Elle avait réussi à stabiliser son poids et le Dr Zarrani avait décelé des « signes positifs » dans ses derniers examens. Les tumeurs semblaient réagir aux traitements expérimentaux. Personne ne savait ce qui, d'un patient à l'autre, faisait pencher la balance dans un sens ou dans l'autre.

Il y avait donc des raisons d'espérer. George n'était pas trop orgueilleux pour demander l'aide de Dieu. Des hommes meilleurs que lui l'avaient fait, et des pires que lui avaient obtenu miséricorde.

— Comment s'est passée ta séance ? demanda-t-il à Irene.

— Bien. Je crois vraiment qu'il y a un effet positif. Je sais que tu trouves ça idiot.

— Pas du tout ! protesta George.

Irene fit un clin d'œil à Mme Cho, qui secoua la tête comme pour dire qu'il était inutile de chercher à convaincre les cyniques dans son genre.

George donna un léger coup de pied dans les marches, s'efforçant de ne pas paraître agacé. Pourquoi tout le monde le croyait-il toujours dans le camp des sceptiques ?

Et pourtant, il ne put s'empêcher de tiquer, très légèrement, quand Mme Cho saisit la tête d'Irene avec fermeté et frotta ses tempes en cercles concentriques. Elle marmonna quelque chose en coréen et balada ses mains sur le cou d'Irene.

— Bon travail aujourd'hui. Souviens-toi, ressentir l'essence mystérieuse de la vie. L'esprit transcendantal. Toute chose a une force vitale : ton corps, tes tumeurs, les fourmis sur le trottoir, les arbres que les fourmis escaladent en direction de la lumière du soleil, qui est vivant, tout comme la lune.

George prit une profonde inspiration. Une fois par semaine, depuis trois semaines, Irene se rendait ici, dans une réserve remplie de pots de cire à épiler GiGi spécial bikini et de flacons de vernis à ongles OPI carmin, afin que Mme Cho accomplisse son rituel d'imposition des mains, allume des bougies au cynorrhodon et allonge Irene sur une table pliante. Puis elle jetait de la poudre dans les airs et marmonnait des incantations en coréen. Mme Cho l'avait invité à assister à la première

315

séance, précisant que ça pourrait l'aider à évacuer toute son énergie négative. Mais l'expérience avait montré que son énergie négative était tenace – et George avait rapidement préféré s'éclipser au bar d'en face. Un endroit agréable avec une bonne ambiance et… on s'en fout. La librairie voisine n'était pas si mal, en plus.

Mme Cho promena ses mains sur le corps d'Irene, à deux centimètres de hauteur environ, sans la toucher. Sa voix trembla quand elle déclara que « tout ce qui est vivant rayonne de cette force essentielle qui anime toute vie dans l'univers. Elle est l'électricité qui court dans tes terminaisons nerveuses. Elle est le magnétisme de ton sang, qui encercle tes organes, se répand dans tes veines et pompe dans ton cœur ».

George grimaça. Certes, le corps humain contenait de faibles champs magnétiques créés par des nanoparticules ferrugineuses et par les mouvements giratoires des protéines et les réactions des radicaux libres. Mais c'était de l'ordre d'un dixième de millitesla – peut-être assez pour aider les pigeons voyageurs, les chauves-souris et les tortues de mer à se diriger, mais pas assez pour tuer les cellules cancéreuses. Mme Cho prétendait que cette énergie pouvait être maîtrisée par le chant pour créer une chaleur thérapeutique et ainsi réaligner les parois cellulaires d'Irene. Bon, pourquoi pas. Peut-être que ça marchait, après tout.

« Nous pouvons mesurer cette énergie puissante à la vie qui vibre à l'intérieur de nous, dans nos mains et dans notre souffle. Ton corps contient tout ce qui est sur la terre et tout ce qui est dans l'univers. L'air que tu respires contient la poussière de lointaines étoiles effondrées. *Souviens-toi.* Le doute n'est que le refus du bonheur. » Était-ce l'imagination de George ou bien est-ce qu'à ce moment-là elle le regardait dans les yeux ? « On doit inviter le bonheur en soi. Tu dois autoriser le bonheur à entrer en toi, car le bonheur est le remède à tous les maux. »

Être heureux était quand même un défi de taille quand la maladie conduisait à la totale humiliation du malade. Maux de tête insupportables, nausées constantes, douleurs articulaires, perte de contrôle des selles, cheveux clairsemés et ongles si mous qu'Irene en avait perdu deux juste en essayant de tailler un crayon. Pourtant, il se pouvait que Mme Cho ait raison, car, ongles ou pas, Irene dessinait encore avec bonheur pendant des heures et des heures – de beaux dessins compliqués qu'il étudiait quand Irene finissait, inévitablement, par s'écrouler de fatigue. Étaient-ce des esquisses abouties ? George avait la gorge nouée en songeant que ces pages et ces pages de projets ne verraient peut-être jamais le jour.

Mme Cho lui lançant de nouveau un regard noir, il feignit un grand sourire radieux, de peur que son *chi* ou autre trahisse ses doutes et interdise à Irene tout bonheur curatif. Il devait admettre, en voyant Irene étreindre Mme Cho pour lui dire au revoir, qu'elle semblait bien plus heureuse.

— Souviens-toi, lui conseilla Mme Cho en s'écartant d'Irene, juste pour aujourd'hui, tu ne vas pas t'énerver. Tu ne vas pas avoir peur. Tu seras reconnaissante et attentionnée. Pleine de bonté pour ceux qui t'entourent, et quand tu ouvriras ou fermeras les yeux, joins tes mains en prière et pense avec ton cœur.

Dis ton bonheur à voix haute et crois en lui, dans ton for intérieur. Juste pour aujourd'hui.

George s'efforça de ne pas rire. Ils saluèrent Mme Cho et reprirent leur route, direction la ligne E.

— Comment te sens-tu ?

— *Vraiment* bien, répondit Irene de la voix fluette qui était la sienne ces temps-ci. George tendit l'oreille pour l'entendre au-dessus des coups de klaxon des voitures ralenties par le trafic. Une clameur semblable à des cris s'élevant d'un stade résonna contre les murs de brique du centre commercial sur deux niveaux qui bordait la rue. Plus loin, à l'angle, un flux incessant de gens traversait la rue pour rejoindre le métro.

George supposa qu'il s'agissait de l'inauguration d'un grand magasin ou d'une manifestation contestataire. Peut-être qu'une célébrité quelconque était en train de dîner, va savoir pourquoi, au restaurant mexicain Garcia's au coin de la rue. Tout à coup, il se rendit compte qu'Irene était toujours en train de parler.

— ... une chaleur incroyable dans toutes les parties de mon corps où elle pose ses mains. La plupart du temps, c'est une chaleur douce et apaisante, comme un bain de soleil. Je te jure, c'est bizarre, mais dès qu'elle s'approche de mon œil ou de mon coude, ça devient très intense. Presque au point de me donner l'impression de brûler littéralement – comme si j'avais de la fièvre ou un truc du genre.

Il y a cinquante ans, on se serait contenté de te donner un placebo, songea George tandis qu'ils suivaient la foule compacte dans la station de métro – où allaient tous ces gens ? Irene poursuivit, tranquillement, sur les rituels chamaniques, et comment elle dormait mieux et se sentait plus alerte et moins nauséeuse.

En bas de l'escalier, il comprit enfin le problème.

Des employés de la MTA vérifiaient les titres de transport des usagers de la Long Island Rail Road, car il y avait apparemment une interruption de service des trains de banlieue de la LIRR vers Manhattan – d'où la pagaille générale et les protestations sans fin autour des tourniquets, les gens qui avaient perdu leur ticket argumentant avec les employés du métro. Mais n'empêche, *pourquoi* tant de gens affluaient-ils de Long Island vers la ville un samedi après-midi d'octobre ? D'habitude, en cas d'interruption de service, les passagers étaient impatients, pressés et furieux. Or la plupart de ces gens semblaient carrément enthousiastes. Excités. Ivres, même. Un match des Yankees ou des Mets venait-il de se terminer ? Non, aucun des stades ne se trouvait sur cette ligne, et en plus, pratiquement tous les gens avaient moins de trente ans, dont une majorité moins de vingt ans. De plus, il n'y avait aucune main géante de supporter en mousse à l'horizon !

Quand ils passèrent le tourniquet et accédèrent au quai du métro bondé, George remarqua que pas mal de gens dans la horde portaient des T-shirts de groupes de rock. Il n'en connaissait aucun.

Il était inquiet pour Irene, qui avait l'air complètement épuisée, quand le métro E finit par arriver. Ils s'entassèrent dans la rame bourrée de fans de rock. Un homme à lunettes d'un certain âge en costume gris, l'air déboussolé, offrit son siège à Irene. George le remercia et s'agrippa tant bien que mal à la barre au-dessus d'elle.

— Donne-moi ton sac, insista-t-elle.

— Non, non. Il pèse une tonne.

Elle dit autre chose, mais très doucement, et George, distrait par une bousculade entre plusieurs fans bruyants, n'entendit pas.

— Quoi ?

— Je t'ai demandé ce que tu avais bien pu acheter, répéta Irene en se frottant la gorge, qui visiblement la faisait souffrir.

— Juste des bouquins pour le boulot, mentit George.

Il était un piètre menteur, et le pire, c'est qu'il savait qu'Irene le savait. Elle leva un fin sourcil, mais il tourna la tête vers les jeunes derrière lui, qui beuglaient de plus en plus fort. Le train roulait au ralenti dans le tunnel.

George contemplait le mur sombre qui défilait derrière la tête d'Irene, les tags peints à la bombe montant et descendant lentement comme un électrocardiogramme de l'Antiquité. Ils seraient arrivés plus vite à Manhattan à pied !

En regardant par-dessus son épaule, George put bientôt avoir un bon aperçu des passagers les plus bruyants : trois lycéennes arrimées à la barre verticale et un garçon obèse qui buvait du Jack Daniel's à la bouteille. Chaque fois qu'il avalait une rasade de whisky – bon sang, George *sentait* l'odeur d'ici –, il rugissait comme Simba à la fin du *Roi Lion*, et les filles s'écroulaient de rire, hystériques. George les foudroya du regard, mais ils ne prêtaient aucune attention aux autres passagers. Il vit immédiatement que le garçon était ivre mort – au-delà d'un seuil que George identifiait sans l'avoir lui-même atteint. Au-delà du seuil où il ne se souviendrait pas de ce qui s'est passé entre ce moment-là et le lendemain matin.

Simba portait des Birkenstock, un bermuda de skateur à la mode et une polaire North Face. Il avait les cheveux plus longs et plus ondulés que ceux de ses amies. Ces filles étaient minces comme un fil et encore bronzées, à la mi-octobre. Au lieu d'un T-shirt de concert, elles portaient un jean serré noir et le genre de pull échancré conçu pour laisser apparaître les bretelles d'un soutien-gorge soigneusement choisi dans cette optique, ici de gauche à droite : fuchsia, vert fluo et velours noir.

George renifla. Irene, avec son chandail blanc et son foulard doré, semblait venir d'un autre monde. Il essaya de lui sourire, mais ses yeux étaient fermés, hermétiques au spectacle de Simba qui rotait sous les applaudissements des filles.

— Qu'est-ce que foutent ces trouducs ? marmonna George.

— Oh, ils vont probablement au concert de cet Envoy à Madison Square Garden, dit Irene. Tu ne te rappelles pas que Sara a dit qu'elle voulait y aller ?

George n'en revenait pas.

— À un concert d'Envoy ? Voyons. Sans rire ? Ils sont plutôt du genre groupe de toxicos pacifistes écolos peace & love ! Ce branleur se comporte comme s'il allait voir Megadeth !

Irene parlait en remuant uniquement ses lèvres côté gauche.

— On a été jeunes, nous aussi.

Merde, qu'est-ce qu'il lui prenait, maintenant ? Simba faisait tournoyer la bouteille de Jack, manquant de frapper à la tête une vieille dame terrorisée. George fusilla du regard les autres passagers de la rame – personne n'allait donc intervenir ? Non, bien sûr que non. Les gens se contentaient de lever les yeux au ciel sans bouger. George serra les dents.

— Hé ! Laisse tomber, d'accord ? On arrive bientôt à la 59e, et on descend pour prendre la ligne 6 de toute façon.

George regarda Irene, assise sur son siège, qui avalait une sorte de bouillie verdâtre. Il savait qu'elle avait raison.

— Repose ta tête en arrière, dit George doucement. Je te réveillerai quand on arrivera à l'arrêt.

Elle hocha la tête, sursautant quand Mr Jack Daniel's poussa un nouveau rugissement.

— OH ! cria George malgré lui. Mettez-la en veilleuse !

Le garçon tituba jusqu'au poteau, puis il rebondit contre la barre. Nouveaux éclats de rire des filles, dont l'une bouscula George en reculant.

— Hé, fais gaffe, je ne plaisante pas !

La jeune fille gloussa, puis elle regarda ailleurs.

— Arrête ! dit Irene en lui donnant un petit coup de pied. Tu vas les exciter encore plus.

George serrait déjà les poings, mais il les serra encore plus fort quand Irene insinua d'une voix douce que ce gars allait sûrement infliger au gentil George une raclée mémorable.

322

— C'est parce que tu essaies de te reposer alors que ces abrutis…

— George !

Irene avait une expression qu'il connaissait bien. Une expression qui signifiait : c'est bon, calme-toi ! Il regarda autour de lui pour voir si quelqu'un d'autre allait intervenir – où diable était Jacob quand on avait besoin de lui ? À ce stade, Jacob serait en train de fourrer la bouteille de Jack dans la gorge de Simba, et le pire, c'est qu'Irene l'applaudirait des deux mains ! Pourquoi avait-il le droit de pousser des coups de gueule, de dérailler et de péter un câble en permanence, alors que, dès que George haussait la voix, ne serait-ce que d'un demi-ton, Sara ou Irene le rabrouait ?

Le métro fit une embardée brutale, et George vit le garçon tanguer vers l'avant et renverser involontairement son Jack. Qui éclaboussa le bras de George, et moucheta d'une constellation de petites taches ambre le chandail blanc d'Irene.

C'est à ce moment-là que George s'entendit hurler.

— PUTAIN, MAIS C'EST QUOI VOTRE PROBLÈME ?

Silence absolu dans la rame. À l'extérieur, uniquement le grincement lancinant des roues sur les rails.

— VOTRE CERVEAU EST-IL SI MINUSCULE QUE VOUS CROYEZ ÊTRE LES SEULES PERSONNES SUR CETTE PUTAIN DE PLANÈTE ?

Le gros balourd le regardait, mais il était impossible de dire s'il comprenait ou non les mots que George éructait.

— Hé, protesta une des filles, ne vous énervez pas, d'accord ? On s'amuse, c'est tout.

George ne supportait pas son expression offensée, comme si elle avait un comportement normal. Il avait froid partout.

— Ah ouais ? Et cette vieille dame là-bas que ton ami a presque assommée avec sa bouteille de whisky ? Et si c'était ta grand-mère ? Tu aimerais qu'une espèce de clown comme ce mec s'approche d'elle et la frappe à la tête ? Mais vous vous *amusez*, alors c'est pas grave, hein ? Mon amie a un cancer, et cet abruti vient juste de l'asperger d'alcool. Mais c'est normal, n'est-ce pas ? Putain, c'est totalement normal et juste.

— Écoutez, on est désolés, d'accord. Ne pleurez pas.

— Je ne pleure pas ! hurla George, les yeux mouillés.

Il savait que c'était fini, et il savait qu'Irene pleurait aussi, et que ce n'était pas à cause d'eux.

Les filles firent mine de l'ignorer, tout comme Irene. Quand ils descendirent à la 59ᵉ Rue pour prendre la ligne 6, Irene ne dit pas un mot jusqu'à la fin du trajet. Finalement, après qu'ils furent sortis dans l'air froid de Madison Square, elle se dirigea vers un coin calme du parc, George sur les talons, et elle s'immobilisa.

— Pardon, dit George. Je suis désolé.

Il l'était. Désolé et suant par tous les pores. Désolé et rêvant de pouvoir s'enfermer dans des toilettes. Désolé et tremblant comme une feuille.

— N'en parle pas à Sara, d'accord ?

Irene posa sa main sur la sienne et elle attendit qu'il se calme. Cela prit du temps, et quand il finit par se reprendre, ils étaient tous les deux trop frigorifiés et gênés pour continuer à se battre.

— C'est plutôt rassurant de savoir que tu arrives à te ressaisir.

Puis, avant que George ne comprenne ce qu'Irene s'apprêtait à faire, elle arracha d'un coup sec le gros sac de livres de ses mains tremblantes.

— Il est super lourd…, protesta-t-il, mais il était trop tard.

Irene souleva le sac comme un poids mort et voulut le jeter sur son épaule pour avoir un soutien, mais elle bascula en arrière et le sac tomba par terre.

— MERDE ! beugla George, si fort qu'il entendit, avec un décalage d'une seconde, l'écho revenir vers lui à travers le parc.

Irene était affalée par terre et essayait de dire quelque chose, mais il ne pouvait pas entendre, jusqu'à ce qu'il se penche pour l'aider à se relever.

— Je suis tombée, George. Ce n'est pas la fin du monde. Mais c'est quoi tout ça ?

Le sac Barnes & Nobles s'était déchiré et les livres étaient éparpillés dans l'allée.

Irene lut les titres à voix haute, l'un après l'autre.

— *Guide complet et illustré de la phytothérapie* par Dorling Kindersley… *Guérir l'âme : optimisez votre esprit avec cette méthode éprouvée !… Mettre le cancer K-O : témoignage.*

— C'est une biographie autorisée de la superstar du catch Barbarous Bobby Blake.

— Oh, vraiment ? rigola Irene. *Aliments acides et alcalins : la chimie pour guérir du cancer. Yoga, yaourt et yourte,* sérieusement ? Elle lut la quatrième de couverture : « La victoire d'une femme sur le cancer du sein, grâce à un voyage au parc du Serengeti à la recherche de l'amour, de la paix intérieure et de *bifidobactéries.* » George, il y a au moins trente bouquins, ici ! Est-ce que tu as acheté tout le rayon de la Médecine pour cinglés ?

Il haussa les épaules. Ça s'appelait la Médecine alternative, mais oui, il avait tout pris. Il avait sillonné le rayon pour chercher un livre de recettes de jus de fruits dont Sara avait parlé – en signe de sa bonne volonté à soutenir toutes les théories débiles sur l'herbe de blé, les algues et la grenade – et une fois qu'il l'avait trouvé, il s'était surpris à feuilleter un livre, puis un autre. Et si la solution miracle pour guérir Irene se trouvait là, dans un de ces bouquins ? Et s'il en achetait vingt et que la réponse se trouvait dans le vingt et unième ? Acheter un exemplaire de chaque livre lui avait semblé l'option la plus logique. La caissière l'avait regardé avec un désarroi extrême.

Il avait voulu lui dire : *Écoutez, si vous étiez à ma place, vous essayeriez tout, non ? Qu'est-ce que 239,97 $ en échange de la vie d'Irene ? Et si ça coûtait cent fois ou mille fois plus ? Existe-t-il une seule somme qui ne vaudrait pas la peine d'être dépensée ?* Mais il s'était contenté de dire : c'est pour un article que je suis en train d'écrire.

Irene se pencha et aida George à ramasser les livres. Elle ne pouvait en attraper qu'un seul à la fois, en utilisant ses deux mains.

— T'es marrant de me demander de ne pas parler à Sara de ton petit pétage de plombs. Comme si tu n'allais pas le lui raconter dès que vous vous retrouverez tous les deux.

George savait qu'elle avait raison. Une fois les livres ramassés, ils se remirent lentement en route pour aller chez William.

— Je vais hanter votre mariage, tu sais, lança Irene.

— Arrête, ne plaisante pas avec ça.

— Je ne plaisante pas ! Tu peux compter là-dessus, mon vieux. Je serai là-haut à vous balancer du riz sur la tête, que ça vous plaise ou non.

— Je crois que Sara veut des pétales de rose.

— Elle en aura.

— Le riz est mauvais pour les pigeons !

— Il existe une variété inoffensive pour les pigeons.

— Riz anti-nuisible pour les pigeons, murmura George. Je suis heureux de constater que quelqu'un a consacré du temps à ce problème.

Ils bavardaient toujours quand ils montèrent dans l'ascenseur, de lourdes piles de livres inutiles coincées sous chaque bras, une bouteille à moitié vide de bouillie verte fichée au-dessus de la poignée nacrée du sac à main d'Irene.

Sara avait dû les entendre arriver dans le couloir, car elle ouvrit vivement la porte de l'appartement de William avant même qu'ils aient le temps de frapper.

— Qu'est-ce que vous avez fichu ?

— Nous avons été pris à partie par de violents criminels ! déclara Irene en entrant, chancelante, avant de déposer son fardeau de livres entre les mains de Sara. (Elle se dirigea droit vers le grand canapé crème de William – où lui et Jacob sirotaient un cocktail.) George a dû les repousser avec ses poings !

— Ha ha, lança Sara l'air pincé, tandis que George lui plantait un baiser sur la joue.

Il la contourna et laissa tomber sa brassée de livres sur la table basse de William.

— Tu vas avoir de gros ennuis, monsieur ! beugla Jacob.

— Pour avoir acheté tout un tas de livres débiles ? demanda William en découvrant les titres des ouvrages.

— On s'en fout de ça. C'est avec *moi* qu'il va avoir des ennuis !

George le regarda d'un air perplexe, avant de se tourner vers Sara pour avoir une explication.

— Qu'est-ce qu'il… ? Pourquoi est-ce que vous êtes tous en train de boire ?

Les yeux de Sara brillaient d'émotion et elle affichait un grand sourire. George était sûr qu'elle avait reçu une bonne nouvelle du Dr Zarrani. Après tout ça ! Après sa crise de panique à la librairie, et sa révélation, et son coup de gueule dans le métro… enfin il était là ! Le signe qu'il avait attendu ! Et maintenant, Irene allait guérir. George sentit sa poitrine se gonfler de reconnaissance ; plus jamais, plus jamais il ne douterait.

— Le Dr mmmm et le Dr mmmm ont appelé, disait-elle. Ils ont essayé ton portable et ton bureau. Ils ont eu Allen, et quand ils lui ont annoncé la nouvelle, il leur a donné mon numéro. Alors ils m'ont appelée, en pensant que c'était notre numéro perso.

— Pourquoi… attends, pourquoi l'hôpital quoi que ce soit à Allen ?

Sara était perplexe.

— Les Dr McManus et Schwartz. De Harvard.

— QUI SE TROUVE À BOSTON, PUTAIN, AU CAS OÙ TU AURAIS OUBLIÉ ! hurla Jacob.

— Chut, dit Irene en nichant sa tête dans le tissu rêche de sa veste en tweed.

George ne comprenait toujours pas.

— Quoi ?

— Le poste de maître de conférences, dit Sara débordante de fierté. Ils te donnent le poste.

George ne savait pas s'il devait pleurer, s'évanouir ou pousser des cris de joie. Il opta pour une combinaison extrêmement maladroite des trois, ce qui lui donna l'air – comme Jacob le lui révélerait plus tard – d'un dauphin s'étouffant avec une orange. Puis soudain Sara le serra dans ses bras, Irene applaudit de toutes ses forces (donc pas fort du tout) et William se leva du canapé et lui tendit un verre. En un instant, George oublia le trajet en métro, Mme Cho, les 239,56 $ et les livres. Il oublia qui il était et d'où il venait.

— Félicitations ! dit William en levant son verre. Au professeur Murphy !

George leva sa main gauche instinctivement – qui agissait indépendamment de son cerveau. Incapable de s'en empêcher, il fit tinter son verre contre celui de William et le porta à ses lèvres. Il prit une longue gorgée et l'avala. Elle descendit en brûlant tout sur son passage.

tirait

appreciait que le Dr Zarrani prenne la peine d'annoncer les mauvaises nouvelles en personne. Pour la première fois depuis des mois, elles étaient en tête à tête, sans le ballet des infirmières qui entraient et sortaient, et sans ses amis postés dans le couloir. Irene était allongée dans un lit d'hôpital ; des tubes jaillissaient de ses bras, de ses jambes et de son buste. Seule la machine à IV faisait du bruit, bipant comme un métronome sur le pied à perfusion. Quand le Dr Zarrani était entrée, elle avait l'air sûre d'elle, mais à peine avait-elle commencé à parler qu'elle avait ressenti le besoin de s'asseoir sur le siège inclinable rose dans l'angle de la chambre. Irene appréciait le geste. Que pouvait-il y avoir de plus attentionné, vraiment, quand s'abattait la menace sombre de la dévastation, que de tirer une chaise pour s'asseoir ?

Le traitement expérimental avait un certain impact, mais il était insuffisant et ne permettait que de stopper la progression du cancer. Augmenter le dosage pourrait avoir des résultats, mais Irene était trop faible pour survivre aux effets secondaires de doses trop élevées, même en soins intensifs. Le Dr Zarrani expliquait que cela les plaçait dans une situation sans issue. Soit le cancer allait la tuer, soit le traitement le ferait.

Irene savait qu'elle avait raison. Elle avait déjà besoin d'aide pour entrer et sortir de cet immense lit d'hôpital. Ses bras étaient aussi longs et fins que des pinces de cuisine. Ses cheveux ressemblaient à du foin. Les plaies dans sa bouche et sa gorge la brûlaient même dans le brouillard permanent de la morphine. Les défenses naturelles de son corps produisaient en réaction un déluge biblique de mucus qu'Irene devait cracher dans un tube en plastique beige toutes les deux ou trois minutes. Les infirmières devaient la réveiller toutes les trente minutes pour qu'elle ne s'étouffe pas dans son sommeil.

Par ailleurs, Irene sentait maintenant des tumeurs grossir un peu partout – des bosses sur ses jambes et ses épaules, une derrière son oreille. Ses tumeurs osseuses affaiblissaient tellement son squelette qu'elle courait des risques de fracture, rien qu'en allant à la salle de bains. Elle en avait d'autres à des endroits qu'elle ne pouvait pas sentir, mais les CAT-scans les voyaient : une dans son rein, une dans son intestin grêle et, pire encore, une tumeur de la taille d'une balle de base-ball dans son poumon gauche, qui gênait sa respiration. Elle était sous oxygène la plupart du temps. Tout cela en seulement un mois.

Le Dr Zarrani continuait ses explications détaillées, mais Irene n'écoutait pas vraiment. Elle regardait la femme poser les mains sous son visage pour soutenir sa tête lourde. Elle regardait le Dr Zarrani au bord des larmes. Ça ne lui était jamais arrivé auparavant. L'accélération de la respiration. La rougeur des joues. Le tremblement de la mâchoire et les coins des yeux qui se remplissent lentement de larmes, jusqu'à déborder, incapables de contenir autant d'eau. Chaque larme semblait en inspirer dix autres. Le médecin sanglota bientôt sans retenue.

— Chut, murmura Irene. Ça va. Vraiment. Ça va aller.

— Vous souriez, dit le Dr Zarrani une minute plus tard.

Le mascara zébrait son visage comme des éclairs de foudre noire.

— Je suis contente vous pleuriez. Je suis contente… Je ne sais pas pourquoi ça me fait plaisir.

— Il n'y a rien de mal à pleurer, renifla le Dr Zarrani, essuyant ses joues avec des mouchoirs posés sur la table de chevet.

Le mascara se détacha en formant de longues traînées magnifiques.

Un silence de plusieurs minutes suivit, puis Irene parla la première.

— Est-ce… C'est normal que je me sente soulagée ? Juste de savoir. Vous comprenez ?

Le Dr Zarrani hocha la tête.

— Vous avez souffert énormément pendant de longs mois. Il est normal de ressentir un soulagement.

Irene leva les yeux vers le plafond fissuré.

— J'aurais dû m'enfuir quand j'en avais encore la force.

— Nous aimerions vous faire aller mieux pour que vous puissiez rentrer chez vous un peu avant… eh bien, avant.

Au bout d'une minute, Irene dit :

— Je peux vous demander une faveur ?

— N'importe laquelle.

— Annoncez-le à Sara pendant que je dors.

Le Dr Zarrani acquiesça et lui demanda de prévenir l'infirmière quand Sara arriverait. Puis elle serra Irene fort dans ses bras, comme un membre de sa famille, une tante par exemple, et prit congé d'elle.

Restée seule, Irene se pencha vers la table de chevet et ramassa les mouchoirs tachés de mascara. Elle les glissa dans un sachet en plastique et les cacha au fond de son baise-en-ville.

Irene n'était pas déçue. Cela lui rappelait le jour où elle s'était inscrite pour un semi-marathon et avait claudiqué et suffoqué pendant seize kilomètres avant qu'il ne se mette à pleuvoir à verse. Un organisateur lui avait alors fait signe de venir sur le côté pour lui annoncer que la course était annulée.

Ne pas avoir à finir la course, à ce moment-là, avait rempli Irene d'une immense gratitude envers lui.

Quand Sara arriva une heure plus tard, Irene appela l'infirmière puis elle fit semblant de somnoler. Elle dut s'endormir réellement à un moment donné, ou sombrer dans les vapes de la perfusion de morphine, car elle fut réveillée par les éclats de voix de Sara, qui exigeait des explications. Qu'est-ce qui avait échoué ? Comment aurait-on pu l'éviter ? Qu'auraient-ils dû faire d'autre ? Comme si elle faisait déjà l'analyse post mortem. Irene savait pour sa part que les *si* étaient trop nombreux pour les compter. Si elle n'avait pas fait l'autruche pendant si longtemps. Si elle n'avait pas caché la deuxième tumeur avant leur voyage. Si elle avait fait plus d'effort pour garder ses forces. Si, si, si, si…

Bien sûr, Sara refusait d'abandonner la lutte. « Nous allons consulter un autre médecin. Nous aurions dû le faire il y a des mois. Elle va se battre et elle va gagner. Je sais que vous pensez que ce sont des foutaises, mais nous sommes au milieu d'une thérapie alternative très prometteuse. »

Irene faillit rire. Hors de question qu'elle continue à boire ce jus à l'herbe de blé et aux algues. La semaine dernière, William lui avait apporté une bouteille de Bollinger Blanc sous son manteau (achetée, cette fois), mais elle n'avait pas pu en avaler la moindre goutte. Idem avec le bol de pâtes que George avait apporté, à la sauce marinara de Maman Murphy (expédié sur glace sèche, s'il vous plaît). Cela avait en fait enflammé toutes les plaies de son œsophage. Elle aurait tellement aimé savoir en juin qu'il n'y avait plus d'espoir. Alors elle aurait pu profiter de ces derniers mois, pleins de déceptions, au lieu de les gâcher à essayer d'éviter l'inévitable.

Irene attendit que Sara finisse de passer une série d'appels larmoyants à George, Jacob et William avant de faire semblant de se réveiller. Elle avait espéré qu'à ce stade Sara n'aurait plus de larmes. Mais bien sûr Sara se remit à pleurer de plus belle quand elle vit qu'Irene avait ouvert les yeux. *Bien tenté*, pensa Irene, assise en face de son amie, qu'elle devait consoler de l'annonce de sa propre mort.

George passa plus tard et, à l'instar de Sara, il exhorta Irene à ne pas abandonner. Ainsi débuta le processus consistant à faire aller Irene un peu mieux afin qu'elle puisse rentrer juste avant de mourir pour de bon. Bien qu'elle ait chaque jour plus de mal à marcher et à respirer, George l'encourageait à faire des tours du onzième étage à sept heures du matin. Il fallait vingt minutes pour faire un tour : environ cinquante mètres jusqu'à l'accueil et cinquante autres pour revenir. En général, ils arrivaient à en faire deux avant qu'il la laisse pour partir travailler. Ce n'est que lorsque la chimie résiduelle des traitements disparut de son organisme qu'Irene se sentit un peu mieux, bien que plus essoufflée. Sara arrivait tous les matins à huit heures et restait assise à côté du lit d'Irene jusqu'à vingt-trois heures trente. Elles regardaient la télé, et la plupart du temps Irene essayait de dormir ou de lire l'exemplaire de *L'Iliade* de William, qu'elle espérait avoir le temps de finir.

En ce mercredi matin glacial veille de Thanksgiving, William lui apporta un café *latte* à la citrouille. Il s'était levé à cinq heures et avait fait tout le chemin jusqu'à la 4e Rue Est pour l'acheter dans le café qu'elle avait l'habitude de fréquenter – car elle avait mentionné un jour que c'était un rituel pour célébrer le début de l'automne ; le premier jour froid de novembre, elle aimait mettre son manteau d'hiver, acheter un café *latte* à la citrouille et se promener dans le West Village en cherchant des cadeaux de Noël pour chacun. Elle finissait toujours par se perdre à l'une de ces horribles intersections en diagonale où la Sixième croisait à un moment donné Bleecker, Downing et Minetta – ou dans le damier entre la Septième, Barrow et Commerce. C'était son quartier préféré de la ville, cafouilleux parce qu'originel, bâti avant que le quadrillage ordonné des rues montant vers le nord ait été imaginé. Des blocs de folie triangulaire dans une ville rectiligne.

— Je me suis perdu pendant au moins dix minutes sur Perry, dit William en posant le gobelet sur un plateau. Il n'y a que des impasses dans ce coin-là.

Il embrassa son front moite et lui prit la main. Elle sentait une vague de sommeil s'abattre sur elle, de celles qu'aucun café *latte* à la citrouille ne pourrait repousser, si toutefois elle avait été capable d'avaler quoi que ce soit.

— Où est ma cage à oiseaux ? demanda-t-elle soudain.

— Ta... on l'a transportée dans la réserve, tu te souviens ?

Elle avait grand-peine à garder les yeux ouverts. Elle devait se concentrer sur le mouvement supposé de ses lèvres pour former des mots. Elle essaya de dire quelque chose, mais ne réussit pas. L'instant d'après, elle n'arrivait pas à se souvenir de ce qu'elle avait voulu dire.

— Les infirmières disent que si tu es d'accord, elles te laisseront sortir quelques heures pour fêter Thanksgiving avec nous. Sara organise un truc chez moi.

Ces derniers jours, Sara avait feuilleté les magazines *Cook's Illustrated*, *Martha Stewart Living* et *The Joy of Cooking*, en décrivant à Irene des plats appétissants : couronne au four de côtelettes d'agneau à la purée de pomme terre et haricots verts. Bûche glacée marbrée en dessert. Irene n'en voulait pas à Sara. Elle cherchait désespérément à s'occuper depuis que les soins d'Irene incombaient aux infirmières du Mount Sinai, et que George et elle avaient renoncé à organiser leur mariage jusqu'à ce que les choses se « stabilisent ». Elle avait démissionné du *Journal* et prévoyait de trouver un nouvel emploi à Boston après le début du semestre de printemps, quand George serait devenu officiellement professeur à Harvard.

Ce jour-là, Sara était arrivée à huit heures du matin. Elle devait partir à midi, avait-elle prévenu Irene.

— Mais ne t'inquiète pas, George vient comme d'habitude passer l'après-midi avec toi. J'ai besoin qu'il soit ailleurs que dans mes pattes pendant que je cuisine, de toute façon.

— Je n'ai pas besoin de baby-sitter. Il pourrait t'aider à porter les sacs.

— Oh, il ne ferait que me ralentir. Et puis je reviendrai à neuf heures jusqu'à onze heures. Ne t'inquiète pas.

Irene n'était pas inquiète. En fait, elle aurait préféré que Sara ne revienne pas de neuf heures à onze heures. Elle aurait aimé qu'ils reprennent tous le cours de leur vie au lieu de perdre des heures précieuses ici à attendre qu'elle meure.

C'est sous la surveillance de George, cet après-midi-là, qu'elle prit la décision de leur épargner de nouveaux problèmes. Il lui lisait *L'Iliade*, animé par un enthousiasme qu'il devait au bourbon qu'il s'enfilait en douce dans un gobelet en carton de l'hôpital. Irene lui avait promis de ne rien dire à Sara à condition qu'il lui en donne une gorgée. Elle lui avait brûlé la gorge comme un feu de forêt, mais c'était une sensation vivifiante au milieu du flux régulier et doucereux de morphine qui l'empêchait de trop souffrir.

En lui faisant la lecture de la bataille finale entre Achille et Hector, George se mit à transpirer et à parler fort. À la fin du récit, conclu par la défaite d'Hector, Irene fondit en larmes. Elle n'avait pas pleuré depuis des lustres, bien avant que le Dr Zarrani lui apprenne que les traitements étaient un fiasco. Curieusement, elle trouvait beaucoup plus facile de pleurer sur le pauvre Hector, et la façon dont Achille avait traîné son cadavre attaché à son char autour du camp puis l'avait laissé, face contre terre dans la poussière, avant de décider de continuer à le traîner encore plusieurs tours. Irene n'aurait pu imaginer une meilleure description des semaines qu'elle venait de vivre.

George lui lut le passage où Apollon descend et recouvre Hector de son bouclier d'or pour que sa peau ne parte pas en lambeaux... puis, s'adressant à ses glorieux pairs de l'Olympe (et là George se mit debout sur sa chaise et leva les mains vers le faux plafond) : « Vous êtes des divinités cruelles et inexorables : quoi ! naguère Hector ne brûlait-il pas en votre honneur les chairs des taureaux et des chèvres les plus belles ? Et maintenant vous ne voulez pas sauver même son cadavre[1]... », puis George lâcha le livre quand l'infirmière Darren entra, et lui demanda soit de descendre de cette chaise, soit de rentrer chez lui, bon sang. Il reprit, plus calmement, quelques secondes plus tard.

« Mais vous avez résolu de favoriser l'implacable Achille, dont l'esprit est sans équité, et qui dans son sein renferme une âme inflexible. Animé d'une aveugle fureur, il est semblable au lion qui, poussé par la force et la rage... » Ici Irene perdit le fil, comme si les mots se noyaient dans la rivière de morphine. « Le lendemain, dès que l'Aurore aux doigts de rose eut brillé dans les cieux, le peuple entoure le bûcher de l'illustre Hector [...] recueillent en gémissant ses ossements blanchis [...] ils recouvrent l'urne d'or avec des

---

1. Traduction de Jean-Baptiste Dugas-Montbel, 1828.

voiles de pourpre, et la placent dans un fossé profond, qu'ils scellent avec de larges pierres. » Ensuite George ferma le livre et Irene, somnolente, comprit qu'il était arrivé à la fin. Avec un soupir lourd, il but une gorgée au gobelet et déclara : « Ainsi les Troyens célébrèrent les funérailles du belliqueux Hector. »

Irene essaya de dire merci, mais il ne sortit de sa bouche qu'un sanglot pâteux. George sembla comprendre l'intention, cependant, et il lui planta un baiser chaleureux sur le front. Puis il posa le livre sur la table de chevet et partit aux toilettes.

Elle s'assoupit, puis se réveilla. Il faisait nuit dehors et Sara était là aussi, feuilletant un article dans un magazine sur les décorations festives de table composées de fleurs séchées jaunes et orange.

— Est-ce que je serai enterrée ? demanda Irene.

Sara leva furtivement les yeux vers elle, puis elle regarda par la fenêtre.

— Ne nous préoccupons pas de cela maintenant, dit George.

— Quand suis-je censée m'en préoccuper ?

Les larmes aux yeux, Sara répondit :

— Après Thanksgiving. On en parlera à ce moment-là.

Irene n'insista pas. Elle cracha un peu de mucus et s'assoupit. Elle se réveilla à onze heures et demie quand Sara et George partaient.

— Nous serons là demain à huit heures. Les infirmières ont dit que si tes constantes sont bonnes dans la matinée, ils prendront des dispositions pour que tu rentres avec nous pour le dîner.

Irene hocha la tête, même si elle était sûre que ses constantes ne seraient pas bonnes dans la matinée. Elle ne pouvait pas dire pourquoi exactement – elle n'avait pas plus de douleurs que la veille, mais il lui était plus difficile de respirer, même avec le masque à oxygène. Un peu plus difficile de soulever sa tête de l'oreiller pour embrasser George. Elle sentait son cœur battre plus lentement.

Elle ferma les yeux une minute, sachant que Jacob serait bientôt là. Il avait dit à tout le monde qu'il devait faire le double d'heures de garde à l'asile, mais Irene savait qu'il était en réalité furieux que George parte s'installer à Boston. Il arriva au chevet d'Irene quelques minutes après leur départ.

— Tu fais exprès de guetter le moment où ils partent pour ne pas les croiser ?

Jacob leva les yeux au ciel sans rien dire.

— Alors va à Boston avec eux. Qu'est-ce qui te retient ici ?

Jacob tressaillit.

— Ne sois pas absurde.

Irene prit conscience qu'elle n'aurait jamais le fin mot de l'histoire.

— Il a terminé le livre aujourd'hui, dit-elle. Le chant d'Hector.

— « Maintenant le Destin m'a saisi. » Jacob ferma les yeux, parlant à voix basse pour ne pas alerter les infirmières. « Toutefois, je ne mourrai point sans gloire, comme un lâche, mais j'accomplirai des exploits qu'apprendront des siècles à venir ! »

— Est-ce qu'on enterre encore des gens ? demanda Irene.

Jacob réfléchit.

— Je pense qu'il faut d'abord avoir acheté une parcelle quelque part. Je ne sais pas si on peut le faire à la dernière minute. Il ne doit plus rester beaucoup de places en ville. Ou alors dans un coin reculé du Queens. Les cimetières sont toujours dans des quartiers immondes.

— Alors je vais être incinérée ? souffla-t-elle.

— C'est comme ça que je veux finir, dit Jacob doucement. Purifié par les flammes. En plus, j'ai entendu que c'était très écologique.

— Et après ? Sara me garde dans une urne sur sa cheminée ? À Boston ?

Jacob frappa doucement du poing sur le bras du fauteuil.

— Pas sous ma gouverne ! Je ferai en sorte qu'on te disperse.

— Je ne suis jamais allée en France, souffla Irene.

Tant de choses qu'elle ne ferait ou ne verrait jamais. Ça lui semblait impossible, même maintenant qu'elle savait.

Jacob tapota sa main.

— Alors en France tu iras.

— Je te fais confiance, alors.

— Eh bien, cela a toujours été ta grande erreur. Repose-toi maintenant, ou ces infirmières ne te laisseront jamais sortir demain, et Sara va péter les plombs.

Jacob se pencha vers Irene, qui l'embrassa pour lui dire au revoir. Elle regarda sa silhouette remplir l'encadrement de la porte et s'éloigner dans le couloir. Cela avait été sa grande erreur à lui aussi. Car Irene n'avait aucune intention de tenir jusqu'à Thanksgiving, pour une couronne au four qu'elle ne pourrait pas mâcher et une bûche glacée qu'elle ne pourrait pas goûter. Non, elle n'avait plus qu'un seul souhait, et il était de ne pas mourir dans une chambre d'hôpital aux murs roses avec des moulures en plastique bleu sarcelle. Si elle devait partir, alors elle allait *partir*. Elle avait élaboré son plan toute la semaine.

Vers deux heures du matin, l'infirmière Moira commençait sa ronde, en vérifiant en premier les chambres au fond du couloir, et l'infirmière Darren entrait les prescriptions dans l'ordinateur du bureau principal. L'infirmière Bethany serait en train de se changer et de passer sa blouse. Irene avait observé toute la journée, attentivement, le maniement et les réglages des perfusions IV et des moniteurs, pour apprendre comment les éteindre sans déclencher d'alarme. Il lui fallut trente secondes pour se libérer, y compris boucher la sonde de GEP et la fixer à plat avec un ruban adhésif. Puis elle mit son manteau rouge et les chaussons-chaussettes que Sara lui avait tricotés. Ils étaient dans le placard, recouvrant un monceau de fournitures médicales qu'Irene avait rassemblées cette semaine en prévision d'un ultime projet artistique. Elle n'aurait pas la chance de le finir, mais elle avait laissé un croquis détaillé afin que Juliette et Abeba puissent l'assembler après son départ.

Irene lissa ses cheveux dans le reflet de la porte de l'ascenseur. Il arriva vide. Les portes se refermèrent et elle entama sa descente dans le ventre de l'hôpital. *Qu'est-ce qui lâche en premier ?* se demanda-t-elle. Cœur, poumons ou jambes ? Cela ne lui importait pas particulièrement, pourvu que ça arrive avant qu'ils la ramènent dans cette chambre en plastique. Elle ne voulait pas mourir au 11ᵉ étage Est. Pas question.

— B'soir, lança-t-elle poliment en passant en coup de vent devant le gardien à l'entrée. Il leva les yeux un instant, mais elle était déjà partie.

L'air froid souffla sur son visage comme un baiser glacial. Elle traversa la rue glissante et, de là, elle n'était plus qu'à quelques pas de Central Park. Bientôt, elle se retrouva dans une grande prairie plongée dans la pénombre. Des stalagmites d'herbe s'enfonçaient au travers des mailles de ses chaussons et crissaient sous ses talons. À l'autre bout de la pelouse, il y avait une parcelle de terre ovale, encore rousse sous le givre laiteux. Elle fit encore quelques pas, puis elle marqua une halte sous un arbre, prenant le temps de regarder les ombres qui dansaient dans le cœur obscur, éteint de la ville.

Je chemine dans la vallée glacée entre deux « diamants » de base-ball, pensa-t-elle en se remémorant les années où elle vivait avec sa grand-mère Fiona – seule période de son enfance où elle avait eu le sentiment d'avoir un foyer. Fumeuse invétérée, Granma Fee avait développé un emphysème (ce qui n'avait surpris personne) quand Irene venait d'avoir quinze ans.

Pendant un an, Irene avait veillé sa grand-mère mourante, oiseau maigrelet à huppe clairsemée, un tube à oxygène sous le nez. Chaque fois qu'elle voyait le docteur, elle lui jurait qu'elle ne fumerait plus jamais, prenant son dieu à témoin... mais dès le lendemain, elle tirait sur une cigarette, en remorquant le petit réservoir à oxygène sur roulette derrière elle comme un chiot indiscipliné. Irene se souvenait de l'autocollant de mise en garde en forme de losange sur le flanc du réservoir : ATTENTION : HAUTEMENT INFLAMMABLE. N'UTILISEZ PAS CETTE BONBONNE À PROXIMITÉ D'UNE FLAMME NUE. Tous les jours, elle regardait la cigarette se consumer lentement jusqu'à ce qu'elle ne soit plus qu'à un pouce des petites canules coincées dans les narines de sa grand-mère. C'était comme vivre à côté d'une bombe susceptible d'exploser à tout moment.

Un bon entraînement, en somme, pensa Irene en arrivant de l'autre côté de la vallée, à proximité d'un bosquet d'arbres sombres, avec l'impression durant tout le trajet que Granma Fee l'accompagnait. Elle pouvait presque entendre le couinement des roulettes de son réservoir à oxygène. Sentir la douce odeur de la fumée interdite. Apercevoir le contour des cheveux blancs et de la chemise de nuit claire aux confins de la nuit.

L'infirmière Moira se trouvait dans le bureau principal, le dossier d'Irene Richmond ouvert devant elle. Le numéro à contacter en cas d'urgence était celui de Sara Sherman. Elle le composa sur le poste et consulta de nouveau sa montre, espérant qu'elle terminerait l'appel à temps pour effectuer sa ronde avant que son petit ami lui téléphone. Une voix ensommeillée répondit. « Mademoiselle Sherman ? Je suis vraiment désolée de vous réveiller, mais Irene a plongé dans un sommeil profond. Elle ne respire plus qu'avec l'aide d'un respirateur artificiel. » Ils pouvaient la garder sous respirateur et la maintenir en vie, mais elle ne se réveillerait pas. « Mon conseil est de vous recoucher, dit l'infirmière. Son état ne va pas évoluer d'ici demain matin. »

Sara raccrocha sans dire au revoir. Se recoucher ? Elle tremblait comme une feuille quand elle se leva pour enfiler des vêtements. Elle était déjà à moitié habillée quand George comprit ce qui se passait. « Ça y est ? » lui demanda-t-il. Elle ne répondit pas, mais il avait compris. Il était en train de mettre ses chaussures quand il la vit sortir en coup de vent. Il lui fallut quelques instants pour comprendre qu'elle ne l'attendrait pas. Il arriva dans la rue juste à temps pour la voir s'engouffrer dans un taxi. Elle disparut avant qu'il puisse l'appeler.

Irene errait dans le parc, montait et descendait des collines. Dans le vent d'hiver qui sifflait à ses oreilles, elle entendait des murmures. Dans les rafales qui la balayaient, elle sentait une main ferme sur son dos. Dans la ville, le vent soufflait en général vers l'est, en direction de l'océan, mais d'étranges contre-courants la poussaient vers l'ouest, aux confins du parc. Peut-être que la mort était devenue vent, des zones de pression se déplaçant dans un sens ou dans un autre. Parfois une brise, parfois tout un front continental, parfois une tempête violente. Parfois un grand calme moite. Parcourant le globe en suivant des routes invisibles. Se regroupant en nuées et se volatilisant dans la couche d'ozone. Peut-être que le paradis n'était que l'air tout autour. Peut-être que ce vent froid qui l'enveloppait était sa grand-mère. Ou quelque présence fantomatique. Peut-être était-ce Achille, même si elle aurait préféré Hector. La ville était si vivante que s'y promener lui fournissait un poumon artificiel. Ses avenues palpitantes affluaient dans ses veines, ses rues se déversaient dans ses artères, ses habitants battaient le pavé comme les valves de son cœur. De l'autre côté de Broadway, la route descendait soudain à pic, et il était encore plus facile de continuer à avancer. Elle se sentait comme elle aurait aimé se sentir tout du long. Elle avait l'impression de tomber, en douceur, dans le grand fleuve noir.

George sauta dans un taxi, d'où il appela William, qui appela Jacob. Ensuite, sans rien d'autre à faire, il contempla par la vitre Central Park, ses sentiers et ses pelouses ombreuses et calmes. Alors qu'il songeait à essayer de joindre Sara, il vit, se balançant au-dessus de la cime des arbres, la silhouette de Superman et – il ne savait pas s'il rêvait – de Ronald McDonald. Il lui fallut plusieurs minutes pour se remettre les idées en place ; ça devait être pour la grande parade de Thanksgiving du lendemain. Ils arrivèrent à l'hôpital à quelques minutes d'intervalle, peu après trois heures et demie. Sara avait déjà recadré l'infirmière Moira. Ils n'attendraient pas le matin. Ils voulaient se rendre tout de suite dans l'USI, unité de soins intensifs, où Irene avait été transférée pour une surveillance plus étroite. L'infirmière Moira dit qu'elle allait s'en occuper et elle disparut. Ils attendirent longtemps. George trouva du café. William et Jacob regardèrent un publireportage sur un nouveau gadget garantissant que les chaussettes restaient en paires durant le lavage en machine. L'infirmière Moira finit par revenir avec des papiers à signer pour Sara, qui devaient ensuite être validés par un médecin. Bien qu'ils soient déjà allés six ou sept fois en soins intensifs auparavant, ils ne comprenaient toujours pas pourquoi Sara, sans lien de parenté avec Irene, était la personne mentionnée sur tous les documents.

Finalement, un certain Dr Ramos les emmena voir Irene dans l'USI. Elle était allongée sous un drap blanc, profondément endormie, la bouche distendue par un tube respiratoire en plastique aussi large qu'une balle de tennis. Sara fondit en larmes immédiatement, et George eut du mal à comprendre ce que le Dr Ramos lui expliquait discrètement, à savoir qu'il leur faudrait attendre encore un peu. Il ne pouvait pas débrancher le respirateur. Il était catholique et, sans aucunement les juger, sa morale l'empêchait de priver un être vivant de son appareil de maintien en vie.

Sara, Jacob et George lui tombèrent dessus en même temps. William les observait en silence, alors que leurs éclats de voix ne provoquaient aucun mouvement sur le visage paisible d'Irene. Le Dr Ramos partit, et tout le monde se calma. Ils attendirent presque une heure avant qu'on trouve un autre médecin. Le Dr Hanks arriva vers cinq heures pour débuter la procédure.

Irene entra dans le long parc étroit bordant le fleuve, ne sachant pas exactement comment traverser la West Side Highway de l'autre côté. Là-bas, l'Hudson coulait à pleine puissance, sa surface pourpre éclairée par la côte du New Jersey. Près du fleuve, les vents soufflaient simultanément dans plusieurs directions. Devant elle, vers la flèche lointaine d'une cathédrale près de Columbia. Derrière elle, vers Broadway. Dans les profondeurs du parc. Elle repéra une forme sur la colline. Des colonnes grecques laiteuses soutenant un grand dôme en marbre s'élevaient dans la nuit. Cela ressemblait à un phare, ou un tombeau. Était-elle déjà venue ici ? Il y a longtemps, peut-être ? Elle pensa qu'elle s'en souviendrait, si elle était venue. Bien qu'il ne fasse qu'une quinzaine de mètres de haut, on aurait dit le mont Olympe surmonté du Panthéon. Tous les vents semblaient maintenant la pousser dans cette direction, comme si eux aussi voulaient dire deux mots aux dieux.

Elle n'était pas seule. Pas très loin, sur un des bancs encerclant le mémorial, un homme gisait, enfoui sous une pile de cartons aplatis. Il ne bougeait pas, et Irene savait que la nuit était trop froide pour dormir dehors, quelle que soit l'épaisseur de la couche de cartons. Son manteau rouge était boueux et taché. Si elle n'arrivait pas à se lever, elle aussi mourrait de froid avant le matin. Ça semblait approprié, après tout. Mourir dans le froid comme une sans-abri, ce qu'elle avait toujours été d'une certaine manière. Une de ces milliers de personnes qui étaient partout et nulle part à la fois. Mourir ici refermerait le cercle. Et au pied de ce beau monument, dans ce manteau volé, dans ces chaussettes trempées en guise de souliers, oui, cela semblait un endroit honorable pour s'allonger.

L'infirmière Moira resta avec eux jusqu'au bout, mais William ne put supporter la scène. Il fit ses adieux, et il disparut au moment où ils s'apprêtaient à lui enlever son tube respiratoire. George et Sara s'approchèrent d'Irene, ils l'étreignirent, la serrèrent dans leurs bras, l'embrassèrent, mais elle ne réagit pas. Ce n'est que lorsque Jacob s'approcha et chuchota quelques mots à l'oreille d'Irene qu'ils virent tous l'esquisse d'un sourire, de chaque côté du tube. George et Sara exigèrent de savoir ce qu'il avait murmuré à son oreille, mais il refusa de leur dire. Puis l'infirmière Moira aida le Dr Hanks à extraire le tube de la gorge d'Irene. Ils la fixaient tous dans l'espoir qu'elle ouvre les yeux. Si elle le faisait, ils voulaient qu'elle les voie ici, réunis à son chevet.

Sauf que la mort ne vint pas. Elle essayait de ralentir sa respiration et d'attendre qu'elle arrive, mais non. Elle se retrouva à contempler la plaque ternie encastrée dans le mur en pierre du monument, qui disait :

ÉRIGÉ PAR LA VILLE DE NEW YORK
POUR COMMÉMORER LE COURAGE
DES SOLDATS ET DES MARINS

Soudain, tout cela lui parut faux. Elle n'était pas un marin ; elle n'était pas un soldat. Elle n'était pas Hector, et son combat n'avait rien d'une guerre. De chaque côté, il y avait un socle en marbre, gravé des noms des pères et des fils qui avaient sombré avec leur navire. Des garçons et des hommes qui s'étaient noyés dans les eaux glacées, loin de chez eux. *Il doit être agréable*, songea-t-elle, *de mourir à côté de ses frères*. Qu'est-ce qu'on dit toujours ? Né seul ou mort seul ? Mais qui n'était jamais né seul ? Et pourquoi mourir seul si on pouvait l'éviter ?

Elle avait retrouvé son souffle. Elle se releva et se dirigea vers l'avenue, passa devant un camion, moteur au ralenti, qui déposait les piles de journaux du matin. Le ciel commençait tout juste à bleuir. La famille qui avait été présente à sa naissance était loin maintenant, mais sa vraie famille était là, dans le cœur chaud de la ville, endormie dans un appartement semblable à une page de catalogue, la table décorée pour le dîner de Thanksgiving.

Sa poitrine se soulevait et s'affaissait tandis qu'elle essayait de respirer, mais ses yeux ne s'ouvrirent jamais. Peu à peu, elle changea. Son souffle devint plus court jusqu'à ce qu'ils ne puissent plus percevoir si elle respirait ou non. C'était comme voir quelqu'un s'éloigner dans la rue, dans la ville.

Rapetisser et finalement non pas disparaître, mais se fondre dans l'horizon. Aucun d'entre eux ne put mettre le doigt sur le moment exact où la fin arriva. Mais ils surent qu'ils l'avaient tous vue arriver ensemble.

II

Telle est la loi des mortels quand ils sont morts. En effet, les nerfs ne soutiennent plus les chairs et les os, et la force du feu ardent les consume aussitôt que la vie abandonne les os blancs, et l'âme vole comme un songe.

Homère, *L'Odyssée* (trad. Leconte de Lisle)

Tout prend plus de temps que ce que vous aviez prévu.

Deuxième loi de Murphy

Pourquoi nous avons
quitté la ville

Nous quittâmes la ville pour de bonnes raisons, du moins elles nous semblaient bonnes à l'époque. Nous avions plusieurs vies à vivre, et plus de temps à gâcher sur le quai de la ligne G. Nous en avions assez de payer toujours plus cher pour les mêmes mètres carrés habitables. De courir une énième fois après le propriétaire pour qu'il fasse réparer le frigidaire. Nous n'allions pas déménager dans un douzième appartement. Alors nous partîmes par les ponts et les tunnels, priant ferme pour récupérer nos cautions. Adieu, joueur de hautbois de l'appartement voisin ! Adieu, vieux couple d'en face sans rideaux ni vêtements. Partout ailleurs, il serait facile d'être propriétaire. De s'acheter une voiture ! Partout ailleurs nous pourrions être quelqu'un d'autre, ou peut-être que le meilleur de nous-mêmes, perdu depuis longtemps, se trouvait au bout du trajet. Nous nous relevions la nuit, nous demandant quel genre de personnes serions-nous, sans l'angoisse et la crainte.

Certains parmi nous tentaient de résister, continuant à noyer leur désespoir bien après l'heure de fermeture des bars. Nous divisions et subdivisions l'espace, tendant des rideaux pour séparer une chambre en deux. Prenions un deuxième emploi, puis un troisième. Repoussions les limites géographiques. Greenpoint était devenu le nouveau Lower East Side, jusqu'à ce que Bushwick devienne le nouveau Greenpoint et BedStuy le nouveau Bushwick. Les gens que nous déplacions en venant nous installer guettaient la prochaine invasion de leur territoire. Quand vous arrêterez-vous ? demandaient-ils. Désolés, répondions-nous. On ne sait pas. Puis, en jetant un coup d'œil derrière nous, nous disions : déjà ?

Nous discutions en connaissance de cause des taux d'intérêt. Mais nous aurions aimé savoir combien valait l'une de nos heures. Partout ailleurs, elles semblaient valoir plus. D'autres villes, d'autres villages nous promettaient des subventions, des offres alléchantes. Nous pourrions toujours revenir, n'est-ce pas ? Nous avions déjà obtenu une fois ce que nous voulions, ici. Ne nous avait-on pas dit que si nous réussissions ici, nous réussirions partout ? Seulement aucun de nous ne pouvait dire exactement ce que nous avions réussi.

Réussir à tout prix et le plus vite possible ! Nous connaissions quelqu'un qui travaillait dans la même société depuis neuf ans. Un autre avait eu neuf emplois en un an. Nous rêvions de nous faire virer. Laissez-nous partir ! Il y avait tant de choses que nous ferions différemment la prochaine fois. Nous commencions à nous blesser les uns les autres et à dire du mal de tout le monde. Des nuages noirs nous suivaient partout où nous allions. Des amis nous conseillaient une nouvelle salle de yoga, moins de gluten, des jardinières de fenêtre. Des médecins nous prescrivaient des pilules pour dormir, sourire, fonctionner. Nous avions peur de partir en vacances, car nous ne savions pas si nous pourrions supporter de rentrer.

Il était temps de partir. Car le barman connaissait les noms de nos tortues. Une fille sur l'avenue Franklin avait aspergé nos chaussures de vomi aux tacos. Un panneau en étain, en tombant du plafond du bar, avait fracassé notre pichet de Negroni. Nous avions reconnu le guitariste d'un groupe vu en concert faire la manche devant le supermarché. Nous ne pouvions plus prendre de brunch sans nous faire coincer dans la porte par une file de poussettes. Ils avaient trouvé des têtes de mouton ensanglantées dans le parc d'à côté. Dans Midtown, il y avait un endroit où le burger coûtait vingt-neuf dollars. Nous connaissions désormais nos zones inondables. Notre patron s'était mis au CrossFit. Un musée déjà vieux venait d'être inauguré, une énième comédie musicale signée Disney produite, et il s'ouvrait une convention pour les amateurs de pickles faits maison. La ligne L serait fermée neuf week-ends de suite. Le prix de la MetroCard augmentait encore. Nous l'avions à peine remarqué, c'était là le plus effrayant.

Nous étions tombés dans la routine avec une facilité et une indifférence déconcertantes, suivant un chemin tout tracé, de la porte de l'appartement à l'ascenseur du bureau, avec un détour à mi-parcours par la même boulangerie où la même équipe nous servait le même pain au chocolat et le même café, tous les jours. Au déjeuner, c'étaient les mêmes rayons interminables de salades et les armées de sandwichs réfrigérés. Désormais, nous commandions nos dîners via

357

un écran. Le même clic, les mêmes plats. Plus besoin de parler à quelqu'un. Toujours les mêmes bars, les mêmes cocktails, même les nouveaux (surtout les nouveaux), puis nous rentrions chez nous en taxi sans jeter un seul regard par la vitre.

Il y avait des quartiers de la ville où nous n'allions plus depuis des années. Ils nous rappelaient des gens qui nous avaient quittés, et nous les excisions de nos cartes avant qu'ils ne puissent s'étendre. Ce n'est plus pareil, disions-nous, ce n'est plus du tout pareil. Ce n'est plus comme c'était, avant. Nous ne précisions jamais avant quoi, mais c'était sous-entendu. Nous en voulions à ceux qui étaient partis presque autant qu'à ceux qui restaient, car ils étaient trop peu. Tel du bois mort, nous nous brisions au moindre contact jusqu'à n'être plus que des échardes plantées dans les doigts de l'autre.

Comme ils semblaient défraîchis et poussiéreux, ces endroits auxquels nous nous accrochions ! Des ornières dans lesquelles la vie s'était enlisée. Nous voulions nous relever et en sortir. Voir le clair de lune poindre entre les montagnes. Respirer l'air pur et boire l'eau claire. Nous commençâmes à bâtir nos châteaux dans le ciel, espérant que tôt ou tard ils nous emporteraient. Les jours se succédaient sans jamais devenir des lendemains. Nous dormions de moins en moins, plongés dans la pénombre le jour, brûlés à la lumière électrique durant des nuits interminables. Et ce n'est que lorsque nous finîmes par nous redresser, enfilant à la hâte des habits avant de filer, que nous comprîmes que cela faisait plusieurs années déjà que nous étions partis.

Zugzwang, Zone III, 2010

Janvier

Sa première année de travail, Jacob ne descendait jamais à l'arrêt de bus situé en face d'Anchorage House sans une certaine satisfaction. Alors que d'autres se rendaient dans leurs tours de bureaux lisses et laiteuses, il n'avait qu'à lancer un petit salut sarcastique à Winston, le gardien de jour, pour que s'ouvre en grinçant l'imposant portail en fer forgé. Il remontait l'allée de gravier, passait devant les écuries à moitié effondrées et les chênes gris béants. Dans une vie antérieure, Anchorage House avait été un couvent des Sœurs de la Grande Miséricorde, avec une statue monumentale du Christ sur la pelouse. C'était désormais un établissement psychiatrique privé de 125 lits, acceptant Blue Cross/Blue Shield, United Healthcare[1] et Medicaid[2], pour des adolescents multirécidivistes

---

1. Importante compagnie d'assurance médicale privée.
2. Système de sécurité sociale publique pour les plus pauvres.

souffrant de toutes sortes de maladies mentales ou ayant besoin d'une stabilisation rapide dans une « sphère thérapeutique sécurisée vingt heures sur vingt-quatre ». La statue de Jésus avait été transportée à l'arrière du bâtiment, près du cimetière des religieuses.

La première année, Jacob arrivait tôt pour passer une heure dehors sous le grand saule près de la mare aux canards. Se prenant pour Keats, il contemplait les clochers hantés et les toitures percées et rafistolées abritant les bossus et gargouilles peuplant son esprit. Le soir, il s'éclipsait en douce durant ses heures de garde, les nuits sans lune, et arpentait le cimetière enneigé qui accueillait encore les corps d'une trentaine de religieuses, son cœur giflant sa cage thoracique tandis que les ombres chuchotaient des poèmes à ses oreilles gelées.

Aujourd'hui, Jacob était insensible à la grande forteresse de pierre. Il gardait les yeux baissés sur l'allée détrempée par la neige fondue, attentif à ne pas glisser et se briser le cou. Les canards avaient migré vers le sud, et la mare gelée n'était plus qu'une prison opaque pour des feuilles d'automne et des déchets de l'école primaire chinoise voisine qui avaient volé jusqu'à elle. Jacob fit une pause près de la mare, en luttant contre le froid, pour réfléchir à l'enchaînement des événements.

Il avait obtenu cet emploi essentiellement grâce à sa carrure – il en était certain – et il l'avait accepté car le métier de poète n'était pas vraiment lucratif. Il se souvenait d'un professeur, le poète grisonnant Penn Hazelwood, qui leur avait dit un jour en classe : « Arrêtez n'importe quel type dans la rue et demandez-lui de citer le nom d'un poète vivant. Neuf sur dix répondront Robert Frost ou Shakespeare, ou Untel mort depuis des décennies ou des siècles. Le dixième dira Billy Collins. Désolé, c'est comme ça aujourd'hui. À vous de vous tirer d'affaire. »

Au bord de l'étang, Jacob ferma les yeux et, sans aucun effort, il convoqua l'image d'Irene quelques secondes après sa mort. Il n'avait jamais vu une telle pâleur. Comme si sa peau avait été vidée de son sang. Une image qui revenait facilement, mais difficile à supporter. Mais à partir de ce souvenir, il pouvait remonter le temps, jusqu'aux derniers mots qu'il avait soufflés à l'oreille d'Irene. Il s'était glissé à son chevet pendant que les infirmières augmentaient la dose de morphine et s'apprêtaient à retirer le tube respiratoire, et il lui avait murmuré quelque chose à l'oreille avant qu'elles ne l'écartent doucement du lit. Ses lèvres s'étaient retroussées, il aurait pu le jurer.

Dans la version donnée à Sara, il avait dit à Irene qu'elle était le portrait craché de Grace Kelly dans *Fenêtre sur cour*. Pour George, il avait prétendu avoir complètement oublié d'arroser ses plantes quand elle était partie au nord de l'État trois étés plus tôt. Mais il avait menti aux deux. Deux personnes seulement avaient besoin de connaître la vérité ; et il n'en restait qu'une.

À l'intérieur, au moins, il faisait chaud. Ses doigts firent de mémoire le code de la serrure de son casier : 3–8–25. Ses blouses blanches y pendaient depuis novembre. Elles sentaient encore légèrement l'eau de Javel. Dans les toilettes pour hommes, les mêmes graffitis habituels : un pénis touffu de sept centimètres, des paroles de Young Jeezy mal orthographiées, une promesse de passer du bon temps en contactant bibjguy4you@msn.com. Dans son uniforme blanc immaculé, il eut l'impression d'être un homme neuf, et non quelqu'un qui, il y a quarante jours, avait assisté à la mort de sa meilleure amie.

L'accès à la Zone III était verrouillé électroniquement, mais, juste derrière, la porte du bureau d'Oliver restait toujours ouverte, aux patients comme au personnel. Comme personne à la clinique ne savait qu'ils sortaient ensemble, Jacob lança un « salut, Dr B ! » désinvolte en tapotant du bout des doigts sur l'encadrement de la porte. Dans le bureau, Oliver discutait avec Sissy Coltrane, la responsable de l'art-thérapie, mais au lieu de retourner le « salut ! » de Jacob, Oliver se figea comme s'il avait vu un fantôme. Sissy se retourna, les yeux ronds. Jacob avait passé suffisamment de temps à faire des plaisanteries dans le dos des gens pour comprendre qu'il les avait surpris en train de parler de lui.

— Tu es revenu parmi nous ! gazouilla Sissy en se précipitant vers lui, les bras écartés dans un pull-over sans manches en laine rêche. (C'était comme se faire enlacer par un nid d'oiseau.) Tu nous as manqué ! Oliver disait que tu étais avec ton amie, la pauvre petite, à l'hôpital. C'est souvent très *dur*. Ma mère a eu une opération de la coiffe des rotateurs une fois, et elle est restée au lit pendant six semaines. Eh bien, je le *revis* encore. Terrible. Enfin, j'espère que tout s'est bien passé…

Elle poursuivait son bavardage, mais Jacob était plus enclin à fusiller Oliver du regard qu'à écouter.

Visiblement, ce dernier avait parlé d'Irene à Sissy. Mais avait-il *omis* de lui dire qu'elle était morte ?

Oliver, désemparé, articulait des excuses silencieuses dans le dos de Sissy, en lui lançant son regard habituel : *Mais comment serais-je censé connaître une info aussi personnelle ?*

Jacob ne savait pas quoi dire. C'était Sara qui avait appelé les gens, le lendemain. Puis elle avait publié un faire-part sinistre sur la page Facebook d'Irene, provoquant des commentaires bouleversés d'« amis » qui ne lui avaient pas parlé depuis cinq ans. De longs messages d'hommage ponctués de smileys malheureux et de petits cœurs. Jacob les avait tous lus, s'attendant à être anéanti. Pourquoi pas ? Tout le monde pleurait autour de lui. Même George reniflait quand il l'avait aidé à découper les avis de décès dans les journaux contactés par Sara. Mais Jacob avait gardé le même calme inhumain, qu'il affichait maintenant dans l'encadrement de la porte d'Oliver, alors que les yeux de Sissy commençaient à s'embuer.

— Ouais. Ce n'était pas... ça ne l'a pas... elle ne s'en est pas sortie.

Au moins, Sissy relâcha son étreinte pour se tourner vers Oliver, horrifiée.

Ce dernier avait l'air inquiet, comme si Jacob était une grosse masse bordélique de fils électriques et d'explosifs dans laquelle il venait délibérément de donner un coup de pied. Mais Jacob avait vu cette expression sur le visage de presque tout le monde depuis le drame. Ils s'attendaient tous à ce qu'il explose. Après tout, n'était-ce pas ce que Jacob Blaumann faisait toujours ? Mais là, non – le « toujours » n'existait plus.

Sara, George, Oliver, sa propre mère, tout le monde lui avait dit au moins une fois, voire douze : *laisse-toi aller. C'est normal d'être bouleversé ! Défoule-toi, frappe dans un mur, tu te sentiras mieux après*. Mais il devait bien plus que cela à Irene. Il pouvait tenir autant d'années qu'il lui restait à vivre. Longtemps, bien longtemps, alors que tous auraient oublié, il serait toujours la stèle froide d'Irene. Aussi, il se contenta de remercier poliment – sans avoir l'air d'un fou, espérait-il – avant de s'éloigner.

FÉVRIER

Jacob était affecté à la surveillance de la thérapie de groupe de huit heures et demie du Dr Feingold, qui se réunissait dans l'espace communautaire – quelques canapés élimés les uns en face des autres, deux ou trois fauteuils sous les fenêtres. Il était assis dans le coin près des jeux de société pendant que les patients assemblés énuméraient leurs plus grandes peurs.

— La solitude, confia Jane, avec ce regard mort imputable au Séconal.

— Les pois ! s'écria Annabeth, boulimique, qui pesait à peine quarante kilos.

Jamal toussota puis il dit :

— Tomber ? Enfin d'un immeuble ou d'un truc vraiment très haut ?

Le Dr Feingold hochait la tête avec un intérêt bienveillant à chaque réponse, comme si elle était à la fois ingénieuse et instructive. Il pointa son stylo vers une fille avec des verres si épais qu'ils auraient pu faire fondre un penny en plein soleil. Le Dr Feingold interrogeait le cercle des participants à la thérapie de groupe dans le sens inverse des aiguilles d'une montre. Elle leva la main – cinq ongles rongés pointés avec autorité vers le plafond. Jacob ne la reconnaissait pas, mais cela ne voulait pas dire qu'elle était nouvelle.

Le règlement interne déconseillait de sympathiser avec les patients, car ils pouvaient tenter d'utiliser des renseignements personnels à leurs propres fins. Ils manœuvraient sans cesse pour avoir de meilleurs repas, une chambre individuelle, des sorties encadrées. Jacob ne pouvait pas discuter avec un malade de ses films préférés pour, la minute suivante, le plaquer au sol parce qu'il était en proie à une hallucination dans laquelle des gorilles envoyés par son beau-père venaient prendre ses reins pour les vendre au marché noir.

Mais cette fille n'avait pas l'air si folle. Avec une gravité indéniable, elle déclara :

— Ma plus grande peur est de mourir sans avoir rien accompli d'important.

Certains participants levèrent les yeux au ciel en silence.

— Merci, Ella. C'est très courageux, dit le médecin, affable.

Ella baissa la main et la posa calmement sur son genou. Puis elle se tourna poliment vers son voisin, qui confiait sa phobie des scorpions.

Quelque chose chez cette fille dérangeait Jacob. En principe, il était facile à Anchorage House de repérer les cinglés à des signes visibles : cicatrices sur les poignets, dents jaunes tachées de vomissures, pelades témoignant des touffes de cheveux arrachées. Jacob savait aux yeux éteints qui prenait du Xanax le matin et aux démangeaisons des bras, qui faisait une réaction indésirable à l'Ativan. Mais il n'arrivait pas à voir de manière évidente ce qui était cassé chez cette fille – Ella Yorke, d'après la feuille de présence. Elle se tenait bien droite sur son siège, alors que tous les autres étaient affalés. Elle souriait sagement, mais pas de ce sourire béat provoqué par les anxiolytiques ni d'un rictus narquois débordant de sarcasmes contenus. Tandis qu'elle hochait la tête en empathie avec le garçon des scorpions, l'évidence roula lentement vers Jacob comme un char sur la place Tiananmen : son sourire était vrai. Il lui semblait qu'il n'en avait pas vu depuis des années.

Juste avant qu'elle se tourne pour attirer l'attention de Jacob, il avait les yeux baissés et étudiait un échiquier abandonné au milieu d'une partie. Il essayait de deviner qui gagnait. Le roi noir était dans une position bien plus confortable, mais les blancs progressaient sur le côté gauche. Il continua d'examiner le jeu, tentant d'anticiper les mouvements suivants, mais il était coincé dans son raisonnement, car il ne savait pas qui devait jouer. Si c'était aux blancs, alors ils étaient en difficulté, car leurs deux fous étaient menacés. Mais si c'était le tour des noirs et qu'ils prenaient un fou, leur mouvement exposerait la reine à l'attaque du cavalier blanc… Jacob sentit son téléphone vibrer deux fois.

Sara lui envoyait trois ou quatre messages par semaine. *Quand viens-tu à Boston ? Écris-moi un poème ! Tu sors toujours avec ton docteur ? Pourquoi tu ne quittes pas ce job débile pour venir pêcher le homard ici ?* Il se fendait de réponses minimalistes. *Où ? Non. Oui. Beurk.* Elle était très excitée par les chances de l'équipe américaine de remporter des médailles d'or à Vancouver, pas lui ? Il avait tapé un long texto expliquant qu'il boycottait les Jeux olympiques depuis l'an 393, lorsque l'empereur Théodose avait chassé les païens, puis il l'avait effacé. Comment pouvait-elle être aussi enjouée ? Comment pouvait-elle regarder du sport à la télé ?

Il était encore contrarié que Sara lui ait fait une scène parce qu'il n'était pas venu à la soirée d'hommage à Irene le mois dernier (bien qu'il ait promis plusieurs fois d'y aller). Jacob ne voyait pas l'intérêt de se saouler avec des bobos posant aux artistes qui connaissaient Irene uniquement comme la jeune fille du vestiaire dans les soirées. Il les imaginait debout avec leur cocktail, suant sous d'épais manteaux en se demandant, mais *putain, où est cette satanée fille du vestiaire ?* Quand les photos fleurirent sur Facebook le lendemain, il fut heureux d'avoir manqué la fête. Comment osaient-ils tous afficher des sourires ? Comment osaient-elles se pavaner en escarpins Louboutin, agrippées à leur pochette Michael Kors, des traces de rouge à lèvres maculant le bord de leurs verres en plastique à la con, en se trémoussant sur les titres de l'iPod d'Irene ?

Qui *étaient* ces gens ? S'ils étaient ses amis, où avaient-ils disparu durant toutes ces années ?

Comment osaient-ils s'amuser quand tout ce qui restait d'Irene tenait sur une étagère murale dans la monstrueuse urne en métal de mauvais goût que George avait choisie dans le catalogue des pompes funèbres ? Une pièce remplie d'artistes, et personne n'était foutu de sculpter une urne pour Irene ? Vu le niveau, c'était probablement une chance que ses cendres ne soient pas exposées dans un flacon d'urine. Quelle perte phénoménale de temps, d'argent, de talent et de vie.

Sara parlait maintenant d'organiser avec Juliette et Abeba une rétrospective des œuvres d'Irene. Cette idée insupportait Jacob. Ils ne pouvaient pas comprendre. Elle avait fait ces trucs parce qu'elle aimait les faire. Pour elle, il n'avait jamais été question de connaître la consécration ni de vendre des pièces à des collectionneurs. Son œuvre appartenait à un musée. Son *propre* musée. Il devait s'en occuper lui-même. Accrocher tous ses tableaux dans un endroit, avec un éclairage soigné, puis cadenasser la porte pour que personne, jamais, ne puisse les voir.

Sara voulait oublier. Composer des albums-souvenirs et tourner la page. Commencer une nouvelle vie à Boston en tant que Mme George Murphy, sans affliction ni souvenirs. Elle ne cessait de le bassiner pour qu'ils fassent ensemble l'inventaire des affaires et des vieux livres d'Irene afin de choisir ce qu'il fallait garder ou donner. Elle lui demandait en permanence s'il avait contacté William, dont personne n'avait de nouvelles depuis la veillée funèbre. Au moins, sur les photos, il avait la décence d'apparaître amaigri, comme s'il n'avait pas mangé depuis un mois. Sara et George, à l'inverse, semblaient radieux

– surtout Sara avec sa nouvelle coupe de cheveux ! Un carré court plongeant pour aller avec son nouveau poste de directrice des réseaux sociaux de *The New Bostonian*. George avec son nœud papillon rouge ridicule aux couleurs de Harvard. Intolérable. Eux, mieux que tous les autres, auraient dû comprendre. *C'est Irene qui nous coupe les cheveux !* avait-il voulu écrire dans la section des commentaires. *George, qu'as-tu fait du costume dont Irene a fait l'ourlet ?* Mais il ne craquerait pas. Ils pouvaient toujours se demander pourquoi.

— Je ne vous aurais pas cru amateur d'échecs, Jacob, dit le Dr Feingold. Vous jouez bien ?

Jacob leva les yeux et se rendit compte qu'il était seul dans la pièce avec le psy.

— En fait, je suis Bobby Fischer. Je suis là incognito. Ne le dites à personne.

— Je crois que Bobby Fischer est mort.

Jacob mit un doigt sur ses lèvres.

Le Dr Feingold caressa le haut de son crâne dégarni.

— Vous êtes juif, n'est-ce pas ?

— Jacob Blaumann ? s'esclaffa-t-il. Catholique irlandais pur jus.

Il sourit.

— Sissy a mentionné ce qui était arrivé à votre amie.

— Ah bon ?

— Elle en a parlé lors de notre dernière réunion médicale.

— Je pensais que Sissy avait seulement une maîtrise de tricot.

Petit sourire du Dr Feingold.

— Écoutez, je me demandais si vous étiez allé à la synagogue. À moins que vous n'en connaissiez pas dans le quartier ?

— Merci, mais je ne pratique pas.

Cependant, le Dr Feingold avait l'air sérieux.

— Vous devriez y aller. Prier avec les gens. Réciter le Kaddish des endeuillés. Évidemment, il est un peu poussiéreux, mais les textes traditionnels n'existeraient pas s'ils ne faisaient pas du bien à ceux qui les disent. Mon père est décédé il y a quelques années. Cancer du pancréas. Atrocement douloureux, mais heureusement très rapide, car on ne peut rien y faire.

— Je comprends, dit Jacob en sortant son téléphone qui venait de vibrer dans sa poche.

Un énième texto de Sara.

Je fais partir les invitations... Il rangea le téléphone dans sa poche. Il vibra de nouveau, mais il connaissait le contenu du deuxième message : *Tu peux me donner ton adresse ?*

Jacob n'avait pas remis les pieds dans son appartement sous l'église depuis décembre, pas plus qu'il n'était retourné à New York. Il ne connaissait plus personne en ville.

— Quoi qu'il en soit, après la mort de mon père, mon rabbin m'a conseillé de prendre une année sabbatique. Et d'éviter les décisions radicales. Ne pas changer de travail, ne pas commencer une nouvelle relation, ne pas déménager dans une autre ville.

— Oui. Conseil judicieux. Attendre que ça se tasse. Eh bien, ça paraît plus... sage.

Mais la dernière chose que Jacob voulait, c'était garder ce boulot merdique. Il était grand temps de passer à autre chose. Depuis la mort d'Irene, il avait imaginé mille échappatoires possibles. Déménager à Boston pour se rapprocher de George et Sara. Partir en randonnée sur le Sentier des Appalaches. Rejoindre une secte en Californie. Dépoussiérer sa thèse et représenter une demande d'admission à Yale.

Mais il en allait de ces projets comme des larmes : séduisants en théorie, irréalisables en pratique.

— Alors ? demanda Jacob.

— Alors quoi ?

— Comment cela s'est-il passé ?

Le Dr Feingold réfléchit quelques instants. Puis il dit :

— Eh bien, je suis toujours ici.

MARS

La Zone III était le service réservé aux patients séjournant à Anchorage House depuis plus de trente jours. La plupart des adolescents adressés par les cabinets de psys, les services sociaux et les ordonnances du tribunal restaient moins d'une semaine. Souvent, ils avaient simplement besoin d'une coupure : un programme régulier, quelques conseils, un groupe de parole et les médicaments habituels. Beaucoup de jeunes suivaient déjà un traitement avant d'arriver, mais ils avaient arrêté de prendre leurs cachets. Deux ou trois jours, une semaine, suffisait à les remettre sur pied. Dans la Zone II, ils pouvaient décompresser jusqu'à vingt et un jours supplémentaires. Là-bas, les médecins s'occupaient d'eux de leur mieux pour ensuite, selon les cas, les renvoyer chez eux, les transférer dans des cliniques spécialisées ou les faire monter dans le service du Dr Boujedra en Zone III. Parking longue durée.

Les patients de la Zone III n'étaient ni assez sains pour rentrer chez eux ni assez malades pour être expédiés ailleurs. Apathiques, désabusés, mélancoliques, ils végétaient dans un purgatoire psychiatrique pendant que les autres entraient et sortaient. Quelques adolescents se trouvaient là depuis plus d'un an ; leurs parents étaient heureux de payer la facture pour les savoir en sécurité, et surtout à bonne distance. Certains en arrivaient même à se sentir chez eux, attendant leur Godot pendant que des spécialistes s'intéressaient quotidiennement à leurs pensées et à leurs émotions. Le monde extérieur n'était pas si fabuleux, en fin de compte. Jacob comprenait parfois leur attirance pour ce lieu : qui n'aurait pas envie d'être entouré de gens qui espèrent inlassablement que vous irez mieux demain ?

Il soupçonnait Ella Yorke d'être dans ce cas. Elle semblait presque heureuse d'être ici, levait la main dans les séances collectives, s'intéressait à la bibliothèque étique, regardait avec un espoir sincère par la fenêtre, toujours avec ce sourire exaspérant et *vrai*. Jacob se surprenait à passer le temps à imaginer comment elle en était arrivée là : rupture difficile, écriture d'une ode plathesque[1] pour élever dramatiquement le niveau d'un cours de littérature quelque part, affrontement avec l'enseignant déconcerté, crises d'hystérie, appel de la sécurité du campus... et cetera, et cetera ? Ou bien était-elle du genre introverti ? Séchant les cours pour regarder une chaîne de soaps, d'abord quelques heures par jour, puis huit, douze, vingt ? Qui sait ? Elle était peut-être complètement barjo. Collectionnait en cachette les languettes de canettes de soda pour négocier avec les Plutoniens quand ils viendraient couper les lobes d'oreille des humains pour en faire du carburant.

Mais Jacob ne croyait pas vraiment à ses élucubrations. La seule chose notable chez elle, c'est qu'elle avait l'air sincère en toute circonstance. Il espérait apprendre en arrivant un matin qu'elle avait été relâchée, mais tous les jours, il la trouvait là. Il commença à y voir un écho dérangeant de son propre immobilisme. Oui, *lui* aussi était toujours là. Il n'avait pas précisément décidé de suivre les conseils du Dr Feingold, de prendre une année sabbatique et d'éviter tout changement de vie majeur. Pourtant, chaque fois que l'idée de poursuivre un projet personnel l'avait tenaillé, il s'était inventé des excuses.

— Pourquoi ne reprends-tu pas tes études pour décrocher un master, lui avait demandé Oliver un week-end, allongé dans le lit à côté de Jacob. Tu ne crois pas que c'est ce qu'Irene aurait voulu ?

Jacob avait levé les yeux vers le ciel blanc, immaculé du Connecticut. Qu'est-ce qu'Irene aurait voulu ?

---

1. De Sylvia Plath, poétesse américaine qui s'est suicidée à 30 ans en 1963.

Il pouvait répondre de dix façons différentes à dix heures différentes de la journée.

— Ou tenter quelque chose de nouveau, pourquoi pas. Jacob Blaumann, avait-il ajouté d'un air pensif, licencié en droit ! Ou tu pourrais avoir ton propre feuilleton télévisé.

— On appelle ça des séries, maintenant, avait corrigé Jacob. Les feuilletons, c'est pour les journaux.

En fait, Jacob s'était pris d'affection pour les expressions désuètes d'Oliver. Il l'imaginait en jeune interne qui paressait le week-end en appréciant la compagnie occasionnelle des hommes. Sérieux pendant la semaine, mais redevenant le samedi comme un adolescent, qui s'initierait à cette nouvelle activité secrète.

— Je serai Jacob Blaumann, le Capitaine sans peur ! avait proclamé Jacob en écartant les bras pour symboliser la grandeur du rôle.

— Un capitaine sans… slip ! avait applaudi Oliver, puis Jacob s'était levé pour prendre une douche.

Quelques minutes plus tard, il s'était efforcé de ne pas écouter Oliver parler tout bas au téléphone à travers le mur carrelé. « Non, j'ai l'impression qu'il va mieux. »

Fin mars, Jacob avait été réaffecté aux horaires de l'après-midi, ce qui incluait la surveillance du groupe « expérimental » (sic) d'art-thérapie de Sissy Coltrane. Elle leur faisait faire des exercices niveau collège : dessiner leurs chaussures, modeler des écuelles, chanter des chansons de colonies de vacances accompagnés de tambourins. En temps normal, Jacob aurait supplié Oliver de ne pas lui infliger ce genre d'épreuves, mais là, il ne se plaignait pas. À travers le nuage de poussière d'argile qui s'échappait des poteries informes, il observait Ella Yorke.

Il ne cherchait pas à en savoir plus sur elle ; il était simplement attentif à ce qui se passait. Paul, l'un des infirmiers, lui apprit qu'elle avait dix-sept ans et qu'elle avait séjourné à Anchorage House quatre fois en deux ans. Cette fois, elle avait été admise durant les fêtes de Noël et après la période d'évaluation de trente jours, on l'avait gardée. Elle était réputée si intelligente que, bien qu'elle ait manqué des mois entiers de scolarité, elle avait obtenu son diplôme dans les cinq meilleurs de sa promotion et avait été acceptée à Columbia. Mais après un semestre, elle était de nouveau en arrêt maladie.

Cette semaine, Sissy leur faisait réaliser un autoportrait à la peinture acrylique. Elle avait donné à chacun une toile de soixante centimètres par trente et un miroir. Ella avait travaillé sur son autoportrait pendant deux journées entières, ne cessant d'effacer des traits et de les redessiner, s'éloignant de la toile pour jauger l'effet à distance, puis se précipitant pour faire des corrections minimes. Une fois, elle avait passé la séance entière à peaufiner un mélange de peinture brune, en ajoutant une touche d'ambre par-ci, une touche d'ocre par-là, un peu de noir de jais pour obtenir la nuance voulue. Elle levait le pinceau devant ses cheveux pour comparer les teintes.

Jane et Annabeth gloussaient. Elles avaient enfilé un sac-poubelle sur leur blouse et tenaient leur pinceau à bout de bras comme si elles étaient des agentes de décontamination et la peinture un virus mortel. Jacob avait terriblement envie de peindre des pois sur le tableau d'Annabeth. Les garçons avaient bâclé le travail : des versions caricaturales d'eux-mêmes sous la forme de personnages en bâtons tenant une crosse de hockey ou au volant d'une voiture de course. Ils s'adonnaient en même temps à un match épique de lancer de boulettes en papier.

Alors que tout le monde rinçait ses pinceaux dans l'évier, Ella resta assise à barbouiller sa toile de peinture, en plongeant de manière répétitive son pinceau dans le verre d'eau brun-noir opaque. Puis elle jeta un ultime regard d'insatisfaction à son tableau et elle s'effondra, écrasant sa joue en silence sur le paysage lunaire, constitué de peinture séchée, qui couvrait la table.

Sissy étant occupée par les filles près de l'évier, Jacob alla voir si elle allait bien.

— Ce n'est pas destiné à finir au Met, dit-il.

— Tout est déformé, répondit-elle. Ces miroirs en plastique à la noix distordent le reflet.

Effectivement, les miroirs bon marché ondulaient comme des flaques d'eau gelée dans la brise.

— Ils ne veulent pas nous en donner en verre, murmura Ella. Quelqu'un pourrait, tu sais…

Jacob hocha la tête.

— Chercher qui est la plus belle ? Miroir, mon beau miroir…

Ella rit si fort qu'elle en sembla elle-même surprise. Elle leva la tête et plaqua la main sur sa bouche, mais Sissy ne regardait même pas.

Jacob se pencha pour examiner le portrait de plus près. Le problème n'était pas tant la distorsion que le sourire forcé – dents serrées et lèvres pincées, comme si la fille venait de sucer un bonbon acide.

— Je vais te dire ce qui ne va pas. Ce n'est pas à cela que ressemble un sourire. Là, on dirait quelqu'un qui subit une opération sans anesthésie.

Le sourire d'Ella s'élargit et illumina son visage, retroussant ses pommettes si haut qu'elles masquèrent presque ses yeux marron foncé.

— Voilà un sourire. Dessine-le.

Ella fronça les sourcils, ramassa vivement le miroir et se regarda dedans.

— Je ressemble à une… à une…

— Quoi ?

— Une malade mentale.

Jacob dut couvrir sa bouche pour étouffer un éclat de rire. Il ne savait pas depuis quand il n'avait pas ri comme ça au travail, ou même avec Oliver.

Mais Ella ne semblait pas comprendre en quoi elle était drôle. Elle laissa tomber sa tête sur la table.

— Pas étonnant que ma vie amoureuse soit si nulle.

— Eh bien, on ne peut pas vraiment juger un sourire quand il est en captivité, dit Jacob. Ils sont bien plus beaux en liberté. Regarde, tu vois, comme ça.

Ella fixa de nouveau le miroir.

— C'est un cercle vicieux. Je regarde dans le miroir, je déteste ce que j'y vois, puis je peins ce que je vois, déteste ce que j'ai peint, me regarde de nouveau dans le miroir détester ce que je peins. En fait, c'est une analogie parfaite de la dépression.

— La dépression ? Tu en parles comme s'il s'agissait d'un semestre en Espagne.

— Au départ, je devais partir étudier à l'étranger.

Jacob jeta un coup d'œil à Sissy, qui était en train de montrer à un jeune comment emballer la palette dans un film plastique pour que la peinture ne sèche pas d'ici la prochaine fois.

— J'avais une amie artiste, dit-il, s'en voulant immédiatement d'avoir employé le passé, et elle m'avait expliqué que les autoportraits ne s'intéressent pas vraiment aux visages, mais à ce qui se passe derrière les visages.

Ella réfléchit.

— Si je peignais *ça*, ils flipperaient sérieusement.

— Et alors ?

— Et alors, ils penseraient que je suis encore déprimée et pas en état de reprendre mes études à la session d'été pour rattraper mon retard sur toutes les conneries que je rate chaque foutue seconde passée enfermée ici à essayer de redevenir *normale*.

Sur ce, Ella attrapa le verre d'eau sale et lança son contenu bilieux sur l'autoportrait. L'eau trouble noire déferla tel un raz-de-marée dans toutes les directions, en grande partie sur ses genoux, et elle sauta en l'air, aussi surprise que si elle ne l'avait pas renversée elle-même. Des traînées sombres imbibaient le papier, des gouttes épaisses coulaient sur toute la longueur de l'autoportrait et au-delà. Une flaque se formait déjà sur le sol, sous son tabouret.

— Qu'est-ce qui se passe ? cria Sissy en se précipitant vers eux.

Ella souleva délicatement les bords détrempés du portrait. Le sourire atroce pointait derrière un brouillard épais, mais le sourire sur le visage d'Ella n'était rien moins que radieux – les pommettes si hautes qu'elles engloutissaient complètement ses yeux.

— Qu'est-ce qui se passe ? répéta Sissy.

— Quel maladroit ! répondit vivement Jacob. Tout est ma faute.

Ce qui en un sens, pensa-t-il, était vrai.

AVRIL

Après cela, Jacob se mit à observer Ella, de plus en plus. Elle avait une seule amie, Maura – une fille timide aux cheveux gras qui s'asseyait en face d'elle à la cantine. Ella semblait tolérer poliment sa présence, quoique Jacob eût l'impression qu'elle serait beaucoup plus heureuse en tête à tête avec son livre plutôt qu'à discuter de la météo, du prime time d'ABC et du vernis à ongles qu'elles mettraient en rentrant chez elles. Régulièrement, Jacob remarquait qu'Ella (et souvent Maura) le regardait furtivement, avant de détourner les yeux.

Lors des séances de thérapie de groupe du Dr Feingold, Ella prit l'habitude de s'asseoir sur le siège le plus proche de Jacob. Quand il accompagnait les patients dans le couloir après les séances, elle marchait invariablement en tête. Dans la salle commune, il changeait souvent de place pour garder un œil sur les groupes de patients les plus agressifs. Peu à peu, il prit conscience qu'elle le suivait partout où il se plaçait, tournant en orbite autour de lui comme une lune. À la cantine, Jacob s'asseyait avec les autres aides-soignants à une table en longueur dans un coin de la salle. Où qu'il soit, où que son regard porte, Ella s'installait à quelques mètres de lui.

— On dirait qu'il y en a une qui a le béguin pour toi, remarqua Paul.

— Quoi ? Le quoi ?

Paul sourit et fit le geste de scratcher une platine.

— Une fascination pour ta situation. Un élan pour ton allant, mec. Une admiration sans complication. Un amour d'ado derrière les barreaux. Un désir intense pour...

Jacob ne voulait pas entendre la prochaine rime.

— Arrête tes conneries, Paul.

Il se leva pour quitter la salle, tandis que Paul lui assurait qu'il plaisantait.

Il pleuvait et Jacob n'avait pas envie de se balader, de toute façon. Il passa la fin de sa pause aux toilettes, silencieuses à l'exception du son de sa mâchoire croquant dans un sandwich.

Il était vrai qu'elle allait, disons, un peu *mieux* depuis leur discussion. Son *Portrait d'Ella en gris* était désormais accroché dans la salle commune, où il remportait un franc succès. Et Jacob n'avait rien fait de mal. Il ne l'avait jamais touchée, même quand elle avait fait un bond après avoir renversé l'eau – il n'aurait pas pu en dire autant de certains médecins. On prétendait que le petit Dr Rutherford, avec sa moustache répugnante, avait eu une liaison pendant trois ans avec une ancienne patiente, une tromboniste de talent souffrant d'un problème d'alcool. Pourtant, il travaillait toujours en Zone II, comme si rien ne s'était passé. Le Dr Parker, une thérapeute comportementaliste mariée et mère de famille s'était mise l'an dernier à coucher avec un gardien dans la bibliothèque souvent déserte du quatrième étage. Et le Dr Harrison, qui dirigeait la Zone I, avait épousé une ancienne patiente de l'hôpital où il travaillait dans les années 70. Tout le monde le savait. Ils organisaient tous les ans une fête de Noël dans leur maison de Greenwich ; Oliver y était allé plusieurs fois.

Il avait toujours semblé à Jacob qu'Oliver vivait ces romances par procuration, tout en vivant aussi dans la peur constante d'un procès – il n'en faudrait pas plus à Anchorage House pour faire faillite. Dans ses moments de lucidité, Jacob se demandait même si Oliver apprécierait autant de coucher avec lui s'il n'avait pas cette épée de Damoclès au-dessus de la tête.

Pour la centième fois, Jacob songea à plaquer ce boulot, Oliver et sa vie. À éclater la tronche de Paul avant de partir. À appeler Sara, seulement il ne savait pas par quoi commencer. Elle le harcelait encore pour savoir à quelle adresse envoyer sa maudite carte *Réservez cette date.* Elle voulait savoir si elle pouvait l'envoyer chez Oliver ou à Anchorage House – avait-il une boîte aux lettres là-bas ? Jacob se contenta de répondre qu'il lui arrivait de l'ouvrir.

En passant devant la salle d'arts plastiques, il vérifia que Sissy ne s'y trouvait pas, puis il fit lentement le tour de la classe en s'arrêtant au fond, dans le coin des bols, des pots à crayons et des mugs que les patients avaient modelés le mois dernier. Ils ne pouvaient pas les garder dans leur chambre une fois passés au four, car ils risquaient de les briser et se blesser avec les débris tranchants. Alors on conservait ici ces œuvres d'art fonctionnelles, mais inutilisables, jusqu'à ce que leurs créateurs repartent chez eux. L'air de rien, Jacob examina le mug d'Ella. Il sourit fièrement. Quel mug parfaitement sensé ! Un motif doré ornait le rebord supérieur – non, pas un motif, plutôt une suite de caractères incohérents. Il pensa d'abord qu'elle était sans doute folle après tout, mais en y regardant de plus près, il vit que ce n'étaient pas seulement des caractères grecs. C'était le mot Ὀδυσσεύς répété sur tout le contour du mug.

Jacob n'avait pas lu de grec depuis des années, mais il reconnut immédiatement le nom du héros de *L'Odyssée*. Ulysse. À une époque de sa vie, il était capable d'en citer de mémoire des passages entiers (*Ô Muse, conte-moi l'aventure de l'homme aux mille ruses...*), en général ivre mort dans des soirées comme il n'en existait plus. Quatre semestres de grec ancien, à étudier des livres décatis et poussiéreux dans des coins oubliés de la bibliothèque, à traduire des mots qui avaient été traduits des milliers de fois avant lui. Des mots qui étaient du bla-bla vide de sens pour tous les gens de son entourage, comme si la poésie en elle-même n'était pas déjà une langue suffisamment morte. Parfois, il avait l'impression d'avoir passé vingt ans de sa vie à s'efforcer de n'avoir pas grand-chose en commun avec tous les autres.

— Jacob ?

Les néons bourdonnèrent au moment où Sissy Coltrane entrait dans la salle.

— Hé, salut ! lança-t-il en faisant un geste maladroit, bien conscient qu'il tenait le mug d'Ella dans l'autre main.

— Tu cherches quelque chose ?

— Des crayons, bafouilla Jacob. Il n'y en a plus. Dans la salle d'attente. Le Dr Boujedra m'a demandé d'aller voir s'il n'y en avait pas en rab ici.

Sissy plongea la main dans un tiroir et en ressortit une poignée de crayons.

— D'habitude, Oliver gère parfaitement le stock de fournitures. C'est le mug d'Ella. Elle a vraiment un œil. Une fille intelligente. Oliver m'a dit qu'on lui avait octroyé une bourse présidentielle l'année dernière, juste avant qu'elle revienne ici.

Elle avait appelé Oliver « Oliver » par deux fois.

— Quel est son problème, exactement ? demanda Jacob pendant que Sissy se dirigeait vers le frigidaire où elle conservait les pots de peinture ouverts. (Elle y prit un sac en papier brun taché de gras sur le côté.) Elle est si souriante la plupart du temps. Tu es sûre qu'elle est folle ?

Sissy sortit un pâté impérial froid et gras.

— Jacob, tu sais que je ne peux pas discuter de ce genre de choses.

Jacob leva les yeux au ciel. Comme si elle, « Oliver », Paul et les autres ne passaient pas la moitié de leur vie à échanger des ragots sur tel patient qui avait vu des éléphants roses, tel autre qui avait été arrêté pour avoir tiré le signal d'arrêt d'urgence dans le métro ou celle qu'on avait retrouvée nue sur le toit, enduite de colle et de plumes d'oreiller, essayant de s'envoler vers Mars.

— Un cas curieux. Nous avons essayé toutes sortes de traitements, mais elle continue à replonger en dépression pour des raisons très bizarres. Oliver l'a très bien décrit l'autre jour – comment a-t-il appelé ça ? Ah oui, il dit que c'est comme de l'hypersensibilité. Un « trouble de l'adaptation extrême ». Comme une réaction aiguë au stress, seulement les facteurs de stress ne sont pas des trucs insensés ou non identifiables.

— Donc, ils sont juste *réellement* stressants ?

Il détestait la façon dont elle ne cessait de dire « nous ».

— Oui, mais stressants dans la mesure où elle les connaît. Par exemple, elle peut tomber en dépression pendant des semaines parce que, je ne sais pas, une plante d'intérieur est morte. Ou elle a vu une pub pour le Christian Children's Fund à la télé. Celle avec Sally Struthers[1].

— Trouver Sally Struthers déprimante suffit à vous envoyer à l'asile ?

Sissy le dévisagea avec circonspection.

— Eh bien, oui. Si ça t'empêche pendant trois jours de sortir de ton lit. Toi ou moi, on se sentirait mal pendant une minute, peut-être deux, puis on penserait à autre chose. Mais Ella ? Tiens, tu sais ce qui l'a ramenée ici cette fois, après avoir passé six mois formidables sans aucun trouble ? Elle a vu l'une de ces affiches de St Jude sur un bus. Tu sais, avec les petits enfants chauves à cause de la chimio. Apparemment,

---

1. Actrice américaine connue pour son engagement dans des causes humanitaires.

elle a perdu les pédales. Elle a pleuré pendant deux jours sans s'arrêter, même après que son petit copain l'a conduite ici.

Jacob espérait que ses yeux ne s'étaient pas trop écarquillés au mot *petit copain*.

— Et elle rentre chez elle dans combien de temps ?

Sissy posa son pâté impérial et sortit une boîte en carton blanc remplie de nouilles lo mein. Puis elle sépara d'un coup sec les baguettes en bois et, pour enlever d'éventuelles échardes, elle les frotta l'une contre l'autre comme un louveteau essayant d'allumer un feu.

— Tu sais comment ça marche. Elle peut rester ici jusqu'à ce que quelqu'un arrête de payer la note. Ou jusqu'à ce qu'elle soit prête à retourner à l'extérieur, je suppose.

— Mais qui est un jour *prêt* pour ça ?

Juste retour des choses, il avait réussi à l'exaspérer.

— Pourquoi t'intéresses-tu tant à elle ?

— Pas tant que ça. C'est juste qu'elle m'a parlé l'autre jour, et elle avait l'air, je ne sais pas, elle avait l'air bien. Hé, tu as commandé où ?

— Pardon ?

— Ça ne viendrait pas du Szechuan Garden, à Stamford ?

Elle regarda son pâté impérial à moitié entamé. Jacob jeta un coup d'œil à l'assortiment coloré de choux et de carottes à l'intérieur, et à la spirale marron sur le papier d'emballage.

— Stamford ? Non. Bien sûr que non. J'habite à Katonah. Je ne sais pas d'où il vient. J'ai commandé sur un menu qui se trouvait sur mon frigo. Hunan Palace ? Dynasty Pagoda ? Je ne m'en souviens pas.

MAI

Puis un beau jour, Ella disparut. Elle n'était plus ni dans le groupe de Feingold ni à l'art-thérapie. Ni en train de faire la queue pour une tasse de décaféiné à sept heures pétantes. Jacob entendit par hasard une Maura déprimée marmonner à une autre fille que les parents d'Ella étaient passés la chercher un week-end pour l'emmener dans une croisière au pays des merveilles pendant deux semaines avant de commencer les cours d'été à Columbia. Son mug n'était plus dans l'armoire, bien que son *Autoportrait en gris* soit encore accroché au mur de la salle commune. Elle l'avait sans doute abandonné dans la précipitation, trop impatiente de retourner à sa vraie vie. Il aimait à penser qu'elle l'avait laissé là pour lui. Une manière de dire merci. Au revoir.

— T'inquiète, dit Paul en voyant Jacob se morfondre sur son sandwich au rôti de bœuf, une folle de perdue, dix de retrouvées !

Jacob avait envie de lui rentrer dedans – lui dire primo qu'il était gay, et deuzio que tout ne tournait pas autour du sexe, même si *The Real World : San Diego* et *John Peter Richmond* pouvaient le laisser penser. Tout le monde n'était pas seul et désespéré au point de coucher avec la première personne consentante. Parfois, un cigare était juste un cigare, et parfois un gratte-ciel était simplement une manière efficace d'agencer des bureaux dans une surface limitée au sol. Mais Jacob se contenta de lever les yeux au ciel avant d'aller finir son déjeuner aux toilettes.

Il n'avait pas eu l'intention de regarder la page Facebook d'Ella. Il n'avait même pas de *compte* Facebook. Il lui semblait important de le souligner. Quand il devait aller sur le site – quand il était vraiment obligé de le faire –, il utilisait le compte d'Irene. Elle ne s'en servait jamais elle-même, n'ayant même pas pris la peine de télécharger une photo de profil, de sorte qu'il affichait le contour fantomatique d'un visage féminin. Elle lui avait donné son mot de passe, qu'il n'utilisait qu'en cas d'urgence. En parcourant ses messages, il s'était demandé qui d'autre de ses connaissances pouvait être sur Facebook. Puis il avait pensé à Ella. Était-ce York ou Yorke ? Il ne s'en souvenait pas. Il avait tapé les deux noms dans la petite barre de recherche. *Ella York...* non, non... *Ella Yorke.* Oui. C'était elle. Et sans réfléchir, il avait appuyé sur la touche Entrée.

Et elle était là. Elle souriait comme la fille d'une pub pour dentifrice, dans la robe bleue de cérémonie de remise des diplômes. Elle mangeait des tacos à la cafétéria de la fac avec deux autres filles. Elle ouvrait un cadeau devant un sapin de Noël artificiel. Elle croquait des bâtonnets de mozzarella au Washington Square Park avec une amie. Elle portait un chapeau de bigote de l'Armée du Salut. Quelle différence en quelques années. Facebook était au centre de sa vie d'ado, à peine à la périphérie pour Jacob. Il s'était arrêté sur une photo d'Ella vêtue d'une robe de bal de fin d'année rouge écarlate épinglant un petit bouquet au revers du smoking d'un jeune homme à l'air sérieux. Quand il avait déplacé le pointeur de la souris, son nom était apparu automatiquement. Francis U. Williams. *Francis et Ella.* Puis Jacob s'était déconnecté, presque immédiatement. Cela n'avait été qu'un minuscule écart de conduite, accidentel.

Du moins était-ce ainsi que Jacob prévoyait de présenter les choses à Oliver, alors qu'il marchait à grandes foulées dans les couloirs d'Anchorage House en direction de son bureau, où il avait été convoqué sèchement par les haut-parleurs au moment où il assurait la surveillance du groupe du Dr Feingold. Il savait qu'il était dans une merde noire avant même de voir que la porte du bureau d'Oliver était, exceptionnellement, fermée.

— Dr Boujedra ? dit-il, en tapant quelques coups rapides avant d'entrer. Vous vouliez me voir…

Dans le bureau, Jacob vit Oliver, les coudes sur le bureau, les mains crispées sur les bords de son crâne légèrement dégarni. Un officier de police se tenait quelques pas derrière la porte, tripotant la radio fixée à son ceinturon. Jacob se figea. Quand même pas à cause de lui ?

— Merci d'être venu. Malheureusement, mon père a eu un accident de voiture. Il a été tué. Cet officier a besoin que je l'accompagne pour identifier le corps.

Jacob ne comprenait pas.

— Quoi ? Aller jusqu'en *Inde* ?

L'officier de police semblait perplexe.

— Jake... (Oliver fit une pause pour se ressaisir.) Enfin, mon père était dans une résidence pour personnes âgées à Mount Kisco depuis quelques mois. Et avant cela, il vivait dans le New Jersey.

Jacob l'*avait* su. Mais à la façon dont Oliver parlait de son père – uniquement des souvenirs, toujours au passé –, il avait toujours eu l'impression qu'il vivait encore à l'étranger. En y repensant, oui, il se souvenait qu'après le décès de sa femme, il y a six ans, il s'était installé aux États-Unis.

Des bribes de conversations avec Oliver commencèrent à lui revenir en mémoire – des anecdotes sur le comportement fantasque du Dr B. Sr. On lui avait diagnostiqué un Alzheimer et Oliver était parti le chercher à Jersey pour l'installer dans une maison de retraite, le Glendale Retirement Center. Jacob eut soudain un flash.

— Comment est-ce qu'il s'est procuré une voiture ?

Oliver eut l'air embarrassé. L'officier prit la parole.

— Il a dérobé un jeu de clés appartenant au directeur adjoint de l'établissement. Une belle Porsche bleue. Une Cayenne ?

— Oui, confirma Oliver amèrement. Qu'il a bousillée. Il a foncé dans un obstacle d'eau sur le golf de Sunningdale.

Jacob tenta de masquer son rire dans un faux éternuement.

Oliver ne sembla pas convaincu. Il soupira.

— J'imagine que je devrais être heureux qu'il n'ait tué personne. Personne d'autre que lui, du moins.

Jacob avait envie de prendre Oliver dans ses bras, mais il continua à se comporter en employé modèle.

— Comment puis-je vous aider ?

Le Dr Boujedra s'éclaircit la gorge.

— L'officier Himmel me conduit à la morgue. J'espérais que vous pourriez déposer mon pick-up devant mon immeuble ce soir, en rentrant chez vous. Ce n'est pas un grand détour. Je ne pense pas être en état de conduire. Je le laisserais bien ici, mais les gens de Glendale m'ont demandé de venir récupérer ses affaires demain matin.

Jacob s'entendit répondre :

— Bien sûr, bien sûr. Évidemment.

Oliver se leva, bras le long du corps, et il tourna la tête. Froidement, il rangea des papiers dans son sac pour les emporter chez lui. Puis il tendit à Jacob les clés du pick-up et il sortit avec l'officier Himmel.

Jacob alla aux toilettes se coller le visage sous le robinet. Il avala bruyamment l'eau ferrugineuse jusqu'à ce que sa bouche soit engourdie et son estomac saturé. Il tituba jusqu'au cabinet. C'était comme avoir la gueule de bois – ou être encore ivre d'une ancienne cuite. Il avait un voile flou devant les yeux, du coton dans la bouche et les oreilles. Il n'avait jamais eu de crise de panique avant. Il avait toujours pensé que ce serait comme suffoquer, mais il respirait normalement, bien que ses narines le piquent comme s'il avait sniffé du wasabi. Il plaqua les talons de ses paumes contre ses globes oculaires, qui lui semblaient s'être transformés en billes dans leur orbite. Quand il sentit qu'il pouvait de nouveau marcher, il se rendit directement au parking et sauta dans le pick-up d'Oliver.

Initialement, il avait l'intention de rentrer directement chez Oliver. Il s'allongerait un moment et feuilletterait l'un des petits volumes pompeux de *Poésie classique* à la reliure en cuir vert qu'il gardait sur l'étagère du haut dans son bureau, afin que personne ne puisse voir qu'il les avait eus en cadeau d'abonnement à *Time Life* dans les années 80. Mais en chemin, alors qu'il roulait sur la Hutchinson River Parkway, il commença à redouter la perspective de se retrouver seul dans l'appartement. À guetter le bruit de clé dans la serrure, en sachant qu'il allait voir apparaître Oliver, triste et déprimé, ou peut-être encore distant et prostré comme il l'avait été dans le bureau.

Tranquillement, Jacob accéléra. Les arbres en bordure de la voie rapide étaient d'un vert éclatant et bruissaient légèrement dans la brise. Il baissa la vitre de quelques centimètres et alluma la radio pour chercher une station. Il n'avait jamais rencontré le Dr B. l'Ancien. Oliver s'attendait sûrement à cette nouvelle. Ce qui l'ennuyait le plus était sans doute d'avoir à payer les réparations de la Porsche.

Jacob se demandait comment il réagirait si son propre père mourait. Il prendrait probablement une cuite. Serait certainement odieux avec des gens comme Oliver. Et il n'avait aucune affection pour son paternel, alors qu'Oliver et son père avaient été très proches. En fait, non, pas si proches. Jacob fréquentait un quinquagénaire qui n'avait pas encore fait son coming out, voilà où était le vrai problème. Le vieil homme était décédé persuadé que son fils était hétéro. En lui demandant encore quand il allait se remettre avec son ex-femme. Au fond de lui, Oliver devait se sentir soulagé, pensa Jacob. Ses deux parents étaient morts sans savoir que leur fils couchait avec des hommes.

Jacob se remémora son propre coming out devant ses parents, à quinze ans, d'une hystérie théâtrale digne de la Royal Shakespeare Company. Son père avait proféré des serments solennels et sa mère s'était littéralement arraché les cheveux. Oliver n'avait jamais vécu une telle scène. Heureusement, le contre-coup avait été plus calme : son père lui avait – fait rarissime – présenté des excuses et il avait dû le regarder lire, extrêmement mal à l'aise, des ouvrages de développement personnel, comme *L'Amour fait des merveilles : accepter son fils gay*. Cela valait le coup ; il y avait des illustrations. De plus, il avait réussi à ce que sa mère l'emmène mater les hommes au centre commercial après l'école.

Jacob appelait rarement ses parents aujourd'hui et il ne leur rendait visite que pour son anniversaire. Il se demandait ce que ça lui ferait d'être orphelin.

La radio s'alluma sur une station de musique classique. Jacob enfonça le bouton et le tourna jusqu'à ce qu'il tombe sur *Paradise City* des Guns N'Roses. Il monta le volume à fond et descendit les vitres pour que le vent s'engouffre et rugisse dans l'habitacle. « *Oh, won't you please take me hooooome...* » Cela lui rappelait les soirées dans les caves sombres d'Ithaca, sous d'improbables lumières stroboscopiques bricolées à la hâte, perdu au milieu des voix qui hurlaient ce refrain bien avant qu'il commence.

Jacob accélérait, prenait les virages à la corde, changeait de file, slalomait entre les minables petites Honda, Kia et Scion. Son cœur tempêtait et l'air froid matraquait son visage de ses petits poings. La musique monta crescendo avant de s'écraser contre un mur de silence et Jacob eut l'impression que son corps allait voler en éclats. Et puis un petit jingle retentit : *Two for. Two for. Two for Tuesday.* Jacob adorait cela enfant, quand ils passaient une seconde chanson du même artiste juste après la première. Et doucement, le retour du gémissement haut perché d'Axl, *frappant frappant frappant* aux portes du paradis, tandis que Jacob frappait ses poings contre le volant, envahi par une joie telle qu'il n'en avait pas connu depuis un an, extatique – comblé non seulement par la première chanson, mais aussi par la deuxième arrivée pile au moment cela aurait dû s'arrêter.

C'était comme un orgasme multiple (sujet jadis de débats passionnés avec George), si toutefois les hommes pouvaient en avoir. Sting affirmait que c'était possible. Au lycée, Jacob avait voulu s'inscrire à un cours de « maîtrise orgasmique » dispensé par un certain Dr Koolhaus en ville. Sara prétendait que c'était une manière pour Dieu de compenser la douleur de l'enfantement. Puis Irene avait raconté ses nuits passées avec une fille à Détroit qui pouvait enrouler sa langue autour d'une canette de Coca. George s'était tortillé, essayant de ne pas devenir fou en y pensant – en vain. Même Jacob avait dû prendre une douche froide.

Il s'aperçut qu'il avait dépassé la sortie pour Stamford depuis bien longtemps. Il voyait des panneaux pour Meriden, ce qui le menait au nord, vers Hartford.

De là, il savait vaguement qu'il pourrait prendre une route vers l'est en direction de Boston.

C'était si simple qu'il se demandait pourquoi il ne l'avait pas envisagé plus tôt. Il squatterait le canapé de

George pendant une semaine ou deux. Ce serait bon de les revoir. Il s'était montré mesquin, pas étonnant de sa part, mais cela avait assez duré. Évidemment que George devait aller à Boston et travailler à *Harvard*. C'était une chance incroyable. Et ce n'était pas parce qu'il avait l'air heureux sur les photos Facebook qu'il l'était réellement. George était imperturbable – ce que tout le monde appréciait tant chez lui.

Jacob se demandait comment il allait rendre le pick-up à Oliver. Voler quelqu'un qui venait de perdre son père n'était pas ce qu'il y avait de mieux. La station de rock classique passait maintenant une niaiserie de Joni Mitchell. Il voulait une musique révoltée. Moins Bob Dylan et plus Dylan Thomas. Au Dr Sr ! Jacob leva un verre imaginaire vers le pare-brise. Conduire sur le golf Westchester Country Club dans une Porsche volée. Il devait rendre justice au Dr B. – au moins il était parti selon ses propres termes. *Rage, mais rage encor lorsque meurt la lumière*[1]. Sans doute était-ce pour cela que ce fut si brutal de voir Irene allongée dans un lit, sous morphine et respirateur artificiel, s'en aller en douceur. Si la vieillesse mourait avec flamboyance et folie, alors la jeunesse se devait de partir dans une explosion atomique. À la mort d'Irene, tout aurait dû être anéanti sur des kilomètres. Elle aurait dû décimer la ville entière, ne laisser aucun survivant.

Soudain, Jacob en eut marre de conduire, marre des arbres et marre de la deuxième chanson de Joni

---

1. Extrait du poème de Dylan Thomas *Do not go gentle into that good night,* traduction de Lionel-Édouard Martin.

Mitchell. Le *Two for Tuesday*, double dose du mardi, était à double tranchant. Il était fatigué de ne jamais savoir comment il allait se sentir la minute suivante : paniqué, énervé, orgasmique, émotif, lessivé. Le trafic ralentit jusqu'au point mort sur la file de droite et avançait à une allure d'escargot sur celle de gauche. Il roula pare-chocs contre pare-chocs, en suivant le serpent rouge des feux de stop sur la route sinueuse jusqu'à ce qu'il aperçoive enfin la raison du ralentissement. Une dizaine de voitures, warnings allumés, roulaient au pas sur la file de droite tandis que les autres véhicules tentaient de les contourner par la gauche. Jacob doubla une par une les voitures sur la voie de droite jusqu'à ce qu'il atteigne la tête du cortège : un corbillard noir au capot orné de zinnias pourpres. POMPES FUNÈBRES PAULSON & PETERSON était inscrit discrètement sur le côté. Au moment où il allait le doubler, le trafic devant eux ralentit, puis s'immobilisa.

Jacob s'efforça de ne pas regarder en direction du corbillard. Il visualisa Oliver dans un sous-sol d'hôpital quelconque, un endroit comme celui où ils avaient dû conserver Irene. Une espèce de toubib au crâne dégarni ouvrait un tiroir métallique dans un grand placard réfrigéré. À l'intérieur, on ne voyait d'abord qu'un monceau de draps blancs, comme si quelqu'un avait oublié de faire le lit. Un coup d'œil rapide pour en finir. Dessous, une version grandeur nature de l'homme qui l'avait élevé. Fait d'une matière froide et blanche différente de la peau. Comme il doit être difficile d'y croire, de dire *oui, c'est mon père*, quand on ne l'a pas vu mourir.

Jacob prit la première sortie et traversa un pont pour revenir sur la route express en direction du sud, là d'où il venait. Il éteignit la radio et remonta les vitres. Il passa de nouveau sans ralentir devant la sortie Stamford. Quand il se gara sur le parking de la direction à Anchorage House, il n'était parti qu'une heure en tout, et il lui restait deux heures de garde à assurer. Le Dr Givens et le Dr Berg se trouvaient près de la petite mare-poubelle, fumant une cigarette. Ils avaient certainement vu Jacob descendre du pick-up d'Oliver, mais il avait cessé de s'en soucier. Mince, la vie était trop courte. Il se contrefichait de qu'ils pourraient penser.

Il se dirigea directement vers les toilettes, entra dans une cabine et s'assit sur la lunette baissée. Il leva les clés du pick-up vers la cloison métallique et l'érafla, un peu surpris de laisser une marque aussi facilement. Au lycée, il le faisait tout le temps, semant des vers énigmatiques derrière lui, mais il n'était pas vraiment d'humeur à cela. Il irait à Boston dans quelques semaines, quand Oliver se sentirait mieux. Ses pieds étaient stables sur le sol carrelé. Ses jambes ne tremblaient pas sur le rebord du siège. Ses mains effleuraient la peinture. Le signe inférieur suivi d'un trois : < 3. Cela faisait un petit cœur, semblable à ceux que les gens avaient inscrits sur le mur Facebook d'Irene.

Puis il se releva et regagna son poste dans la salle commune. Les patients jouaient à des jeux de société, faisaient des puzzles ou regardaient *Judge Judy* à la télé.

Paul tapota sa paume contre le mur, comme pour l'inviter à le rejoindre d'un air décontracté.

— Hé, hé ! Ta petite chérie est de retour. Je viens de voir Jorge de la Zone I qui clopait en douce dans l'escalier de service. Il m'a dit qu'ils ont réadmis Ella Yorke ce matin.

Jacob avait envie de l'étrangler.

— Merde. Elle va bien ?

— Il dit qu'elle a des coups de soleil.

— Peu importe, dis-moi ce qui s'est passé.

— Faudra que tu lui demandes toi-même. Je te fiche mon billet qu'elle remonte ici dans trente jours.

— Merde.

— Tu sais ce qu'on dit, sourit Paul. La quatrième fois sera la bonne.

JUIN

La bibliothèque de la Zone III tenait tout entière dans un ancien placard à linge à l'extérieur de la salle commune. On y avait aménagé des étagères et on les avait remplies de ces livres de poche balafrés qu'on trouve sur les étalages des librairies pour un dollar, ou abandonnés dans les lieux publics. Une collection de rescapés composée d'ouvrages vaguement intéressants récupérés dans les poubelles de la société. Quelques livres sur l'émancipation de la femme pour les adolescents et des classiques de la psychologie populaire : *Le chemin le moins fréquenté* et *À la recherche de soi,* l'œuvre tentaculaire du Dr Phil. Jacob avait remarqué qu'Ella, lors de son précédent séjour, s'intéressait aux classiques, Charles Dickens et Jane Austen, mais la bibliothèque proposait essentiellement en rayon des faces B. *Les Aventures de Monsieur Pickwick. L'Abbaye de Northanger.* Elle les avait engloutis en l'espace de quelques jours. Au lycée, il avait fallu un an à Jacob pour progresser péniblement dans le récit de *Middlemarch*, mais Ella l'avait reposé sur l'étagère en moins d'une semaine. Il n'y avait pas grand-chose datant d'après 1890, et quand il avait interrogé Oliver sur ce déficit d'ouvrages écrits après l'époque où Freud avait acheté son premier divan, ce dernier avait répondu que la sélection de livres datait d'avant son arrivée, il y a dix ans, et qu'elle n'avait pas été actualisée, mais qu'il en avait déjà parlé au Dr Dorothy. Elle faisait partie du comité supervisant l'achat des livres, jeux, DVD, etc. Il fallait que les contenus soient inoffensifs. Rien de trop effrayant ni de lugubre. Ceci expliquant cela. Après la Révolution industrielle, les choses devenaient plus risquées, non ? Mais la plupart des gamins ne se tailladeraient pas les poignets après la lecture de *Mansfield Park*. Jacob avait fait valoir qu'en revanche, ils pourraient en arriver à cette extrémité face à la perspective de le lire et le relire tout l'été.

Il n'y avait pas de poésie, d'aucune époque, ce que Jacob prenait pour un compliment. Les sauts de ligne atypiques étaient hautement suspects. Enjambement, rimes orphelines, absence de ponctuation ? Voilà qui pouvait facilement pousser quelqu'un au bord de l'abîme. Keats était mort jeune, Shelley s'était noyé. Sylvia Plath, à l'évidence, était strictement *verboten*.

Combien de filles arrivaient ici en déclarant que *La Cloche de détresse* (quasiment un manuel de suicide !) était leur livre préféré ? Jacob avait toujours eu envie de leur tendre un exemplaire du poème *Le Colosse* en leur disant « là, là ». Et ce bon vieux Frost n'avait jamais tué personne, n'est-ce pas ? Pourquoi ne pas leur donner un peu de ces choses qui rendaient les journées moins pénibles ? Il avait fini par offrir ses services à Oliver, disant qu'il serait heureux de passer au crible les anthologies en quête de poèmes porteurs d'un message de vie, mais il avait obtenu la réponse attendue. Mauvaise idée. Anchorage House ne pouvait pas risquer un procès parce qu'un patient avait fait une mauvaise réaction aux *Fleurs du mal*.

Oliver semblait aller bien. Disons distrait ou absent, la plupart du temps. Agité, par moments. Mais rien n'agaçait plus Jacob que lorsque Oliver se servait de son chagrin pour tenter de l'émouvoir. « Maintenant que mon père est parti, déclara-t-il, alors qu'ils se douchaient ensemble un dimanche, j'ai le sentiment que j'ai la chance de pouvoir réellement mesurer l'importance de notre relation. Tu dois savoir de quoi je parle. » Ou un soir, après avoir trié les magazines pour le recyclage, Oliver avait caressé la ficelle grossière en disant : « Les choses les plus inattendues me font penser à lui. Pas toi ? »

Jacob supposait qu'il aurait pu répondre avec honnêteté : les filles en manteau rouge, les films en espagnol, les jacuzzis, les croissants aux amandes, cette chanson débile de Plain White T, l'intégralité du Metropolitan Museum of Art (où il n'était pas retourné). Mais il ne voulait pas que ses souvenirs

soient mis sur le même plan que la ficelle d'Oliver.
D'accord, il était normal que son père lui manque,
mais ça n'avait rien à voir. Comme la fois où Oliver
s'était souvenu de propos racistes qu'avait tenus son
père quand il était enfant. « Bon, il n'était pas parfait !
Mais c'est encore pire de se remémorer ses défauts. Tu
vois ce que je veux dire… »

Jacob avait pensé à l'obsession d'Irene pour les
filles qui la traitaient avec mépris. Comment elle adorait se saouler au champagne et dépenser des sommes
astronomiques dans des fringues vintage. Sa propen-
sion notoire à ne pas rembourser ceux qui lui prêtaient
de l'argent. Sa volonté farouche d'avoir des secrets,
comme si elle croyait que sans eux, on s'ennuierait
à mourir avec elle. Aucun d'entre eux ne savait d'où
elle venait ni comment elle avait atterri à Ithaca. Ça
ressemblait surtout à un manque de confiance en *eux*.
Mais tout le monde avait des défauts idiots à vingt-six
ans. Le père d'Oliver avait eu *cinquante ans* pour
prendre de l'altitude par rapport à ses vices de jeunesse. Il avait eu des décennies pour regretter ses mauvais choix et surmonter ses travers.

Mais que regretterait Jacob si son bus valdinguait
par-dessus la glissière de sécurité demain ? Passer
plus de temps à regarder Oliver « faire son deuil » ne
serait pas sur sa liste. Non, ce qu'il regretterait serait
de ne pas être là au terme des trente jours d'Ella.
Oliver, il ne pouvait pas l'aider. Mais Ella – eh bien,
il avait commencé à élaborer un plan. Si elle ne pouvait pas suivre ses cours d'été, il allait les lui dispenser
lui-même. Après le travail, il s'isolait dans le bureau
d'Oliver, prétendument pour travailler sur quelque

nouveau poème, mais en fait il montait et descendait en silence le long de l'échelle en bois rare de la bibliothèque, pour puiser dans ses volumes reliés de poésie (merci *Time Life*). Soigneusement, armé d'une règle et d'un cutter, il découpait un poème après l'autre.

Une fois, il était monté chercher Elizabeth Bishop. *Le Poisson* était un poème qu'il se rappelait avoir lu, à peu près à l'âge d'Ella, et qui lui avait glacé le sang. *Alors que ses branchies respiraient / l'effroyable oxygène.* Comment pouvait-on écrire ainsi ? Il découpa la page et la regarda voltiger jusqu'au sol. Puis il repéra Blake juste à côté (Oliver classait ses livres par ordre alphabétique avec une rigueur terrifiante). Il supposa qu'Ella avait dû lire *Le Tigre* au lycée dans une édition Norton Anthology en papier de soie, mais avait-elle lu *Londres* ? Sans doute pas. Était-elle allée à Londres ? Jacob avait visité l'Europe lors d'un voyage scolaire : les quartiers juifs de Rome, Paris, Londres, Madrid – avec une halte en prime à Dachau, Auschwitz et Buchenwald. Il avait toujours voulu y retourner sans chaperon, mais quel poète avait les moyens de nos jours de se payer le kérosène pour traverser l'océan ? Oh ! Wordsworth. *Les Jonquilles*, belle matière, mais était-ce pertinent ?

Le choix était complexe.

Le jour où Ella arriva dans la Zone III, Jacob était fin prêt. Alors qu'il faisait mine de ne pas remarquer sa présence dans les séances de thérapie de groupe et la salle des arts plastiques, il se faufilait tous les matins dans le placard bibliothèque et glissait un poème entre les pages du livre qu'il l'avait vue lire la veille. Puis l'après-midi, quand elle allait le récupérer, il la regardait par la fenêtre découvrir le poème replié à l'intérieur. Anne Sexton un jour, Keats le lendemain. Il essayait d'éviter toute chronologie. « Le W est-il le thème ? » avait-elle écrit sur l'envers de la couverture d'un livre après les premiers jours, où elle avait écopé de William Carlos Williams, Wislawa Szymborska et Wallace Stevens. Le lendemain, elle avait eu Wang Wei et un mot disant : « Thème = la poésie qui ne craint pas. »

Au début, il hésitait à laisser des mots sur les poèmes, car quiconque en découvrirait un dans sa chambre se ferait forcément des idées. Puis il se dit que personne ne reconnaîtrait son écriture, à part peut-être Oliver, et alors, que ferait-il ? N'importe qui d'autre supposerait qu'il s'agissait d'une amourette entre patients (ce qui arrivait tout le temps). Les ados restaient des ados, en particulier les fous.

Une semaine plus tard, Ella écrivit un poème en retour. Il le trouva plié sous le plateau de l'échiquier pendant la séance du Dr Feingold. Tandis que les patients exposaient chacun son tour leurs relations avec leurs parents, en prévision de la visite des familles dans l'après-midi, Jacob déplia en silence la feuille noircie d'une écriture appliquée.

La Boule de cire parlait d'une petite fille de dix ans qui mange un à un tous les crayons d'une boîte de soixante-quatre, en imaginant avec éclat les saveurs de la brique rouge (« de loin, trop salée »), du vert Caraïbe (« comme de la soupe mélangée trop vite ») et « le cosmos » qui « s'évapore entre mes dents / refusant d'exister en moi ». Après que l'ultime crayon orange-rouille ses « intestins embrouillent » (pas mal, pour une rime en -ouille), la fillette écarte à deux doigts son nombril et en extrait ladite boule de cire – « un morceau indigeste et hideux / Un cortex de Crayola / gluant de bave / mes parents hurlent / et la jettent dans le broyeur / avec deux cuillères d'huile végétale. // Ils pressent l'interrupteur. / Des couleurs s'envolent dans les airs / et retombent comme des flocons de neige / sur leur col de chemise / et leur chevelure ».

Il sentait ses yeux posés sur lui, guettant son approbation. Sans lui fournir le moindre indice visuel, il prit un stylo et se mit à entourer les mots les plus faibles, à en souligner d'autres qu'il jugeait excellents. Il manquait un pied ici, il fallait en ajouter un là. Les rimes n'étaient plus vraiment à la mode, mais elles étaient tolérables tant qu'elles ne vous transformaient pas en Dr Seuss. Il nota cela dans la marge, replaça le poème sous l'échiquier, et se remit à suivre la discussion du groupe.

— Mes parents s'aiment tellement eux-mêmes que c'en est dégoûtant, disait Anne Marie. Quand ils me regardent, ils se voient eux, et si je les déçois, ça les rend furax.

— Les miens sont divorcés, continua John. Donc chacun ne voit que les choses qu'il ne supporte pas chez l'autre.

Le Dr Feingold hocha la tête.

— Il y a un effet miroir, oui, mais il fonctionne à double sens. Nos parents voient leurs défauts en nous. Et, nous, nous voyons nos peurs en eux.

Jacob ne pensait pas que cela soit particulièrement vrai, du moins pas dans son cas.

Une fille BCBG, Karen, déclara :

— Mes parents pensent que le président est né au Kenya.

Le Dr Feingold s'efforça de ne pas sourire tandis qu'elle poursuivait.

— À Noël, mon père a acheté une arme à tous les membres de la famille. Ils vont garder la mienne et celle de mon frère au grenier jusqu'à ce qu'on soit en âge, mais il a dit qu'il ne pouvait pas attendre notre majorité parce que d'ici là, le gouvernement aura interdit le Deuxième amendement.

Jacob écoutait le groupe décrire des mères passant leur vie chez Conforama, multipliant les crédits pour des achats de rideaux, machines expressos et mijoteuses qu'elles ne déballaient jamais. Des pères qui buvaient leur pack de six bières tous les soirs en regardant les rediffusions des *Trois Stooges*. Certains s'aimaient trop, d'autres pas assez. Ils les avaient enfermés ici, et les adolescents ne manifestaient aucun signe de joie de vivre loin de ces prétendus monstres, qui leur foutaient la honte en public, ne les comprenaient pas, n'avaient aucune idée de ce qu'était un jeune d'aujourd'hui. Ils étaient autoritaires, narcissiques et les bourrelets débordaient de leur maillot de bain en été. Ils couchaient avec les professeurs, les secrétaires, les voisins, les parents d'amis ou alors ils avaient désespérément besoin de se faire sauter. Ils avaient divorcé trop vite ou étaient restés ensemble trop longtemps. S'étaient mariés trop jeunes ou trop tard. Avaient un nombre excessif d'enfants ou concentraient toute leur énergie et leur attention sur un seul. Ils étaient méfiants, indifférents, surexcités, alcooliques, radins, psychorigides, brutaux, chauves, variqueux, pitoyables, paumés, flasques, botoxés. La liste n'en finissait pas.

Jacob attendait d'entendre ce qu'Ella allait dire, si toutefois elle parlait. Qu'est-ce qui l'avait rendue ainsi ? Pourquoi avait-elle besoin de se replier ici, comme lui ? Ses parents l'avaient-ils élevée dans une bulle protectrice ? Était-elle, comme un animal né dans un zoo, incapable de retourner dans la jungle ? Il écouta les autres jeunes parler de leurs grands rêves. Tous impatients de sortir d'ici et de travailler dans une start-up. Commercialiser leur propre ligne de sacs à main ou créer un site Internet qui les rendrait riches. Mais Ella ne semblait pas intéressée. Le Dr Feingold finit par l'interpeller.

— Ella. Tu es restée très silencieuse.

— Mes parents sont…

Elle enleva ses lunettes comme pour les nettoyer, puis les remis sur son nez. Jacob se rendit compte qu'il avait les deux jambes enroulées autour des pieds de sa chaise.

— Mes parents sont tellement… bêtes…

Le Dr Feingold lui fit signe de continuer.

— Des gens bêtement heureux.

Jacob les repéra plus tard lors de la visite des familles, qui avait lieu deux fois par mois dans l'ancienne chapelle. Les vitraux étaient les seuls éléments architecturaux qui restaient du couvent, jugés trop beaux pour être détruits, bien qu'ils représentent des angelots soufflant dans des cornes et des saints brandissant le glaive. Jacob ne pouvait pas s'approcher d'assez près pour entendre leur conversation, mais il observait : la mère ressemblait à Ella, avec un chignon, un double menton et des joues couperosées. Le père était grassouillet avec une moustache de balayeur de rue, des lunettes de marque et un bracelet de l'association caritative de Lance Armstrong. Et alors ? Jacob se demandait si ses parents faisaient la même impression sur les autres. Des versions rembourrées de leur progéniture. Ils étaient tous les deux rayonnants de vacuité. Non pas qu'ils aient l'air inintelligents, mais leur enthousiasme n'était en rien justifié par les circonstances.

Les autres parents avaient la décence de sembler mal à l'aise, inquiets, voire énervés par le trajet. Beaucoup d'entre eux passaient la plus grande partie de l'heure à regarder autour d'eux, essayant de capter l'attention d'Oliver afin de recueillir son sentiment sur les progrès de leur enfant, plutôt que de s'intéresser réellement au dit enfant. Mr. Yorke regardait lui aussi autour de lui, mais pas pour une consultation ; il admirait les vitraux, plissant les yeux pour mieux voir une représentation de l'Agneau de Dieu sur une colline pourpre. Jacob crut d'abord qu'il était un catholique fervent, mais ensuite M. Yorke fronça son visage dans une imitation de l'agneau et chevrota un petit *bêêê bêêê* pour faire rire Ella. Elle ne rit pas, Jacob si.

Il les regarda lui dire au revoir et la serrer fort dans leurs bras avant de partir.

— Qu'y a-t-il de si drôle ? demanda Paul.

— Ta *maman*, répondit Jacob. Bon, faut que j'aille pisser.

Paul était toujours heureux de respecter la fraternité sacrée des pauses pipi.

— Je te couvre.

Ainsi, pendant qu'Oliver était monopolisé par les parents de Karen (qui portaient réellement des badges *Je vote Paladino* sur leur chemise), Jacob s'éclipsa dehors un peu avant Ella, puis il prétendit revenir des toilettes quand elle passa la porte.

— Où vas-tu ? lui demanda-t-il.

— Je retourne dans la salle commune.

— Allons faire un tour.

Sans vraiment réfléchir, il ouvrit la porte en grand devant elle.

Ella le regarda avec méfiance puis, au moment où il allait s'excuser et expliquer qu'il avait besoin d'air, elle passa fièrement devant lui et elle sortit. Ils se mirent à marcher rapidement, sachant tacitement qu'ils accéléraient le pas pour éviter d'être vus et ils ne ralentirent qu'une fois arrivés au pied de la statue du Christ.

— Tes parents sont partis tôt ?

— Ils avaient acheté des places de cinéma, mais je leur ai dit que je ne pouvais pas...

Elle le regarda du coin de l'œil : Jacob savait qu'on l'avait autorisée à sortir pour l'après-midi. Il savait que ce n'était pas ce qu'elle avait voulu dire par *je ne pouvais pas*.

Jacob resta pensif un moment.

— Quel film ?

— Celui qui vient de sortir, avec Stone Culligan.

Elle remarqua sa grimace. Jacob aurait aimé lui expliquer pourquoi cet acteur l'agaçait et la dispute à laquelle il serait à jamais associé, mais évoquer Irene lui semblait déplacé. Cela pouvait même faire replonger Ella en dépression. Impossible de concilier les deux. Comment pourrait-il expliquer ces événements à une fille qui trouvait le téléthon déprimant ?

— Vérifie dans le *DSM*[1], mais je crois que refuser d'aller voir un film avec Stone Culligan est une preuve de santé mentale.

Elle soupira.

— Ils étaient tellement déçus ! Ils ne le montrent pas, mais je le sais.

— Pourquoi tu n'as pas voulu y aller ?

— Le film avait l'air *triste*.

Jacob avait vu la bande-annonce par-dessus l'épaule d'Oliver, et il avait lu une critique dans le *New Yorker*. Tout juste sorti de désintox et maqué à une top-model israélienne, Culligan essaie de se remettre dans le droit chemin. Jouant l'un des quatre frères réunis à l'enterrement de leur mère, Culligan se pointe le visage balafré de cicatrices sexy dues à un récent accident de 4×4 qui, dans un rebondissement où l'art imite la vie se révèle *oh mon Dieu, ne pas être un accident du tout !*

— J'en déduis que tu n'es pas fan du bonhomme.

— Il n'est pas mon genre.

Difficile de dire si son insinuation l'avait troublée. Ella resta silencieuse et ne dit plus un mot jusqu'à ce qu'ils marchent autour d'une demi-douzaine de pierres tombales.

— Je ne comprends pas, dit-elle. Pourquoi les gens paient-ils quinze balles pour s'asseoir dans une salle sombre au milieu d'inconnus dans le but de regarder des acteurs qui font semblant d'être malheureux pendant deux heures quand ils peuvent voir ce spectacle

---

1. *Manuel diagnostique et statistique des troubles mentaux.*

gratuitement simplement en ouvrant les yeux ? Et puis comment font-ils après ça pour se lever, traverser le centre commercial et acheter des chaussures Ann Taylor Loft ?

— Et toi, pourquoi aimes-tu la poésie, alors ? Au moins dans les films, il y a parfois des explosions.

— La poésie rend les choses encore plus belles. C'est vrai.

Jacob consulta sa montre, mais il ne revint pas en arrière. Il leur faudrait encore quelques minutes pour s'apercevoir qu'Ella n'était pas où elle était censée être.

— Les mauvais films peuvent rendre les choses plus belles aussi. Si Stone Culligan ressentait ce que tu ressens et le transformait en autre chose, alors ça serait toujours ça de moins à garder pour toi.

Ella leva vers lui ses lunettes embuées, puis elle les ôta pour les essuyer, mais elle se contenta de les agiter.

— Je n'allais pas sauter. Du bateau de croisière. Je ne sais pas ce qu'on t'a dit, mais je n'allais pas sauter.

Jacob secoua la tête.

— On ne m'a rien dit du tout. Qui a cru que tu allais sauter ?

Elle croisa les bras et s'éloigna de quelques pas.

— Mes parents. L'abruti de matelot qui m'a vue sur le bastingage. Le connard de médecin de bord – qui peut bien avoir envie d'être docteur sur un foutu bateau de croisière ? J'aimerais bien le savoir. Ce n'est pas une carrière valorisante, tu sais. Ce n'est pas un gage d'excellence médicale de passer à sa vie à désinfecter les genoux écorchés des gamins et… et…

— À redouter la maladie du légionnaire, j'imagine.

— Exactement. Qui choisirait de faire ça ? Qui voudrait travailler toute l'année sur une de ces prisons flottantes ? Ce que je veux dire, c'est qu'on ne devrait pas prendre au sérieux ce genre de personnes.

Jacob ne dit rien, mais il pensa que s'il avait signé pour un an sur un bateau de croisière, au moins il aurait pu s'entraîner au dos crawlé régulièrement.

Ella faisait de grandes enjambées pour éviter de marcher trop près des pierres tombales.

— Ci-gît Sœur Mary Sullivan. Ci-gît Sœur Alice McNally, lut-elle en sautant par-dessus les tombes.

Jacob tenta autre chose.

— Ci-gît *Sœur*, *Sœur*, sitcom américaine.

Elle rit, et il se demanda si elle avait compris la blague. Mais ensuite, elle dit « TGIF » en se signant, puis elle passa à la tombe suivante.

— Ci-gît Twisted Sister, qui ne vont plus nous casser les oreilles.

— Tu es trop jeune pour les connaître.

— Mon père a encore plein de vieux disques.

— Et très mauvais goût, apparemment.

— Oh, à propos de goût, qu'as-tu pensé de mon poème, sincèrement ?

Jacob s'était demandé si elle aurait le courage de lui poser la question en face. Il sentit un pincement de fierté qu'elle l'ait fait.

— Exactement ce que j'ai écrit.

— Mais qu'as-tu *réellement* pensé ? Par exemple, est-ce que tu crois que j'ai ce qu'il faut ? Pour être poète ?

Jacob l'étudia attentivement.

— Il va falloir que tu aies un *truc*. Genre des dread-locks de blonde. Ou une queue-de-cheval qui descend jusqu'aux tibias. Ou porter une tonne de bagues peut-être. Mais alors un nombre anormal, complètement insensé de bagues.

Ella fronça les sourcils.

— J'avais envie de me faire tatouer.

— Tu n'as pas encore de tatouage ? Oh, non ! Je ne sais pas si je peux être vu en ta compagnie, dans ces conditions.

Ella balaya les environs pour la forme, histoire de vérifier que la voie était libre.

— Tu en as un ?

— J'ai le symbole chinois de l'amour tatoué sur ma cheville gauche.

— Non, je ne te crois pas.

— Je ne peux pas te le montrer parce que ces chaussettes sont vraiment compliquées.

— Sois sérieux.

Jacob racla négligemment sa chaussure contre une pierre tombale pour en enlever la boue. Il y avait un poème gravé dessus qu'il n'avait jamais vu avant, bien qu'il soit venu au cimetière un certain nombre de fois et ait, par ennui, étudié en détail toutes les tombes des religieuses. Celle-ci avait dû lui échapper. Il avait l'impression d'avoir déjà lu ces lignes, il y a une éternité, dans une anthologie, car il s'en souvenait à demi-mot en les parcourant.

Il est effrayant
D'aimer ce que la mort peut atteindre.
Effrayant

D'aimer, espérer, rêver :
Être…
Être,
Et oh ! perdre.
Une folie que cela,
Et
Une chose sacrée,
Une chose sacrée
Que l'amour.

Tandis qu'il examinait l'inscription, Ella s'approcha pour la lire aussi. Elle attendait qu'il dise quelque
chose. Il voulait lui dire qu'il n'avait aucun moyen de
savoir si elle serait un grand poète ou non, que les pro-
babilités penchaient lourdement en faveur de la colonne
« ou non », et que même si elle arrivait à trouver sa
voie et à percer, cela exigerait beaucoup de travail pour
une rémunération et une reconnaissance minimes. Mais
dans ce cimetière, en lisant ces vers sur la pierre tombale, il fut incapable de livrer sa réponse habituelle.

— Je te le dirai si tu réponds d'abord à une question. Très sérieusement. Que faisais-tu sur le bastingage si tu ne voulais pas sauter ?

Ella montra un soudain intérêt pour les brindilles
autour de ses pieds, qu'elle envoyait valdinguer ici et là.

— C'était comme redevenir un petit enfant.
N'avoir peur de rien. Je ne sais pas si tu t'es déjà
retrouvé au beau milieu de l'océan. C'était la première
fois pour moi. Et quand tu es si loin qu'aucune terre
n'est visible à perte de vue, c'est incroyable. Comme
être sur une autre planète. Il n'y a rien qui soit créé
par l'homme, seulement le coucher de soleil et les

nuages qui s'embrasent littéralement. Des couleurs fabuleuses. Toute la boîte de crayons. Et quand le vent s'est levé, je n'entendais même plus les moteurs, ni les cris des enfants dans la piscine, ni les piaillements des oiseaux près du bar… Ils avaient disparu, et j'ai eu l'impression d'être au paradis. Je n'avais plus peur de rien. J'étais comme en apesanteur. Mais je jure devant Dieu que je ne voulais pas sauter.

Jacob avait envie de la serrer dans ses bras, ou au moins d'effleurer son épaule ou de lui caresser les cheveux. Il se contenta de lui tendre une main pour l'aider à se relever.

— En as-tu parlé au Dr McDisney, sur le bateau ? Ou à quelqu'un ici ?

Ella haussa les épaules.

— Je ne trouvais pas les mots.

Jacob lui fit signe de le suivre.

— Il s'agit de l'une des choses les plus difficiles à décrire, par expérience.

— Quoi ?

— Le bonheur. Tous ces poèmes que je découpe. Le voilà leur thème, leur raison d'être.

Ella parla lentement, comme si elle craignait d'écorcher les mots.

— J'étais heureuse.

Ils retournèrent, lentement cette fois, vers le bâtiment, sans craindre d'être vus, jusqu'à la porte latérale. Jacob ramena Ella en sécurité dans la salle commune sans que nul ne sourcille (sauf Paul, mais qui s'en souciait ?). Elle commença une partie de backgammon avec Maura, tout en discutant du programme télé. Alors que Paul était distrait par un garçon qui tentait de peindre une aquarelle sur la fenêtre, Jacob se dirigea vers le rayon de bibliothèque et en sortit *Tess d'Urberville*.

Il sentait les yeux d'Ella posés sur lui tandis qu'il écrivait sur une page blanche en fin d'ouvrage.

« Oui, imbécile, tu es poète. Écris-moi un poème. *Écorces d'orange*. Cinq strophes. Vers libre. Pour vendredi. »

JUILLET

Le Dr Dorothy Zelig dirigeait le nouveau programme de zoothérapie d'Anchorage House, annoncé à grand renfort de publicité. Il consistait à prendre des patients excessivement nerveux (comme Maura) et à les aider à se détendre en jouant avec des chiens. Les enfants qui avaient subi des abus divers de la part des adultes apprenaient ainsi à accepter l'amour d'autres êtres vivants et à s'occuper d'eux. Même si pour lui cela ressemblait à des foutaises hippies, Jacob n'avait jamais eu de problème à titre personnel avec le Dr Dorothy jusqu'à ce qu'il soit de nouveau convoqué dans le bureau d'Oliver en pleine journée – cette fois pour les raisons qu'il redoutait. Il ne savait pas comment il avait pu ne pas la repérer, et il la soupçonnait de s'être cachée derrière des arbustes au fond du cimetière et non de promener un de ses chiens de thérapie et de s'occuper de ses affaires, comme elle le prétendit lors de l'entrevue dans le bureau d'Oliver.

— Godford avait besoin de sortir, déclara le Dr Dorothy, et c'est là que j'ai vu M. Blaumann et la patiente Ella Yorke discuter de manière suspecte près de l'ancienne statue.

Elle parlait comme si elle était un témoin clé dans un épisode de *New York, police judiciaire : Unité de foutaises pédantes*.

— Je ne savais pas, dit Jacob, que je parlais d'une manière particulièrement suspecte.

Oliver, assis derrière son bureau, dans son rôle de Dr Boujedra le Grave, regardait Jacob avec lassitude.

— Donc vous ne niez pas que vous vous trouviez avec la patiente à l'extérieur du bâtiment ?

Jacob comprit qu'il s'agissait de la parole du Dr Dorothy contre la sienne, et qu'Ella nierait probablement en bloc si on lui posait la question. Mais il ne *voulait* pas qu'ils l'interrogent sur leur conversation et lui donnent l'impression d'avoir commis un péché juste en ayant une discussion avec un surveillant. En plus, il voulait se faire le Dr Dorothy.

— Ouais, non. Je ne le nie pas. Ella était manifestement bouleversée, il faisait beau, et j'ai pensé qu'un peu d'air frais l'aiderait à voir les choses autrement. D'après la légende, l'air frais aurait un pouvoir apaisant sur les êtres humains, mais n'étant qu'un aide-soignant, je ne peux pas l'affirmer. À l'évidence, j'aurais dû faire une étude longitudinale avec plusieurs groupes placebo et écrire un rapport de sept cents pages pour être habilité à le dire à titre officiel.

Oliver était furieux, mais le Dr Dorothy le battait haut la main niveau exaspération.

— C'est exactement ce dont je suis en train de parler. Du manque flagrant de respect entre le personnel d'encadrement et les médecins diplômés, et cela sape toute notre autorité sur les patients.

Jacob leva les yeux au ciel.

— Oh, je vous en prie. Vous avez un diplôme de l'université de la Barbade et vous apprenez aux patients à caresser les chiens.

— Monsieur Blaumann, je ne tolérerai aucun manque de respect envers les médecins de l'établissement, dit Oliver d'un ton sec. Il est clair que vous avez conscience que le code de conduite interdit expressément de s'aventurer à l'extérieur du bâtiment en compagnie d'un patient. Alors pourquoi avez-vous pensé qu'il était dans votre droit de le faire ?

Jacob ne l'avait jamais entendu crier auparavant – ça lui filait des frissons tellement il lui rappelait son père.

Il savait qu'il n'avait aucune chance. En dépit du fait qu'il n'avait tenu aucun propos déplacé à Ella, et encore moins *eu* un geste déplacé, il avait volontairement enfreint le règlement en la laissant sortir sans autorisation. Ça pouvait lui coûter sa place, d'autant que son dossier ne plaidait pas en sa faveur. Pendant des années, il avait ouvertement affiché son mépris pour cet établissement – en répondant aux médecins, en se faisant porter pâle, en prenant des libertés, en arrivant en retard, en partant en avance. Depuis le premier jour, il n'avait cessé de leur donner des billes pour le licencier. Perdre son emploi maintenant ne l'empêcherait pas vraiment de dormir, mais s'il disait au Dr Dorothy d'aller se faire voir, il serait viré et Ella se retrouverait toute seule. D'un autre côté, il avait plus ou moins promis à Ella de s'occuper d'elle. Alors à quoi bon rester s'il ne pouvait plus l'approcher ?

— Ella Yorke, déclara-t-il en rougissant plus que de raison, est une jeune fille très intelligente. Nous avons eu une discussion un après-midi dans l'atelier d'arts plastiques de Sissy Coltrane…

— Du Dr Coltrane, le reprit le Dr Dorothy.

— Certes, mais elle n'est *pas* docteur, bien qu'elle soit…

— Monsieur Blaumann, s'il vous plaît, le rappela à l'ordre Oliver.

— Je dois quand même dire que toutes ces conneries avec vos docteur par-ci, docteur par-là commencent à ressembler aux Dix Commandements. « Je suis ton Dieu, le Docteur, et tu n'auras pas d'autres docteurs devant ma face ! »

Le Dr Dorothy faillit cracher sur la moquette.

— Il est sérieux ? Il a vraiment perdu la tête. Oliver, il est… cet enfant a besoin d'aide.

— Ce n'est plus un enfant, Dorothy, il a vingt-huit ans. Et d'après ce que je sais, il traverse une année difficile, mais *Jacob*, en signe de respect pour *cet* établissement, vous vous adresserez aux médecins par leur titre, point final. Me suis-je fait bien comprendre ?

— Ça veut dire que je ne suis pas viré, alors ?

L'œil d'Oliver frisa légèrement.

— Vous devez me promettre que vous n'engagerez plus la conversation avec Mlle Yorke sans la supervision d'un professionnel. D'un *docteur*. Ma porte est toujours ouverte.

Jacob promit à contrecœur, et Oliver déclara la réunion terminée.

Avant de partir, Jacob se tourna vers eux.

— Puis-je vous poser une question ? Avez-vous remarqué une amélioration, je veux dire au niveau thérapeutique, dans le comportement d'Ella Yorke depuis son retour ?

Le Dr Dorothy lui lança un regard mauvais.

— Ce n'est pas une chose dont nous pouvons discuter avec vous.

— Oh, allons. Vous nous informez toujours des patients dont l'état empire pour qu'on les garde à l'œil. Qu'y a-t-il de mal à dire que l'un d'eux va mieux ?

Oliver, étonnamment, adhéra à cette logique.

— Effectivement, Ella va beaucoup mieux depuis qu'elle est revenue. Nous avons diminué sa dose de Prozac. Le Dr Feingold a noté qu'elle participait plus dans le groupe et le Dr Coltrane n'a que des améliorations à signaler. Lors de nos séances, elle est… optimiste. C'est un grand progrès. En fait, si les choses restent positives, nous pensons qu'elle pourra sortir avant la fin de l'été pour reprendre ses études.

À ces mots, le visage de Jacob se fendit d'un large sourire, qui sembla troubler les deux psychiatres – et lui aussi. Son sourire était-il arrogant ? Énigmatique, sarcastique, menaçant ? Non. Il s'agissait seulement d'un vrai sourire. Une réaction naturelle à l'annonce de ce qu'il avait espéré entendre.

— Y a-t-il quelque chose… Jacob ? Y a-t-il une chose dont nous devrions être au courant ?

Tellement de choses, songea-t-il.

En guise de sanction, il fut affecté aux gardes de nuit jusqu'à fin juillet, ceci prenant effet dès le lendemain. Après le trajet dans un bus bondé de passagers rentrant chez eux à la fin de leur journée de travail, Jacob arriva à Anchorage House au moment où le soleil se couchait derrière le portail. Il était debout depuis le matin et avait passé la journée dans l'appartement d'Oliver, à regarder la télévision en caleçon. Il s'ennuyait un peu, mais cela n'avait rien d'une punition. C'en était plus une pour Oliver, car en dehors des week-ends, il verrait à peine Jacob.

Il était de bonne humeur en se rendant aux toilettes pour se changer. Il avait repéré quelques romans volumineux dans la bibliothèque de la salle commune. *Anna Karénine* ? Avaient-ils conscience que les gamins ne le finiraient jamais ? Ce n'était pas une course, mais quand même. Quoi qu'il en soit, il avait besoin d'être seul. Alors qu'il allait sortir du cabinet, il remarqua quelque chose sur la cloison, quelques centimètres au-dessus de sa tête, là où il avait gravé un cœur le mois dernier. Quelqu'un l'avait transformé en boucle du R, dans le mot prie.

Peu importe. Sans doute l'œuvre d'un visiteur extérieur. Pas de quoi fouetter un chat. Il sortit des toilettes.

À minuit, il avait abandonné le Tolstoï après en avoir lu à peine dix pages. Le silence régnait dans Anchorage House, les patients étant tous couchés. Au terme de l'heure suivante, il rêvait d'incident : les cauchemars et les insomnies étaient fréquents, mais ils donnaient rarement lieu à l'intervention d'un aide-soignant. Le médecin de garde était Patrick Limon, un sexagénaire qui se déplaçait lentement. Ses cheveux blancs en pétard ressemblaient à une balle Koosh explosée sur son crâne qui aurait débordé jusqu'à ses narines, sa moustache et sa barbe. Dans sa blouse blanche, il allait de chambre en chambre, administrant les doses nocturnes de médicaments avant de se glisser dehors sans bruit.

Jacob arpenta le long couloir d'un bout à l'autre. Il fit demi-tour et le longea dans l'autre sens. Puis il tenta de descendre les escaliers à l'envers et faillit se rompre le cou. Finalement, il retourna dans les toilettes, inspecter le vandalisme de son graffiti. PRIE. Si impératif ! Il sortit ses clés et grava une réponse au-dessous, en lettres énormes : pour quoi faire ? Mais il ne sentait pas mieux. Il consulta sa montre pour la énième fois. Quatre heures du matin, et rien d'autre à faire qu'aller voir le Dr Limon et lui demander un sédatif. Quelque chose – n'importe quoi – pour arrêter la voix incessante dans sa tête.

Une fois, il avait entendu des murmures somptueux, des vers de poésie le suppliant de les coucher sur le papier. Les murmures qu'il entendait aujourd'hui étaient autrement plus noirs. *Tu as voulu lui redonner de l'espoir. Pourquoi ? Pour qu'elle puisse retourner dans le monde extérieur et se rendre compte qu'il est aussi tordu, mauvais et foutu qu'elle le pensait ? Elle n'est pas déprimée, elle est juste foutrement réaliste. Occupe-toi de tes affaires. N'as-tu donc rien appris ? Tu ne peux pas la sauver. Tu n'es pas spécial.*

Il ne pourrait supporter une heure de plus, encore moins un mois, ce régime d'isolement total – car il s'agissait bien de cela. Comment faisaient ces gosses ? Encore deux heures à tirer. Impossible. Il n'y arriverait jamais. Vingt minutes plus tard, il avait décidé de partir. Il avait attendu trop longtemps. Il pourrait probablement atteindre la gare routière en une heure de marche et de là partir pour Boston. Il était sûr d'une chose : il ne pouvait pas rester ici. Il ouvrit son casier et ramassa ses affaires, sans prendre la peine de se changer, puis il retourna dans la salle commune chercher *Anna Karénine*, se disant que s'il se faisait prendre en stop par un routier pervers, il pourrait toujours le frapper avec le bouquin s'il tentait une approche douteuse.

Au moment où il le fourrait dans son sac, il jeta un œil au portrait d'Ella sur le mur, encore plus gris dans la pénombre. Elle reprendrait bientôt ses études, sans trop de retard sur le programme. Il craignait, cependant, qu'elle ne retombe en phase dépressive quand elle découvrirait son départ. Désireux de lui laisser un message d'adieu, il déchira une page blanche du livre de Tolstoï et se dirigea vers l'échiquier, pensant qu'il allait écrire quelque chose et le glisser sous le plateau afin qu'Ella le trouve le lendemain.

Ce n'est qu'une fois assis qu'il s'aperçut qu'il y avait déjà une feuille de papier coincée entre l'échiquier et la table. Il aurait juré avoir vérifié plus tôt, et il n'y avait aucun moyen qu'Ella ait pu sortir de sa chambre, pourtant elle était là – pas un poème cette fois, mais une lettre.

J'espère que tu retrouveras bientôt tes anciens horaires ! Paul a surveillé le groupe, comme d'habitude. Savais-tu qu'il se décrotte le nez ? L'année dernière, il y avait un mec avec un TOC qui se curait tellement le nez qu'ils ont été obligés de lui faire porter des mitaines. J'ai posé la question au Dr Wilkins. Rhinotillexomanie. Ça existe vraiment ! Avant, Maura, la fille qui partageait ma chambre avait un TOC, et quand elle s'angoissait, elle s'arrachait les sourcils. Les médecins l'ont avertie que ce n'était pas comme quand on s'épile les jambes. Ils ne repoussent pas. Mais elle ne pouvait pas s'en empêcher. Au bout d'une semaine, elle n'avait plus de sourcils ! Elle a essayé de les redessiner avec un eye-liner, mais elle avait l'air d'une folle, alors j'ai trouvé un crayon et je les ai ombrés un peu. C'était mieux, mais ils se sont effacés sous la douche quelques jours plus tard. Je lui ai dit que je pouvais les redessiner... ce n'était pas comme si j'avais plein de trucs à faire, mais elle a prétendu que c'était inutile. J'ai appris qu'ils l'avaient envoyée quelque part en Floride, dans un endroit spécialisé dans les TOC. Je n'arrêtais pas de penser : « Elle a raison. C'est inutile. » Elle n'allait pas passer à vie à se redessiner des sourcils après chaque douche. Quelqu'un m'a dit qu'on pouvait s'en faire tatouer, mais ça se verrait sans doute trop. Et si jamais ils repoussaient, est-ce qu'elle se les arracherait de nouveau ? Ne plus avoir de sourcils ne la rendait pas moins anxieuse. Alors c'était doublement inutile.

Inutile au carré. Juste une spirale d'inutilité dans laquelle je me suis enferrée. C'est ce qui m'arrive sans cesse. C'est pour cela que je suis ici. Mes parents ne comprennent pas. Eux, ils arrivent à dire : « Eh bien, ça pourrait être pire ! Elle pourrait s'arracher aussi les cils ! » Et ils riraient en continuant à manger leur soupe. Enfin, à titre d'exemple. Ils ne mangent pas des quantités faramineuses de soupe. Simplement, j'en ai soupé d'eux. Ils font des trucs normaux qui me soupent au lieu de, je ne sais pas, être attentionnés. Tu es la seule personne que j'aie rencontrée ici, et même ailleurs, qui ne se contente pas de la soupe. J'espère que ce n'est pas trop bizarre de dire ça. Le jour où tu m'as parlé de mon tableau était la première fois, dans cet endroit, que quelqu'un me demandait de telles choses. Personne ne regarde attentivement. Ni les autres patients ici. Ni même les docteurs, dont le travail consiste à observer. Chacun garde le nez baissé dans sa propre soupe. Ils disent qu'ils s'occupent de nous, mais ils ne glissent pas de poèmes entre les pages des romans pour que je les lise. Ils ne me disent pas que je peux être poète ni ne m'appellent imbécile. Ils me parlent d'« ajuster mes attentes à la réalité du monde ». D'être réaliste et d'accepter le fait que les choses marchent ainsi, que la vie est injuste, que certaines personnes n'ont pas besoin d'avoir de sourcils, que c'est toujours mieux que d'être née dans un pays où les bébés meurent de faim et sont malades, que c'est mieux que d'être violée et assassinée et

*que je devrais être heureuse d'être intelligente,
bien nourrie et d'avoir des parents aimants, des
vêtements, une maison et des moyens, de sorte
que je n'ai pas à me soucier de ce qui ne dépend
pas de moi de toute façon, et que c'est pour cela
que je dois « travailler sur moi » et cesser de
m'inquiéter autant afin de pouvoir aller mieux,
sortir d'ici et faire quelque chose de ma vie, qui
est un don précieux que je n'ai jamais demandé.
Je sais, je sais, je sais. Bref, j'espère que tu vas
bientôt reprendre tes anciens horaires parce que
Paul est vraiment nul.*

Jacob resta là un long moment, à lire et relire la
lettre dans l'obscurité. Il baissa les yeux vers l'échiquier, les deux camps toujours en zugzwang, obligés
tous les deux de jouer un coup perdant. Après tout,
qu'y avait-il de mal à perdre ? Au moins, on pourrait recommencer une nouvelle partie. C'était mieux
que de rester immobile indéfiniment. À ne rien faire.
Prendre son temps alors qu'on disposait à la naissance
de si peu de temps.

Sur la page qu'il avait déchirée du livre, il écrivit
d'abord en lettres majuscules : « FAIS EN SORTE
QUE LE MONDE S'AJUSTE À TES ATTENTES. »
Puis il ajouta, en plus petit : « Devoir : écris-moi une
sextine sur la soupe pour mardi. Et un sonnet sur les
sourcils pour dimanche. » Il plia la feuille et la glissa
sous l'échiquier.

Finalement, la solitude comme le reste est un état auquel on s'habitue. Jacob avait lu *Anna Karénine* en deux semaines et élaboré un programme complet de cours pour Ella. Ils continuaient à communiquer au moyen de l'échiquier, discutant aussi bien de poésie que des événements de la journée : Maura avait un faible pour un des nouveaux patients qui s'appelait Roy, Paul se curait toujours autant le nez, et Sissy leur apprenait le crochet, mais ils devaient utiliser de grosses aiguilles en plastique pour ne pas se blesser et ils n'avaient pas le droit de faire des écharpes ni des tricots à manches longues. Beaucoup avaient opté pour des maniques. Ella s'était lancée dans la confection d'un béret. Ah, et aussi, il avait sans doute fini par se savoir que le Dr Dorothy avait balancé Jacob parce que quelqu'un (Maura) lui avait visiblement volé ses lunettes durant une séance avec les chiens (même pas à la demande d'Ella) et jeté les morceaux dans une bouche d'aération.

Oliver avait promis de réaffecter Jacob à l'équipe de jour dès que les choses se seraient tassées (autrement dit, quand Ella retournerait en cours). Jacob ne lui en voulait pas, mais il s'inquiétait de l'impact de leurs horaires décalés sur le moral d'Oliver. Il était de plus en plus abattu, même le week-end. Ils continuaient de faire l'amour le samedi matin, mais ensuite seule la télévision semblait l'intéresser. En ce moment,

Jacob se tapait une discussion politique oiseuse au sujet du mariage de Chelsea Clinton. Oliver était ému par les photos « intimistes » de moments en famille : Bill, Chelsea et Socks regardant un film à la Maison-Blanche, Chelsea se promenant dans un village africain avec sa mère ou faisant de drôles de grimaces à son père.

— Ils sont si mignons ensemble, s'extasia Oliver.

— Sans doute, répondit Jacob.

Il ne s'intéressait pas vraiment à l'émission ; il feuilletait ouvertement un recueil de poésie de Keats, dans l'idée de choisir le poème qu'il découperait quand Oliver irait aux toilettes.

— J'ai toujours voulu avoir une fille, déclara Oliver, à la recherche de fissures au plafond.

— Hum, marmonna Jacob, distrait momentanément par une annonce pour le film de Stone Culligan. Est-ce qu'ils l'avaient vraiment appelé *Mort, ne sois pas fière*[1] ? Il devrait y avoir une loi contre ça.

Oliver se coupait les ongles de pied, sachant que Jacob détestait assister à ce spectacle, puis il zappa sur BBC America où passait un épisode de *Six Sexy*.

Jacob ne réussit pas à supporter plus de dix minutes cet exposé détaillé de la vie excentrique et périlleuse des couples modernes.

— On ne pourrait pas regarder autre chose ? râla-t-il.

— J'aime bien cette série.

— Tu ne ris même pas !

— Ce que j'aime ne me fait pas forcément rire.

---

1. *Death Be Not Proud*, poème de John Donne (1572-1631).

— C'est une sitcom. Tu es censé rire des situations hilarantes qu'ils rencontrent.

— Je ris intérieurement.

— L'hilarité n'est pas uniquement cérébrale, Oliver. Tu ne peux pas être hilare intérieurement.

— Je peux, se contenta-t-il de répondre.

Un personnage de la sitcom sortit des toilettes sans ses vêtements.

— HA HA HA HA HA ! s'esclaffa Oliver.

Jacob le frappa avec un coussin, Oliver le plaqua contre le matelas, et ils poursuivirent par d'autres jeux intimes. Après le sexe, Oliver zappa sur une chaîne de reportages sur la nature – une offrande de paix qui garda Jacob au lit jusqu'à l'heure du déjeuner (un bol de céréales et une moitié de banane, toujours au lit) –, puis ils parlèrent pendant un moment des océans. Des créatures féeriques et exotiques peuplant les profondeurs. Le documentariste britannique expliquait le cycle de reproduction de l'*octopus tetricus*, ou poulpe sombre. Un bébé poulpe évoluait sur l'écran, de la taille d'une pièce de monnaie, la chair rosée si translucide qu'on voyait la masse rouge de son cerveau flotter derrière ses yeux.

Oliver commença à renifler.

— On dirait un Martien dans un mauvais film de série B ! Bon Dieu, pourquoi tu chiales ?

— Regarde comme il est petit. On peut littéralement voir l'immense océan noir à travers son corps ! Et ses parents ne sont plus là pour lui apprendre à survivre dans les profondeurs. Il doit se débrouiller seul.

— C'est un arthropode, Oliver. Tu te projettes dans un arthropode.

427

— Les poulpes, renifla Oliver, sont des céphalopodes. Et ce sont des créatures supérieurement intelligentes. L'une des rares espèces douées d'empathie.

Jacob devait admettre, selon cette logique, que les poulpes étaient supérieurs à pas mal d'humains qu'il connaissait. Paul, par exemple. Il trouvait toutefois excessif de se lamenter sur leur sort.

— Ils ont ce qu'on appelle une personnalité épisodique, ajouta Oliver.

— Ce qui veut dire ?

— Ils se comportent de façon cohérente pendant quelques heures, voire une journée, et de façon lunatique sur des périodes de temps plus longues.

— Est-ce pour cela qu'on les appelle poulpes sombres ?

— Non, c'est parce qu'à l'âge adulte, ils prennent une teinte foncée. Il va l'expliquer dans une minute. Écoute.

— Attends. Tu as déjà vu ce reportage ?

Oliver ne répondit pas. Il se comportait toujours ainsi quand il se faisait surprendre en train de pleurer. Jacob savait qu'il aurait dû être plus aimable ou au moins garder sa langue dans sa poche, mais… un poulpe ?

— Tu vas rester au lit toute la journée ?

— Tu peux t'en aller si tu veux.

Jacob partit. Il prit les clés du pick-up et roula dans Stamford, en pensant qu'un petit ami digne de ce nom aurait accepté la discussion avec Oliver. Il aurait écouté ses phrases pompeuses sur les céphalopodes, l'empathie, la personnalité épisodique, le côté parfois sombre de son défunt père – et un petit ami digne de ce nom l'aurait aimé pour cela. Jacob ne savait pas comment

Oliver faisait pour rester assis à écouter des gens tristes en permanence. Merde, il aurait aimé qu'Oliver et tous les autres secouent cette chape de désillusion, comme il l'avait fait avec Ella. Rien n'obligeait à se limiter à la poésie. Peut-être que le monde serait moins déprimant si les dépressifs étaient plus productifs. Il devrait exister une Works Progress Administration pour les gens en dépression clinique. La DPA ! Levez-vous, les misérables ! Faites sauter les ponts rouillés, arrachez le bitume crevassé des autoroutes et rebâtissez des villes nouvelles sur les décombres !

Il conduisit jusqu'à la librairie Borders, à quinze minutes de là. Il entra dans le magasin, traversa en flânant le rayon des dernières parutions, des magazines, le café, et finit par repérer le coin de la poésie – une demi-étagère. Les romances paranormales pour jeunes adultes en occupaient quatre. Mais peu importe. Il passa ses doigts sur les tranches, à la recherche du seul ouvrage méritant qu'il viole sa règle de « zéro épopée » – un poème épique qui raconterait à Ella tout ce qu'il devait lui transmettre, mais qu'il n'arrivait pas à formuler. Il avait débattu des diverses traductions dans son esprit, espérant trouver une édition bilingue en grec ancien. Mais toutes ces réflexions se révélèrent inutiles, car la librairie ne disposait pas du moindre exemplaire de *L'Odyssée*, quelle que soit l'édition.

— Excusez-moi, demanda-t-il à la fille derrière le comptoir, une adolescente qui semblait s'ennuyer autant que les pensionnaires d'Anchorage House. Je cherche *L'Odyssée*. Où sont les classiques, s'il vous plaît ?

Elle secoua la tête.

— Nom de l'auteur ?

— Homère, dit Jacob.

— Homère comment ?

— Juste Homère.

— Comme Madonna ?

— Oui, exactement.

Ses ongles vernis noirs cliquetèrent sur le clavier, puis elle leva les yeux, perplexe.

— Rien à « Homère ». Vous êtes sûr que vous ne parlez pas du type des Simpson ?

— Non, je ne parle pas du type des Simpson.

— Parce que dans ce cas, je pourrais chercher à Simpson.

Jacob soupira. Il était sur le point de sortir de ses gonds. Mais pour la première fois de sa vie, il n'était pas sûr de pouvoir y retourner s'il en sortait.

Il préféra inspirer à fond et épeler calmement le titre à la fille. Au bout d'une minute, elle secoua de nouveau la tête.

— Je peux le commander, si vous voulez.

— Est-ce qu'il est disponible dans un autre magasin ?

Elle vérifia, et après avoir consulté son supérieur, elle indiqua à Jacob une autre librairie disposant d'un exemplaire. Mais une fois arrivé là-bas, il s'avéra qu'ils ne l'avaient pas. Un homme entre deux âges, aussi mort d'ennui que sa jeune consœur du premier magasin, se fit un plaisir de l'orienter vers une troisième librairie où, finalement, il trouva un exemplaire dans la traduction de Fagles. En réglant l'ouvrage à la caisse, il plaisanta sur le fait qu'il venait de rouler pendant près de quatre heures pour trouver ce livre.

— Une vraie odyssée ! répondit le caissier en souriant.

Jacob l'aurait embrassé sur la bouche. Mais il se contenta de lui demander la route pour retourner à Stamford.

Il rentra à la nuit tombante.

— Qu'est-ce qui t'est arrivé ? cria Oliver. Le dîner est livré depuis une heure !

— Je vais te raconter…, commença Jacob, brandissant son exemplaire durement gagné de *L'Odyssée* comme un trophée. Mais il s'arrêta au milieu de sa phrase en arrivant à hauteur de la table basse. Oliver avait remis la chaîne BBC America. À l'écran, Sally Struthers en personne, sur une image qualité VHS des années 80, entourée de petits Africains décharnés qui suçaient leur pouce en fixant la caméra avec des yeux ronds. Ils avaient traversé les décennies pour atterrir dans le salon d'Oliver, qui se préoccupait plus de la débauche de plats chinois qu'il avait commandés que de la famine en Afrique.

Jacob eut l'impression fugace que ces petits linceuls de peau qu'étaient ces enfants fixaient la nourriture chinoise – dans l'attente d'un moment d'inattention pour tendre la main à travers l'écran et voler un wonton. Il oublia pendant un instant le livre qu'il tenait dans sa main, tandis que le spot continuait, avec un numéro 800 défilant dans un bandeau clignotant. *Devrais-je appeler ?* Il avait toujours pensé que ces annonces étaient des escroqueries ou une couverture pour des sectes religieuses. La réaction humaine la plus saine consistait à changer de chaîne. Zapper sur un match de foot. Feuilleter les dessins humoristiques du *New Yorker* avant de se farcir le reste. S'asseoir, manger un lo mein et parler de son voyage épique pour trouver un poème épique sur un voyage épique. Autrement dit, vivre.

— C'est froid, mais tu peux le réchauffer, dit Oliver en jetant un œil sur la télé pour s'assurer que son émission n'avait pas encore repris.

Jacob emportait le livre partout : sous son bras en arpentant de long en large le quartier des antiquités de Stamford où Oliver et lui cherchaient des luminaires ; sur le siège à côté de lui dans le bus, surlignant des passages aux feux rouges ; dans son sac de sport avec un dictionnaire de grec ancien afin de pouvoir retraduire des strophes la nuit dans la salle commune. Il y travaillait de façon si obsessionnelle qu'il en avait presque oublié qu'il avait promis à ses parents de venir pour son anniversaire la semaine avant le départ d'Ella. Et il aurait raté son avion si Oliver ne l'avait pas noté dans son agenda il y a quelques mois, Oliver avait pris un jour de congé le vendredi afin qu'il puisse embarquer sur le vol de midi moins bondé et arriver en Floride avant la tombée de la nuit (ses parents ne voulant plus conduire le soir).

— Je dois prendre un jour de congé, de toute façon, déclara Oliver. Je vais te conduire à l'aéroport.

Jacob n'avait pas besoin de faire sa valise. Un tiroir rempli de vêtements d'été l'attendait chez ses parents et sa mère avait toujours une brosse à dents neuve de secours dans le placard de la salle de bains d'amis. Alors il n'emporta que son livre dans le pick-up d'Oliver, le posa à côté de lui et se remit immédiatement à en surligner des passages. Après plusieurs semaines de lecture, il n'en était qu'au Chant 15, où la déesse Athéna exhorte Télémaque, le fils d'Ulysse, à rentrer au palais avant que sa mère, Pénélope, épouse l'un des prétendants. Et il restait encore neuf chants, plus les conclusions qu'il souhaitait rédiger. S'il voulait le donner à Ella avant son départ d'Anchorage House, il n'avait pas le temps de chômer.

— Ça me fait plaisir de te revoir plongé dans un livre, commenta Oliver alors qu'ils roulaient sur le pont de Whitestone.

Par la fenêtre côté passager, Jacob apercevait le Queens s'élever au-dessus du fleuve et, au-delà, il devinait Manhattan. Son ancien appartement, ses anciens cahiers et son ancienne vie, qui attendaient tous son retour.

— Tu envisages de faire un doctorat ?

— Est-ce qu'il existe un cours du genre art-thérapie, mais avec de la poésie et de la littérature ?

Cela faisait longtemps qu'il n'avait pas vu Oliver aussi agréablement surpris.

— Bibliothérapie ! Oui, il y a eu quelques bons articles sur le sujet. Je pourrais en rassembler quelques-uns si ça t'intéresse.

— Merci. Je pense que j'aimerais bien essayer.

— Tu veux dire commencer une thérapie ? s'écria-t-il tout heureux, comme s'il attendait depuis des mois que Jacob lui annonce cela.

Agacé, Jacob précisa :

— Non, je veux diriger la thérapie. J'ai fait psychologie en matière secondaire. Je pense que je serais bon là-dedans. Si Sissy Coltrane peut le faire, moi aussi.

Ils passèrent devant l'immeuble du *New York Times*, et bientôt Jacob aperçut les vestiges de l'ancienne Exposition universelle.

— Sissy a un diplôme d'art-thérapie, dit Oliver après un bon moment.

Jacob pouffa.

— Tout ce que Sissy a, c'est un alpaga muumuu et un culot monstre.

Oliver grogna.

— Ceci a un rapport avec Ella Yorke, non ?

Jacob ne répondit pas et se replongea dans ses notes jusqu'à ce qu'ils longent le terminal de l'aéroport JFK, porte Delta Airlines. Une fois garé le long du trottoir où attendaient les porteurs de bagages, Oliver se fendit d'un sourire forcé.

— Eh bien, déclara-t-il en tendant à Jacob un petit étui en argent, si tu veux passer un diplôme de biblio-thérapie, je trouve ça génial. Mais en attendant, elles te seront sans doute utiles.

L'étui en argent contenait une trentaine de cartes de visite gravées en lettres dorées : JACOB BAUMANN. MAÎTRE DE POÉSIE. SPÉCIALISTE DES ŒUVRES ÉPIQUES. Jacob en prit une qu'il tourna et retourna dans sa main, puis il glissa l'étui dans sa poche de chemise. Elles étaient magnifiques.

— Elles sont parfaites, Oliver. Merci. Vraiment.

Il n'arrivait pas à se souvenir de la dernière fois où il avait offert un cadeau à Oliver, et ce n'était sûrement pas une surprise. Il songeait à s'en excuser quand il comprit qu'Oliver cherchait à l'entraîner sur un autre sujet.

— Jacob, commença-t-il, je sais à quel point cette année a été difficile pour toi, mais sincèrement, nous devons assumer le fait que ce n'est pas… Enfin, nous devrions…

434

Jacob l'embrassa précipitamment sur la bouche et ouvrit la portière. Une fois sorti, il claqua la porte, qui se referma mal, et il dut revenir sur ses pas pour la rouvrir.

— C'est la ceinture de sécurité qui gêne, dit Oliver.

— Je vois.

— Pousse-la à l'intérieur.

— Je...

Il se mordit la langue et jeta la ceinture à l'intérieur. Puis il referma la portière et fit au revoir de la main. Oliver démarra devant les agents de police, qui faisaient signe aux véhicules de dégager la voie. La portière bringuebalait encore. Un peu plus loin, il vit Oliver s'arrêter, sortir, faire le tour de la voiture et d'une main ferme cette fois, claquer la portière pour la fermer correctement.

Dans la file d'attente au contrôle de sécurité, Jacob continuait de prendre des notes. Quand son tour arriva, il posa le livre dans un bac gris, mit le carnet au-dessus, et le poussa sous la machine à rayons X. Il plaça l'étui à cartes de visite avec ses clés, sa ceinture, trois stylos, ses chaussures et son téléphone dans un autre bac.

— Excusez-moi, monsieur ? l'interpella l'agent de sécurité de l'autre côté du portique, tandis qu'il récupérait ses affaires.

Il regardait le livre et feuilletait le carnet griffonné de caractères grecs, de schémas de bateau, de cartes et d'itinéraires comme s'ils étaient susceptibles de contenir des codes secrets ou de fournir les instructions pour fabriquer une bombe.

— Vous n'avez que ça ?

— Oui, confirma Jacob. C'est tout ce que j'ai.

Il progressait. Un Chant entier fini entre l'embarquement et le moment où l'avion roulait sur le tarmac.

Télémaque et son père étaient enfin réunis, mais après une heure de vol environ, le stylo de Jacob se mit à fuir. Pestant, il tenta d'absorber l'excès d'encre avec le dos d'une des cartes de visite d'Oliver.

— Vous voulez un stylo ? proposa sa voisine.

Jacob la regarda pour la première fois depuis qu'elle s'était assise à côté de lui. De ses longs ongles rouges, elle corna la page de son livre *Le Paradis existe !* L'histoire d'un garçon soi-disant mort qui monte au paradis et en revient pour raconter son expérience.

Jacob remercia la femme pour sa proposition. Elle fouilla un moment dans son sac, pour en sortir un Bic.

— Oh, dit-il hésitant. Il est bleu.

— Pardon ?

— C'est un stylo bleu. J'ai écrit toutes mes notes en noir. Vous pensez que je suis fou ?

La femme ne dit rien, mais elle avait l'air nerveuse en rangeant le stylo dans son sac.

— C'est comment ? demanda Jacob, en désignant son livre du pouce.

Elle eut une expression inimitable signifiant *bof* avant de lui retourner la question.

— Et le vôtre, il parle de quoi ?

— D'un idiot qui disparaît en mer pendant trente ans.

— Vous avez un examen dessus bientôt ?

Elle pointa le carnet, que Jacob cacha subrepticement d'une main.

— Non. C'est un cadeau pour quelqu'un.

— Il ou elle a de la chance.

Jacob reprit son travail. En changeant toutes les cinq minutes de stylo, qui fuyaient tous, et en utilisant le dos des cartes de visite comme buvard, il parvint au bout du Chant suivant juste avant que les roues touchent la piste de Tampa.

Septembre

Il reconnut à peine ses parents. C'était un peu *Rencontres du troisième type* à Tampa, comme si des extraterrestres avaient kidnappé les gens fourbus et grognons qui l'avaient élevé, et rendu à la place ces retraités revitalisés et reprogrammés. Jadis, son père et sa mère tâtonnaient en somnambules toute la matinée. Maintenant, ils se levaient à cinq heures tous les matins et sortaient courir cinq kilomètres. Ils se partageaient un pamplemousse au petit déjeuner et pour se rafraîchir, ils allaient nager. Et ils n'étaient pas les seuls. Dès l'aurore, la ville de Tampa se peuplait d'octogénaires en survêtement fluo, qui parcouraient en marche rapide les rues artificielles. La communauté des retraités occupait un terrain de vingt acres hors du temps, avec des Cadillac et des Oldsmobile lustrées garées dans chaque allée. Des hommes portant des chapeaux. Des femmes s'arrêtant faire la causette à chaque coin de rue. L'après-midi, son père prenait des leçons de tennis avec un entraîneur qui avait autrefois formé les jeunes du Tennessee pour le circuit professionnel. « Il a une vitrine de trophées dans son salon », déclara la mère de Jacob quand il la retrouva au spa pour un masque au concombre.

Sa mère s'était liée d'amitié avec une certaine Lydia, la voisine de palier, qui avait été chef à Chicago pendant des années et qui lui apprenait désormais à faire des soufflés au fromage et à choisir les bons vins. « Nous envisageons de faire un voyage dans la vallée de la Loire l'année prochaine. Tu es déjà allé dans un vignoble ? » Jacob se surprit à répondre non, déplorant toute une enfance privée de soufflés.

Mais le plus déstabilisant était leur regain de ferveur juive. Ils avaient cessé de fréquenter la synagogue quand il était enfant, en raison de la manie qu'avait Gene Blaumann de débattre avec le rabbin à chaque shabbat avant même la consécration de la hallah. Les Juifs de Westchester considéraient l'esprit de contradiction comme un signe pathologique. Désormais Gene Blaumann se rendait à l'office du samedi matin. Et sa mère participait à un programme de sensibilisation, axé sur ce qu'elle appelait « la crise de la prochaine génération ». Le problème n'était plus que de bons fils juifs (comme Gene Blaumann) épousent une shiksa[1], mais que les enfants de deux parents juifs se désintéressent de la religion, au point de ne plus faire leur bar ou bat-mitsvah.

— Mieux vaut ne pas leur faire rencontrer ton fils homosexuel, ironisa Jacob.

Mais sa mère secoua la tête.

---

1. Terme yiddish désignant une femme non juive.

— Oh, tout le monde s'en fiche. Ils regardent tous *Will et Grace* aujourd'hui. Mais fais-moi plaisir et dis-leur que tu vas à la synagogue pour shabbat.

Heureusement, entre le sport, les cours de cuisine, la synagogue et les parties de cartes, ses parents étaient presque trop occupés pour remarquer sa présence. Il étudiait *L'Odyssée* près de la piscine une grande partie de la journée, jusqu'à ce que ses parents le traînent chez Amici's, la trattoria italienne locale où « tout le monde » allait dîner. Il fit remarquer qu'il était ridicule d'utiliser le possessif anglais avec un nom italien, ce qui n'intéressa personne.

— Nous t'avons acheté un iPhone, déclara son père à l'arrivée des antipasti. Donne-lui, Anjelica.

Sa mère lâcha son couteau dans les artichauts braisés.

— Laisse-le ouvrir le cadeau et avoir la surprise !

— Quelle surprise ? C'est le cadeau d'anniversaire de tout le monde en ce moment. Le coach m'a dit que le 3GS est vraiment bien. Je m'en suis pris un aussi.

Et sous les yeux de Jacob, son propre père sortit un iPhone de sa poche.

— Tu peux mettre toutes tes musiques dedans. Des livres aussi ! Plus besoin de trimballer partout ce gros bouquin. Tu vas te bousiller le dos. Crois-en mon expérience.

Jacob empoigna le livre posé sur la banquette comme s'il était un gilet de sauvetage et qu'un tsunami s'apprêtait à déferler sur le restaurant Amici's Family.

— Merci beaucoup, dit-il en prenant le cadeau sans le déballer.

— Et tu peux avoir Facebook dessus, renchérit sa mère. Tu es sur Facebook ?

— Non, je ne suis pas sur Facebook. Ne me dites pas que vous y êtes !

— Oh, il faut que tu voies ça. Gene, montre-lui tous tes amis.

Jacob vit son père lever le téléphone au-dessus de la salade de calmars et faire défiler, lentement, sa liste de contacts avec un pouce. Puis sa mère tendit le cou pour voir qui entrait dans le restaurant et s'il s'agissait d'une personne à saluer. Peut-être qu'ils étaient encore ses parents, après tout.

— Alors, tu fréquentes des hommes sympathiques ? demanda-t-elle.

Jacob n'avait pas l'intention de répondre, mais de peur qu'il le fasse, son père changea rapidement de sujet.

— Tu devrais quitter ce boulot stupide et appeler le fils de Phil Jalasko chez Sony Records. La poésie est cousine de la musique, et je parie qu'ils pourraient utiliser quelqu'un d'intelligent comme toi pour rectifier certaines paroles. *You and me could write a bad romance* – ne me dis pas que c'est de l'anglais ?

— Ne me dis pas que tu as Lady Gaga sur ton machin.

Son père soupira et tapota l'écran.

— Le fils de Phil m'a mis des trucs dedans. Je ne sais pas comment les enlever.

— Donne, je vais te montrer.

Le lendemain matin, ils le déposèrent à l'aéroport devant une porte d'entrée. Son père agita son iPhone dans les airs en souriant, tandis que sa mère pleura comme chaque fois.

— Quand tu seras arrivé, si ça ne t'embête pas, préviens-moi, d'accord ? implora-t-elle en l'enlaçant sur le trottoir.

Malgré lui, Jacob dut admettre qu'il était plutôt agréable d'écouter en boucle *West Side Story* et *Rumours* de Fleetwood Mac durant le vol du retour (les deux seuls albums audibles qu'il ait pu trouver dans la collection de sa mère). Et armé d'un lot de stylos neufs et d'un paquet de Kleenex, il réussit à finir le Chant 24 avant l'atterrissage à New York. Cette nuit-là, après qu'Oliver se fut endormi en regardant un reportage sur la nature, Jacob se leva et rédigea ses conclusions dans le bureau. Après une nuit blanche, il lut et relut ses notes pendant le trajet vers Anchorage House. Il n'avait pas travaillé autant depuis *Tempête de merde*, et il ne ressentait pas la moindre tristesse de donner son ouvrage.

Avant que son quart de surveillance ne démarre, Jacob glissa l'exemplaire annoté de *L'Odyssée* dans la bibliothèque de la Zone III. À midi, il avait disparu. En faisant sa ronde dans le couloir extérieur, il vit Ella dans la cafétéria, plongée dans sa lecture. Le bavardage de Maura à l'autre bout de la table ne semblait pas l'atteindre. Les yeux d'Ella passaient sans cesse du livre au carnet. Dans le groupe de Feingold, son comportement indiquait qu'elle n'était déjà plus présente dans ce monde, sinon par son enveloppe charnelle. Et quand Sissy essaya de leur faire réaliser des marionnettes avec des sacs papier l'après-midi, Ella colla des yeux et des rubans distraitement. Son sourire s'étirait et retombait comme le soufflet d'un accordéon jouant des notes inaudibles.

Enfin, dans l'après-midi, Jacob eut la possibilité de lui parler brièvement dans la salle commune. Paul surveillait, il le sentait, ainsi que les Dr Dorothy et Wilkens en grande discussion dans la pièce voisine, mais Jacob n'avait plus aucune raison de s'en faire. Quoi qu'il arrive, ce moment lui appartenait.

Ella serrait le livre comme s'il pouvait s'enfuir.

— C'est toi qui as fait ça ?

— Ça, souffla Jacob avec prudence, semble être l'œuvre d'un gars nommé « Ho-mère ».

Ella regarda le plafond, comme si les mots justes s'y trouvaient accrochés.

— Eh bien, merci. Vraiment. Je ne sais pas comment te remercier.

— Tu viens de le faire. Juste avant… en disant « merci ».

Elle eut l'air de réfléchir à toutes ces choses, tellement de choses, qu'elle n'aurait pas le temps de lui dire. Elle se décida finalement pour l'une d'elles.

— D'accord, mais cette fois, il faut m'expliquer. Pourquoi ?

— Pour qu'il t'accompagne quand tu partiras.

— Non, je veux dire, pourquoi ce livre ? Non que je ne l'aime pas. Je l'adore.

Jacob voulait lui dire qu'il avait eu besoin de se le réapproprier ; il représentait quelque chose que quelqu'un d'autre n'avait pas eu le temps de finir ; un voyage qu'il avait besoin de faire, par procuration. Il aurait aimé avoir le temps de s'asseoir et de tout expliquer. Mais on devait venir la chercher juste après son service.

— Il y a quelque temps, j'ai vu ton mug dans la classe d'art. Tu avais écrit *Ulysse* sur le rebord.

— Ah, ouais. En *grec*, répondit Ella, en ayant du mal à se retenir de rire. Mon petit copain… ou plutôt mon ex. Je ne sais plus trop ce qu'il est. Bref, son deuxième prénom est Ulysse.

Jacob se sentit rougir. Il se demanda s'il était celui qu'il avait vu sur ses photos du bal de fin d'année.

— Ulysse ? Il vient de Brooklyn ou quoi ?

Elle se balança légèrement sur ses talons.

— Non, ses parents sont de grands malades de la guerre de Sécession[1]. Ils font les reconstitutions et les trucs du genre. Il déteste ça. Mais j'ai toujours trouvé ce nom joli. J'allais me le faire tatouer sur le poignet. En fait, j'ai appris à l'écrire en grec pour que personne ne puisse deviner sa signification.

Puis, s'avançant vers le rebord de la fenêtre, elle poursuivit à voix basse.

— Nous étions encore ensemble la première fois où je suis venue ici, et j'étais obsédée par lui. Je parlais de lui tout le temps et je faisais des trucs stupides comme tisser ses initiales dans les attrape-rêves amérindiens que Sissy nous faisait fabriquer. Elle m'a dit qu'il fallait que j'arrête. Que ce n'était pas bon pour moi.

Il était sûr que son visage était rouge écarlate maintenant.

— Désolé, j'ai cru que c'était ton livre préféré.

— Eh bien, ça l'est maintenant.

Jacob, qui n'avait pas eu le trac de parler à une fille depuis le CE2, était complètement perdu.

— Tu donnes toujours l'impression de tout vouloir faire bien, ici. Tu es une fille intelligente, et tu vas réussir de grandes choses dans ta vie. Je trouve juste que ça craint parce que tu devras toujours faire plus d'efforts que les autres, et il faudra surtout continuer à

---

1. Ulysse Grant est un célèbre général de la guerre de Sécession, devenu président des États-Unis.

prendre ton traitement. Il t'arrivera encore de voir un clochard dans la rue ou une image qui va te briser le cœur, et alors tu auras envie de ramper sous un rocher et de cacher toutes les belles choses que tu peux offrir au monde parce que tu auras le sentiment que le monde ne le mérite pas, mais je te promets qu'il le mérite…

Jacob parlait et gesticulait si vivement qu'il était à bout de souffle. Paul le dévisageait comme s'il avait trois oreilles. Il était soulagé de ne pas voir le Dr Dorothy dans le couloir et il espérait qu'elle ne le voyait pas non plus. Ses poumons pesaient comme des pierres dans sa poitrine, et il avait l'impression qu'un essaim bourdonnant d'abeilles construisait une ruche alvéolée à l'intérieur de son crâne. Il sentit toute la pièce trembloter comme la portière du pick-up d'Oliver, puis Ella brandit quelque chose – ça ressemblait à un sac en papier pour l'aider à respirer. Il l'attrapa et le colla devant sa bouche, se forçant à souffler dans le sac pour qu'il gonfle avant de se rendre compte qu'il s'agissait, en fait, de sa marionnette de l'atelier d'art-thérapie. Il roula des yeux exorbités en inhalant, et le pompon vert qui avait été le nez de la figurine tomba en silence sur le tapis.

Ella rit, au début, d'un petit rire surpris et ravi qu'elle semblait incapable de calmer, puis quand Jacob mima une petite tape amicale sur la marion-nette offensée, cela déclencha son fou rire. Les autres patients éclatèrent tous de rire. Peu après, il sentit la main du Dr Wilkens sur son épaule, l'invitant à aller consulter une infirmière.

Jacob voulut dire qu'il allait bien, mais les mots restèrent coincés dans sa gorge. Il fit un petit signe d'adieu à Ella, qui pressa le livre contre sa poitrine, en articulant un *merci* silencieux tandis qu'il sortait à reculons de la pièce, les jambes flageolantes. Après lui avoir fait boire un jus d'orange, l'infirmière déclara qu'il devrait se sentir mieux, mais Oliver le renvoya à la maison par précaution. Ce n'est qu'une fois dans le bus qu'il se souvint de l'autre message qu'il avait voulu écrire au dos de la couverture du livre : qu'il s'était inscrit sur Facebook, avec son nouveau téléphone. Mais dans sa hâte de partir, il l'avait laissé dans son casier. Demain matin, sans faute, il lui enverrait une invitation pour qu'ils soient amis.

Plus tard ce soir-là, sans livre à annoter, du bœuf au gingembre froid dans une barquette au pied du lit, et un nouvel épisode hilarant à la télé, Jacob décida d'attendre un jour ou deux. Demain, il se lèverait et passerait le portail d'Anchorage House. Elle serait partie reprendre sa vraie vie, et il était sans doute mieux que les choses en restent là.

OCTOBRE

Octobre arriva. Et avec lui, les feuilles mordorées des arbres d'Anchorage House commencèrent à tomber dans la mare aux canards où Jacob, réaffecté à l'équipe de jour, avait repris ses habitudes. À l'abri du saule, il repensait à ce qu'il avait dit à Irene à l'hôpital, son sourire, leur conversation de la veille sur Hector, et la façon dont elle s'était abandonnée dans ses bras sur les marches du MET. Il revoyait son corps penché sur les murs de la pyramide, et son expression devant le tableau du champ de coquelicots. Il se souvenait d'elle à Shelter Island, de la délicatesse qu'elle avait eue, en lui annonçant la nouvelle en dernier, parce qu'elle savait, de tous, qu'il serait celui que cela briserait. Il avait toujours cru que son cynisme le protégerait, mais elle avait su que ça rendrait les choses encore plus difficiles, car plus on se croit stoïque, plus on se retrouve bouleversé de ne pas l'être. Il remonta plus loin dans ses souvenirs, la revit dans le jacuzzi sur la terrasse du Waldorf Astoria, en soutien-gorge opaque devant l'horizon vertical poudré de neige de Manhattan. Il n'était pas allé à sa fête posthume, n'avait pas l'intention de voir l'exposition que Sara organisait sur les œuvres auxquelles Irene avait travaillé cette année – non pas parce qu'elle s'était rendue malade en les réalisant, mais parce qu'il ne voyait pas comment la moindre d'entre elles pourrait être plus puissante que son existence humaine.

Jacob attendait que la routine confortable d'Anchorage House reprenne ses droits, mais semaine après semaine, il ne retrouvait aucune trace de l'engourdissement qu'il avait connu avant Ella. Il y avait les mêmes bonjours à la porte du bureau d'Oliver et les mêmes commentaires sarcastiques de Paul, cette fois au sujet de la nouvelle thérapeute comportementaliste, le Dr Patricia Cain, dont la poitrine semblait occuper toutes les pensées de Paul. Jacob était à deux doigts de lui procurer une tétine.

Le seul vrai changement concernait Sissy Coltrane. De cordiale, elle était devenue carrément amicale – se comportant comme s'ils étaient de vieux copains, lui demandant s'il songeait à exercer un autre métier prochainement. Au plus fort de leur amitié, elle lui avait même apporté un assortiment de brochures sur des programmes de formation continue, en prétendant être tombée dessus par hasard dans une bibliothèque publique. Les programmes allaient des études d'infirmier à l'édition en passant par l'informatique.

— Oliver m'a dit que tu envisageais de reprendre tes études. Tu sais, il ne faut pas mépriser les bienfaits du changement. J'ai vécu quelque temps dans le Midwest après l'université. Je travaillais dans un ranch. Tu peux le croire ?

— Je peux tout à fait le croire, confirma Jacob.

— Tu adorerais cela.

— Non.

— Oh, arrête. Pense aux poèmes que tu pourrais écrire dans les montagnes, les prairies. Sais-tu qu'il existe encore des endroits dans ce pays qu'aucun pied humain n'a foulés ? Les chevaux me manquent. Pêcher dans un ruisseau glacé en été, les merles, les sauterelles et tout le reste. Crois-moi, les poèmes s'écriraient presque tout seuls.

Jacob tiqua.

— Tant mieux, parce que je n'aurais aucune envie de les écrire moi-même.

Au lieu d'être contrariée, elle lui donna une bourrade sur l'épaule, comme si c'était une réponse tout à fait typique de Jacob. Certes, mais elle ne le connaissait pas assez pour le savoir, alors pourquoi agissait-elle ainsi ?

— Où irais-tu si tu pouvais aller n'importe où ?

Après un temps de réflexion, il répondit :

— Je crois que j'aimerais bien être chevrier.

— Splendide ! s'exclama Sissy en applaudissant comme s'il avait donné une bonne réponse en maternelle.

— Je vivrais sur le flanc d'une montagne accessible par un long chemin sinueux. Il y aurait une rivière baignée de nymphes et des bois hantés par les faunes et leurs flûtes de Pan. Les gens de la vallée traverseraient la rivière, remonteraient le sentier et viendraient acheter mes chèvres pour les sacrifier aux dieux. Je serais réputé, dans toute la montagne, posséder les meilleures chèvres pour attirer les faveurs divines.

Il voyait que Sissy se préparait mentalement à lui passer une camisole de force. Il s'en fichait éperdument.

— Et il y aurait cette petite grotte aux confins de la montagne, à la frontière du monde connu, que l'on prétendrait habitée par un monstre terrifiant. Du genre à cracher de l'acide et à dévorer les enfants. Et tous, nous tiendrions le monstre pour responsable de toutes nos déconvenues. Le mauvais temps, les piètres récoltes, les maladies de nos proches. Tu imagines ? Si le mal était juste cette chose vivant en bas de la rue ? Pas un petit Napoléon nord-coréen ou un intégriste fanatique afghan. Pas un... un mal-être généralisé. Pas une cellule maligne dans l'organisme. Imagine si on pouvait pointer un endroit sur la carte et dire, *c'est de là, de là que viennent tous les malheurs.*

Le téléphone sonna sur le bureau de Sissy. Lâchant son stylo sur une pile de dossiers, elle se précipita pour décrocher.

— Sissy Coltrane ? Oh, *salut* Oliver ! Tu es… Oh oui, il est là. Tu veux que je te l'envoie ? Oh, bien sûr. Très bien. D'accord, alors au revoir ! À plus tard.

— Où dois-je me rendre ? demanda Jacob d'une voix théâtrale en levant les bras au ciel.

— Il dit que tu as une visiteuse-surprise qui t'attend devant le portail !

Jacob se sentit soudain en état d'apesanteur. Les murs, le plancher et les tables s'étaient envolés. Il se tenait debout à la proue d'un transatlantique en route pour le Nouveau Monde. Ella était-elle réellement venue lui rendre visite ?

Sans perdre une seconde, il se rua vers son casier, enfila sa veste sur sa blouse blanche et descendit l'allée de gravier menant au portail. Une petite Prius verte tournait au ralenti dans la rue, le visage de sa conductrice aux cheveux courts était en partie cachée derrière une grosse paire de lunettes de soleil rondes orange très tendance. Il se demanda ce qu'Ella avait pu dire à Winston pour qu'il se torde de rire de la sorte ; il entendait l'écho de son rire depuis les vieilles écuries désaffectées. Mais alors, elle enleva ses lunettes et Jacob vit son visage.

C'était Sara. Il ne l'avait jamais vue au volant d'une voiture – depuis l'époque du lycée, George les conduisait partout dans son vieux break défoncé. Il reconnaissait sa coupe de cheveux maintenant, et les lunettes. Il les avait vues sur Facebook, dans des photos d'elle et de George prises dans des soirées mondaines à Boston, au Harvard Faculty Club, à Tresca dans le North End, et dans les bureaux du *New Bostonian* à Fenway Park.

Regrettant que les nonnes n'aient pas songé à creuser des douves autour du couvent, il fit signe à Winston d'ouvrir les portes pour faire rentrer Sara. Elle bondit hors de la voiture pétaradante et courut vers lui – un véritable exploit vu les escarpins à talons couleur crème qu'elle portait. Le lacis de dentelle ancienne couvrant ses orteils était éclaboussé de boue quand elle se jeta sur Jacob pour le serrer dans ses bras graciles. Il se souvint que ces chaussures avaient appartenu à Irene – elle les avait payées presque deux cents dollars chez Mel.

— Jacob ! s'écria-t-elle, enfouissant la tête dans son épaule tout en l'étreignant.

Puis, se redressant, elle sortit une enveloppe gaufrée imprimée d'or d'un sac à main en cuir d'autruche orange assorti à ses lunettes de soleil.

— Alors, c'est ici que tu travailles ? Attends. Il faut que je bouge ma voiture avant que ce brave homme ait des problèmes.

Il la suivit jusqu'à la Prius verte et monta dedans. Il allait lui demander ce qu'elle faisait là quand elle enclencha la marche arrière. Un écran noir et blanc clignota sur le tableau de bord pour indiquer que la voie était libre derrière eux, et une alarme se déclencha quand elle frôla le mur de briques qu'elle voulait contourner.

— Hé, je suis encore de garde pendant une heure, maboule !

— Je te kidnappe ! Désolée, mais c'était le seul moyen. Ce matin, j'ai appelé Oliver, il a convenu sans hésitation que tu avais besoin d'aller fêter dignement, et tardivement, ton anniversaire en ville.

— Il a dit ça ?

— Enfin, non. Il a dit que tu étais arrivé en tête du concours des « clowns tristes », alors j'ai répondu que tu avais *toujours* été un clown triste mais que si tu avais décroché une médaille, alors il fallait agir vite.

Ils roulaient à toute allure en direction de la Hutchinson River Parkway. Jacob savait que plus il s'opposerait à son plan, plus Sara insisterait.

— On pourrait s'arrêter vite fait chez Oliver ? Je porte encore mon uniforme de travail.

Visiblement, cela enchantait Sara.

— Je vais enfin voir *l'appart* ?

Il lui fallut quelques secondes pour comprendre qu'il avait parlé de « l'appart » à Irene l'année dernière et que l'information avait dû faire le tour de leur petit cercle, comme toujours.

— Ne me dis pas que tu aimerais voir *le* Szechuan Garden ?

Même après tout ce temps, il la connaissait trop bien.

Quelques kilomètres plus tard, ils étaient assis l'un en face de l'autre à sa table habituelle, juste à côté de la fenêtre. Jacob s'était changé chez Oliver et il était désormais « stylé » selon Sara, dans sa chemise à rayures bleues et son pantalon noir en laine. Tandis qu'ils buvaient leur première tournée de Tsingtao, elle exposait les grandes lignes de la soirée épique qui les attendait : ils ne devaient rien manger de bourratif au Szechuan Garden parce qu'elle avait rendez-vous à sept heures trente avec un traiteur au Seventeen Madison, ce qui signifiait qu'ils allaient se gaver de portions gratuites de hors-d'œuvre (dont les fameux radis marinés du chef), de côtelettes d'agneau à la menthe, de crevettes des rochers sur lit de gros sel de l'Himalaya et, bien sûr, du célèbre aloyau à la sauce thaïe.

Ensuite, ils auraient une dégustation de gâteaux chez Happy Puppy Wonder Cakes, dans SoHo, qui faisait *le* meilleur glaçage au beurre de lavande et le célèbre cookie fondant et croustillant, qui avait été jugé comme le « plus craquant de la ville » par le *New York Magazine* l'été dernier. Après cela, selon le monde, ils pourraient aller danser chez Niagara, puis prendre un verre dans un bar clandestin consacré à Oscar Wilde, le Dorian Gray, dont l'entrée « secrète » se trouvait derrière le portrait en pied d'un cavalier français dans une excellente *crêperie* d'Allen Street. Il fallait tirer sur un luminaire à côté de la toile, puis dire au tableau combien de personnes vous étiez, et s'il y avait de la place, le tableau coulissait pour vous laisser entrer. Sinon, vous notiez votre numéro de téléphone sur un papier et le glissiez dans une fente du mur. Ils vous envoyaient alors un texto quand un box se libérait.

Jacob ne savait pas par où commencer : peut-être par le fait qu'il n'y avait jamais eu de Prohibition en Irlande, où Oscar Wilde était né, ni à Londres ou en France, où il avait vécu, et qu'il était mort une bonne vingtaine d'années avant que les bars clandestins ne voient le jour aux États-Unis. Mais il écoutait le babil enthousiaste de Sara sur ces lieux où elle *mourait* d'envie d'aller depuis qu'elle avait quitté la ville. C'était comme si rien n'avait changé pour elle. Elle pensait pouvoir y retourner, et que tout serait pareil.

Elle lui dit qu'il pouvait squatter sa chambre d'hôtel, où George les retrouverait le lendemain matin.

Jacob jugea inutile de discuter, car il n'avait absolument pas l'intention de suivre son programme. Ils en étaient à leur deuxième tournée de Tsingtao et il n'était pas tout à fait cinq heures. Il n'avait jamais vu Sara en boire trois sans avoir besoin de trouver un endroit où se recroqueviller pour dormir. Il prévoyait déjà de la convaincre de monter chez Oliver et l'écoutait parler d'une oreille distraite. Des feuilles écarlates s'envolèrent au passage d'un bus dans la rue. Sans raison, il parcourut les libellés familiers des plats mal orthographiés sur la carte en indiquant à Sara ses préférés.

Elle tendit la main par-dessus la table pour prendre la sienne.

— Je suis tellement heureuse de voir que tu vas bien, Jake. Nous étions tous très inquiets pour toi.

Ses yeux étaient rouges sous le mascara plus prononcé que d'habitude. *Tous ?* Qui d'autre à part George et elle ? Est-ce qu'elle parlait encore seulement à William ? Il songea à lui dire qu'il avait failli rouler jusqu'à chez eux le mois dernier, après la mort du père d'Oliver, mais, au lieu de cela, il demanda :

— Comment va Georgina ?

Elle ferma ses paupières d'un battement de cils, comme si elle ne pouvait pas le regarder dans les yeux en répondant.

— Il tient le coup. Il est… tu sais. Je pense que de nous tous, il était sans doute le moins préparé à ce qui s'est passé.

Jacob se tut, surpris de l'entendre dire cela.

— Il a été déstabilisé, conclut-elle.

Puis elle se mit à tresser le papier d'emballage de ses baguettes, à tapoter du pied sur le linoléum, à regarder ailleurs en lui parlant. Contrairement à George, plus Sara était angoissée, moins elle buvait. *Toutes les familles heureuses se ressemblent. Les familles malheureuses sont malheureuses chacune à sa manière*[1]. Mince, quelle phrase sublime ! Il ne l'avait jamais appréciée avant, essentiellement parce qu'il sentait que sa propre famille était malheureuse, d'une manière générale. Mais Gene et Anjelica Blaumann n'étaient pas sa seule famille. Il lui semblait indéniable que si sa famille de New York avait vraiment été heureuse, comme le sont tous les groupes de jeunes idéalistes avant de renoncer à leurs rêves, ils étaient tous malheureux aujourd'hui, chacun à sa manière. C'était ce qui rendait les choses encore plus tristes : ils ne pouvaient même plus être malheureux ensemble.

— En parlant de mariage ! s'exclama soudain Sara, bien qu'ils soient en train de parler de tout autre chose.

Elle fouilla dans son sac à main et en sortit une enveloppe crème, très élégante.

Il lut à haute voix :

— Mr Jacob A. Blaumann. Rue point d'interrogation. Appartement numéro point d'interrogation. NYC, NY. Point d'interrogation, point d'interrogation, point d'interrogation, point d'interrogation, point d'interrogation, tiret, quatre autres points d'interrogation.

— Je suis très à cheval sur le code postal, dit Sara. Ouvre-la !

---

1. Phrase du roman *Anna Karénine* de Tolstoï.

Ce qu'il fit.

— Merci de réserver la date du 20 mars 2011 pour le mariage de (il s'interrompit puis il cria son nom dans la salle) MLLE SARA SHERMAN ESPERLUETTE MR GEORGE MURPHY (choix louable de police en caractère en gras), New York, New York. Invitation à suivre. En principe, ne doit-on pas dire aux gens où cela aura lieu ? s'étonna Jacob, en retournant la carte. Où est-ce que je coche poulet ou poisson ?

— Ce sera sur l'invitation.

— Ce n'est pas une invitation ?

— C'est une carte pour réserver ta date. L'invitation viendra… eh bien, assez vite maintenant ; mais j'essaie de te faire parvenir celle-ci depuis juin.

— J'ai été débordé.

— Je comprends. Il est difficile de… Je sais que ce n'est plus pareil. Écoute, George et moi voulions te demander… nous nous demandions si tu lirais quelque chose à notre mariage. Tu choisis. Le poème *Le Pont*, si tu veux. Évidemment, une œuvre originale de Blaumann serait fantastique, mais…

Avant que Jacob puisse refuser, les clochettes de la porte tintèrent. Il tourna la tête et il vit Sissy Coltrane entrer dans le restaurant, son bras osseux autour d'Oliver. Ils riaient et s'interrompirent pour ponctuer leur bonheur d'un tendre baiser. Même les serveurs semblèrent trouver cela bizarre quand, en pleine conversation, Oliver se dirigea vers sa table habituelle, qui était aussi apparemment *leur* table habituelle, occupée présentement par Sara et lui.

— Oh ! Jacob ! cria-t-il, assez fort pour affoler les poissons de l'aquarium. C'est marrant de vous trouver ici ! Sissy et moi sortons tout juste de réunion. Pardon, vous devez être Sara. Nous nous sommes parlé au téléphone ? Je pensais… je pensais que vous aviez prévu une soirée spéciale en ville.

Jacob vit le rouge profond de la honte pigmenter la peau veloutée des joues de Sara. Son expression trahissait l'envie de s'enfuir en courant du restaurant et de l'État du Connecticut. Oliver feignit de regarder par la fenêtre, les yeux dans le vague, comme si la situation allait disparaître s'il cessait de la voir. Dieu merci, Sara n'était pas aussi indécise.

Elle se leva, tira Jacob par le bras et ils se retrouvèrent dehors avant de se rendre compte qu'ils avaient filé sans payer. C'était comme une scène dans un film – trop délirante pour être réelle. Ou pour faire partie de *sa* vie, en tout cas. Mais plus il y réfléchissait en silence, assis sur le siège passager de la Prius, plus cela faisait sens. Son amant secret plus âgé avait une maîtresse secrète plus âgée. Sara, de son côté, fulminait. Elle roulait à toute allure sur la voie rapide en l'engueulant, comme à la grande époque. *Comment osait-il* ceci et *comment osait-il* cela. Jacob ne bronchait pas. Elle avait un argument valable. Mais ce qui choquait le plus Jacob n'était pas tant l'âge ni le sexe de Sissy, ni même qu'Oliver couche avec un autre membre du personnel, mais qu'il ait *osé*, point. Comment quelqu'un qui ne mangeait que dans un seul restaurant pouvait-il mener une double vie ? Jacob était presque impressionné.

Les gratte-ciel émergeaient à l'horizon, les bruits de la ville enflaient dans ses oreilles, le monde extérieur se peuplait de gens affairés et pressés, Jacob se sentait étranger à tout cela. De toute la soirée, il ne parvint pas

à se débarrasser de ce sentiment tandis que Sara le traînait à travers les rues, indignée et méfiante en permanence, chez le traiteur, les cupcakes (ils firent l'impasse
sur la danse), et au bar clandestin – où ils entrèrent réellement par un passage secret pour s'asseoir devant un
bar étroit et siroter des cocktails à vingt dollars à base
de vermouth Carpano Antica, de sirop de gingembre
fait maison et de chartreuse jaune. Il laissait la soirée se
dérouler autour de lui, avançant dans la nuit comme un
fantôme. À la fin de la soirée, au pied des marches de
l'hôtel, il embrassa Sara en lui disant qu'il devait rentrer chez lui. Il lui promit de revenir au matin bruncher
avec elle et George, bien qu'il sache déjà qu'il ne le
ferait pas. Elle lui promit que tout allait bien se passer,
qu'il n'avait pas besoin d'Oliver – et Jacob savait que
c'était vrai. Il ne se sentait pas ainsi à cause d'Oliver.
Il se sentait ainsi depuis très longtemps, mais Oliver,
Anchorage House et même Ella l'avaient distrait de ce
sentiment. Il était complètement perdu.

Jacob marcha jusqu'à Columbus Circle. Il était parti
depuis si longtemps que la MetroCard qu'il avait dans
son portefeuille avait expiré. Il en acheta une nouvelle
et prit la ligne 1, se postant tout au bout du quai, le
plus loin possible du violoniste et du type avec une
planche à laver qui jouaient une musique insupporta-
blement joyeuse. Il ferma les yeux dans l'attente de
l'appel d'air frontal précédant la rame – signal annon-
ciateur pour tous les vrais New-Yorkais de l'arrivée
du métro, avant même de pouvoir se pencher et apercevoir les phares sur les rails ou entendre un grondement. Il savait encore où se tenir précisément pour que
les portes s'ouvrent face à lui. Quand elles le firent,

il monta à l'arrière de la voiture et, pour la première fois de sa vie, il se retrouva dans une rame complètement vide. Son cœur martelait dans sa poitrine tandis qu'il contemplait les sièges libres jaune et orange. Il resta debout, au centre du compartiment, alors que les portes se refermaient, et il s'envola. Il ferma les yeux et essaya d'imaginer qu'il était en apesanteur, sur une autre planète, perdu dans l'écho des tunnels. Mais au lieu de cela, il eut l'impression d'être sous l'eau, incapable de respirer, comme si la rame était chargée d'un millier de passagers entassés.

Et c'est là, sans témoins, que Jacob pleura pour la première fois depuis la mort d'Irene. Il continua de pleurer après le changement à la 72e Rue pour prendre la ligne 2. Nul ne s'en souciait vraiment. Il n'était pas anormal, à New York, de voir un adulte sangloter au milieu de la foule. Il descendit à la 110e Rue, laissa le trou noir de Central Park dans son dos, et il fit à pied le reste du chemin jusqu'à son ancien appartement – une trentaine de blocs à travers Harlem, débridée et vivante, une enfilade d'avenues scintillantes de feux tricolores et de klaxons cuivrés. Tout le monde lui semblait plus jeune que l'année dernière ; tout lui semblait plus grand. C'était toujours la même ville, mais avec quelque chose en plus, et c'était la raison pour laquelle il avait dû s'en soustraire. Il ne pouvait pas supporter de la voir avec quelque chose en moins : les clochards, les ponts, les bars et les bouteilles qui débordaient des poubelles sur le trottoir. Elle n'était plus là, et il lui semblait inconcevable que tout cela puisse continuer à exister comme avant.

Soit Oliver culpabilisait, soit il était fatigué de la froideur de Jacob, car début novembre, il avait effectué les démarches pour que ce dernier rejoigne à temps partiel le personnel soignant au poste d'assistant en art-thérapie. Cela impliquait que Jacob fasse des heures supplémentaires en semaine, ce qui l'aidait à peine à couvrir ses frais de transport quotidien entre Harlem et Stamford, mais il n'en avait cure. Dans le cadre de ce « programme pilote », il avait même obtenu l'autorisation de se promener avec des patients dans la propriété. Il disposait d'un budget pour acheter des livres (un exemplaire de *L'Odyssée*, à partager à plusieurs) et d'une heure par semaine pour rencontrer les patients individuellement afin de discuter de leurs lectures. Maura s'était inscrite, donc Roy l'avait imitée (ils « sortaient » ensemble désormais, quoi que cela puisse vouloir dire quand vous étiez enfermés dans un asile psychiatrique), puis Jane et Annabeth les avaient rejoints.

Les débuts furent poussifs. Beaucoup contestèrent le choix du livre. Certains avaient espéré qu'ils parleraient plutôt de la trilogie *Hunger Games*. Jacob les encouragea à lire lentement et à voix haute les passages qu'ils ne comprenaient pas de prime abord. Ils discutaient d'histoire et de géographie, tout en arpentant le parc dans le brouillard vif de la fin d'automne. Autour des fondations de l'ancien couvent envahies par les mauvaises herbes, ils étudièrent en détail les Lotophages. Arrivés au cimetière, ils poursuivirent par le peuple cannibale des Lestrygons. Sous le feuillage tombant des arbres moussus, Jacob se souvint du frisson d'épouvante qui l'avait saisi ici même il n'y avait pas si longtemps. Ils marchèrent jusqu'à l'extrémité nord de la propriété, au-delà des écuries au toit effondré, où ils s'installèrent au milieu des ruines pour lire le chant sur Nausicaa tandis que les cadres en costumes et tailleurs de Discover Card attendaient le bus de l'autre côté de la rue. Près de la mare aux canards, ils regardèrent les joueurs de l'équipe de foot de l'école chinoise s'entraîner aux tirs aux buts. Jacob et Maura parlaient des Cyclopes.

— Ulysse a un côté détestable, observa Maura. Il se débrouille pour échapper à Polyphème et au lieu d'être, je ne sais pas, *reconnaissant*, il se dresse à la proue de son navire et le traite de sale cannibale et de lâche. Pas étonnant que le pauvre monstre arrache le sommet d'une montagne pour le lui jeter violemment dessus. Et ensuite Poséidon l'égare en mer pendant quoi, dix ans encore ?

— L'ubris, dit Jacob. L'orgueil. La fierté. On en a tous un peu en nous.

Maura fit une mine suggérant qu'elle aurait préféré sauter dans l'étang. Jacob n'avait jamais vraiment prêté attention à elle avant, mais elle était une gentille fille, plus timide qu'Ella et deux fois plus anxieuse.

— Bon, essaie de voir les choses autrement. Si Ulysse n'avait pas été si persuadé de son intelligence supérieure, il serait rentré à Ithaque en quelques semaines, non en plusieurs années. Il n'aurait pas vécu avec la magicienne Circé, ni visité le royaume des morts, ni vaincu Charybde et Scylla. C'est la moitié de l'histoire, et la meilleure moitié. La littérature n'est qu'un moyen de nous faire comprendre les luttes humaines.

Cela sembla lui remonter le moral. Jacob était heureux d'être dehors, à parler de poésie. Les canards ne s'étaient pas encore envolés pour le sud, et les écoliers chinois offraient un spectacle comique en courant sur place, chaussettes remontées jusqu'aux genoux. Thanksgiving approchait. Il n'arrivait pas à croire que cela faisait déjà un an.

— J'aimerais qu'on ait encore des dieux, dit Maura.

— Je n'ai jamais été très croyant, avoua Jacob.

— Non, je veux dire des dieux, au pluriel. Ce que j'aime dans ce récit, c'est que tous ces monstres font le mal chacun dans son coin. Et il y a *douze* dieux qui s'affairent là-haut sur le mont Olympe, qui s'affrontent, qui se mettent des bâtons dans les roues, qui descendent sur terre pour en découdre avec les mortels chaque fois que l'envie leur en prend. Cela me semble bien plus logique. Aucun d'eux n'est tout-puissant ni omniscient, pas même Zeus. Ils se trompent constamment. Cela explique toutes les méchancetés, les ratés, comme ces monstres sur leur île. C'est plus logique que d'avoir ce Dieu unique au-dessus de nous, censé tout comprendre et tout décider *intentionnellement* – même, je ne sais pas, les épidémies, les guerres, la famine, le sida, les vétérans sans abri ou simplement cette tristesse tenace.

461

Jacob essaya d'intervenir, mais Maura n'avait pas terminé.

— Et c'est comme si tout le monde semblait penser que ça prouve qu'il n'y a pas de Dieu. Ou que si jamais il y avait eu, un jour, un type là-haut châtiant les pécheurs et envoyant des anges pour sauver les fidèles, alors Il avait fait ses valises et était parti vers des cieux plus cléments. Et si les Grecs avaient raison avec tous leurs dieux ? Des dieux qui tombent du ciel, qui essaient d'arranger les choses, mais qui n'y arrivent pas toujours – qui laissent faire des monstres, qui s'enivrent, qui s'enfuient avec la femme d'un autre dieu, et qui pourtant, de temps à autre, arrivent à faire un joli miracle. Je pense que nous avons besoin de plus de dieux. Voilà ce que je pense. Un seul ne suffit pas.

Jacob applaudit. C'était une tirade dont il aurait été fier.

Maura sourit.

— Ah, au fait, j'ai reçu une lettre d'Ella la semaine dernière ! C'est l'une des meilleures élèves et elle a un nouveau copain qui s'appelle Fred. Il a l'air sympa, malgré son prénom. Bref, tout va bien pour elle. Elle m'a demandé de tes nouvelles.

Jacob regarda au loin, en direction de l'étang. Il se demanda comment une couche-culotte avait pu atterrir ici, en fixant l'objet flottant, crasseux et boursouflé, ballotté par le vent.

— Tu sais, avant *L'Odyssée*, avant même que ne commence la guerre de Troie, Ulysse ne voulait pas s'en aller.

Maura secoua la tête.

— Il ne voulait pas être un héros ni s'embarquer dans une guerre sordide pour Hélène de Troie, même s'il avait fait le serment à Ménélas de se battre pour lui. Le pauvre homme n'aspirait qu'à rester chez lui. Alors il a fait semblant d'être fou, dans l'espoir d'être réformé. Il labourait la plage, jour et nuit, semant des grains de sel au lieu de graines et, j'imagine, beuglant et délirant comme un cinglé pour que tout le monde le voie. Et ils sont tous tombés dans le panneau – il a presque réussi à s'en tirer. Mais alors, Agamemnon s'est présenté en personne, bien décidé à mettre Ulysse à l'épreuve pour voir s'il était vraiment fou. Il a posé le jeune fils d'Ulysse à terre, sur le parcours de la charrue. Il se disait que si Ulysse avait réellement perdu la raison, ou désirait vraiment rester chez lui, alors il roulerait sur son fils unique. Mais évidemment, il a freiné la charrue à temps.

— Quel salaud ! Enfin, l'autre type, je veux dire.

— Ouais, eh bien, il s'est fait assassiner bien plus tard, sourit Jacob.

Cela ne sembla pas la réconforter autant que lui.

— Ce que je veux dire, c'est qu'Ulysse savait qu'il devait choisir. Il savait que même si les dieux l'avaient à la bonne, ils ne l'aideraient pas à se sortir du pétrin. Il savait qu'il allait devoir arrêter de faire semblant, partir et se *battre*, pas seulement parce qu'il aimait son fils, mais parce qu'il avait fait un serment et qu'il devait tenir sa promesse. Alors il s'est embarqué dans la guerre la plus longue, la plus sanglante et la plus absurde de toute l'histoire de l'humanité. Et il est celui qui a astucieusement imaginé le cheval de Troie et qui a mis fin à la guerre.

S'il n'était jamais parti – s'il était resté chez lui avec son fils comme tout homme sain d'esprit l'aurait fait –, eh bien, qui sait ? Sûrement qu'Homère n'aurait pas écrit une épopée sur lui, deux encore moins, et la moitié de la littérature occidentale ne serait pas inspirée des épreuves et des tribulations de ce mec rusé et arrogant, et de tout le mal et le bien qu'il a connu. Ce mec qui a gagné une guerre et qui a parlé aux dieux. Ce mec qui a festoyé dans de lointains palais et navigué aux quatre coins du monde, atteignant des contrées où personne n'avait posé le pied avant lui. Ce mec qui a traversé le royaume des morts et qui en est revenu pour raconter. Il n'y avait aucun autre homme vivant à l'époque qui avait vu autant du monde qu'Ulysse, bon ou mauvais, et là est l'intérêt.

Tu dois confier ton être aux vagues, t'attacher au mât, prier que les dieux soient avec toi, et compter sur ta ruse pour survivre au reste. Les mers regorgent de monstres oubliés, oui, mais elles sont aussi pleines de gloires oubliées. Et les gens qui restent chez eux et ne participent pas à la guerre n'auront jamais la chance de les rencontrer. Voilà ce que je pense.

Maura sourit aux nuages gris qui dansaient dans l'immensité. Et pendant un moment, jusqu'à ce que le froid de novembre l'emporte, ils crurent tous les deux qu'il y avait un Ciel au-dessus d'eux, où un panthéon de dieux et de déesses s'efforçait toujours, à l'occasion, de garder un œil sur un monde qui était devenu encore plus vaste depuis que les hommes avaient cessé de croire en eux.

On ne savait pas qui avait découvert la liaison d'Oliver et de Sissy. Jacob n'avait rien dit. Mais la rumeur s'était répandue du jour au lendemain, jusqu'à ce que tout le monde soit au courant. Le conseil d'administration était contrarié. Sissy relevait directement d'Oliver, et l'un des deux devait démissionner. Le bruit courait que Sissy y voyait une chance de partir et d'aller vers l'Ouest avec ses torrents glacés en été, les taons, les hauts plateaux, les merles et autres trucs dans le genre.

Oliver convoqua Jacob dans son bureau. Il ferma la porte et parla à voix basse, comme s'il avait peur de s'attirer d'autres ennuis.

— Jacob, je ne sais pas ce que tu as entendu, mais à l'évidence…

Jacob recula et leva les bras dans un geste théâtral.

— Je suis outré, *outré* ! Je ne savais pas que cet établissement était un tripot.

— C'est censé être drôle ?

— C'est assez drôle dans *Casablanca*, en tout cas. Écoute, je me fiche que tu veuilles essayer d'être hétéro. Je ne pense pas que ça va marcher, mais bon, je comprends. Après ton père et tout le reste.

— Jacob, je ne veux pas en parler. Je suis en train de… mince ! Je suis en train de te présenter des excuses, là. J'essaie depuis des mois de te faire comprendre que notre relation ne fonctionne plus.

— Putain, Oliver, je m'en suis rendu compte.

— Alors pourquoi tu ne m'as pas quitté, si tu le savais ?

On aurait dit qu'Oliver allait pleurer.

Jacob se sentait très mal. Quelle façon de traiter son poulpe sombre !

— Je pense que j'ai pris une sorte d'année sabbatique. Je ne voulais pas prendre des décisions que je pourrais regretter.

Les yeux d'Oliver étaient mouillés.

— Tu pensais que tu pourrais regretter de m'avoir quitté ?

Sa voix était plus tendre qu'il ne le voulait, mais Jacob était prêt à lui accorder ça.

— C'était une idée stupide.

Oliver regarda par la fenêtre.

— Sissy a accepté de partir. Le conseil va lui donner une indemnité de départ en échange de son silence. Elle va s'installer dans le Montana et monter un programme d'art communautaire là-bas.

Jacob siffla.

— Eh bien, si j'avais su qu'il y avait des pépettes à se faire... toi et moi... je n'aurais pas été si discret !

Mais Oliver ne riait pas.

— Elle a une fille. Tu le savais ? Elle aura onze ans le mois prochain. On s'entend bien, elle et moi. Elle s'appelle Virginia. Je pensais qu'il n'était sans doute pas trop tard pour devenir père.

Jacob pouffa.

— Et essayer d'avoir une influence positive sur la vie d'une gamine ? Je ne sais pas, Oliver. Cela me semble assez malsain.

— Tu crois que je suis fou ? demanda sérieusement Oliver.

— Écoute, pars avec elle, alors. Élève des vaches avec Sissy, si c'est ce que tu veux. Rien ne t'en empêche, Oliver. Vraiment. Rien.

Oliver n'avait pas l'air convaincu, aussi Jacob frappa dans ses mains et adopta une pose héroïcomique :

— « *Que tes compagnons te lient, à l'aide de cordes, dans la nef rapide, debout contre le mât, par les pieds et les mains, avant que tu écoutes avec une grande volupté la voix des Sirènes. Et, si tu pries tes compagnons, si tu leur ordonnes de te délier, qu'ils te chargent de plus de liens encore*[1]. »

Oliver sembla balancer entre le rire et l'exaspération. Le rire finit par l'emporter.

— Tu as sérieusement besoin de te faire soigner, mon amour.

Jacob haussa les épaules.

— Je ne veux connaître personne qui n'en ait pas besoin.

Ils s'étreignirent une dernière fois, comme avant.

JANVIER

Une année s'était écoulée. Jacob se rendit à Manhattan et poussa la porte d'une synagogue. Il choisit une kippa

---

1. Extrait de *L'Odyssée*, Chant XII, traduction Leconte de Lisle.

dans le panier d'osier. Il la posa sur sa tête comme il l'avait fait, enfant, d'innombrables et pénibles vendredis soir, ce qui traça un trait en pointillé vers ses tout premiers ressentiments. Il prit le livre de prières que lui tendait une femme et il se retrouva assis au fond d'une grande salle bleue, à chanter les mêmes chants que ses années d'école hébraïque lui avaient gravés dans le cortex. Les Juifs de l'Upper West Side étaient rassemblés autour de lui – Jacob s'était attendu à ce qu'ils soient tous vieux. Il fut surpris de voir autant de personnes de son âge, et autant d'enfants. Certains somnolaient, d'autres gigotaient ou se retournaient sur leur siège pour le fixer avec des yeux ronds comme des soucoupes. Il y avait aussi des vieillards et des femmes âgées peinant à se lever quand il fallait se mettre debout.

Au début, Jacob se contentait de bouger les lèvres, pas certain de vouloir prier ce Dieu qui avait pris Irene et évincé les autres dieux. Mais s'il existait jadis un dieu du soleil et une déesse des moissons, un dieu de la guerre et une déesse de la sagesse, alors peut-être que cette Entité Consolidée était la somme de tous ces dieux. Dans cet Un, ce Dieu au D majuscule, ceux avec une minuscule existaient encore. Il y avait un dieu lugubre des enfers au-dedans, et un dieu tempétueux du tonnerre. Un dieu messager ingambe et un dieu du vin orgiaque. Peut-être qu'Il continuait de se chamailler entre Lui, de s'enivrer, de Se tromper (avec Lui-même) et de foirer un truc ou deux. Il devait Lui arriver de ne pas toujours récompenser les bons ou punir les méchants. Peut-être qu'Il prenait parfois les mauvais et laissait les bons rester plus de temps que voulu. Jacob pouvait Lui pardonner cela. Après tout, le monde était gigantesque et ils étaient douze comme Lui à s'en occuper avant. Et même alors, ça ne se passait pas toujours bien.

Le rabbin et le chantre se levèrent et invitèrent la communauté à entonner des chants presque aussi anciens que les épopées d'Homère. Ils se tenaient devant la niche lumineuse contenant l'arche sainte. Jacob se souvint à quel point il aimait cela – le rôle central de ce document, le bien le plus sacré du temple, orné d'or, dont la lecture n'était accessible qu'à ceux qui maîtrisaient des langues mortes depuis longtemps. Il était ce qui les reliait tous.

Quand ils lurent le Kaddish des endeuillés et appelèrent ceux qui connaissaient une personne gravement malade ou qui avaient perdu un proche la semaine précédente, une douzaine de personnes se levèrent au milieu de l'assistance et prononcèrent le nom de leur défunt ou de leur mourant. Ensuite, le rabbin énonça les noms des fidèles disparus il y a un an, au cours de cette même semaine. Quand les proches entendaient le nom de leur défunt, ils se levaient pendant quelques instants, puis se rasseyaient. Ils étaient si nombreux.

— Y a-t-il un nom qu'une personne présente aimerait ajouter ?

Jacob se leva, et il n'était pas le seul. Trois personnes l'imitèrent sur sa gauche et quatre à droite. Il prononça le nom d'Irene à voix haute, les autres nommèrent leur disparu, puis le rabbin leur demanda de se rasseoir. Jacob était terrifié et rassuré. Il était à la fois vidé et comblé. Plus seul et moins seul, comme s'il venait de dire bonjour et au revoir d'un même souffle.

L'office s'acheva et plusieurs membres de la congrégation firent diverses annonces pour des collectes alimentaires et des programmes de sensibilisation. Jacob repensa à un article qu'Ella avait récemment posté sur son mur Facebook. Une théorie délirante selon laquelle l'argile façonnée sur le tour du potier absorbait les ondes sonores des gens qui parlaient à proximité, et ces vibrations se retrouvaient ensuite piégées dans la terre, l'air et l'eau. Un illuminé génial pensait pouvoir trouver un moyen de lire cet enregistrement, même dans la céramique des vases et urnes antiques, et entendre les conversations de gens qui étaient morts et enterrés et oubliés depuis *cinq mille ans.* Il était possible, pensait Jacob, que le scientifique trouve un moyen. Il aurait aimé qu'un potier ait fait un vase dans la chambre d'hôpital d'Irene. L'argile humide aurait absorbé les vibrations des derniers mots qu'il lui avait dits, et ce scientifique, un jour, aurait aligné et pointé ses machines sur le vase. Dans plusieurs années, quelqu'un d'autre l'entendrait murmurer les mots qui avaient fait sourire Irene à l'ultime seconde.

Quand tu seras arrivée, fais-moi signe, d'accord ?

William sur le pont

1

À l'extérieur de la galerie, William contemplait le pont de Brooklyn : deux trompes de mammouth enjambant l'East River, à l'eau plus noire que le ciel en surplomb. À la surface coulait en sens inverse une seconde rivière aux flots argentés par le reflet des lumières. Des phares jaune pâle franchissaient la travée du pont pour quitter Manhattan au soir d'un long mardi glacial, tandis que Brooklyn délivrait à contre-courant son flux rouge de feux arrière. De là où il se tenait, tous se résumaient à des points de lumière qui s'approchaient ou s'éloignaient d'un ami, d'un dîner, d'un poste de télé, d'un péché, de la solitude, du sommeil.

Le pont rendait minuscule les gratte-ciel sur la rive. Telles deux artères, les arches jumelles, semblables à une cathédrale, s'encordaient à un faisceau de câbles. De longs creux et des pics saillants comme un électrocardiogramme. William n'y connaissait pas grandchose en architecture. Il ne faisait pas la différence entre une clé de voûte et une pierre angulaire. Mais il savait que c'était un art extraordinaire. Surtout après ce qu'il avait vu dans la galerie, et après avoir fumé la fin du joint qu'il avait commencé avant d'arriver.

Et surtout avec le petit morceau d'Irene qu'il emportait dans la poche de sa veste. Après une année dans son sillage, il la sentait de nouveau proche de lui, penchée au-dessus de son épaule, deux ou trois pas derrière lui. En lui, tout était plus sonore et plus lumineux, comme si on avait soudain remis sous tension un circuit électrique, inactif depuis plusieurs mois. Revivre chez ses parents, dans sa même vieille chambre, fumer dans la même vieille salle de bains avec la même vieille douche ouverte, prendre les mêmes vieux repas et entendre ses parents avoir les mêmes vieilles disputes. Sauf que maintenant, toutes les lumières brillaient plus fort. Il dénoua sa précieuse écharpe rouge malgré le froid mordant.

Entendant soudain un chuintement, William se retourna sur le passage d'un bus à impériale. Les touristes se penchaient au-dessus de la rambarde pour photographier le pont. Leurs flashs se déclenchaient dans la pénombre, la luminosité de leurs écrans de téléphone embrasait leurs visages souriants. Il était heureux qu'ils soient là pour partager ce moment, mais, même une fois le bus parti, il sentait une présence. Qui était là ?

Sara, George et les autres étaient encore au vernissage de l'exposition. *Irene Richmond : Les Déceptions.* C'était un titre horrible – elle n'avait pas réussi à en choisir un. Peu importe. *BOMB* et *Artforum* en parlaient déjà comme l'une des expos majeures de 2011 (bien qu'on ne fût qu'en février), et il y avait foule. Juliette et Abeba avaient monté l'exposition avec Sara, qui s'en était servi comme une répétition de son mariage. Les mêmes concepteurs lumière, le même imprimeur pour le programme, le même traiteur, qui était en train d'apporter une mousse au chocolat servie dans des œufs en pâte d'amande. Avec du café torréfié éthiopien. George avait sélectionné cinq vins du North Fork.

Les futurs mariés étaient les seules personnes que William connaissait, et ils circulaient entre les gens comme du vif-argent, trop rapides pour être attrapés. George demandait à tout le monde s'ils avaient vu Jacob, ne sachant s'il était simplement en retard (comme d'habitude) ou s'il ne venait pas. L'ironie était que, de prime abord, William avait pris George pour Jacob. Il n'avait pas l'air bien. La silhouette épaissie, le front dégarni. George en était conscient, et il en plaisantait pendant les préparatifs du mariage. Sara aussi avait changé. Impatiente. Avec neuf kilos en moins qu'elle n'avait jamais eu besoin de perdre.

Tout le monde faisait un discours et posait devant les œuvres exposées. William n'avait vu personne les regarder comme il l'avait fait. Ces deux dernières heures, il avait religieusement observé chaque sculpture, peinture et dessin, en les filmant sous tous les angles avec son téléphone. Des marchands d'art privés faisaient déjà des offres non officielles (du moins aux dires de Juliette et Abeba). Avant la fin de la semaine, les œuvres seraient dispersées dans toute l'Amérique, sinon dans le monde entier. Posées dans des vestibules et des chambres de collectionneurs, et sur des manteaux de cheminée. Reliant les pièces entre elles. Créant une atmosphère. De la déception partout !

Les recettes iraient au Fonds commémoratif Richmond – une bourse d'école d'art organisée par Sara (et peu importe qu'Irene n'ait jamais payé pour ses études, se contentant de squatter les bancs au fond des amphis). Elle parlait de travailler à plein temps dans l'organisation à but non lucratif si elle rencontrait un écho favorable auprès des bonnes personnes. Bien entendu, elle avait invité des photographes qui mitraillaient au hasard. William avait délibérément évité leurs flashs et, dès qu'il l'avait pu, il s'était esquivé avant que Sara ou George n'aient eu le temps de le présenter à Untel ou Unetelle. Ils s'étaient à peine parlé depuis un an et il avait été surpris de recevoir une invitation pour le vernissage. Quand il avait appelé Sara pour confirmer sa présence, elle s'était comportée comme s'ils étaient de vieux amis, mais il savait qu'ils ne l'avaient jamais été et qu'ils ne le seraient bientôt plus. Sans faire de bruit, il était en train de sortir de leur histoire, comme coupé au montage.

Il détestait tout de cette soirée. Il détestait qu'Irene n'assiste pas à sa propre exposition. Il détestait avoir l'impression qu'elle était là, quelque part dans la fête, à faire semblant de ne pas être stressée par les critiques à venir. Il y avait eu un buzz – sans doute exagéré. Abeba semblait craindre un possible retour de bâton : elle disait que les gens avaient souvent tendance à se méfier du battage autour d'un événement ! Mieux valait être l'outsider, sortir soudain de l'ombre. Non, lui opposait Juliette, parce qu'alors ils se demandaient pourquoi cet artiste était sur la sellette et pas un autre. Et alors ils t'en voulaient encore plus pour cela. C'était le serpent qui se mordait la queue. Pas moyen de gagner. Vendre trop peu et tout le monde s'en fout. Vendre trop et tu deviens un traître. Sauf si tu fais de la trahison ta signature artistique. Cela n'avait pas vraiment d'importance, pensait William. L'exposition d'Irene était un événement unique. La première et la dernière. Par une fille morte, sur le thème de l'agonie. C'était à la fois original et déroutant, ce qui incitait en général les acheteurs à sortir leur carnet de chèques. Mais William s'en moquait. En ce qui le concernait, l'œuvre, parfaite, se suffisait à elle-même.

Qui d'autre aurait pu imaginer une création comme *Patiente R5691414510* ? La dernière sculpture connue d'Irene. Une effigie grandeur nature réalisée à partir des sacs plastique transparents fournis par l'hôpital pour ranger ses effets personnels. Irene avait confié les instructions pour le montage et les croquis (tous gribouillés durant ses derniers jours de conscience au Mount Sinai) à Sara, avec tout un tas d'éléments qu'elle avait entassés sous son manteau rouge dans le minuscule placard afin que le personnel d'entretien ne les jette pas : des sacs bourrés de la gaze usagée de ses pansements chirurgicaux, des mouchoirs couverts de fluides non identifiables, des poches IV vides, des feuilles chiffonnées en boule que les infirmières laissaient derrière elles pour informer des soins des plaies et autres réjouissances. Elle avait même récupéré une vieille sonde de GEP, qui se retrouvait ici, dans la galerie, rentrant dans le « buste » et en ressortant en direction d'un support de perfusion que Juliette et Abeba avaient installé à côté de la sculpture (la poche avait été remplie de peinture acrylique rose fluo censée ressembler au milk-shake Assure aromatisé à la fraise).

Sur les instructions d'Irene, Juliette et Abeba avaient suspendu la *Patiente R5691414510* à l'horizontale dans les airs avec des fils de pêche transparents, de sorte qu'elle semblait léviter ou reposer sur un lit d'hôpital invisible. Son bras gauche pendait sur le côté, avec l'authentique bracelet d'identification de patient d'Irene, délicatement serré autour du « poignet » d'un gant en latex gonflé. Abeba allait de l'un à l'autre en racontant à quel point le défi d'Irene avait été difficile à relever, et quel casse-tête cela avait été pour obtenir les autorisations permettant d'exposer en public ces matériaux peu hygiéniques. William se demandait qui était la nouvelle assistante qui avait dû *effectivement* se charger de ces tâches rébarbatives, comme Irene le faisait avant. La vraie raison de ce storytelling était, bien entendu, de provoquer une polémique et d'ajouter un zéro au prix de vente. Irene ne s'était jamais souciée de la valeur des choses, et lui non plus.

William était surtout intéressé par la douzaine de pièces complexes qu'elle avait réalisées durant l'année suivant le diagnostic. Ce qu'elle avait réussi à faire avec le peu qu'elle avait sous la main était remarquable. Des sculptures composées d'un collage de flacons de médicaments orange, de bouteilles vides d'Assure et d'emballages de nourriture chinoise sertis de petites pilules colorées. Il y avait plusieurs dessins réalisés après qu'elle avait emménagé chez William, quand elle n'avait pas accès à son matériel, dont *Ville sinistrée II* : un dessin au fusain aux lignes pures, de la vue de la fenêtre de son ancien appartement. Comme si elle avait utilisé les briquettes de charbon du sac dans son placard d'entrée. « Saisissant et serein », avait écrit le critique de *BOMB*. Le *Times* avait préféré le *Portrait d'une profonde déception* en trois dimensions – fabriqué à partir de pilons de poulet (avec l'aimable autorisation des plats à emporter Hill Country Barbecue), qu'Irene avait « cléopâtrés[1] » – et qui avait l'air étrangement humain, drapé dans du tweed, inspiré manifestement de la veste de Jacob, bien qu'il s'agisse en réalité du tissu d'un vieux chapeau de William dont il n'avait pas remarqué la disparition. *Artforum* l'avait qualifié de « décomposition envoûtante » et avait loué « les éclats de pigments riches et saturés » de l'œuvre *À l'Est d'Éden*, avec son paysage irréel de coquillages, vignes et détritus. Un critique de *Salon* avait eu le sentiment d'une œuvre « anodine et obsédante », dans une exposition axée autour de la « confusion visuelle pure » constituée de « débris ordinaires rejetés par la mer » qui était « erratique jusqu'au solipsisme ». À chacun son interprétation, pensa-t-il.

William se souvint de la façon dont Irene et ses amis s'étaient moqués du pseudo-art lors de la fête de Noël la nuit de leur rencontre. Il se demanda si, pour une personne donnée, l'igname moisie avait signifié autant que ce que tout cela représentait pour lui. Probablement. Mais il voulait croire qu'il y avait quelque chose ici qui transporterait ces ignorants à l'intérieur du cœur et des tripes d'Irene. Que ce serait – comment avait dit Jacob ? – métamorphique. Pas juste une foutue télévision.

Il y avait foule autour de *Mme Daphné*, le portrait d'un travesti allongé sur un lit à eau à la manière de

---

1. De la marque de vernis-colle.

Modigliani, avec un papier peint d'une laideur saisissante à l'arrière-plan. Il était accroché à côté de l'*Homme à la cravate de travers*, un portrait de George en costume, un cupcake vanille à la main. Et évidemment, William reconnut son cadeau de Noël pour Irene (autrefois offert à sa mère), soigneusement effilé et moulé en un magnifique *Cocon Kimono*.

La pièce la plus prisée de l'exposition était sans conteste la poutre en I du World Trade Center. *La Reine de fer*. Elle n'avait pas touché à l'acier en lui-même, laissant intactes la rouille et les saletés qui s'étaient accumulées sur toute sa longueur, mais par quelque alchimie que William ne comprenait pas bien, elle y avait fixé soixante-dix-sept poupées Barbie nues. Des silhouettes en plastique couleur chair rampaient, grimpaient et se déployaient sur toute la poutre, si enchevêtrées les unes dans les autres qu'on voyait à peine l'acier en dessous. La répétition de ce même sourire peint se révélait extrêmement troublante. Sous certains angles, William y voyait une sorte d'orgie élyséenne. Sous d'autres, elle ressemblait à un paysage de l'enfer digne de Jérôme Bosch. Il s'agissait, apparemment, de l'œuvre sur laquelle elle avait travaillé en secret à la galerie jusqu'à son malaise au musée l'été dernier. Pour autant qu'on puisse le dire, lui comme un autre, elle était achevée. Chaque mèche de cheveux synthétiques harmonieusement et affreusement positionnée à l'endroit où elle devait l'être.

William n'arrêtait pas de penser à ce dernier jour. La veille de sa mort. Elle était défoncée à la morphine. Elle avait demandé sa cage à oiseaux. Puis elle avait essayé d'ajouter autre chose, mais ce n'était pas clair

– ce furent là ses dernières paroles à William. Il avait pris cela pour un délire, des koans absurdes dus aux opiacés. Mais il ne pouvait s'empêcher de penser qu'elle lui avait peut-être demandé de faire quelque chose pour elle. Il n'en était pas sûr au début, mais plus il y avait repensé, plus il était convaincu qu'elle avait prononcé les mots « dis-le à mon père ». William avait réfléchi au moyen de le trouver et il avait fini par avoir une idée.

Il leva les yeux quand Sara invita les gens à converger vers la Patiente R5691414510 afin qu'elle, Juliette et Abeba puissent les remercier d'être venus. Il se dirigea en silence vers « l'œuvre » qu'il avait observée de loin toute la soirée. *Boîte à bijoux, cage à oiseaux.* Elle était suspendue dans un angle, exactement comme dans l'appartement d'Irene. Avait-elle l'intention de la vendre ? Ce n'était pas clair. Tandis que Sara racontait une nouvelle fois sa rencontre avec Irene à l'époque où elles collaboraient au journal du lycée (on l'avait chargée de découvrir si Irene volait des toners – ce qu'elle faisait effectivement), William se hissa sur la pointe des pieds et il posa ses doigts effilés sur les fins barreaux de la cage. Cette fois, il trouva la porte secrète qu'il avait vu Irene ouvrir pour récupérer un collier quand elle vivait dans son appartement. Il ouvrit la cage et attrapa le petit carnet d'adresses noir qu'il avait découvert à l'intérieur deux ans plus tôt. Puis il le fourra dans sa poche de chemise et il sortit dans la nuit où, après avoir allumé la fin du joint, il se plongea dans la contemplation du pont.

Le moyen le plus rapide de rentrer chez lui était le métro. Pourtant, il se dirigea d'un pas lourd vers la voie verglacée qui descendait au pied du Brooklyn Bridge en repensant au matin, il y avait un an, où il avait quitté la chambre d'hôpital d'Irene. C'était lui tout craché. Départ prématuré. Il ne pouvait simplement pas supporter la fin. Il avait eu besoin de remonter le couloir vers les ascenseurs en sachant qu'elle était encore vivante. Arrivé dans la rue, et plus tard dans le bus, il n'était pas sûr qu'elle soit en vie ou pas. Une fois rentré à son appartement, il s'était dit que c'était probablement fini. Mais il ne le savait toujours pas. Il s'était senti à la fois incroyablement engourdi, et pourtant encore trop lucide.

C'était alors qu'il était allé chercher la boîte à chaussures où elle gardait les derniers grammes de cannabis Aurore boréal qu'elle achetait à Skeevo. Il n'avait jamais essayé avant, mais maintenant il fumait, en roulant les joints minutieusement, comme elle le lui avait appris. La probabilité qu'elle soit encore en vie diminuait d'heure en heure. Elle approchait de zéro, mais même le lendemain et le jour suivant, elle n'avait pas atteint l'asymptote. Cela ressemblait plutôt à ces mois où ils avaient rompu. Les semaines passèrent, puis les mois. Dans la matière grise rationnelle de son cerveau, William savait qu'elle était partie, mais des espaces irrationnels à l'intérieur se refusaient encore à le croire. Des petites étincelles volaient de synapse en synapse en emportant les mots *Elle est morte* vers les interstices qui continuaient à insister *Elle est là.*

La promenade sur le pont de Brooklyn était infusée d'une lumière douce couleur thé brun. Il sentait Irene comme un joueur sent sa chance à un siège donné de la table. À la manière dont un sculpteur sent une force extérieure prendre possession de ses mains. C'était comme voir avec une deuxième paire d'yeux et entendre avec une autre paire d'oreilles. Marcher à cinquante mètres au-dessus de l'eau, entre deux mondes qui n'en formaient qu'un. Il ne savait pas comment le décrire autrement que par ces mots : il avait le sentiment qu'elle marchait juste derrière lui.

2

Le lendemain matin à huit heures, il se tenait devant une paroi de verre, l'odeur de pain frais émanant de la boulangerie derrière lui. Il observait, de l'intérieur du Time Warner Center, le flot des voitures circulant autour de la place de Columbus Circle. Il avait passé une partie de la nuit assis au fond du restaurant ukrainien Veselka à étudier le carnet d'adresses, dans lequel il avait trouvé griffonné le numéro de Skeevo. Il lui avait envoyé un message : *Salut, c'est William Cho, l'ami d'Irene. On s'est rencontrés à Staten Island l'autre jour.* À sa grande surprise, il avait reçu une réponse rapide. *Cool. Comment vas-tu ?* Et après un bref échange de politesses, ils étaient convenus de se voir le lendemain matin à la boulangerie où Skeevo faisait la plonge à mi-temps et apprenait l'art mystérieux de la fabrication du pain. William n'avait pas vu l'intérêt de rentrer chez lui, et il n'avait pas voulu s'endormir de peur qu'à son réveil, le sentiment de sa présence ait disparu. Il avait passé la fin de la nuit à déambuler, ce qui l'avait mis en appétit. Aussi, il était heureux de voir Skeevo apporter des petites miches chaudes, appelées *pan de horno*, tout simplement divines.

— Les gens pensent que tout est dans le levain, ou la levure, expliqua Skeevo. Mais comme pour pas mal de choses, c'est tout un art. Tu entretiens une relation avec la pâte que tu pétris. Trop ou pas assez, et tu obtiens une merde inerte et raplapla. Pas assez d'air à l'intérieur. Le pain est une matière vivante.

De la vapeur s'échappa de la miche quand William la rompit. La lumière étincelait sur les marches des escalators. Un soleil rouge en tissu était accroché dans la vitrine d'une boutique en face. Il continuait de penser qu'il pourrait voir Irene sortir de l'hôtel Mandarin Oriental au bras d'un homme en costume plus chic que le sien.

Skeevo portait un T-shirt de baroudeur, un jean déchiré et des baskets avec la silhouette de Questlove sur les languettes. Ses joues étaient rouges et rêches.

— J'imagine que tu es au courant pour Irene, dit Skeevo.

William acquiesça.

— J'étais avec elle à l'hôpital quand c'est arrivé, mentit-il.

Skeevo se tut. Il avala son double expresso et se gratta la joue.

— Comment tu l'as su ? demanda William.

— Facebook. Quel dommage, merde.

William s'éclaircit la gorge.

— Tu la connaissais bien ?

Skeevo haussa les épaules.

— Mieux que la plupart des clients. Ce qui ne veut pas dire que je la connaissais bien. Mais tu apprends beaucoup de choses sur les gens quand tu fumes avec eux.

— Par exemple ?

Cela lui valut un regard soupçonneux et William fixa son pain, en rougissant.

— Je… J'essaie de trouver son père. Elle me l'a demandé. Je crois qu'elle voulait qu'il sache ce qui lui était arrivé.

Skeevo tripota le col de son T-shirt et il ricana.

— Waouh ! J'imagine que mourir change vraiment les gens. Elle m'avait dit un jour qu'elle ne voulait plus jamais voir ce sale connard ni entendre parler de lui.

William fronça les sourcils.

— Et sa mère ?

— Elle s'est barrée quand Reeny était petite. Avec une autre femme. Et elle l'a laissée avec son père et sa future femme, la méchante belle-mère. J'imagine qu'ils n'étaient déjà pas un cadeau, jusqu'au jour où le Cher Papa a joué aux courses l'argent destiné à ses études. C'est là qu'elle s'est fait la malle.

Sur ce, ils avalèrent une gorgée de café en silence. William consulta son téléphone ; il avait un message vocal de sa mère, qu'il supprima sans l'écouter, et un texto de Sara l'invitant à prendre un brunch à l'hôtel Harbor Grand. Skeevo regardait la statue enneigée de Christophe Colomb au centre de la place.

Se souvenant d'une anecdote qu'il avait apprise à l'école, William dit :

— Tu savais que toutes les distances officielles entre n'importe quel endroit de la terre et la ville de

New York sont calculées à partir de cette statue ? Elle est le centre du centre de l'univers.

Skeevo rigola.

— J'ai appris en voyageant, William, que l'univers n'a pas de centre. Pas de centre, pas de limites. Nous vivons au milieu de l'infini.

Au moment où William allait acquiescer et remercier Skeevo de lui avoir accordé du temps, il aperçut une silhouette familière du coin de l'œil. Une mèche de cheveux blonds et un manteau rouge passaient devant la boutique Sunglass Hut.

— Irene ? cria William, en se levant si soudainement qu'il donna un coup de genou dans la table fragile.

Dans son affolement, il envoya valser expresso et *pan de horno* dans les airs, et tomba à la renverse sur le marbre, les yeux fixés sur la couronne de lumière au plafond.

— Holà, holà, holà ! s'exclama Skeevo en venant à son aide. Ça va, mec ?

Les poumons de William se remplirent d'air et le sang afflua dans ses joues. Quand il releva la tête, la femme en rouge avait disparu.

— Désolé, dit-il en inspirant à fond. Je… c'est comme si j'oubliais…

Skeevo prit des serviettes et essuya les dégâts.

— Pas de problème. Ça m'arrive aussi. La semaine dernière, je l'ai vue sur le quai de la ligne F direction Uptown alors que j'allais vers le centre-ville. Une semaine d'avant, ça me l'a fait deux fois dans la même journée.

— C'est un truc de fou, s'excusa William. Je suis désolé.

— Ne le sois pas. Écoute. C'est *l'amour*. Il est bien plus puissant que la mort. C'est comme je disais. Dans un univers infini, parmi un nombre infini d'univers infinis, toutes les choses existent simultanément. Tout ce qui peut être, est.

William se releva et s'approcha de la paroi vitrée.

— Tu veux dire que tu crois aux fantômes ?

Skeevo croisa les doigts.

— Une fois, j'ai vu trois fantômes en un après-midi.

Étouffant un gémissement, William appuya son front brûlant contre le verre froid de la vitre. Il sentit les vibrations lointaines d'un bus sur la place. Il prit le rond-point par le sud pour remonter au nord le long du parc. Un flot continu de véhicules circulait autour de Columbus Circle dans le sens inverse des aiguilles d'une montre, toutes les routes s'éloignant de ce point, comme le croisement de deux axes sur une feuille de papier quadrillé. *C'est l'amour.* Il traça deux zéros sur la buée, séparés par une virgule. 0, 0. Puis il dessina un petit fantôme autour.

— Je ne la connaissais même pas, soupira William. C'est tellement stupide.

Deux nuits passées avec elle. Un réveillon de Noël glauque chez ses parents. Quelques mois de silence. Et ensuite quoi ? Deux mois d'été horribles pendant lesquels soit elle filait en douce à l'atelier, soit elle était clouée à l'hôpital ou en convalescence forcée dans son appartement. Un an après, William n'avait toujours pas la moindre idée de ce qu'Irene faisait avec lui.

3

Avant de quitter la galerie commerciale, William montra le carnet d'adresses à Skeevo, mais il ne reconnut aucun des noms ni des lieux mentionnés. Il parut modérément surpris que William lui demande ensuite d'un air gêné s'il pouvait acheter quatre grammes du cannabis qu'Irene avait l'habitude de lui prendre, et dont il avait la nostalgie, surtout depuis qu'il s'était procuré une beuh infecte auprès du fils d'un voisin. Skeevo le retrouva aux toilettes dix minutes plus tard avec un petit sachet rembourré qui avait la même odeur que dans son souvenir. Il dit à William de l'appeler quand il voulait et d'étrangler le père d'Irene s'il arrivait à retrouver sa trace. Puis il retourna à son pétrissage.

William noua son écharpe et attrapa un métro sur la ligne E vers l'hôtel Harbor Grand, situé près de Wall Street, mais à l'opposé d'où il travaillait, dans un coin qu'il connaissait mal. Il dut entrer l'adresse dans son téléphone, le nouveau Cobalt 7 avec la technologie TrueVoice. Son frère le lui avait offert à Noël, et par chance, la batterie était chargée à bloc. À peine assis dans le métro, il ressortit le carnet d'adresses et le feuilleta une fois de plus. Chaque nom, rue, ville et code postal lui apportait un peu de paix. Ils étaient comme les éléments d'une équation sans fin dans laquelle x était égal à Irene. Qui elle avait été avant qu'ils la connaissent.

Il n'y avait pas d'entrée pour « papa et maman », ce qui ne voulait pas dire qu'ils ne se trouvaient pas dans ces pages. Cent douze noms dans quinze États. Toute la nuit, il avait éliminé ceux qu'il identifiait. Cela avait réduit la liste à une douzaine de personnes. Ils pouvaient être des clients, des amis ou des cinglés rencontrés dans le métro. Mais peut-être que l'un d'eux faisait partie de sa famille.

William descendit à Church Street, où il s'aperçut que sa mère lui avait laissé un nouveau message. Il décida de l'ignorer jusqu'à ce qu'il ait une possibilité de fumer, ce qui l'aidait considérablement à faire face à ses délires. Il passa devant l'interminable chantier du site du World Trade Center pour arriver à l'Harbor Grand : un superbe hôtel construit au-dessus d'une ancienne auberge coloniale datant de l'époque où les Amérindiens avaient vendu Manhattan à Pierre Minuit pour soixante florins et de la verroterie. À l'intérieur, le restaurant ressemblait à une taverne, meublée d'antiquités et de lampes à gaz en argent.

Il ne voyait Sara nulle part, mais il repéra George, assis au bout d'une longue table, amusant la galerie avec son récit de l'inauguration de la veille.

— Monsieur Cho ! s'exclama George en se levant, un Mimosa dans chaque main. (Il n'avait pas dormi non plus et, après une accolade conviviale, il se rassit quelque peu étourdi, tenant toujours ses deux verres.) Sara a dû s'éclipser. Merci d'être venu hier soir. Tu aurais vraiment dû rester ! Tu as raté tout le drame.

— Il y a eu un drame ?

George se lécha les lèvres.

— Une ex d'Irene s'est pointée juste après les discours.

William songea à rappeler à George qu'il était un ex d'Irene lui aussi, mais il n'avait aucune chance de placer un mot.

— Ouais. Tu ne l'as probablement jamais rencontrée. Elle venait parfois nous rendre visite à Ithaca. Elle est dangereuse. Quand Sara l'a vue entrer dans la galerie, elle a failli devenir folle, je le jure devant Dieu. La dernière fois qu'elle est venue, elle s'est enfuie avec Irene dans une camionnette qui s'est révélée volée. À un moment, elles se sont envoyées en l'air sur la méridienne de la colocataire de Sara, puis les flics ont appelé de Pittsburgh et elles se sont barrées en emportant les cachets d'oxycodone qu'on m'avait prescrits quand on m'a enlevé ma dent de sagesse.

William essaya de paraître à la fois impressionné et soucieux.

— Comment s'appelle-t-elle ?

— Alisanne. Alisanne Des Rochers.

Soudain mal à l'aise, William tira d'un coup sec sur son écharpe. Une chaleur étrange remontait du creux de ses reins. Il avait cherché Alisanne dans le carnet hier soir et ne l'avait pas trouvée, mais il se souvenait maintenant d'un morceau de page à l'évidence déchiré à la lettre D.

— Qu'est-ce qu'elle voulait ?

— Va savoir. Crois-moi, elle est dingue. Sara l'a surprise en train de fouiller dans la cage à oiseaux d'Irene, complètement flippée. Elle l'a fait virer par Abeba. C'était un grand moment.

Après deux Mimosas, William s'éclipsa pour aller aux toilettes, où il s'aspergea le visage d'eau froide. Il ressortit et s'assit sur un vieux banc Windsor en face de la réception, qui craqua lamentablement sous son poids. Il prit le carnet d'adresses dans sa poche et l'ouvrit à la fin, où il y avait plusieurs photos. Les polaroïds érotiques, bien sûr, mais aussi quelques photos compromettantes, datant de la fac. George et Jacob dansant avec Irene sous une boule disco dans le foyer étudiant. Sara et Irene croulant sous des sacs de courses dans la cafétéria, partageant un pingouin glacé[1] de la taille de leur tête. Irene, de l'eau jusqu'aux chevilles dans une crique, les bras en étoile face au soleil. Son visage éclairé à la lueur de vingt bougies plantées dans un gâteau en forme de pénis célébrant l'anniversaire de Jacob. Sur une autre, Irene, Sara et George enduits de peinture blanche, où Irene tirait la langue. Son T-shirt portait l'inscription JE ME SUIS DÉCHIRÉ AU VAN WINKLE À NYC, NY. Ils semblaient plus jeunes et plus heureux.

À ce moment-là, George s'arrêta devant lui en revenant des toilettes.

— J'ai cru qu'on t'avait perdu, dit-il.

Il s'abattit lourdement sur le banc qui grinça mais ne rompit pas. William essaya de ranger les photos à la hâte, mais George les avait vues.

— On dirait des photos de la deuxième année de fac, non ?

— Tu devrais sans doute les garder, dit William en les lui tendant.

---

1. Boisson gazeuse dans laquelle on ajoute de la crème glacée.

Il les repoussa.

— Non, ça va. J'ai eu ma dose de nostalgie pour la semaine. Sara vient seulement de finir de trier les affaires d'Irene qu'on avait mises au garde-meuble. Des photos, de la vaisselle, des bijoux, des livres... tous ses vêtements. Mon Dieu ! On a presque tout apporté à la friperie qu'elle aimait tant avec les chaussures vintage. Chez Mel, je crois ? J'imagine que ce sont des occasions de troisième main, maintenant.

Il parut regretter immédiatement cette dernière remarque, que William ignora.

— Je pensais... eh bien, juste avant qu'elle... je crois qu'elle voulait que je contacte son père et sa belle-mère. Je pense que quelqu'un devrait le faire, non ? Pas forcément moi, mais... Je veux juste savoir qui elle était. D'où elle venait. Tu comprends, je ne sais même pas pourquoi elle... pourquoi elle m'a aimé.

George soupira et leva une main en l'air comme s'il faisait une offrande au ciel. Au bout d'un moment, William se demanda s'il n'était pas en train de calculer des équations différentielles dans sa tête, mais il conclut son geste par un étirement et un bâillement.

— Il y a une histoire qui circule chez les physiciens, déclara George. Un type donne une conférence sur la cosmologie où il explique que le Soleil n'est qu'une étoile parmi les trois cents milliards d'étoiles de la Voie lactée, qui n'est qu'une galaxie parmi les deux cents milliards de galaxies dans l'univers, qui n'est qu'un univers dans le grand je-ne-sais-quoi – et alors une femme se lève et dit un truc comme « c'est n'importe quoi ! Tout le monde sait que la Terre est plate et posée sur la carapace d'une tortue géante ». Le conférencier répond « eh bien, madame, dans ce cas, sur quoi se tient la tortue ? » et elle rétorque, « une autre tortue, évidemment ! » et il dit, « eh bien, sur quoi se tient cette autre tortue ? » et elle répond, « une autre tortue, évidemment ! » et il dit…

— George !

— Oui. Pardon. Alors il dit… il dit : « Et sur quoi se tient cette tortue ? », et elle répond : « Monsieur, je vous le dis, il y a des tortues jusqu'en bas ! »

William crut comprendre que c'était la chute de l'histoire, et il rit sans conviction avant d'avouer à George :

— Je ne comprends pas.

— Ben, c'est Irene. Elle était comme un empilement de tortues. Des mystères sur des mystères, aussi profond que tu creuses.

William sentit quelque chose lui étreindre la poitrine. Il était pressé de partir, et voulut inviter George, qui refusa. On aurait dit qu'il allait s'endormir sur le banc.

— Embrasse Sara pour moi, dit William rapidement, avant de disparaître dans les toilettes pour hommes.

Il verrouilla le loquet et se roula un joint sur le comptoir du lavabo, minutieusement, comme elle le lui avait appris. Puis il sortit et il marcha vers Battery où il pourrait le fumer tranquillement. Il leva les yeux vers le ciel gris en direction de la statue de la Liberté, froide et seule sur son piédestal, et il pensa à appeler sa mère.

Ils n'étaient pas en bons termes ces derniers temps. Peu après la mort d'Irene, elle lui avait demandé de participer à une *Seoul Jinogwigut*, une cérémonie pour accompagner la dernière des sept âmes d'Irene au paradis. Il savait qu'elle ne comprendrait pas qu'il ne veuille pas que la septième âme d'Irene entre au paradis, tout comme il ne voulait pas entendre ses théories sur le cancer d'Irene qui aurait été causé par les *jabkwi*, des esprits errants maléfiques, qui auraient investi le vide psychique qu'Irene avait créé en tournant le dos à sa famille – en gros, elle avait rendu ses ancêtres furax, or le malheur s'abat sur quiconque irrite ses ancêtres. Bref. Qu'elle continue à agiter ses bâtons de jujube, à brûler des chevaux en papier et à invoquer les esprits. Mais cela faisait un an maintenant, et sa mère essayait toujours de trouver des moyens pour aider l'âme d'Irene à atteindre le monde d'après.

Quand le serrement dans sa poitrine finit par se transformer en une palpitation lancinante, il marcha vers la rue, tombant de sommeil, et héla un taxi. Une fois assis sur la banquette arrière, il se rendit compte qu'il ne savait pas où aller.

— Vous connaissez un bar qui s'appelle Van Winkle ? demanda William.

Le chauffeur hocha la tête.

— En haut de l'avenue B.

William confirma que c'était là, bien qu'il n'en ait pas la moindre idée. Il serrait le carnet d'adresses d'Irene dans sa main comme un livre sacré tandis qu'ils roulaient vers le nord. La joue appuyée contre la vitre froide, il entendait les voitures. Les bruits de moteur se mirent à se chevaucher, se répéter, se fondre. Rejoints par le son ouaté de la radio allumée sur une fréquence de sports. Une légère odeur de café montait du siège avant. La portière fredonnait, la route chantait, et bientôt tout se perdit dans le mur blanc qui glissait derrière la vitre, tel un linceul gonflé d'air.

Le givre recouvrait les carreaux. Étrange – quoique moins étrange que la main chaude qu'il sentait posée sur la sienne. Sans regarder, il savait que c'était la main d'Irene. Il le savait, c'est tout. Elle était là, comme elle l'avait toujours été. Pas fantomatique, pas froide. Ni spectre ni apparition. Sa main sur son bras et sur sa nuque. Sa tête posée contre son épaule. D'épais flocons tombaient derrière les vitres. William sentait ses doigts s'enlacer aux siens, à la recherche d'une prise confortable, tandis qu'elle soupirait légèrement et l'embrassait dans le cou, puis de façon plus appuyée, picorait un endroit qu'elle avait toujours aimé. Il avait peur de la regarder directement.

Es-tu un fantôme ? demanda-t-il.

Non. Elle rigola. *Je suis un oiseau. Une espèce rare et très particulière de mouette.*

Qu'est-ce qui vous rend si rare et si particulière, madame la Mouette ?

Je déteste la mer.

C'est plutôt embêtant.

Un long soupir lui chatouilla le cou.

Je l'avoue, c'est un problème.

Alors où vis-tu ?

Elle donna des petits coups de nez dans son cou en se tortillant.

Je m'entraîne à devenir un pic William. Pour pouvoir faire mon nid à l'intérieur de toi.

Dehors, un rayon de soleil blond se posa sur la vitre givrée et William vit un million de magnifiques cristaux de glace symétriques fondre et se condenser en buée, qui se déposa sur la banquette arrière du taxi. Il se tourna pour embrasser Irene, mais elle repoussa sa joue de l'autre côté. Il pouvait presque voir ses cheveux du coin de l'œil cascader sur l'épaule blanche de sa chemise en déversant leur torrent d'or. Puis il écarta sa main, se tourna de l'autre côté le reste du chemin – et se réveilla seul.

4

Van Winkle était en fait un bouge minable, tapissé du sol au plafond d'autocollants de groupes punk rock, dont la moitié avait sans doute disparu depuis longtemps. Une petite scène occupait le fond de la salle. William s'assit au comptoir pour boire une tasse de café, essayant de visualiser une Irene adolescente, les cheveux méchés de rose, dansant sur la scène. Il l'imaginait avec une bande d'amis d'enfance, dont elle avait squatté le canapé un jour, effectuant un pèlerinage du lieu mystérieux d'où ils venaient vers le Lower East Side anonyme, en s'efforçant d'oublier la famille qu'elle avait laissée derrière elle.

William avait reçu un troisième message de sa mère, et n'avait aucune envie de rentrer chez lui. Il sortit le carnet d'adresses et, revigoré, entreprit de composer des numéros.

Il commença par un certain Geoffrey Irving, à Tarrytown, mais il n'était pas joignable. Aux dires de son demi-frère, qui décrocha, Geoffrey purgeait une peine de dix ans à Sing Sing. Il avait peut-être connu une Irene ou une « Reeny », mais William devrait aller lui demander lui-même. Il ne pensait pas qu'il irait là-bas. Il commanda un deuxième café et demanda au Cobalt 7 de chercher des infos sur Geoffrey Irving. Une histoire de voitures volées et une arrestation en 2002, au moins un an après l'arrivée d'Irene à Ithaca. De toute façon, il avait leur âge, donc trop jeune pour être le père d'Irene.

William passa à Ed Simpson de Saint-Louis, dans le Missouri, un conducteur de train à la retraite qui était heureux de mettre *Le Juste prix* en pause pour bavarder un peu. M. Simpson se souvenait d'une fille appelée Renée qui avait fréquenté un temps, son fils Ed Simpson Jr, désormais le Colonel Ed Simpson Jr, effectuant actuellement sa troisième mission en Afghanistan. William remercia l'homme et lui demanda de remercier son fils de servir la patrie avant de piocher un autre nom dans le carnet.

Personne ne répondit chez Sally Paulson de Rochester, mais quand il tapa son nom sur le Cobalt 7, il trouva une photo sur la page du personnel de la ferme Maquokeeta à New Hope. Il se souvint qu'Irene avait dit un jour avoir travaillé dans une ferme. Mais Sally étant afro-américaine, il était peu probable qu'elle soit la mère d'Irene.

Il ne réussit à joindre personne au numéro d'Anthony Lemon, à Antwerp dans l'Ohio. Puis il passa une série de trois appels sans réponse : Evelyne Cross de Key West, Mary Winter de la Jardinerie Mary Winter à Houston et enfin Poppy Daniels (sexe inconnu) en Virginie-Occidentale.

William allait abandonner et répondre au quatrième appel de sa mère quand il essaya M. Bernard Wyckoff, du magasin et accessoires de piscine Pruder Aquacenter près de Brighton Beach. Ce dernier décrocha et déclara que oui, il avait bien une commande en attente pour une dénommée Irene Richmond, mais qu'il fallait que William vienne la chercher lui-même.

C'était sa seule piste et il monta joyeusement dans un taxi au bas de Tompkins Square Park, en direction de Brooklyn. En chemin, il décida, à contrecœur, de rappeler sa mère pour lui faire savoir qu'il n'était pas mort, de peur qu'elle ne se mette à expédier son âme dans l'au-delà.

Elle avait une voix bizarre en décrochant.

— William, je dois y aller. Il est arrivé un malheur.

— Quoi ? Papa va bien ?

— Ton père va bien, dit-elle, puis après un court silence : Tu te souviens de Chongso Kim ?

William se rappelait vaguement un gamin grassouillet de huit ans de la congrégation de son père, qui avait vomi une tonne de gâteau jaunâtre lors d'un repas communautaire.

— Ce matin, il est sorti en douce de la maison pour aller s'acheter une bande dessinée et il a été tué par une voiture en traversant Northern Boulevard. Le chauffard a pris la fuite. Tout le monde ici est bouleversé. J'ai fait un *samgyetang* pour l'apporter chez Mme Kim.

William ferma les yeux, se sentant soudain mal. Il luttait pour ne pas s'imaginer dehors sur la route devant le taxi, frappé de plein fouet par le pare-chocs avant.

— Mon dieu, c'est horrible. Je suis désolé. Dis-lui que je suis vraiment désolé.

Il savait que sa mère était pressée, en route pour rejoindre une maison pleine de femmes en pleurs, son offrande sous le bras : des coquelets farcis avec du riz gluant et des marrons, dans un bouillon de ginseng et d'ail. Elle allait l'ajouter aux piles de Tupperware dans la cuisine, et accomplir ensuite les rituels censés réconforter une mère en deuil, dessiner l'ombre de son fils dans la fumée de l'encens.

— Tu n'es pas rentré à la maison hier soir ?

— Non, désolé. Je suis resté avec des amis à Manhattan. Tu te souviens de George et Sara ?

Sa mère se mit à chuchoter :

— Elle est perdue sur la route entre ce Monde et l'autre Monde.

— Qui ? Sara ? Non, elle est dans le quartier financier.

Mais sa mère se contenta de soupirer « rappelle-moi plus tard » avant de raccrocher.

5

William était surpris que l'Aquacenter Pruder soit ouvert en février. La moitié des magasins devant lesquels il passait, le long du bord de mer, avaient baissé les volets pour la saison. Il n'y avait que trois clients à l'intérieur quand William entra, sous un épais nuage de fumée de cigarette jaunâtre, que l'odeur de chlore ne parvenait pas à masquer. Il s'approcha de la seule personne qui ressemblait un tant soit peu à un employé, un homme dont le visage était dissimulé par une barbe blanche raide et densément fournie. Il était assis dans un transat, buvait dans un mug en plastique orange portant l'inscription *life's a beach* et lisait un thriller historique qui se déroulait pendant la guerre de Sécession. Quand William se présenta comme un ami d'Irene Richmond, l'homme tendit une main, puis il aboya : « Aqualad ? »

— Pardon ?

Dans un élan massif, l'homme se leva de son transat – sa main géante s'aplatissant sur le livre pour ne pas perdre la page –, puis il lui fit un léger sourire.

— Il est dans l'emballage d'origine. Quasiment comme neuf. J'allais l'expédier, séparément, à côté de l'autre commande, mais son premier chèque a été rejeté et je n'ai plus jamais eu de nouvelles.

Confus, William suivit l'homme vers une porte marquée « privé » dans le mur longeant la piscine, et qu'il ouvrit. Dans la pièce, la lumière faible provenait de spots halogènes fixés sur une rangée de vitrines, qui créaient une atmosphère étrange. Soigneusement disposées à l'intérieur, des figurines et des poupées de toutes tailles engoncées dans leur emballage d'origine. Sans doute une centaine de superhéros tout en muscles et en cape. Des Barbie souples à la peau de pêche. Des poupées de chiffon originales Rageddy Ann et Andy. Des poupons au visage en porcelaine et aux yeux de verre derrière des paupières qui semblaient battre. Les six poupées American Girls dans leur boîte d'origine.

Laissez-nous sortir, semblaient implorer leurs petits visages prisonniers.

M. Wyckoff tapota un doigt épais contre une des boîtes, la figurine d'un garçon portant un maillot orange moulant et un slip de bain bleu incroyablement minuscule. Tout comme dans les bandes dessinées que William avait lues enfant, il avait des yeux violet foncé. *Aqualad*, annonçait le packaging, *Prince d'Atlantis*. À l'arrière-plan, une grande plage de sable blanc, des tours en cristal futuristes et d'immenses falaises en diamant. « Tu ne détruiras jamais la Vallée Cachée, Garn Daanuth ! » déclarait-il dans une bulle blanche. *Doté du pouvoir martien du Metagène !* promettait l'emballage démodé des années 70. Le rapport entre les Martiens et Atlantis échappait à William, incapable de s'en souvenir.

— Comme je lui ai dit, il y a un petit défaut au coin de l'emballage.

William plissa les yeux, mais il voyait à peine la minuscule imperfection. Avant qu'il puisse réagir, Bernard sortit la figurine emballée de la vitrine et la lui tendit. William la tourna dans ses mains pendant un moment avant de comprendre qu'elle était pour lui. Juste après qu'ils se soient remis ensemble, il avait raconté à Irene toute l'histoire du kimono et de Mi-cha Yu.

Le visage de Bernard était presque luminescent maintenant qu'il se tenait si près des lampes halogènes. Les joues, le nez, le front flamboyaient. De longs capillaires rosâtres ramifiés comme des rivières. Comment appelait-on ça ? Couperose. *Gin blossoms* en anglais, comme le groupe. Il se souvint des plaques qu'Irene avait parfois après s'être exposée au soleil, ou après un deuxième verre, et même une fois après avoir mangé un curry de légumes épicé. Cela était devenu particulièrement visible après la chimio. « Rosacée, avait-elle dit. C'est de famille. »

William respira à fond et, les yeux rivés sur la figurine, il trouva le courage de demander :

— Qu'avait-elle commandé d'autre ? Vous avez dit avoir déjà envoyé le reste à Irene.

— Ouais, soixante-dix-sept poupées Barbie identiques, sans les boîtes. Aucune idée de ce qu'elle pouvait bien vouloir en faire.

Le cœur de William martelait sa poitrine. Il savait exactement ce qu'elle en avait fait. Il commençait lentement à comprendre. Il se tourna vers le bureau de l'homme et vit une photographie encadrée. Un énorme Bernard tout sourires le bras passé autour d'une petite femme aux cheveux courts noirs. Ils étaient dans les tribunes de l'hippodrome, pointant avec enthousiasme la photo d'un cheval alezan sous un manteau d'œillets blancs. Ils semblaient célébrer un moment heureux avec une bouteille de champagne.

« C'est ma femme, Maggie, dit fièrement Bernard, juste après que j'ai gagné cinq mille dollars aux courses, à Belmont Stakes en 2009. »

William essaya d'avoir l'air impressionné. À côté étaient posées deux photographies scolaires, prises devant le fond bleu familier Sears.

M. Wyckoff tapota le bord de la photo d'une fillette corpulente d'une dizaine d'années, avec un appareil dentaire et une queue-de-cheval.

« C'est Lorraine, ma plus jeune. Et voici Greg. C'est un lutteur hors pair, champion individuel cadet en 2010. »

William examina la photo de Greg, cherchant une ressemblance. Ses cheveux tondus paraissaient blonds, mais sa mâchoire carrée et son front haut n'avaient rien d'Irene.

— Sympa. Vous n'avez pas d'autres enfants ? demanda William.

Avait-il détecté une légère hésitation quand M. Wyckoff se retourna pour verrouiller la vitrine ?

— Eh bien, Greg mange déjà comme quatre. Et Lorraine est mignonne comme pas deux.

— Ils ont dû bien s'amuser avec tous ces jouets géniaux.

Là, William vit clairement du mécontentement dans les yeux de l'homme.

— Ce ne sont pas des *jouets*. Ils ne sont pas faits pour jouer avec. Ce sont des figurines de collection, réservées uniquement aux amateurs sérieux.

William examina l'homme. S'il était le père d'Irene, alors dans les dernières semaines de sa vie, elle l'avait escroqué de soixante-dix-sept poupées Barbie, qu'elle avait ensuite amalgamées sur un tronçon d'un mètre d'une poutre en I du World Trade Center. William pensa, avec tout le respect dû à Skeevo, qu'il préférait ne pas étrangler le bonhomme.

— Bon, écoutez. Je ne veux pas qu'il y ait de problème. Vous pouvez me payer le montant total maintenant et on sera quittes. Comme j'ai dit, elle m'a fait un chèque sans provision. J'étais à deux doigts d'appeler mon avocat.

Peut-être qu'Irene avait, en fait, provoqué Wyckoff. Dans l'espoir que lui ou un avocat découvre un jour la vérité : qu'Irene était sa fille, et qu'elle avait eu le dernier mot. William faillit rire tout haut. Tu parles d'une œuvre inachevée ! Pas étonnant que son âme soit bloquée entre deux mondes. Bien qu'il sache que cette hypothèse était totalement folle.

Il prononça pourtant ces mots, presque malgré lui :

— En fait, elle est morte.

Bernard écarquilla les yeux, et il grogna.

— De mieux en mieux.

William inspira de nouveau à fond, terrifié, mais soudain certain que c'était pour cela qu'Irene lui avait demandé de trouver son père. Dans une seconde, tout serait terminé.

— Je crois, monsieur… désolé. Mais je crois… je crois que c'était sans doute votre fille.

Bernard regarda la photographie de Lorraine, puis de nouveau William, troublé.

— De quoi me parlez-vous, bon sang ?

Le visage marbré de rouge de l'homme devint blême, ses lèvres semblaient bouger malgré lui.

— Carrie Ann ?

— Carrie Ann ? répéta William.

Et alors, il vit tous les traits rougeauds du visage de Bernard se crisper. William ferma les yeux de peur, et il essaya de faire une embardée vers la porte. Puis il sentit un poing de fer s'abattre sur sa tempe, et tout son corps se tordre autour. Un pied perdit le contact avec le sol, puis l'autre. Il ouvrit son œil indemne pour voir les poupées dans leur prison de verre vaciller et tournoyer, puis se retrouva au sol. Ses jambes s'agitaient encore en direction de la porte. Il y eut un éclair de lumière blanche, aveuglante, puis l'obscurité totale, comme les eaux profondes, profondes.

6

William avait mal au crâne, juste au-dessus de l'œil, et sa mâchoire le faisait atrocement souffrir. S'était-il réellement pris un coup de poing dans la figure ? Il ne s'était jamais battu avant, mais il comprit, au ralenti, que cela venait de lui arriver. Et qu'il était allongé sur le sable humide d'une plage glaciale. Il y avait du sang séché sur les lèvres et sur sa chemise. Il se souvenait vaguement d'être sorti en titubant du magasin dans l'espoir d'échapper à M. Wyckoff, après c'était le noir complet. Carrie Ann Wyckoff ? Il n'arrivait pas à accepter cette idée. Cela ne pouvait pas être son nom. Il entendait la voix faiblarde du Cobalt 7 dans sa poche. Il le sortit. L'écran était salement fissuré.

Bonjour. Que puis-je faire pour vous ? demandait en boucle la douce voix synthétique.

Pendant un certain temps, William pleura sans se lever ni bouger. Tout lui faisait mal, et pire, il n'arrivait plus à la sentir nulle part. Que faire d'autre que rentrer chez lui ? Laisser cette défaite marquer le premier jour du reste de sa vie ratée. Seul et en proie à d'innombrables douleurs.

Puis il remarqua qu'il n'était pas tout à fait seul. Il s'était, apparemment, enfui du magasin en serrant l'emballage de l'Aqualad, qui gisait non loin dans le sable humide. Il examina les couleurs saturées, criardes d'une autre époque, la tenue vaguement homoérotique, et la posture ringarde poings-sur-les-hanches du superhéros adolescent. Dans un effort violent, il tendit la main, l'attrapa et arracha le blister – ressentant un certain plaisir quand les parois collées ensemble depuis si longtemps se séparèrent. Il sortit la figurine et l'étudia en détail.

Bonjour. Que puis-je faire pour vous ? interrogea de nouveau son téléphone.

William fixait la figurine, sans réponse.

Bonjour. Que puis-je faire pour vous ?

Un déclic se produisit en lui.

— OÙ EST-ELLE ? hurla-t-il. OÙ EST IRENE ?

Un éclair de lumière pourpre explosa derrière ses paupières. Il crut qu'il allait vomir. Et puis…

Le téléphone répondit, du même ton neutre mais agréable, *Irene trouvée.*

William posa la poupée et examina l'écran fissuré en toile d'araignée. Il vit une carte se dessiner derrière le verre brisé. Pendant un moment, il crut presque qu'il allait réellement la localiser. Finalement, une vue de son ancien appartement sur la 4e Rue Est apparut, son adresse étant toujours enregistrée dans ses contacts.

Et là, berçant Aqualad dans sa main, il vit la passoire sur un crochet près de la cuisine, le rebord de la fenêtre envahi par la plante-araignée, une pile de magazines volés dans le bac de recyclage du rez-de-chaussée, un plaid avec une reproduction de Monet, acheté au MET. Ses affaires, sans elle. Au début, il pensa que c'était juste une montée d'adrénaline provoquée par le fait d'être dans un endroit où il n'était pas censé se trouver, mais bientôt, il comprit qu'il s'agissait d'autre chose. Il était avec elle, sans elle. Cela ne disait-il pas qu'il s'était toujours senti plus proche d'elle quand elle n'était pas là ? Dans son appartement, en douce. À ses côtés quand elle dormait. À l'hôpital tandis que la morphine l'emportait sur le fleuve Styx. En regardant une photo d'elle, prise par quelqu'un d'autre…

Mais bien sûr. Il se releva lentement et brossa le sable sur ses vêtements. Quand les éclats de lumière rose du mal de crâne cessèrent de danser devant ses yeux, il se tourna vers le téléphone et il demanda ce qu'il aurait dû demander dès le début.

— Cobalt. Trouve Alisanne Des Rochers.

Il s'avéra qu'Alisanne Des Rochers, propriétaire d'une entreprise de Web design domiciliée à Paris, répondait rapidement à ses e-mails. Avant que William se soit complètement ressaisi et qu'il ait fourré la figurine dans sa poche avec le cannabis et le carnet d'adresses, elle avait répondu à sa requête, disant qu'elle était encore en ville et qu'ils pouvaient se rencontrer à son hôtel, The Quaker, à Long Island City.

Le chauffeur de taxi qui prit William en charge exprima un peu de sollicitude avec un « vous allez bien, monsieur ? » de pure forme avant de reprendre son téléphone et sa conversation dans une langue à consonance d'Afrique de l'Ouest. William ne répondit pas. Il ferma les yeux et ne les rouvrit qu'une fois arrivé à destination.

Quand il mit le pied dans le hall tout en verre et acier de l'hôtel, tous les yeux se tournèrent vers lui. Avait-il l'air aussi amoché ? Heureusement, avant que les portiers ne puissent fondre sur lui, une femme assise au bar vint à sa rencontre.

— Vous êtes William Cho ?

Elle ne ressemblait pas à ce qu'il attendait. Depuis qu'il avait vu son nom écrit au dos des polaroïds érotiques d'Irene, il avait imaginé une beauté fatale française. Leslie Caron dans *Un Américain à Paris* ou Maria Casarès dans *Les Enfants du paradis*. Dans sa tête, elle existait en noir et blanc.

Mais la vraie Alisanne ressemblait en réalité à cela : une peau acnéique. Des sourcils épais. Des cheveux gras, foncés, une coupe au carré d'écolière. Des lèvres larges, plates et roses, légèrement entrouvertes, comme si elle mâchouillait un truc. Ses mains étaient bleutées et veineuses, ses ongles vernis en noir. On aurait dit que son nez avait été cassé, puis recassé plusieurs fois pour le principe. Elle avait une verrue dans le cou de la taille d'une gomme de crayon d'où jaillissaient d'épais poils noirs. La capuche qu'elle portait faisait partie d'un manteau en denim et ses bottes noires étaient lacées jusqu'aux genoux.

Les portiers avaient l'air contrariés qu'il se traîne ainsi dans le hall en répandant du sable sur la moquette sombre. Il s'excusa, mais Alisanne ne s'en souciait pas. L'hôtel semblait fait d'un assemblage de panneaux en verre de différentes tailles imbriqués dans des cadres carrées. Certains étaient dépolis et opaques, d'autres transparents. Derrière la réception, une cascade coulait curieusement du bas vers le haut. L'immense sculpture d'une araignée dévorant une guêpe trônait au milieu d'un jardin plutôt agréable à regarder sans cela. Il y avait quatre nains de jardins disproportionnés dans la salle du courrier. Faisaient-ils partie de la décoration du bâtiment ? Ou quelqu'un se les était-il fait livrer ? William préférait ne pas regarder en direction de la salle de yoga adjacente où les gens se contorsionnaient comme des bretzels holistiques.

Ils montèrent sans un mot jusqu'au sixième étage. Alisanne déverrouilla sa porte avec une carte magnétique et l'invita à enlever ses vêtements mouillés.

— Prends une douche. Je vais te trouver des vêtements secs. Et du thé.

William hésita, car seul un panneau de verre dépoli qui s'arrêtait bien avant le sol carrelé noir séparait la douche de la chambre.

— Tu n'es pas mon genre, affirma-t-elle catégoriquement.

À contrecœur, il enleva son pantalon et sa chemise humides. Alisanne les jeta dans un sac en plastique et commanda du thé pendant qu'il se douchait et débarrassait ses cheveux de ce qui lui sembla être un véritable banc de sable. Propre et sec, il revint vêtu d'une serviette. Alisanne lui tendit un jean noir déchiré et un T-shirt d'un groupe nommé Maladroit. Il était gêné de constater qu'ils faisaient quasiment la même taille.

Elle lui servit une tasse de thé. William se posta au bout du lit, soucieux de lui laisser le fauteuil par courtoisie, mais elle s'assit en tailleur sur la moquette.

— Ton œil sera très enflé demain.

William hocha la tête. Il lui faisait un mal de chien, mais il ne voulait pas lui montrer.

— Alors tu vis à Paris ?

— De temps en temps.

— Et tu as fait tout le voyage pour l'exposition ?

Elle le regarda d'un air bizarre.

— Je suis venue récupérer quelque chose qui m'appartient.

— Oh, dit William. Moi aussi.

Elle pouffa et cracha un brin de thé sur le sol.

— Non. Tu veux savoir qui elle était.

William fronça les sourcils.

— Sans doute.

Sourire énigmatique d'Alisanne.

— Qui t'a fait ça ?

— Son père.

Elle semblait presque impressionnée.

— Un horrible petit bonhomme.

— Pas si petit, grimaça William. Je pense qu'elle voulait que je lui dise ce qui est arrivé. Elle me l'a demandé, je crois, avant de mourir.

Mais maintenant, tout à coup, il se demandait si elle n'avait pas voulu dire plutôt qu'il devait faire en sorte que son père ne sache *jamais* ce qui lui était arrivé. Comme si elle avait, dans ses dernières heures, regretté son plan. William avait l'impression d'être un imbécile. Qu'avait-il imaginé ? Comment avait-il pu croire qu'il la connaissait si bien ?

— Et tu m'as contactée parce que… ?

— Tu connaissais Irene mieux que moi. J'espérais que tu pourrais… m'éclairer ?

Alisanne réfléchit quelques instants.

— Pourquoi ?

— Pourquoi quoi ?

— Pourquoi voudrais-tu que je t'éclaire ?

— Écoute, nous devrions… nous avons intérêt à nous aider mutuellement. J'ai vécu… merde, regarde mon visage et tu comprendras. Je suis passé par des trucs assez durs, alors je t'en prie, raconte-moi.

— Te raconter quoi ?

William se rendit compte qu'il ne savait pas ce qu'il voulait savoir. Qui était-elle ? Où était-elle allée ? Qu'avait-elle fait ?

— Et si tu me racontais votre rencontre ? dit-il finalement.

— Nous nous sommes rencontrées à San Francisco.

— Et ?

— Et elle était complètement paumée et idiote. Partie de chez elle depuis une semaine et déjà dans la dèche. Elle dormait dans le parc, vendait tout ce qu'elle avait pris à sa gentille grand-mère. Pour essayer de s'acheter un sandwich. Elle s'est éva-nouie sur le trottoir juste devant moi. Alors je l'ai ramenée à la maison et je l'ai logée. Et qu'est-ce qu'elle a fait ? Elle a lu tous mes Camus, elle a bou-sillé mes draps, elle a laissé mourir ma balsamine à petites fleurs et m'a rendue amoureuse d'elle. Et puis un jour je sors. Quand je rentre, elle est partie. En volant une édition originale hors de prix que mon père m'a offerte. Est-ce que cela – comment as-tu dit – t'éclaire ?

William se gratta la tête. Ça ne l'éclairait pas.

— Je ne peux pas m'empêcher de penser que si je savais qui elle *était*, je pourrais…

Mais après tout ce temps, il ne savait pas ce qu'il voulait faire. La laisser partir ? La garder près de lui ? D'une certaine façon, les deux à la fois. Être libre, et hanté, pour toujours. Si seulement il pouvait la garder dans une boîte, cachée en sécurité dans un placard ou un tiroir, d'où il pourrait la sortir quand il en aurait envie. D'instinct, il savait qu'Irene aurait détesté cela plus que tout.

— Je veux juste savoir si elle m'a vraiment aimé.

Alisanne haussa les épaules.

— Elle aimait tout le monde.

— Je veux savoir si elle m'aimait plus que les autres.

— Tu as été son dernier amour.

— Mais ce n'était pas voulu.

— Si, c'était voulu.

William réfléchit.

— Elle aurait fini par me quitter.

— Oui, admit Alisanne, tôt ou tard.

William soupira.

— J'aurais voulu que ce soit tard.

— Et tu penses que plus tard, tu aurais dit : « Bon, c'était bien. J'en ai eu assez. Meurs maintenant, s'il te plaît. J'ai adoré t'aimer. »

Elle avait raison. Quoi qu'il ait pu se passer entre lui et Irene à long terme – si un long terme avait existé –, si, à quatre-vingt-dix ans, il l'avait vue s'éteindre sur ce lit d'hôpital, il savait qu'il aurait détourné les yeux avant les derniers instants. Il se serait lové contre un oreiller de la même façon en espérant que ce soit elle. Il sentirait encore son souffle frais contre son cou ridé.

— Il y a des gens qui vivent ensemble quatre-vingts ans et qui ne s'aiment pas autant que vous vous êtes aimés pendant un an. D'autres passent une seule nuit ensemble et s'aiment plus que tu n'aimeras jamais. Mais quelle importance maintenant ?

William la regarda. Puis il ramassa son manteau humide et il dit :

— Viens. Je te parie que je sais où est ton livre.

7

Alisanne avait loué une voiture, aussi ils rentrèrent à Manhattan par le Queens Midtown Tunnel. En chemin, elle lui raconta le peu qu'elle savait de la mère d'Irene. Elle s'appelait Mary et elle venait du Texas. Son premier mari travaillait sur une plate-forme pétrolière dans le golfe du Mexique. Il y avait eu un genre d'accident – un incendie, pensait-elle – dans lequel il était mort, et Mary avait touché l'argent de l'assurance. Elle avait rencontré Bernard Wyckoff près de La Nouvelle-Orléans, était tombée enceinte et l'avait épousé. Irene, ou Carrie Ann, était née quelque part dans le Panhandle de Floride, d'où était originaire la famille de Bernard. Les Wyckoff dirigeaient plusieurs clubs de strip-tease locaux, dont un où Mary finit serveuse à mi-temps pendant que Bernard perdait au jeu ce qui restait de l'argent de l'assurance et que ses parents élevaient la petite Carrie Ann.

C'est là que Mary rencontra une danseuse, Izzy, dont le vrai nom se trouvait être aussi Mary. À un moment ou un autre, l'une des deux Mary séduisit l'autre, et elles s'enfuirent. Irene n'avait jamais vraiment su pourquoi elles l'avaient abandonnée. Elles pensaient probablement qu'elle serait mieux avec Grandma et Grandpa Wyckoff. Ou alors elles craignaient que Bernard et ses partenaires de jeu ne se lancent à leurs trousses si elles emmenaient la fillette. C'était peut-être le fruit d'un calcul : aucun juge dans le Panhandle de Floride à la fin des années 80 n'aurait accordé la garde à une stripteaseuse et son amante lesbienne.

Alisanne n'en savait rien, car Irene ne l'avait jamais su. Bernard avait fini par épouser une femme avec qui il travaillait, Maggie Pruder, et ils avaient déménagé à Brighton Beach pour reprendre le magasin familial d'accessoires de piscine des parents Pruder. Mary et Mary avaient atterri en Virginie où, aujourd'hui quinquagénaires, elles travaillaient pour le département des services publics dans – et Alisanne semblait très fière de l'avoir découvert avant William – une petite ville nommée « Irene ».

Coincé dans les bouchons, quelque part sous le fleuve où l'éclairage vert fluorescent du tunnel noyait tout sous une pâleur blafarde, William sentit une autre pièce du puzzle se mettre en place. Irene. Bien sûr. Pourtant il n'était pas encore terminé. Il ne correspondait à aucune des images sur les boîtes de puzzle. Pas de paysage urbain ni de champ de tournesols. Pas de chatons avec des pelotes de laine.

Seulement une autre tortue sur le dos d'une tortue, à l'infini.

William ne disait rien, il roulait un joint en se concentrant pour ne pas faire tomber de l'herbe dans la voiture. Alisanne le regardait, silencieuse, en conduisant vers le magasin Mel's Seconhand Shop où Sara avait déposé cette semaine les dernières affaires d'Irene conservées au garde-meuble. Alisanne se gara à côté de Washington Square Park. Ils traversèrent le parc en se passant le joint, en évitant les touristes chargés de sacs de shopping et les étudiants rastafaris affalés sur les bancs.

William fut frappé, soudain, en se rendant compte que depuis ce matin, c'était la première fois qu'il se trouvait dans un endroit de la ville qu'il connaissait. Une fille jouait du violon dans l'espoir de récolter quelques cents. Deux hommes barbus d'un certain âge fumaient en jouant aux échecs. Un trio d'Allemands corpulents se tenait sous l'Arc de triomphe et ils faisaient le signe de la paix avec leurs doigts, tandis qu'un homme avec un bonnet de ski orange changeait de pantalon à quelques mètres d'eux. William ne pouvait pas s'empêcher de chercher Irene derrière chaque capuche baissée ou bonnet d'hiver. Mais il ne la sentait nulle part.

— Tu les roules comme elle, remarqua Alisanne en lui passant la fin du joint.

William aspira la dernière bouffée et l'écrasa sur l'allée.

— C'est elle qui m'a appris à rouler.

— Moi aussi.

Mel's était bondé, la chaleur étouffante. Des Australiennes arpentaient un dédale d'allées exiguës, examinant des vestes en jean et des robes *mods* des années 60. Les motifs cachemire et les fleurs éclataient comme des feux d'artifice. Des robes en technicolor à rayures oblique et des combinaisons-pantalons à pattes d'ef. Des photos de Twiggy et d'Audrey Hepburn déchirées dans de vieux *Vogue* se retrouvaient aujourd'hui encadrées sur les murs. Deux hommes débattaient avec passion d'un pyjama en soie. Une ado de quatorze ans essayait une paire de chaussures couleur menthe pâle, hurlant à sa mère qu'elle en avait *besoin*. Elles coûtaient *seulement* trois cent dix-neuf dollars. Elles étaient des *années 60* ! La mère, qui n'était pas assez âgée pour avoir eu des chaussures dans les années 60, l'ignorait, consultant un e-mail sur son téléphone pendant que la fille piquait sa crise.

— Excusez-moi ? demanda William à un type aux traits tirés en pantalon rose bubblegum qui avait l'air de travailler ici. (Ses joues creuses comme celles d'un cadavre lui faisaient des yeux exorbités.) Nous sommes à la recherche d'un livre d'occasion qu'une amie aurait pu vous vendre récemment.

L'homme secouait déjà la tête.

— Ni reprise ni remboursement.

— Oh, ce n'est pas… pas un problème. Nous le paierons.

Le vendeur soupira et tapota les bords de ses chaussures en crocodile l'un contre l'autre, les mains occupées inutilement à remettre les affaires en ordre, jusqu'à ce que les clients les déplient de nouveau. Il regarda Alisanne, puis William d'un air inquiet.

— Avant d'aller voir les livres, mon mignon, il te faut un chapeau. Je n'ai jamais vu quelqu'un qui ait autant besoin d'un chapeau.

William cligna des yeux.

— Vraiment ?

L'homme frotta ses paumes et regarda William dans les yeux.

— Ton front ressemble à une aubergine. Viens par ici. Laisse-moi faire, et tout le monde te prendra pour Don Draper.

Il monta sur une petite échelle pour attraper un chapeau masculin sur une étagère en hauteur, au-dessus d'un rack de cravates larges des années 70. Il redescendit avec le chapeau gris anthracite et indiqua un miroir à William. Non seulement il masquait le renflement de sa paupière, mais il lui donnait une dégaine absolument magnifique. Plus Sam Spade que Don Draper, mais ça lui plaisait bien. Il était incapable d'expliquer pourquoi, mais il avait le sentiment étrange qu'Irene aurait aimé aussi.

— On peut porter un chapeau à un mariage ? demanda-t-il à Alisanne.

— Il a lieu en extérieur ?

— Je ne sais pas.

— Enlève-le pendant la cérémonie, alors. Ne sois pas impoli.

William promit, et l'homme leur indiqua les livres d'occasion. Il y en avait des centaines, entassés sans aucun classement. Alisanne se mit à passer les piles au crible. William ne savait même pas ce qu'ils cherchaient. Il ouvrait des livres au hasard à la recherche d'une écriture ou d'un gribouillage pouvant être d'Irene, mais il avait du mal à en juger. Était-ce son 7 dans le numéro de téléphone griffonné dans la marge du *Comte de Monte Cristo* ? Était-ce sa boucle déliée sur la dernière page de *La Petite maison dans la prairie* ? Et puis, le doigt de William s'arrêta sur un volume vert qui lui semblait familier.

L'Iliade. Homère. Il le prit et l'ouvrit lentement. Les pages étaient couvertes d'une écriture familière. La sienne. Mais aussi celle d'Irene. Il avait complètement oublié ce livre. Il l'avait vu pour la dernière fois dans sa chambre d'hôpital, avant qu'elle soit transférée dans l'unité de soins intensifs. Ensuite, il n'y avait plus du tout pensé. Sara l'avait sûrement rapporté chez elle puis remisé au garde-meuble avec toutes ses affaires. Et il avait atterri ici.

« Ah, ah ! » s'exclama Alisanne. Elle extirpa de l'étalage un livre à la couverture blanche et sobre, en mauvais état, d'Albert Camus. Le titre était écrit en lettres rouges, *L'Étranger*, et juste au-dessous était mentionné *Roman*. La boutique, ignorant visiblement qu'il s'agissait d'une édition originale rarissime, le vendait 1,50 $, qu'Alisanne paya avec le sourire.

— Je dois y aller, maintenant. Merci, William.

Il s'avança, soudainement, pour la prendre dans ses bras. Elle voulut reculer. Puis, ne parvenant pas à esquiver son étreinte, elle le laissa faire.

— On ne saura jamais ce qu'elle a aimé en nous, dit-elle.

Mais maintenant qu'ils s'étaient rencontrés, William pensait qu'il voyait. Il y avait quelque chose chez Alisanne qui faisait écho en lui. Elle était très directe alors qu'il était trop poli, mais cela cachait une bonté si inhabituelle qu'ils avaient choisi tous deux de ne pas la montrer. Il se disait que ça devait être cela. Ce que seule Irene avait été capable de voir. Ce qu'elle avait aimé en eux.

Après avoir payé son nouveau chapeau et son ancien livre, il retourna au parc et s'assit sur un banc givré non loin de la fontaine silencieuse. Il ouvrit le livre délicatement. Il se souvint du premier soir quand elle avait défendu, curieusement, sa traduction favorite, descendue en flèche par Jacob. Lattimore. *Richmond* Lattimore. Elle avait souligné son prénom à l'encre bleue sur la page de titre. William sourit. Combien de moments comme celui-ci aurait-il encore dans sa vie ?

Il espéra soudain qu'il ne trouverait jamais toutes les pièces. Il était heureux qu'il n'y ait que des tortues jusqu'en bas. Il flottait dans l'air une odeur de curry de légumes et les branches bruissaient furieusement au-dessus de sa tête. Il se rendit compte à cet instant qu'il portait encore les vêtements d'Alisanne. Dans ces vêtements, avec son nouveau chapeau et l'écharpe d'Irene, il se sentait presque comme un autre homme. Alors, ça faisait ça. C'était ce qu'Irene avait éprouvé. Le fait de devenir quelqu'un d'autre.

À ce moment, il aperçut une tache de couleur sur la tranche du livre, en fin d'ouvrage. Il l'ouvrit avec précaution et découvrit une aquarelle magnifique sur la dernière page. Du gris. Du pourpre. Du jaune. Du bleu. Une rue animée. Des voitures circulant autour d'un rond-point, sur un fond de gratte-ciel illuminé par les rayons du soleil. Des tours blanches dardant vers le ciel bleu d'un jour nouveau. Le néon rouge d'un restaurant de Chinatown, allumé même en plein jour. La lumière du soleil se reflétant sur un château d'eau. La verdure touffue et sacrée qui grimpait dans les squelettes bruns des arbres de la ville. Traversés par des méridiens d'asphalte. Au loin, la skyline formait l'horizon du fleuve. Et, s'élevant derrière, le pont de Brooklyn. Aucun doute, c'était l'œuvre d'Irene. Ses couleurs, ses lignes, ses ondes tremblotantes. C'était titré simplement *Vue du 4R*. Sur la page d'en face il y avait un mot, de son écriture :

William – Merci pour le livre. J'espère que Sara te l'a rendu ! Et j'espère que ça ne t'embête pas que j'aie peint un dessin sur cette page à l'époque où nous avions rompu et où je pensais ne jamais te revoir. Je te dois une explication, j'imagine, puisque tu es revenu. C'est la vue de ma chambre dans l'appartement de ma grand-mère Fiona, 12 Spruce Street, où je suis partie vivre quand j'étais petite et, disons-le, pas la petite fille la plus adorable du monde. J'ai aimé vivre là-bas, mais un jour elle est tombée malade et elle est morte. J'ai pris un peu d'argent et je me suis enfuie parce que je ne voulais pas revenir chez moi. Je t'ai dit un jour que j'étais née dans la mauvaise famille. Pendant très longtemps, j'ai cherché ma vraie famille et je sais maintenant que je l'ai trouvée. Nous aurions pu être amis il y a longtemps, William. J'aurais aimé cela. Depuis notre rencontre, je me suis demandé si c'était le destin, tu comprends ? Pas de façon naïve. Je me

suis dit : et si, indépendamment de ce que j'avais
fait pendant toutes ces années, j'étais en train
de mourir, mais quelque part ailleurs ? Alors
j'ai pensé que ce qui importait était sans doute
ce « quelque part ». Si les dieux s'en donnent la
peine, alors l'homme doit avoir le libre arbitre.
Je suis toujours sur le point de te quitter[1]. *Tout*
mon amour, Irene.

William resta immobile un long moment. Ainsi elle
venait de – eh bien, du même quartier que lui. Il étudia
l'aquarelle de nouveau. Le royaume d'enfance d'Irene.
Comme lui, elle contemplait ce paysage la nuit et
s'endormait dans le même ventre de rues bruyantes.
Qui sait ? Ils s'étaient peut-être croisés dans une sortie scolaire ou avaient rampé à quatre pattes sous les
mêmes tourniquets. Les jours de neige, ils se levaient
tôt tous les deux pour regarder NY1 et savoir si les
écoles étaient fermées et, le 4 Juillet, ils admiraient
le même feu d'artifice dans le même ciel. Ils s'étaient
écorché les genoux sur les mêmes trottoirs et avaient
répondu aux mêmes questions du même examen
Regents de New York. Et quand tous les autres étaient
partis de chez eux pour venir ici, ils étaient partis d'ici
pour rentrer chez eux.

---

1. En français dans le texte.

8

Longtemps après, William se leva du banc et marcha jusqu'au métro le plus proche pour rentrer chez lui. Il appela sa mère en chemin, elle ne répondit pas. Il se souvint alors qu'elle était chez la mère de Chongso, dans sa robe rouge de *mudang,* au milieu de leur salon, stores baissés et rideaux tirés tandis que les membres de la famille Kim, assis autour, la regardaient faire une danse que les grands-parents de leurs grands-parents faisaient déjà. Ça devait gémir, hurler, pleurer. Les fantômes des ancêtres, privés d'organe de la parole, seraient invités à emprunter ses cordes vocales, sa langue et ses lèvres. Et les Kim, peu à peu, s'autoriseraient à croire ce qu'ils avaient besoin de croire. Que Chongso allait bien. Qu'on l'avait localisé. Qu'il veillait sur eux en compagnie d'une centaine de générations de Kim. William voulait y croire aussi ; il était fatigué de faire semblant de ne pas y croire.

Il prit son téléphone et, sur l'écran fissuré, envoya un texto à Sung-Lee, la fille avec qui il était sorti deux fois quand Irene et lui avaient rompu.

Tu as appris pour Chongso ?

Oui ! C'est triste ! Tu vas bi1 ?

Ça va. Et toi ?

SupR. Un verre 1 de ces 4 ?

Son pouce hésita. Baissant les yeux vers l'écran assombri, il sentit une sensation étrange circuler dans son bras. Il descendit lentement son pouce vers le clavier et répondit.

Maintenant ?

Ils convinrent de se rejoindre vers South Street Seaport, où elle connaissait un bar pas trop bruyant où ils faisaient de bons cocktails. Bientôt, William se retrouva sur Fulton Street, à contempler de nouveau le pont de Brooklyn qui, sous cet angle, semblait presque fait de lumière. Il sentait une ombre derrière lui. Il passa devant une vitrine sombre remplie de mannequins sans visage. Le son d'un saxophone s'élevait des marches de l'église. Tout le monde, autour de lui, était ivre.

William se fraya un chemin à travers la foule, la cherchant des yeux. En passant sous la voie rapide FDR Drive, il entendit Sung-Lee l'appeler. Il lui fallut un petit moment pour la repérer : dans un manteau bleu marine avec un col blanc, sortant d'un taxi. Elle zigzagua habilement sur les pavés sur ses bottines à talons aiguilles et lui effleura la joue des lèvres quand il arriva à sa hauteur.

— J'ai failli ne pas te reconnaître, dit-elle. J'*adore* comme tu es habillé.

— Vraiment ?

William savait qu'il rougissait. Sung-Lee était bien plus jolie que dans son souvenir, du moins dans la douce lumière de la rue. Elle portait un collier scintillant en dents de requin argentées. Ses yeux étaient ombrés de vert tendre.

— Ta mère te cherche partout.

William tenta de se justifier.

— Oh. Eh bien, j'étais…

— Vilain garçon, le taquina-t-elle. Appelle ta mère.

Lui avait-elle fait un clin d'œil ? Oui. Il essaya de rirc à sa plaisanterie, mais quelque chose dans son attitude clochait. Elle était timide la dernière fois qu'ils étaient sortis ensemble. Elle portait des talons plats. Elle ne l'avait pas embrassé spontanément sur la joue, ni dit des choses comme « vilain garçon ». Il se demanda si elle était ivre. La dernière fois, un demi-verre de vin avait suffi à la faire somnoler.

— Ils passent toute la région de New York au peigne fin pour retrouver le type qui a écrasé Chongso. Quand ils l'auront trouvé, j'espère qu'ils vont lui rouler dessus. Sinon, comment va la vie ?

— La vie… est la vie. Et la tienne ?

— Géniale. Je m'amuse beaucoup.

— S'amuser. Ça a dû m'arriver jadis, plaisanta-t-il.

Elle rit. Beaucoup. Puis elle saisit sa main et dit :

— Je vais te rafraîchir la mémoire. Viens.

Elle le tira dans la rue comme un chiot jusqu'au Cutty Sark. Un petit clipper jovial en fer pendillait sous l'enseigne à l'entrée. Les fenêtres étaient ornées de cordages épais comme le poing et de vieilles voiles de bateau. Un lustre gouvernail suspendu à une barre rouillée prenait la salle d'assaut. Aux nombreuses tables en bois le long du pont, des hommes et des femmes buvaient de la bière et mangeaient des fish and chips. William et Sung-Lee s'installèrent à côté d'un homme au bonnet rouge qui partageait une soupe de poisson avec un type portant des rouflaquettes et un chapeau à petits bords.

Elle fit signe à une serveuse qui passait et commanda deux Manhattan, dont un avec cinq cerises au brandy.

— Ils rincent le verre à l'absinthe, expliqua-t-elle. Ça fait vraiment ressortir les saveurs.

— Oui, mais l'absinthe fait des trous dans le cerveau, non ? s'inquiéta William.

— Pipeauuuu.

Elle leva l'index vers le crâne de William. Puis elle passa la main sur sa bosse.

— Alors, dis-moi, tu t'es battu ?

William sourit.

— Eh bien, oui.

Elle parut… surprise ? Non. Impressionnée. Il regarda autour de lui, comme s'il craignait que quelqu'un les voie ensemble. Il avait l'étrange sensation d'être infidèle.

— Je ne dois pas rentrer trop tard, déclara-t-elle en éloignant sa main. Je prends un avion à six heures du matin pour une conférence à Istanbul.

Les haut-parleurs vibraient sur les basses puissantes d'une chanson. Elle fredonnait en bougeant les hanches. Elle reprit le refrain en cœur, « O… oh… oh… *Dreams weave the rose*… Tu as vu le clip ? Il est immonde. Mais j'aime bien la chanson. » Elle haussa les épaules comme s'il s'agissait d'un des mystères insondables de la vie.

— Une conférence sur quoi ? s'enquit William.

Leurs verres arrivèrent et il se demanda à quelle vitesse il pourrait finir le sien et se barrer d'ici. Elle pêcha l'une des cinq cerises au cherry et la porta à ses lèvres pour la grignoter.

— Mifamurtide. C'est ce nouveau médicament qui vient de passer avec succès la phase trois des essais cliniques. Ils vont bientôt l'autoriser en Europe. Il faut que ça se passe bien parce qu'on a vraiment merdé le mois dernier à Copenhague. Pas par *ma* faute, évidemment. C'est cet abruti de Parker qui s'est emmêlé les pinceaux avec le décalage horaire ou qui n'a pas mis son réveil, bref, il ne s'est pas pointé. Et bien sûr, il avait tous les slides avec lui. J'ai dû monter sur scène sans rien et faire la présentation de mémoire. C'est la pire chose qui peut t'arriver, crois-moi. Tu n'imagines même pas.

William acquiesça aimablement. Il ne savait pas s'il était poli ou pathétique, mais dans les deux cas, il sentait qu'il allait le regretter.

— Je déteste qu'on me fasse perdre mon temps, tu comprends ?

Était-ce une critique voilée qu'elle lui adressait ou était-elle trop bête pour se rendre compte qu'il pouvait le prendre mal ?

— Dieu merci, ça s'est bien passé. Et mon boss était tellement impressionné qu'il m'a emmenée en jet privé dans sa villa au Panama. Elle est, genre, au sommet d'une montagne privative, un ancien volcan. On ne peut y accéder que par hélicoptère ! Et elle a, genre, des putains de murs en verre, alors tu peux être assis dans la cuisine et voir les baleines dans l'océan, genre, expulser l'eau à plusieurs mètres de hauteur.

William s'efforça de paraître impressionné et jaloux, réaction qu'il jugeait appropriée.

— « *Atlantis ROSE*, s'écria-t-elle, puis elle poursuivit… *drums wreathe…* »

— On dirait que tout va bien pour toi, alors.

— Tellement bien, répondit-elle en se trémoussant sur sa chaise jusqu'à la fin du morceau.

— C'est… sérieux entre ton patron et toi ?

Sung-Lee éclata de rire.

— Lui ? Non. Il est, genre, marié ou dans le même style. Il n'y a rien entre nous. En plus… (Comme s'il s'agissait d'un grand secret, elle se pencha vers lui :) Il a le dos tout poilu, c'est immonde. Par moments, j'avais envie de lui dire « garde ta chemise, stp », tu vois le genre ?

La dernière fois qu'ils étaient sortis ensemble, elle était une insupportable sainte-nitouche. Il avait l'impression d'être en présence de sa jumelle diabolique, et ce n'était pas mieux, sauf qu'elle semblait plus heureuse. Il ne pouvait pas s'empêcher de regarder ses doigts qui tripotaient la bordure de son revers bleu marine.

— Tu as changé, finit-il par dire. Je veux dire, dans le bon sens. Enfin, je pense. J'admire les gens qui peuvent faire ça. Changer radicalement de personnalité.

Sung-Lee se pencha vers lui.

— J'ai commencé le programme *Entrance*. Tu en as entendu parler ?

— Non. C'est un traitement ?

Elle secoua la tête, puis elle leva les yeux vers le plafond comme pour y puiser l'inspiration.

— C'est genre… tellement incroyable. Il s'agit en fait d'une transformation radicale de toute la structure de ton cerveau par l'hypnose. Enfin, ce n'est pas de l'hypnose. C'est un état semi-conscient provoqué par le mouvement rythmique et le chant. Au début, ça ressemble un peu à du yoga, mais ensuite tu entres complètement en transe. D'où le nom. En-Transe. Tu piges ? Et quand tu es en état de transe, tu arrives à débloquer toutes ces choses. Tu prends conscience de tout ce qui te tire vers le bas, comme la haine, la peur, le nihilisme ou le gluten. Tu identifies les choses que tu veux et tu t'autorises enfin à les prendre…

La fin de sa diatribe se perdit dans le passage assourdissant d'un camion-poubelle en train de broyer, biper et faire tourner ses gyrophares pendant que des hommes en veste fluo en descendaient pour ramasser les sacs noirs remplis d'ordures qui luisaient sous les lampadaires. Il regarda de nouveau Sung-Lee, qui savourait sa dernière cerise. Était-il une chose qu'elle avait décidé de s'autoriser à prendre ? Ou était-il une chose à débloquer ? Une sorte de cadenas ; le gluten de sa vie amoureuse. Il regardait les hommes dans la rue balancer les sacs d'ordures comme s'ils n'étaient que de l'air noir. Sung-Lee suivit son regard vers la porte. Que voulait-*il* ?

— Allons sur le pont, proposa William.

Il se tenait avec Sung-Lee au bord du pont sous un halo de lumière dorée, regardant les bateaux qui traçaient dans l'obscurité à des dizaines de mètres sous leurs pieds. Ses cheveux lui balayaient le visage et son bras touchait le sien tandis qu'elle montrait du doigt, tout excitée, un duo d'hélicoptères volant pale contre pale à quelques centimètres de distance l'un de l'autre. Elle n'écrasait sûrement pas ses fesses contre sa cuisse par hasard. Ses mains semblèrent se souvenir, quand il en posa une au bas de son dos, du contact d'un vrai corps. Il se tourna pour l'embrasser et elle ne disparut pas. Elle ouvrit la bouche, avec gourmandise. Une langue derrière des petites dents pointues. Sa poitrine se soulevait et ses mains remontaient en zigzag le long de sa colonne vertébrale. Un vent puissant les enveloppait, les poussant dans le sens du courant. Elle sentait le coquelicot et l'Earl Grey – venait-elle de lui mordre la langue ? Oui. Un goût métallique. Il enroula les mains autour de sa taille et au dos de sa jupe. Ses hanches se balançaient, dansaient légèrement comme dans le bar. *O... oh... oh. Dreams weave the rose.*

Ses pommettes brillaient. Il s'interrompit, soudain moins sûr de lui. Ses lourds cils noirs se soulevèrent et ses pupilles brun clair l'étudièrent, en bougeant rapidement. Il avait (presque) oublié la sensation de *voir* réellement une personne. Et de voir quelqu'un le regarder, lui. Elle passa un doigt sur l'arête de son nez, puis le contour de ses lèvres.

— Mais quand as-tu appris à embrasser comme ça ? cria-t-elle au passage d'un camion UPS.

William regardait les coins de ses lèvres se relever dans les plis de ses joues. Un sourire en parabole parfaite. Le bout de ses doigts...

— C'est elle qui t'a appris ? La fille pour qui tu m'as plaquée. La dernière fois.

— Je suis vraiment désolé, soupira William. Je sais que j'aurais dû t'appeler.

Mais elle l'attrapa et l'embrassa avec fougue. Profitant d'une accalmie de la circulation, elle lui chuchota au creux de l'oreille :

— Ne garde pas de rancœur, William. C'est de la peur et de la haine. En plus, je ne me mets jamais en travers de la route d'un putain de grand amour.

— Euh… je ne sais pas si…

Sauf que si. Elle était. Ou avait été. Son putain de grand amour.

Elle sonda ses yeux.

— Tu es toujours amoureux d'elle.

— Elle… est morte, dit William.

Il savait qu'elle savait ; leurs mères se parlaient.

— Peu importe, dit-elle. (Puis, très sérieusement, elle lui demanda :) As-tu embrassé quelqu'un d'autre depuis qu'elle est morte ?

— Je ne veux pas en parler. (Puis il ajouta :) Non.

Visiblement, c'était la bonne réponse. Elle embrassa son cou et il sentit ses mains sur lui de nouveau. Il se retourna et observa les gens sur la passerelle. Des familles. Des couples. Des visages, des hanches, des pieds. Des cheveux sur des épaules. Mais aucun n'était ceux qu'il voulait.

— Allons chez toi, suggéra-t-elle.

— Impossible.

— Pourquoi ?

Il marqua une pause, certain de ne pas vouloir lui dire qu'il était retourné vivre chez sa mère depuis un an. Il était surpris, en fait, qu'elle ne le sache pas déjà. Cela signifiait que sa mère n'en avait pas parlé autour d'elle.

— Ils pulvérisent de l'insecticide. Contre les mouches.

Elle l'embrassa, presque rageusement.

— Alors, allons chez moi.

William murmura d'accord, elle se frotta contre lui. Il la serra fort, à en avoir les jointures blanches. Ils ne reparlèrent pas d'Irene en marchant vers Manhattan ni dans le taxi pour l'Upper East Side. Au lieu de cela, elle lui parla de ses collègues casse-pieds, de son ex-petit ami Jeremy. William transpirait. Il se demandait pourquoi il faisait ça. Parce qu'il avait peur d'elle ? Oui, mais il y avait autre chose. Plus elle le touchait et plus il la touchait en retour, plus il sentait quelque chose d'autre. Quelqu'un d'autre.

Une fois dans l'appartement, Sung-Lee arracha le manteau de William avant qu'il ait eu le temps de refermer la porte. Il aimait le contact de ses mains contre sa mâchoire endolorie. Sa façon de lui mordiller l'oreille. Sa langue le lançait là où elle l'avait mordue, mais cette légère blessure, ainsi que la douleur familière au-dessus de son œil, se noyait dans la souffrance qui avait envahi tout son corps. La pièce était sombre, et il n'arrivait pas à bien la voir, seulement des ombres et la chaleur de sa peau contre la sienne. Elle fit passer sa robe par-dessus sa tête, dévoilant une chair cannelle et un slip rose, pas de soutien-gorge, les dents de requins argentées tombaient entre ses seins. Il enfouit la tête à cet endroit et remplit ses poumons. Coquelicot et Earl Grey. Ses mains étaient aux prises avec son ceinturon ; les doigts crochetés autour de la boucle, elle le tirait dans la pièce.

Ses cheveux noirs fouettaient l'air comme si elle était possédée et elle ordonna : « Sur le canapé. » William regarda avec envie son lit, à l'autre bout de la pièce, mais il n'y avait aucun moyen de l'atteindre. Elle le jeta presque sur le canapé. Bientôt, William n'eut plus d'autre choix que de tenir bon et d'obéir à ses ordres – aboyés et fréquents –, chargés en *putain*, *merde*, et autres injures. Elle criait intentionnellement. Il n'était pas possible qu'il soit *si* bon. C'était assez incroyable, cependant. Même s'il avait l'impression d'être utilisé. Même s'il se sentit soulagé à plusieurs niveaux une fois la chose terminée. « C'était agréable », dit-elle, bien qu'elle n'ait pas fait grand-chose qu'il puisse qualifier d'agréable.

Il se réveilla quelques heures plus tard en l'entendant se préparer dans la salle de bains. Il la vit paupières mi-closes en ressortir habillée et quitter l'appartement sans faire de bruit. L'avion de six heures du matin pour Istanbul. Classe affaires, sans escale. William se traîna jusqu'au lit, enfin, et enfonça son visage dans les oreillers frais. Au moment où il commençait à se rendormir, il sentit une main chaude sur son dos, et la pointe d'un nez dans son cou. Était-elle revenue ? Avait-elle changé d'avis ou pris un vol plus tard ?

C'était bien ? chuchota une voix à son oreille. *Comment c'était ?*

William sursauta et il voulut se retourner, mais il sentit une main appuyer sur sa joue comme pour l'en empêcher. Il fut envahi par un flot de culpabilité, un mal de ventre terrible. Comme si elle avait tout vu.

Oh, je t'en prie, susurra-t-elle. *Ne sois pas ridicule. C'était juste du sexe. Et si je pensais que tu allais tomber amoureux de Sung-Lee et m'oublier, je te dirais : vas-y, fonce.*

William sentit son visage s'enflammer. Il ne pleurerait pas devant elle, qu'elle soit réellement là ou non.

Elle se tut un moment, et il pensa qu'elle était peut-être partie.

Je dois avouer que le sexe me manque vraiment.

Les fantômes ne peuvent pas faire l'amour ?

Pas de corps, pas de terminaisons nerveuses.

C'est injuste.

Tu n'as pas idée.

William sentit sa main s'écarter de son dos et il tâtonna pour la saisir, mais il ne trouva que l'air et sa propre peau. *Je te trouverai*, promit-il.

En s'endormant, il crut l'entendre dire, *je ne suis pas perdue.*

9

Twelve Spruce était un immeuble d'avant-guerre en brique blanche. William repéra les sonnettes poussiéreuses près de la porte et appuya avec hésitation sur 4R. Il savait que c'était absurde, mais il voulait tenter le coup. Si personne ne répondait, tant pis. Mais à sa grande surprise, la porte trembla et se déverrouilla. Il traversa le hall sombre jusqu'à un vieil ascenseur grinçant qui le bringuebala lentement jusqu'au quatrième étage. Il trouva rapidement le 4R. Le paillasson disait bienvenue.

William frappa à la porte et il attendit. Quelques secondes plus tard apparut une vieille femme hispano-américaine aux yeux cerclés de larges rides. Pendant un instant, bien qu'il sache qu'elle était morte, il crut qu'elle était grand-mère Fiona. Il entendait derrière elle des coups de feu et des cris en arabe provenant de la télévision, suivis par des notes de trompette indiquant une transition, puis les commentaires du journaliste invisible.

Il enleva son chapeau.

— Bonjour. Excusez-moi de vous déranger. Vous ne me connaissez pas, mais une amie à moi a vécu dans votre appartement. Et je me demandais… Puis-je entrer juste une minute ?

Il savait qu'il n'y avait aucune raison que cette femme autorise un total inconnu, vêtu d'un T-shirt punk rock français un peu inquiétant, à entrer chez elle, mais à sa grande surprise, elle s'écarta de la porte sans un mot.

— Je m'appelle William. Euh… *Mi nombre es William ?*

Elle hocha la tête et se dirigea vers le grand canapé blanc devant le téléviseur. Le sol était jonché de camions, de balles et d'autres jouets épars. Il y avait des peintures religieuses au mur, une Vierge à l'Enfant et quelques Christ sur la croix. L'appartement semblait avoir été rénové récemment. Le parquet était neuf et régulier. Les murs étaient blancs et bosselés, comme tous les murs d'appartement à New York, repeints à chaque nouveau locataire. Si seulement il pouvait racler les couches et voir en dessous. Dévoilerait-il des mouchetures, des taches de thé, des empreintes digitales et des traces de peinture à l'huile datant de l'époque d'Irene ? William se déplaçait sur la pointe des pieds dans l'appartement, se demandant quelle chambre avait été la sienne. Il passa devant une desserte utilisée comme autel de prières, chargée de photos d'enfants et de petits-enfants devant lesquelles étaient disposées bougies et statuettes. Un bol d'eau bénite et une coupelle contenant une matière granuleuse comme du sel. Il y avait une magnifique collection de chapelets en perles de bois rouge, à côté d'un encensoir maculé de cendres.

Devant cet autel, William pensa à sa mère, qui devait à l'heure qu'il était être rentrée à la maison, et ranger les apparats de son rituel ancestral : des pommes, des galettes de riz, des pièces de monnaie et de minuscules personnages en carton. Des chaînes en fer et des petits bateaux qu'elle agitait dans les airs. Des tambours et des bouts de papier griffonnés de lettres et de symboles. La science et la médecine sont utiles, lui avait dit sa mère. Pour guérir des maux, réparer les os, prendre soin des malades, des personnes âgées et des nouveau-nés. Pour faire des recherches sur le sida, comme ton frère Charles, et pour vendre des médicaments et des vaccins comme Sung-Lee – ce sont là des actes nobles. Et lucratifs, ne l'oublions pas.

Mais une *mudang* soignait autre chose. Quelque chose que les produits chimiques ne pouvaient atteindre ni les rayons X rendre visible. La chose qui provoquait la maladie, et qui se trouvait là avant les virus, les bactéries et même l'ADN. *Uhwan.*

Ce qu'elle appelait « malheur » là où d'autres ne voyaient que de la « malchance ». Car quand l'*uwhan* se glissait dans ta vie, il était bien pire qu'un simple manque de chance. Au début, il ne provoquait que des petits incidents, qui restaient tous dans le domaine du probable. Un empêchement ici, une déception là, mais tu gardais le moral, en général. Le genre de problèmes qui arrive à tout le monde un jour ou l'autre. Un peu comme un contre-courant à la plage t'entraîne progressivement dans la mauvaise direction. Tu corriges, mais de façon excessive. Tu t'agites dans tous les sens, et ça ne fait qu'empirer la situation. Tout s'effondre autour de toi, tu recolles les morceaux à la hâte, mais tu ne peux pas ignorer les fissures qui sont apparues. Impossible de faire mieux, car d'autres problèmes, plus graves, t'assaillent déjà. La médecine ne peut pas guérir ces maux. La psychologie ne peut pas résoudre ton problème. Un jour, tu te réveilles pour découvrir que ce n'est plus une seule chose qui va mal, mais des centaines. Qu'elles ont réduit ce qui va bien comme une peau de chagrin. Parce que la malchance est un fléau qui en engendre d'autres. Ce qui commence par un léger déséquilibre se propage en une onde de choc capable de balayer des empires.

Quel enchaînement de malchance, allant de mal en pis, avait précédé l'accident de Chongso ? Pour quelle raison Mme Kim avait-elle décidé de le punir ce matin-là ? Qu'est-ce qui l'avait poussé à sortir en douce de chez lui pour aller acheter une bande dessinée ? Que faisait le conducteur au lieu de regarder la route ? Aucun désastre ne naît d'un incident unique.

Il est le tsunami qui suit la marée montante. Il est la fusion du cœur d'un réacteur nucléaire qui s'amorce quand une dizaine de dispositifs de sécurité ont échoué. Avant la chimio, avant le cancer, avant la mutation cellulaire, il y a le malheur. *Uhwan*.

William fouilla dans sa poche arrière bosselée, sous le carnet d'adresses, et il en sortit la petite figurine d'Aqualad. Il l'étudia une dernière fois. Il aimait à penser qu'elle faisait partie d'une hypothétique treizième œuvre d'art qu'elle n'avait jamais eu le temps de réaliser. Et il aimait à penser qu'elle aurait eu un rapport avec lui. Il comprit seulement alors que toutes ses œuvres liées à la mort, à la déception et à ses amis, avaient aussi quelque chose à voir avec lui, son dernier amour. Délicatement, il posa le superhéros sur l'autel à côté des bougies, et il pria en silence pour Chongso Kim.

William errait dans l'appartement, s'attendant presque à voir surgir un chien ou un mari, prêt à le tuer. Il avait espéré… il ne savait pas. Qu'il entrerait dans la pièce et trouverait Irene assise sur le canapé à côté de sa grand-mère Fiona, un livre sur les genoux, tournicotant ses cheveux, de la peinture sur les doigts. Qu'elle se nicherait contre lui, et caresserait ses cheveux. Qu'il l'appellerait Sans Oreilles et qu'ils évoqueraient Hier et Aujourd'hui, sans mentionner cet hôte indésirable et odieux, Demain. S'il pouvait y avoir un seul jour de plus, songeait-il, comme le premier. Avant qu'elle reçoive une réponse des médecins et commence à mourir. S'il pouvait avoir un seul jour de plus où tout allait bien, où le temps pouvait être gaspillé, parce qu'il y en avait encore tellement, tellement au-dehors.

Et alors il la vit, par la fenêtre de ce qui était désormais une pièce remplie de boîtes poussiéreuses. La vue exacte peinte à la fin de son exemplaire de *L'Iliade*. Le pont de Brooklyn. Des câbles arqués comme une harpe immense, vibrant des secrets chuchotés par les traversiers. C'était le paysage qu'elle avait vu tous les soirs en s'endormant et tous les matins en se réveillant. Il imaginait qu'il entendait des voix remonter le long des filins et traverser l'acier, danser entre les voitures et naviguer sur le bruit sourd des roues de bicyclette contre la passerelle en bois. Il voyait la chaussée monter et descendre telle une vague sur la mer.

Il lui fallut un moment pour se rendre compte qu'il n'avait rien fumé de la matinée. Ça ne venait pas de là. Toutes ces voix, toutes ces roues et ces pieds convergeaient vers une harmonie. Une note pure, parfaite qui entrait en résonance avec le pont lui-même et le fleuve déferlant en dessous. Faisait écho aux cris des capitaines des grands navires en bois qui prenaient la mer à South Street, larguaient les amarres pour les sept océans, voyageaient dans les rêves. William regardait émerveillé les notes courir sur la chaussée comme une courbe sinusoïdale, une octave provoquant la chute des briques, une à une, des tours, un pied à plat sur chaque rive.

Dans le ciel bleu, les voitures et les gens s'envolaient comme une nuée de mouettes, toujours plus haut, plus haut, sans jamais redescendre. Vers la ouate cristalline des nuages. La lumière faisait étinceler leurs montres, enjoliveurs et guidons. Ils devinrent des ailerons fendant l'océan du ciel. Brique par brique, le pont s'éleva dans les airs, tirant la rivière derrière lui, goutte par goutte. Une Atlantide émergea. Terre de futurs et de passés. Jadis, un continent avait sombré dans la mer. Adieu ! criait-il aux gens qui disparaissaient. Des milliards de gens, lui semblait-il, au moment où le ciel aspirait le pont entier.

Le mariage de Sara Sherman
et George Murphy

Sara Sherman courait d'une pièce à l'autre de la suite nuptiale, soulevant sa robe pour qu'elle ne balaie pas les tapis du Waldorf. La robe était encore un chouia trop longue, même après qu'elle eut spécifié à la dame de chez Nelson de la raccourcir lors des deux précédents essayages, il y a six semaines et un mois. Aussi la dentelle au bas du jupon était-elle légèrement grise tandis qu'elle se précipitait vers la porte – où le coordinateur de l'événement, Zacharie, venait lui faire un point sur les chaises –, avant de retourner dans la chambre où ses sœurs, Adeline et Eddy, s'activaient autour de la mère de George dans l'espoir de modifier la coiffure que la styliste, Erikah, avait passé deux heures à lui faire ce matin.

À peine ce problème était-il réglé qu'elle surprit sa mère en train d'enlever des bouquets les gypsophiles qu'elle jugeait « en trop ». Sara lui confia immédiatement la tâche de vérifier si la SuperGlue ressoudait correctement le talon cassé de Grandma Pertie, l'aïeule de George. Et quelqu'un parvenait-il à localiser par GPS son frère aîné, Clarence ? Qui, bravant l'ordre strict de rester à Midtown, s'était barré en douce ce matin pour visiter les Cloîtres près de Fort Tryon Park, et se trouvait maintenant dans un taxi coincé sur la Douzième Avenue derrière un quelconque cortège officiel. Pour Sara, il pouvait bien pourrir sur l'asphalte surplombant le Boat Basin, mais ce membre de la Mensa avait eu la bonne idée d'emporter les alliances.

Elle fut interrompue par la nièce de George, Beth, la fille de sept ans du plus jeune frère de George, Franklin (qui, à seize ans, avait oublié ses préservatifs en partant au bal de fin d'année). Sara aimait énormément Beth, car elle était apparemment le seul autre être humain responsable de toute la suite nuptiale. Robe à fleurs, cheveux coiffés et souliers aux pieds, Beth était prête depuis plus de deux heures. « Il sonne », disait-elle maintenant d'une voix calme, le téléphone de Sara à la main. Beth était chargée de répondre aux appels et de passer le niveau vingt de *Plantes contre zombies*.

Sara regarda le téléphone : c'était le pasteur Thaw, qui avait déjà laissé deux messages ce matin. Il avait dirigé leurs séances obligatoires de préparation au mariage, où ils avaient eu tout le temps d'étudier dans les menus détails le dogme épiscopal, ses différences avec le catholicisme de George et la question cruciale : « Qu'en est-il des enfants ? » Et *maintenant*, il parlait de changer l'ordre des lectures, alors que le programme était imprimé et qu'une répétition générale avait eu lieu la veille. *Maintenons le cap !* avait-elle envie de crier dans ses petites oreilles duveteuses. *On y est presque !* Mais elle préféra rejeter l'appel, rendre le téléphone à Beth, et s'écrier dans la suite nuptiale : « Quelqu'un a-t-il la craie ? »

Une fois encore, seule Beth savait où se trouvait la boîte de Crayola, puis elle entreprit de blanchir l'ourlet grisé de la robe de la mariée.

— Merci, chérie. Est-ce que tu sais où est Adeline ?

Beth ne le savait pas. Personne dans la suite ne le savait. Parfait. Non seulement leur mère avait culpabilisé Sara pour qu'elle demande à sa sœur aînée, une coincée totale, d'être sa demoiselle d'honneur, non seulement Adeline avait organisé un enterrement de vie de jeune fille ennuyeux à en pleurer (Martini pomme et plumes de boa), mais en plus, elle avait déjà abandonné Sara et les préparatifs de la journée.

Si Adeline était malheureuse de quitter son univers sécurisant de Gloucester même pour un week-end, leur plus jeune sœur, Eddy (diminutif, depuis toujours, d'Edwina) n'était pas plus réjouie de s'éloigner de son ashram. Eddy s'était pointée avec un invité imprévu, George-Harrison Zimmerman (George-Harrison était son prénom officiel), dont les cheveux étaient plus longs et plus brillants que ceux de Sara et qui avait apporté sa guitare « au cas où ».

Sara avait du mal à ne pas songer en boucle comme tout cela aurait été plus facile avec Irene à ses côtés. Elle ne faisait confiance à l'avis de personne d'autre en matière de joaillerie, de décoration ou d'invitation. À chaque moment clé de l'organisation, elle avait voulu appeler Irene, pour savoir s'il était sage de porter des escarpins couleur champagne ou obtenir le numéro d'un bon calligraphe. Bien sûr, elle avait ses deux sœurs, mais leur présence ne pouvait en rien combler le vide creusé par l'absence de sa meilleure amie. La seule contribution d'Adeline avait été : « J'espère que tu ne t'imagines pas que tu vas porter les perles de grand-mère », tandis qu'Eddy s'évertuait à rappeler à Sara que le thon au menu de la réception faisait partie des espèces en danger d'extinction à cause de la pêche intensive. Sara s'était ainsi retrouvée à parler en partie à elle-même, en partie à Irene, durant toute la préparation des festivités – et maintenant qu'elle était finie et que le mariage allait réellement avoir lieu, il lui semblait inconcevable qu'Irene ne soit pas là pour y assister.

Le sens esthétique d'Irene avait joué un rôle majeur dans l'organisation de l'événement. En triant ses affaires, Sara avait retrouvé quelques-uns des vieux guides touristiques qu'elles avaient achetés à l'époque universitaire lorsqu'elles commençaient à préparer leur voyage sur la Côte d'Azur. Boom ! Voilà la trame chromatique : les eaux turquoise au large de Saint-Tropez, et les toits roses de Monaco. Bam ! Voilà la police : l'écriture rétro du menu de l'hôtel Negresco.

Sara avait du mal à croire que dans vingt-quatre heures à peine George et elle seraient en train de lire sous les parasols à rayures bleues de la plage de Cannes, ou de monter les escaliers en colimaçon d'un élégant château de conte de fées à Antibes, et de lancer une paire de dés à une table de craps à Monaco. Toute la famille Sherman s'était cotisée pour leur offrir une lune de miel haut de gamme. Sara s'efforçait de contrebalancer la tristesse due à l'absence d'Irene par la gratitude à l'égard de sa famille. Elle avait déjà planifié les moindres détails du voyage, de ce qu'elle allait commander à dîner au restaurant Le Chantecler de Nice, à l'endroit où elle pourrait louer un parasol à

Théoule-sur-Mer, en passant par les règles du jeu de baccara quand ils se rendraient au casino de Monte-Carlo. Et au sommet de la montagne, dans un lieu inondé de soleil appelé Point Sublime, George et elle disperseraient les cendres d'Irene conformément à son souhait, et ce serait enfin fait. Sara en rêvait.

Adeline l'appela de la pièce voisine.

— Le photographe dit qu'il t'attend !

— Est-ce que George est là ? cria Sara en retour.

— Il ne l'a pas dit !

— Quelqu'un a-t-il de ses nouvelles ?

Silence.

Sara saisit le bas de sa robe et se dirigea lentement vers la porte de la suite. Sœurs et mères se précipitèrent pour l'encourager, lui dire combien elle était belle, lui rappeler la chance qu'elle avait. Sara s'assura que Beth avait le classeur contenant le certificat de mariage et se dirigea vers le monte-charge (le seul ascenseur donnant accès au toit-terrasse). Elle était sûre que ses sœurs retiraient déjà les épingles des cheveux de Mme Murphy et que sa mère refaisait les bouquets à son idée. Elle se retourna vers les demoiselles d'honneur en robe de satin turquoise, alignées devant la porte.

— Je veux tout le monde là-haut dans *dix minutes*. Mères, tantes, cousins, frères et sœurs. Des deux familles. Avec bouquets et boutonnières. Et souliers !

Cette dernière remarque était pour Eddy, qui semblait penser que porter des talons hauts faisait d'elle un valet de l'asservissement des femmes.

— Bien, mon capitaine ! la salua Eddy. Allez, allez, allez !

Sara vérifia une dernière fois sa coiffure et son maquillage dans le reflet des portes de l'ascenseur. Qui était cette fille dans l'acier froid avec une bouche en cœur et des sourcils à la Clara Bow ? Ça n'allait pas du tout. Pourquoi s'était-elle laissé maquiller de la sorte ?

Les portes de l'ascenseur s'ouvrirent. À l'intérieur se trouvait une petite femme hispano-américaine cachée derrière un chariot chargé de serviettes propres et de produits d'entretien. Une minuscule radio diffusait une sorte de sermon en espagnol. *¿Dónde está, oh muerte, tu aguijón? ¿Dónde, oh sepulcro, tu victoria?*

— Oh ! s'exclama joyeusement la femme de chambre, plaquant les mains contre sa bouche dans le langage universel saluant une mariée. *¡Eres tan bella!*

— Merci, répondit Sara.

Dans une heure pile, Sara serait là-haut, tenant la main de George face au pasteur Thaw, l'écoutant lire la première épître aux Corinthiens. *L'amour est patient, il est plein de bonté.* Et elle hocherait la tête d'un air attentif tandis que le pasteur énumérerait tout ce que l'Amour n'est pas : envieux, vantard, orgueilleux. Alors qu'elle porterait la robe la plus belle qu'elle ait jamais eue, en cet après-midi le plus dispendieux de toute sa vie. Le reste de la liste était à peu de chose près un récapitulatif des états par lesquels était passée Sara toute l'année. L'amour : *ne déshonore pas les autres, ne cherche point son intérêt, ne s'irrite point.* Fait, fait et fait. L'amour ne garde pas trace des torts ? Sara en avait une feuille Excel remplie. Qui n'avait pas envoyé de cadeau, qui était venu accompagné sans demander la permission, qui avait exigé qu'ils se marient à l'église, quel cousin ne venait pas alors qu'il vivait à moins de trois heures d'ici, quelle tante avait dû être virée après deux verres par le barman et… *L'amour ne se réjouit pas de l'injustice, mais il se réjouit de la vérité. Il pardonne tout, il croit tout, il espère tout, il supporte tout.*

L'amour ne meurt jamais.

L'émission de radio s'arrêta, laissant place à un spot publicitaire. Sara le reconnut dès la première note mélancolique de piano. Elle l'avait entendu partout cette semaine : dans les taxis, chez le dentiste, à la gym. Elle pouvait presque le réciter de mémoire. « Au centre de cancérologie du Mount Sinai… le patient est au cœur de nos préoccupations. Comme Sue, qui avait perdu espoir quand son cancer du foie a récidivé. "Je suis entrée au Mount Sinai, et j'ai immédiatement été prise en charge par une équipe spécialisée dans *mon* type de cancer. J'ai bénéficié des traitements les plus récents, dans le cadre d'une thérapie personnalisée, juste pour *moi*." Aujourd'hui, Sue est guérie, grâce à des spécialistes comme le Dr Atoosa Zarrani… "Nous vivons pour avoir la chance d'aider des personnes comme Sue. Mes collègues et moi avons travaillé main dans la main et… nous l'avons guérie." »

Eh bien, tant mieux pour toi, sacrée Sue. Sara avait envie de casser en deux l'antenne de cette radio de merde et de l'enfoncer dans les haut-parleurs.

Puis elle sentit une main sur la sienne.

— Pas pleurer, dit la femme de chambre. Vous êtes si jolie ! Grand jour !

Sara soupira quand l'ascenseur s'arrêta enfin au vingtième étage, libérant la femme de chambre qui poussa son chariot dehors en souriant, se signant et lui souhaitant tout le bonheur du monde en espagnol. Les portes se refermèrent, et tout en montant seule les derniers étages, elle rectifia son mascara dans le reflet du boîtier d'appel d'urgence. Elle sentit l'ascenseur ralentir, puis se stabiliser, et attendit le ding enjoué annonçant l'ouverture des portes. Elles restèrent fermées jusqu'à l'immobilisation complète de la cabine. Elle retenait son souffle. Incroyable, non, qu'après presque dix ans ensemble, il lui suffisait d'être séparée de George une seule journée pour être impatiente de le revoir, comme elle l'avait été le premier jour, alors qu'elle attendait qu'il descende de son dortoir pour l'emmener au cinéma.

Les portes s'ouvrirent sur le toit-terrasse de l'hôtel Waldorf Astoria. Pour la première fois de la matinée, elle sourit, en balayant du regard le grand ciel bleu sans nuages et les toits de Manhattan, à la recherche de George.

Dans son rêve, George voyait une roue gazeuse d'hydrogène, à cinquante-huit milliards de kilomètres de la Terre, commencer à s'effondrer sous son poids énorme. Bien qu'elle tourne depuis plus de cent mille ans, sa fin était venue. Des secousses sismiques se propageaient dans le disque de glace, d'une température de dix degrés sous le zéro absolu. Il regardait ces micro-ondes radiantes et les grands courants de plasma – des vents solaires émanant de toutes les directions à la fois. Quatre-vingt-dix-neuf virgule quatre-vingt-dix-neuf pour cent de ces rayons voyageaient dans le vide pour toujours sans se refléter sur aucune planète, astéroïde ou matière de toute nature, n'étaient aspirés par aucun trou noir ou autre champ gravitationnel, ne croisaient le chemin d'aucune particule. Des tempêtes turbulentes se déplaçaient le long de la circonférence à des vitesses supérieures au son, tandis que la roue se contractait comme un immense iris dans l'espace, les années passant comme des secondes, le cœur devenant plus chaud et plus brillant en rétrécissant. De plus en plus rapide, la gigantesque orbite de molécules de gaz, dix fois plus grosse que notre système solaire, s'effondrait sur elle-même – jusqu'à ce que, dans un mouvement soudain et spectaculaire, elle atteigne un état d'équilibre stationnaire. Alors, tout redevenait tranquille dans l'espace interstellaire autour de cette nouvelle étoile brillante. George se réveilla à ce moment-là, seul, sur un canapé inconnu, vaguement conscient d'être nu comme un ver.

Des plumes de toutes les couleurs voletaient dans la pièce. Un trio rose vif, vert fluo et bleu hématome dansait un paresseux *pas de trois* autour des verres de Martini sur la table basse, collante d'un résidu de liqueur de pomme verte acide Pucker de la veille. La télévision était allumée, sans le son. Les bras de George enserraient une lampe grise semblant provenir de la table de chevet. Il connaissait l'expression « se prendre une lampée », mais il ne savait pas qu'on pouvait se réveiller enlacé à une lampe. Peu à peu, il se souvint qu'il était dans la chambre d'hôtel que Sara et ses sœurs avaient utilisée pour se changer le soir de l'enterrement de vie de jeune fille. Après leur journée à l'institut de beauté, elles étaient venues ici pour enfiler robes moulantes, talons aiguilles et boas à plumes avant leur grande fiesta. Les gars avaient organisé l'enterrement de vie de garçon de George le même soir à Atlantic City et ils étaient rentrés tellement à la bourre le lendemain qu'ils s'étaient rendus directement au dîner de répétition sans passer par la chambre qui, visiblement, n'avait pas été nettoyée.

George posa la lampe par terre et il observa la pièce autour de lui, du moins le champ de vision auquel il avait accès sans bouger la tête. Clarence et Franklin, ses deux frères, n'étaient pas en vue – ils avaient probablement squatté le lit de la chambre. Et le copain de la sœur de Sara, George-Harrison, celui qui avait suggéré de sortir boire un verre après le dîner de répétition, disposait de sa propre chambre à l'étage.

Restait donc Jacob. Était-il rentré chez lui ou se trouvait-il quelque part ici ? George ne pouvait pas se défaire du sentiment que Jacob prétendait que tout allait bien, cela dit, peut-être que tout *allait* bien. Il tournait soi-disant une nouvelle page de sa vie, sinon plusieurs. Il prenait des cours du soir à l'Institut Pratt le mardi et le jeudi pour passer un diplôme d'arthérapie. Sara affirmait qu'il s'était remis à écrire ; elle l'avait harcelé pour qu'il lise un poème au mariage, mais il prétendait n'avoir rien de nouveau.

Prenant une profonde inspiration, George s'extirpa en titubant du canapé – autant arracher le pansement d'un coup sec, se dit-il. Mais comme pour un pansement, il ressentit une douleur fulgurante. Elle était localisée derrière ses yeux, dans ses oreilles et grimpait le long de son crâne. La pièce entière tournait et se brouillait. Il convoqua toutes ses ressources restantes pour s'empêcher de s'allonger de nouveau – non, il devait absolument se lever. C'était *le jour de son mariage*. Tout allait enfin changer. Sara le lâcherait un peu sur l'entraînement fractionné. Il serait capable de concentrer son énergie sur l'avenir – leur véritable avenir – et de reléguer les petits matins comme celui-ci (était-ce le matin ?) au rang de lointain souvenir. Demain, ils partiraient en lune de miel, et ensuite, ces errements passés seraient loin derrière lui.

La veille. Quel étrange enfer, ce retour, trois heures de route sur la Garden State Parkway, en sueur, dans l'odeur du talc que les stripteaseuses (apparemment) utilisaient pour ne pas glisser sur la barre de pole dance. Il avait retrouvé des paillettes provenant des tétons d'une fille nommée Roxxxy logées à l'intérieur (il savait pourquoi) de sa narine gauche. L'homme était vraiment un animal abject. Il ne l'avait jamais autant ressenti qu'hier, quand il s'était changé devant George-Harrison dans la voiture et était entré directement dans le restaurant étoilé Michelin pour dîner avec ses parents, pour qui une soirée osée consistait à regarder un film de Robert Redford sur le câble, et ses futurs beaux-parents, et voir son amour aux beaux yeux noirs lui demander d'un sourire entendu ce qu'il avait fabriqué exactement. Bénie soit-elle. Pas l'ombre d'un doute ; elle savait qu'une nuit de débauche ne signifiait rien pour lui. Elle savait que ce qui s'était passé ne pouvait en rien entacher ce qu'ils partageaient.

Une plume violette glissa lentement du plafond, avant de se faire piéger par un courant descendant près du balcon et de terminer sa course dans un coin sombre du sol. George prit une profonde inspiration avant de tenter quelques pas. Étonnamment, il ne tomba pas. Il pouvait maintenant apercevoir l'horloge dans la kitchenette – et se rendre compte qu'il lui restait quarante minutes pour se laver, s'habiller et monter sur le toit pour la séance de photos. Il grimaça. Timing serré, il fallait simplement qu'il arrive à mettre un pied devant l'autre. Boire un Canada Dry du minibar. Peut-être manger un cracker. Prendre deux aspirines. Se doucher.

Tandis qu'il dressait cette liste, il se sentait malade à tous les étages. Il avait l'habitude des gueules de bois, évidemment, mais, ces derniers temps, elles étaient différentes. Désormais, sa gueule de bois commençait pendant la fête. En principe, elle n'arrivait qu'au petit matin avec son cortège de regrets. Mais la distance entre le pendant et l'après avait insidieusement disparu. Maintenant, il regrettait les choses au moment où elles se passaient, sinon *avant* – sachant qu'il n'aurait pas la volonté de s'arrêter.

George se mit en quête de la télécommande mais, ne parvenant pas à la trouver, il finit par marcher jusqu'au téléviseur pour l'éteindre. Aucun mystère sur ce qu'il avait regardé, ivre et cul nu au milieu de la nuit, en câlinant une lampe. Il avait mis la Televisión Española, qui rediffusait trois épisodes de *¡Vámonos, Muchachos!* toutes les nuits à partir d'une heure. Les filles avaient découvert cette série il y a des années, mais à l'époque, il n'avait pas compris ce qui leur plaisait. C'était une sitcom tournée en multicaméras qui mettait en scène un groupe de six amis dans la vingtaine, à Mexico City. Personne d'autre à sa connaissance n'en avait entendu parler. Elle n'était même pas diffusée en HD, ce qui renforçait son sentiment de remonter dans le temps en la regardant. Il avait l'impression de revoir un classique des années 90 dans la veine des incontournables de la NBC. La plupart des personnages *Muchachos* avaient un boulot qui ne les empêchait nullement de se prélasser dans le spacieux café Torrefacto, aux banquettes roses et bleues dans le style mod et aux murs aux motifs orange.

Les *Muchachos* étaient Santiago, chirurgien orthopédiste ringard qui avait du mal à aborder les femmes en dépit de son âme romantique. Son colocataire, le beau Tomás, qui travaillait au café Torrefacto (bien qu'on le voie rarement en train de servir). La belle Constanza, présentatrice météo exigeante qui entretenait une liaison tumultueuse avec Tomás. Isidora, l'étudiante en architecture qui partageait le loft de Constanza, jolie fille très perturbée, désordonnée et accablée par la vie. Son frère Aarón, qui jouait de la guitare dans un groupe fauché appelé La Palabra qui était toujours sur le point de percer. Et Renata, de loin la plus déjantée de la bande, orthophoniste aux méthodes peu orthodoxes, bien qu'elle soit si puérile que George se demandait comment elle pouvait garder ses clients. Il y avait entre Santiago et elle une tension vont-ils-le-faire-ou-pas qui ne pouvait pas vraiment être qualifiée de sexuelle. L'humour était bon enfant : des gags à base de perroquets trop bavards, de sacs à main égarés, de quiproquos, d'éviers bouchés et de lettres envoyées à la mauvaise adresse. L'un d'eux se retrouvait régulièrement enfermé à l'extérieur d'un appartement en petite tenue. Ils tombaient toujours à court de forfait téléphonique au mauvais moment.

Il y avait eu des centaines d'épisodes, et d'après les maigres informations que George avait pu recueillir sur Internet, la sitcom se tournait toujours, diffusée au Mexique un an avant d'arriver aux États-Unis.

Il était tombé dessus la première fois en voulant faire le ménage dans le DVR. Sara avait programmé la série sur la liste des émissions à enregistrer, et durant les six premiers mois, ils avaient accumulé *cinquante heures* d'épisodes. Elle ne pouvait pas se résoudre à les regarder et elle lui avait demandé de les supprimer, mais George avait été incapable de le faire. Pire, il s'était mis à les passer, tard dans la nuit, seul. Il ne dormait pas plus de trois ou quatre heures par nuit, la plupart du temps. Il ne comprenait pas comment il était possible d'être encore en vie avec si peu de sommeil, mais il arrivait à traverser la journée, vaseux et épuisé, pour finir par se coucher sans aucune envie de dormir. Il restait allongé dans le noir jusqu'à ce que la respiration de Sara devienne régulière, puis il se levait, lavait la vaisselle, se servait un whisky, réorganisait les livres et les DVD, arrosait les plantes et regardait un épisode de *¡Vámonos, Muchachos!* en buvant son deuxième whisky sur glace.

Dans l'espoir de calmer son estomac, George mâchouilla quelques biscuits rassis dénichés dans la kitchenette de la chambre. Son téléphone sonnait sur la table. Un miracle qu'il ait réussi, ivre mort, à brancher son chargeur. Le visage de son collègue Allen apparut sur l'écran. George rejeta l'appel. Il n'arrivait pas à croire que Sara ait insisté pour l'inviter. Pire que ça, elle s'était arrangée pour que Rob l'emmène à l'enterrement de vie de garçon !

C'était au cours de cette soirée, quand George, ivre, avait enchaîné toutes les figures imposées de la camaraderie masculine – jouer au black-jack avec lui, l'arrêter au magasin Gary's SuperLiquor pour acheter suffisamment de bière pour noyer un troupeau de bœufs –, qu'Allen lui avait demandé à brûle-pourpoint s'il avait jamais couché avec une autre fille que Sara. (Où était Jacob quand on avait besoin que quelqu'un calme le jeu ?) George était trop abruti par la mauvaise bière et le bruit incessant des synthétiseurs pour mentir. Sachant que cela se lisait sur son visage, il avait secoué la tête.

— C'est tellement années cinquante, mec ! avait crié Allen. Putain, tu es comme mes *grands-parents*.

Comme ses propres grands-parents aussi, avait pensé George, ou même comme ses parents qui faisaient chambre à part depuis vingt ans.

Allen ne voulait pas lâcher prise.

— Et s'il existait des plaisirs que tu ignores parce que tu n'as jamais couché avec d'autres filles ?

George avait grimacé.

— J'ai étudié la biologie à la fac, Allen. Et j'ai une connexion Internet.

Puis il avait fait des gestes en direction de la danseuse sur scène, qui était seins nus, comme promis à l'entrée.

— Je sais ce que… je sais à quoi ça ressemble.

Après avoir brièvement pris sa tête entre ses mains, Allen avait passé un bras autour de George.

— C'est de la folie. Enfin, moi je ne pourrais pas. C'est… contre-productif, au regard de l'évolution.

— Depuis quand tu es biologiste ?

— Écoute. Le mâle est naturellement enclin à la polygamie, alors que la femme est biologiquement programmée pour faire des enfants et s'en occuper…

George n'avait pas écouté la suite, en partie à cause des basses provenant de la scène et en partie parce qu'Allen lui avait déjà rabâché les oreilles de ses conquêtes, les nuits où ils remplissaient les demandes de subventions ou étudiaient les milliers de données dans le laboratoire, parfois même en pleine journée en parcourant les couloirs de l'institut. Allen était accro aux nouveaux sites de rencontre : match.com, adopteunmec, alchimie.com, ScienceConnect. Il avait même une appli sur son téléphone qui lui permettait de faire défiler les profils des filles disponibles à proximité et d'indiquer d'un glissement du pouce s'il était intéressé, comme s'il se trouvait devant une sorte de buffet sexuel. Sara disait qu'elle ne comprenait pas ce que les filles lui trouvaient, mais, à en croire ses discussions dans le vestiaire, Allen s'envoyait en l'air à droite, à gauche et au centre.

George avait soudain ressenti le besoin de savoir.

— Ça vaut vraiment le coup de coucher avec plein de filles différentes ?

Allen s'était tu, pendant un instant, comme s'il ne comprenait pas la question.

— Mec, c'est génial. Je… George… tu me fais de la peine. Je suis désolé. C'est ta soirée et je suis heureux pour Sara et toi et tout ça, mais… quelle question bizarre !

George ne voulait pas en savoir plus. Coucher avec une femme qu'on vient de rencontrer semblait séduisant en théorie, mais abominable en pratique. Pas seulement le fait de se retrouver nu devant une inconnue, ou d'être évalué niveau anatomie et performance sexuelle par quelqu'un dont on ne connaissait pas les standards. Ni la maladresse de ne pas savoir comment s'y prendre quand on a des habitudes avec une autre, mais simplement l'idée d'être intime avec quelqu'un dont on ignore l'essentiel : son deuxième prénom. Nom de la meilleure amie au collège. Département de naissance. Nombre de frères et sœurs. Affinités avec Elvis. Préférence pour les brownies avec ou sans noix. Aptitude à monter à bicyclette. Principales allergies. Lieu d'enterrement du chien ou chat de son enfance. Moments les plus embarrassants de sa vie d'adulte. Nombre approximatif de paires de chaussures. Port de lentilles de contact. Chanson à passer lors de ses funérailles.

George avait toujours été monogame. Et cela lui avait causé des problèmes dès la maternelle. Mme Remington avait convoqué sa mère. Le jeune George était allé voir méthodiquement toutes les fillettes de sa classe, demandant à chacune d'elles de se marier avec lui sous le portique, avec une bague faite d'une paille de briquette de jus de fruits torsadée. Adulte, quand il repérait une belle inconnue rentrant chez elle la nuit par le T, il ne fantasmait jamais de l'entraîner dans la cabine vide du conducteur pour onze minutes anonymes de plaisir. Non, il imaginait débuter une conversation maladroite : elle faisait tomber quelque chose, ou il trébuchait sur le parapluie d'un passager, et ils discutaient aimablement pendant quelques stations d'un sujet d'actualité. Ils se découvraient une passion commune – la crème brûlée aux fruits rouges de Finale, ou les espaces laissés vides sur les murs du musée Gardner depuis le vol d'une demi-douzaine de tableaux dans les années 90, ou le bassin géant de l'Aquarium de Nouvelle-Angleterre. Puis le fantasme passait en avance rapide. Quelques semaines ou mois plus tard, George marchait seul un après-midi pluvieux près de Finale, du Gardner ou de l'Aquarium. Et elle serait là. Ils se rencontreraient par hasard. Se souviendraient. Riraient. Se comporteraient comme de vieux amis. Prendraient un café ensemble. Mais ce n'était pas la partie la plus bizarre du fantasme. Loin de là.

Le plus étrange était qu'il imaginait toujours qu'à un moment donné, durant cet intervalle de quelques semaines ou mois, quelque chose était arrivé à Sara. Elle l'avait quitté ou avait eu un horrible accident. Rien de précis, seulement le fait qu'elle avait disparu et qu'il était triste. L'histoire était sordide, mais c'était le seul moyen de libérer sa conscience pour que le fantasme puisse continuer. Même dans ses rêves les plus fous, il ne pouvait concevoir de la tromper.

George essaya d'évacuer ces pensées en entrant dans la douche. Plus que quinze minutes. Shampoing. Après-shampoing. Ne trouvant pas sa brosse à dents, il se frotta les dents avec l'index. Sara lui aurait conseillé de vomir. Il songea à enfoncer son doigt un peu plus loin et voir ce qui se passerait, mais cette seule pensée était pire que de savoir son estomac baigné des shots de téquila enchaînés hier soir après le dîner de répétition. Si elle avait été là, il l'aurait fait. Pour lui montrer qu'en dépit de son erreur de la nuit dernière, il était ce matin cent pour cent déterminé à se remettre dans le droit chemin.

Mais sans elle à ses côtés, il ne pouvait pas le faire. Il y avait tant de choses qu'il ne pouvait pas gérer sans elle. Il se pencha sous le jet d'eau chaude et pria pour ne pas avoir à le faire. Malade comme un chien, il remercia Dieu d'épouser Sara dans quelques heures. Au travers de la buée, il voyait l'horloge au mur de la salle de bains. Plus que dix minutes. Il ferma les yeux, laissa l'eau courir, et essaya de visualiser son corps à elle. Ils avaient été si pris par les préparatifs du mariage que cela faisait plusieurs semaines qu'ils n'avaient pas fait l'amour. Elle avait fait de tels efforts pour entrer dans sa robe qu'il ne la reconnaissait presque plus.

À dire vrai, depuis deux ans, la fréquence de leurs rapports sexuels s'était considérablement ralentie. Par la faute de Sara, non la sienne. Tout comme il n'arrivait pas à se détendre et à apprécier une boisson fraîche ou une promenade ou une sortie le soir, il devait lutter pour garder son esprit dans la pièce quand il était seul avec Sara. Qu'elle soit habillée ou nue. Quand ils dînaient ou regardaient la télé, il avait conscience d'être en partie ailleurs. Avant, c'était le contraire. Chaque fois qu'ils étaient séparés, il ne pensait qu'à elle. Évidemment, les relations changeaient avec le temps. Les amants devenaient des amis. Simplement, il ne pensait pas que cela arriverait avant ses trente ans, avant même qu'il dise « oui ».

Mais après ce qu'ils avaient vécu – diriger une unité de soins palliatifs dans le salon de William –, il avait l'impression que ses vingt ans étaient déjà loin derrière lui. Il était accablé par le sentiment de perte. L'absence d'Irene. La nuit, durant les pauses publicitaires entrecoupant *¡Vámonos, Muchachos!*, il lui arrivait de trébucher jusqu'à son urne sur la cheminée et de faire tinter son verre contre les poignées métalliques comme pour la saluer. Parfois, il soulevait l'urne et la portait jusqu'au canapé pour qu'elle regarde la télé avec lui. Sara n'avait pas été ravie, le premier matin où elle l'avait trouvé ainsi.

Peu après cet incident, ils étaient convenus qu'il était temps de s'occuper des cendres. D'après Jacob, Irene avait demandé qu'on les disperse en France. Sara avait décidé de le faire pendant leur lune de miel. Il existait un endroit magnifique dans les montagnes où les falaises s'élevaient à six cents mètres au-dessus du Verdon. Irene avait toujours regretté de ne jamais avoir voyagé à l'étranger ; c'était l'occasion d'y remédier. George ne savait pas si c'était la meilleure décision, mais il voulait que Sara soit heureuse et que leur vie reprenne un cours normal. Il y aurait la nuit de noces, dans la suite nuptiale, puis dix jours de rêve dans un endroit paradisiaque en France, où absolument rien ne pourrait aller de travers.

Il ferma l'eau, sortit de la douche et reprit son souffle. Il commençait à sentir les couches supérieures de son mal-être s'alléger. Seule la partie profonde continuait de le plomber. Serviette autour de la taille, il se glissa dans la chambre pour constater que ses frères ne s'y trouvaient pas. Le lit était fait. Leurs smokings n'étaient plus dans l'armoire et ils avaient laissé un mot sur la commode disant qu'ils allaient prendre le petit déjeuner et le retrouveraient sur le toit. Le mot se terminait par *Où est Jacob ?*

George sortit son smoking de la housse et rassembla ses affaires. Il avait sept minutes. Il enfila le caleçon à cœurs qu'il avait acheté pour le mariage, puis des chaussettes fines noires, et passa ses bras dans les manches amidonnées de la chemise blanche. Il la boutonna tout en arpentant la chambre d'hôtel, regardant danser les plumes de boa. C'était comme si les personnages de *1, rue Sésame* s'étaient désintégrés dans la pièce. George balaya l'air de la main, envoyant une nuée de plumes colorées vers le plafond. Elles retombèrent comme des confettis.

Il enfila sa veste de smoking et se regarda dans le miroir. Parfait. Comme s'il ne s'était rien passé. Il s'approcha des fenêtres du balcon et remonta le store, pour faire entrer un peu de lumière avant de quitter la chambre. Il y eut une explosion de rouge, violet, jaune, vert et bleu quand le store créa un appel d'air. Et là, de l'autre côté de la vitre, il vit Jacob, assis à la table du patio, lavé, coiffé et vêtu de son smoking. L'air malheureux, il tapotait la pointe de son stylo sur le papier à lettres de l'hôtel comme un pic-vert forcené.

Il regarda George et articula silencieusement :

— Quelle heure est-il ?

George ouvrit la porte-fenêtre.

— Une heure moins cinq.

— Tu es attendu en haut pour les photos.

— Ouais, je sais, dit George en se tournant pour que Jacob l'admire.

Jacob tapota de nouveau son stylo.

— J'étais censé te réveiller il y a une heure.

— Ça va. Je me suis levé.

— Pardon.

— Quoi ?

George ne se souvenait pas d'avoir jamais entendu Jacob prononcer ce mot.

— Pardon, répéta Jacob en regardant la feuille. J'étais pris par ce truc.

Ce truc était un poème, ou du moins l'ébauche d'un poème, couvert de ratures, d'insertions et de flèches déplaçant des bouts de phrases ici ou là.

Jacob regardait la feuille, l'air contrarié.

— Qu'est-ce qui rime avec *fellation* ?

George sourit et, avant de décoller vers les ascenseurs, il lui rappela de se trouver sur le toit dans quinze minutes pour la photo de groupe. Il avait trois minutes d'avance. Sara arriverait juste après lui. Il ne s'était pas senti aussi heureux de toute l'année ; il savait qu'il ne la décevrait pas.

Tout se déroula à la perfection. Le toit-terrasse du Waldorf était vaste et lumineux. La vue, dans toutes les directions, était stupéfiante. Le vent et le froid étaient supportables. L'une des premières brises chaudes de l'année souffla à travers les Murphy et Sherman réunis ce jour-là. Tout le monde jouait le jeu. Les frères et sœurs étaient alignés ; les mères s'enlaçaient ; tout le monde souriait. Tous les problèmes, drames et inquiétudes qui avaient précédé ce moment étaient oubliés.

Plus tard, les photos montreraient George tenant une Sara rayonnante dans ses bras, qui le regardait avec une adoration absolue. Ils s'embrassèrent au bord d'un océan vertical de gratte-ciel. Ils dansèrent sur une musique invisible ; elle tournoya avec grâce. Main dans la main, ils marchèrent de dos, lançant un sourire par-dessus leurs épaules. Sa robe était blanche jusqu'à l'ourlet, puis elle semblait flotter au-dessus du sol, comme par magie. Elle enfouit son nez dans le bouquet de roses blanches, l'ombre de ses paupières faisant écho au turquoise des bourgeons des pivoines.

Dans les photographies de groupe, les six nœuds de cravate étaient droits, les talons et ourlets à la bonne hauteur, et les cheveux ne volaient pas. Le photographe racontait des blagues comme « combien faut-il de chatouilles pour faire rire un poulpe ? » (huit) qui étaient si nulles qu'elles en étaient drôles. La séance terminée, ils s'entassèrent dans les ascenseurs et redescendirent dans le hall, puis dehors où les attendaient deux limousines blanches. Elles véhiculèrent les parents, tantes, sœurs, frères, grands-parents et amis à l'église en moins de deux minutes.

De grands drapeaux majestueux ondulaient à l'entrée de l'église au moment où les membres de la famille sortirent des limousines pour gagner leur place.

Les invités, qui arrivaient depuis une demi-heure, étaient guidés à l'intérieur les uns après les autres, avec fluidité, chacun s'extasiant à grand renfort de oh ! et de ah ! sur les programmes à motif de treillis floral que Sara avait créés avec le graphiste, inspirés d'un vase Heiligenstein des années 20. Le lettrage intérieur n'était pas, comme George l'avait craint, illisible sous l'éclairage faiblard de l'église. En fait, il se mariait à la tonalité de la brique à l'intérieur du sanctuaire – le choix de la typo Oldenburg était vraiment heureux.

Et Clarence était là ! Arrivé dix minutes avant le début de la cérémonie. Il avait fini par sortir du taxi immobilisé sur la Douzième Avenue, il avait traversé les voies à pied, et escaladé le mur de soutènement de près de deux mètres de haut le long du parc afin de pouvoir prendre un autre taxi et redescendre par Riverside Drive. Il arriva avec les deux alliances dans sa poche, aussi frais que possible, et quand l'orgue entonna la marche nuptiale, il entra tranquillement dans l'église avec Adeline à son bras, suivi par le reste du cortège.

L'orgue à tuyaux de l'église Saint-Barthélemy – le plus ancien de la ville – était aussi majestueux que mélodieux. George ressentait ses vibrations dans l'air. Sa mère était belle, avec sa coiffure à la Audrey Hepburn, quand elle l'accompagna jusqu'à l'autel. Puis un sentiment d'absolu monta en lui, qu'il n'avait pas connu depuis longtemps, difficile à décrire autrement que comme une absence totale de solitude. Comme si le George à l'intérieur du George que tout le monde pouvait voir se trouvait en bonne compagnie. La même sensation que lorsqu'il avait goûté ce vin à Shelter Island, ou quand il avait vu son premier mort. Une lueur provenant de plus loin que ce qui était connu et mesurable dans l'univers. Mais ces pensées s'évanouirent à la seconde où il vit Sara s'avancer vers l'autel au bras de son père.

Une lumière chaude baignait son visage, le vitrail scintillait au-dessus d'elle. Son père était ému aux larmes, juste ce qu'il fallait. Elle s'efforçait de ne pas le regarder, sachant que cela la ferait immédiatement pleurer. Elle fixait son regard sur George, qui avait fière allure au bout de l'allée, dominant de sa hauteur le pasteur au dos voûté et aux yeux fatigués.

Le pasteur Thaw parlait. Sara l'entendait à peine. Il disait quelque chose au sujet d'un petit village quelque part en Italie, qui possédait une statue en argent de saint Barthélemy. Le jour de sa fête, ils portaient traditionnellement la statue dans les rues du village. Un jour, elle était soudain devenue mystérieusement très lourde et les villageois avaient été obligés de la reposer. Au même moment, un éboulement de rochers avait dévalé la montagne en direction de la vallée. L'endroit même où ils auraient dû se trouver était enseveli sous les pierres. Sans le miracle du poids subit de la statue, tous les villageois auraient péri. Plusieurs années après, le village avait été mis à sac par des pillards en quête d'objets de valeur. Quand ils arrivèrent devant la statue, cependant, elle était aussi légère qu'une plume. Pensant qu'elle était fausse, ils ne la prirent pas. Ceci, selon le pasteur, était une parfaite métaphore du miracle du mariage. Il pouvait par moments être étonnamment lourd, offrant un point d'ancrage pour le couple, et à d'autres moments aussi léger que l'air – transparent, sans entraves, et même exaltant. Et tout comme Dieu avait protégé les fidèles villageois, Il protégerait les époux fidèles.

Sara pouvait *voir* George se retenir d'opposer des arguments à l'homme d'Église – comment pouvait-il affirmer, sans aucune cohérence, que Dieu protégeait les vrais croyants ? Ce pasteur ne pouvait pas sélectionner les miracles qui l'arrangeaient, dans le seul but de faire un bon sermon. C'était une très mauvaise méthode. Mais non, il se contenta de lever les yeux au ciel en regardant Sara ; ils s'étaient compris et rien d'autre ne comptait. Elle serra ses mains.

Voilà, cela arrivait. Arrivait réellement. Sa sœur s'était levée et elle lisait le passage du *Lapin de velours*[1] :

« Le réel n'est pas comment tu es fait, dit le Cheval de Cuir. Il est ce qui t'arrive. Lorsqu'un enfant t'aime pendant très très longtemps, pas seulement pour jouer avec lui, mais quand il t'aime VRAIMENT, alors tu deviens Réel.

— Est-ce que ça fait mal ? demande le Lapin.

— Quelquefois, répond le Cheval de Cuir, car il dit toujours la vérité. Mais quand on est Réel, cela n'a pas d'importance d'avoir mal. »

Puis vint le tour de Franklin, avec ce bon vieux psaume 121 :

« J'élève mes yeux vers les montagnes d'où me vient mon secours. Mon secours vient d'auprès de l'Éternel, qui a fait les cieux et la terre. Il ne permettra point que ton pied vacille ; celui qui te garde ne sommeillera pas. Voici, celui qui garde Israël ne sommeillera pas, et ne dormira pas. L'Éternel est celui qui te garde ; l'Éternel est ton ombre, à ta main droite. »

Maintenant, le pasteur Thaw racontait le premier miracle du Christ, accompli lors d'un mariage en Galilée. Ce mot évoquait toujours à George la chanson *Puff, the magic dragon*[2], qui « gambadait dans le brouillard de l'automne, sur une terre appelée Honah Lee. » Enfant, il avait mal compris et avait cru pendant

---

1. Classique de la littérature enfantine anglo-saxonne.

2. Classique américain popularisé par le groupe Peter, Paul & Mary.

longtemps que Puff venait du nord d'Israël. Il regarda Sara ; il voyait ses lèvres bouger, fredonner en silence la chanson à laquelle elle *savait* qu'il pensait en ce moment. Ils échangèrent un sourire. Sara rêva l'espace d'un instant qu'ils puissent remplacer les vœux exigés par l'église par les paroles de la chanson, puis elle se demanda immédiatement si cette pensée n'était pas sacrilège. George écarquilla les yeux, comme pour lui demander si elle pouvait croire que tout cela leur arrivait réellement, et elle écarquilla les siens en retour, pour dire qu'elle ne pouvait pas y croire, mais que c'était vrai et qu'en dépit de tout ce qu'ils avaient vécu depuis des années, ils étaient arrivés jusqu'ici.

Bien entendu, aucun des invités ne pouvait voir leurs échanges. Ils s'éventaient avec les programmes, tendaient l'oreille, et ajustaient discrètement leur tenue. Grandma Pertie déballa une pastille contre la toux au milieu des vœux, irritant ses voisins directs comme indirects, mais l'incident fut vite oublié. Il y eut un brouhaha perceptible quand Franklin Murphy reçut un texto d'American Express, alerté par la note suspecte de 103,22 $ du petit déjeuner – il ne les avait pas prévenus qu'il quittait le Midwest pour le week-end. Beth décrocha à un moment et elle se mit à fredonner l'air de *Bob l'éponge*. Jacob, debout sur le côté à l'avant de l'église avec les autres garçons d'honneur, réécrivait mentalement son poème et se demandait pourquoi diable William, au dernier rang, portait un borsalino.

Puis soudain l'orgue résonna dans l'église, et une acclamation parcourut les bancs, les gens se levant en applaudissant, car le pasteur Thaw venait de dire à

George qu'il pouvait embrasser la mariée, ce qu'il fit (avec enthousiasme). Radieux et fiers, malgré l'année qui venait de s'écouler, ils descendirent l'allée, en agitant la main et souriant à la ronde. Tous les deux, ils avaient supposé que, se connaissant depuis si longtemps et vivant ensemble depuis des années, ce moment ne serait pas vraiment différent d'un million d'autres moments passés ensemble – mais il l'était. Ils étaient un peu surpris, mais il était là. Ce sentiment étrange de s'être agrandis. Comme s'ils avaient, jusqu'à aujourd'hui, vécu dans deux appartements voisins et se décidaient enfin à abattre le mur de séparation.

Ils n'eurent pas de lancer de riz – pas le temps ! Retour illico dans les limousines, où la première tournée de champagne les attendait. Sara avait prévu quatre bouteilles hors de prix de Krug Grande Cuvée Brut pour les membres de la famille uniquement, et un Moët à un prix plus raisonnable pour les invités. Ils tournèrent au coin de la rue, remontèrent les trois blocs et retournèrent dans la magnifique salle de bal du Waldorf Astoria. Le marbre crème était poli et le bois d'acajou luisait sous la lumière des lustres. L'orchestre jouait un air léger sans gêner les conversations.

Le vin d'honneur passa à toute vitesse, avec des gens qui arrivaient en continu de l'église, accueillis par la ronde des serveurs et des amuse-bouches : crostinis au confit de canard et rhubarbe, tomates vertes au vinaigre balsamique et tuile de jambon Serrano, mini-macaronis au fromage de Brie, et le coup de grâce, une magnifique cuillère orange en mimolette qui contenait une boule de caviar Prishibeyev couronnée de crème fraîche. Ce dernier était servi avec des petits verres de Grey Goose, mais il y avait aussi du gin-tonic à l'orange sanguine, du bourbon limonade et du bourbon à la mûre et sauge, dernière marotte de George. Au début, il y avait une file d'attente aux deux bars, sans doute en raison des glaçons découpés sur place, mais quinze minutes plus tard, tout le monde avait un verre à la main.

Ils étaient jeunes, pour quelques heures. Pour un soir et un soir seulement, il n'y aurait pas de brûlures d'estomac, pas d'embouteillage, pas de coucher tôt, pas de friction, pas de peur. George et Sara ne voulaient pas seulement vivre un bon moment, mais créer un souvenir – un moment qui vivrait au-delà de ses limites temporelles. Et l'habituel cocktail de crevettes et chardonnay minéral n'aurait pas fait l'affaire. Il y aurait des soirées après (oh oui, il y en aurait) comme il y en avait eu avant, où rien n'irait et où ils convoqueraient le souvenir d'un bouquet de tulipes et d'herbes marines au centre d'une table joliment dressée. Où l'on se souviendrait du beurre de curcuma. Où l'on évoquerait une salade printanière dont la vinaigrette préparait parfaitement la langue à la soupe aux truffes et champignons sauvages servie juste derrière. Suivie d'un sorbet à la betterave rouge pour rester dans les saveurs du terroir tout en rafraîchissant le palais. Et le fumet dégagé par le brik farci au carré d'agneau rosé aux noix de macadamia sur un écrasé de pommes de terre au roquefort...

Le père dansa avec sa fille, la mère dansa avec son fils. Les sœurs firent des discours émouvants où elles disaient la vérité tout en mentant effrontément en souhaitant tout le bonheur possible aux jeunes mariés. Les frères racontèrent des anecdotes attendrissantes sur la vie amoureuse de George avant Sara (l'histoire de ses demandes en mariage en série à la maternelle ressortit dans leurs deux discours).

Puis Jacob déplia son papier à l'en-tête de l'hôtel et il le lissa contre sa manche. Une toux grasse, un regard appuyé en direction de George, un raclement de gorge.

— Ceci est juste un truc… Sara m'a demandé de lire quelque chose de court. Un poème. Peu importe. Voici la première partie d'un texte en, je pense, trois parties sur ce qui est sans doute la meilleure chose qui me soit jamais arrivée : rencontrer ces deux êtres et les accompagner jusqu'ici. Bref.

Puis il se mit à lire :

« Nous sommes venus en ville parce que nous voulions une vie désordonnée, voir ce que nos échecs avaient à nous apprendre, et ne satisfaire que nos désirs les moins raisonnables, et non pas revenir à la vie, en se rendant compte que nous n'avions jamais été morts… »

Il continua et continua encore. Jacob n'avait jamais rien écrit de tel. « Un court poème. » Pouvait-on parler de poésie, d'ailleurs ? Il n'était pas vraiment court non plus. La mère de George regardait autour d'elle comme si elle attendait que quelqu'un braque les projecteurs, certains riaient, et Sara pleura pour la première fois de la soirée – elle avait presque réussi à ne pas craquer jusque-là. Le poème (si c'était un poème) parlait d'eux (tous) avant. Elle se souvenait à peine qu'ils avaient été ainsi.

Quand Jacob se tut, personne ne sembla savoir quoi faire, alors George se leva et il l'acclama et applaudit bruyamment, bientôt suivi par tous les invités. Jacob salua, puis il prit un verre, et on apporta le dessert.

Une pièce montée de six étages alternant opéra et saint-honoré, ornée d'une figurine vintage des années 20, obtenue sur eBay après une vente aux enchères acharnée dans laquelle Sara avait laissé plusieurs concurrents « e-ensanglantés » sur le carreau virtuel. Le gâteau était servi avec le café torréfié éthiopien (agrémenté d'un verre de brandy Napoléon pour les amateurs) et un trio de mignardises : gelée au champagne, soufflé à la griotte et une madeleine à la forme parfaite estampillée d'un *M*.

Les jeunes dansèrent tard dans la nuit, pendant des heures, sans s'arrêter, avec un sentiment de liberté s'accroissant au fil des départs des plus âgés qui regagnaient leur chambre après avoir dit bonsoir. Le passé semblait avoir disparu. Des amis qui étaient sortis ensemble il y a longtemps, avant de se déchirer, se trémoussaient ce soir sur la reprise de *Thong Song* de Sisqo par le groupe, au mépris de toutes les lois de l'engagement. À un moment, Jacob réussit à faire passer Sara entre ses jambes sur *Take the A Train*, puis George et lui se relevèrent et ils jouèrent leur habituel solo de guitare sur *Paradise City*. Quand les lumières – sacrilège ! – se rallumèrent après que Zacharie les eut avertis pour la cinquième fois qu'ils avaient dépassé l'heure limite de location de la salle, des clameurs s'élevèrent pour aller poursuivre la fête ailleurs. Chacun ramassa son cadeau de mariage (des verres à shots personnalisés à ses initiales) et se mit en route pour le Turtle Bay Saloon ou le nouveau night-club Midtown 3015.

Mais pour George et Sara, le moment était venu d'aller se coucher et de laisser la fête continuer sans eux. Elle brandit son bouquet et toutes les femmes célibataires se pressèrent autour d'elle pour le rattraper. D'une main experte, Sara lança les fleurs là où elle voulait qu'elles retombent : par-dessus la tête d'Eddy, dans les mains tendues de Beth. Dans le mille.

Puis elle prit la main de George et ils partirent sous des vivats, des applaudissements, des vœux de bonheur et des commentaires délicieusement obscènes. Quelqu'un (suspect numéro 1 : Jacob) jeta un préservatif à George, qui le rata. Il atterrit dans un lustre – rejoignant le chapeau de William, lancé frénétiquement en l'air pendant *Under Pressure*. Zacharie était déjà sur le coup. Sara était convenue avec Jacob et William de les revoir au retour de la lune de miel pour leur donner les souvenirs qu'ils auraient rapportés. Il était question d'un brunch et George savait qu'elle se débrouillerait pour qu'il ait lieu.

Enfin seuls dans l'ascenseur, George et Sara se jetèrent l'un sur l'autre, s'embrassant avec fougue, en quête des derniers moments de plaisir de la soirée, se débattant avec les boutons de manchette et les épingles à cheveux qui les bridaient encore. Ils réussirent à se frayer à tâtons un chemin vers la suite nuptiale, qui avait été garnie de paniers de fruits, de fleurs, de chocolats et de deux bouteilles de champagne dans un grand seau à glace. Ils contournèrent ces obstacles et trouvèrent, enfin, l'immense lit ; la dernière agrafe de sa robe, le bouton de sa veste, les dessous de la mariée soigneusement choisis par les sœurs de Sara – bientôt enlevés et jetés au loin. Ils s'empoignaient, étourdis, se caressaient comme s'ils découvraient le corps de l'autre. Flottant sur un océan de confort, dans le parfum de lilas, face à la grande constellation des lumières de la ville au-delà des rideaux grands ouverts, George et Sara firent l'amour comme ils ne l'avaient pas fait depuis des mois – sinon des années. L'amour comme ils ne se souvenaient pas avec précision de l'avoir fait durant les premiers temps de leur relation, mais qu'ils étaient néanmoins certains d'avoir déjà connu ensemble. Et, alors qu'ils reposaient leur tête sur l'oreiller, fermaient les yeux et perdaient l'autre de vue pour la première fois depuis le matin, ils sentirent tous les deux que tout ce qu'ils avaient traversé les avait conduits à cet endroit, à ce moment.

Il faisait encore nuit quand Sara se réveilla. Les lumières des immeubles voisins brillaient à travers les rideaux ouverts et projetaient des ombres sur le lit. Qui était vide. Elle se leva lentement et se dirigea vers la porte, qui avait été soigneusement fermée au point que le pêne n'était pas fiché en entier dans son logement de peur que le bruit de la serrure ne la réveille. Elle tourna la poignée tout doucement. Une lueur laiteuse baigna ses orteils et le tapis sous ses pieds. Elle leva les yeux, connaissant d'avance le spectacle qui l'attendait pour l'avoir vu tant de fois auparavant. La télévision était allumée, volume au minimum. À l'écran, une publicité en espagnol pour un liquide à vaisselle. Sur le canapé, nu comme un ver, une bouteille vide de champagne non loin de lui, George – son mari, George – semblait endormi. À côté de lui, sous son bras, l'urne en métal mat contenant les cendres d'Irene. Comme elle le faisait presque toutes les nuits, Sara s'approcha sur la pointe des pieds, s'efforçant de ne pas pleurer, et souleva le bras de George tout doucement pour prendre l'urne. Au matin, il ne se souviendrait pas de l'avoir sortie du sac de bowling, tout comme, la plupart du temps, il ne se rappelait pas l'avoir prise sur la cheminée et posée sur le coussin du canapé à côté de lui pour qu'elle regarde la télé.

Allongé sur une serviette de plage bleue, George passait des heures à regarder les yachts et les bateaux de croisière fendre la surface étale du golfe de La Napoule. Toutes les quinze minutes, le téléphone de Sara vibrait, et elle se retournait sur sa serviette bleue identique à la sienne. Toutes les heures, elle s'asseyait et appliquait une nouvelle couche de crème solaire sur ses bras et ses jambes, puis elle se penchait vers George sans un mot pour qu'il lui en étale sur le dos. Ce matin, elle était partie courir huit kilomètres sur la plage, mais elle s'était prise au jeu et en avait fait onze. Après une baignade éclair, elle avait avalé un demi-sandwich pour le déjeuner et s'était affalée sur sa serviette pour se reposer et prendre des couleurs. George essayait de ne pas remarquer les Françaises qui bronzaient seins nus sur la plage. Au bout d'un moment, on s'y habituait. Sara se demandait combien de cocktails lavande Fizz le serveur devrait lui apporter avant qu'elle détache son haut de maillot.

— Je ne vois pas pourquoi tu l'enlèverais, avait dit George une heure plus tôt, peut-être deux, en la badigeonnant de crème. Personnellement, j'aime bien les marques du maillot.

— Ah bon. Vraiment ?

— Oui, affirma-t-il. C'est comme le cadre d'un tableau. Ça leur donne un côté officiel.

— Je pense que je vais enlever mon haut.

— Très bien, dit George en posant les doigts sur l'agrafe.

— Pas tout de suite, siffla-t-elle en lui collant une tape sur la main. Plus tard.

— D'accord, concéda George en rebouchant la lotion solaire.

Sara se rallongea sur sa serviette. À perte de vue sur le sable, il voyait des couples comme eux ; certains se parlaient, d'autres non. La saison touristique commençait à peine et la plage n'était pas encore noire de monde. Il restait des tables inoccupées, coiffées d'un parasol ombrant les sièges vides. Les gens étaient calmes, mis à part de temps en temps une grappe de cinq ou six étudiants qui passaient en parlant fort en tchèque, suédois ou polonais. Ça devait être les vacances de printemps en Europe, pensa Sara. Ils étaient beaucoup plus nombreux depuis hier soir, ces jeunes qui portaient des bracelets brésiliens, des lunettes de soleil à la monture fluo et des baskets sans lacets ni chaussettes.

Soudain, Sara se redressa, l'air grave, une bonne dizaine de minutes avant le déclenchement de l'alerte de son téléphone.

— Salut toi, dit George. On est bien, non ?

— Je pense qu'on devrait faire la randonnée pour disperser les cendres d'Irene demain.

Il était surpris.

— Je pensais… on avait prévu de la faire plutôt en fin de semaine, tu vois, après Monte-Carlo et tout le reste.

— Il faut qu'on s'en débarrasse. Tu n'as pas l'impression que c'est suspendu au-dessus de nous ? Si agréable que soit ce voyage, je n'arrive pas à me détendre complètement.

George était contrarié, sans doute même un peu fâché. Voilà qui confirmait les soupçons de Sara : il n'avait pas du tout envie de répandre les cendres d'Irene. Peut-être même avait-il espéré convaincre Sara d'abandonner ce projet d'ici la fin de leur séjour en France. Il était là, à se lamenter d'avoir de l'eau jusqu'à la taille, et elle allait l'obliger à sauter et à faire une bombe dans la partie profonde de la piscine ? Oui, car elle ne pouvait plus supporter son humeur maussade, son accablement, ses questions existentielles. George était fait pour trouver des solutions, il excellait à résoudre les énigmes. Et elle croyait en lui. Elle avait confiance dans le fait qu'il allait éplucher les données sur 237 Lyrae V, interpréter correctement les variables et reformuler ses hypothèses jusqu'à ce qu'elles soient testées et prouvées. Il allait accomplir de grandes choses, mais ce problème-là, personne ne pouvait le résoudre. La solution au chagrin ne se trouvait pas dans l'appendice d'un livre de philosophie ni même dans l'Ecclésiaste. Il ne pourrait jamais boire assez de whisky ni rester éveillé assez longtemps sur le canapé pour résoudre cette équation. X était égal à rien. Pas à zéro, à rien. X était égal à une perte de temps. Mais comment lui faire comprendre ? Comment lui faire lâcher prise – qu'il la laisse enfin partir ? Jour après jour, elle essayait de faire de leur amour le plus grand problème à résoudre.

— OK, allons-y, concéda George. Demain à la première heure.

Sara colla son dos contre sa poitrine et elle sentit ses bras l'envelopper, son menton caresser le haut de sa tête. Ils fixèrent en silence les vagues sur le rivage. L'une des bandes d'étudiants se promenait. Une fille avec des mèches vertes fit une roue et tomba à la renverse dans l'eau, en riant. Un autre vola une cigarette des mains d'un troisième, et un jeu de passe-passe commença, la braise rouge voletant autour d'eux comme un cierge magique. George se demandait s'ils avaient été aussi jeunes un jour ; Sara se souvenait qu'ils l'avaient été.

Elle glissa un bras derrière elle, dans l'espace entre son dos et le torse de George, et songea pour la première fois que, même si le mariage signifiait qu'elle allait passer le reste de sa vie à voir George vieillir (et réciproquement), ils avaient une chance immense de s'être connus jeunes. Peu importe la façon dont ils changeraient, il y aurait toujours cela entre eux. Elle serait toujours capable de reconnaître, derrière les cernes sous les yeux de George, briller l'étincelle de leurs vingt ans, car elle l'avait déjà vue. À tout moment, ils pourraient évoquer leurs souvenirs de jeunesse.

Elle ouvrit délicatement l'agrafe de son maillot et laissa les bretelles glisser sur ses épaules. George leva instinctivement les mains pour couvrir ses seins, mais elle les repoussa gentiment. De toute sa vie, elle n'avait jamais été nue en public. Il y avait tant de premières fois à venir.

Ce soir-là, ils prirent un taxi pour aller dîner à Cannes dans le célèbre restaurant La Palme d'or, et entre deux plats étoilés, ils mirent au point la stratégie pour la randonnée du lendemain. En chemin, Sara avait appelé leur tour-opérateur pour organiser l'excursion. Le groupe de randonneurs dans lequel ils étaient inscrits ne partait qu'en fin de semaine et aucune excursion n'était prévue d'ici là. Mais ils pouvaient se rendre par leurs propres moyens au Chalet Castellane, où les attendraient des vivres et une carte. Ils passèrent tout le dîner à discuter de la randonnée et des paysages qu'ils allaient voir, leur enthousiasme grandissant à chaque plat et son verre de vin associé.

Ils terminaient le dernier des trois desserts quand George leva les yeux et aperçut un visage familier à l'autre bout du restaurant.

— C'est Santiago ! s'exclama-t-il, un peu trop fort. De *¡Vámonos, Muchachos!*

Sara plissa les yeux et constata qu'il avait raison.

— Waouh ! Il est encore plus beau en vrai.

— On devrait aller le saluer, suggéra George. Lui dire qu'on est des fans, tu ne penses pas ?

— Tu connais son nom ? Tu ne peux pas aller le voir si tu ne connais pas son vrai nom.

— Il s'appelle Victor quelque chose.

Et avant qu'elle puisse l'arrêter, George traversait la salle à une vitesse presque effrayante. Elle l'observait, redoutant qu'il ait un geste ou un propos d'alcoolique et qu'on leur demande de quitter les lieux. Mais à sa grande surprise, elle le voyait se ressaisir à chaque pas. C'était tout lui ! À l'aise en toute circonstance, affable, chaleureux. Comme elle ne l'avait pas vu depuis des mois. Santiago – Victor – semblait poli et sympathique, pas du tout dérangé par l'intrusion. Il fit un geste en direction de la femme sublime qui l'accompagnait et la présenta à George qui, en retour, pointa Sara du doigt, qui les salua de la main avec enthousiasme. Ils discutèrent une minute ou deux, puis George lui serra la main et revint à table.

— Eh bien ! s'exclama-t-elle. Qu'est-ce qu'il a dit ?

George baissa les yeux vers son assiette à dessert et joua avec sa fourchette.

— Il a dit que la série était finie. Il est venu le fêter ici avec sa femme.

— George ! Quel scoop ! J'ai trop hâte de...

Elle allait dire qu'elle avait trop hâte de le raconter à tout le monde, quand elle se souvint que la seule personne que cela intéresserait vraiment se trouvait dans une urne à l'hôtel. Cela expliquait le regard triste de George.

— Le dernier épisode a été diffusé au Mexique la semaine dernière. Il ne sera pas diffusé aux États-Unis avant l'année prochaine.

Elle tenta de lui remonter le moral.

— Alors, il t'a raconté la fin ?

— Bien sûr. Il séduit Renata et il y a un grand mariage.

Sara posa la main sur son cœur.

— Je le savais !

Silence pendant une minute. Puis Sara dit :

— Eh bien, j'ai vraiment hâte de le voir.

George prit sa main.

— Demandons l'addition. Une grosse journée nous attend demain.

En sortant du restaurant, ils saluèrent joyeusement Santiago et sa femme d'un geste de la main, puis ils restèrent silencieux durant le trajet de retour. Ils se tenaient les mains, en regardant les lumières de la ville défiler. Ils étaient si repus et fatigués qu'ils allèrent se coucher directement. Sara s'endormit presque tout de suite, mais George resta allongé les yeux ouverts. Il n'arrivait pas à comprendre pourquoi il était si triste que la série soit terminée. Renata et Santiago seraient ensemble, et mariés pour l'éternité au grand pays de la télévision. Quelle absurdité. Ce n'était qu'une série à la noix. Mais il était contrarié qu'Irene, qui avait regardé tous les épisodes depuis le début, ne connaisse jamais la fin.

Ils partirent le lendemain matin avec leur itinéraire planifié : où trouver le Styx (nom local d'un charmant site de piscines naturelles), ainsi que les endroits équipés pour faire du kayak, de la pêche à la mouche ou de l'escalade s'ils étaient intéressés. Ils avaient un programme chronométré à respecter s'ils voulaient rentrer à l'hôtel à Antibes avant la nuit, puis descendre la côte vers Nice comme prévu. Ils marcheraient quatorze kilomètres sur la corniche rocheuse surplombant les eaux turquoise pour atteindre le Point Sublime, un promontoire dominant le canyon qui offrait une vue panoramique époustouflante sur les falaises à pic et l'eau cristalline, au milieu d'une vaste étendue de bois sauvage – l'endroit idéal pour répandre les cendres d'Irene. Emportées par les vents de la montagne, elles se disperseraient dans un paysage épique.

Le ciel était dégagé au moment où ils s'approvisionnèrent au château. Le propriétaire, Raif, un Flamand vêtu d'une salopette ample, déclara que le temps risquait de se gâter dans la soirée, et ensuite de rester maussade le reste de la semaine ; ils avaient eu ainsi raison d'avancer leur randonnée. Pour George, c'était un signe du destin. À la minute où il sortit dans l'air frais, il se sentit de nouveau jeune, comme s'il redécouvrait ses aptitudes physiques. Quand avait-il porté des chaussures de randonnée pour la dernière fois ? Il avait été boy-scout une année, au camping de Senecaville Lake. Toute cette époque lui revint en mémoire durant les deux premières heures de marche. Couper des vers de terre pour une journée de pêche sous la glace. La gourde à la hanche. Une petite boussole fragile dans une main, un bon bâton de marche dans l'autre. Seulement là, il était accompagné de Sara au lieu de son père, avec une bouteille de côtes-de-thongue et un assortiment de fromages emballés dans un sac. Dans l'autre, il avait une bouteille de J&B de l'hôtel, qu'il pensait garder pour trinquer, une fois qu'ils auraient terminé. Alors qu'il sentait à peine le poids de l'urne au début, son sac s'alourdissait au fil des heures. Au bout de trois heures de marche, George avait hâte de retourner au château, allégé de quatre kilos et réchauffé par le whisky.

Ils avançaient prudemment dans les gorges, descendant vers la ligne sinueuse de l'eau au fond du canyon. Il y avait des prises indiquées dans la roche pour placer les pieds et des câbles. Pendant un moment, Sara surveillait les marques blanc et rouge le long du sentier. George avait apporté une carte, mais ils n'avaient pas eu besoin de la consulter une seule fois. Il était facile de suivre le sentier et la rivière, qui s'élargissait et gagnait en puissance au fur et à mesure qu'ils s'en approchaient. Au début, ils avaient froid à l'ombre des falaises géantes, puis le soleil monta au zénith et il se mit rapidement à faire très chaud. Quand ils arrivèrent, après quatre heures de marche, sur une crique de galets au bord de l'eau, ils estimèrent qu'ils avaient amplement mérité de faire une pause pour déjeuner.

Dans l'idée de refroidir un peu le vin, George détacha un de ses lacets et fit une sorte de nœud coulant autour du goulot de la bouteille, puis il attacha l'autre extrémité à une branche au-dessus de la berge. En attendant que le vin rafraîchisse, ils marchèrent pieds nus dans le torrent, laissant l'eau glacée apaiser leurs ampoules. La lumière dansait dans les feuilles. C'était un paysage de conte de fées – pour la première fois, George se sentit en paix avec leur choix de cette dernière demeure pour Irene. C'était une nature comparable aux côtes de Shelter Island. Comment l'avait-elle qualifiée ? De mythique.

— On ne fait jamais ce genre de choses, dit Sara.

— À Ithaca, on partait tout le temps en randonnée.

Elle se souvenait en tout et pour tout d'une seule balade, qui avait duré quinze minutes, le temps que

Jacob s'accroche dans une toile d'araignée et refuse d'aller plus loin. Plus ils s'éloignaient de cette époque, moins elle l'idéalisait, à l'inverse de George. Il ne se rappelait plus toutes ces fois où ils s'étaient disputés.

— Le vin doit être assez frais, dit-il. (Ils avaient marché bien plus loin que prévu.) Je propose qu'on en boive la moitié maintenant et qu'on garde le reste pour le prochain arrêt.

Sara acquiesça, et ils firent demi-tour pour revenir à l'endroit où ils avaient mis la bouteille à rafraîchir. Après quelques minutes, elle se demanda comment ils avaient pu remonter si loin en amont, car ils auraient dû déjà apercevoir la plage de galets. George était sûr qu'elle se trouvait un peu plus loin, aussi ils continuèrent de marcher. Mais toujours pas de crique.

— C'est dingue. Comment on a pu la rater ? s'étonna Sara.

Ils décidèrent de revenir sur leurs pas pour vérifier. Bientôt, ils eurent l'impression de tourner en rond ; ils ne reconnaissaient plus rien du tout.

— Tu as vu la rivière faire une fourche à un moment donné ? demanda George pour la huitième fois.

Aucune trace de la plage, de la bouteille de vin suspendue à la branche, de leurs sacs à dos ou d'Irene. Sara n'était pas inquiète, certaine que s'ils ne les retrouvaient pas bientôt, ils tomberaient sur d'autres randonneurs qui leur indiqueraient le chemin. Mais les minutes passaient et ils ne voyaient ni n'entendaient personne. Soudain, Sara s'inquiéta :

— Il commence à faire sombre.

— Un peu, admit George, alors qu'ils sentaient quelques gouttes de pluie tomber sur leurs visages. Il leva les yeux vers la canopée, pensant qu'il s'agissait juste du brouillard ou de la rosée du matin qui gouttait de la cime des arbres. Mais le bruit lointain de l'orage était facilement reconnaissable, et bientôt la pluie se mit à tomber dru.

— Abritons-nous sous la falaise, dit George en essayant de ne pas avoir l'air inquiet. Ça ne va pas durer longtemps. Il y a toutes sortes de phénomènes climatiques bizarres dans les canyons. La pression atmosphérique est soumise à des changements brutaux à cette altitude.

Sara entendait le tonnerre et elle comptait les secondes entre la détonation et l'éclair en essayant d'estimer à quelle distance se trouvait l'orage. Les bourrasques giflaient violemment les arbres. Elle ne pouvait s'empêcher de s'inquiéter pour leurs affaires et pour Irene, quelque part sous le déluge.

Ils remirent leurs chaussures et, bien que George claudique sans lacet à un pied, ils coururent s'abriter sous une saillie de la paroi rocheuse. Dans un renfoncement suffisamment profond pour les protéger de la pluie, ils enlevèrent leurs vêtements trempés et, grelottant, ils les tordirent pour les essorer. Leurs corps mouillés s'entrechoquaient maladroitement dans l'espace exigu. Ils plaisantèrent pour passer le temps ; ils repensèrent au dîner de la veille et à leur journée sur la plage ensoleillée. Ils imaginèrent ce que dirait Jacob s'il était avec eux. George pouvait presque l'entendre déclamer des vers de *La Tempête*.

Mais les minutes se transformèrent en une heure, puis en deux heures, tandis que la pluie s'intensifiait, avivant leurs inquiétudes. Ils n'avaient ni lampe torche, ni téléphone, ni couverture, ni nourriture. George se rendit compte que sa montre s'était arrêtée et qu'il n'avait pas sa boussole. Il se remémora les paroles de Raif au château, leur assurant que le mauvais temps n'arriverait pas avant la nuit, mais qu'il allait durer toute la semaine. George pria – pour que la pluie cesse, pour qu'ils retrouvent leur chemin jusqu'à la plage de galets où se trouvaient leurs affaires. Il n'avait pas prié depuis longtemps.

Un éclair d'une rapidité éblouissante et terrifiante s'abattit sur un arbre, marbrant ses branches d'une foudre bleutée. Au début, George crut que le craquement effroyable provenait de la terre elle-même qui se disloquait sous leurs pieds. Au moment où il comprit ce qui s'était passé, c'était déjà fini – ne restaient que l'odeur âcre de brûlé et l'obscurité. Sara avait peur que le ciel s'assombrisse davantage et comme ils étaient passablement trempés, George se rangea à son avis de remonter le long de la rivière. Ils avançaient prudemment sous l'orage, faisant attention aux buissons, pierres, racines, tout en cherchant désespérément des yeux d'autres randonneurs.

La pluie les frappait comme des balles, les branches giflaient leurs flancs, le vent s'engouffrait partout. George n'arrêtait pas de parler, s'efforçant de rester optimiste, mais Sara ne l'entendait pas. D'ailleurs, il n'arrivait même pas à s'entendre lui-même. Alors il se tut. Ils marchèrent en silence pendant longtemps. Une autre heure, peut-être plus. Ils se tenaient la main si fermement qu'ils en avaient mal aux doigts. La peau de leurs paumes trempées était flétrie au point de coller comme du velcro quand ils étaient obligés de se lâcher brièvement la main pour agripper un rocher ou dégager une branche du passage.

Finalement, la pluie se calma ; les gouttes tombaient au ralenti. On devait être en fin d'après-midi, estima George, mais les nuages au-dessus des arbres étaient encore noirs et lourds. Sara savait qu'ils devaient continuer à chercher tant que c'était encore possible, mais submergée par l'épuisement, elle s'allongea sur un rocher plat en se demandant comment ils avaient survécu au déluge.

— On va s'en sortir, affirma George. L'important est que nous ne soyons pas blessés.

Sara tenta de se consoler à cette idée, mais l'important pour elle était qu'ils semblaient complètement perdus. Elle n'imaginait pas se relever maintenant et repartir à la recherche du sentier de randonnée. S'ils étaient portés disparus assez longtemps, pensa-t-elle, la nouvelle serait diffusée aux infos. Au moins aux États-Unis, au niveau local – c'est-à-dire sur 7News Boston maintenant, et non plus NBC 4 New York. Elle regarda George, étendu sur le rocher mouillé à côté d'elle, les yeux rivés sur l'aura vaporeuse du soleil qui commençait à percer les nuages. Elle pouvait prédire que la chaleur allait bientôt devenir accablante. George avait l'air complètement abattu. Et elle était sûre qu'il n'avait pas la moindre idée d'où ils se trouvaient.

— Bon Dieu, l'entendit-elle jurer. Irene !

Sara tourna la tête, dans le mince espoir qu'Irene soit vraiment *là*, apparue au milieu de toute cette folie pour les guider. George ne pointait pas du doigt un fantôme, mais son sac à dos. Il était un peu plus haut, émergeant à moitié d'un buisson, loin de l'endroit où ils l'avaient laissé. Il n'y avait pas de plage de galets ni de rivière aux alentours. Quelqu'un l'avait trouvé et l'avait embarqué, avant de se rendre compte qu'il était beaucoup trop lourd. Il l'avait alors jeté dans un buisson. Les vêtements secs de George, la bouteille de whisky et la nourriture avaient disparu, mais Irene, ou du moins son urne, était là. Sara fouilla au fond du sac et trouva deux barres de céréales oubliées. Ils les mangèrent sans parler. Le voleur avait également – Dieu merci – laissé le guide touristique, la petite boussole de la boutique cadeaux et la carte détrempée du chalet. Sara les agita au vent pour les sécher, tandis que George tapotait la boussole, remplie d'eau et couverte de buée. À l'intérieur, l'aiguille semblait tourner librement. Il la promena comme s'il cherchait à capter le réseau, puis il y renonça et se mit à étudier la carte.

— Tu as une idée de l'endroit où nous sommes ? demanda Sara.

George posa l'index sur un petit coude de la rivière marqué *Bettes*, un peu à l'écart du sentier balisé.

— C'est là que nous avons laissé nos affaires. Sur la plage de galets. Puis nous avons marché par ici un peu, sommes revenus par là…

Il traçait le chemin de l'ongle du pouce.

— Quelle heure est-il ? demanda Sara.

— Aucune idée. Combien de temps avons-nous marché ?

— On n'a pas pu marcher si longtemps, dit-elle en regardant de nouveau la carte.

Ils balayèrent des yeux le flanc de la falaise, espérant repérer la balise rouge et blanc d'un chemin de grande randonnée.

— Disons qu'on a marché pendant une heure. À la vitesse de quatre ou cinq kilomètres à l'heure, vu le terrain et la météo.

Il écarta avec précaution ses doigts pour représenter la distance de cinq kilomètres. Puis il posa son pouce sur la plage de galets et traça un cercle autour de ce point. La zone était immense, remplie de signes cabalistiques et de symboles qu'il n'arrivait pas à déchiffrer.

— Alors… en gros, nous pourrions être n'importe où dans ce périmètre ? dit Sara.

— En gros.

George escalada des rochers à proximité pour avoir une meilleure vue, mais il ne put rien repérer de significatif. Le soleil perçait les nuages entre deux falaises arides à l'horizon, mais il ne voyait ni maison ni route – seulement de vieilles clôtures effondrées le long de la côte rocheuse et une grappe de poubelles réchauffées par le soleil.

— Je pense qu'il vaut mieux aller dans cette direction, déclara-t-il. Là où il y a des poubelles, il y a forcément un chemin, ou des gens.

Mais il n'y avait personne, et il n'y avait pas de chemin. À la troisième falaise, Sara commençait même à douter qu'ils sachent comment retourner à la rivière. Derrière les rochers, encore d'autres rochers et toujours pas le moindre signe de civilisation.

— Je ne comprends pas, dit-elle. Il y avait des dizaines de randonneurs ce matin. Et soudain, plus personne ?

George reprit la carte et l'étudia de nouveau.

— Ça n'a pas de sens ! s'indigna-t-il.

Il traça des petits cercles sur la carte représentant la distance à l'horizon, d'aussi loin que le regard pouvait porter avant que la terre ne s'incurve. Partout où il voyait des rochers, il traçait un cercle, jusqu'à ce que la carte soit couverte de possibilités. Il commençait à avoir des vertiges. Ils n'avaient pas déjeuné et il imaginait que le fromage, le vin et le sac de Sara avaient disparu depuis longtemps.

— Sara, que reste-t-il dans la gourde ? hurla-t-il.

— Elle est à moitié pleine. Mince, on aurait dû la remplir à la rivière.

George secoua la tête.

— Je crois qu'on est maudits.

Il mourait d'envie de boire un verre. En principe, à cette heure-ci, il aurait déjà bu son premier verre de la journée, surtout soumis à un tel stress. Il embrassa le front de Sara, brûlé par le soleil, et continua d'étudier la carte.

Il n'y avait pas de légende et il tentait de deviner le sens des symboles. Les petits triangles violets indiquaient sans doute des sommets : la Blache, Clau et Mandarom, suivis d'un chiffre. 1725, 1549, 1667. Au début, il avait cru qu'il s'agissait de dates, mais non, l'altitude semblait plus logique. Seulement, d'où ils étaient, toutes les montagnes paraissaient de la même hauteur. Et il y en avait des dizaines ! Certaines n'avaient pas de nom, juste un chiffre.

— Qu'est-ce que tu fais ? cria Sara de l'endroit où elle s'était posée pour reprendre son souffle.

— Cette putain de carte n'a aucun sens ! Rien n'est là où il devrait se trouver.

— Comment une montagne pourrait-elle ne pas être à sa place ?

— Je ne sais pas. Mais c'est un fait.

Puis Sara se mit à crier. Elle avait repéré une silhouette vêtue d'une chemise blanche qui marchait dans le bois en aval, à quelques centaines de mètres plus loin. George la rejoignit tandis qu'elle dévalait la pente pour rattraper, avant qu'elle disparaisse, la seule personne qu'ils aient vue depuis des heures. Il s'agissait bien d'un être humain – elle en était sûre –, un homme furieux à la peau claire avec une épaisse barbe blanche qui, s'étant aperçu qu'ils fonçaient sur lui, s'enfuyait dans la direction opposée.

— Arrêtez-vous, ralentissez, attendez-nous ! l'interpella George.

Quand ils arrivèrent à quelques mètres du vieil homme, Sara agita son chapeau souple blanc dans sa direction.

— Sir ! Sir ! *S'il vous plaît*. Please ! Vous pourriez nous aider ? Help… euh. George, comment dit-on « help » en français ? Comment je lui demande le chemin vers… (Elle s'interrompit, ne sachant plus vraiment où ils voulaient se rendre désormais.) *La ville !* Je le prononce correctement ? Est-ce *vil* ou *vill* ?

George n'en avait pas la moindre idée, et le petit homme baragouinait en français à une telle vitesse qu'elle ne savait pas où commençaient et où finissaient ses mots. Le visage fermé, il ne semblait pas d'humeur à les aider. Il continuait de s'enfoncer dans les bois d'un air renfrogné.

— *Allez-vous-en !* cria-t-il terrifié. *Je veux être seul !*

— Au secours ! s'égosilla George, en agitant les deux mains. Nous sommes… nous sommes PERDUS !

— Il ne comprend pas ce qu'on dit. George ! Il y a des phrases de base dans le guide. Au dos de la couverture. Le dos.

Alors que George fouillait dans le sac pour trouver le guide touristique, Sara suppliait le petit homme, qui leur aboyait dessus en français tout en tentant de les semer.

— S'il vous plaît. Nous sommes américains. Nous sommes perdus ! Américains ? Perdus !

L'homme ramassa une pierre et la jeta vers eux. Elle faillit les atteindre.

Elle hurla et se cacha derrière un arbre.

— Nous ne vous voulons pas de mal ! protesta-t-elle. Nous cherchons Point Sublime !

— Comment dit-on en français ? glapit George.

— C'est du français. *Sublime* est un mot français ! Peut-être que c'est Pont ? Sub-lime ? Subleem ? Suble-me ? George, comment dit-on « perdus » ? Comment dit-on « nous sommes perdus » ?

Sara interpella de nouveau le petit homme, mais c'était inutile. Il s'éloignait à toute allure, en leur lançant des pierres au passage.

— George, dépêche-toi ! s'énerva-t-elle.

— Je cherche ! beugla-t-il en retour.

Le petit homme arriva à flanc de falaise et, lestement, il se mit à escalader la paroi, se retournant de temps à autre pour les insulter ou leur faire des gestes agressifs ou obscènes. Désespérée, Sara essaya de grimper derrière lui, peine perdue. La silhouette frêle se hissait déjà sur une corniche qui menait au sommet du canyon.

— *Perdus ! Perdus ! Perdus !* cria George en se précipitant vers la falaise, agrippant le guide touristique ouvert devant lui. *Nous sommes perdus !*

Mais alors qu'il courait, brandissant le guide dans les airs comme un drapeau, il se cogna l'orteil contre un rocher, et le livre tomba sur le sol boueux. L'homme avait disparu et le soleil dardait ses rayons sur eux. Ils s'assirent, épuisés et misérables, plus *perdus* que jamais.

— Comment as-tu pu le laisser partir ? sanglota Sara.

— Moi ? hurla George. Tu lui as foutu une peur bleue.

Ils ne pouvaient même pas se regarder. Ils étaient encore essoufflés de la course-poursuite, tremblant sous l'effet combiné de la peur et de l'adrénaline. George sortit la boussole sans dire un mot et réitéra son rituel : il la tapotait et lui imprimait un mouvement circulaire en espérant que l'aiguille se stabilise dans une direction. Sara scrutait la falaise à la recherche du petit homme, mais elle ne voyait qu'une vaste étendue de bois à l'horizon, sans chemins ni montagnes.

— Il doit bien y avoir quelque chose quelque part, non ? dit George après plusieurs autres heures de marche. Enfin, à un moment donné, on va bien finir par tomber sur l'Italie ou l'Espagne ou je ne sais quoi.

Sara ne répondit pas – elle s'était murée dans un profond silence, qui avait le don de déclencher chez George une logorrhée et, chez elle, d'accroître son irritation.

— On va vers le nord, non ? continua-t-il.

Elle ignora sa question. Elle se fichait de la direction dans laquelle ils marchaient. Il jeta un œil à la boussole de pacotille.

— Elle *dit* que nous allons vers le nord, mais alors pourquoi le soleil se couche derrière nous ?

Cela faisait un moment qu'ils n'avaient pas aperçu le soleil, caché par les rochers, mais redevenu visible, il s'enfonçait désormais derrière les nuages, immenses et rougeoyants.

— Comment le soleil peut-il se coucher au sud ? interrogea-t-il perplexe en secouant la boussole.

Sara sortit brutalement de son silence.

— Mais merde, comment tu veux que je le sache ?

— Ne rejette pas la faute sur moi, d'accord ? C'est toi qui as insisté pour qu'on fasse ça aujourd'hui. Si on avait attendu le jour de l'excursion de groupe, ce ne serait jamais arrivé. Je fais ce que je peux, là !

Sara le fusilla du regard.

— Si j'avais attendu, tu aurais trouvé une excuse bidon pour ne pas le faire ! Je ne supporterai pas de me réveiller une fois de plus pour te trouver ivre mort sur le canapé, en train de câliner ses cendres.

— Eh bien, excuse-moi si je préfère m'endormir avec quelque chose qui ne file pas à la gym dès que je me retourne dans le lit.

Il secoua de nouveau la boussole dans tous les sens, mais l'aiguille continuait de proclamer qu'ils se dirigeaient au nord, quand la logique et la physique indiquaient qu'ils allaient vers l'est, en s'éloignant du soleil couchant.

— J'ai la peau qui pèle, sanglota Sara. Je meurs de faim. Et nous allons mourir ici.

— On ne va pas mourir, affirma-t-il, tout en commençant à en douter.

— Oublie où est le soleil, et pense à ce qu'on va faire quand il se couchera, rugit-elle. On va se retrouver au milieu des bois, sans lumière, sans rien à manger…

Il secoua la boussole de plus belle, mais elle ne dévia pas.

— Arrête avec ce truc ! dit-elle violemment en lui griffant le bras. Tu vas finir par la casser, et alors on fera comment ?

— Elle est déjà cassée. Ce n'est pas le sud !

— On s'en fout, cria-t-elle encore plus fort.

Ils ne s'étaient pas disputés ainsi depuis… jamais. En temps, normal leurs sujets de dispute étaient rationnels : quel film aller voir ? Fêter Noël dans sa famille ou la sienne ? L'un d'eux cédait inévitablement (en général George), et ils passaient à autre chose sans animosité. Il ne savait pas lui en garder rancune, et si Sara pouvait se montrer rancunière avec d'autres, elle ne l'était jamais avec lui. Mais là, ils étaient coincés : ils ne pouvaient ni reculer ni avancer.

Sara avait l'impression que sa colère dormait depuis des mois. Elle la ressentait depuis longtemps maintenant, depuis qu'il avait cessé d'être le George qu'elle avait toujours connu. Elle se demandait s'il savait à quel point il avait changé et s'il la voyait différemment aujourd'hui. Ils étaient ensemble depuis si longtemps. Et ils avaient réussi à rester ensemble en grande partie parce qu'ils n'exigeaient pas grand-chose l'un de l'autre. L'amour, la fidélité, la gentillesse : cela leur était assez naturel. Il ne leur avait jamais été difficile de s'entendre sur l'essentiel. Mais ces dernières années, ils avaient dû fournir beaucoup plus d'efforts. Quand Irene était tombée malade, ils avaient commencé à avoir de plus en plus besoin l'un de l'autre. Ils avaient changé tous les deux, petit à petit, et cela n'avait pas inquiété Sara, car elle se disait qu'une fois toute cette épreuve terminée, tout redeviendrait comme avant.

Mais s'il n'y avait pas de retour en arrière possible ? Elle avait l'impression qu'il avait besoin de s'appuyer sur elle en permanence. Boire, se morfondre, traîner sa tristesse. Et sans lui, que deviendrait-elle ? Est-ce qu'elle continuerait à courir, à se fuir elle-même et à essayer de réduire sa vie à une liste de choses à faire ? Et le pire – ce qui la rendait vraiment malade – n'était pas George ni elle-même, mais l'immense étendue temporelle devant eux. Des années et des années durant lesquelles ils allaient continuer à changer et à avoir besoin l'un de l'autre, à se décevoir, à perdre ce qu'ils aimaient, à ne plus rien maîtriser. Elle était terrifiée par cette idée, terrifiée au point d'avoir envie de vomir.

— On s'en fout ! criait-elle de plus belle. On s'en fout !

Puis George poussa des cris stridents et se mit à hurler comme un être pris de démence. Il posa son sac par terre et le secoua comme un fou pour en sortir l'urne.

— Arrête ! Qu'est-ce que tu fais ? glapit-elle.

Ses mots ricochèrent sur les arbres et s'évanouirent dans le ciel empourpré par le soleil couchant. Une lumière orange cascadait des nuages, semblables à un plafond ouaté au-dessus d'eux. Quand elle était petite, elle croyait que c'était là que vivaient les morts, voletant avec leurs petites ailes, dans des robes blanches, une harpe à la main.

George brandit l'urne métallique au-dessus de sa tête, d'un air victorieux, vacillant sous son poids.

— Qu'est-ce que tu fais ? Repose-la ! stridula-t-elle.

— Irene ! Irene ! s'époumona-t-il.

Des traînées de larmes jaillissaient de ses yeux plissés.

— La boussole. Elle fait aimant !

Il était prêt à jeter l'urne contre l'arbre le plus proche. Il luttait de toutes ses forces. Il voulait la voir se fendre en deux, regarder le nuage gris de suie et de résidus s'en échapper, se répandre sur le sol forestier et disparaître à jamais. *Perdu.* Mais alors qu'il allait enfin se débarrasser d'Irene – qui les avait conduits vers cette journée de folie, qui les avait presque tués, qui avait ruiné les trois dernières années de leur vie, il s'en rendait compte maintenant –, George était incapable de l'abandonner.

— Arrête, dit doucement Sara.

Elle lui prit l'urne des mains, la posa sur le sol et enveloppa son mari de ses bras. Il respira et se mit à sangloter.

Ils s'assirent en silence et regardèrent sans un mot le soleil se coucher et la nuit tomber. Ils sentaient la forêt vivante autour d'eux. Ils se serraient l'un contre l'autre. Ils auraient aimé qu'Irene soit réellement là. Ils voulaient fermer les yeux, s'endormir et ne plus jamais se réveiller. Ils voyaient, un à un, les petits points lumineux des étoiles apparaître dans le ciel – certains brillants et certains à peine visibles –, mais ils étaient des millions et des millions dans les ténèbres.

George baissa les yeux vers son corps pâle, faible et endolori. Soixante pour cent de son être étaient composés de petites gouttes d'eau semblables à celles qui s'accrochaient aux parois de la gourde vide. Il n'était en grande partie qu'un mélange d'oxygène et d'hydrogène. Dix-huit pour cent de carbone. Trois pour cent d'azote. Un peu de calcium, de potassium et de sels divers. C'étaient, tout au long de la chaîne, les mêmes éléments qu'il mesurait tous les jours dans les étoiles de la nébuleuse de la Lyre, les mêmes que dans le Soleil, et dans les étoiles de l'univers. D'un point de vue atomique, il était constitué de restes fusionnés, expulsés dans le vide quand ces étoiles, inévitablement, s'effondraient. En un sens, cela le confortait dans l'idée qu'il était fondamentalement connecté à tout être et à toute chose – même si, allongé là dans la terre, il sentait avec certitude qu'il y avait autre chose au-delà des atomes. Il avait vu quelque chose quitter le corps d'Irene, dans les dernières secondes, et ce n'était ni de l'énergie ni de la matière.

Durant les cours de physique au lycée, il avait appris le cycle du déclin et du renouveau à l'échelle des millénaires, et le détail dérisoire que constituait l'humanité. Mais ce n'est que bien plus tard qu'il avait appris que depuis des millénaires, ces étoiles, visibles à l'œil nu, étaient censées être, eh bien, ce à quoi elles ressemblaient : des points de lumière solitaires, isolés, séparés les uns des autres par des milliards de kilomètres. Mais grâce à des télescopes plus élaborés, les astronomes du XVIIᵉ siècle avaient remarqué pour la première fois que quelques-unes de ces étoiles solitaires étaient en fait deux étoiles orbitant l'une autour de l'autre, ou une étoile double, mais, dans tous les cas, elles tournaient ensemble. Et aujourd'hui les scientifiques avaient découvert que la grande majorité, plus de quatre-vingts pour cent, des étoiles de l'univers constituaient un système binaire. Certaines étaient même des systèmes stellaires multiples, trois étoiles ou plus orbitant autour d'un centre de gravité commun.

Il entendait Sara respirer à côté de lui. Il lui saisit la main. Elle était étonnamment chaude. Mais cela n'avait rien de surprenant. Elle – la femme qu'il aimait – était un brasier en fusion de carbone, d'azote et d'eau, orbitant autour de son propre corps céleste incandescent qui, en retour, tournait autour d'elle.

— Je n'ai jamais vu autant d'étoiles de ma vie, souffla-t-elle, aussi émerveillée que lui par la vaste bande lumineuse de la Voie lactée, s'étendant au-dessus d'eux d'un bout à l'autre de la vallée.

Ils se levèrent en silence et, les yeux rivés au ciel, ils soulevèrent l'urne d'Irene du sol humide. Il la tenait par en dessous tandis que Sara dévissait le couvercle. Ensemble, ils l'inclinèrent dans le vent léger qui avait succédé à l'orage. Dans l'obscurité, ils pouvaient à peine voir les cendres qui s'envolaient au loin, mais ils sentaient l'urne s'alléger en se vidant. George était persuadé qu'au niveau microscopique, les derniers éléments-traces d'Irene allaient modifier le sol à cet endroit et, même imperceptiblement, marquer tout ce qui y pousserait un jour, tout aussi sûrement qu'elle avait changé pour toujours sa vie et leur vie à tous.

Sara ferma les yeux, souhaitant que Jacob et William soient ici avec eux. Elle se mit, mentalement, à ordonner tous les événements de la journée afin d'écrire l'histoire qu'elle et George allaient bientôt raconter à maintes reprises. Elle ouvrit les yeux et regarda son mari. Il contemplait les deux Ourses et l'étoile Polaire. Il fixait les endroits sombres où, bien que sa lumière ne soit pas encore parvenue jusqu'à eux, 237 Lyrae V s'était depuis longtemps effondrée pour former une nouvelle étoile blanche brillante. Et George, à l'instar des explorateurs des siècles passés, ressentait le frisson réconfortant de faire partie d'un grand tout, en sachant exactement où il se situait.

— Allons-y, murmura-t-il à Sara en lui prenant la main. Je peux retrouver notre chemin à partir d'ici.

Il y a une ville

Vois le tracé gris des rues bordées du vert des arbres. Vois les parois de verre s'élancer vers le ciel et s'y fondre. Vois les hordes d'aluminium descendre la Douzième Avenue et les mouettes encercler Battery. Le ferry glisse lentement dans le port. Vois les néons scintillants des enseignes M&M's sur Broadway, où le Levi's s'élève sur dix étages. Vois la résine de pin sur les poteaux téléphoniques et les pavés crayeux. Vois ce maillage soigneux partir dans tous les sens, parce qu'une partie de la ville date d'une époque où elle n'était pas encore une ville. Vois comme partout, ici, il y a des enfants. Tout est deux ou trois fois plus grand dans leurs yeux. Vois un sac en papier plaqué par le vent contre un feu rouge. Il y a peut-être de la neige ici, par terre, accumulée au bord du trottoir. Ou des mauvaises herbes qui pointent entre les pavés, pour vivre un centimètre ou deux, avant le défilé des chiens et des pieds des passants. Nous sommes presque toujours sur le point de nous toucher. À deux doigts d'être percutés par un coursier à vélo ou un bus. Vois comme on se perd vite. Vois la suie sur les carlingues argentées, les « Défense d'afficher », le serpent des rames de métro. Des tunnels sous des tunnels sous des tunnels. Vois de l'intérieur le squelette de cuivre de la ville, tous ces tuyaux et ces câbles. Nous avons cela en commun. Ils appartiennent à chacun de nous, comme les vastes forêts vertes enferment en leur sein des lacs de perles et des rivières qui nous bercent et tout ce qui s'étend au-delà. Tu vois ? C'est une ville différente de celle que nous avons connue. Elle a changé quand nous ne la regardions pas. Elle a changé quand nous la regardions. Nous ne comprendrons jamais vraiment en quoi nous l'avons fait changer. Nos mots et nos émotions ont été portés par le vent et sont entrés dans ses vignes. Pourtant, ma ville n'est pas votre ville, et aucune de nos villes n'est la même que la ville qui appartient aux autres. À tous ceux, quelque part, qui en cultivent le souvenir ou l'espoir. Il existe une ville qu'aucun de nous ne connaît. Pourquoi y a-t-il un dinosaure sur le mur de cet immeuble ? D'où viennent toutes ces tenues de yoga ? Que s'est-il passé à l'angle de cette rue cinquante ans avant notre naissance ? Comment ce bar des sports du quartier, toujours vide, peut-il rester ouvert ? Quelqu'un, quelque part, est-il le propriétaire de ce vélo attaché au panneau de limitation de vitesse depuis neuf mois ? Il y a la ville où nous sommes amoureux, et la ville où nous avons perdu tout espoir, et la ville qui ne nous laisse jamais tomber. Il y a la ville qui nous submerge de tous les côtés, nous cogne et nous renverse dans des flaques douteuses (dont nous préférons ignorer la nature). Il y a la ville sous la peinture qui recouvre cette ville. Il y a la ville où nous sortons nous balader dès qu'il fait beau, sans destination précise. Aviez-vous oublié ? Il y *a des villes où nous serons toujours jeunes et des villes où nous sommes déjà vieux. Il y a des villes où il n'y a que moi, et des villes où il n'y a que toi. Il y a des villes qui ont disparu complètement. Il y a des villes dont nous parlons de manière élogieuse. Il y a une ville où nous ne pourrons jamais retourner, et une ville que nous n'avons jamais quittée, et une ville qui n'a jamais été construite. Et puis il y a une ville en laquelle nous croyons tous, chacun de nous, et qui ne nous quittera jamais vraiment.*

REMERCIEMENTS

Un grand merci à tous ceux qui m'ont soutenu, ont cru en moi et aux amis qui m'ont aidé à écrire ce livre : Chelsea Lindman et tout le monde à Sanford Greenburger ; mes éditeurs chez Viking, Chris Russell, Beena Kamlani et, avant, Maggie Riggs ; et mon agent, Angie Messina.

Merci à Leah, Joshua, mes parents Dennis et Deborah, Oma, Jonathan, Dennis et Susan, Hanna, Chris, Theodore et tous les membres de ma famille.

Je dois beaucoup à la bienveillance du regard et du cœur d'Elizabeth Perrella, Andrew Carter Dodds, Neil Bardhan, Jerry Wu, Jill Rafson, Robin Ganek, Rachel Panny, Emily Ethridge, John Proctor, Jordan Dollak, Michael Levy, Andrew Bodenrader, Dongwon Song, Yaron Kaver, Dr Aaron Prosnitz, Dr Joen Green de l'université du Texas à Austin et le Space Telescope Science Institute, Katie Peyton, Tom Mansell et Lenn Thompson du New York Cork Report. Merci aussi aux gens adorables de la boulangerie Bien Cuit pour m'avoir alimenté de nombreuses fois en apports vitaux.

Je suis redevable également du soutien et de la générosité de l'université Columbia, Sarah Lawrence University, la New York Public Library, mes collègues formidables de SUNY New Paltz College, la PEN/New England Organization, The UCross Foundation, et The Sherwood Anderson Foundation.

Ce livre a été écrit à la douce mémoire de ma sœur, Jennifer, qui a été la première à m'encourager.

Table

I

II

Le Livre de Poche s'engage pour l'environnement en réduisant l'empreinte carbone de ses livres. Celle de cet exemplaire est de :

550 g éq. CO_2

Rendez-vous sur www.livredepoche-durable.fr

PAPIER À BASE DE FIBRES CERTIFIÉES

Composition réalisée par PCA

Achevé d'imprimer en décembre 2017, en France sur Presse Offset par
Maury Imprimeur – 45330 Malesherbes
N° d'imprimeur : 223021
Dépôt légal 1re publication : janvier 2018
LIBRAIRIE GÉNÉRALE FRANÇAISE – 21, rue du Montparnasse – 75298 Paris Cedex 06